王德華 注譯

新譯陸機詩文集

三民書局 印行

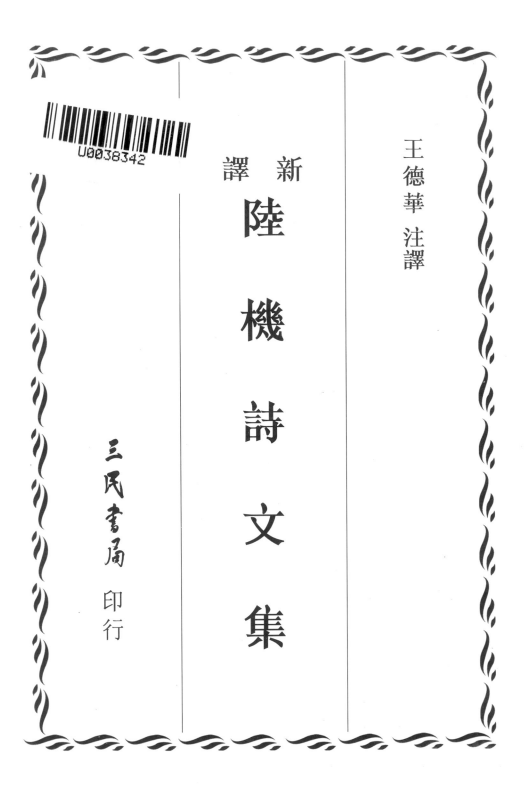

國家圖書館出版品預行編目資料

新譯陸機詩文集／王德華注譯.－－初版一刷.－－
臺北市：三民，2006
面；　公分.－－(古籍今注新譯叢書)
ISBN 957-14-4505-3　(精裝)
ISBN 957-14-4508-8　(平裝)

843.1　　95013057

 新譯陸機詩文集

注譯者　王德華
發行人　劉振強
著作財產權人　三民書局股份有限公司
臺北市復興北路386號
發行所　三民書局股份有限公司
地址／臺北市復興北路386號
電話／(02)25006600
郵撥／0009998-5
印刷所　三民書局股份有限公司
門市部　復北店／臺北市復興北路386號
重南店／臺北市重慶南路一段61號
初版一刷　2006年9月
編　號　S 032900
基本定價　柒元貳角
行政院新聞局登記證局版臺業字第〇二〇〇號

ISBN　957-14-4508-8　(平裝)

http://www.sanmin.com.tw　三民網路書店

刊印古籍今注新譯叢書緣起

劉振強

人類歷史發展，每至偏執一端，往而不返的關頭，總有一股新興的反本運動繼起，要求回顧過往的源頭，從中汲取新生的創造力量。孔子所謂的述而不作，溫故知新，以及西方文藝復興所強調的再生精神，都體現了創造源頭這股日新不竭的力量。古典之所以重要，古籍之所以不可不讀，正在這層尋本與啟示的意義上。處於現代世界而倡言讀古書，並不是迷信傳統，更不是故步自封；而是當我們愈懂得聆聽來自根源的聲音，我們就愈懂得如何向歷史追問，也就愈能夠清醒正對當世的苦厄。要擴大心量，冥契古今心靈，會通宇宙精神，不能不由學會讀古書這一層根本的工夫做起。

基於這樣的想法，本局自草創以來，即懷著注譯傳統重要典籍的理想，由第一部的四書做起，希望藉由文字障礙的掃除，幫助有心的讀者，打開禁錮於古老話語中的豐沛寶藏。我們工作的原則是「兼取諸家，直注明解」。一方面熔鑄眾說，擇善而從；一方面也力求明白可喻，達到學術普及化的要求。叢書自陸續出刊以來，頗受各界的喜愛，使我們得到很大的鼓勵，也有信心繼續推廣這項工作。隨著海峽兩岸的交流，我們注譯的成員，也由臺灣各大學的教授，擴及大陸各有專長的學者。陣容的充實，使我們有更多的資源，整理更多樣化的古籍。兼採經、史、子、集四部的要典，重拾對通才器識的重視，將是我們進一步工作的目標。

古籍的注譯，固然是一件繁難的工作，但其實也只是整個工作的開端而已，最後的完成與意義的賦予，全賴讀者的閱讀與自得自證。我們期望這項工作能有助於為世界文化的未來匯流，注入一股源頭活水；也希望各界博雅君子不吝指正，讓我們的步伐能夠更堅穩地走下去。

新譯陸機詩文集 目次

刊印古籍今注新譯叢書緣起

導讀

賦

卷一

文賦并序……一
感時賦……二四
豪士賦并序……二七
瓜賦……三八
思親賦……四二

卷二

遂志賦并序……四六
懷土賦并序……五二
行思賦……五五
思歸賦并序……五八
愍思賦并序……六一

應嘉賦并序……六三
卷三
幽人賦……六八
列僊賦……六九
凌霄賦……七一
述思賦……七三
歎逝賦并序……七五
大暮賦并序……八三
感丘賦……八七
卷四
浮雲賦……九〇
白雲賦……九三
鼓吹賦……九五
漏刻賦……九八
羽扇賦……一〇二
鱉　賦并序……一〇六
桑　賦并序……一〇八
卷五
演連珠五十首……一一二
七　徵……一四八
卷六（賦補遺）
祖德賦……一六一
述先賦……一六三
別　賦……一六六
感丘賦……一六七
詩
卷七
皇太子宴玄圃宣猷堂有令賦詩……一六九

皇太子賜讌一首……一七二
春　詠……一七三
遨遊出西城……一七五
赴太子洗馬時作……一七六
東宮作……一七八
赴洛道中二首……一八〇
招　隱二首……一八三
園　葵……一八五
招　隱……一八六
於承明作與士龍……一八八
吳王郎中時從梁陳作……一九〇
贈馮文羆遷斥丘令……一九二
答賈謐并序……一九七
贈尚書郎顧彥先二首……二〇七
贈顧交阯公貞……二一〇
贈從兄車騎……二一一
答張士然……二一三
贈馮文羆……二一四
贈弟士龍……二一六
祖道畢雍孫劉邊仲潘正叔……二一七
答潘尼……二一八
贈潘尼……二一九
贈紀士……二二〇
為陸思遠婦作……二二二
為顧彥先贈婦二首……二二三
為周夫人贈車騎……二二六

卷八

擬行行重行行……二二八
擬今日良宴會……二三〇
擬迢迢牽牛星……二三一
擬涉江采芙蓉……二三二
擬青青河畔草……二三三
擬明月何皎皎……二三四

擬蘭若生朝陽……二三五
擬青青陵上柏……二三六
擬東城一何高……二三八
擬西北有高樓……二四〇
擬庭中有奇樹……二四一
擬明月皎夜光……二四二
猛虎行……二四三
君子行……二四五
從軍行……二四七
豫章行……二四九
苦寒行……二五〇
飲馬長城窟行……二五二
門有車馬客行……二五三
君子有所思行……二五五
齊謳行……二五六
日出東南隅行……二五八
長安有狹邪行……二六〇
前緩聲歌……二六二
長歌行……二六四
吳趨行……二六五
塘上行……二六八
悲哉行……二六九
短歌行……二七〇

卷九

折楊柳……二七二
鞠歌行 雜言……二七三
當置酒……二七五
倢伃怨……二七六
燕歌行……二七七
梁甫吟……二七八
董桃行……二七九
月重輪行……二八一
日重光行……二八三

挽　歌三首……二八四
百年歌十首……二八九
秋胡行……二九五
順東西門行……二九六
上留田行……二九七
隴西行……二九八
駕言出北闕行……二九九
太山吟……三〇〇
櫂歌行……三〇一
東武行吟……三〇二
飲酒樂……三〇三

卷一〇（詩補遺）

贈弟士龍詩十首并序……三〇四
贈顧令文為宜春令……三一二
贈武昌太守夏少明……三一六
贈斥丘縣令馮文羆詩……三一九
贈顧彥先詩……三二〇
為顧彥先作詩……三二一
東　宮……三二二
元康四年從皇太子祖會東堂詩……三二二
祖會太極東堂詩……三二三
講《漢書》詩……三二四
園　葵……三二五
庶人挽歌辭……三二六
士庶挽歌辭……三二八
王侯挽歌辭……三二八
挽歌辭……三二九
尸鄉亭詩……三三〇
飲酒樂……三三一
吳趨行……三三一

文

卷一一

漢高祖功臣頌……三三三
丞相箴……三五九
孔子贊……三六一
王子喬贊……三六二
至洛與成都王箋……三六三
謝平原內史表……三六五
弔魏武帝文并序……三七一
弔蔡邕文……三八二
吳大帝誄……三八四
愍懷太子誄……三八七
吳貞獻處士陸君誄……三九二
吳大司馬陸公誄……三九三
晉劉處士參妻王氏夫人誄……三九五
吳大司馬陸公少女哀辭……三九六

卷一二

大田議……三九七
辨亡論上……三九八
辨亡論下……四〇八
五等諸侯論……四一八

卷一三（文補遺）

策問秀才紀瞻等六首……四三三
與趙王倫牋薦戴淵……四三九
薦賀循郭訥表……四四二

附錄一　佚文輯錄

賦

祖德賦……四四五
遂志賦……四四五

行思賦……四四五
思歸賦……四四六
列仙賦……四四六
大墓賦……四四六
逸民賦……四四六
浮雲賦……四四七
雲 賦……四四七
靈龜賦……四四八
果 賦……四四八
弔魏文帝柳賦……四四八
鼓吹賦……四四八
漏刻賦……四四九
羽扇賦……四四九
鱉 賦……四四九
桑 賦……四四九
織女賦……四五〇
七 導……四五〇

詩

贈潘岳詩……四五〇
祖道清正詩……四五〇
芙蓉詩……四五一
樂 府……四五一
失題十一則……四五一

文

夏育贊……四五二
謝成都王箋……四五三
薦張暢表……四五三
詣吳王表……四五三
謝吳王表……四五四
與吳王表……四五四
謝齊王表……四五四
吳丞相陸遜銘……四五五

吳太常顧譚誄……四五五
毗陵侯君誄……四五五
姊　誄……四五五
集志議……四五六
顧譚傳……四五六
與弟雲書……四五六
與長沙顧母書……四五七
與長沙夫人書……四五七
《晉書》限斷議……四五八
平復帖……四五八

附錄二

晉平西將軍孝侯周處碑……四五九

附錄三

《晉書》卷五四〈陸機傳〉……四六三

導讀

陸機（西元二六一—三〇三年），字士衡，吳郡華亭人（今上海松江）人，西晉著名的文學家。他短暫的四十三年人生，有兩個重要的人生階段。一是吳亡之後十餘年的退居鄉里生活。陸機祖父陸遜，為吳丞相，父親陸抗，為吳大司馬。二人對吳國的建立與穩定起到巨大的作用。父親去世那年，陸機十四歲，與兄長等分領父兵，陸機為牙門將。由於東吳末帝孫皓未聽陸抗臨終守邊遺言，荒於朝政，二十歲時，吳被晉滅。陸機兩個兄長陸晏、陸景同時被害。亡國之痛、親人凋零之悲，使「亡國之餘」的陸機，選擇了退居鄉里的隱居生活。在長達十餘年的退隱中，陸機與弟弟陸雲一起閉門勤學，思索人生與社會的種種問題，如對東吳滅亡的思考，寫下了〈辨亡論〉二篇，探討東吳為何在孫權時興盛，而在孫皓時覆亡的原因，主要是孫皓用人不當且不能從善如流，包含著對其祖父功業的追緬與頌揚。這種無官的生活，也留下許多人生的快樂。陸機被殺的那一刻，曾慨然歎曰：「華亭鶴唳，豈可復聞乎！」在生命的盡頭，猶眷念那一聲鶴唳，這是命將隕落之際對自由生活的追念，對仕宦生涯的痛悔。陸機人生的第二個重要階段，是太康末年入洛為官至河橋兵敗被殺約十四年的時間。陸機入洛的原因，雖與晉武帝廣招天下賢才的舉動有關，但主要是陸機個人的強烈功名心所致。如八王之亂中，南人顧榮、戴若思等人都勸陸機一同歸吳，而陸機「負其才望，而志匡世難」，並未聽從二人的勸退。由此可見，陸機十餘年的退居生活，主要是撫平了吳亡給自己心靈帶來的傷痛，而處於人生青壯年時期的陸機，強烈的用世之心，卻隨著時間的推移在心中滋生，因而陸機的入洛更多的是他人生價值改變與選擇的結果。然而，陸機退居的十餘年，正好是西晉統治相對安定時期，即晉武帝太康十年。太康末入洛至被殺，正是西晉政治動亂與黑暗顯露的十餘年。晉武帝去世後，使西晉政壇紛擾的主要有三股力量。一是以愍懷太子為首的東宮勢力；二是以賈后、賈謐為首的外戚勢力；三是以趙王倫等八王輪流掌權的王室力量。這三股力量的交鋒，在楊駿、楚王瑋被誅之後開始顯露。賈后利用張華大臣的力量制衡王室，王室又利用賈后與太子之間的矛盾，最後將兩股勢力都翦除。王室一旦大權在握，其內部又開始了權力角逐，八王之亂由此產生。在這一連串的政治鬧劇面前，文人士大夫，稍不留心，即有性命之虞。而「負其才望」的陸機入洛後，似乎周旋於三大勢力之間，他曾在東宮任太子洗馬，也得與賈謐二十四友之列，最後又在趙王倫的手下得到重用。在賈后鴆殺愍懷太子的政變中，張華、潘岳、石崇、歐陽健等一些士大夫俱因此喪命，而陸機卻被趙王倫重用為相國參軍，與誅賈謐有功，得封關中侯。但是陸機的政治命運同樣沒有逃脫以上諸人的悲劇結局，陸機只不過是接踵而至的八王之亂中的一個小小的棋子，任諸王擺布。齊王冏將大權從趙王倫手中奪回，其理由之一便是趙王倫僭越篡位，懷疑趙王倫的九錫文及禪詔為陸機所作，將陸機下獄，幸賴成都王穎、吳王晏的搭救，才免於一死。趙王倫之後，陸機委身於成都王穎，一因成都王對己有救命之恩；二來成都王穎當時表現出的推功不居、禮賢下士的姿態要高於其他諸王；三是陸機認為朝廷多有變故，有匡扶國難之心。但是正當他受命於危難之際，統領二十萬大軍與長沙王司馬乂作戰時，卻受到小人盧志、孟玖等人的妒恨讒陷，最終兵敗河橋，被成都王穎殺害。被殺之時，不僅有陸機本人的鶴唳之歎，同時士卒悲痛，莫不流涕，日暗雲蔽，大風折木，彷彿為陸機的悲慘結局鳴冤叫屈，抑或憤憤不平。

陸機悲劇的一生，是時代的產物。西晉是魏晉南北朝時代唯一南北一統的朝代，這為化解正始時期名士們的消極對抗情緒提供了一個相當不錯的政治背景，但是由於晉武帝的政無準的，致使統治階級內部政治趨於混亂，這種潛在的混亂在晉武帝死後便漸趨明顯。在賈后、太子、諸王紛爭的政治局面中，文人士大夫成為犧牲品，陸機就是其中一個。陸機之死還揭示了西晉一統時代南人與北人的巨大衝突。由於政治因素帶來的南人與北人的矛盾乃至對抗，貫穿著兩晉。在西晉，洛陽作為政治權力的中心，北人自然小視「亡國之餘」的南人。陸機初入洛，即遭到盧志的輕侮，作為二十餘萬大軍的統帥，卻受到孟超「貉奴能作督不」的辱罵。陸機的〈薦賀循郭訥表〉中也明顯地指出朝廷任用官員存在著對南人的不公。因而，當時南人如張季鷹、顧榮、紀瞻等紛紛抽身南歸。作為南方名門名將之後的陸機，他的「志匡世難」的功名心似乎比別人更強烈，沒有聽從顧榮等人的勸說，執意未歸，最終死在盧志、孟玖的讒陷之中，這樣的人生結局，突現了入北南人的不幸的政治命運。可以說，陸機集中體現了西晉時代南北方文人士大夫的共同命運，具有相當的代表性。

雖然陸機政治上是不幸的，但是作為「太康之英」，他短暫的四十三年人生，卻給後人留下了豐富的創作，成為西晉文學創作的重要代表作家，並對後世產生了深遠的影響。

現存陸機的文集，其創作主要分為詩、賦與文三大類。

陸機的詩歌主要有三類，一是擬古詩，二是樂府詩，三是自創的四言與五言詩。他的詩歌有兩大情感主題較為突出，一是憂生之嗟，二是鄉曲之思。隨著魏晉南北朝個體生命意識的覺醒，人們對個體生命的生死多有考慮，生命的短暫、無法逃避終將一死的宿命以及現實中無可超越生命之悲的苦痛，從漢末〈古詩十九首〉開始滋生，經曹魏建安詩人的渲染，至西晉時代顯得更加濃重。生命之痛從孔夫子的「逝者如斯夫」的悲川開始，但是在文學作品中得以集中體現並且表現出世俗常人的生命感受，始自〈古詩十九首〉。同樣，宦游身分的士大夫，安撫仕途不順帶來的心靈創傷，莫過於對家鄉親人的懷念。陸機的擬古詩也側重於這兩個方面，而且兩個方面經常交織一起，共同展現了濃重的生命之悲。由此來看，陸機之所以對〈古詩十九首〉情有獨鍾，並盡力模仿創作，除了沿襲標題並在用詞、創作技巧等方面進行模擬外，更多的是一種情感追擬，追擬中就包含著一種情感的共鳴。他的樂府詩也多如此。儘管陸機的擬詩有時與原詩的情感無多大的差別，而遭到後人的詬病，但是從情感共鳴角度而言，我們不難發現這種追擬的認識價值。而陸機的擬詩，也時有自己的獨特之處。如〈猛虎行〉，反用典故，表達了身處亂世的陸機進退維谷的生命苦痛，比古辭強調士人謹重立身的主題更為深刻。陸機自創的五言與四言詩，從內容上來看，生命之嗟與鄉曲之念也是兩個重要的方面。一些相與贈答的詩歌，因與詩人自身的經歷有更多的聯繫，因而情感更為具體真實。如早年所寫的〈贈弟士龍十首并序〉，其中國破親喪之痛，表現了生命無常的感受，如其七云「天步多艱，性命難誓。常懼殞斃，孤魂殊裔」，其九云「昔我斯逝，兄弟孔仁。今我來思，或凋或疚。昔我斯逝，族有餘榮，今我來思，堂有哀聲。我行其道，鞠為茂草。我履其房，物存人亡。撫膺涕泣，血淚彷徨」。家國之悲給年輕的陸機帶來的生命之痛，貫穿了他整個人生。他的〈赴洛道中作二首〉，展現了赴洛出仕對家鄉親人的不捨與依戀。入洛後的贈答詩，如〈贈從兄車騎〉云「孤獸思故藪，離鳥悲舊林。翩翩游宦子，辛苦誰為心」，表現游宦在外的思鄉之情。〈贈尚書郎顧彥先二首〉其二由眼前的大雨，而「眷言懷桑梓，無乃將為魚」，對家鄉的牽掛殷殷在懷。當然，除此之外，陸機的自創詩作，更多地展現了他入洛後的仕宦經歷與情感，如與太子的交往、為吳王郎中令的經歷，與賈謐之間的來往與態度的不同，除南人之外與北人的交遊等，他的詩歌都有不同程度的記載與展示，因而，這些詩歌除見其性情與思想外，同時還是研究陸機生平仕歷的重要資料。

陸機的辭賦創作也頗豐。除〈文賦〉屬於以賦體表現他的文學觀念外，他的其他賦作大概可分為兩類，一是詠物賦，一是抒情賦。二者體現了陸機不同的創作路徑。陸機的詠物賦承繼創自荀子、發展於漢代的詠物賦的特點，即對所詠之物作一種客觀的描寫，並於客觀的描寫中表現所詠之物的功利或實用價值，有時還寄寓著道德諷諫的目的。這是賦體「託物言志」、「假象盡辭」文體功能在詠物賦上的體現。西晉初年的傅玄，曾大量創作了這樣的賦作。因而，陸機這類賦完全可以看作是此類創作思維的延續。

如〈桑賦〉借對桑樹的描寫，頌晉武帝之功德。〈漏刻賦〉寫出了漏刻的計時功用。〈瓜賦〉則對瓜作了靜態與動態描寫，突出瓜與眾果的不同與高遠的清香。這些詠物賦都體現了陸機超越前賢的觀察能力與刻畫再現能力。與兩漢乃至傳玄的詠物賦相比，陸機的詠物賦在託物詠德的同時又有新的變化，即在託物頌德之時寄寓了一定的個體感悟。如〈羽扇賦〉雖也是詠羽扇之德，但此扇乃是產於吳地之扇，是否也包含了一定的鄉土之思與對北人的譏諷？關於〈鼓吹賦〉創作的流傳，是否也能見出陸機於軍中聽到的陣陣鼓吹，對華亭鶴唳所象徵的自由的追憶？又如〈鱉賦〉，為應太子詔而作。應詔之作難寫，而陸機卻能於鱉的習性中體悟到一種智慧的生存態度。所有這些，都體現了陸機對詠物賦創作的開拓與貢獻。與詠物賦相較，陸機的抒情賦，以抒發情感為主。正如陸機賦的標題「感時」、「歎逝」、「大暮」、「感丘」等所示，生命的遷逝之悲，不僅是陸機詩歌的主要情感主題，同時也是其辭賦創作的重要情感特徵。如〈歎逝賦〉云「川閱水以成川，水滔滔而日度。世閱人而為世，人冉冉而行暮。人何世而弗新，世何人之能故」，生命短暫消逝的殘酷與無奈、濃郁情思與悵然理遣的交織，是如此地動人，它直承孔夫子的川逝之歎，下啟唐初張若虛「人生代代無窮已，江月年年望相似」的生命悲歌，可以說生命遷逝之悲在陸機抒情賦中又一次得到集中展現。與詩歌的情感主題相應，也如陸機辭賦標題諸如「思親」、「懷土」、「行思」、「思歸」、「愍思」、「述思」等所示，思鄉之情也是陸機辭賦的重要情感主題，如〈思親賦〉云「悲桑梓之悠曠，愧蒸嘗之弗營。指南雲以寄欽，望歸風而效誠」，〈思歸賦〉云「冀王事之暇豫，庶歸寧之有時」等等，都可見出強烈的鄉曲之思，始終縈繞入洛為宦的陸機心中，成為他生命中反覆出現的一個情感主題。這種情感即是他「牽投京室」、不得歸寧的一種真實的情感表現，同時也是他處於紛亂政途中的一種情感與人生的撫慰。仕途中的陸機對功名的不能忘懷與情感世界中的陸機對桑梓的眷然懷顧，這兩種情感的並立，見出人生的實際際遇與情感之間的差異的存在，詩賦的審美功能與情感宣洩功能價值得以突現，唯有這種看似對立與統一的存在，才讓我們看到內心雖然矛盾複雜但卻非常真實的詩人陸機。此外，他的〈應嘉賦〉、〈幽人賦〉、〈列僊賦〉、〈凌霄賦〉等，都寄予了陸機希望超脫亂世的精神追求，至於他實際未能如此做，這之間的背離，我們也應作如上的分析。陸機對現實政治的看法，大多表現在他的文章創作中，辭賦中的一篇〈豪士賦〉是借「豪士」諷刺當時的八王之一齊王司馬冏，見出他對時勢的關注。

劉勰《文心雕龍·雜文》將「連珠」與「七體」歸入雜文，其實二體有許多賦體的性質，因而古人也有將這二體看作賦體的一種，歸入賦類的。連珠與七體在陸機前，是文人多有染指的兩類文體。劉勰述連珠發展的歷史，云「士衡運思，理新文敏，而裁章置句，廣於舊篇」，認為陸機〈演連珠五十首〉，不論在規模上還是創作上都有超越前賢之處。蕭統《文選》「連珠」類獨選陸機五十首，可見對其連珠創作的看重。五十首連珠，發揮了賦體「假象盡辭」的特徵，將抽象的道理借助物象進行生動的表達，在內容上多從君臣關係上著眼，涉及到對理想君臣的政治期待，並表現出陸機的政治理想以及具體施政方針等，是賦體政教功能的反映。形式上，辭藻富贍，對偶精工，多用典故，舉體華美。因而，〈演連珠五十首〉充分表現出陸機豐富的知識、很高的思辨能力以及駕馭語言的功力。相對說來，其〈七徵〉主要借主客問答形式，展現了出仕與隱居兩種人生處世原則的矛盾與衝突，在思想與表現方式上沒有更多的創新。

陸機的文章創作各體兼有，存世的文章包括頌、箴、贊、箋、表、弔文、誄、哀辭、論、議等各體。若就內容來看，陸機的文章可分為兩大部分，一是對史事與歷史人物的思考，往往是論古鑒今，抒發人生感懷。這類文章又關乎兩個方面的內容。一是對歷史與現實政治的關注，如〈辨亡論〉上下篇、〈漢高祖功臣頌〉、〈五等諸侯論〉等；二是通過對古人憑弔與頌揚，寄託個人的生活志趣以及個體的生命感喟，如〈弔魏武帝文〉、〈孔子贊〉、〈王子喬贊〉以及〈弔蔡邕文〉等。寫於吳亡之後的〈辨亡論〉上下篇，上篇主要是對吳國的滅亡進行思考，再次論證了「天時不如地利，地利不如人和」的道理，認為是最高統治者的治國失策導致了吳國的滅亡。下篇著重論述了三國鼎立局面形成之後，吳之所以滅亡的原因。頌揚其父陸抗的功績，從而揭示了吳主未能任用其人其策是吳國敗亡的關鍵。雖然兩篇文章在觀點上似未超過賈誼〈過秦論〉「仁義不施，攻守之勢異也」這種對朝代更替的看法，但是因為陸機與吳國特殊的關係，他的〈辨亡論〉又有兩點值得我們注意。一是這篇文章超越了狹隘的國家與忠臣觀念，能夠客觀理性地看待父母之邦覆亡這一事實。這一點作為賈誼容易做到，而在陸機，對現實變故要持客觀理性的態度，則需要更多的努力。二是文章對其祖輩與父輩功業的頌揚是明顯的，他的「辨亡」更多的還包含一種家族情結，是對祖輩、父輩建立的輝煌功績的自豪。這是他在吳亡之後退居鄉里十餘年的原因，同時也是他十餘年後北上洛陽求取功名的重要原因。陸機的〈漢高祖功臣頌〉頌揚了漢高祖的三十一位功臣，對三十一位功臣的評價，並非一味的溢美，而是在頌的前提下褒貶兼有。這一評價特徵雖然與「頌」體以頌德為主不符，劉勰說其為頌之「訛體」，但正是這「訛」，見出陸機評價歷史人物並不是以既封「功臣」為定論，而是以史事作為評價人物的標準。如果說〈辨亡論〉從「亡」的角度論述了不重視功臣的亡國後果；那麼，此頌則從「興」的角度論述了功臣對國家興盛的至關重要。陸機的〈五等諸侯論〉認為分封有利於國家長治久安的觀點並不高明，歷史發展證實了郡縣制的優點要遠遠大於分封制，陸機所處時代八王之亂也見出這一分封制的弊端，而陸機對此竟然無所覺察，反而進行頌揚，從這一角度而言，陸機所論並不深刻。但是〈五等諸侯論〉完全是一種歷史概念的演繹，在最初帝王設想五等制的藍圖中演繹著陸機對五等制的理想看法，是在以一種理念評價現實中的諸侯行為，希望理想的五等制能夠制衡現實中諸王的行為。從這一角度來看，我們與其將這篇文章看作是陸機的並不高明的歷史觀，毋寧將此篇看作是陸機以一種不切合歷史與現實的「烏托邦」的理想來針砭時弊。這一點，如果我們能夠聯繫他因齊王的驕橫而寫下〈豪士賦〉以諷諫，便可明瞭。總之，陸機在對歷史的評價中，總是包含著現實的關照。在另一類憑弔古人的作品中，則寄託了陸機自己的人生感喟。〈弔魏武帝文〉向來為後人稱道，主要在於他將不可一世、叱咤風雲的魏武帝與臨終時的不免甚至有甚於俗人的情累，諸如分香賣履等瑣事纏心進行鮮明對照，將魏武帝的英雄形象徹底消解，還原其作為俗人的一面，這其中包含人生一世究竟為何的深沈感喟，這仍然是陸機詩賦中的生命意識的一種展現。其他如〈孔子贊〉反映了陸機以儒學立身的人生取向。〈王子喬贊〉則是對羽化成仙的豔羨，是對現實人生苦短的一種超越。而〈弔蔡邕文〉則見出陸機的知易行難。此篇憑弔蔡邕智而未愚、通道未堅，不知保全自己於亂世。而陸機自己又何嘗不是如此呢？他可以說是漢代智而未愚的蔡邕在西晉的再現。

陸機直接與現實關聯的文章，也可以分兩大類，一類是對死者的追悼，他創作的一些誄文、哀辭與銘文等，如〈吳大帝誄〉、〈吳大司馬陸公誄〉、〈愍懷太子誄〉、〈吳大司馬陸公少女哀辭〉以及〈吳丞相陸遜銘〉等。這些文章，特別是誄文往往通過述死者生前的功德，表達對逝者的哀悼。另外一類則是一些實用性的文章，如表、箋、策問等，大到策問所涉及的國體與政治方略，具體的如推薦人才等，都可見出陸機對現實政治的關注。如他的〈策問秀才紀瞻等六首〉，所問六事，見出陸機對國家體制、任用人才的理論與現實存在的問題等諸多方面的思考。而他的〈與趙王倫牋薦戴淵〉、〈薦賀循郭訥表〉等，尤見出陸機對現實政治的敏感。賀循、郭訥都是南人的傑出代表，他們才能品行突出，為人正直，卻長期不得升遷，仕途不順，陸機〈薦賀循郭訥表〉通過舉薦二人揭示了西晉普遍存在任官與地域分布不平衡的問題，見出陸機對統治者在用人政策上歧視南人的不平，反映了當時用人制度上的弊端，也見出陸機對改革這一制度的期盼。其他如〈謝平原內史表〉、〈至洛與成都王箋〉等，反映了陸機與成都王穎等八王之間的關係，也頗有文獻史料價值。

總之，特殊的家族背景、特殊的時代際遇、出眾的才華與強烈的功名心，構成了陸機悲劇人生的幾大要素。他短暫的四十三年的生命歷程中的喜怒哀樂，諸如他對人生與生命的感受、對歷史與現實的觀察與思考、他的鄉曲之思與親情之念等等，都在他詩賦文創作中得到最為生動的反映。

對陸機文學創作的藝術成就的評價，大都認為他的創作文辭繁縟，對偶工整，是形式主義文風的代表。確實，從藝術表現角度來看，文學發展到西晉，經過陸機的大量創作，講究對仗與對華美文辭的追求的確成為一代風尚，也是陸機詩文的主要藝術特徵。對這一問題的評價，我們可以從兩個方面來認識。從以上我們對陸機詩賦文創作的介紹可以看出，陸機的形式主義也並不是完全為形式而形式的創作，其中的情感大多真實而感人，也就是說陸機的創作不是為文而造情，甚至是不及情的。其次，陸機對語言美的追求，單就形式而言，也未嘗不是一種文學進步的反映。同樣一種情感與思想，一是質木無文的表現，一是用華美的文辭加以再現，二者之間給人的審美感受是不同的。有時華美的文辭其所達到的效果要比質木無文要好。當然，我們也不能迴避陸機創作中的一些缺憾，即有時為了工整而有害文意的明白表達，加上陸機愛用典故，有時更使文辭晦澀滯礙。另外，一些地方描寫過於細緻，喋喋不休，加上情感的單一，不足以振起全篇，故給人一種文辭繁縟之感。如〈贈尚書郎顧彥先二首〉其二，全詩無非是因大雨而對家鄉的牽掛，但是全篇涉及牽掛的只有最後兩句，除去開頭兩句交代自己身處京城外，其餘都是對大雨即將降臨之前、大雨降至及大雨帶來的危害進行鋪寫，其中的描寫諸如「迅雷中宵激，驚電光夜舒。玄雲拖朱閣，振風薄綺疏。豐注溢脩霤，潢潦浸階除。停陰結不解，通衢化為渠。沈稼湮梁潁，流民泝荊徐」，則有故求對偶工整之嫌，因而詩情阻塞而欠暢通。

陸機的〈文賦〉是用賦體的形式表達他的文學觀點，在中國文學批評史上佔有重要的地位。在這篇賦中，陸機對創作前的心理準備、創作時的藝術構思以及創作過程中的意與辭之間的關係的論述，都有自己獨到的見解。他關於詩賦文體特徵的界定，即「詩緣情而綺靡，賦體物而瀏亮」，對後世的影響也很深遠。詩賦二體在魏晉南北朝是文學創作的大宗，對二體的界定代表了當時人們對文學功能的認識。陸機之前，漢儒對詩賦的認識，重視二體的政教功能，「詩言志」成為漢儒的綱領性口號。陸機的「詩緣情而綺靡，賦體物而瀏亮」，雖然是對曹丕「詩賦欲麗」、「文以氣為主」的文學觀的進一步發展，但是他更明確地從情與辭兩個方面界定了詩賦尤其是詩的文學功能，「詩緣情」遂成為「詩言志」之後的又一面詩學旗幟與綱領，對詩歌掙脫政教的樊籬而走向個體情感的抒發起到了理論上的廓清作用。而陸機對詩賦形式上「綺靡」與「體物」的要求，則又見出對形式上的看重。這種提倡對六朝唯美文學的產生具有一種理論上的推動作用。聯繫陸機的詩賦創作的兩大情感主題，即憂生之嗟與思鄉之情，可以說是「詩緣情」的集中展示。它突破了詩賦的政教言志功能，較為集中地反映了個體生命的情感與人生的哀樂。而其詩賦的華美文辭與工整對偶，更是其「綺靡」與「體物」的藝術上的體現。應該說，從總體上看，陸機詩賦理論與其創作是相互吻合的。因而，將陸機的文學創作視作形式主義的代表有欠公允，這種評價尤其未能認識他的詩賦的主要情感主題在詩歌史上的重要價值。雖然陸機的詩賦情感過於憂傷，反映的生活面過於狹窄，但是他正是以這種屬於個體心靈的情感表達，在創作上實踐著他的「詩緣情」的詩學主張。

劉勰《文心雕龍．明詩》篇對西晉一代的詩歌創作作了這樣的評價：「采縟於正始，力柔於建安。」劉勰評詩總的說來是宗儒徵經，從詩歌的情感上來說推崇「梗概而多氣」的建安詩歌，因而，西晉詩歌主流多局囿於個體生命情感抒發的特徵，相對於建安風骨，不能不說是「力柔」了。而對於具有玄言意味、不注重辭藻的正始詩歌而言，西晉詩歌又表現出「采縟」的一面。總之，「采縟」與「力柔」，劉勰從內容與形式兩個方面對西晉詩歌所作的界定，恰好是陸機「詩緣情而綺靡」的另一種不太肯定的表述。排除宗經觀點，劉勰倒是能將以陸機為代表的西晉詩歌與建安、正始兩個時期的詩歌創作進行比較，看出西晉詩歌的總體風格。這兩個方面在東晉百年之後，在南朝又一次得到繼承。雖然相對於陸機的詩賦創作，南朝詩賦更加走向乏力與綺豔的一面，其流弊要到唐初陳子昂等詩人的力矯才得以糾正，但是以陸機為代表的創作動向，其對漢儒詩教觀的反動所起的作用，理應得到應有的歷史評價。

《晉書・陸機傳》云陸機「所著文章凡三百餘篇，並行於世」，但是見存的陸機文章遠遠沒有這個數目。陸機在當時就以創作繁富著稱，陸雲〈與兄平原書〉中言「兄文方當日多，但文實無貴於為多。多而如兄文者，人不厭其多也」，東晉葛洪《抱朴子》言「吾見二陸之文百許卷，似未盡也」（《北堂書鈔》卷一〇〇引），梁劉勰言「至於晉代之書，繁乎著作，陸機肇始而未備」，皆言及陸機的創作繁富。《隋書・經籍志》著錄：晉平原內史《陸機集》十四卷。梁四十七卷，錄一卷，亡。《舊唐書・經籍志》、《新唐書・藝文志》均著錄：《陸機集》十五卷。可見，陸機文集至梁時尚有四十七卷，至隋唐時已大量散佚。除了詩賦文的創作之外，姜亮夫先生的《陸機著述考》，考訂陸機曾著《晉紀》四卷、《洛陽記》一卷、《要覽》、《晉惠帝百官名》三卷、《吳章》二卷、《吳書》、《連珠》一卷，可見，陸機著述以繁富著稱，此言不假。

陸機的文集流傳到宋代只有十卷。《宋史・藝文志》著錄：《陸機集》十卷。宋本已不存。我們今天所能看到的是明人陸元大翻宋刻本。此本前附有宋人徐明瞻〈晉二俊文集敘〉，徐氏詳述了慶元年間得到並刊刻陸機陸雲兄弟文集的經過。書後附有寫於明正德己卯夏六月的都穆跋，言「《士衡集》十卷，宋慶元中嘗刻華亭縣齋，歲久，其書不傳。予家舊有藏本，吳士陸元大為重刻之。」《四部叢刊初編》影印收錄。《四部叢刊初編》影印的陸元大十卷本《陸士衡文集》，已遠非《陸機集》原貌，應為後人的輯錄而成。宋時就多有舛誤，宋人晁公武《郡齋讀書志》言陸機「所著文章凡三百餘篇，今存詩、賦、論、箋、議、表、碑、誄一百七十餘首，以《晉書》、《文選》校正外，餘多舛誤」。陸元大翻宋本存在四個問題。一是輯錄不全，陸機一些尚存的詩文多有遺漏，見之於史書與《文館詞林》的多為完篇而未收。二是所輯多有舛誤，包括非陸機作而誤收的，如樂府〈悲哉行〉（萋萋春草生）見之於《謝靈運集》，《陸機集》中已有一首〈悲哉行〉（游客芳春林）。誄文〈吳丞相江陵侯陸公誄〉全文見之於《陸雲集》中。三是有的篇目如〈思歸賦〉、〈大暮賦〉等，與《藝文類聚》、《初學記》等類書相較，缺失一些語句。

四是集中的字句也多有訛誤。後人對《陸機集》多有輯補校勘，其中嚴可均的《全晉文》、錢培名《小萬卷樓叢書》中十卷本《陸士衡文集》所附《札記》一卷、逯欽立的《先秦漢魏晉南北朝詩》、金濤聲點校的《陸機集》，都在陸機文集的輯佚與校勘方面作出很大的成績。

本書《新譯陸機詩文集》，以《四部叢刊初編》本為底本，多參照前人時賢的輯佚校勘成果，擇善而從，對原底本一些篇章的句子有所增補，對明顯的錯訛有所校正。在保持原十卷本原貌的基礎之上，將十卷分為賦、詩、文三大類，原卷中「演連珠五十首」、「七徵」置入「賦」類。將未輯入集中的重要賦詩文各作一卷，相應附於原書賦、詩、文各類卷末。又將一些殘缺過多而不成篇的作品，以賦、詩、文分類，作為一卷，置於附錄。一些佚文，如果與原集文字重複或略同的，如《詩紀》卷二五中題為〈三月三日〉詩，見於本集中的〈櫂歌行〉；〈贈潘正叔〉的四句詩，見於本集中的〈祖道畢雍孫劉邊仲潘正叔〉等，就未加輯錄。本次對《陸機集》的釐定，刪去十卷本中誤收的顯為謝靈運所作的〈悲哉行〉〈萋萋春草生〉、陸雲所作的〈吳丞相江陵侯陸公誄〉二篇文章。〈晉平西將軍孝侯周處碑〉是否為陸機所作，存在爭論，姜亮夫先生認為真假參半。因其中顯而易見的訛亂，作為「新譯」，不能無視這種錯訛又要強為之翻譯，這也是一件難事，故本書只將此篇列入附錄。為了使讀者對陸機生平有一更為直接的瞭解，本書末還附錄了《晉書》卷五四〈陸機傳〉，以備讀者查覽。

鑒於學識有限，書中錯謬難免，懇盼讀者批評指正。

王德華

二〇〇六年六月

賦

卷一

文賦并序

【題解】陸機〈文賦〉是中國文學批評史中第一篇探討藝術創作的理論篇章。〈文賦〉以賦本的形式表現了陸機對藝術創作過程中的一些重要問題諸如藝術構思問題、靈感問題、意與辭之間的關係問題、詩賦等文體特徵等等的看法，在中國文學理論批評史上佔有重要的地位。

余每觀才士❶之所作，竊有以得其用心❷。夫其放言遣辭❸，良多❹變矣，妍蚩好惡❺，可得而言。每自屬文❻，尤見其情❼。恆患❽意不稱物❾，文不逮意❿，蓋非知之⓫難，能之⓬難也。故作〈文賦〉，以述先士⓭之盛藻⓮，因論作文之利害所由⓯，他日⓰殆⓱可謂曲盡其妙⓲。至於操斧伐柯，雖取則不遠⓳，若夫隨手之變⑳，良難以辭逮。蓋所能言者，具於此云爾㉑。

【章　旨】此章為本篇序言。交代了作〈文賦〉的緣由。

【注　釋】❶才士　文士。此指作家。❷竊有以得其用心　私下以為能夠領悟作家創作時的藝術構思。竊，私下。得，領悟；領會。其，指才士。用心，所用之心；意圖。此指作家的藝術構思。❸放言遣辭　運用語言表情達意。放，放置；運用。❹良多　很多。良，很。❺妍蚩好惡　美醜好壞。蚩，通「嗤」。醜。❻屬文　撰寫文章；創作。屬，撰寫。❼情　創作中的甘苦之情。❽恆患　常常擔心。恆，常。患，憂慮；擔心。❾意不稱物　思想與所表現的事物不相符合。意，思想；創作意圖。稱，相稱；符合。❿文不逮意　文辭不能表達思想。逮，及。⓫知之　明白創作的道理。⓬能之　指將懂得的創作之道轉化為創作實踐。能，行。與「知」相對。指創作實踐。⓭先士　古代作家。⓮盛藻　美文；好的文章。盛，繁茂。藻，辭藻。此泛指文章。⓯作文之利害所由　創作成敗的原因。利害，猶言成敗。由，緣由；原因。⓰他日　異日；將來。⓱殆　或者；或許。⓲曲盡其妙　詳盡地闡述創作的奧妙。曲，周遍；詳盡。⓳操斧伐柯二句　喻取鑒前代作家的創作經驗，其法則即可取得。操斧伐柯，執斧砍伐木頭做斧柄。喻可就近取法，故曰「雖取則不遠」。語出《詩・豳風・伐柯》：「伐柯伐柯，其則不遠。」柯，斧柄。⓴隨手之變　瞬息之變。隨手，隨即；立刻。㉑具於此云爾　全部在這篇文章之中。具，全部；完全。於，在。此，代稱本篇〈文賦〉。云爾，句末語氣助詞，無實義。

【語　譯】我每次閱讀文士們的作品，私下以為領悟了他們創作時藝術構思的意圖。文士們創作時遣辭造句，確實有很多變化，其中的美醜好壞，可以領悟到並用語言進行評論。每當創作時，更加能感受到創作時的甘甜苦辣。常常擔心創作意圖與所要表現的事物不相符合，所運用的文辭不能很好地表達創作意圖，這大概是因為明白創作的道理並不難，難就難在真正的創作實踐上。所以寫下這篇〈文賦〉，敘述以前文士所創作的美文，論述創作成敗的因由，以後或許能詳盡創作時的奧妙。至於取鑒前代作家的創作經驗，其法則即可取得，但是創作時的瞬息之變，確實很難用言辭表述清楚。我所能表述的，全部在此文中了。

佇❶中區❷以玄覽❸，頤❹情志於典墳❺。遵❻四時以歎逝，瞻❼萬物而思紛❽。悲落葉於勁秋❾，喜柔條❿於芳春。心懍懍⓫以懷霜⓬，志眇眇⓭而臨雲⓮。詠⓯世德⓰之駿烈⓱，誦先人⓲之清芬⓳。游⓴文章之林府㉑，嘉麗藻之彬彬㉒。慨㉓投篇㉔而援筆，聊宣㉕之乎斯文㉖。

【章旨】此章敘述了創作前的心理準備。一是觀察自然萬物；一是研讀典籍。二者對涵養文思、進行創作均起到觸發作用。

【注釋】❶佇　久立。❷中區　即區中。宇宙之中；天地之間。❸玄覽　玄觀；深刻細緻地觀察。玄，幽深。❹頤　養；陶冶；涵養。❺典墳　三墳五典。相傳三皇之書稱三墳，五帝之書稱五典。此泛指古代典籍。❻遵　循。❼瞻　看；觀察。❽思紛　思緒紛繁。❾勁秋　深秋。❿柔條　柔嫩的枝葉。⓫懍懍　危懼貌。⓬懷霜　志懷霜雪。懷，念及；心想。⓭眇眇　高遠貌。⓮臨雲　面對著青雲。臨，面對；當著。⓯詠　歌頌；歌詠。⓰世德　世代流傳的德行。⓱駿烈　偉大的功業。駿，大。烈，功業。⓲先人　先民；古人。唐避李世民諱改「民」作「人」。⓳清芬　指美好的德行。⓴游　遨遊玩賞。㉑林府　意指文章之多如林木，富如府庫。㉒彬彬　美盛貌。㉓慨　感慨；有所感受。㉔投篇　投入篇章的創作之中。㉕宣　表達。㉖斯文　泛指文章。

【語譯】長久地佇立於天地之間細緻地觀察，在古代的典籍中涵養情志。隨著四季的變換，感歎著時光的飛逝，看到萬物的生息變化，思緒也因之而紛繁。在深秋會因落葉紛飛而悲歎，在春季會因枝條吐綠而喜悅。想到霜雪，內心會因之震動而志存高潔，面對著青雲，心志會變得更加高遠。歌頌世代相傳的偉大的德行，以及和具有美好德行的古人。在富贍如林的文章中遨遊，讚歎美盛的文辭麗藻。有所感觸，於是執筆進行創作，姑且將這感受用文章表達出來。

其始❶也，皆收視反聽❷，耽思傍訊❸，精騖八極❹，心游萬仞❺。其致❻也，情曈曨❼而彌鮮，物昭晰而互進❽；傾群言之瀝液❾，漱六藝之芳潤❿；浮天淵以安流⓫，濯下泉而潛浸⓬。於是沈辭怫悅⓭，若游魚銜鉤而出重淵之深⓮；浮藻聯翩⓯，若翰鳥纓繳而墜層雲之峻⓰。收百世之闕文⓱，採千載之遺韻⓲。謝朝華於已披⓳，啟夕秀於未振⓴。觀古今於須臾㉑，撫㉒四海於一瞬㉓。

【章　旨】此章言創作過程中的構思問題。構思時要「收視反聽」，靜心專一，同時還要發揮「精騖八極，心游萬仞」的藝術想像力。只有這樣才能生發情意迭出、新辭迭見的創作境界。

【注　釋】❶其始　指創作開始之時。❷收視反聽　將視覺聽覺收回。指不視不聽，排除干擾，心無旁騖。❸耽思傍訊　深思博采。耽思，熟思；深思。傍訊，傍問；博采。訊，問。❹精騖八極　精神馳騁於八方遙遠之地。精，精神。騖，馳騁；奔馳。八極，《淮南子．墬形》：「八紘之外，乃有八極。」借指極遠之地。❺萬仞　喻極高之處。仞，古代長度單位。八尺為一仞，一說七尺為一仞。❻致　至。指文思來的時候。❼曈曨　猶朦朧。不明貌。❽物昭晰而互進　物象明晰而紛紛呈現在眼前。物，物象。昭晰，明晰。互，相互；交替；紛紛。進，呈現；湧現。❾傾群言之瀝液　筆端流注的詞語皆出自諸家名言。傾，傾注；流注。群言，眾言；眾說；除儒家六藝之外的書籍。瀝液，水滴。比喻文章之精華。❿漱六藝之芳潤　咀嚼儒家經典。漱，漱滌；含咀；咀嚼。六藝，六經。指儒家六部經典，即《詩》、《書》、《禮》、《易》、《樂》、《春秋》。芳潤，芳澤的滋潤。比喻在儒家經典中含英咀華，受其芳澤的滋潤。⓫浮天淵以安流　形容想像可高升入天。天淵，星名，一名天泉。安流，平穩地流動。⓬濯下泉而潛浸　形容想像可下潛入地。濯，洗滌。下泉，指地下泉流。潛浸，沈浸。⓭沈辭怫悅　形容語言表達時艱澀之狀。怫悅，難出之貌。⓮若游魚銜鉤而出重淵之深　此句以釣魚出淵喻「沈辭怫悅」吐辭艱澀之貌。重淵，深淵。⓯浮藻聯翩　形容文辭不斷湧現之貌。浮藻，浮華的辭藻。聯翩，連綿不斷；不斷湧現。⓰若翰鳥纓繳而墜層雲之峻　此句用飛鳥從雲中墜落比喻「浮藻聯翩」之狀。翰鳥，天雞，俗稱山雞。纓繳，中箭。纓，通「嬰」。遭受。繳，箭上的絲繩。借指箭。層雲，天空中積聚著的雲氣。峻，高。⑰闕文　佚文。指散體。⑱遺韻　前人留下的詩賦。指韻文。⑲謝朝華於已披　此句言務去陳言。謝，去；棄去。朝華，早晨開的花。喻前人已用之言辭。已披，已用。披，披覽；瀏覽。⑳啟夕秀於未振　此句言作文意與辭要有創新。啟，開。夕秀，日暮時的花；晚開的花。喻前人尚未表述的意與辭。振，開放。㉑須臾　片刻；不一會。㉒撫　持；駕馭。㉓一瞬　瞬間；片刻。

【語　譯】創作開始之時，完全進入不聽不視，深思博問的境界，精神在八方遙遠之處馳騁，心靈在九霄天際遨遊。文思到來的時候，情思由朦朧而漸漸鮮明，物象也因之而愈加明晰，交替呈現在眼前；筆端流注的是六經群書中的清辭麗句；想像時而飛升天淵，在那裡平穩地流動；時而下潛地泉，在那裡洗滌浸潤。於是運用語言時的艱難，像引出深水中銜鉤的游魚；辭藻不斷湧現，又像中箭的飛鳥從九霄重雲中墜殞。吸收歷代亡佚的文章，採輯千年留下的詩賦。務去前人已用的陳辭，創用尚未使用的清新語言。片刻之間通達古今，瞬息工夫包括萬有。

然後選義按部，考辭就班❶。抱景者咸叩，懷響者畢彈❷。或因枝以振葉❸，或沿波而討源❹。或本隱以之顯❺，或求易而得難❻。或虎變而獸擾❼，或龍見而鳥瀾❽。或妥帖而易施❾，或岨峿而不安❿。罄澄心以凝思，眇眾慮而為言⓫。籠天地於形內，挫萬物於筆端⓬。始躑躅於燥吻⓭，終流離於濡翰⓮。理扶質以立幹⓯，文垂條而結繁⓰。信情貌之不差，故每變而在顏⓱。思涉樂其必笑，方言哀而已歎⓲。或操觚以率爾，或含毫而邈然⓳。

伊⓴茲事㉑之可樂，固聖賢之所欽㉒。課虛無以責有，叩寂寞而求音㉓。函緜遡於尺素，吐滂沛乎寸心㉔。言恢之而彌廣，思按之而愈深㉕。播芳蕤之馥馥，發青條之森森㉖。粲風飛而猋豎，鬱雲起乎翰林㉗。

【章　旨】此章言創作之始意與辭之間的關係以及意與辭兩方面所具有的作文之樂趣。

【注　釋】❶選義按部二句　選擇適當的事義與考慮恰切的言辭，安置在適當的地方。部，部位；位置。考，考慮；選擇。就，近。班，次第。❷抱景者咸叩二句　含有光景的物體皆可叩擊之以表文思，含音響的物體皆可彈擊之以發文意。言天地間一切有聲色的文辭皆可運用，以表現文思與文意。景，有光色的物體。咸，皆；都。叩，擊。畢，盡；皆。❸或因枝以振葉　有時依枝幹之狀分布樹葉，由本及末。意指依一篇立意遣辭造句。或，有時。因，依。振葉，分布恰當的樹葉。振，稱；適合。❹沿波而討源　此由末及本之意，主題最後表達出來。劉勰《文心雕龍・知音》：「沿波討源，雖幽必顯。」❺本隱以之顯　據隱求顯，逐步闡明。本，根據；依據。之，達到。語出《史記・司馬相如列傳》：「《易》本隱以之顯。」❻求易而得難　由易得難，層層深入。語出《老子》：「圖難於其易。」❼虎變而獸擾　虎皮花紋斑斕多彩而群獸變得馴服。喻立意為文章根本，根本已立，則一切安妥。虎變，虎皮的花紋斑斕多彩。獸擾，獸變馴良。擾，馴服。❽龍見而鳥瀾　此句與上句相對，以龍出現而鳥獸星散，喻根本雖立而枝葉未妥。龍見，喻文章的根本已立。龍，喻事物的主幹。見，同「現」。鳥瀾，鳥散。瀾，散。❾妥帖而易施　言遣辭立意有時比較容易。妥帖，恰當。形容「易施」之狀。易施，易行；招之即得。❿岨峿而不安　言遣辭立意有時比較困難。岨峿，不相合。形容「不安」之狀。安，穩妥。⓫罄澄心以凝思二句　言構思遣辭要專心致志，深思熟慮方能下筆成文。罄，盡。澄心，靜心；潛心。凝思，思想集中。凝，聚。眇眾慮，多方細緻地思考。眇，通「妙」。精微；細緻。為言，即下筆為言，寫作成文。⓬籠天地於形內二句　言天地之大可表現在文章之中，萬物雖眾可表達於筆端。籠，囊括；包含。形內，指文章之中。挫，收。筆端，筆尖。⓭始躑躅於燥吻　開始時口頭上表達不出。躑躅，徘徊。形容吐辭艱澀。燥吻，乾燥的嘴唇。形容口頭表達時吟詠再三。⓮終流離於濡翰　最後在筆端得到淋漓盡致的表達。流離，淋漓；流暢。濡翰，言蘸筆書寫。濡，濕。翰，筆。⓯理扶質以立幹　文章以意為主。就「選義」言。理，指文意構思。扶質立幹，即以意為主。扶，依。質，主。立，樹立。幹，根本。⓰文垂條而結繁　喻文辭繁茂如枝條垂綠，花果累累。就「考辭」言。⑰信情貌之不差二句　情中誠外，表裡如一，故內心有所變化面部表情也應之而變。此言義與辭之關係。信，確實。情貌，內心與外表。不差，一致。顏，顏面；外表。⑱思涉樂其必笑二句　以思樂必笑、言哀必歎說明意與辭之關係。《文心雕龍．夸飾》曰：「談歡則字與笑並，論慼則聲共淚偕。」方，正。⑲或操觚以率爾二句　寫出了創作時文思泉湧與滯礙的兩種情形。操觚，指作文。操，持。觚，古代用作寫書之用的木簡。率爾，不假思索、文思敏捷貌。含毫，含筆於口中。比喻構思為文。毫，毛筆頭；毛筆。邈然，茫然貌。形容文思滯礙遲鈍。⑳伊　發語詞，無實義。㉑茲事　此事。指作文、創作。㉒欽　推崇。㉓課虛無以責有二句　此謂意與辭之關係。意如「虛無」與「寂寞」，即抽象；辭如「有」與「音」，即形象。課，試。責，求；要求。叩，問。㉔函緜邈於尺素二句　言尺素寸心之間可以含容遠古與天地。極言人之思維的闊大與文字的表現功能。函，含；包容。緜邈，久遠。尺素，徑尺的生絹，書寫的工具。吐，此指心中含深吐納。滂沛，氣勢盛大貌。㉕言恢之而彌廣二句　此謂辭與意在進一步的擴大與深入下，變得更加具有廣度與深度。恢，擴大。彌，愈；更加。按，抑下；深入。㉖播芳蕤之馥馥二句　此以花草芳香樹木繁茂喻文辭之美盛。播，散播。蕤，草木之花下垂貌。馥馥，芳香貌。森森，樹木茂盛貌。㉗粲風飛而猋豎二句　此以風飛雲騰喻創作時文思泉湧、心手交應之狀。粲，鮮明；明麗。猋，同「飆」。勁風。豎，起。鬱，有美盛之意。翰林，文章之多如林。翰，筆毫。

【語　譯】然後選擇適當的事義，考慮恰切的言辭安置在適當的地方。含有光景的物體皆可叩擊它以表文思，含音響的物體皆可彈擊它以發文意。有時可依枝分布樹葉，由本及末，立意遣辭，有時沿波求源，由末及本，立意最後顯現。有時可據隱求顯，逐步闡明，有時由易得難，層層深入。立意為文章根本，根本已立，則一切安妥，這猶如虎皮花紋斑斕而群獸變得馴服，也有根本雖立而枝葉未妥，這猶如龍出現而鳥獸星散。遣辭立意有時比較容易，很是通暢，有時吐辭艱澀，很是困難。構思遣辭時要專心致志，深思熟慮方能下筆成文。天地之大可表現在文章之中，萬物雖眾可表達在筆端。開始時口頭上再三吟詠，口乾舌燥而表達不出，到最後可淋漓盡致地表達在筆端。文章以意為主，好比樹幹，文辭繁茂就如枝條垂綠，花果纍纍。內心與外表確實如一，所以內心有所變化面部表情也應之而變。文思涉及歡樂，就必然表現為歡笑，口上正說著悲哀，一定是已經一聲長歎。創作有時文思泉湧，一揮而就，有時文思滯礙，拿起筆來卻又不知如何下筆。

創作確實是一樂事，所以聖賢本來就非常推崇。虛無的想法可以通過言辭表達，無聲的寂寞可以用音響加以表現。尺素之上可以包含久遠的東西，寸心之內可含有盛大的氣勢，吐納天地。言辭與立意在進一步的擴大與深入下，變得更加具有廣度與深度。文辭美盛猶如花草芳香，樹木繁茂。創作時文思泉湧、心手交應之狀猶如風飛飆起，美雲騰空。

體❶有萬殊❷，物無一量❸，紛紜揮霍❹，形難為狀❺。辭程才以效伎，意司契而為匠❻。在有無而僶俛，當淺深而不讓❼。雖離方而遯圓，期窮形而盡相❽。故夫誇目者尚奢，愜心者貴當，言窮者無隘，論達者唯曠❾。詩緣情而綺靡❿，賦體物而瀏亮⓫。碑披文以相質⓬，誄纏緜而悽愴⓭。銘博約而溫潤⓮，箴頓挫而清壯⓯。頌優游以彬蔚⓰，論精微而朗暢⓱。奏平徹以閑雅⓲，說煒曄而譎誑⓳。雖區分之在茲⓴，亦禁邪而制放㉑。要辭達而理舉㉒，故無取乎冗長㉓。

【章　旨】此章探討了各種文體在文與意上的特徵，並對各種文體均應遵守的規則作了概括。

【注　釋】❶體　文體。指下文詩賦等文體。❷萬殊　千萬種差別。殊，不同；差別。❸量　度量；標準。❹紛紜揮霍　形容事物變化疾速，變化多端。紛紜，雜亂貌。揮霍，疾速貌。❺形難為狀　難以用語言描述事物疾速而多端的變化形狀。形，形狀；情狀。狀，描述。❻辭程才以效伎二句　言辭藻紛至沓來之時，取捨仍以意為主。程才，展現才能。程，量；展示。效，獻；表現。伎，技巧。司契，掌握規則。司，主。契，合。匠，工匠。李善《文選》注曰：「眾辭俱湊，若程才效伎；取捨由意，類司契為匠。」❼在有無而僶俛二句　言遣辭立意當努力為之，力求恰當。僶俛，同「黽俛」。勉強；勉力。語出《詩・邶風・谷風》：「何有何無，黽俛求之。」當，值；恰逢。不讓，謂自作主張。語出《論語・衛靈公》：「當仁不讓於師。」❽雖離方而遯圓二句　言文章自為法度，但創作有時也會離開一定的規律，但其目的還是為了追求窮盡其妙。離方、遯圓，指創作時離開一定的規則。方、圓，規則；規矩。遯，即「遁」之本字。逃離。期，期望；希望。❾故夫誇目者尚奢四句　言不同人創作時會有不同的表現，不同的風格特徵。夫，發語詞，無實義。誇目者，指崇尚辭藻者。奢，指辭藻的華麗。愜心者，指追求將內心所思恰切表現出來者。愜心，快心；滿意。當，指言辭的恰到好處。言窮者，指崇尚窮形盡相者。無隘，指語辭上的淋漓酣暢。隘，險阻。論達者，指崇尚通達之人。曠，指言辭的曠達。❿詩緣情而綺靡　詩歌這一文體具有「緣情」與「綺靡」即意與辭的兩個特徵。緣情，以情志為主。指意。緣，因；循。綺靡，豔麗。指辭。⓫賦體物而瀏亮　賦這一文體具有「體物」與「瀏亮」的特徵。體物，鋪陳描寫事物。體，狀；描繪。瀏亮，指表達上清楚明朗。⓬碑披文以相質　碑文要文質相符。碑，碑文。刻石立碑，主要是記載功德。披文，加以文飾。披，披露；陳述。相質，合乎實際。質，信；實。李善《文選》注曰：「碑以述德，故文質相半。」⓭誄纏緜而悽愴　誄這一文體要纏綿悽愴。誄，哀悼死者的文體。纏緜，哀而不盡之意。悽愴，悲哀。李善《文選》注曰：「誄以陳哀，故纏綿悽愴。」⓮銘博約而溫潤　銘這一文體應具有「博約」、「溫潤」的特徵。銘，古代鑄刻在器物上用以記事或頌德的一種文體。李善《文選》注曰：「銘以題勒示後，故博約溫潤。」博約，謂事博文約。博，廣。約，簡約；簡要。溫潤，本指玉色溫和柔潤，後用以形容人或事物的品性。《禮記・聘義》：「夫昔者君子比德於玉焉，溫潤而澤仁也。」⓯箴頓挫而清壯　箴這一文體文辭應該具有「頓挫」、「清壯」的特徵。箴，陳述勸諫的一種文體。李善《文選》注曰：「箴以譏刺得失，故頓挫清壯。」頓挫，指語音上的抑揚頓挫。清壯，指文清理壯。⓰頌優游以彬蔚　頌體要具有「優游」與「彬蔚」的特徵。頌，頌揚功德的一種文體。優游，清雅自得。指意。彬蔚，文辭華盛。指辭。《文心雕龍・頌讚》：「頌惟典雅，辭必清鑠。」李善《文選》注曰：「頌以褒述功美，以辭為主，故優遊彬蔚。」⓱論精微而朗暢　論應具有「精微」與「朗暢」的特徵。論，一種議論文體。精微，指議論的細密與準確。朗暢，明朗暢達。李善《文選》注曰：「論以評議臧否，以當為宗，故精微朗暢。」劉熙載《文概》曰：「精微以意言，朗暢以辭言。精微者，不惟其難，惟其是；朗暢者，不惟其是，惟其達。」⓲奏平徹以閑雅　奏這一文體要「平徹」、「閑雅」。奏，古代官員上書皇帝的一種文體。平徹，平易透徹。指意。閑雅，從容典雅。指辭。李善《文選》注曰：「奏以陳情敘事，故平徹閑雅。」⓳說煒燁而譎誑　說這一文體應具有「煒燁」與「譎誑」的特徵。說，一種辯說的文體。煒燁，文辭明麗曉暢。譎誑，詭奇虛妄。李善《文選》注曰：「說以感物為先，故煒曄而譎誑。」⓴在茲　在這些方面。指以上所說各本之差別所在。㉑禁邪而制放　指在意與辭兩方面尚要禁止邪說放誕。邪，邪說。指意。制，制止。放，放誕無忌。指辭。㉒理舉　文章義理得以表達。理，義理。舉，舉陳；立。㉓冗長　散漫。

【語　譯】文體不只一種，各種文體之間有巨大的差別，就像世間萬物沒有一定的標準一樣，這種疾速而多端的變化是難以用語言描述的。辭藻紛至沓來，就像展示才能表現本領技巧，要使文辭能恰切地傳情達意，仍取決於意，就像工匠操斧必依規則。努力恰當地用文辭表現內容，如何遣辭當應努力為之，力求其工，立意的或深或淺，應自作主張，力求其當。創作有時也會離開一些規則，但其目的還是希望能夠將所表達的對象窮形盡相的表現出來。所以，追求辭藻者創作時就崇尚運用華麗的語言，追求將內心所思恰當表達者在言辭上就推崇言辭表情達意的恰切，追求表達事物時窮盡事物特徵者言辭上以暢達生動為主，追求通達者言辭上也一定表現出曠達的文風。詩歌創作因情而作，言辭華麗，賦體鋪陳描述事物，語言應清楚明朗。碑體文辭應與所記載的功德相符，不應有所誇張，誄體文辭要悲哀纏綿。銘文應記事博贍，文辭簡約，溫和柔潤，箴體要抑揚頓挫，文清理壯。頌體要清雅自得，文辭華盛，論體議論要細密深刻，文辭要明朗暢達。奏體應平易透徹，措辭典雅，說體文辭明麗曉暢，詭奇虛妄。各體雖有如上所說的差別，但各體在立意與文辭上皆需制止邪說與虛妄。一定要文辭能夠表達義理，所以文辭不可冗長。

其為物也多姿❶，其為體也屢遷❷。其會意也尚巧❸，其遣言也貴妍❹。暨音聲之迭代，若五色之相宣❺。雖逝止之無常，固崎錡之難便❻。苟達變而識次，猶開流以納泉❼。如失機而後會，恆操末以續顛❽。謬玄黃之秩敘，故淟涊而不鮮❾。

【章　旨】此章主要論文章聲韻措置之美及聲韻失諧之病。

【注　釋】❶多姿　萬物萬形，故曰多姿。❷屢遷　有多種變化。文體非一，故曰屢遷。❸會意也尚巧　思想表達需要一定的藝術技巧。會意，立意。尚巧，崇尚藝術表現技巧。❹遣言也貴妍　遣辭造句也應講求語言的華美。❺暨音聲之迭代二句　李善《文選》注曰：「言音聲迭代而成文章，若五色相宣而為繡也。」暨，及。迭代，更替；變換。五色，青黃赤白黑五種顏色。宣，昭示。❻雖逝止之無常二句　承上句言音聲更替之難。逝止，猶去留。無常，沒有一定的規律。常，準則。固，本來。崎錡，不安貌。難便，難於便利；難於適合。❼苟達變而識次二句　言如何以規律達到聲音相合。苟，如果。達變，通曉變化的規律。識次，瞭解次序的安排。開流，開鑿河道。流，河道；河渠。納，接納；接受。❽如失機而後會二句　言不按規則行文，就有本末倒置之病。失機，失去機會；失次。後會，會合時遲到。猶「失機」。恆，常常。操末續顛，猶本末倒置。❾謬玄黃之秩敘二句　以顏色雜錯失去和諧喻文章音韻失諧之病。李善《文選》注曰：「言音韻失宜，類繡之玄黃謬敘，故洟涊垢濁而不鮮明也。」謬，亂。玄黃，黑黃兩色。代指顏色。秩敘，秩序；次序。洟涊，汙濁不鮮貌。

【語　譯】世間萬物多姿多彩，文體也非單一而有多種變化。文章思想內容需要用藝術技巧表現，遣辭造句也應講求言辭的華美。至於音聲變換交替而成文章，就像五色交錯而成錦繡。音韻更替去止沒有一定的規律可循，有時就難免有不妥不合之處。如果通曉聲韻的變化規律以及遣辭造句的規則，那麼猶如開鑿河道，接納流水一樣，自然就會暢通無阻。如果不能按聲韻規律行文，就會失去機會，本末倒置。這就如五色雜亂錯置失去和諧，畫面會因之汙濁而失去光彩。

或仰逼於先條❶，或俯侵於後章❷；或辭害而理比，或言順而義妨❸。離之則雙美，合之則兩傷❹。考殿最於錙銖，定去留於毫芒❺。苟銓衡之所裁，固應繩其必當❻。

或文繁理富，而意不指適❼。極無兩致，盡不可益❽。立片言而居要，乃一篇之警策⑨。雖眾辭之有條⑩，必待茲⑪而效績⑫。亮功多而累寡，故取足而不易⑬。

或藻思⑭綺合⑮，清麗千眠⑯。炳若縟繡，悽若繁絃⑰。必所擬⑱之不殊⑲，乃闇合⑳乎曩篇㉑。雖杼軸㉒於予懷，怵㉓他人之我先。苟傷廉㉔而愆義㉕，亦雖愛而必捐㉖。

或苕發穎豎㉗，離眾絕致㉘。形不可逐，響難為係㉙。塊孤立而特峙㉚，非常音㉛之所緯㉜。心牢落而無偶，意徘徊而不能揥㉝。石韞玉而山暉，水懷珠而川媚㉞。彼榛楛之勿翦，亦蒙榮於集翠㉟。綴〈下里〉於〈白雪〉㊱，吾亦濟㊲夫所偉㊳。

【章旨】此章論述了遣辭立意的種種情況，強調「一篇之警策」的重要，辭意均精妙特出的麗辭佳句會使全篇生色。

【注釋】❶或仰逼於先條　言有時文章後段與前段文辭相互矛盾。仰逼，謂與前段構成矛盾。逼，脅迫。先條，前段的文辭。條，科條；條目。❷或俯侵於後章　言有時文章的前段文辭妨礙了後章。俯侵，指前段妨礙了後段。侵，犯；侵犯。❸或辭害而理比二句　言辭義不諧之病。理比，理順。比，合；順。妨，妨礙；害。❹離之則雙美二句　言辭義之間的利害關係。❺考殿最於錙銖二句　言選辭立意必須嚴格。考，察。殿最，古代考核政績或軍功的等級，下等為「殿」，上等為「最」。此指辭義的高低上下。錙銖，古代計重量的小單位。毫芒，極細小之義。毫，古代計長度的極小單位。芒，草尖。❻苟銓衡之所裁二句　此言選辭立意必以二者相諧為主。銓衡，量輕重的器具。銓，量；稱。衡，平衡。繩，木工取直的工具，用如動詞，以……為準繩、標準之意。❼指適　恰當；中肯。適，當。❽極無兩致二句　言立意應鮮明，辭不可冗繁。極無兩致，指文章立意而言。極，頂點。致，極致。盡不可益，指文辭言。盡，窮盡。益，添加；增加。❾立片言而居要二句　言辭意俱佳的文句在文章當中的重要作用。片言，簡短的文字或語言。居要，置於關鍵的位置。警策，文辭精練扼要而含義深切的文句。⑩條　條理。⑪茲　指上文「一篇之警策」。⑫效績　顯示功效；呈現作用。效，顯示；呈現。績，功效；功績。⑬亮功多而累寡二句　言文章中有警策之語的效果。亮，確實；誠然。功多，利多。累寡，弊少。取足，指辭意俱能得到足夠的表達。不易，不改。因弊少故不改。⑭藻思　創作時的文思。⑮綺合　各色錦綺會合在一起。⑯千眠　即芊眠。光澤鮮明貌。⑰炳若縟繡二句　此句形容辭藻繁富，動心悅目。炳，光耀貌。縟繡，色彩繁麗的錦繡。悽，動心；動人。繁絃，聲調複雜的音樂。⑱擬　摹擬；摹寫。⑲不殊　沒有不同。⑳闇合　暗中相合；巧合。㉑曩篇　前人所作的文章。㉒杼軸　編織工具。喻編織成文。㉓怵　擔心。㉔傷廉　傷於廉潔。此言創作時的剽竊。㉕愆義　違背道義。愆，過；違背。㉖捐　拋棄；捐棄。㉗苕發穎豎　喻辭意皆精妙特出。苕，苕花。穎，禾穗。豎，立。㉘離眾絕致　出眾超絕。㉙形不可逐二句　喻言辭的難於表達，佳句難得。李善《文選》注曰：「言方之於影而形不可逐，譬之於聲而響難係也。」逐，追逐。係，縛。㉚塊孤立而特峙　喻麗辭佳句在全篇中特立突出。塊，孑然獨立貌。峙，屹立。㉛常音　平常之音；平庸的語言。㉜緯　經緯之緯，配合。㉝心牢落而無偶二句　言心有所思而無佳句表達的心意彷徨的狀況。牢落，孤寂；無聊。無偶，指沒有言辭相配。徘徊，彷徨。揥，去；捐棄。㉞石韞玉而山暉二句　喻麗辭佳句使文章生輝。韞，含；藏。山暉，山巒增色。㉟彼榛楛之勿翦二句　喻麗辭佳句會使全篇生色。李善《文選》注曰：「以珠玉之句既存，故榛楛之辭亦美。」榛楛，榛木與楛木。喻庸音。翦，除。蒙，受。集翠，停留在樹木上的翠鳥。集，停。翠，翠鳥，青色。㊱綴下里於白雪　雅曲中摻有俚曲。綴，連；連綴。下里，即俚曲。白雪，即雅曲。宋玉〈對楚王問〉：「客有歌於郢中者，其始曰〈下里〉〈巴人〉，國中屬而和者數千人；其為〈陽阿〉〈薤露〉，國中屬而和者數百人；其為〈陽春〉〈白雪〉，國中屬而和者，不過數十人，引商刻羽，雜以流徵，國中屬而和者，不過數人而已。是以其曲彌高，其和彌寡。」㊲濟　彌補；補益。㊳所偉　指所認為出色奇異的辭句。偉，奇；認為奇異出色。

【語譯】有時文章的後段文辭與前段相互矛盾，有時前段的文辭干擾了後段文辭的表達；有時文辭雖蕪雜而義理卻還得當，有時文辭通暢但是義理卻不明確。義與辭之間不和諧，兩者分開的話就會兩全其美，如果合在一起便會兩敗俱傷。選辭立義一定要錙銖必較，毫芒必察。如果經過銓衡，裁定的標準就是以辭意二者恰當和諧為主。

有時文章文辭繁冗，義理富贍，但是文章的立意卻並不中肯。文章的立意不能有兩種觀點，言辭可盡情表達但不可成為多餘。一篇文章在關鍵之處需要有文辭精練而立義深切的文句，使文章主題鮮明突出。文辭表達雖可以有條有理，但有了片言警句才能顯功效。這樣確實利多弊少，文章辭意因能得到充分表達，就不需再更改。

有時文章的文思如各色錦綺會合在一起，光澤鮮明，風格清麗。光耀如色彩繁麗的錦繡，動聽如聲調複雜的樂曲。創作時摹寫對象有一致的，就難免在文義上與前人創作暗合。雖然創作是出自自己的情思，也擔心他人已先我而表達。如果創作過於雷同近於剽竊而違背道義，即使十分喜愛也必須棄而不用。

文辭須如苕發穎豎要精妙特出，但是言辭有時如身影聲響，難以琢磨與表達。麗辭佳句在一篇之中特立突出，與平庸之言同在一篇，很不相配。有時心有所思而苦於沒有好的言辭表達，心意雖彷徨但不能捨棄。這猶如眾石中藏有寶玉，山巒會因之生色，水中含有明珠，河流會因之秀媚。榛楛惡木勿需翦除，若有翠鳥停留，也會因之蒙受榮耀。雅曲〈白雪〉若雜綴俚曲〈下里〉，也會使雅曲更加奇異出色。

或託言❶於短韻❷，對窮迹而孤興❸。俯寂寞而無友❹，仰寥廓❺而莫承❻。譬偏絃之獨張，含清唱而靡應❼。或寄辭於瘁音❽，言徒靡❾而弗華❿。混妍蚩⓫而成體，累良質⓬而為瑕⓭。象⓮下管之偏疾⓯，故雖應而不和⓰。或遺理⓱以存異⓲，徒尋虛以逐微⓳。言寡情而鮮愛⓴，辭浮漂而不歸㉑。猶絃么㉒而徽急㉓，故雖和而不悲。或犇放㉔以諧合，務嘈囋㉕而妖冶㉖。徒悅目而偶俗㉗，固聲高而曲下㉘。寤㉙〈防露〉與〈桑間〉㉚，又雖悲而不雅。或清虛以婉約㉛，每除煩而去濫㉜。闕大羹之遺味㉝，同朱絃之清氾㉞。雖一唱而三歎㉟，固既雅而不豔。

【章　旨】此章以音樂為喻，指出作文常見的五種文病，即：文章短小，難以成文之弊；庸辭連累美辭之弊；遺棄義理、浮辭失意之弊；俗而不雅之弊；雅而不豔之弊。

【注　釋】❶託言　寄言。❷短韻　短文；小文。❸窮迹而孤興　事少而缺少興味。李善《文選》注曰：「言文小而事寡，故曰窮迹；迹窮而無偶，故曰孤興。」❹無友　無偶。❺寥廓　空曠寂寥。❻承　接。❼譬偏絃之獨張二句　孤絃獨奏，清唱無和。喻難以成文。偏絃，猶孤絃。張，此指彈奏。清唱，清泠的歌唱。靡，無。應，應和。❽瘁音　憔悴無力之音。❾徒靡　空有浮靡華美。❿弗華　沒有光澤、光華。⓫妍蚩　美醜。⓬累良質　使好的美質受到牽累。累，牽累；使受到牽累。良質，美質。⓭瑕　玉的斑點；瑕疵。⓮象　類；似。⓯下管之偏疾　管樂器偏於疾速。下管，管樂器。古代舉行大祭等儀式，在堂下奏管樂，故稱管樂器為「下管」。疾，疾速；快。⓰應而不和　雖相應但不協調。呂向《文選》注曰：「堂上歌〈鹿鳴〉，堂下吹下管，管聲疾與〈鹿鳴〉雅聲不相和諧。」⓱遺理　遺棄義理。⓲存異　保存奇異的文辭。⓳徒尋虛以逐微　指徒然追逐虛辭。虛，浮誇的言辭。逐微，離棄根本追逐末節。⓴鮮愛　指文章缺少愛憎分明的感情。㉑辭浮漂而不歸　指文辭虛浮游離而意無所指。㉒絃么　絃小。么，小。㉓徽急　琴絃彈奏急迫。徽，琴徽；繫琴絃的繩。此指七絃琴琴面十三個指示音節的標識。㉔犇放　指文勢放縱。犇，同「奔」。㉕嘈囋　嘈雜。囋，多言。㉖妖冶　佚蕩；放蕩。㉗偶俗　隨俗。偶，合；隨。㉘聲高而曲下　聲音高亢而曲調卑俗。㉙寤　覺。㉚防露與桑間　指淫靡之音。防露，未詳，與「桑間」相對，似指淫靡之音。桑間，桑間之詠。此指淫靡之音。㉛清虛以婉約　清虛，清靜虛空。婉約，指文章的風格含蓄輕柔。㉜除煩而去濫　去除多餘的浮辭。㉝闕大羹之遺味　闕，缺。大羹，不和五味的肉汁。大，同「太」。遺味，餘味。《禮記‧樂記》：「大饗之禮，尚玄酒而俎腥魚，大羹不和，有遺味者也。」㉞朱絃之清氾　朱絃，用熟絲製成的琴絃。此泛指古樂。清氾，清散；不繁密。氾，散。《禮記‧樂記》：「〈清廟〉之瑟，朱弦而疏越，一唱而三歎，有遺音者也。」㉟一唱而三歎　一人歌唱，三人相和。多用以形容音樂優美，富有餘味，令人歎賞不已。

【語　譯】有時寄意於短文，由於文短事少，缺少興味。遣辭造句，上下尋覓皆無所得。譬如孤絃獨奏，清唱無和，文章短小，難以成文。有時文章寫得空泛無力，言辭沒有光澤而徒有浮靡。將庸辭美言混為一體，美辭也受累似有瑕疵。這猶如在堂下奏著管樂器，其聲疾速，雖然與堂上雍容的舞蹈相應，總不協調。有時遺棄文章的義理而保存文辭的奇異，徒勞地追逐虛辭，離棄根本。言語缺少情感，愛憎的態度也不明顯，文辭浮游漂渺，意無所指。這猶如絃小而彈奏急迫，曲調雖和諧卻不感人。有時文筆奔放恣肆以求諧合之美，這猶如致力於嘈雜而放蕩的樂曲。只是為了好看而隨俗，聲音固然是高亢但曲調卻卑下。感覺到像〈防露〉、〈桑間〉這樣淫靡的樂曲，雖然感人卻不雅正。有時文章追求清新空靈、婉約柔美的風格，常去除多餘的浮辭。但是比之大羹，卻缺少其餘味，方之古樂，有其單調清散之音。雖也是一人唱三人和，曲調固然是高雅但卻不豔美。

若夫豐約之裁❶，俯仰之形❷，因宜適變❸，曲有微情❹。或言拙而喻巧，或理朴❺而詞輕❻。或襲故而彌新，或沿濁而更清❼。或覽之而必察，或研之而後精❽。譬猶舞者赴節以投袂，歌者應絃而遣聲❾。是蓋輪扁所不得言，故亦非華說之所能精❿。

普辭條與文律⓫，良余膺之所服⓬。練世情之常尤⓭，識前修之所淑⓮。雖濬發於巧心⓯，或授欰於拙目⓰。彼瓊敷與玉藻⓱，若中原之有菽⓲。同橐籥之罔窮，與天地乎並育⓳。雖紛藹⓴於此世，嗟不盈於予掬㉑。患挈缾之屢空㉒，病昌言之難屬㉓。故踸踔於短韻㉔，放庸音以足曲㉕。恆遺恨以終篇，豈懷盈而自足㉖？懼蒙塵於叩缶㉗，顧取笑乎鳴玉㉘。

【章旨】此章言文章的義與辭的相諧一致，其間的奧妙難以用語言形容；並慨歎自己才智短淺，常常遺恨終篇。

【注釋】❶豐約之裁　指文章的繁簡詳略的安排。豐約，奢侈與儉約。此指文章的繁簡詳略。裁，裁剪；安排。❷俯仰之形　指文章前後的安排。俯仰，上下。此指文章前段與後段。形，形成。指文章前後的安排。❸因宜適變　因時變化。因，順。宜，適宜；恰當。適，合。❹曲有微情　有深曲微妙的情況。❺理朴　道理質樸。❻輕　指語言輕僄浮離。❼或襲故而彌新二句　著重講文辭。襲，因襲；沿用。彌，愈；更加。更，猶「彌」。更加。❽或覽之而必察二句　著重講文義。覽，看。必，一定。察，清楚明白。研，研究；思考。精，精通。指理解深透。❾譬猶舞者赴節以投袂二句　以跳舞與唱歌合拍應絃，比喻文章義與辭之間相互適應的微妙關係。赴節，合著節拍。赴，趨；合。投，揮動；擺動。袂，衣袖。應，和。遣，發出。❿是蓋輪扁所不得言二句　言文章義與辭之間的相互一致難以用言辭表達出來。蓋，大概。輪扁，人名，做車輪之木匠，名扁。語出《莊子・天道》：「桓公讀書於堂上，輪扁斲輪於堂下，釋椎鑿而上。問桓公曰：『敢問公之所讀者何言邪？』公曰：『聖人之言也。』曰：『聖人在乎？』公曰：『已死矣！』曰：『然則君之所讀者，古人之糟粕而已夫！』桓公曰：『寡人讀書，輪人安得議乎！有說則可，無說則死。』輪扁曰：『臣也，以臣之事觀之，斲輪徐則甘而不固，疾則苦而不入，不徐不疾，得之於手而應之於心，口不能言，有數存焉於其間。臣不能以喻臣之子，臣之子亦不能受之於臣，是以行年七十而老斲輪。』」華說，華麗的語言。精，此指說得清楚明白。⓫普辭條與文律　普，普遍；廣泛。辭條，指上文「眾辭之有條」。條，條理。文律，作文之規律；作文之道。⓬良余膺之所服　良，確實。膺，胸。服，佩服；欽佩。⓭練世情之常尤　練，熟悉。世情，常情。尤，錯；過失。⓮識前修之所淑　識，瞭解。前修，前代傑出人物。此指古代作家。淑，善；優點。⓯雖濬發於巧心　濬發，深切的發自。濬，深。巧心，巧思；深思。⓰授蚩於拙目　蚩，同「嗤」，譏笑。拙目，與慧眼相對，指不識「巧心」之眼。⓱璚敷與玉藻　比喻文章妙句。璚敷，即瓊華。璚，通「瓊」。敷，通「柎」。花萼房。藻，華麗的文辭。⓲中原之有菽　語出《詩・小雅・小宛》：「中原有菽，庶民采之。」中原，原野。菽，豆類作物的總稱。⓳同橐籥之罔窮二句　《老子》曰：「天地之間，其猶橐籥乎？虛而不屈，動而愈出。」河上公曰：「橐籥，中空虛，故能育聲氣也。」橐籥，古代冶煉時用以鼓風吹火的裝置，如同今之風箱。喻指大自然、造化。罔，無。⓴紛藹　指文章佳句之繁多。㉑嗟不盈於予掬　喻己所得麗辭佳句之少。嗟，感歎。盈，滿。予，我。掬，雙手合捧為一掬。《詩・小雅・采綠》：「終朝采綠，不盈一掬。」㉒患挈缾之屢空　此句言智之人，才思常盡。患，擔心。挈缾，語出《左傳·昭公七年》：「雖有挈缾之知，守不假器。」注曰：「挈缾，汲者，喻不知。」屢空，常盡。㉓病昌言之難屬　病，恨；遺憾。昌言，善言；正當的言論。屬，指連綴成文。㉔躑躅於短韻　躑躅，跳躍貌；跛行貌。此指滯留；拘泥。短韻，指短篇；小篇。㉕放庸音以足曲　放，置。庸音，平庸之音。足，滿；湊成。㉖豈懷盈而自足　豈，怎麼；哪裡。盈，滿。自足，自得；自滿。㉗懼蒙塵於叩缶　懼，擔心。蒙塵，為塵土所布滿。叩，敲；擊。缶，瓦器。瓦器不鳴，再蒙之以塵，故下文言取笑於鳴玉之聲。㉘鳴玉　比喻傳世之作。

【語　譯】至於文章的繁簡安排，前後段之間的銜接，應隨時適情變化，其中也還有深曲微妙的情況。有時語辭笨拙但是比喻巧妙，有時道理質樸但是語辭輕僄。有時襲用舊辭卻翻出新意，有時沿用濁音而發出清氣。有時文章的義理看一下便會清楚，有時卻要反覆研究方能弄得明白。義與辭之間的複雜微妙的關係，猶如跳舞的人按著舞拍擺動衣袖而舞，又如唱歌的人應著琴絃而引吭高歌。這種情況大概是像輪扁那樣不能用語言形容，也不是華麗的文辭所能說得深透。

廣泛地掌握運用言辭與作文的規律，這也確實是我內心之所嚮往的。熟悉世人創作時所常犯的過錯，瞭解前代作家創作的優點。創作時雖然有可能是深切地發自內心巧思，有時難免被不賞識的目光所譏笑。那文章的佳句，猶如原野中的豆類作物，取之不盡。也如同自然之造化，於天地之間無窮無盡。世間麗辭佳句繁多充盈，而我所得卻不滿一掬。擔心自己智小才盡，遺憾心中美言難以連綴成篇。所以只好拘泥寫些短篇，用些平庸之音來湊成樂曲。常常是文章寫成之後抱恨不已，怎麼能自滿而自得？害怕自己的作品猶如敲擊蒙於塵土的瓦器，反而被玉鳴之聲所取笑。

若夫感應之會❶，通塞之紀❷，來不可遏❸，去不可止。藏若景滅❹，行猶響起❺。方天機之駿利❻，夫何紛而不理❼。思風發❽於胸臆，言泉流❾於脣齒。紛葳蕤以馺遝⑩，唯毫素之所擬⑪。文徽徽以溢目，音泠泠而盈耳⑫。

及其六情底滯⑬，志往神留，兀若枯木⑭，豁若涸流⑮。攬營魂以探賾，頓精爽於自求⑯。理翳翳而愈伏，思乙乙其若抽⑰。是以或竭情而多悔，或率意而寡尤⑱。雖茲物⑲之在我，非余力之所戮⑳。故時撫空懷而自惋㉑，吾未識夫開塞㉒之所由。

【章旨】本章言創作時的靈感問題，描述了文思暢通與阻塞時的兩種情形。

【注釋】❶感應之會　指物與我相互感動應和之際。會，際；時。❷通塞之紀　指原先阻塞的文思暢通之時。通塞，偏義複詞，側重於「通」。紀，猶會、時。❸遏　止；遏止。❹景滅　日影息滅。景，影；日影。❺響起　回音應聲而起。響，回聲。❻方天機之駿利　指文思敏銳。方，正；正當。天機，稟賦；天性。駿，急速。利，敏銳；敏捷。❼理　理出頭緒；使之條理。❽風發　指文思敏捷，疾如風發。❾泉流　指文思暢通如泉湧。❿紛葳蕤以馺遝　指文思與言辭紛至沓來。紛，繁盛。葳蕤，盛美貌。馺遝，連續不斷。引申為盛多貌。馺，馬疾行。⓫唯毫素之所擬　言任筆墨抒寫。毫，筆。素，絹。擬，寫。⓬文徽徽以溢目二句　言創作時眼之所視、耳之所聞皆是賞心悅目的文辭、悅耳動聽的聲音。徽徽，燦爛。喻文章之盛。溢，滿。泠泠，形容聲韻清越悠揚。盈，滿。⓭六情底滯　指情思停滯。六情，指喜、怒、哀、樂、愛、惡六種情感。底滯，停滯。底，滯；滯留。⓮兀若枯木　指文思不動。兀，靜止。⓯豁若涸流　指文思枯竭。豁，空；空虛。涸，乾涸；乾枯。⓰攬營魂以探賾二句　保持精神去尋求文思之奧妙。攬，持；握持。營魂，魂魄；精神。賾，幽深。頓，振動；抖動。精爽，精神。⓱理翳翳而愈伏二句　言義理文思難出之狀。翳翳，晦暗不明貌。伏，隱伏不出。乙乙，軋軋；文思難出貌。抽，指抽絲。⓲是以或竭情而多悔二句　言精心創作與任意而作之間的效果反差。是以，所以；因此。竭情，盡情；盡心；精心。悔，恨；遺憾。率意，任意；任情。寡尤，少錯。⓳茲物　此物。指文章。⓴戮　通「勠」。并，合。此指勉力；合力；并力。㉑撫空懷而自惋　言撫心歎惜。撫，撫摸；安慰。空懷，無法實現的抱負、願望。惋，惋惜；悔恨。㉒開塞　打開閉塞的思路。

【語　譯】至於創作時心與物相互感應之際，文思暢通之時，文思泉湧，來不可遏，去不可止。隱藏時猶如日影息滅，產生時若回音應聲而起。正當文思敏捷之時，思緒無論多麼紛亂也能使之條理井然。文思從胸中如疾風而起，言辭泉湧般從口中吐出。文思與文辭繁盛，紛至沓來，由筆墨任意驅遣描繪。滿眼皆是燦爛的文辭，滿耳充斥著清越悠揚的聲音。

等到六情停滯，神志滯留，文思像枯木一樣沒有生機，像涸流沒有水源一樣靜止不動。保持精神來探求文章的幽深，振奮情思去追尋文思的奧秘。文章的義理忽明忽暗而愈加隱伏，文思像抽絲一樣軋軋難以抽出。因此有時精心創作遺憾卻很多，有時任情而作反而少了錯誤。雖然文章由我創作，但也不是我盡力就能做好的。所以時常撫持無法實現的願望感到惋惜，我並不知道打開閉塞文思的途徑。

伊❶茲文❷之為用❸，固❹眾理❺之所因❻。恢萬里❼而無閡❽，通億載❾而為津❿。俯貽則⓫於來葉⓬，仰觀象⓭於古人。濟文武於將墜⓮，宣風聲於不泯⓯。塗無遠而不彌⓰，理無微⓱而弗綸⓲。配⓳霑潤⓴於雲雨，象變化乎鬼神。被金石㉑而德廣㉒，流管絃㉓而日新㉔。

【章　旨】本章言文章取法先哲、垂範後世、揄揚教化、流布德教的社會功用。

【注　釋】❶伊　發語詞。❷茲文　泛指文章。❸用　作用。❹固　本來。❺眾理　萬物之理。❻所因　所由；所憑。❼恢萬里　使萬里空闊。恢，擴大；使闊大。❽閡　阻礙；阻隔。❾通億載　使億年相接。通，使相通。❿津　津梁；橋梁。⓫貽則　垂範；遺留法則。貽，遺留。則，法則。⓬來葉　來世；後代。葉，世；代。⓭觀象　取法。象，法；法則。⓮濟文

武於將墜　語出《論語・子張》：「文武之道，未墜於地。」濟，救。文武，周文王、周武王。此指文武治國之道。墜，墜落；沈淪。⑮宣風聲於不泯　宣揚教化使之不滅。宣，宣揚；發揚。風聲，教化；好的風氣。泯，滅；消失。⑯塗無遠而不彌　此以遙遠的道路都可到達比喻文章的功用。塗，道路。無遠，無論多麼遙遠。彌，通「弭」。止；終止。⑰無微　無論多麼深微。⑱綸　彌綸；統攝；籠蓋。⑲配　比。⑳霑潤　滋潤。㉑被金石　刻於金石之上。被，覆；刻。金石，古代鐫刻文字、頌功紀事的鐘鼎碑碣之屬。金，鐘鼎。石，碑石。㉒德廣　使教化流傳。德，德化；教化。廣，傳播；流傳。㉓流管絃　意指譜成樂曲。管絃，管樂器與絃樂器。泛指樂器。㉔日新　日日更新。《易・繫辭上》：「富有之謂大業，日新之謂盛德。」

【語譯】文章的作用，就在於通過它可以表達萬物之理。可以使萬里空闊，毫無阻礙，也可成為橋梁使千古相接。往後可以垂範後人，向前則可取法先哲。文章可以挽救將要墜落的文武治國之道，還可以宣揚教化，使好的風氣永不消失。道路無論多麼遙遠都能到達，義理無論多麼深微都能統攝。文章可以與雲雨相比滋潤人的心田，可以像鬼神一樣變化多端。文章可以刻於金石之上使德化流傳，可以譜成樂曲使德化不衰而與日俱新。

【研析】關於〈文賦〉的創作時間，存在兩種不同的看法。一是認為作於陸機二十歲左右，即晉武帝太康元年，西元二八〇年，正是吳亡之時。這種意見本於杜甫的〈醉歌行〉中的詩句：「陸機二十作〈文賦〉」。臧榮緒《晉書》載：「機少襲父兵，為牙門將軍，年廿而吳滅，退居舊里，與弟雲勤學。機妙解情理，心識文體，用語作〈文賦〉。」這或為杜甫「陸機二十作〈文賦〉」所本。還有一種意見認為，〈文賦〉是一篇總結了豐富的創作經驗的文章，似不可能作於陸機二十歲年輕之時，應作於四十歲左右。所據為陸雲〈與兄平原書〉及〈歎逝賦序〉中有關文字。但是沒有「陸機二十作〈文賦〉」之說來得明確，且有臧榮緒《晉書》為證，故〈文賦〉作於陸機二十歲左右之說，文獻更為可徵。

陸機〈文賦〉是中國文學批評史中第一篇探討藝術創作的理論篇章，有關藝術創作過程中的一些重要的理論問題在〈文賦〉中均得到理論闡述，在中國文學理論批評史上佔有重要的地位。

陸機在〈文賦序〉中言作文時「恆患意不稱物，文不逮意」，所謂「意不稱物，文不逮意」即是作家主觀情志與客觀事物是否相符以及言辭能否恰切的表達思想感情的問題。這兩個問題其實涉及到作家創作的全過程。可以說，整篇〈文賦〉正是圍繞著這一點來闡述有關創作理論的問題的。

陸機首先闡述了創作前的心理準備問題。在創作前首先是要研讀典籍，即「頤情志於典墳」。研讀典籍可以提高作家的文化與文學素養，同時還可以從中汲取文辭上的營養，以豐富語彙，從而提高語言表達能力。其二對創作產生影響的是四時俱變的萬物自然對人心的感發作用，陸機其實在這裡提出了創作產生的「物感說」。雖然是自然感發人心，但從人創作的角度而言也就提出了善於觀察自然，從萬物的變化中汲取創作靈感的問題。以上這兩個方面對涵養文思、進行創作均起到觸發作用。陸機以前的一些創作思想，更多地涉及到創作者主體的情感問題。如《書・堯典》言：「詩言志，歌咏言，聲依永，律和聲。」又〈毛詩序〉曰：「詩者，志之所之也，在心為志，發言為詩。情動於中而形於言，言之不足故嗟歎之。嗟歎之不足故咏歌之不足，不知手之舞之，足之蹈之也。」陸機提出「頤情志於典墳」，下文又明確地提出「詩緣情」，從而將《書》的「詩言志」擴展為「情志」，擴大了作家創作時的主體情感成分。《禮記・樂記・樂本》篇言：「凡音之起，由人心生也。人心之動，物使之然也。感於物而動，故形於聲。」陸機在此基礎上將「感於物而動」與藝術構思聯繫起來，從而豐富和發展了這一文學理論命題。以上兩個方面見出陸機在思考創作問題時已將探討目光轉移到了影響作家主體情感的外在條件問題，揭示了外在的條件、客觀自然界對作家主體情感的影響。雖然，陸機沒有充分重視客觀的現實生活對作家的重要影響，對這一活的源頭的忽視，雖是缺陷，但是陸機的這一論述仍然具有重要的意義。而且從創作實踐上來看，陸機的物感說，也為陶淵明的田園詩、謝靈運等的山水詩的產生作了理論上的準備。

在進入創作階段首先遇到的就是藝術構思問題。儒家的文藝觀更多的是重視文學的社會功能與教化作用，因而對文學創作問題本身並未給予足夠的關注。陸機是第一位開始研究文學創作這一本體問題的人。陸機對構思問題作了詳盡而生動地描述。陸機認為構思時要靜心專一，這是向內「收視反聽」；同時還要發揮「精鶩八極，心游萬仞」和藝術想像力，這是向外神思的「心遊」。「收視反聽」受到《莊子》「心齋」說的影響。

《莊子・人間世》言：「無聽之以耳而聽之以心，無聽之以心而聽之以氣！耳止於聽，心止於符。氣也者，虛而待物者也。唯道集虛。虛者，心齋也。」莊子的「心齋」是為了集虛反道，而陸機的「收視反聽」則是創作前的一種精神狀態，而且是開始構思向外「心遊」、進行藝術想像的必要條件。這兩個方面的結合才能創造情意迭出、新辭迭見的創作境界。陸機還論及了藝術構思時的創作靈感問題，「若夫感應之會，通塞之紀，來不可遏，去不可止」，描述了文思暢通與阻塞時的兩種情形。因而，陸機論及的藝術創作過程中的構思問題，涉及到構思前的「收視反聽」的精神狀態，「心遊」的藝術想像以及靈感在創作過程中所起的重要作用，對創作構思的整個過程都有描述。陸機對藝術構思的論述與關注應是魏晉南北朝文學自覺以及文學創作達到一定高度之後在理論上的一種反映。

雖然陸機也深切地感到文章中意與辭的相諧一致，難以用語言形容，並慨歎自己才智短淺，常常遺恨終篇。但是他還是用大量的篇幅探討了文章意與辭之間的關係。在意與辭之間陸機還是充分認識到意的重要性，與「意」相應的概念是「理」或「義」。如〈文賦〉中常言：「恆患意不稱物，文不逮意」、「然後選義按部，考辭就班」、「理撫質以立幹，文垂條而結繁」等等，只不過〈文賦〉所論的重心是在意與辭之間的關係以及如何使言能盡意、意與辭稱的問題。首先他主張立警句，即「立片言而居要，乃一篇之警策」，以警句突出文章的主旨，猶如「石韞玉而山暉，水懷珠而川媚」，使全篇生輝，這也對語言的錘鍊提出了更高的要求。以後詩家論詩又有所謂「詩眼」之說，也可看作是受到陸機的影響。在具體的語言運用上，陸機強調要獨出機杼，有所創新。雖然他並不反對運用前人的麗辭佳句，如「收百世之闕文，採千載之遺韻」，但是他還是強調要「謝朝華於已披，啟夕秀於未振」。「必所擬之不殊，乃闇合乎曩篇。雖杼軸於予懷，怵他人之我先。苟傷廉而愆義，亦雖愛而必捐」，即使所用語言與前人暗合，也要割愛捐棄，可見陸機對語言創新的推崇。此外陸機還探討了各種文體在文與意上的特徵。還以音樂為喻，指出作文常見的五種文病，即：文章短小，難以成文之弊；庸辭連累美辭之弊；遺棄義理、浮辭失意之弊；俗而不雅之弊；雅而不豔之弊。以上所論大都針對具體情況，圍繞著辭與意稱、如何遣辭造句而展開的。

〈文賦〉中還涉及了對當時主要文體特徵的看法，即「詩緣情而綺靡，賦體物而瀏亮。碑披文以相質，誄纏綿而悽愴。銘博約而溫潤，箴頓挫而清壯。頌優游以彬蔚，論精微而朗暢。奏平徹以閑雅，說煒燁而譎誑」，其中涉及到詩、賦等十種文體。尤其是對詩賦二體的界定，上承曹丕「詩賦欲麗」和「文以氣為主」的文學觀，但更加顯明地張揚了詩的緣情功能，以「詩緣情」與「詩言志」相對，表現出與漢儒解詩的不同風貌，是魏晉南北朝「文的自覺」在文學批評上的體現，具有重要的理論建樹價值。

〈文賦〉也是有其歷史局限的，諸如在談論創作前的準備時忽略了社會現實這一活的源頭；最後一段強調文章所具有的取法先哲、垂範後世、揄揚教化、流布德教的社會功用，所論並未跳出儒家詩教的範圍等等。但是，〈文賦〉對創作中的藝術構思的諸多方面以及意與辭之間的關係、遣辭造句的技巧等均作了詳盡的描述，對詩賦等文體的看法等等，這些都是有關文學的本質和規律的主要問題，這在文藝理論思想上開拓了一個新的領域。〈文賦〉的產生也應是魏晉南北朝「文的自覺」在文藝理論批評上的一個反映。〈文賦〉對後世的文藝理論思想的發展也產生了重要的影響。如劉勰的《文心雕龍》就受到〈文賦〉的直接影響，章學誠《文史通義・文德》中說：「劉勰氏出，本陸機說而昌文心。」陸機在〈文賦〉中言及為文之用心，這也許對劉勰取名「文心」有所啟示。

感時賦

【題解】此賦借描寫冬天的所見所聞，抒發傷時、酸楚、孤寂之感。

悲夫冬之為氣，亦何❶憯懍❷以蕭索❸。天悠悠❹其彌高❺，霧鬱鬱❻而四幕❼。

夜綿邈❽其難終，日晼晚❾而易落。敷層雲❿之葳蕤⓫，墜零⓬雪之揮霍⓭。冰冽冽⓮

而寖興⑮，風漫漫⑯而妄作⑰。鳴枯條之泠泠⑱，飛落葉之漠漠⑲。山崆巃⑳以含瘁㉑，川蝼蛇㉒而抱涸㉓。望八極㉔以曭漭㉕，普㉖宇宙而寥廓㉗。伊㉘天時之方慘㉙，曷㉚萬物之能歡。魚微微㉛而求偶，獸岳岳㉜而相攢㉝。猨長嘯於林杪㉞，鳥高鳴於雲端。矧㉟余情之含瘁，恆㊱覩物而增酸。歷四時之迭感㊲，悲此歲之已寒。撫傷懷以嗚咽，望永路㊳而汍瀾㊴。

【注　釋】❶亦何　何其；多麼。❷憯懔　淒涼貌。❸蕭索　蕭條冷落。❹悠悠　遙遠；遼闊無際貌。❺彌高　更加高遠。彌，益；更加。❻鬱鬱　霧氣濃密貌。❼四幕　指霧氣極多猶如四面罩上了帷幕。❽翛邈　遙遠；悠遠。❾晼晚　太陽偏西；日將落。❿敷層雲　層雲擴展散布。敷，散布；擴展。層雲，重疊的雲層。⓫葳蕤　草木茂盛枝葉下垂貌。此指雲層濃密厚重。⓬零　降落；飄零。⓭揮霍　迅疾快速貌。⓮冰冽冽　指冬天的凜冽寒冷。⓯寖興　指天氣越來越冷。寖，漸漸；逐漸。⓰漫漫　疾風彌散貌。⓱妄作　狂作；肆虐吹起。⓲泠泠　清涼貌；冷清貌。⓳漠漠　廣大無邊；漫無邊際貌。⓴崆巃　山高貌。㉑含瘁　含有憔悴之容。瘁，憔悴；病。㉒蝼蛇　蜿蜒流淌貌。㉓抱涸　指河流空有河床而水流乾涸。㉔八極　八方極遠之地。㉕曭漭　晦暗朦朧貌。㉖普　廣大。㉗寥廓　曠遠闊大貌。㉘伊　發語詞，無義。㉙方慘　指冬天的肅殺景象。方，正。㉚曷　何；怎麼。㉛微微　微賤；渺小。㉜岳岳　挺立貌；聳立貌。此形容獸類的碩大。㉝攢　聚集；簇聚。㉞林杪　樹梢；林外。㉟矧　況且。㊱恆　常。㊲迭感　交替感受四季的變化。迭，交替；更替。㊳永路　遠路；長途。㊴汍瀾　淚疾流貌。

【語　譯】冬天的氣候多麼的淒涼蕭瑟，令人悲歎不已。天空遼闊無邊更加高遠了，大地上的霧氣濃密，如四周籠罩著帷幕。夜悠長難盡，而太陽偏西下落，一天極易過去。層雲濃密厚重，逐漸散布，雪花急促地飄落。寒氣凜冽，漸漸襲來，狂風大作，肆意妄行。枯枝在寒風中淒涼地哀鳴，落葉在風中漫天的飄飛。山巒高聳著像帶著病容，河床彎曲延伸卻無河水流淌。眺望八方極遠之地，一片晦暗朦朧，整個宇宙顯得空曠而遼闊。

正是自然季節寒冷愁慘之時，天地萬物怎樣才有歡樂。微小的魚兒在尋求夥伴，碩大的野獸也在相互追逐聚集。猿猴在林外長長地哀嘯，飛鳥在雲端高聲鳴叫。何況我內心也正憂傷，看到這些悲涼的景物，常常增加了心中的酸楚。內心交替地感受著一年四季的變化，已深深地悲歎一年進入寒冷的季節。撫心傷痛，內心悲泣，遠顧長路漫漫，內心起伏，難以平靜。

【研　析】「悲哉，秋之為氣也」，這是宋玉為我們留下的「悲秋」名言，而陸機這篇〈感時賦〉可以說是一篇「悲冬」之作。賦以「悲夫冬之為氣，亦何憯懍以蕭索」領起，定下了「悲冬」的基調。接下來便著力描繪種種令人悲歎的景象。從「天悠悠其彌高」到「普宇宙而寥廓」，著力對冬天的天空、霧氣、濃雲、霜雪、枯條、落葉、山巒、涸流等的描寫，烘托出了冬天的蕭瑟和淒涼。接著以「伊天時之方慘，曷萬物之能歡」一句，轉而描寫小魚、大獸、猿、鳥等動物求伴孤寂的活動，最後以「矧余情之含瘁，恆覩物而增酸」過渡到詩人自己的感受。詩人感受有二，一是四時迭代，此歲已寒；二是孤寂無偶的情懷。從「望永路而汎瀾」來看，詩人此時可能遠離家鄉，漂泊在外。因此，冬天的蕭瑟氛圍、動物求伴哀鳴尤能觸發詩人內心孤寂無偶的情懷。全賦結構明晰，由冬天之「靜」景到冬天之「動」物再到詩人自己的內心感受，描繪細膩，真切感人。在遣辭造句上，對描寫的景物尤喜用疊詞，如霧鬱鬱、冰洌洌、風漫漫、泠泠、漠漠、魚微微、獸岳岳等，同時還運用了雙聲疊韻詞，如緜邈、畹晚、葳蕤、揮霍、崆巃、曭漭等，不僅使描寫的景物尤顯形象生動，而且使全賦用語顯得工整、辭藻華美。

陸機在他的〈文賦〉中論及創作的產生有一種「物感」現象：「遵四時以歎逝，瞻萬物而思紛。悲落葉於勁秋，喜柔條於芳春。心懍懍以懷霜，志眇眇而臨雲。」四時的景物變化，自然的雨雪霜雲都會給作家帶來喜怒哀樂的反應。如果說這是從理論上描述客觀自然與內心情感之間的關聯，那麼這篇〈感時賦〉則是一篇具體的創作實踐，它借對冬天所見所聞的描繪，表達了詩人傷時孤寂的心情。

豪士賦并序

【題　解】豪士，指豪傑之士。《晉書．陸機傳》載：齊王冏既矜功自伐，受爵不讓，機惡之，作〈豪士賦〉以刺焉。可見，此賦是有感刺時而作。

夫立德❶之基❷有常❸，而建功之路不一❹。何則❺？循心❻以為量❼者存乎我❽，因物❾以成務❿者繫乎彼⓫。存夫我者，隆殺⓬止乎其域⓭；繫乎物者，豐約⓮唯所遭遇⓯。落葉俟⓰微風以隕⓱，而風之力蓋寡；孟嘗遭雍門以泣⓲，而琴之感以末⓳。何者？欲隕之葉無所假烈風⓴，將墜之泣不足繁哀響㉑也。是故苟時啟於天，理盡於民，庸夫可以濟㉒聖賢之功，斗筲㉓可以定烈士㉔之業，故曰「才不半古㉕，而功已倍之」，蓋得之於時勢也。歷觀古今，徼㉖一時之功而居伊周㉗之位者有矣。

【章　旨】本章從「立德」與「建功」兩個方面對比立論，指出時勢造英雄，豪士的產生有相當的客觀機緣性、偶然性。

【注　釋】❶立德　樹立德業。語出《左傳．襄公二十四年》：「大上有立德，其次有立功，其次有立言，雖久不廢，此之謂不朽。」❷基　事物的根本。此指立德的根本。❸常　準則。❹不一　沒有一定；沒有定則。❺何則　為什麼。多用於自問自答。❻循心　遵循內心的修養。❼以為量　以為衡量的標準。❽存乎我　關鍵在於自己。❾因物　憑藉外物；依靠外力。❿成務　成就功業。⓫繫乎彼　關鍵在於外物。彼，代指「因物」之「物」。⓬隆殺　指德業的高下。⓭止乎其域　指德業的建立只在一定的範圍之內。⓮豐約　此指建立功業的大小。⓯唯所遭遇　只在於機遇、遭際。⓰俟　等待。⓱隕　墜落；飄零。⓲孟嘗遭雍門以泣　指雍門子周以病況琴說孟嘗君，孟嘗君悲泣不止的故事。孟嘗，即孟嘗君田文，戰國齊貴族，封於薛，稱薛公，號孟嘗君，戰國四公子之一，以養士著稱。遭，遇。雍門，指雍門子周，古之善鼓琴者，也稱雍門子。劉向《說苑·善說》載雍門子周以善鼓琴見孟嘗君，孟嘗君曰：「先生鼓琴亦能令文悲乎？」雍門子周曰：「臣何獨能令足下悲哉？……然臣之所為足下悲者一事也。夫聲敵帝而困秦者君也，連五國之約南面而伐楚者又君也。天下未嘗無事，不從則橫。從成則楚王，橫成則秦帝，楚王秦帝，必報讎於薛矣。夫以秦楚之強而報讎於弱薛，譬之猶摩蕭斧而伐朝菌也，必不留行矣。天下有識之士無不為足下寒心酸鼻者，千秋萬歲之後，廟堂必不血食矣！」孟嘗君聞之悲淚盈眶。子周於是引琴而鼓，孟嘗君增悲流涕曰：「先生之鼓琴，令文立若破國亡邑之人也。」⓳末　微小。⓴假烈風　借助於勁風。假，借助。㉑繁哀響　繁用悲哀的琴聲。繁，繁用；頻繁使用。此指頻繁彈奏。㉒濟　成；成就。㉓斗筲　斗容十升。筲，竹器，容一斗二升。皆量小的容器。喻人的才識短淺、氣量狹窄。此指才識短淺、氣量狹窄之人。㉔烈士　壯士。㉕才不半古　才能不及古人一半。古，古人。㉖徼　通「邀」。招致；求取。㉗伊周　商伊尹和西周周公旦。兩人都曾攝政，後常並稱，指執掌朝政的大臣。

【語　譯】樹立德業的根本有一定的準則，但是建立功業的道路卻沒有一定。為什麼呢？按照自己內心的修養作為衡量的標準，關鍵就在於自身，憑藉外力以成就功業的，關鍵卻在於外物。關鍵在於自身，德業樹立的高下就有一定的範圍；關鍵取決於外物，功業的大小只在機遇。落葉等待微風的吹動而飄落，但是風的力量卻是很小；孟嘗君遇到雍門子周彈琴而哭泣，而琴聲的感人力量並不是很大。為什麼呢？將要墜落的樹葉本來就不需要借助於勁風，將要垂下的眼淚本來也不需要頻繁彈奏悲哀的琴聲。因此，假如上天開啟了滅亡的時機，統治者在老百姓之間又喪盡了天理，那麼此時平庸之人也可以成就一番聖賢的功業，無才之人也可以創下壯士的業績，所以說「才能不及古人之一半，但是功業已超過古人的一倍」，這大概是時勢所造成的。綜觀古今，求得一時的功業而佔居伊尹、周公旦這樣官位，是大有人在的！

夫我之自我❶，智士猶嬰❷其累；物之相物❸，昆蟲皆有此情。夫以我之量而挾非常之勳❹，神器❺暉❻其顧眄❼，萬物隨其俯仰。心玩❽居常❾之安，耳飽從諛❿之說，豈識乎功在身外，任出才表⓫者哉！且好榮惡辱，有生之所大期⓬；忌盈害上⓭，鬼神猶且不免。人主操其常柄⓮，天下服其大節⓯，故曰「天可讎⓰乎」。而時有祛服⓱荷戟⓲，立乎廟門⓳之下；援⓴旗誓眾，奮於阡陌㉑之上。況乎代主制命㉒，自下裁物㉓者哉！廣㉔樹恩不足以敵怨㉕，勤㉖興利不足以補害。故曰代大匠㉗斲㉘者必傷其手。且夫政由甯氏，忠臣所為慷慨；祭則寡人，人主所不久堪㉙。是以〈君奭〉鞅鞅，不悅公旦之舉㉚；高平㉛師師㉜，側目㉝博陸之勢㉞。而成王不遺嫌吝於懷㉟，宣帝若負芒刺於背㊱，非其然㊲者歟？

【章　旨】本章言豪士主觀上的「自我之量」的狹窄視野、代主制命及功高震主的政治危險。

【注　釋】❶自我　自己肯定自己；自說己是。❷嬰　通「纓」。纏繞。❸相物　與「自我」相對，言物皆相輕。❹勳　功勳；功業。❺神器　神物。語出《老子》：「將欲取天下而為之，吾見其不得已。天下神器，為可為也。為者敗之。」借指帝位、政權。❻暉　通「輝」。光輝。❼顧眄　愛慕相視。❽玩　欣賞；沈溺。❾居常　遵常例；守常道。❿從諛　慫恿；奉承。從，通「慫」。⓫表　外邊；外面。⓬大期　共同的意願。⓭忌盈害上　忌，猜忌；嫉妒。盈，驕傲；自滿。《易・謙》：「人道惡盈而好謙。」害，妒忌。上，指位置高高在上。《詩・周頌・敬之》：「無曰高高在上。」⓮常柄　固定的權柄。⓯大節　基本的法紀；綱紀。⓰讎　相等；相比。⓱祛服　黑色禮服。指武士之服。⓲荷戟　手持兵器。荷，持；擔。戟，兵器的一種。此泛指兵器。⓳廟門　宗廟之門。⓴援　執；持。㉑阡陌　田野；壟畝。㉒制命　發布命令。㉓裁物　裁制萬物。㉔

廣　廣泛；普遍。㉕敵怨　使怨氣消除。敵，抵擋；抵消。㉖勤　盡力多做；不斷地做。㉗大匠　技藝高超的木工。㉘斲　砍。㉙且夫政由甯氏四句　指甯喜專權衛國後又被殺之事。魯襄公二十六年甯喜弒衛君公孫剽，迎衛獻公復位。衛獻公使子鮮與甯喜言曰：「苟反，政由甯氏，祭則寡人。」事成之後，甯喜專權於國，後被公孫免餘攻滅。甯氏，即甯喜，又稱甯子、悼子等。慷慨，悲歎。㉚是以君奭鞅鞅二句　《史記・燕召公世家》載：「周公攝政，當國踐祚，召公疑之，作〈君奭〉不悅周公。」召公，姬姓，名奭，食采於召。鞅鞅，因不平或不滿而鬱鬱不樂。公旦，即周公旦，西周初期政治家，姓姬名旦，也稱叔旦。文王子，武王弟，成王叔。輔武王滅商。武王崩，成王幼，周公攝政。㉛高平　指漢宣帝時丞相魏相。宣帝即位，徵為大司農、遷御史大夫。霍氏家族權重驕縱，大將軍霍光死，魏相建言削弱霍氏之權，宣帝善之。後代韋賢為臣相，封高平侯。㉜師師　相互師法。㉝側目　側目而視。形容憤恨。㉞博陸之勢　指霍氏家族的權勢。《漢書・霍光傳》載，漢武帝封霍光為博陸侯。光忠謹，曾長期主持朝政。光卒後，光子禹嗣為博陸侯。㉟成王不遺嫌吝於懷　指周成王聽信讒言，周公旦奔楚事。嫌吝，因心胸狹窄而猜疑。㊱宣帝若負芒刺於背　指霍光之威使漢宣帝感到不安。《漢書・霍光傳》載：「宣帝始立，謁見高廟，大將軍光從驂乘，民內嚴憚之，若有芒刺在背。後車騎將軍張安世代光驂乘，天子從容肆體，甚安近焉。及光身死而宗族竟誅。故俗傳之曰：『威震主者不畜，霍氏之禍萌於驂乘。』」㊲然　如此；這樣。

【語譯】人總是喜歡自己肯定自己，即使是智者也難逃這一負累；萬物總是互相輕視，就連昆蟲也有此種情懷。憑藉著只愛肯定自己的器量，而持有非同一般的功勛，心中也會貪慕那耀眼的帝位，天地萬物也任其驅遣。內心沈溺一般日常生活的安樂，總是愛聽阿諛奉承之言，這樣怎麼能夠認識到功業只是身外之物，自己擔任的職位也是大大超出自己的能力範圍的呢！何況喜好榮譽厭惡卑辱，這是人們在有生之年的共同心願；嫉妒驕傲自滿與高高在上的人，這是鬼神也不能避免的。君王操縱著國家的大權，天下臣民遵從基本的綱紀，所以說「怎麼能和上天相匹敵」。持執兵器的武士，在宗廟門外站立護衛；但揭旗誓師的起兵現象，仍時常出現在田野之上。更何況是在替君王發號施令，以臣子的地位統治天下的時候呢！廣泛地樹立恩德不足以消除怨氣，盡力地做些有利的事情也不足以彌補危害。所以說代替技藝高超的工匠去砍斲的人一定會傷害自己的手。況且政權出自甯喜之手，忠臣對此也會慷慨不平；祭祀的時候才輪到君主，這是人主所不能長久忍受的事情。因此，召公奭對周公旦代成王攝政之舉不滿，作〈君奭〉表達自己的鬱鬱不平；高平侯魏相也師法前代，表現出對霍氏家族勢力的憤恨。周成王對周公旦的猜疑始終存於心中，漢宣帝對霍光的畏懼始終如有芒刺在背，說的不就是這種情況嗎？

嗟乎！光于四表❶，德莫富焉。王曰叔父❷，親莫昵❸焉。登❹帝天位❺，功莫厚❻焉。守節❼沒齒❽，忠莫至焉。而傾側❾顛沛❿，僅而自全。則伊生⓫抱明允⓬以嬰戮⓭，文子懷忠敬而齒劍⓮，固其所也。因斯以言，夫以篤聖⓯穆親⓰如彼之懿⓱，大德⓲至忠如此之盛，尚不能取信於人主之懷，止謗於眾多之口，過此以往，惡⓳覩其可！安危之理，斷⓴可識矣。又況乎饕㉑大名㉒以冒道家之忌，運㉓短才而易㉔聖哲所難者哉！身危由於勢過，而不知去勢以求安；禍積起於寵盛，而不知辭寵以招福。見百姓之謀己，則申宮㉕警守，以崇㉖不畜㉗之威；懼㉘萬民之不服，則嚴刑峻制㉙，以賈㉚傷心之怨。然後威窮乎震主，而怨行乎上下。眾心日陊㉛，危機將發，而方偃仰瞪眄㉜，謂足以夸世。笑古人之未工㉝，忘己事之已拙㉞。知曩動㉟之可矜㊱，暗㊲成敗之有會㊳。是以事窮運盡，必於顛仆㊴；風起塵合㊵，而禍至常酷也。聖人忌功名之過己，惡寵祿之踰量㊶，蓋為此㊷也。

【章　旨】本章先述聖哲難免功高震主之危，而豪士不知安危之理，以短才而貪大名，災難的降臨將更加殘酷。

【注　釋】❶光于四表　語出《書·堯典》：「光被四表，格於上下。」光，通「廣」。四表，指四方極遠之處。❷王曰叔父　周朝天子稱同姓小邦諸侯為叔父。曰，稱；稱呼。❸昵　親近；親暱。❹登　升；上。此為使動用法。❺天位　天子之位；王位。❻厚　大。❼守節　堅守節操；不做非禮的事。❽沒齒　猶言沒世。一輩子。❾傾側　喻天下大亂。傾，倒坍；傾覆。側，向一邊傾斜。❿顛沛　動盪變亂。⓫伊生　商伊尹的別稱。名伊，尹是官名。相傳生於伊水，故名。是湯妻陪嫁的奴隸，後助湯伐夏桀，被尊為阿衡。湯去世後，歷輔卜丙、任仲二王。後太甲即位，被伊尹放逐桐宮，三年後迎之復位。一說伊尹藉故放逐太甲，自立七年，後太甲還，被殺。⓬明允　明察而誠信。⓭嬰戮　遭受殺害。嬰，通「纓」。遭受。⓮文子懷忠敬而齒劍　文子即文種，春秋越大夫，字少禽，也作子禽，楚國郢人，與范蠡同事越王句踐，出計滅吳，功成，范蠡勸其引退，不聽，後為句踐賜劍自殺。齒劍，猶受劍、受刃。指自殺或被殺。⓯篤聖　非凡的聖明。⓰穆親　和睦相親。⓱懿　深。⓲大德　盛大的功德。⓳惡　怎麼。⓴斷　明明白白地；清晰地。㉑饕　貪。㉒大名　盛名；大的名望。㉓運　運用。㉔易　改變。㉕申宮　守宮。申，通「司」。㉖崇　助長；增高。㉗畜　滋生；蓄息。㉘懼　懼怕；擔心。㉙嚴刑峻制　嚴酷的刑法制度。峻，嚴厲。㉚賈　招引；招致。㉛陊　墜落；破敗。㉜偃仰瞪眄　安樂輕視貌。偃仰，安居貌；晏安貌。瞪，怒目而視；眼睛發楞。眄，斜視。㉝工　指處世的精巧、聰明。㉞拙　與「工」相對，指處世的笨拙。㉟曩勳　過去的功勞。曩，過去。㊱矜　誇耀。㊲暗　與「知」相對，指不瞭解。㊳會　機遇；機緣。㊴顛仆　喻失敗、困頓。㊵風起塵合　喻天下動亂。㊶踰量　超過自己的容量。指所得到的寵祿非自己的才力所能承擔。㊷為此　因為這個原因。

【語　譯】唉！德行充塞四方，沒有比這更為盛大的了。和天子之間的關係如同叔父，沒有比這更為親密的了。幫助天子登上王位，功勞沒有比這再顯赫的了。至死堅守自己為臣的節操，忠心沒有比這更加堅定的了。然而一旦動盪變亂，僅能保全性命而已。那麼伊尹明察誠信最終卻被殺害，文種滿懷忠敬末了卻被賜劍自殺，這本來也就是他們所應有的結局。由此說來，像他們那樣非凡的聖明和至深的親密關係、像他們那樣持有堅定忠心的盛美功德，尚不能被人主信任，不能制止眾人誹謗，除此而外，又怎麼能保證這種現象的不存在呢！

安全和危險的道理，完全可以從中明白地看到。又何況那些貪得大的名聲而冒犯道家的忌諱，運用短淺的才能去做聖哲之人都難以做到的人呢！自身的危險是由於權勢過重，並且不知道去掉權勢以求得平安；禍難是由於受寵太多逐漸積累起來的，並且不知道辭去寵信以招來福佑。看見百姓圖謀自己，於是就守宮警備守衛，用此來助長那已經不可再滋長的威勢；懼怕天下百姓不服從，於是就利用嚴刑峻法，從而招致百姓滿腹的怨氣。威勢達到了盡頭使君王都感到震驚，上至君主下至百姓也都產生了怨恨。眾人之心一天一天地離開，危機一觸即將爆發，而豪士們卻正悠閒居安、恃強輕忽，總以為這樣可以誇耀世人。譏笑古人不善於處世，卻沒有想到自己所做的事情並不聰明。只知依恃過去的功勛，而不知或成或敗是有一定的機緣。因此到了事情做盡，命運走到盡頭的時候，等待的一定只是失敗；天下動亂如風起塵合，災難一時降臨也必然是非常殘酷的了。聖哲之人忌諱功名太大，厭惡寵信官祿太多以至於超過自己的才力所能擔當的範圍，大概就是因為這個緣故。

夫惡欲之大端❶，賢愚所共有，而游子❷徇❸高位於生前，志士❹思垂名於身後，受生❺之分，唯此而已。夫蓋世之業❻，名莫大焉，震主之勢，位莫盛焉；率意無違，欲莫順焉。借使伊人❼頗覽❽天道，知盡不可益❾，盈難久持，超然自引，高揖❿而退，則巍巍⓫之盛仰邈⓬前賢，洋洋⓭之風俯冠⓮來籍⓯，而大欲⓰不乏⓱於身，至樂⓲無愆乎舊⓳，節⓴彌㉑效而德彌廣㉒，身愈逸㉓而名愈劭㉔，此之不為，彼之必昧㉕，然後河海之跡，堙㉖為窮流㉗；一簣之釁，積成山岳㉘。名編㉙凶頑㉚之條，身厭㉛荼毒㉜之痛，豈不謬哉！故聊㉝賦焉，庶㉞使百世㉟少㊱有寤云。

【章　旨】此章言貪得名位是惡欲之大端，因而豪士保身的唯一途徑是功成身退。

【注　釋】❶端　跡象；先兆。❷游子　指游宦在外的人。❸徇　求；追求。❹志士　志向高遠之人。❺受生　猶稟性。❻蓋世之業　功蓋一世的功業。❼伊人　此人；這個人。此指豪士。❽覽　看；觀察。❾盡不可益　語出《莊子・齊物論》：「有以為未始有物者，至矣盡矣，不可以加矣。」盡，達到極限。益，加；增加。❿高揖　深深地揖讓退避。高，深。⓫巍巍　崇高偉大。⓬邈　超越；勝過。⓭洋洋　美善。⓮冠　第一；勝過。⓯來籍　以後的史冊。籍，書冊；書籍。⓰大欲　最大的欲望。⓱乏　缺乏；缺少。⓲至樂　最大的快樂。⓳無愆乎舊　不違失舊有的快樂。語出《詩・大雅・假樂》：「不愆不忘，率由舊章。」愆，違背違失。舊，此指舊有的快樂。⓴節　節操。此指臣子效忠君主的節操。㉑彌　愈。㉒廣　大；廣大。㉓逸　安逸。㉔劭　顯著。㉕昧　暗昧；不相識；不瞭解。㉖堙　堵塞。㉗窮流　流水因堵塞而盡。窮，盡。㉘一簣之釁二句　語出《書・旅獒》：「為山九仞，功虧一簣。」言山岳的積成只因缺少一筐土而未能成功。簣，盛土之器。釁，缺陷；過失。㉙編　列。㉚凶頑　此指兇惡愚頑的人。㉛厭　滿。此指飽受。㉜荼毒　殘害；毒害。㉝聊　姑且。㉞庶　庶幾。表示希望。㉟百世　百代；後代。㊱少　稍稍。

【語　譯】不好欲望的跡象，不論賢愚，每個人都有所表現，游宦之人所追求的就是在生前能博得一個很高的地位，志向高遠的人思慕的是死後能名垂千古，稟性的不同，只不過是如此罷了。功蓋一世的功業，名聲沒有比這更大的了，使君主都感到震懾的權勢，地位沒有比這更盛大的了；根據意願不違背本性行事，欲望沒有比這更順利的得到滿足。假使豪士們多觀察一些天道，瞭解充滿之後不可再增加，盈滿之後難以持久的道理，超然自得地引退，深深地揖讓退避，那麼，崇高偉大的德行可以超過前代的賢人，美善的風概冠絕後代的史冊，而且自己並不會失去最大的欲望，舊有最大的快樂依然會存在，愈是效法克守君臣的禮節，功德就愈廣大，身體愈安逸，名聲愈顯著，不按照這種方法去做，一定是不瞭解那其中的奧妙，如果這樣，那麼這以後河海的跡象，就會被堙沒成為乾涸的河床；山岳的積成，只因缺少一筐土而未能成功。名字被編進兇惡愚頑人的行列，身體飽受殘害之苦，這難道不是很荒謬的嗎！所以姑且作此賦，希望能使後人稍有覺悟。

世有豪士❶兮，遭國顛沛❷。攝❸窮運❹之歸期❺，當眾通之所會❻。苟時至而理盡❼，譬摧枯而振敗❽。因天地以運動❾，恆才瑣❿而功大。於是禮極上典⓫，服盡暉崇⓬。儀北辰⓭以葺宇⓮，實蘭室而桂宮⓯。撫玉衡⓰而樞極⓱，運萬物⓲乎掌中。伊天道之剛健⓳，猶時至而必保⓴。日罔㉑中而弗昃㉒，月何盈而不闕㉓。襲覆車之危軌㉔，笑前乘之未完㉕。若知險而退止，趨歸蕃㉖而自戢㉗。推璇璣㉘以長謝㉙，顧萬物而高揖。訖浮雲㉚以邁志㉛，豈咎吝㉜之能集㉝。擠㉞為山以自隕㉟，歎禍至於何及。

【章旨】此章為本賦的正文。總括序文之意，感歎豪士才短而功大，又不知臨險退止，終將遭受禍難。

【注釋】❶豪士　豪傑之士。❷顛沛　顛覆動亂。❸攝　取；代。❹窮運　此指處於困厄中的國家命運。❺歸期　指國家歸於統一的日期。❻眾通之所會　許多地方都可通達會集之處。眾通，許多區域、地方。通，古代土地區劃單位。《漢書・刑法志》：「地方一里為井，井十為通。」會，通達；會集。❼時至而理盡　即上文所言「苟時啟於天，理盡於民」，即上天開啟了滅亡的時機，統治者在老百姓之間又喪盡了天理。❽譬摧枯而振敗　比喻國家的命運如摧枯拉朽，無法振興。❾因天地以運動　指憑藉著「時啟於天，理盡於民」的機緣而活動。因，憑藉。運動，活動。❿才瑣　才識短淺。瑣，萎瑣；淺薄。⓫禮極上典　最隆重的典禮。⓬暉崇　指服飾鮮明。暉，鮮明。崇，裝飾；修飾。⓭儀北辰　言仿效帝王。儀，仿效。北辰，北極星。喻帝王。《論語・為政》：「子曰：為政以德，譬如北辰，居其所而眾星共之。」⓮葺宇　修治屋宇。葺，修治；整理。宇，屋宇；房屋。⓯實蘭室而桂宮　指將房屋以蘭、桂等香木充實裝修。實，充實。此指修飾、裝修。蘭、桂，形容修飾得華貴芬芳。⓰玉衡　北斗七星中的第五星。此代指北斗。喻權力中心。⓱樞極　指北極五星的紐星與北極星。喻中樞權力。⓲運萬物　指統治天下。⓳天道之剛健　天理堅強有力。天道，天理；天意。剛健，堅強有力。⓴保　保護；福佑。㉑罔　亡；

沒有。㉒昃　指日光偏落、傾斜。㉓闕　缺；虧缺。㉔襲覆車之危軌　猶重蹈前覆車之舊轍。襲，重蹈。覆，傾覆。㉕完　完整；完好地保存。㉖蕃　即藩。封建王朝的侯國或屬國。㉗自戢　藏匿；懷藏。㉘璇璣　北斗前四星。喻權柄、帝位。㉙長謝　永久的辭別。長，永久。謝，告別；告辭。㉚訖浮雲　將富貴全都看成是浮雲。訖，盡；都。浮雲，浮動的白雲。孔子云：「不義而富且貴於我如浮雲。」此以浮雲喻指富貴。㉛邁志　致力於某種志向。此指致力於超然不俗的志向。㉜咎吝　禍辱。咎，災禍；不幸的事。吝，恥；羞恥。㉝集　止；停留。㉞擠　通「躋」。升；登。㉟隕　墜落；跌落。

【語譯】世上有豪傑之士，正逢國家處於顛覆動亂。掌握處於困厄中的國家命運，期盼一統，其所處之地是許多地方都可通達會集之處。假如上天開啟了滅亡的時機，統治者在老百姓之間又喪盡了天理，國家的命運如摧枯拉朽，無法振興。憑藉天時地利進行活動的人，雖然才識短淺但是功勞卻是非常的大。因此禮儀是最隆盛的典禮，服飾鮮明。仿效帝王的規模修治屋宇，用蘭桂等香木來修飾宮室。把持國家的中樞權力，將天地萬物控制在自己的手掌之中。天道堅強有力之時，有了機遇也一定得到保護。但是太陽不會永遠在中天而不下墜偏落，月亮怎麼會永久盈滿而不虧缺。重蹈已經翻覆車輛的危險車轍，卻譏笑過去車輛沒有保存完整。假如知道險情並且退避停止，趕緊回到藩國自己隱藏起來。永久的辭別權力中心，看看自然萬物而深藏退避。將富貴都看成是天上飄浮的白雲，致力於超俗不凡的志向，這樣的話禍辱災難怎麼能夠降臨到身上。因為要登上山頂結果卻自己墜落下來，感歎災難降臨為什麼總是輪到自己。

【研析】這是一篇諷諫賦，諷諫的對象是齊王冏。晉惠帝是歷史上少有的白癡皇帝，在位十七年，外戚專權、八王相爭。趙王倫以討賈后、賈謐之功，執掌朝政，奪權篡位，遷惠帝於金庸城，演成八王之亂。齊王冏、成都王穎、河間王顒等起兵討趙王倫，倫敗。齊王冏以討倫有功輔政。但是你方唱罷我登場，齊王冏並不以國家大事為重，輔政後大興土木，大興宮室，沈於酒色，不入朝見，坐拜百官，符敕三臺，選舉不均，唯寵親暱。驕恣日甚，終無悛志。且司馬冏不聽諫言，南陽處士鄭方發憤步詣洛陽，自稱荊楚逸民，獻書於司馬冏，指出其五大為政之失，而司馬冏並不能聽。孫惠上書言「天下五難，四不可，而明公居之矣」，指出其為政之患，言辭懇惻，司馬冏亦不能納。主簿王豹屢有箴規，不僅不用，且奏殺王豹。齊王之行令朝廷側目，海內失望。未幾，成都王穎舉兵討之，齊王冏兵敗身亡。

此賦也是有感於此的刺時之作。統觀本賦，陸機的寫作目的似又不是以此賦直呈齊王冏，只是對齊王冏的所作所為「惡之」而作，故齊王冏的行事在賦中只成了淡出的背景，「豪士」成了齊王冏之徒的類型而變成陸機的諷刺對象。因而形成了本賦寫作上一個顯著特徵，就是比較客觀冷靜地分析概括豪士生活與命運的特點，即豪士所具有的自以為是卻又不知身處於危的自大短視的特性。為了揭示這一特性，本賦序文的四段，先從客觀上分析了「豪士」產生的客觀條件，即所謂時勢造英雄。作者從儒家提倡的立德、立功、立言的「三不朽」出發，將其中的二不朽即立德與立功進行對比立論，立德在於自我的修養，而立功卻在於時機與機緣，從而指出豪士的產生有相當的客觀機緣性、偶然性。豪士的自以為是以及可悲的結局恰恰是因沒有認清這一客觀事實而已。而豪士的自以為是，主觀上的「自我之量」，狹窄的心胸與視野，又是豪士未能認清此一事實的根源。因而，豪士的代主制命及功高震主的政治危險也就在所必然了。從倫理上講，君為臣綱是天經地義的；從歷史上看，先賢往哲有時也難免功高震主之危，而豪士才不及先賢、智不逮往哲，不知安危之理，以短才而貪大名，因而災難的降臨也就更加殘酷。這是封建社會特有的君臣關係所決定了的。從人性上講，貪得名位是惡欲之大端，人所共有，因而豪士安身的唯一途徑是識得天道，即要懂得「盡不可益，盈難久持」的道理，超然自引，功成身退。從另一角度而言，這也說明豪士們並不懂得什麼是無欲之大欲、無樂而至樂的人生道理。

從以上分析可以看出，〈豪士賦〉是一篇諷諫賦，也是一篇哲理賦，它反映出陸機對動亂的社會現實的深刻思索。齊王冏只是西晉末年八王之亂中的一個典型，故《晉書》本傳中說陸機此篇是諷齊王冏而作，其實將此賦看作是西晉末年諸王本性的概括倒也是十分恰當的，從這一角度而言，此篇的意義倒不僅僅是為諷諫一齊王冏了。

瓜賦

【題解】這是一篇詠物賦，主要描述了瓜的生長過程以及瓜的種類和功用。

佳哉瓜之為德❶，邈❷眾果而莫賢❸。殷中和之淳祜❹，播滋榮❺於甫田❻。背芳春❼以初載❽，迎朱夏❾而自延❿。奮脩系⓫之莫邁⓬，延秀瓞⓭之綿綿⓮。赴⓯廣武⓰以長蔓⓱，粲⓲煙接以雲連⓳。感嘉時而促節⓴，蒙惠霑㉑而增鮮。若乃紛敷㉒雜錯㉓，鬱悅㉔婆娑㉕，發彼適㉖此，迭相㉗經過。熙㉘朗日以熠燿㉙，扇㉚和風其如波。有葛虆㉛之覃及㉜，相椒聊㉝之眾多。發金榮㉞於秀翹㉟，結玉實㊱於柔柯㊲。蔽㊳翠景以自育㊴，綴㊵脩莖而星羅㊶。

【章旨】此章言瓜的生長過程，描寫了瓜的枝葉繁茂，果實繁多的景象。

【注釋】❶佳哉瓜之為德　此句為倒裝句，即瓜之為德佳哉。佳，美好。❷邈　遠。❸莫賢　眾果中沒有哪一種具有瓜的賢德。❹殷中和之淳祜　此句言為求得瓜的中和之美。殷，厚；多。淳，和。祜，福。❺播滋榮　指瓜被播種並生長繁茂。滋榮，生長繁茂。❻甫田　大田。甫，大。❼背芳春　經過春天。背，經過。芳春，春天。❽初載　初年；早期階段。❾朱夏　夏季。《爾雅·釋天》：「夏為朱明。」❿延　蔓延；生長。⓫奮脩系　細長的瓜莖延伸開來。奮，用力延伸之義。脩，長。系，細絲。此指細長的瓜莖。⓬莫邁　指無所不至。邁，遠行；行進。⓭秀瓞　茂盛的瓜果。秀，茂盛。瓞，小瓜。瓜類原本有二，大者曰瓜，小者曰瓞。此泛指瓜。⓮綿綿　連綿不斷貌。⓯赴　依附。⓰廣武　指瓜的藤蔓寬而粗壯。廣，寬。

武，此指粗壯。⑰蔓　藤蔓。⑱粲　粲爛。此指瓜的色澤非常光亮。⑲煙接以雲連　指瓜果片片相連，看上去猶如煙雲連接。⑳促節　加快速度。此指瓜提早成熟。促，速；加快。㉑霑　浸潤；沾濕。㉒紛敷　紛披；盛多貌。㉓雜錯　錯綜；錯雜在一起。㉔鬱悅　形容生機蓬勃。㉕婆娑　猶扶疏。形容枝葉紛披。㉖適　到；去；延至。㉗迭相　交錯；交相。㉘煕　曬；照射。㉙熠燿　光耀；光亮。㉚扇　吹。㉛葛虆　即葛藟。植物名，又稱「千歲藟」。落葉木質藤本。㉜覃及　延及。覃，蔓延；延及。㉝椒聊　即椒。聊，語助詞，無義。椒聊果實蕃衍。《詩・唐風・椒聊》：「椒聊之實，蕃衍盈升。」㉞金榮　金黃色的花。榮，草木的花。㉟秀翹　茂盛。秀，繁茂。翹，茂盛。㊱玉實　指果實色澤光潤如玉。㊲柔柯　柔嫩的枝條。柯，枝條。㊳蔽　覆蓋；遮擋。㊴育　生長；成長。㊵綴　繫聯；繫綴。㊶星羅　如星星散布。羅，羅列。

【語譯】瓜的品德非常美好，遠遠超過其他果類，沒有一種能夠像瓜一樣賢德。人們為了求得瓜的中和之美而播種，瓜在大田中生長繁茂。經過初春、迎著夏季的到來蔓延生長。細長的瓜莖奮力延伸，無所不至，茂盛的瓜瓞綿綿不斷地生長著。依附在長而寬粗的蔓藤上，色澤光亮，猶如煙雲連接。感謝美好的生長季節而加速生長，提早成熟，承受甘甜的雨露而變得更加鮮美。枝葉果實紛繁雜錯，枝葉紛披，生機蓬勃，往往是此處生發彼處出現，交相經過。在燦爛的陽光照耀下熠熠生輝，在和煦的春風吹拂下起伏如波。可以像葛藟那樣蔓延，也有椒聊那樣繁多的果實。開出茂盛的金黃色的花朵，柔嫩的枝條上結出光澤如玉的果實。在翠綠的枝葉的覆蓋下自我生長，聯綴在長長的根莖上如星星散布。

夫其種族類數❶，則有括樓、定桃、黃㼐、白傳、金文、密筩、小青、大班、玄骭、素椀、貍首、虎蹯❷，東陵出於秦谷❸，桂髓❹起於巫山❺。五色比象❻，殊形❼異端❽。或濟❾貌以表內，或惠心而醜顏。或攄文❿而抱綠，或披⓫素而懷丹。氣⓬洪細而俱芬，體⓭修短而必圓。芳郁烈⓮其充堂，味窮理⓯而不餔⓰。德弘濟⑰於飢渴，道殷流⑱而貴賤。若夫濯⑲以寒水⑳，淬㉑以夏凌㉒，越氣㉓外歛，溫液㉔密凝㉕。體猶握虛㉖，離㉗若剖㉘冰。

【章　旨】本章言瓜的種類以及瓜的形狀和功用，從這些方面突出瓜的品性。

【注　釋】❶種族類數　按瓜的種類而論。❷則有括樓句　按：括樓、定桃、黃㼐、白傳、金文、密筩、小青、大班、玄骭、素椀、貍首、虎蹯，皆瓜名。元王禎《農書》卷八：「果瓜品類甚多，不可枚舉。以狀得名者，則有龍肝、虎掌、兔頭、貍首、密筩之稱。以色得名者，則有烏瓜、黃㼐、白傳、小青、大班之別。然其味不出乎甘香。」❸東陵出於秦谷　指秦國所產的東陵瓜。東陵，即東陵瓜。漢召平，本為秦東陵侯，秦亡後，在長安城東種瓜，味甜美，時稱「東陵瓜」。阮籍〈詠懷〉：「昔聞東陵瓜，近在青門外。」亦稱「青門瓜」。❹桂髓　瓜之一種。❺巫山　山名，在四川、湖北兩省邊境。❻五色比象　語出《左傳・桓公二年》：「五色比象，昭其物也。」杜預注：「車服器械之有五色，皆以比象天地四方，以示器物不虛設。」五色，青、赤、黃、白、黑五種顏色，古代以此五色為正色。比象，亦作「比像」。比擬象徵。❼殊形　不同的形狀。❽異端　各種各樣。❾濟　美好貌。❿攄文　散發文采。攄，散發。文，彩色交錯。清王夫之《讀四書大全說・論語・泰伯篇十二》：「異色成彩之謂文，一色昭著之謂章。」⓫披　呈現。⓬氣　指散發出的氣息。⓭體　指瓜果的形狀。⓮郁烈　香氣濃烈。⓯窮理　窮盡事物的道理。《易・說卦》：「窮理盡性，以至於命。」此言瓜果之味具有中和之美。⓰䭘　飽；厭。⓱弘濟　廣為救助。弘，廣。⓲殷流　盛行。⓳濯　洗。⓴寒水　涼水。㉑淬　浸漬；浸染。㉒凌　冰。㉓越氣　猶清香。㉔溫液　此指溫和的瓜液。㉕密凝　閉藏凝結。密，閉藏；封閉。㉖體猶握虛　言果液內凝看不見，手持無感若虛。虛，空；無。㉗離　割；分割。㉘剖　從中切開、剖開。

【語　譯】從瓜的種類來看，有括樓、定桃、黃㼐、白傳、金文、密筩、小青、大班、玄骭、素椀、貍首、虎蹯等，東陵瓜出自秦國，桂髓產於巫山。青、赤、黃、白、黑五種顏色具有比擬象徵的作用，不同的形狀千變萬化。有的瓜外在的美好可以表現出瓜的內在美質，有的內質雖美而外表卻並不漂亮。有的外在文采散發而內裡卻是一片綠色，有的外表一片潔白而卻有紅色的內裡。散發的氣息無論大小均是芬芳無比，外在的形態雖有長短之別但一定都是圓形。芳香撲鼻，充滿房屋，味道中和，百吃不厭。它有解救飢渴的美德，無論貴賤都可以感受到它的美盛的品性。假如用涼水洗滌，再用儲藏到夏天的冰塊加以浸漬，收斂住散發出的清氣，溫和的果液閉藏凝結。果液雖內凝看不見，手持無感若虛，但是切割起來卻有剖冰的感覺。

【研 析】陸機在〈文賦〉中說：「詩緣情而綺靡，賦體物而瀏亮。」指出賦這一文體具有「體物」與「瀏亮」的特徵。體物是指對所寫之物進行鋪陳描寫。瀏亮是指表達上清楚明朗。作為一篇詠物賦，〈瓜賦〉在寫作上正體現了賦體的這一特徵。

同是一物，每個人的觀察角度不同，會有不同的感受與表達的側重。陸機的這篇〈瓜賦〉主要分兩個方面進行「體物」。首先是抓住瓜的生長過程，描繪出生長過程中瓜的枝葉、果實的美好景象。賦從瓜在田中播種寫起，寫瓜經春歷夏的生長，寫出了瓜的根莖的奮力延伸，還有如煙雲相接、星羅棋布的累累瓜瓞以及茂盛紛披、在麗日煦風下搖曳多姿的枝葉。生長過程是描寫的縱線，而瓜的莖、葉、實則是橫線，縱橫交錯中不僅寫出了瓜的枝葉繁茂，果實繁多的景象，更為重要的是這一景象呈現出一種動態感，而不是一種靜態的描摹與展示。使人們對瓜有一更為形象的感性認識。其次寫出了瓜的種類以及瓜的形狀與功用。所列諸種瓜名，有以形狀名者如貍首、虎蹯，有以色彩名者如黃甂、白傳，足見瓜類名目繁多，種類繁富。且從色與形、外在與內在的統一與不一，寫出瓜類所共同具有的清香的氣息、圓圓的體徵、中和的特性、解渴療飢的功能，使人們對瓜類有更深一層的理性觀照。

陸機在當時以有文名著稱，《晉書》本傳稱其「天才秀逸，辭藻宏麗」，這篇〈瓜賦〉「體物」的成功，得力於陸機天才的辭語表現。如寫枝葉的繁茂用「紛敷雜錯，鬱悅婆娑」形容，以及「秀瓞」、「金榮」、「玉實」、「修莖」等辭，形象生動地表現出所寫部分的色彩與外在特徵，沒有宏麗的辭藻確實很難駕馭。在語言的運用上，講究對偶，用辭工麗，整齊的句式，不僅讀起來琅琅上口，而且還使文章具有一種目觀之美。對於這點，我們不能以形式主義加以簡單斥責，而應看作是當時文學自身覺醒的一種反映。

如果是作為文學作品而不是作為果品介紹，那麼，詠物詩賦的最終成功可能還是在「體物」中的「微言大義」。當然，「物」中的「微言大義」因物的不同，其可寄寓的深淺還是有別的。如經冬不凋的松柏與處危不變的君子人格的相合而千古警醒，而瓜可能就無松柏這種天生的讓人警醒的寄寓的機緣。因而，判斷詠物詩賦的成功與否，寄寓是一個重要方面，但具體而言又不是唯一的因素。因此，說此篇〈瓜賦〉寄寓不深，可能有點強人所難之嫌。將陸機的〈瓜賦〉置入同類體裁即所有〈瓜賦〉作品中加以觀照，則又見出它的寄寓是相對成功的。就《歷代賦彙》著錄，前於陸機或與陸機同時或稍後的，有魏劉楨、晉傅玄、晉嵇紹、梁張纘、唐康子玉都寫過〈瓜賦〉。有的是宴飲時的命題而作，有的是作一些靜態的描寫，顯得毫無生氣，有的為了寄寓而寫出諸如「取類於母子，取辨於君臣」的牽合。相比之下，陸機的〈瓜賦〉不僅辭藻宏麗，且運用擬人化的手法，將瓜動態化。動態與靜態有時可能並不是一種表現手法或才力高下的區別，而是一種心靈感物程度不同的一種區分。陸機對瓜的觀察與感受既是客觀的又是充滿著感情的，所以在他筆下，瓜才呈現出一種動態與活力。而這種情感源於對瓜之德的認識與理解。此賦開篇即言「佳哉瓜之為德，邈眾果而莫賢」，寫瓜之德應是此賦的主旨所在。因而在對瓜作了充分的感性描寫之後，是突出瓜的氣、體、芳、味、德、道，這是瓜的功用也是瓜的品性，其主旨與松柏比起來雖顯得「實在」，但是掩卷而思，如瓜之甘甜，芬芳四溢，總感與人生有某種若即若離的闢合。寫瓜能寫出此種情境，也算是一種成功了。

思親賦

【題　解】此賦為思悼雙親而作。從賦中開篇即言「悲桑梓之悠曠」來看，此賦應作於陸機離開家鄉北赴洛陽之後。

悲桑梓❶之悠曠❷，愧❸蒸嘗❹之弗營❺。指南雲❻以寄款❼，望歸風而效誠❽。羨年歲俄❾其聿❿暮，明星⓫爛而將清⓬。迴飆⓭肅⓮以長赴⓯，零雪紛其下積⓰。羨纖⓱枝之在幹，悼落葉之去枝。存⓲顧復⓳之遺志⓴，感明發㉑之所懷。居辭安而厭㉒苦，養引約㉓而摧豐㉔。忘天命㉕之晚暮㉖，願鞠子㉗之速融㉘。兄瓊芳而蕙茂，弟蘭發而玉暉㉙。感瑰姿㉚之晚就㉛，痛慈景㉜之先違㉝。天步㉞悠長，人道㉟短矣。異途同歸㊱，無早晚矣。

【注釋】❶桑梓　桑與梓為古代住宅旁常栽之樹木，東漢以來遂用以比喻故鄉。❷悠曠　遙遠。❸愧　羞愧；慚愧。❹蒸嘗　本指秋冬二祭，後也泛指祭祀。❺營　舉行；做。❻指南雲　手指南方的雲彩。陸機吳人，故以南雲代指家鄉的雲。❼款　誠懇；懇切。此指思念家鄉的殷切之情。❽效誠　表示思鄉的誠意。效，表示。❾俄　頃刻；片刻。此指一年過得極其迅速。❿聿　助詞，無義。⓫明星　明亮的星星；眾星。⓬清　盡；完。⓭迴飆　旋風。迴，旋轉。飆，暴風。⓮肅　肅殺　形容狂風的嚴厲摧殘。⓯長赴　猶言狂吹。⓰積　墜落；飄落。⓱纖　纖細；細小。⓲存　思念。⓳顧復　語出《詩・小雅・蓼莪》：「父兮生我，母兮鞠我，拊我畜我，長我育我，顧我復我，出入腹我。」言父母育子，反覆顧視之意，後因以「顧復」喻父母的養育之恩。⓴遺志　死者生前的志願。後多指生前沒有實現的志願。㉑明發　語出《詩・小雅・小宛》：「明發不寐，有懷二人。」朱熹注曰：「明發，謂將旦而光明開發也。二人，父母也。」明發，本是黎明、平明之義，後因以代稱孝思。㉒厭　滿；飽受。㉓引約　指勤儉節約。引，執持；取用。㉔摧豐　抑制奢侈。摧，退；抑制。豐，此指奢侈。㉕天命　猶天年。指人的自然壽命。㉖晚暮　形容年老。㉗鞠子　稚子。㉘融　長遠；久長。㉙兄瓊芳而蕙茂二句　此以瓊芳、蕙茂、蘭發、玉暉比喻兄弟均長大成才，才華出眾。瓊芳，色澤如玉的香草。蕙、蘭，香草名。暉，明；光彩照耀。㉚瑰姿　美麗的姿容。㉛晚就　猶晚成。㉜慈景　猶慈顏。指父母的容顏。㉝違　離開。㉞天步　天之行步。此指自然的存在。㉟人道　此指人的生命過程。㊱異途同歸　指人的生活道路不一但都同歸一死。

【語　譯】悲歎故鄉離我是如此的遙遠，非常慚愧每年對先人的祭祀我不能親臨。指著飄向南方的雲寄去我殷切的思念，心願隨歸去的風而捎去我思鄉的誠意。一年很快過去將至年終，天空星星燦爛也因天明的到來而將要散盡。疾風肅殺狂吹，雪花紛紛飄落。羨慕纖細的枝條仍然留在樹幹上，悲悼樹葉離開樹枝紛紛墜落。思念父母的養育之恩，把我們養大成人，這是他們生前的心願，心中感歎，只能空懷這片孝思孝情。父母在時生活中總是不圖安逸飽受苦難，養育我們，勵行節約而抑制奢侈。總是忘記自己的天年已像日頭一樣接近晚暮，一心一意只是希望稚子快快長大成人。現在兄弟已經長大成人，才華出眾，如瓊芳蕙蘭茂盛勃郁，如美玉一樣光彩照人。但遺憾的是美麗的身姿很晚長成，痛感慈祥的面容已先離我們而去。天道漫長，人命壽淺。不同的人都有一死的結局，殊途同歸，沒有早晚之別。

【研　析】本篇題作「思親」，從內容上看即是悼念雙親。但是同是思悼可能會存在著不同的環境與心境。此賦作於陸機離開家鄉北赴洛陽之後的某年歲暮的一個深夜。寒冬臘月，疾風肆虐，雪花紛飛，落葉凋零，這種肅殺的環境就是陸機思悼雙親時的客觀環境。是客觀之景觸發了陸機的思親之情，還是思親之情早已充溢陸機胸中，觸景皆悲，二者可能皆有。從開篇即云「悲桑梓之悠曠，愧蒸嘗之弗營」來看，陸機以悲親之情來觀肅殺之景的分量更重。這兩句不僅透露出了陸機漂零在外的思鄉之悲與身世之慨，而且從中我們更能感受到陸機壯志難酬、不能榮歸故里祭拜雙親的心中愧疚。

樹欲靜而風不止，子欲養而親不待。這兩句用在陸機身上極為合適。陸機父陸抗，為吳大司馬，吳末帝鳳凰二年、晉武帝泰始九年，西元二七三年卒，時陸機十四歲，尚未成人。因而這篇短賦的一個重心即是將筆墨更多用在這種「子欲養而親不待」的痛悼上，從對父母不辭辛勞、勤儉持家、忘我育子、願子早成的追憶中，我們可以感受陸機對父母養育之恩的感戴，而如今既有兄弟成才之慰，也有大器晚成、父母早去之憾。反哺之情令人感痛！

賦的最後言「天步悠長，人道短矣。異途同歸，無早晚矣」，有人道不敵天道、人不能逃脫死神控制的無奈與悲傷，但也正是從這無奈與悲傷中悟出了人類的生死宿命，這是陸機排解思親之情的一種理遣。從中我們也可看到玄學的理思對陸機創作的影響。

卷二

遂志賦并序

【題解】這是一篇明道述志之作。

昔崔篆作詩以明道述志❶，而馮衍又作〈顯志賦〉❷，班固作〈幽通賦〉❸，皆相依倣❹焉。張衡〈思玄〉❺、蔡邕〈玄表〉❻、張叔〈哀系〉❼，此前世之可得言者也。崔氏簡而有情，〈顯志〉壯而泛濫❽，〈哀系〉俗而時靡❾，〈玄表〉雅而微素❿，〈思玄〉精練而和惠⓫。欲麗⓬前人，而優游⓭清典⓮，陋⓯〈幽通〉矣。班生彬彬⓰，切而不絞⓱，哀而不怨⓲矣。崔蔡沖虛⓳溫敏⓴，雅人㉑之屬也。衍抑揚頓挫㉒，怨之徒也。豈亦窮達㉓異事，而聲為情變㉔乎？余備托㉕作者㉖之末，聊㉗復用心㉘焉。

【章　旨】此章為本賦之序，交代自己撰述此賦的緣由，有感前人明道述志之作，故作此賦。

【注　釋】❶崔篆作詩以明道述志　崔篆，漢涿郡安平人，王莽時任郡文學。光武帝劉秀建武初幽州刺史舉薦他為「賢良」，以母兄受新莽寵遇，有愧漢朝，遂不仕。客居滎陽，閉門著書，臨終作〈慰志賦〉。此賦是一篇自敘性的作品，敘述自己屈事王莽、不再仕漢的經過，即是陸機所說的「明道述志」之作。❷馮衍又作顯志賦　馮衍，字敬通，漢京兆杜陵人。兵荒馬亂時從劉玄起，玄死，從光武帝劉秀，為曲陽令，遷司隸從事。因結交外戚免官，潦倒而死。馮衍為東漢辭賦家，所作〈顯志賦〉，抒發其晚年家居抑鬱不得志的情懷。❸班固作幽通賦　班固，字孟堅，扶風安陵人。東漢史學家、辭賦家。所作〈幽通賦〉，闡明人應修道以待天命的道理。❹依倣　信效；效仿。❺張衡思玄　張衡，字平子，河南南陽人。東漢科學家、辭賦家。所作〈思玄賦〉表達了游仙的幻想。❻蔡邕玄表　蔡邕，字伯喈，陳留圉人。東漢書法家、文學家。所作〈玄表〉今不存。❼張叔哀系　張叔，西漢益州葉榆人。天資聰穎，過目成誦，曾從司馬相如受經學，歸教其鄉子弟。所作〈哀系〉今不存。❽泛濫　廣博；廣泛。❾靡　柔靡；衰弱；不振。❿素　質樸無飾。⓫和惠　溫和仁惠。⓬麗　跨越；超越。⓭優游　言從容致力於某事。⓮清典　清麗典雅。⓯陋　差；比不上。⓰彬彬　文質兼備貌。⓱切而不絞　指措辭直率而不過於直露。切，懇切率直。此指措辭直率。絞，急切。此指過於直露。⓲哀而不怨　雖然哀傷但不過於悲怨。⓳沖虛　淡泊虛靜。⓴溫敏　溫厚聰明。㉑雅人　方正的人。㉒抑揚頓挫　形容文章氣勢高低停折、和諧而有節奏。㉓窮達　指政治上的困厄與顯達。㉔聲為情變　此指文章因每個人的情感不同而發生不同變化。㉕備托　猶言備列、充數。㉖作者　指從事文章撰述或藝術創作的人，時陸機轉任著作郎，故云。㉗聊　姑且。㉘用心　指用心於文章創作。

【語　譯】以前崔篆用詩來明道述志，後來馮衍又寫下了〈顯志賦〉，班固創作了〈幽通賦〉，都是依傍仿效之作。張衡的〈思玄〉、蔡邕的〈玄表〉、張叔的〈哀系〉，這些都是可以稱道的前代作品。崔氏之作簡約而有情感，馮衍〈顯志〉寫得壯闊廣博，張叔〈哀系〉顯得俗氣時而有些柔靡，蔡邕〈玄表〉雖顯高雅但略嫌質樸無飾，張衡〈思玄〉寫得精練並且溫和仁惠。這些作品都想超越前人，而追求清麗典雅，比不上班固的〈幽通賦〉。班固〈幽通賦〉文質兼備，措辭直率而不過於直露，雖然哀傷但不過於悲怨。崔篆、蔡邕淡泊虛靜，溫厚聰敏，屬於方正之類的人。馮衍文章抑揚頓挫，屬於心中悲怨之類的人。難道是窮達不同，而吐辭發聲均因情而有所不同嗎？我忝列撰者行列之末，姑且再次用心創作一下。

武定鼎於洛汭❶，胡❷受瑞❸於汝墳❹。繇❺鳴鳳❻於百祀❼，啟敬仲乎方震❽。苟天光❾之所照，豈舜族之必陳❿？厭⓫禋祀⓬於故墟⓭，饗禴祭於東鄰⓮。禰八葉⓯而松茂⓰，舞〈九韶〉⓱乎降神。系姜叟於海曲⓲，表滄流⓳於遠震⓴。仰前蹤㉑之緜邈㉒，豈孤人㉓之能胄㉔。匪㉕世祿㉖之敢懷，傷茲堂㉗之不搆㉘。理或睽㉙而後合，道有夷而弗順。傳栖嵒而神交㉚，伊荷鼎以自進㉛。蕭綢繆於豐沛，故攀龍而先躍㉜。陳頓委於楚魏，亦淩霄以自濯㉝。伍被刑而伏劍㉞，魏和戎而擁樂㉟。彼殊塗而並致㊱，此同川而偏溺㊲。禍無景㊳而易逢，福有時而難學㊴。惟萬物之運動㊵，雖紛糾㊶而相襲㊷。隨性類㊸以曲成㊹，故圓行而方立㊺。要信心㊻而委命㊼，援前修以自程㊽。擬㊾遺跡㊿於成軌(51)，詠新曲於故聲(52)。任窮達以逝止，亦進仕而退耕。庶斯言之不渝(53)，抱耿介(54)以成名。

【章　旨】此章述歷史上朝代更迭及前代賢人的政治遭遇，說明窮達出處應任時隨心，但恪守正直的秉性則是成名的重要條件。

【注　釋】❶武定鼎於洛汭　周武王滅商，定都鎬京，故址在今陝西西安西南灃水東岸。武，周武王的簡稱。定鼎，定立國都。舊傳禹鑄九鼎，以象九州，歷商至周，作為傳國重器，置於國都，因此稱定立國都為「定鼎」。洛汭，河南洛水入黃河處。

❷胡　古代稱北方和西方的民族如匈奴等為胡。❸受瑞　受到祥瑞。瑞，祥瑞。❹汝墳　指古汝水堤岸。《詩・周南・汝墳序》：「〈汝墳〉，道化行也。文王之化行乎汝墳之國。」❺繇　即皋陶，偃姓。傳說中虞舜時的司法官，以正直稱。禹繼位，委之以政，被選為繼承者。未繼而卒。❻鳴鳳　語出《詩・大雅・卷阿》：「鳳皇鳴矣，於彼高岡。梧桐生矣，於彼朝陽。」鄭玄箋：「鳳皇鳴於山脊之上者，居高視下，觀可集止，喻賢者待禮而行，翔而後集。」此以「鳴鳳」比喻賢者待禮而行。❼百祀　此指在采地內得到長久的祭祀。❽啟敬仲乎方震　指啟因戰勝東夷伯益而受到敬服。啟，夏后啟，禹之子，夏朝建立者。相傳禹死後禪位於伯益，啟與之爭位，殺之。仲，仲裁；斷定；平定。方震，疑為「震方」之倒。震方，即東方。震，東；東方。❾天光　日光；天空的光輝。❿豈舜族之必陳　難道成為舜族後代的就一定是陳。舜，五帝之一，姚姓，有虞氏，名重華，史稱虞舜或舜。陳，春秋諸侯國名，在今河南淮陽及安徽亳州一帶。《史記・陳杞世家》：「陳胡公滿者，虞帝舜之後也……至於周武王克殷，乃復求舜得媯滿，封之於陳，以奉帝舜祀，是為胡公。」⓫厭　滿；盡。⓬禋祀　古代祭天神的一種禮儀，先燒柴升煙，再加牲體及玉帛於柴上焚燒。後泛指祭祀。⓭故墟　廢墟。⓮饗禴祭於東鄰　語出《易・既濟》：「東鄰殺牛，不如西鄰之禴祭，實受其福。」饗，祭祀。禴，祭名。指夏祭或春祭。⓯禰八葉　指殷從武丁中興至紂共經八代。禰，父死，神主入廟後稱禰。生稱父，死稱考，入廟稱禰。⓰松茂　松柏之茂。比喻長青不衰。⓱九韶　傳說中虞舜時代的樂曲名。⓲系姜叟於海曲　指姜太公釣於渭水之邊，周文王遇之，與之俱歸，後佐周武王滅紂。姜叟，即姜太公。⓳滄流　青色的水流。⓴遠震　遙遠的東方。㉑前蹤　前代的事蹟。㉒緜邈　時間久遠。㉓孤人　一人；一族。孤，孤立；單獨。㉔胄　對先輩的承續。㉕匪　通「非」。不是。㉖世祿　世代享受的爵祿。㉗茲堂　指現在的房屋。㉘搆　架屋；營造。㉙睽　違背；不合。㉚傅栖嵓而神交　指傅說被武丁由奴隸任為大臣之事。傅，傅說，殷商武丁的大臣。相傳曾是傅嵓地方從事版築的奴隸，武丁夢得傅說，畫圖求之，後得之任為大臣，治理國政。嵓，傅嵓，地名。神交，指武丁夢得傅說之事。㉛伊荷鼎以自進　指伊尹欲干成湯而無由，乃為有莘氏媵臣，負鼎俎，以滋味說成湯致於王道之事。伊，即伊尹。荷，負。㉜蕭綢繆於豐沛二句　指蕭何在故鄉豐沛幫助劉邦籌謀天下之事。蕭，蕭何，沛縣人，初為沛縣吏掾，後從劉邦入關，出謀劃策，屢建功勛，對劉邦建立漢朝起了重要作用。綢繆，此指運籌策劃。豐沛，漢高祖劉邦，沛豐邑人，因以豐沛稱為祖故鄉。攀龍，指攀附劉邦。先躍，指劉邦未做皇帝前即幫助劉邦謀劃。㉝陳頓委於楚魏二句　言陳平在魏楚之間徘徊頹喪，後歸劉邦，建功立業。陳，即陳平，西漢河南武陽人。曾事魏王咎，為太僕。說魏王不聽，又遭讒言，陳平亡去。後從項羽入關，任都尉，旋歸劉邦，為謀士。提出離間項羽、范增，籠絡韓信等計，均被劉邦採納。高祖六年封曲逆侯，惠帝、呂后、文帝時歷

任丞相。呂后死，陳平與周勃等合謀，誅殺諸呂，迎立文帝。卒諡獻。頓委，即委頓。頹喪；疲困。凌霄，凌雲。濯，大；盛大。此指成就偉大。㉞伍被刑而伏劍　指伍子胥受伯嚭讒被吳王夫差賜劍令自殺之事。伍，即伍子胥，春秋楚人，名員，字子胥。父兄被楚平王所殺，因逃至吳。佐吳王闔廬攻楚。屢諫吳王夫差，未被採納。後受伯嚭讒，被賜劍自盡。㉟魏和戎而擁樂　指魏絳主張和戎拒絕音樂的賄賂之事。魏，即魏絳，春秋晉人，亦稱魏莊子。任下軍主將時，國人和戎。晉悼公使絳監戎。鄭人賄晉以樂，晉悼公以樂之半賜絳，絳辭不受，且勸悼公應居安思危，晉因是復又強盛，卒諡莊。擁，擁拒；攔阻。㊱彼殊塗而並致　此句言臣子通過不同途徑為君王效力。㊲此同川而偏溺　此句以同川偏溺喻有的臣子為君主效力卻偏遭殺害的結局。㊳無景　沒有影子。景，通「影」。㊴福有時而難學　此句化用《詩・周頌・敬之》的詩句：「日就月將，學有緝於光明。」鄭玄箋：「且欲學於有光明之光明者，謂之賢中之賢也。」言福氣難以遇到。㊵運動　指萬物均在不斷地生長、活動。㊶紛糾　糾紛；紛擾；混亂。㊷襲　順襲；沿襲。㊸性類　猶生類。指有生命的物類。㊹曲成　多方設法使有成就；委曲成全。《易・繫辭上》：「曲成萬物而不遺。」韓康伯注：「曲成者，乘變以應物，不繫一方者也。」孔穎達疏：「言聖人隨變而應，屈曲委細，成就萬物。」㊺圓行而方立　指隨性賦形，或方或圓。㊻信心　隨心；任意。㊼委命　聽任命運支配。㊽援前修以自程　以前代賢聖作為自己效法對象。程，效法。㊾擬　模仿；效法。㊿遺跡　指先賢留下的事蹟。(51)成軌　沿襲下來的規矩與方法。(52)詠新曲於故聲　以從故聲中唱出新曲喻效法前賢而又活出自己的個性。(53)渝　改變。(54)耿介　正直不阿；廉潔自持。

【語　譯】周武王在洛水之濱建都，北方的胡人在汝水堤岸受到立國的祥瑞。皐陶遇到賢君虞舜，在采地內被長久地祭奉，啟因戰勝東夷伯益而受到敬服。只要是日光所能照到的地方，成為舜族後代的難道一定是陳國嗎？原有的地方祭祀將盡，又把祭祀的地點遷於東鄰。殷商從武丁中興至紂共經八代，用〈九韶〉之祭舞祈求神靈的福佑，希望國運如松柏茂盛，長青不衰。周文王在渭水之濱尋得姜太公，遙遠的東方受到姜太公的惠澤。追想邈遠的前代事蹟，不是一人一族就能延續的。並不是只想著世代享受的爵祿，只是擔心現在不能營造自己的生存之屋。人生的道路有時先與自己的意願相背而後來又遂願，道路有時平坦而有時又並不順利。傳說在傅嵓做奴隸，與武丁夢中相會而由奴隸為大臣，伊尹欲干成湯而無由，於是為有莘氏媵臣，背負鼎俎，以滋味說成湯致於王道。蕭何在故鄉豐沛幫助劉邦籌謀天下之事，所以先行一步攀附帝王。陳平離開項羽投奔劉邦，屢次建功立業。伍子胥受伯嚭讒言被吳王夫差賜劍自殺，魏絳在晉受到信任，能夠推行和戎主張、拒絕鄭國音樂的賄賂，使晉興盛。臣子通過不同途徑為君王效力，有的臣子侍奉君主卻偏遭殺害的結局。災難雖不是影子，如影隨形，但總是容易遭遇，好運有的時候出現，但總是難以遇到。想到天地萬物均在不斷地生長、活動，雖然糾擾紛亂，但總是有規律因襲。在生命的過程中，多方設法使有成就，隨性賦形，或方或圓。關鍵在於能夠隨心任命，以前代賢聖作為自己行為的準則。效法先賢留下的生活準則與方法，以把故聲唱出新曲的方式活出自己的個性。任隨困厄與顯達的去留，也只不過是做官與退耕的不同罷了。希望以上所說都是不會改變的真理，恪守正直不阿、廉潔自持的本性以成就自己的名聲。

【研　析】此賦作於元康八年（西元二九八年），時陸機為著作郎。陸機從太康末入洛，始為太傅楊駿辟為祭酒，楊駿被誅後，機徵為太子洗馬，其間雖與賈謐二十四友之列，與賈謐的關係也由密轉疏，蓋陸機看到賈謐有不臣之心，故與之保留一些距離，無潘岳、石崇等望塵而拜的熱衷。由是在賈氏擅權之間，陸機仕途並不順利。從元康三年到七、八年間，陸機從太子洗馬，轉著作郎，吳王晏出鎮淮南，陸機及弟陸雲同拜郎中令。尋入為尚書中兵郎，轉殿中郎。元康八年出補著作郎。〈遂志賦〉即作於是年。

我們還只是從陸機的仕歷上來看，〈遂志賦〉的創作，是因仕途不順帶來的不滿。入洛後陸機兄弟雖受到張華等人的賞譽，但也受到盧志等人視作亡國之餘的蔑視。作為名門將後而身仕二主的無奈與恥辱以及入洛後受到的歧視與功業的無成，這些都應是陸機作此賦的心理動機。遂志，語出《易・困》：「澤無水，困，君子以致命遂志。」此賦以「遂志」為名，表達的是在困厄之時對如何實現人生理想的思考。陸機在賦的序文中也交代了創作的緣由。賦的序文歷述崔篆、馮衍、班固、張衡、蔡邕等人的述志明道之作，有感「窮達異事，而聲為情變」，故作此賦，表達自己對仕官的窮達出處的感受。

陸機出身名門將後的身分及身仕二主的經歷使陸機對窮達出處有著自己的看法。首先，陸機從歷史上朝代的對立與更替的角度來看世事的變遷。「仰前蹤之緜邈，豈孤人之能胄」，歷史的綿延並非一朝一代的承繼；

「匪世祿之敢懷，傷茲堂之不搆」，世祿的相傳也往往不以人的意願為轉移。這就將自身的遭遇置入歷史的長河中加以觀照，從而消除「忠臣不仕二主」傳統人生觀可能帶來的心理自卑與恥辱。其次，陸機又歷舉傳說、伊尹、蕭何、陳平、伍子胥、魏絳等人的仕途遭遇以及政治上的成敗，說明人在政治的漩渦中很難把握自己的命運，「禍無景而易逢，福有時而難學」。從而消釋了自己由吳入洛後仕途不順的悲怨。從今存馮衍〈顯志賦〉、班固〈幽通賦〉、張衡〈思玄賦〉來看，雖然風格有異，但有著共同的特徵。其一，均是作者仕途不順時的創作；其二，儘管仕途不順的原因有異，但是最終都以歸於玄幽來解脫。陸機從歷史與前賢兩個角度的考察，也極易將其引入玄學自遣之途。但是與前人諸賦不同的是，陸機既有「禍無景而易逢，福有時而難學」的隨心任命，又有在隨心任命下的處世準則，即是「抱耿介以成名」。這就是陸機對窮達出處的看法與思考。

隨性任命而又抱守耿介，這種矛盾的結合，反映出陸機對人生價值的理解更多的是看重自我的內在品性，也可看出陸機雖感到對自我政治命運的難以把握而又力圖有所恪守的自我期待。

懷土賦并序

【題　解】此賦主要描寫了作者對家鄉故土的思念與很難再回故土的惆悵。

余去家漸久，懷土❶彌篤❷。方思之殷❸，何物不感？曲街委巷❹，罔不興詠，水泉草木，咸足悲焉。故述斯賦。

背❺故都之沃衍❻，適新邑❼之丘墟❽。遵❾黃川以葺宇❿，被蒼林⓫而卜居⓬。悼孤生⓭之已晏⓮，恨⓯親沒之何速。排⓰虛房⓱而永念，想遺塵⓲其如玉。眇⓳緜邈⑳而莫覯㉑，徒佇立㉒其焉屬㉓。感亡景於存物，惋隤㉔年於拱木㉕。悲顧眄㉖而有餘，思俯仰而自足㉗。留茲情於江介㉘，寄瘁貌㉙於河曲㉚。玩㉛通川㉜以悠想㉝，撫㉞征轡㉟而躑躅㊱。伊命駕㊲之徒勤㊳，慘㊴歸途之良難。愍㊵棲鳥於南枝㊶，弔離禽於別㊷山。念庭樹以悟懷㊸，憶路草㊹而解顏㊺。甘堇荼於飴茈㊻，緯蕭艾㊼其如蘭㊽。神何寢而不夢，形何與㊾而不言。

【注釋】❶懷土　思念故鄉。❷彌篤　更加深厚。❸殷　殷切；盛。❹委巷　即曲巷。委，曲。❺背　離開。❻沃衍　亦作「衍沃」。借指肥美平坦的土地。❼適新邑　指來到洛陽。適，往；到。❽丘墟　亦作「丘虛」。意為廢墟、荒地。❾遵　循；沿著。❿葺宇　以草覆蓋房簷。此指蓋房子。葺，用茅草覆蓋房屋。宇，屋簷。⓫被蒼林　指在樹林的覆蓋下。⓬卜居　擇地而居。⓭孤生　孤獨的人。⓮晏　晚。⓯恨　遺憾。⓰排　推；推開。⓱虛房　空房。⓲遺塵　指親人活動留下的痕跡。⓳眇　眯著眼看。⓴緜邈　久遠。㉑覯　同「遘」。遇見。㉒佇立　長久地站立。㉓焉屬　心無所屬。㉔隤　衰敗。㉕拱木　指墓木。《左傳．僖公三十二年》：「中壽，爾墓之木拱矣。」後人因以「拱木」稱墓木。㉖顧眄　環視；左顧右盼。顧，回視。㉗自足　此指自我安慰。㉘江介　江邊。介，邊；邊際。㉙瘁貌　憂傷的容貌。瘁，憂傷。㉚河曲　河流迂曲的地方。㉛玩　欣賞。此指沈思。㉜通川　流通的河川。㉝悠想　思念。悠，思。㉞撫　持。㉟征轡　遠行車馬的韁繩。㊱躑躅　徘徊不前。㊲命駕　命人駕車馬。言立即動身。㊳勤　心情急切；殷切。㊴慘　怨。㊵愍　哀憐。㊶南枝　向南的樹枝。㊷別　另外；另外的。㊸悟懷　猶開懷。悟，啟；開。㊹路草　此指家鄉路邊的草。㊺解顏　開顏而笑；開懷。㊻甘堇荼於飴茈　語出《詩．大雅．緜》：「堇荼職飴。」堇，菜名，開紫花，味苦。荼，苦菜。飴，甜。茈，即紫草。㊼緯蕭艾　用艾蒿編成的簾子。緯，編織。蕭艾，即艾蒿。蕭，蒿類植物名，即艾蒿。艾，植物名，即艾蒿。多年生草木，揉之有香氣。語出《莊子．列禦寇》：「河上有家貧恃緯蕭而食者，其子沒於淵，得千金之珠。」後用為安貧或安貧樂道的典故。㊽蘭　香草名。㊾與　產生。

【語　譯】我離開家鄉的時間越來越久，思念故鄉的情懷越來越篤厚。思念殷切的時候，什麼樣的景物不感發人心？彎曲深幽的街巷，可以興發人的喟歎，流水草木，也皆足以讓人產生悲慨。所以我寫下這篇〈懷土賦〉。

離開故鄉那肥美而平坦的土地，來到這個陌生的城池，只覺一片荒蕪。在黃河的岸邊建起了房屋，在樹林覆蓋之下擇地而居。傷悼孤獨的人年歲已老，遺憾雙親的去世是那樣地快。推開空空的房屋長久地思念著過去，想親人生前留下的痕跡，依然鮮澤如玉如在眼前。雙眼凝視遠方，但是什麼也看不見，徒然長久地站立著，心無所屬。看到遺存下的舊物，感懷消逝的身影，面對墳墓上的樹木歎惋衰敗的晚年。環視四周，只能徒然增悲，思念之情只能在追思中得到慰藉。將這分情感留在那長江岸邊，將這憂傷的容貌帶到了黃河水邊。面對流動的河川沈思追想，手持馬的轠繩卻又徘徊不前。有著起駕回歸、立即動身的意願，但這種急切的心情又是徒勞令人悲怨，因為回去的道路確實非常艱難。哀憐棲息在向南樹枝上的鳥兒，悲悼另一座山中分離的動物。想到家鄉庭院的樹木就感到高興開懷，憶起家鄉路邊的草木也讓人開顏而笑。家鄉的堇荼再苦，也會感到像紫草一樣甘甜，編織蕭艾，也會感到其香如蘭。思念的精魂在任何時候都會進入夢境，想念的情形只要產生就想把它從心中說出來。

【研　析】這篇賦寫在陸機離開家鄉北赴洛陽之後的幾年時間內。思親懷土是陸機詩賦中的一個較為普遍的情感主題。自從太康末入洛以來，這種情感無時無刻不纏繞著他。因而，此篇雖題為「懷土」，但又有近一半的篇幅是寫思親，而且是對逝去親人的思念。

陸機在〈文賦〉中強調創作要發揮想像，所謂「精騖八極，心游萬仞」，這篇賦在表現上可以說體現了這一特點。陸機身處洛陽，而心念南土，這身心之間的差距與阻隔，既是陸機「懷土」之因，也是表達這分「懷土」而用想像之由。通篇都是在想像當中來抒發「懷土」之情的。先是「想遺塵其如玉」，即是對逝去親人的追念。陸機早孤，父陸抗為吳名將，陸機入洛，是應朝廷之徵，但是亡國之餘的陰影卻難以從心頭消除。所以陸機懷土卻又著重思親，更多的是對陸氏家族過去輝煌的追念，只是沒有明言罷了。因此，「留茲情於江介，寄瘁貌於河曲」，這情與貌之間的差異正隱約地透露了這一點。空間的阻隔可以羈絆人的身體，但是它束縛不了的正是對故土親人思念的馳騁，所謂「悲顧盼而有餘，思俯仰而自足」，說的也正是這種情境。

空間不可以阻擋對鄉土的想像，但是它又確實可以阻斷你把想像與情思付諸實際的行動。所謂「玩通川以悠想，撫征轡而躑躅。伊命駕之徒勤，慘歸途之良難」，說得正是這個情理。因此，空間的阻隔與意念的欲歸之間的衝突，空間的阻隔對欲歸意念的消除，看似慘忍，卻又很好地表達了對故鄉的眷念。但是此賦所表達的最終還是想像超越了空間的羈絆，賦的最後言「念庭樹以悟懷，憶路草而解顏。甘堇荼於飴茈，緯蕭艾其如蘭。神何寢而不夢，形何興而不言」，正可看出對故土的這分眷念，給身處異鄉的作者所帶來的開懷解顏的欣慰、堇荼如飴的甜美以及蕭艾如蘭的享受，而且思念的精魂時刻都在，它超越了時空。可見，全賦在空間與想像的對立中抒寫作者懷土的情思，不失為「懷土」題材中的一篇佳作。

最後應提及的是賦的序文中說「方思之殷，何物不感？曲街委巷，罔不興詠，水泉草木，咸足悲焉」，這正可以看作是對陸機〈文賦〉中所提出的「感物說」的一個補充。〈文賦〉中所強調的是外在自然對人心的感發作用，這裡著重的卻是人對外界的「移情」作用。而在實際生活與創作中，情與景之間的關係可能更多的還是偏向於這種「移情」。

行思賦

【題解】此賦寫於陸機回鄉的途中。所謂「行思」，就是借途中所見之景抒發去家四載、歡樂無多的人生感觸。

背洛浦❶之遙遙❷，浮黃川之裔裔❸。遵河曲❹以悠遠❺，觀通流❻之所會。啟石門❼而東縈❽，沿汴渠❾其如帶❿。託飄風⓫之習習⓬，冒沈雲⓭之藹藹⓮。商秋⓯肅⓰其發節⓱，玄⓲雲霈⓳而垂陰⓴。涼風淒其薄體㉑，零雨鬱㉒而下淫㉓。覿㉔川禽之遵渚，看山鳥之歸林。揮㉕清波以濯㉖羽，藏綠葉而弄音㉗。行彌久而情勞㉘，途愈近而思深。羨品物㉙以獨感，悲綢繆㉚而在心。嗟逝宦㉛之永久㉜，年荏苒㉝而歷茲㉞。越河山而託景㉟，眇㊱四載㊲而遠期㊳。孰歸寧㊴之弗樂，獨抱感而弗怡㊵。

【注釋】❶背洛浦　離開洛水之濱。浦，岸邊。❷遙遙　遠貌。❸裔裔　飛流之貌。❹遵河曲　沿著曲折的河道。遵，循；沿著。河曲，河道曲折之處。❺悠遠　漫長。❻通流　流動的河流。❼啟石門　打開水閘。石門，控制水流的水閘。❽東縈　迴旋曲折地向東流淌。縈，迴旋曲折。❾汴渠　汴河，也稱汴水。❿如帶　形容汴河像衣帶一樣狹長。⓫飄風　旋風；暴風。⓬習習　此指飄風吹動貌。⓭冒沈雲　頂著黑沈的烏雲。⓮藹藹　雲霧瀰漫貌。⓯商秋　秋天。五音之商，按陰陽五行家說屬金，配合四時為秋。商音淒厲，與秋天肅殺之氣相應，所以稱為「商秋」。⓰肅　肅殺。⓱發節　猶節發。言季節開始。⓲玄　黑。⓳霈　此指黑雲盛貌。⓴垂陰　此指黑雲密布如陰影覆蓋。㉑薄體　此指風吹向身體。薄，迫；迫近。㉒鬱　指雨量大。㉓淫　長久。㉔覿　同「睹」。看。㉕揮　舞動；搖動。㉖濯　洗滌。㉗弄音　指禽鳥宛轉鳴叫。㉘勞　憂愁；愁苦。㉙品物　猶萬物。㉚綢繆　連綿不斷。㉛逝宦　《藝文類聚》卷二七作「逝宦」，錢培名《札記》言：「『逝宦』不可解，疑當作『遊宦』。」遊宦，指離開家鄉外出做官。㉜永久　太長久。㉝荏苒　漸漸。㉞歷茲　至到現在。歷，到；至。㉟託景　指借景抒情。㊱眇　久遠。㊲四載　四年。陸機太康十年（西元二八九年）入洛，以四年餘而論，此賦約作於元康四年（西元二九四年）。此年陸機兄弟隨吳王晏出鎮淮南，兄弟同拜郎中令。陸機兄弟得以歸鄉，或借此次外出做官的機會。㊳遠期　言期望時間長遠。㊴歸寧　回家省親。㊵怡　高興。

【語　譯】遠遠地離開了洛水岸邊，泛舟於湍急的黃川之上。順著曲折的河流飄向遙遠的地方，看到那流動的河流四處會合。水閘打開，水流迴旋曲折地向東流去，沿著像衣帶一樣狹長的汴河乘舟而下。借著習習的旋風，頂著黑沈的烏雲向前行進。秋風肅殺，季節變化。黑雲密布如陰影覆蓋。冷風淒厲，吹向身體，大雨滂沱，下得很久。看到水禽在小島上徘徊，山鳥飛向樹林歸宿。鳥兒拍打著清波洗濯著牠們的翅膀，藏在綠葉叢中宛轉歌鳴。旅途時間越久，內心越感到愁苦，離家的路途越近，心中的思念越深。羨慕萬物而獨生感觸，心中的憂愁鬱結纏繞。悲歎在外做官時間太久，歲月推移漸至今日。穿越山河，睹景生情，長長四年在外，歸鄉的期望，真是太長。回家省親，誰不高興，而我卻獨生感觸而鬱鬱不樂。

【研　析】惠帝元康四年（西元二九四年），吳王晏出鎮淮南，陸機與弟陸雲同拜郎中令，借此機會，陸機得以回鄉省親，此賦便作於回鄉途中。

本篇題作「行思」，主要是歸鄉途中的所見所思。思親懷鄉是陸機詩賦中的一個重要情感主題，在外做官四年有餘得以有機會還鄉，陸機的心情應是激動與歡樂的，但是陸機的「行思」並不是側重於這分長久期待的激動與歡樂，而是表達了「孰歸寧之弗樂，獨抱感而弗怡」之慨，這到底是為了什麼？

賦的開頭主要寫「行」，即歸鄉的行程，並描寫了這行程季節的肅殺之景。但是川禽遵渚，揮波濯羽；山鳥歸林，葉下弄音，這是肅秋背景下的一幅安樂適性的圖景。不管環境如何，只要適性就會自樂如川禽山鳥。這也就觸發了陸機「行思」之「思」：「羨品物以獨感，悲綢繆而在心。」陸機的懷土思親的纏繞不去，正是由於離開了故鄉，多年遊宦在外。四年的時間不算太久，但對於一個思鄉心切的人來說，其間的期盼真是太久長了！回鄉省親是快樂無比的，但是這四年的期盼，四年歡樂的消失，四年自由的喪失，總之，這四年遊宦在外的生活，失去了川禽山鳥的那分自得自樂與自適，這樣也就難怪陸機「獨抱感而弗怡」了，他不快的不是回歸，而是回歸途中所悟得的那分缺失，而這分缺失隨著歸寧的結束還將繼續，〈思歸賦〉序中言「元康六年冬取急歸」，可見，僅兩年時間，陸機又被徵回朝，為尚書中兵郎。

魏晉南北朝玄學盛行，人們對人生的感觸多有一分玄思。也是西晉的張季鷹，吳郡吳人，在洛陽做官，一日忽見秋風起，便想到吳中的菰菜、蓴羹、鱸魚膾，即便命駕辭歸，竟言「人生貴得適意，何能羈宦數千里以要名爵」，其率性如此。陸機雖不如張季鷹這樣任性，但是他的歸鄉途中的「弗怡」，也正是這分對適性的玄思的一種反映。

思歸賦并序

【題解】此賦作於元康六年（西元二九六年）的秋天。主要描寫作者因氐羌叛亂被徵回京，原先歸鄉計畫破滅後的思歸之情。

余牽役京室，去家四載❶，以元康六年❷冬，取急❸歸。而羌虜作亂❹，王師外征❺。職典中兵❻，與聞❼軍政。懼❽兵革❾未息❿，宿願⓫有違⓬，懷⓭歸之思，憤而成篇。

節運⓮代序，四時⓯相推。寒風肅殺⓰，白露⓱霑⓲衣。嗟行邁之彌留⓳，感時逝而懷悲。彼離思之在人，恆戚戚⓴而無歡。悲緣情以自誘㉑，憂觸物而生端㉒。晝輟食㉓而發憤㉔，宵假寐㉕而興言㉖。羨歸鴻㉗以矯首㉘，挹㉙谷風㉚而如蘭。歲靡靡㉛而薄暮㉜，心悠悠㉝而增楚㉞。風霏霏㉟而入室，響泠泠㊱而愁予。既遨遊㊲

乎川沚(38)，亦改駕(39)乎山林。伊我思之沈鬱(40)，愴(41)感物而增深。歎隨風而上逝(42)，涕承纓(43)而下尋(44)。冀王事(45)之暇豫(46)，庶歸寧(47)之有時。候(48)涼風(49)而警策(50)，指孟冬(51)而為期(52)。願靈暉(53)之促景(54)，恆立表(55)以望之。

【注釋】(1)牽役京室二句　按：「牽役京室，去家四載」八字《四部叢刊初編》本原缺，此據《太平御覽》卷六三四補。牽役，指太康末赴洛。京室，本指王室。此指京城洛陽。陸機從太康末入洛至是年約有四載餘，故云。(2)元康六年　晉惠帝元康六年（西元二九六年），時陸機三十六歲。(3)取急　古代謂在職官員因趕辦私事而請假。(4)羌虜作亂　指元康六年八月秦、雍二州氐、羌悉反，推氐帥齊萬年為帝，圍攻涇陽之事。此句據《太平御覽》卷六三四補。(5)王師外征　十一月丙子，晉命安西將軍夏侯駿、建威將軍周處等討齊萬年之事。(6)職典中兵　指陸機被朝廷召回，擔任尚書中兵郎之職。典，主；擔任。中兵，指尚書中兵郎。(7)與聞　參與決斷。(8)懼　擔心。(9)兵革　指戰爭。(10)息　停止。(11)宿願　萌生很久的心願。指回歸故鄉。(12)違　違背。(13)懷　思；思念。(14)節運　季節的變化。節，節候；季節。(15)四時　指春、夏、秋、冬四季。(16)肅殺　形容秋冬天氣、景色的嚴酷蕭瑟。(17)白露　秋天的露水。(18)霑　通「沾」。(19)行邁之彌留　指走走停停。行邁，遠行；行走不止。語出《詩・王風・黍離》：「行邁靡靡，中心如醉。」彌留，停留。(20)戚戚　悲傷憂愁貌。(21)悲緣情以自誘　言悲傷是由自我內心的感情引發出來的。誘，引；引誘。(22)生端　本是引起事端。此指引發情緒。(23)輟食　猶忘食。(24)發憤　發洩憤懣。《楚辭・九章・惜誦》：「惜誦以致愍兮，發憤以抒情。」(25)假寐　和衣打盹。(26)興言　指心有所感發而為篇。(27)歸鴻　歸雁。多用來寄託歸思。(28)矯首　抬頭；昂首。(29)挹　吸取。(30)谷風　山谷中的風。(31)靡靡　猶言漫漫、漸漸。(32)薄暮　接近年終。薄，迫；迫近。(33)悠悠　思念貌。(34)楚　酸楚；悲苦。(35)霏霏　此指秋風疾吹貌。(36)泠泠　形容聲音的清冷。(37)遨遊　漫遊；遊歷。(38)川沚　河中的小島。沚，小渚；水中小塊陸地。(39)改駕　猶言改變行程。(40)沈鬱　沈痛抑鬱。(41)愴　悲；悲愴。(42)上逝　猶言往上走。指北赴洛陽。(43)纓　冠纓；冠帶。(44)下尋　指眼淚不斷地往下墜落。尋，連續。(45)王事　指戰爭。(46)暇豫　空閒；閒暇。(47)歸寧　回家省親。(48)候　等候；迎候。(49)涼風　秋風。(50)警策　以鞭策馬。(51)孟冬　冬季的第一個月，即農曆十月。(52)為期　作為歸鄉的日期。(53)靈暉　指太陽。(54)促景　催促日光之影。促，催促；推動。景，同「影」。

日影，常用以指時間。55立表　古代計時的一種方法，在陽光下豎立木樁，觀察它的影子以測定時間。

【語　譯】我到京城做官，離開家鄉已經四年。我預計在元康六年的冬天請假歸鄉。但是氐羌叛亂，晉軍出兵征討。我被朝廷召回，擔任尚書中兵郎之職，參與決斷軍政大事。擔心戰爭不能停止，萌生很久的歸鄉心願難以實現，歸鄉之情難抑，寫下這篇賦，以抒憂憤。

季節變化，四季交替推移。寒風淒厲蕭瑟，秋露沾濕衣裳。嗟歎停留之際又要遠行，感歎時光流逝而心懷悲傷。離別的思念因人而起，常常憂戚而無歡樂。悲傷是由自我內心的感情引發出來，憂傷的心情看到任何景物也會觸發憂端。白天發洩憤懣而食不知味，深夜和衣打盹，心有所感，發而為篇。羨慕那南歸的大雁，矯首飛翔，迎著山谷之風如沐蘭香之中。一年漸漸地接近終了，心中思念，倍增酸楚。秋風疾吹入室，聲音清冷，使我憂愁。我們既在河中的小島上停留，又改變行程，前往山林。我心中的思念，沈痛抑鬱，有感所見到的景物，內心的悲愴更加深痛。悲歎隨風北行，眼淚順著冠帶，不斷下墜。希望戰事早點結束，有點閒暇，歸鄉的願望或許還有實現的機會。迎著秋風，策馬前行，把孟冬時節作為歸鄉的日期。心中盼望太陽快點運行，我會常在陽光下豎立木樁，觀察日影的變化，期待著歸期的早日到來。

【研　析】賦的序文交代了此賦寫作的緣由。趙王倫為鎮西將軍，擾亂關中，導致了元康六年八月的氐羌反叛。秦、雍二州氏、羌推氏帥齊萬年為帝，圍攻涇陽。時陸機為吳王郎中令出鎮淮南。原計畫是年冬請假歸鄉，但因氐羌叛亂，被朝廷徵回，入為尚書中兵郎。陸機深恐戰事不息，歸鄉願望不能實現，故發憤寫下了這篇賦。可見，這篇「思歸」與一般的懷土思歸不同的是，它是歸鄉願望落空下的發憤之作。因而，賦的正文正是圍繞著這點，抒發欲歸卻不得歸的憂思。

賦首先將這一憂思放入四季更替的時間流逝中加以表達。「節運代序，四時相推。寒風肅殺，白露霑衣」，四季更替，而此時又是一年的秋季。秋季的肅殺最易觸發人的思愁，但是若沒有氐羌戰事，這秋季後的冬季正是陸機盼望已久的回鄉歸寧的時間。因此這篇賦中的「感時逝而懷悲」，已不單單是時間的流逝、季節的肅殺，而是這「時逝」本應帶來的歡樂的破滅與流逝。所以「彼離思之在人，恆戚戚而無歡」，更包含著對造成這種憂傷的人為因素的不滿。在國事與私事之間，本應以國事為重，但是陸機「懼兵革未息，宿願有違」，似更多地傾重一人之私事。但是我們若知趙王倫擾亂關中最終釀成羌氏叛亂的行徑，時人對此也多有指責；那麼陸機的「彼離思之在人」，也許正是這樣一種不滿的微詞。所以陸機在賦中較少對客觀的景物進行描寫以渲染自己的憂思，而更多強調的是「悲緣情以自誘，憂觸物而生端」，以及「歲靡靡而薄暮，心悠悠而增楚」，即隨著時間的流逝，本來期望的接近卻變成一種失落的憂思。賦的最後仍然在「王事」與「歸寧」的矛盾中，表達自己強烈的思歸之情，而「指孟冬而為期」的願望、「願靈暉之促景，恆立表以望之」的渴盼，更可見出賦中感歎「時逝」所包含的深長的失落與願望未能實現的遺憾。

愍思賦并序

【題解】愍思，即憂思。此賦為悼念亡姊之作。

予屢抱孔懷❶之痛，而奄❷復喪同生❸姊，銜恤❹哀傷，一載之間，而喪制❺便過，故作此賦，以紓❻慘惻❼之感。

時方至其倏忽❽，歲既去其晼晚❾。樂來日之有繼，傷頹年❿之莫纂⓫。覽萬物以澄念⓬，怨伯姊之已遠。尋遺塵⓭之思長，瞻日月⓮之何短。升降⓯乎階際⓰，顧盼⓱兮屏營⓲。雲承宇⓳兮藹藹⓴，風入室兮泠泠㉑。僕從㉒為我悲，孤鳥為我鳴。

【注釋】❶孔懷　語出《詩・小雅・常棣》：「死喪之威，兄弟孔懷。」本指非常思念。後以代指兄弟。北齊顏之推《顏氏家訓・文章》：「陸機〈與長沙顧母書〉述從祖弟士璜死，乃言『痛心拔腦，有如孔懷』，心既痛矣，即為甚思，何故言有如也？觀其此意，當謂親兄弟為孔懷。」❷奄　忽然；突然。❸同生　此指同年出生。❹銜恤　含哀；心懷憂傷。❺喪制　此指治喪期限。❻紓　同「抒」。抒發。❼慘惻　悽惻悲傷。❽倏忽　形容時間過得極快。❾晼晼　日將暮；日將近。❿頹年　衰頹之年；衰老之年。⓫莫纂　沒有辦法來承繼。纂，纂續；承繼。⓬澄念　猶澄思。深思；靜思。⓭遺塵　指親人活動留下的痕跡。⓮日月　時光；日子。⓯升降　猶上下。⓰階際　臺階及其邊緣。⓱顧眄　環視；左顧右盼。顧，回視。⓲屏營　彷徨；惶恐。⓳宇　屋簷。⓴藹藹　雲霧彌漫貌。㉑泠泠　清泠貌。㉒僕從　僕夫侍從。

【語譯】我多次遭受兄弟喪亡之痛，現在同年出生的姊姊又忽然離去，心懷哀傷，一年之間，治喪期限便過，所以寫下這篇賦，抒發內心悽惻悲傷之情。

時間彷彿剛剛到來，然而過得飛快，一年漫漫地即將過去。一天總有一天的延續，讓人感到高興，但是令人悲傷的是年紀衰老，沒有辦法來承繼。觀察天地萬物，深思靜想，悲怨大姊已遠離我們而去。尋找她留下的痕跡，令人思念深長，看人的時光真是太短暫。在臺階邊緣來回走動，環視左右，內心惶恐。雲霧彌漫，承接屋簷垂下，冷風入室，讓人感覺淒清。僕夫也為我感到悲傷，孤單的鳥也為我哀鳴。

【研析】陸機姊哪年去世，史無記載。陸雲〈歲暮賦序〉云：「余祇役京師，載離永久。永寧二年春，忝寵北郡，其夏又轉大將軍右司馬於鄴都。自去故鄉，荏苒六年，惟姑與姊，仍見背棄，銜痛萬里，哀思傷毒。」序文言及「惟姑與姊，仍見背棄」，即指其姊於永寧二年（西元三〇二年）春去世的時間。而〈愍思賦〉中又云「一載之間，而喪制便過」，那麼，陸機的悼念亡姊之作〈愍思賦〉或作於其姊去世後一年的春天。陸機姊與陸機同年而生，陸機卒時也只不過四十三歲，對於屢遭親人亡故的陸機來說，姊姊的逝世，無疑也是一種痛中之痛了。又，此賦作於太安二年（西元三〇三年）春，是年十月陸機戰敗鹿苑，被讒而死。所以，陸機賦中對親朋故去之悲也含有處於亂世人命危淺的某種感觸。

這篇賦在寫作上的一個重要特色就是將人的壽命的短暫與日光雖過得迅速但卻永恆進行對比，從而不僅抒發了對亡姊的哀念，同時還寫出了人命危淺的憂歎與理思。作者寫時光過得迅速，是為了說明時光有來日可繼，歲月的永恆卻又正好映現出個體生命的短暫。此賦還從作者升降階際、顧盼惶恐的感受以及雲霧漫漫、冷風入室的景色描寫，以及僕悲鳥鳴的側面烘托，來表現作者的哀傷和孤寂的心情。

應嘉賦并序

【題　解】此賦是應友人〈嘉遁賦〉而作，故名「應嘉」。友人之「嘉遁」，可能是勸陸機見幾遠害，保全性命。而陸機卻表達了不同的看法，即隱居不一定遠離塵世，妙道的體悟不在於形跡而在於神。

友人有作〈嘉遁賦〉❶與余者，作賦應之，號曰〈應嘉〉云：

【章　旨】本章為此賦的序文，交代作賦緣由。

【注　釋】❶嘉遁賦　不知作者為誰。《藝文類聚》卷三六有孫承〈嘉遁賦〉，或即指此篇。嘉遁，亦作「嘉遯」，語出《易·遯》：「嘉遯貞吉，以正志也。」指合乎正道的退隱、合乎時宜的隱遁。

【語　譯】朋友寫了一篇〈嘉遁賦〉給我，我作賦應和他，稱作〈應嘉〉。

傲世❶公子，體逸❷懷遐❸。意邈❹澄霄❺，神夷❻靜波❼。仰群軌❽以遙企❾，頓❿駿翮⓫以婆娑⓬。寄沖氣⓭於大象⓮，解心累⓯於世羅⓰。襲⓱三閭之奇服⓲，詠南榮⓳之清歌⓴。濯下泉於浚澗㉑，泝㉒凱風㉓於卷阿㉔。指千秋㉕以厲響㉖，俟寂寞㉗之來和。懷前脩之彷彿㉘，覯㉙幽人㉚乎所過。抱玄景㉛以獨寐，含清風而寤㉜語。發蘭音㉝以清唱，摻㉞玉懷㉟而喻予。

【章　旨】本章主要寫傲世公子幽棲山林，高情避世。並以隱居山林的高遠之志啟發作者。

【注　釋】❶傲世　傲視世人。傲，傲視；輕視。❷體逸　體態飄逸。❸懷遐　胸懷閒逸。遐，閒逸。❹意邈　志向高遠。❺澄霄　使天空澄淨。澄，明淨；澄清。❻神夷　神態平靜。夷，平；平靜。❼靜波　使波濤平靜。❽仰群軌　使眾人仰慕效法。軌，路軌；一定的路線。❾遙企　企盼達到。❿頓　抖動；振動。⓫駿翮　碩大的翅膀。駿，大。翮，鳥羽的莖。此指鳥的翅膀。⓬婆娑　盤桓貌；盤旋貌。⓭沖氣　五行之氣相沖剋者互為沖氣。⓮大象　猶大道。語出《老子》：「執大象，天下往。」河上公注：「象，道也。」⓯心累　指內心的憂患。累，憂患。⓰世羅　猶世網。羅，羅網。⓱襲　穿衣；穿戴。⓲三閭之奇服　指屈原的奇異服飾。屈原常披蘭掛蕙以喻自己高潔的品性。三閭，官名，三閭大夫的簡稱。此代指屈原，屈原曾做過三閭大夫。⓳南榮　南方之地。南方冬溫，草木常茂，故曰南榮。⓴清歌　高潔隱逸之歌。㉑濯下泉於浚澗　此用許由的典故，表示高潔，不願聽世俗汙濁之聲。晉皇甫謐《高士傳・許由》：「堯讓天下於許由，……由於是遁耕於中岳潁水之陽，箕山之下，終身無經天下色。堯又召為九州長，由不欲聞之，洗耳於潁之濱。」濯，洗；洗滌。浚澗，深澗。㉒泝　同「溯」。逆水而上。此指迎風。㉓凱風　和暖的風。指南風。語出《詩・邶風・凱風》：「凱風自南，吹彼棘人。」㉔卷阿　指蜿蜒的山陵。㉕千秋　千年。㉖厲響　激出音響。㉗俟寂寞　在空虛無物的精神狀態中等待。俟，等待。寂寞，空虛無物。㉘彷彿　依稀；不甚真切。㉙覯　見；相見。㉚幽人　隱士；幽隱之人。㉛玄景　夜影；黑影。㉜寤　醒。㉝蘭音　喻聲音如蘭之高潔。㉞摻　執；操。㉟玉懷　素懷；純潔的情懷。

【語　譯】有個傲世公子，體態飄逸，胸懷閒逸。志向高遠，可以使天空澄淨，神態平靜，可以使波濤靜止。他的行為使眾人仰慕效法，企盼有一天能達到那樣的境界，抖動一下碩大的翅膀就可以盤桓翱翔。將沖氣寄託於大道，解除心中的憂患，逃脫世網的束縛。穿戴三閭大夫奇異的服飾，高唱著南方高潔隱逸的歌曲。在深澗的泉水中洗濯，在蜿蜒的山陵間享受著和暖南風的吹拂。期待著千年之後能夠有知音，在虛靜中等待著應和的人的到來。懷念前代高士，彷彿就在眼前，看見幽隱之人從面前走過。夜影作伴，獨自而睡，身沐清風，醒時獨自言語。唱出的聲音如蘭之高潔，執持純潔的情懷，向我說道，讓我明白。

於是葺宇❶中陵❷，築室河曲❸，軌❹絕千途，而門瞻❺百族❻。假❼妙道❽以達觀❾，考❿貢龜⓫而貞卜⓬。苟形骸⓭之可忘，豈投簪⓮其必谷⓯。方⓰介丘⓱於尺阜⓲，託雲林⓳乎一木。佇⓴鳴條㉑以招風，聆哀音其如玉㉒。窮覽㉓物以盡齒㉔，將弭迹㉕於餘足㉖。

【章旨】本章對友人的「嘉遁」提出了異議，即隱居不在於形而在於神。

【注釋】❶葺宇　以草覆蓋房簷。此指蓋房子。葺，用茅草覆蓋房屋。宇，屋簷。❷中陵　山陵之中。❸河曲　河流迂曲之處。❹軌　車子。❺瞻　尊仰；敬仰。❻百族　百姓。❼假　借。❽妙道　精妙的道理；至道。妙，精微；奧妙。❾達觀　隨遇而安；聽其自然。❿考　考卜。古以龜卜決疑，謂之「考卜」。⓫貢龜　三足龜。⓬貞卜　卜問；占卜。⓭形骸　人的軀體、軀殼。相對於精神而言。⓮投簪　丟下固定帽子的簪子。喻放棄做官。⓯谷　山間的水流。此指山谷。⓰方　比；比方。⓱介丘　大山。⓲尺阜　一尺高的山阜。形容極小的山。⓳雲林　如雲之林；森林。⓴佇　企盼；期待。㉑鳴條　指隨風搖動發出聲響的樹枝。㉒如玉　形容聲音如玉佩發出的聲音，悅耳動聽。㉓窮覽　盡覽；盡觀。窮，盡。㉔盡齒　盡其年壽。齒，年壽。㉕弭迹　不留痕跡。弭，止；不留。㉖餘足　未盡的足力。餘，未盡；剩餘。

【語譯】於是我在山陵之中、河流迂曲的岸邊蓋了間房子，雖然斷絕了與外界的各種往來，但是還是得到了眾人的尊仰。借助精妙的道理，隨遇而安，拿來貢龜占卜，問個明白。假如人的軀殼可以忘掉，那麼棄官後又何必一定要前往山谷避世。一尺高的山阜可以用來比作大山，一棵樹木也可寄託著一片森林。看著樹枝在風中招搖而發出聲響，即使聽到哀音也會感到其聲如玉音般悅耳動聽。盡覽萬物，以盡年壽，在剩下的時間中所經之地，都會達到遺跡忘象的境界。

【研　析】本賦序文言此賦為應和友人〈嘉遁賦〉而作。永康二年（西元三〇一年）正月，趙王倫將篡位，以機為中書郎。三月，齊王、成都王穎、河間王等起兵討倫。齊王以機職在中書，疑機參與撰寫九錫文及禪文，遂收拿陸機等九人交付遷尉，賴成都王穎及吳王晏救理之，得減死，徙邊，遇赦而止。是年賴成都王穎、吳王晏救理得以不死之後，《晉書》本傳載：「時中國多難，顧榮、戴若思等咸勸機還吳，機負其才望，而志匡世難，故不從。」那麼，以此推之，友人示陸機以〈嘉遁賦〉，其用意或在勸陸機見幾遠害，厲志幽棲，以保全性命。《藝文類聚》卷三六載有孫承〈嘉遁賦〉，亦載陸機〈應嘉賦〉，陸機所云友人之〈嘉遁賦〉可能即孫承此賦。《晉書・陸機傳》末附有孫拯小傳，字顯世，吳都富春人，能屬文。……機既為孟玖等所誣，收拯考掠，兩踝骨見，終不變辭。遂死獄中。孫拯即孫承，承與拯聲同形近，既與陸機同為吳人，又能屬文，故〈嘉遁賦〉極有可能為其所作，勸陸機見幾遠害，全性保真，這與《晉書・陸機傳》中所言顧榮、戴若思等勸陸機歸吳，同出一種考慮。

在陸機的創作與實際生活中存在著一種明顯的矛盾，即他的作品更多地流露出濃重的生命遷逝之悲以及急切的懷土歸鄉之情，但是一旦現實的險惡令友人都勸他歸鄉之時，他卻又執著地不以回鄉為念，這種矛盾與背離，《晉書》本傳以儒家的觀念解釋，即認為陸機是「負其才望，而志匡世難」。陸機這篇應友人「嘉遁」而作的〈應嘉賦〉，又向我們展示了陸機身處政治漩渦中而不能自拔的另一原因。

所謂「嘉遁」是指一種合乎時宜的隱遁，處於八王亂中的陸機，死裡逃生之後，聽從友人的勸說，退隱歸鄉也是一種合乎時宜之舉。從現存孫承的〈嘉遁賦〉來看，賦中所寫的「嘉遁之玄人」是「遊無方之內，居無形之域。詠休遁之貞亨，察天性而觀復。委性命於玄芒，任吉凶而靡錄」，是一位身心俱隱的高士。友人可能也是要陸機學習這種玄人，但是正如陸機不從顧榮、戴若思歸吳之勸一樣，陸機對「嘉遁」的不同看法，也可見出他不甘退隱、苟全於世的想法。賦先是描寫了傲世公子的幽棲山林，高情避世。再寫自己在傲世公子的啟發下也屬操幽棲，但是占卜的結果卻是對隱居的另一種看法，即隱居不在於形跡。苟志於隱，尺阜可以介丘，一木可以森林。由此，我們可見，友人筆下的玄人雖然是身心俱隱的「嘉遁」，但實際上卻有避害全性的用意。而陸機對隱居的看法，著重於神而不重於形跡，見出陸機對隱逸已不著眼於全性保命的實用角度看待，而把它看作是一種對玄道的體悟與感受。魏晉南北朝對隱逸的看法較之以前有很大的變化，出現所謂大隱隱朝市的說法，陸機的「苟形骸之可忘，豈投簪其必谷」，與此說類同，但是若聯繫陸機此時的危險處境，我們又很難將陸機對隱逸的這種看法與之等同，這更可見陸機對隱逸、對玄學別有一種自己的審美體會與感受。他也從未將玄理作為消解生活苦難的解疚劑，陸機雖然深感世道多艱、人世多變，但他最終還要生活在這個世上，《晉書》本傳說他「負其才望，而志匡難」，從某種角度而言正說出了陸機人生的主導思想。

寫下這篇賦的次年陸機就被誣問斬，死於軍中，勸說他「嘉遁」的孫拯也為他喊冤而死。看到他們的結局，我們也許有一些遺憾，但正是這遺憾，說明了友人的「嘉遁」是出於生存安全的考慮，而陸機看重的更是對玄道的一種脫離功利的審美與心靈的需求。

卷三

幽人賦

【題解】此賦描寫了一位超然塵外、不為世俗物欲所動的幽人。

世有幽人❶，漁釣乎玄渚❷。彈雲冕❸以辭世❹，披霄褐❺而延佇❻。是以物外❼莫得窺其奧，舉世不足揚其波❽。勁秋❾不能雕其葉，芳春❿不能發其華⓫。超塵冥⓬以絕緒⓭，豈世網⓮之能加。

【注釋】❶幽人　幽居之人；隱士。❷玄渚　水中洲渚。❸雲冕　高冠。❹辭世　離世。辭，告別。❺霄褐　黑色的粗麻衣服。霄，通「宵」。夜。此指黑色。❻延佇　長久的站立。延，長久。佇，站立。❼物外　世外。此指超脫於塵世之外。❽揚其波　使其揚波。揚波，比喻情緒波動。❾勁秋　秋天。秋氣肅殺，故稱。❿芳春　春季。春天百花盛開，故稱。⓫發其華　命其開花。華，同「花」。發，開。此是使動用法。⓬塵冥　猶世外。喻高遠。⓭絕緒　猶絕嗣。無後代。⓮世網　世俗之網；人世之網。

【語譯】世間有一位隱士，在水中洲渚釣魚。振振高高的帽子，與世人告別，身穿黑衣，長久地站立水邊。

超脫塵世之外，因此世人沒有誰能窺見他的深奧之處，全天下的人也沒有誰能使其情緒波動。這彷彿深秋不能使樹葉凋零，盛春不能使花兒開放一樣。超然塵外，與世間斷絕子嗣關係，世俗的羅網怎麼能夠把他罩住。

【研　析】幽人、玄人、仙人等在魏晉南北朝的詩賦中頻頻出現，這說明對隱逸的欣賞已成為當時一種較為普遍的現象。陸機這篇〈幽人賦〉也著重突出幽人與世隔絕、不為外界物欲所動的自足自得。這一幽人形象來源於《莊子・逍遙遊》中對藐姑射之山的神人描寫。《莊子》云：「藐姑射之山有神人居焉，肌膚若冰霜，綽約若處子；不食五穀，吸風飲露，乘雲氣，御飛龍，而游乎四海之外，其神凝，使物不疵癘而年穀熟。」莊子主要通過神人的虛構論證他的神人無功的境界。而陸機筆下的幽人，雖受莊子神人的影響，但是正如從神人變為幽人一樣，更多地具有了人的特性。首先他是從俗人變為幽人的，更為主要的是這篇賦所強調的是幽人不受俗世的干擾，達到一種自得自足的境界，正如賦中所說的「勁秋不能雕其葉，芳春不能發其華」。因而，這篇賦在幽人與俗世的對比中，突出了幽人高潔的志趣。應指出一點的是，這類幽人在現實生活中是很少存在的，所謂人很難不食人間煙火，就是這個道理。陸機本人也未效法幽人幽居山林。因此，這位幽人更多的是一位與俗世相對的高潔形象的象徵，或是處於亂世中的陸機的一個審美寄託而已，陸機借助幽人這一形象表達了恪守自我、不為外界所誘的一種人生理想與追求。

列僊[1]賦

【題　解】本賦描寫了諸位神仙體自然之道的修煉，對長生不老的追求以及眾仙遊樂的盛況。

夫何列仙玄妙[2]，超[3]攝生[4]乎世表[5]。因[6]自然[7]以為基[8]，仰[9]造化[10]而聞道⓫。性沖虛⓬以易足⓭，年緬邈⓮其難老。

爾乃⓯呼翕⓰九陽⓱，抱一⓲含元⓳，引新吐故⓴，雲飲露餐㉑。違㉒品物㉓以長眄㉔，妙㉕群生㉖而為言㉗。

爾其㉘嘉會㉙之仇㉚，息宴遊栖㉛，則昌容、弄玉、洛宓、江妃㉜，觀百化㉝於神區㉞，覲㉟天皇㊱於紫微㊲。過太華㊳以息駕㊴，越㊵流沙㊶而來歸。

【注釋】❶列僊　諸仙；眾仙。❷玄妙　奧妙難以捉摸。玄，奧妙。❸超　超然；離塵脫俗。❹攝生　養生；保養身體。《老子》：「蓋聞善攝生者，陸行不遇兕虎，入軍不被兵甲。」❺世表　世外。❻因　遵循。❼自然　天然；非人為的。❽基根本；基礎。❾仰　依靠；依恃。❿造化　自然。⓫聞道　領會自然之道。聞，領會；體悟。道，指道家所提倡的自然之道。⓬沖虛　淡泊虛靜。⓭易足　容易滿足。足，滯；充實。⓮緬邈　久遠；遙遠。⓯爾乃　發語詞，無義。⓰呼翕　呼吸。翕，收斂；吸氣。⓱九陽　道家以純陽為九陽。純陽，純一的陽氣。古代以為陰陽二氣合成宇宙萬物。火為純陽，水為純陰。⓲抱一　守道。抱，守；守持。一，指道。《老子》：「少則得，多則惑。是以至人抱一為天下式。」⓳含元　包含元氣。⓴引新吐故　猶「吐故納新」。道家養生之術，為吐出濁氣，吸納新氣。引，吸。㉑雲飲露餐　指以雲露為飲食。㉒違　離；離開。㉓品物　猶言萬物。㉔長眄　指盼望長壽成仙。㉕妙　巧妙；高明。㉖群生　猶言眾生。㉗為言　為意；在意；主張。㉘爾其　表承接的連詞，猶至於、至如。㉙嘉會　美好的相會。㉚仇　匹配；配偶。㉛栖　棲息；停留。㉜昌容弄玉洛宓江妃　皆仙人名。㉝百化　百物化生；千變萬化。《禮記・樂記》：「鼓之以雷霆，奮之以風雨，動之以四時，暖之以日月，而百化興焉。」㉞神區　神明的地域；仙境。㉟覲　拜見；朝覲。㊱天皇　天之尊神。㊲紫微　紫微垣，天皇所居之地。㊳太華　山名，即西嶽華山。《山海經・西山經》：「又西六十里，曰太華之山，削成而四方，其高五千仞，其廣十里，鳥獸莫居。」㊴息駕　猶言停留。㊵越　渡過。㊶流沙　沙漠。沙常因風吹而流動，故稱流沙。

【語譯】諸位神仙是多麼地奧妙難以捉摸，離塵脫俗，修身養性。遵循自然之道作為根本，依靠造化領會自然大道。性情淡泊虛靜，極易充實，年壽久長，很難衰老。

呼吸純一的陽氣，守道以含元氣，吐故納新，飲雲餐露。遠離萬物，盼望長壽成仙，追求超越眾生的境界。

至於美好的相會，能夠停留遊棲的，就有昌容、弄玉、洛宓、江妃等仙人，在仙境觀看百物的化生，在天神所居的紫微垣拜見天之尊神。經過太華山的時候停留片刻，渡過沙漠以後再回來。

【研析】對成仙的嚮往與追求，其實就是對長生不死的一種渴望，是人們感受到人命危淺、死亡頻仍後的一種生命期待，在戰亂頻繁的魏晉南北朝尤其如此。這一時期的作家大都寫過類似題材的作品，陸機這篇〈列僊賦〉也是這種時代背景與心理狀態下的產物。

賦首先描寫了諸位神仙體自然之道的修煉，這是成仙的第一步。要成仙首先必須體自然之道，淡泊虛靜。具體則要吐故納新、抱一含元，餐雲飲露，這樣才能達到超越眾生、長壽成仙的境界。接著描寫了成仙之後與眾仙遊樂的盛況，到了仙界可以和眾仙如昌容、洛宓、江妃等遊宴，在仙界體悟自然變化之道，還能在紫微垣拜見天之尊神。總之，賦描寫了眾仙的修煉與修煉後的仙界，主要從兩個方面向我們展示了魏晉南北朝人對神仙的一種構想。如果說抱一含元的修煉以求長壽，人們還可一試的話；那麼，其修煉後達到的仙境，則只能是一種虛幻的構想、意念的滿足或是心靈的慰藉罷了。

凌霄賦

【題解】本賦描寫了作者脫離塵俗，上至雲霄而飄飄欲仙的感受。

挾至道❶之玄微❷，狹❸流俗❹之紛沮❺。颺❻余節❼以遠模❽，風扶搖❾而相予⑩。削⑪陋跡⑫於介丘⑬，省⑭遊僊⑮而投軌⑯。凱⑰情累⑱以遂濟⑲，豈時俗之云阻⑳。判㉑煙雲之騰躍，半天步㉒而無旅。詠淩霄之飄飄㉓，永終㉔焉而弗悔。昊蒼㉕煥㉖而運流㉗，日月翻㉘其代序㉙。下霄房㉚之靡迄㉛，卜良晨㉜而復舉㉝。陟㉞瑤臺㉟以投轡㊱，步玉除㊲而容與㊳。

【注釋】❶至道　道家所謂精深微妙的道理。❷玄微　深奧精妙。玄，深奧；玄妙。微，精妙；深奧。❸狹　輕視；小看。❹流俗　世俗。❺紛沮　紛亂頹喪。❻颺　傳揚；發揚。❼節　志節；志向。❽遠模　言以古人為榜樣。❾扶搖　盤旋而上；騰飛。❿相予　助我；給我幫助。相，幫助。⓫削　除；削去。⓬陋跡　指凡夫俗子之身。⓭介丘　大山。⓮省　覺悟；醒悟。⓯遊僊　漫遊仙界。⓰投軌　猶言前往。投，猶向。表示方位方向。⓱凱　砍；斬。⓲情累　情感的負累。情，感情。《荀子·正名》：「性之好、惡、喜、怒、哀、樂謂之情。」⓳遂濟　成功。遂，完成；成功。濟，成功。⓴云阻　所阻。云，猶「所」。與後面的動詞組成名詞性的詞組。㉑判　判然；分明貌。㉒半天步　言飛行在半空中。天步，天體星象的運轉。此代指天空。㉓詠淩霄之飄飄　語出《史記·司馬相如列傳》：「相如既奏〈大人〉之頌，天子大說，飄飄有淩雲之氣，似遊天地之間意。」淩霄，淩雲；直上雲霄。飄飄，飄飄欲仙、超塵脫俗貌。㉔終　止；終止。㉕昊蒼　昊天；蒼天。㉖煥　煥然；光明貌。㉗運流　運轉。㉘翻　反轉；變動位置。㉙代序　依次更替。㉚霄房　高空。㉛靡迄　指沒有停止之處。靡，沒有。迄，止；停止。㉜良晨　佳辰；好的時日。㉝復舉　再舉；再次飛騰。㉞陟　登。㉟瑤臺　傳說中的神仙所居之地。㊱投轡　猶投軌。指前往。㊲玉除　玉階；用玉石砌成或裝飾的臺階。此代指仙界。㊳容與　從容不迫貌。

【語譯】執守精深微妙之道，看輕世俗的紛亂頹喪。發揚我的志向，以古人為榜樣，大風也盤旋而上，給我幫助。在大山中修煉，去除凡夫俗子之身，覺悟到要漫遊仙界，便駕車前往。砍斷情感的負累，以達成心願，世俗怎麼能阻擋。煙雲分明地騰飛而上，獨自在半空中飛行。歎賞雲霄直上、超塵脫俗，即使永遠停留在天空也不後悔。蒼天煥然光明地運轉，日月變動位置，依次更替。從高空而下，沒有停止之處，占卜一個好的時辰，我再次向上飛升。向著神仙所居之地飛去，在仙界漫步，生活得從容不迫。

【研　析】所謂「凌霄」。有兩層含義。其一，就其字面意思而言，是指直上雲霄；其二，就其喻義而言，凌霄，猶言凌雲，指高遠的志向，本賦是指脫離塵俗的高遠志趣。整篇〈凌霄賦〉就為我們展示了這樣兩層境界。

陸機採用了幻想的表現手法，描寫了自己乘著旋風扶搖而上，向著仙界飛升。看到的是雲煙騰飛，昊天運轉，日月更替。當作者從高空而下的時候，卻感到下界竟無可以停留的地方，於是又準備選擇良辰吉日再次高飛，奔向傳說中的仙境，準備在仙境逍遙終生。陸機對「凌霄」的感覺並不是作單純的描繪，而始終是將這種感受置入對世俗的厭棄之中加以對比表現的。作者之所以要凌霄遊仙，就是為了脫離世俗的紛擾，去除情累，脫俗成仙。從而使「凌霄」的第一層含義淡化，而第二層含義突現。無論對作者陸機還是我們讀者來說，都會意識到所謂「凌霄」遊仙，只能是一種主觀的幻想，因此，從作品創作的真正動機來說，「凌霄」遊仙並不是作者所刻意追求的，作者只不過是借此來表達對世俗的厭惡與棄絕之情，把仙境作為一種審美寄託罷了。所以，從賦的描寫上看來，凌霄所經仙境的描寫並不具體生動，倒是對世俗的棄絕而嚮往仙境的意願給我們留下了強烈的印象。

自入洛後，陸機對故鄉親人尤為眷念，其懷土歸鄉之情始終牽繞著他，故鄉親情從某種意義上來說已成為身處黑暗官場中的陸機的一種精神慰藉。所以本賦中陸機所說的對「情累」的去除，多半是指官場的人生羈絆。陸機本也可以如張翰一樣棄官南歸，但是志匡世難之心，使他未能脫離險惡的官場，最終被誣，臨死之前感歎「黃亭鶴唳，不可復聞」。所以從陸機的經歷與結局中，我們再來看看這篇〈凌霄賦〉，也只能將它視作一時憤激下的產物，是一種審美的人生嚮往和寄託罷了。

述思賦

【題解】此賦敘述離開故鄉、身處異地時對前途的憂懼與對親人的思念。

情易感於已攬❶，思難戢❷於未忘。嗟伊思之且爾❸，夫何往而弗臧❹。駭❺中心❻於同氣❼，分戚貌❽於異方❾。寒鳥悲而饒❿音，衰林愁而寡色⓫。嗟余情之屢傷，負⓬大悲⓭之無力。苟彼塗之信險⓮，恐此日之行昃⓯。亮⓰相見之幾何⓱，又離居而別域⓲。觀尺景⓳以傷悲，撫寸心⓴而悽惻㉑。

【注釋】❶攬　通「覽」。看。❷戢　止息；收斂。❸且爾　況且如此。❹夫何往而弗臧　去什麼地方都沒有什麼不好。意謂因感情悲傷，去什麼地方都一樣。臧，善；吉。❺駭　驚駭。❻中心　內心。❼同氣　有血統關係的親屬，指兄弟姊妹。❽戚貌　憂傷的容貌。❾異方　異地；他鄉。❿饒　多；富足。⓫寡色　指樹木衰颯凋零，缺少綠色。寡，少。⓬負　擔負；承受。⓭大悲　極悲哀。⓮苟彼塗之信險　言道路確實危險，但是自己仍然苟且前往。苟，苟且。彼塗，喻仕途。信，確實。⓯行昃　將完。行，將；即將。昃，太陽西斜。⓰亮　誠然；確實。⓱幾何　無多少時日。⓲別域　他處；另外的地方。⓳尺景　移動一尺寸的日影。喻極短的時間。⓴寸心　猶心。心位於胸中方寸之地，故稱。㉑悽惻　悲痛。

【語譯】感情容易受到所看之景的觸動，思念在沒有忘記之時很難停止。感歎思念尚且如此，那麼，去什麼地方還不是一樣呢。心中為兄弟姊妹悲傷，帶著憂容分別，異處他方。寒冷的鳥兒悲鳴不止，衰颯的樹木缺少綠色而顯出愁貌。感歎我的感情多次悲傷，再也承受不起巨大的悲痛。所走之路確實危險，自己卻苟且前往，心中總有今日將要結束的恐懼。與親人相見確實沒有多少時日，又要分離而居處異鄉。看到日影移動僅是一尺，心裡悲傷，撫摸胸口，悲痛不止。

【研析】晉惠帝元康四年（西元二九四年），吳王晏出鎮淮南，陸機及弟陸雲同拜郎中令隨行，離開家鄉約四年多的陸機，得以歸鄉看望親人。賦中有言「駭中心於同氣，分戚貌於異方」，「亮相見之幾何，又離居而別域」，可見，此賦之「述思」主要是表達與兄弟姊妹剛剛相見，沒有多日又要與他們分離的思念。如果說〈行思賦〉是未到家時而作，那麼，〈述思賦〉則是到家後又離開後的作品。

思鄉懷親始終是陸機詩賦中的一個顯著的主題，但是就具體篇章而言，觸發其思鄉懷親的因素又各異，而且從這些因素當中我們尤能感受到陸機內心的憂懼。就這篇賦而言，思念是因離別而起。如果離別後的情景令人樂觀，陸機也會唱出諸如「海內存知己，天涯若比鄰。無為在歧路，兒女共沾襟」的樂觀之音。但是從賦中，我們可以感受到，正是陸機對前途的憂懼，才導致他對離別如此地傷感，如賦中言「苟彼塗之信險」，確知前途多險，但是自己又不得不違己前往，這其中透露的是悲哀與無奈。帶著這種心境與家人別離、與故鄉告別，其心中怎能不悲而惶懼。

在表現上，此賦將離開家鄉的憂懼與「憂時」結合起來加以表現。如賦中言「恐此日之行昃」，「觀尺景以傷悲，撫寸心而悽惻」等憂時之言，放入「苟彼塗之信險」中加以體味，就不難看出這是對自己前途的憂懼的一種表現，是不能把握自身政治命運的一種反映。本賦也採用了借景抒情的表現手法，如「寒鳥悲而饒音，衰林愁而寡色」，但「情易感於已攬」，正是陸機心中已有離別之悲，故其所見之景皆含悲傷的色調，從表現上看這是借景抒情，但本質上卻是作者的主觀移情。又，陸機向以才多著稱於時，他的辭賦一般辭藻豐富，語言華麗，甚至有一種雖華麗而蕪雜的毛病。但是此賦卻通俗易懂，有著語淺而情深的特點。

歎逝賦并序

【題　解】此篇為感歎親朋故去、傷逝之作。寫於晉惠帝永康元年（西元三〇〇年），時陸機四十歲。

昔每聞長老❶追計❷平生❸同時親故❹，或彫落❺已盡，或僅有存者。余年方四十，而懿親❻戚屬❼，亡多存寡；暱交❽密友，亦不半在。或所曾共遊一塗，同宴一室，十年之內，索然❾已盡。以是思哀，哀可知矣！乃為賦曰：

【章　旨】此章為本篇之序，交代作賦緣由：思哀悼逝。

【注　釋】❶長老　老年人。❷追計　盤算思索以往的人或事；追念。❸平生　平素；往素。❹親故　親戚故舊。❺彫落　死亡，多指老年人。彫，同「凋」。❻懿親　至親。❼戚屬　親屬；親戚。❽暱交　親密的朋友。暱，通「昵」。❾索然　離散零落貌。

【語　譯】過去常常聽老人們追念往常同時的親朋故舊，有的家人全都故去，有的家人還有幾個健在。我年紀剛剛四十，但是至親戚屬，死去的多，活著的少；親密的朋友，活著的也沒有一半。有的過去曾在一條路上一起遊玩，在一間屋裡共同宴飲，十多年來，都已離散盡去。因此而思念哀悼，其哀痛可知是多麼沈重！於是寫下這篇賦：

伊❶天地之運流❷，紛❸升降❹而相襲❺。日望空❻以駿驅❼，節循虛而警立❽。

嗟人生之短期❾，孰長年之能執？時飄忽❿其不再，老晼晚⓫其將及⓬。懟⓭瓊蕊⓮之無徵⓯，恨朝霞⓰之難挹⓱。望湯谷⓲以企予⓳，惜此景⓴之屢戢㉑。

【章　旨】此章言天地流轉，時光飛逝；慨歎人生壽短，老之將至，恨無以延壽之方。

【注　釋】❶伊　發語詞，無義。❷運流　運行流轉。❸紛　紛紛；眾多貌。❹升降　上下。此指天地之氣上下運流。《禮記》曰：「地氣上齊，天氣下降，而百化興焉。」鄭玄曰：「齊，讀若躋。躋，升也。」❺襲　因。❻望空　向著空中。猶言在天上。❼駿驅　疾馳。駿，迅速。❽節循虛而警立　言時節依照日月星辰的運轉變化並受其影響而產生變化，指時節、季節的不斷變換。節，時節；季節。循虛，即依空。此指依照日月星辰的運轉變化。虛，空。警，猶驚。指受到震動。立，猶產生。❾短期　指年壽短。❿飄忽　指光陰迅速消逝。⓫晼晚　太陽偏西，日將暮。喻人年老。⓬及　至。⓭懟　怨。⓮瓊蘂　玉英；玉花。張衡〈西京賦〉云：「食瓊蕊以朝餐，必性命之可度。」古人相信食玉英可使人長壽。蘂，通「蕊」。⓯徵　應；證驗。⓰朝霞　初升太陽照映的雲彩。《楚辭．遠遊》：「飡六氣而飲沆瀣兮，漱正陽而含朝霞。」古人認為含飲天地雲氣朝霞可延年益壽。⓱挹　挹取；汲取。⓲湯谷　古代傳說日出之處，即暘谷。⓳企予　使我踮起腳後跟。後世便以「企予」代指踮起腳。企，踮起腳，此用作使動。予，我。⓴此景　指日出朝霞奔騰之景。㉑戢　藏。

【語　譯】天地不斷地運轉，天地之氣紛然相襲，上下流動。太陽在空中飛馳，季節依照日月星辰的運轉變化並受其影響而產生變化。感歎人生太短，有誰能夠長壽不死？時光一旦飛逝就不可再得，衰暮之年猶如太陽偏西即將到來。心中埋怨吃了玉花就可長壽之說無法驗證，也非常遺憾可養精氣的朝霞很難挹取。踮起腳跟，遙望湯谷日出之處，可惜日出朝霞之景，屢屢隱藏難見。

悲夫！川閱❶水以成川，水滔滔❷而日度。世❸閱人而為世，人冉冉❹而行暮❺。人何世而弗新，世何人之能故。野❻每春其必華❼，草無朝❽而遺露❾。經終古❿而常然⓫，率品物⓬其如素⓭。譬日及⓮之在條⓯，恆雖盡而不寤。雖不寤其可悲，心惆焉⓰而自傷。亮⓱造化⓲之若茲⓳，吾安⓴取夫久長？痛靈根㉑之夙殞㉒，怨㉓具爾㉔之多喪。悼堂搆㉕之頹瘁㉖，愍㉗城闕㉘之丘荒㉙。親彌懿㉚其已逝，交何戚㉛而不忘。咨㉜余命之方殆㉝，何㉞視天之茫茫㉟。傷懷悽其多念，慼貌㊱瘁㊲而鮮歡。幽情發而成緒㊳，滯思㊴叩㊵而興端㊶。慘此世㊷之無樂，詠在昔㊸而為言㊹。

【章旨】此章慨歎萬物無常，痛悼親朋故去，傷己近死之危。

【注釋】❶閱　匯合；匯總。❷滔滔　水奔流貌。❸世　人世。❹冉冉　漸漸貌。❺行暮　將近晚年。行，副詞。將；將要。❻野　原野；野外。❼必華　一定繁盛。必，一定。❽無朝　沒有一天早晨。❾遺露　留下露珠。❿經終古　猶自古以來。⓫常然　常是如此。⓬率品物　天地萬物。率，都；全部。品物，猶萬物。⓭如素　猶如常。照常。素，故。⓮日及　木槿的別名，落葉灌木，夏秋開紅、白或紫色花，朝開暮斂，故又名「日及」。此指木槿花。⓯條　枝條。此指木槿樹枝。⓰惆焉　悲痛貌。惆，悲痛。焉，相當於「然」。⓱亮　信；確實。⓲造化　自然。此指自然界的規律。⓳若茲　如此。茲，此。⓴安　如何；怎麼。㉑靈根　靈木之根。借用對祖先的敬稱。㉒夙殞　早死。夙，早。殞，凋落。㉓怨　悲；哀傷。㉔具爾　指兄弟。《詩・大雅・行葦》：「戚戚兄弟，莫遠具爾。」具，猶「俱」。爾，通「邇」。本指都很親近之意，因上句有「兄弟」二字，後遂以「具爾」代稱兄弟。㉕堂構　房室。㉖頹瘁　毀壞。頹，敗壞。瘁，毀敗。㉗愍　憫；傷。㉘城闕　宮殿。㉙丘荒　廢墟。㉚彌懿　至親。㉛何戚　用反詰語氣表示沒有親戚關係。㉜咨　歎；嗟歎。㉝方殆　正處於危險之中。㉞何　副詞，多麼。表示感歎。㉟茫茫　匆忙貌。茫，通「忙」。急遽。㊱慼貌　憂傷之貌。猶慼容。㊲瘁　憔悴。㊳成緒　成為思緒。㊴滯思　沈滯的哀思。㊵叩　啟；激發。㊶興端　產生憂思。端，心緒；思緒。㊷此世　猶此時。現在。㊸在昔　從前；往昔。㊹為言　成言。指下文的言語。

【語譯】令人悲傷啊！江河匯總河流才成為江河，而河流奔騰不息，日夜不停。人世匯總眾人才成為人世，而世人總是漸漸老去，走向暮年。哪一代的人不是新的，哪一代的人能像前代一樣不變。原野在春天到來的時候，一定繁茂，草木每天早晨都能享受露珠，但是每天早晨總是遺落。從古至今都是這樣，天地萬物皆有其生死規律。人生譬如朝開夕落的木槿之花，雖然命有盡頭卻不能醒悟。他人雖沒有感悟到這種悲傷，我的心卻因此自傷而悲痛。自然規律確實如此，我如何才能長壽不衰？痛悼啊，先輩已逝，兄弟也多喪亡，悲傷啊，房舍倒塌敗毀，宮殿變成廢墟。至親皆已逝去，即使沒有親情的朋友也不能忘懷。感歎我的生命處於危險之中，仰望蒼天，蒼天依然運轉不停。傷痛的胸懷，悽惻多思，悲戚的容貌，憔悴少歡。幽怨的情懷一旦抒發出來就成為許多思緒，沈滯的思念因觸發景物而產生許多憂愁。悲歎今生今世沒有歡樂，只有追詠往事，姑且把它說出來。

居❶充堂❷而衍宇❸，行❹連駕❺而比軒❻。彌年時❼其詎幾❽，夫何往而不殘❾。或冥邈❿而既盡，或寥廓⓫而僅半。信松茂而柏悅⓬，嗟芝焚而蕙歎⓭。苟性命之弗殊⓮，豈同波而異瀾⓯。瞻前軌之既覆⓰，知此路⓱之良難⓲。啟四體之深悼⓳，懼⓴茲形㉑之將然㉒。毒㉓娛情㉔之寡方㉕，怨感目之多顏㉖。諒多顏之感目㉗，神㉘何適㉙而獲怡㉚。尋㉛平生㉜於響像㉝，覽前物而懷之㉞。步寒林㉟以悽惻。翫㊱春翹㊲而有思。觸萬類以生悲，歎同節而異時㊳。年彌往㊴而念廣，塗㊵薄暮㊶而意迮㊷。親落落㊸而日稀，友靡靡㊹而愈索㊺。顧舊要㊻於遺存㊼，得十一於千百。樂隤㊽心其如忘，哀緣情而來宅㊾。託末契㊿於後生，余將老而為客(51)。

【章旨】此章追憶與逝去的親友同遊共宴的時光，睹物傷懷，感念萬物，並由死者及己，興起憂生之歎。

【注　釋】❶居　居處；住處。❷充堂　滿堂。❸衍宇　猶充堂。衍，眾多；盈滿。宇，房屋。❹行　指出行遊玩。❺連駕　並駕；車駕相連。❻比軒　猶連駕。比，並。軒，泛指車子。❼彌年時　猶彌年、高年。彌，久。❽詎幾　言不多、無多。❾夫何往而不殘　言所到之處皆有親朋故去。殘，衰敗。此指死亡。❿冥邈　邈遠。冥，遠。⓫寥廓　冷清；冷落。⓬信松茂而柏悅　確實是松樹茂盛了，柏樹因而高興。松茂，比喻繁盛，生機盎然。松茂柏悅反襯下句「芝焚蕙歎」。⓭嗟芝焚而蕙歎　芝草遭焚蕙草歎惜令人感傷。芝焚蕙歎，比喻同類遭遇不幸而悲傷歎惜。⓮弗殊　沒有差異；相同。⓯豈同波而異瀾　言人皆有一死，如水同波，沒有異瀾。⓰前軌之既覆　喻前人之死。⓱此路　即人生之路。⓲良難　確實艱難。⓳啟四體之深悼　言人臨終時心中深悲。啟四體，謂臨終。《論語・泰伯》：「曾子有疾，召門弟子曰：『啟予足！啟予手！』」朱熹注曰：「曾子平日，以為身體受於父母，不敢毀傷，故於此使弟子開其衾而視之。」後以「啟手足」為臨終、善終的代稱。此「啟四體」猶「啟手足」。⓴懼　擔心。㉑茲形　此形。指身體。㉒將然　將要發生的事。此指死亡。㉓毒　痛。㉔娛情　使心情愉悅。㉕寡方　缺少途徑。㉖怨感目之多顏　言悲傷啊，觸目皆有所感，死者容顏一一在目。感目，猶觸目。歷歷在目。多顏，指死者不一，容顏眾多。㉗諒多顏之感目　言眾多死者容顏確實歷歷在目。諒，確實。㉘神　心神；精神。㉙何適　去哪裡。㉚怡　樂；快樂。㉛尋　找；找尋。㉜平生　平素；往常。㉝響像　聲音容貌。常指死者。㉞之　代指死者。㉟寒林　秋冬的林木。㊱翫　觀賞。㊲春翹　春日茂盛的花木。翹，茂盛貌。㊳歎同節而異時　感歎季節與過去相同，而存亡卻異時。㊴彌往　指年紀愈大。㊵塗　路。此指人生之路。㊶薄暮　接近傍晚。喻人生暮年。㊷意迮　志意憂迫。迮，迫。㊸落落　稀少貌。㊹靡靡　盡貌。㊺索　盡。㊻舊要　猶故交。㊼遺存　遺留；留存。指活著的人。㊽隤　猶遺、留。㊾宅　宅居。指存於心中。㊿末契　最後的約言。猶遺言。51余將老而為客　言我將老死而為過客了。〈古詩十九首〉云：「人生天地間，忽如遠行客。」

【語　譯】那時居處人多，充滿了房屋，出行遊玩，車駕相連。現在壽高長壽的人已不多，所到之處親朋都有亡故。有的地方親朋逝去已盡，有的地方僅存其半。確實是松樹茂盛，柏樹就會高興，芝草遭到焚燒，蕙草也因之歎惜。假如人的性命果真沒有差異，那麼人皆有死，就如水波也是相同的而沒有別的波瀾。看到前車已經翻覆，深知人生之路確實艱難。人在臨終時總是深深地為自己悲悼，擔心身體將要消失亡去。痛感使心情愉悅的方法太少，眾多死者容顏歷歷在目，令人悲傷。確實是眾多死者容顏猶在目前，我的心神將去何處才能得到歡樂。於死者的音容笑貌中追尋往事，目睹以前的物事而懷念悲傷。漫步在秋冬蕭瑟的樹林中，一下會產生悽惻之情。觀賞春天茂盛的草樹花木，也會增長憂思。感觸萬物而生悲傷，嗟歎季節雖同而存亡異時。年紀越大，感念越廣，人生臨近暮年，志意也會顯得憂迫。親戚逝去，一天天地減少，朋友凋落，越來越少，幾乎將盡。在活著的人中尋求故交，千百人中只能找到十分之一。過去的歡樂雖存心中，卻如遺忘，今日的悲哀因情而生，永存心中。託付遺言給後生，我將要老死而為人間過客。

然後弭節❶安懷❷，妙思❸天造❹。精浮神淪❺，忽在世表❻。寤大暮之同寐❼，何矜晚以怨早❽。指彼日之方除❾，豈茲情之足攪❿？感秋華於衰木，瘁⓫零露於豐草。在殷憂而弗違⓬，夫何云乎識道⓭。將頤天地之大德，遺聖人之洪寶⓮。解心累⓯於末迹⓰，聊⓱優游⓲以娛老。

【章旨】此章以養生棄位的理思來消釋因親朋故去帶來的生死憂患，以期優遊終老。

【注釋】❶弭節　停車。此喻停止奔競。❷安懷　安定心懷。❸妙思　深思；認真思考。妙，通「眇」。深遠。❹天造　天之創始、造物。❺精浮神淪　精神浮動流蕩。淪，沈。❻世表　世外。❼寤大暮之同寐　覺悟到人死同眠地下，如同人人長夜皆眠。大暮，長夜。喻死。同寐，同睡。喻同眠於地。❽何矜晚以怨早　何必看重晚死而傷痛早逝。矜，看重；注重；崇尚。怨，悲傷。❾指彼日之方除　言面對死亡之日能夠去除憂懼。指，向。彼日，指死日。方，正。除，去除。❿豈茲情之足攪　還有什麼能夠擾亂我的情懷呢。攪，亂。⓫瘁　悲傷。⓬在殷憂而弗違　處於深憂之中而不能逃脫。指上文「感秋華於衰木，瘁零露於豐草」兩句。殷，深。違，離去。⓭夫何云乎識道　那怎麼能說是懂得了大道。指齊生死之道。⓮將頤

天地之大德二句　言將養生棄位。頤，養。遺，棄。洪寶，大寶。《易》曰：「天地之大德曰生，聖人之大寶曰位。」⓯心累　指束縛性心的連累。此指對死的憂懼。⓰末迹　指晚年。⓱聊　姑且。⓲優游　順其自然、悠閒自得貌。

【語　譯】然後停止奔競，安定心懷，深思自然造物的道理。心神沈浮動盪，恍忽若在世外。覺悟生死之理，人的壽命雖然長短有別，但死後長眠地下則是一樣，那麼又何必看重長壽而悲傷早逝呢。面對死亡之日能夠去除憂懼，那還有什麼能擾亂我的情懷呢？過去感歎衰木上的秋華將落，悲憐豐草上的露珠將乾。處於這種深憂之中不能自拔，怎麼能說是悟得了生死之道。今後將頤養我的生命，遺棄聖人看重的大寶名位。解除老年對死的憂懼，姑且順其自然，優遊自在地使晚年過得快樂。

【研　析】魏晉南北朝是中國歷史上朝代更迭最快、最為動盪不安的時代，對生命驟逝的悲歎也就成為這一時期文學重要的主題之一。陸機〈歎逝賦〉即是這一時期悲歎生命遷逝的代表作。西晉的短暫統一，雖然使這一時期社會顯得相對安寧，但政壇依然變化莫測，文士依然有朝不保夕之感。晉惠帝永康元年（西元三〇〇年），趙王倫誅殺賈后、賈謐，並導致了後來的「八王之亂」，西晉從此動盪不安。在這一事件中，當時政壇、文壇領袖張華被殺，賈謐「二十四友」中與陸機頗有交往的潘岳、石崇等也被誅。此賦正作於這一動亂之後，那麼賦序所云「余年方四十，而懿親戚屬，亡多存寡；暱交密友，亦不半在。或所曾共遊一塗，同宴一室，十年之內，索然已盡」也是確有所指。只是迫於當時情勢，隱約其詞罷了。三年後陸機受誣被害，死於軍中。賦中屢歎己之生命將盡，應是陸機於動盪的政局中感受性命不保的真切流露。

理思與哀情的緊密結合是此賦的特點。從賦序可知，對親朋故舊的哀思是作賦的緣由，但這種哀思是因作者明顯地感受到天地運轉，歲月流逝，人生苦短，壽考難期，即對天地萬物皆有一死有一種清醒的認識。正是基於這樣一種對生命流程悲劇性的認識，使得此賦不僅有對親朋故舊「死」的哀悼，還有對自己生命危殆將逝的「生」的憂懼，使得「歎逝」因富有一種對生命遷逝之悲的理思而顯得更加沈痛。

另外，此篇「歎逝」，還反映了作者對個體生命的珍視，這也是此賦理思與哀情緊密結合的一個表現。如面對奔流不息的江水，我們可能會想到「子在川上曰：逝者如斯夫，不舍晝夜」的名句。儒家強調「未知生，焉知死」，因而這一名句更多的是對「生」的重視，是對人的生命責任與道德的警示。而陸機面對滔滔江河，他感悟到的卻是江河永恆性中的短暫性：「川閱水以成川，水滔滔而日度。」由此聯想到由個體組成的人類的永恆性與個體生命的短暫性和悲劇性：「世閱人而為世，人冉冉而行暮。人何世而弗新，世何人之能故。」「亮造化之若茲，吾安取夫久長？」可見，此篇歎逝更是側重於對個體生命不可避免地走向死亡的悲劇性的感歎，這種感歎並不會因人類的繁衍不息而消釋，體現了對個體生命的珍視。初唐張若虛的「人生代代無窮已，江月年年望相似」的詩句，就很明顯地受其影響，而蘇軾〈前赤壁賦〉從「變」與「不變」的角度，達觀地闡釋個體生命的永恆與短暫的辯證統一，雖比陸機以老莊齊同生死、順天養生之道釋哀更富哲理，但還是明顯地受到陸機對個體生命遷逝之悲感悟的啟示。

大暮賦并序

【題解】大暮，猶長夜，喻死。本賦描述了死的不可避免、死後親朋的弔葬以及死者的長逝不歸。

夫死生是得失之大者，故樂莫甚焉，哀莫深焉。使死而有知乎，安知其不如生？如遂❶無知耶，又何生之足戀？故極言其哀，而終之以達❷，庶以開❸夫近俗❹云。

【章旨】此章為本賦之序，交代作賦的緣由，一方面是對生死的思考，另一方面，是想用此賦使時人明白這一道理。

【注釋】❶遂　終；最終。❷達　曠達。❸開　開啟；使明白。❹近俗　近世。

【語譯】人生的得失當中最大的是生與死，所以最大的快樂沒有超過它，最深的哀痛也莫過於此。假使死後有意識，怎麼會不知道死不如生？如果死後終無意識，那麼生又如何值得留戀？所以把生的哀痛全部說出，並以曠達來結束，希望能使時人明白這一生死的道理。

夫何天地之遼闊，而人生之不可久長。日引❶月而並隕❷，時維❸歲而俱喪。諒歲月之揮霍，豈人生之可量❹。知自壯而得老，體自老而得亡。顧黃壚❺之杳杳❻，悲泉路❼之翳翳❽。挫❾千乘❿猶一毫⓫，當何數⓬乎智慧⓭。徒假願⓮於須臾⓯，指夕景⓰而為誓。忽呼吸而不振，奄⓱神徂⓲而形斃⓳。顧萬物而遺恨⓴，收百慮㉑而長逝㉒。撫崇塗而難親，停危軌之將遊。雖萬乘與洪聖，赴此塗而俱稅㉓。

【章旨】此章言死亡是人生不可避免的，並描述了死亡來臨之際人的無奈與無法抵抗的悲涼。

【注釋】❶引　延長；延續。❷隕　墜落；消失。❸維　和；與。❹諒歲月之揮霍二句　此二句據《初學記》十四補。諒，確實。揮霍，迅疾貌；快速貌。量，計算；計量。❺黃壚　黃壚；黃泉。❻杳杳　幽暗貌；昏暗貌。❼泉路　黃泉之路。❽翳翳　光線昏暗貌。❾挫　挫敗；折。❿千乘　兵車千輛。此指富貴之人。⓫一毫　一根毫毛。⓬數　數說。⓭智慧　聰明才智。此指聰明才智之人。⓮假願　借助發願。⓯須臾　片刻；一會兒。⓰夕景　傍晚景象。⓱奄　奄忽；突然。⓲神徂　指靈魂離軀體而去。徂，去。⓳形斃　指身體倒下。斃，仆倒。⓴恨　遺憾。㉑百慮　各種思慮；各種想法。㉒長逝　指永遠離開人世。㉓撫崇塗而難親四句　此四句據《北堂書鈔》九十二補。崇塗，猶終途。死路。崇，通「終」。危軌，令人憂懼的道路。危，憂懼；不安。萬乘，指天子。周朝制度，天子地方千里，能出兵車萬乘，故以「萬乘」代指天子。洪聖，大聖。稅，解脫；逃脫。

【語　譯】天地是多麼的遼闊，但是人生卻是不可久長。日月相繼墜落，時光與歲月一起消失。歲月過得確實很快，人生的長短怎麼能估量。明白人從壯年一定走向老年，軀體到老的時候就會死亡。看到幽暗的黃泉，悲歎黃泉的路上昏暗無光。死亡挫敗擁有千乘的富貴之人猶如折斷一根毫毛，更不要說是才智之士了。指著傍晚的景象發誓，這只是徒勞地發片刻的心願。忽然不能呼吸，靈魂一瞬間離去，軀體倒下。看到萬物而遺憾，收起各種思慮而永遠地離開了人世。走上末路難以讓人親近，將要啟程的車子停在這令人憂懼的路上。即使是天子與聖人，也都不可避免地走上這條不歸路。

於是六親雲起❶，姻族❷如林，爭塗掩淚❸，望門舉音❹。敷❺幄席❻以悠想❼，陳備物❽而虞靈❾。仰寥廓❿而無見，俯寂寞而無聲。肴饛饛⓫其不毀，酒湛湛⓬而每盈⓭。屯⓮送客於山足，伏埏道⓯而哭之。扃⓰幽戶⓱以大畢⓲，訴玄闕⓳而長辭。歸無塗兮往不反，年彌去兮逝彌遠。彌遠兮日隔，無塗兮曷⓴因？庭樹兮葉落，暮㉑草兮根陳㉒。

【章　旨】本章敘述了親朋赴弔送葬的經過以及死者與人世長辭、無路可歸的結局。

【注　釋】❶六親雲起　言六親前來赴弔。六親，六種親屬，說法不一。《漢書・賈誼傳》顏師古引應劭注以父、母、兄、弟、妻、子為六親。此泛指各種親屬。雲，像雲一樣。形容人之多。❷姻族　泛指與婚姻有關的親戚。❸爭塗掩淚　爭著趕路，掩面哭泣。掩淚，掩面哭泣。❹舉音　言發出哭聲。❺敷　鋪陳。❻幄席　泛指席子。幄，帳篷。❼悠想　思念。悠，思。❽備物　指祭祀時用的器物。❾虞靈　守靈。虞，候望；守候。❿寥廓　空闊。⓫饛饛　食物裝滿貌。⓬湛湛　深貌；滿貌。⓭盈　溢出。⓮屯　聚集。⓯埏道　墓道。埏，墓道。⓰扃　門窗箱櫃上的插門。此用如動詞。⓱幽戶　陰間的房子。幽，迷信者所說的陰間。⓲畢　通「閉」。⓳玄闕　指陰間的建築。闕，古代宮殿、祠廟和陵墓前的高建築物。⓴曷　何；什麼。㉑暮　疑是「墓」之訛。㉒陳　陳舊。此指時間長了變得衰老。按：《文選》謝朓〈八公山詩〉注尚引有「播術塵之馥馥」句。

【語　譯】於是如雲如林一樣多的親戚朋友，爭著趕來，掩面哭泣，看到屋門，就發出了哭聲。坐在鋪陳的席子上長長地思念，擺上祭祀時用的器物為死者守靈。抬頭看看空曠的天空什麼也看不見，低頭聽聽寂靜的大地也悄無人音。果肴陳列了許多，不讓它們毀壞，祭酒斟滿，常常溢出。送葬的賓客聚集在山腳下，跪伏在墓道邊而為死者哭泣。封閉了陰間的房子，一切完畢，對著墳墓訴說著長辭人間的悲哀。一去不返，想要回來就沒有道路了，一年年的過去了，離去的日子也就越來越遠。越來越遠啊，一天天地與世隔絕，不知為什麼沒有了歸路？庭院裡的樹，葉子也紛紛落下，墳墓上的草根也會變得衰老。

【研　析】賦命名為「大暮賦」，以大暮即漫漫長夜比喻人之死。那麼，這篇賦就是對「死」的描述。賦主要從三個方面極言死之悲哀。其一，死是個體的人無法抗拒與不可避免的。賦的開端就把這種不可避免性置入永恆的天地中加以對比，顯出個體生命的不可久長。也許認識到人終將一死是一層悲痛，而更為深層的是意識到這一點，對人的心靈的衝擊，對死亡的恐懼，這遠勝於死亡本身。所以賦接著便是描寫死神降臨之際，人的靈魂的渺小與無奈。想到漫漫幽暗的黃泉路，祈求神靈的護佑，但是仍然免不了「忽呼吸而不振，奄神徂而形斃」的命運。萬種思慮皆煙消雲散，只能將遺憾留下。如果這是「死」之悲，那麼這應是人無法戰勝死神之悲。其二，賦描寫了死後親朋的痛悼思念，這應是「死」之悲的另一個表現。賦主要對赴弔、守靈、送葬三個方面加以渲染，突現了「死」之悲不僅僅屬於死者個人，它已浸染到每一個熟悉死者的人。其實，親朋的悲悼是為了死者，是否也包含著自身也有著這種不可抗拒的命運之悲？其三，賦還寫了死的不可逆轉性，死者一旦離開人世就再也無法回轉。這也就是賦的序文中所強調的「死」是人間的最大之「失」，一旦失去就不可再尋回，即使他貴為天子與聖人。這種去的不可逆轉性與來的不可抗拒性相結合，人生存在這「死」的來去之間，難道不是人的最大可悲之處嗎？

賦的序言交代了作賦的緣由，作者的目的就是要極盡「死」之哀，而「終之以達」。但是從賦的本身來看，賦只是著力描寫了「死」之悲，如何「終之以達」，沒有明顯的表述。此賦各種版本流傳不盡相同，那麼，我們今天讀到的〈大暮賦〉是否為完篇，不得而知。但是從僅有的篇幅來看，雖然作者沒有給我們留下如何「終之以達」的具體表述，但是，我們從「極言其哀」中也可約略感知一二。其一，既然死神的降臨是不可抗拒的，那麼就安然地面對它，沒有必要想方設法抗拒它的降臨；其二，既然死對於人來說一旦降臨就具有不可逆轉性，人的一生其實就是死的來去的一個過程，那麼，死神降臨後就可安然地接受它。消除了對死的抗拒與恐怖，也許就會「終之以達」了，以達觀的心態面對人的生死問題。

生與死是相對的兩個概念，寫死離不開生，所以這篇賦雖名為〈大暮賦〉，是對死的描述，但是其基本點還是執著於生的思考。魏晉南北朝社會動盪不安，在戰亂與政治的漩渦中，無論是百姓還是文士，都有一種朝不保夕之感。生命的危淺給人們帶來太多的苦難與心靈的創傷，生命的驟逝給人們的是對死亡的恐懼。陸機一生也屢經憂患，親朋逝去之悲屢屢侵襲著他的靈魂，從他創作的大量的悼逝傷時之作中，我們就可明顯地感受到這一點。從這一角度來看，現實中的陸機對生死也並不能做到「極言其哀，而終之以達」。因而，我們不妨把此賦看作是陸機試圖超越死亡給他帶來的憂傷的一種嘗試，一種理遣。面對生死，儒家重視更多的是生，所謂「不知生，焉知死」。陸機此賦對生死的思考，是魏晉南北朝人的個體生命意識覺醒的一種反映。

感丘賦

【題　解】本賦描寫了作者在旅途中見到墳墓時的感受：人無法逃脫死亡的命運，只能期待死亡的遲點到來。

泛輕舟於西川，背京室❶而電飛❷。遵❸伊洛❹之坻渚❺，沿黃河之曲湄❻。覿墟墓❼於山梁❽，託崇丘❾以自綏❿。見兆域⓫之藹藹⓬，羅⓭魁封⓮之纍纍⓯。

於是徘徊洛涯，弭節⓰河干⓱，佇眄⓲留心⓳，慨爾遺歎。仰終古⓴以遠念，窮萬緒乎其端。伊人生之寄世，猶水草乎山河。應甄陶㉑以歲改，順通川㉒而日過。爾乃㉓申㉔舟人㉕以遂往㉖，橫㉗大川而有悲。傷年命之倏忽㉘，怨天步㉙之不幾㉚。雖履信而思順㉛，曾㉜何足以保茲㉝。普天壤㉞其弗免，寧吾人之所辭㉟。願靈根㊱之晚墜，指歲暮而為期。

【注釋】❶京室　王室。《詩‧大雅‧思齊》：「思媚周姜，京室這婦。」❷電飛　如電之飛。形容疾速。❸遵　循著。❹伊洛　即伊水和洛水。❺坻渚　水中小洲。坻，水中的小洲或高地。渚，水中小塊陸地。❻曲湄　彎曲的岸邊。湄，河邊，與水草交接的地方。《詩‧秦風‧蒹葭》：「所謂伊人，在水之湄。」❼墟墓　猶言丘墓。荒墳；墳墓。《禮記‧檀弓下》：「墟墓於山梁之間，未施哀於民而民哀。」❽山梁　山脊。❾崇丘　高大的山丘。崇，高。❿自綏　自安。綏，安；安撫。⓫兆域　墓域；墳墓的界址。《周禮‧春官‧冢人》：「掌公墓之地，辨其兆域而為之圖。」⓬藹藹　茂盛貌。束晳〈補亡〉：「瞻彼崇丘，其林藹藹。」⓭羅　分布；陳列。⓮魁封　土堆。魁，小丘。封，土堆。⓯纍纍　一堆一堆地叢列著。⓰弭節　猶按節。緩行。⓱河干　河岸。干，涯岸；水邊。《詩‧魏風‧伐檀》：「置之河之干兮。」⓲佇眄　久立環顧。⓳留心　留意；關心。⓴終古　自古以來；往昔。㉑甄陶　本是燒製瓦器。喻天地、造化。㉒通川　猶流水。㉓爾乃　發語詞，無義。㉔申　申誡；告誡。㉕舟人　船夫。㉖遂往　於是前往。遂，於是。㉗橫　橫渡。㉘倏忽　轉眼之間。㉙天步　天之行步。此指時運。㉚不幾　不及。幾，及；達到。㉛履信而思順　篤守信用並且思念和順。《易‧繫辭上》：「佑者，助也。天之所助者，順也；人之所助者，信也。履信思乎順，又以尚賢也，是以自天佑之。吉，無不利也。」㉜曾　竟；竟然。㉝茲　此。

指生命。㉞普天壤　猶普天下。天壤，天地；天地之間。㉟辭　辭別；避免。㊱靈根　指身體。

【語　譯】在西川泛舟，離開王室，舟船行駛起來如電之飛。循著伊水和洛水的水中小島，沿著黃河彎曲的岸邊行走。看見山脊上的墳墓，想到死者已將身體寄託在高山上自我安慰了。目睹墳墓的界域，樹木繁茂，土堆小丘一堆一堆地羅列著。

於是在洛水岸邊徘徊，在黃河岸邊緩行，長久地站立著，留意環顧四周，感慨萬千，留下悲歎。遙想自古以來的歲月，千萬種情緒都可在往昔找到根源。人生寄存在這個世界上，就如同那水草寄存在山河中一樣。應著大自然的造化，一年接著一年地更替，隨著河流的流逝，一天一天地消逝。告訴船夫一直前行，橫渡大川時心中產生悲痛。悲歎壽命短暫，埋怨生不逢時。雖然篤守信用，思念和順，但是又怎麼能有足夠的力量來保持住生命的不衰。天地之間的萬物都不能逃脫這一命運，我輩之人又怎麼能夠避免。但願身體遲一點衰老，期待著能夠活到暮年。

【研　析】本賦主要寫了一段旅途的所見所感。賦命名為〈感丘賦〉，就是旅途中目睹許多墳墓所產生的感受。墳墓是埋葬生命的地方，因而當作者旅途中看到山脊上滿目叢堆的墳墓時，不禁佇立長想，悲歎不已。其一是人生如寄之慨，人生一世如水草託體山河，而且隨著時間的流逝，是一天一天的逼近死亡。其二是終究一死之悲，人不能與自然相比，即使是篤守「履信思順」的為人處世原則，也不能使生命永存。儒家所提倡的「履信思順」，意在提高生命的社會價值，抵除生命終將消逝的悲哀，生發雖死猶生、永垂不朽的生命價值。陸機對「履信思順」的懷疑，是在人終究一死之悲下產生的，在這一個方面反映了魏晉南北朝人的生命意識的覺醒。其三是對生命的眷念，即使感到人生如寄以及人不免一死，但還是期待著死亡遲點到來，「願靈根之晚墜，指歲暮而為期」。在死亡的逼視下產生的對生命的眷念，更加感痛人心。

側重於抒情是這篇賦的特點。本賦與〈大暮賦〉一樣都是有感於「死」而寫的。〈大暮賦〉的寫作目的是「極言其哀，而終之以達」，帶有明顯的理性思考的成分，其抒情主要是為了理思服務。而這篇賦則主要以抒情為主，即使有理遣的成分也是為了抒情服務。

卷四

浮雲賦

【題解】本賦對浮雲的產生及多變的形狀作了極為形象的描寫。

有輕虛[1]之豔象[2]，無實體之真形[3]。原[4]厥[5]本初[6]，浮沈混并。六律[7]籥[8]應，八風[9]時邁[10]。玄陰觸石[11]，甘澤[12]雱霈[13]。勢[14]不崇朝[15]，露彼無外[16]。若層臺高觀，重樓疊閣。或[17]如鐘首[18]之鬱律[19]，乍[20]似塞門[21]之寥廓[22]。若靈園之列樹，攢寶耀之炳粲[23]。金柯[24]分，玉葉[25]散，綠翹[26]明，嵒英[27]煥[28]。龍逸[29]蛟[30]起，熊厲[31]虎戰[32]。鸞翔[33]鳳翥[34]，鴻驚[35]鶴奮。鯨鯢[36]泝波[37]，鮫鰐[38]衝遁[39]。若秬鬯揚芒，嘉穀垂穎[40]。朱絲[41]亂紀[42]，羅袿[43]失領。飛僊凌虛[44]，隨風遊騁[45]。有若芙蓉[46]群披[47]，蕣華[48]總會[49]。車渠[50]繞理[51]，瑪瑙[52]縟文[53]。

【注　釋】❶輕虛　輕而不實。❷豔象　豔美的形象。❸真形　真實的形體。❹原　推究。❺厥　代詞，相當於「其」。代指「浮雲」。❻本初　原始；原初。❼六律　古代樂音的標準名。相傳黃帝時儉倫截竹為管，以管之長短分別聲音的高低清濁，樂器的音調皆以此為準。樂律有二，陰陽各六，陽為律，陰為呂。六律，即黃鐘、大蔟、姑洗、蕤賓、夷則、無射。❽籥古管樂器。像編管之形，似為排簫之前身。有吹籥、舞籥兩種。吹籥似笛而短小，三孔；舞籥長而六孔，可執作舞具。此指籥舞。❾八風　八方之風。《呂氏春秋・有始》：「何謂八風？東北曰炎風，東方曰滔風，東南曰熏風，南方曰巨風，西南曰淒風，西方曰飂風，西北曰厲風，北方曰寒風。」❿時邁　按時巡行。⓫玄陰觸石　言冬季的陰氣與山石相擊吐出雲來。玄陰，冬季極盛的陰氣。觸石，謂山中雲氣與峰巒相碰擊，吐出雲來。《尚書大傳》曰：「五岳皆觸石而出雲，膚寸而合，不崇朝而雨。」⓬甘澤　甘雨。⓭雺霈　比喻盛大、盛多。⓮勢　態勢。此指雲的姿態。⓯崇朝　從天亮到早飯時。喻時間極短。崇，通「終」。⓰露彼無外　言雲無不庇覆滋潤。語出《詩・小雅・白華》：「英英白雲，露彼菅茅。」毛傳：「露亦有雲，言天地之氣，無微不著，無不覆養。」露，庇覆；滋潤。無外，毫無例外。⓱或　有時。⓲鐘首　猶言鐘鼎。此用以形容山的形狀如鐘鼎。⓳鬱律　山勢險曲突兀貌。⓴乍　突然。㉑塞門　邊關。㉒寥廓　空曠遼遠。㉓若靈園之列樹二句　此二句據《太平御覽》卷一補。靈園，天上的花園。攢，聚集。炳粲，光彩照耀貌。㉔金柯　樹枝的美稱。㉕玉葉　樹葉的美稱。㉖綠翹　猶言樹葉。㉗嵩英　指花。㉘煥　煥發光彩；放射光芒。㉙逸　奔跑；奔逸。㉚蛟　古代傳說中的一種龍，常居深淵，能發洪水。㉛厲　踴起；跳起。㉜戰　角逐；較量。㉝翔　飛翔；翱翔。㉞翥　飛舉。㉟驚　迅疾；快速。㊱鯨鯢　即鯨。雄曰鯨，雌曰鯢。㊲泝波　逆流而上。㊳鮫鰐　鯊魚和鱷魚。鰐，同「鱷」。㊴衝遁　衝波而逃。遁，逃；逃跑。㊵若秬鬯揚芒二句　二句據《北堂書鈔》卷一五一補。秬，黑黍，古人視為嘉穀。鬯，即鬯草，香草名，又叫鬱金香草，古代釀造鬱金香酒的原料。芒，草的末端。穎，禾尾；帶芒的穀穗。㊶朱絲　紅色的絲繩。㊷紀　絲縷的頭緒。㊸羅袿　絲羅長襦。古代婦女的外衣。袿，通「褂」。㊹淩虛　升到天空。淩，升；登上。虛，此指天空。㊺遊騁　遨遊馳騁。㊻芙蓉　即荷花。㊼披　打開。此指花開。㊽蕣華　即木槿花，朝開暮謝。㊾總會　會合在一起。㊿車渠　一種海中生物，殼甚厚，略呈三角形，表面有渠壟如車輪之渠，故名。(51)繞理　纏繞著紋理。(52)瑪瑙　寶石名。(53)縟文　繁密的花紋。

【語　譯】浮雲有輕而不實的豔美形象，卻沒有真實的形體。推究一下浮雲初始狀況，它在空中忽上忽下，混合而成各種形狀。猶如應著六律而起的籥舞，隨著八方之風按時而來。冬季陰氣極盛，與山石相擊，吐出雲來，甘雨傾盆而降時，濃雲密布。雲的姿態在極短的時間內也不會保持一種形狀，庇覆萬物，毫無例外。有時如層層的樓臺，高高的觀闕，重重疊疊的樓閣。有時如鐘鼎的山巒，山勢險曲突兀，又突然變化如塞外風光，空曠遼遠。有時如天上的花園，羅列著許多樹木，聚集著許多光彩奪目的奇珍異寶。金枝分布，玉葉紛披，綠葉分明，花朵放射光彩。有時如龍在奔跑，蛟從深淵中騰起，如熊羆踴起跳起，老虎角逐較量。如鸞鳥翱翔，鳳凰盤旋，鴻雁驚飛，仙鶴奮舉。如逆流而上的鯨鯢，衝波而逃的鮫鱷。如秬草與巹草揚起草芒，嘉穀垂下帶芒的穀穗。有如亂了頭緒的紅色絲繩，失了衣領的絲羅長襦。有如飛動的神仙升到天空，隨風遨遊馳騁。有如眾多的荷花同時綻放，朝開暮謝的木槿花聚合在一起。如車渠，表面上纏繞著車轍一樣的紋理，如瑪瑙，有著繁密的花紋。

【研　析】本篇屬於詠物賦，是對「浮雲」這一物象的具體描繪。篇幅雖然短小，但是對浮雲的產生尤其是浮雲變化多端的千姿百態，作了淋漓盡致的刻畫，表現了自然世界的神奇與美麗。如賦中將浮雲比作壯觀的建築物，如層臺高觀，重樓疊閣；又比作神奇的樹園，如金枝玉葉，綠葉紅花；又比作各種動物的形狀，如龍騰蛟起，鸞翔鳳翥；如亂緒的朱絲，如無領的羅衣，如神仙凌虛，如芙蓉花開，如車渠，如瑪瑙等等，體現了陸機精細的觀察力與高超的藝術表現力，將賦的「體物」特徵表現得淋漓盡致。

本賦用句工巧，語言華美，代表陸機創作的一種藝術風格。這種風格長期以來受到一種形式主義的批評。但是，如果我們將此賦放到中國古代文學的發展過程中加以觀照，這「形式主義」的背後，倒隱藏著一種對自然作本真的觀察與熱愛的創作傾向。浮雲，即為飄動的雲。「浮雲」意象在文學作品中往往作為遊移不定、不可捉摸的指代與象徵，作為主觀感情抒發的一種比喻、一種表現手法。孔子曾以「浮雲」比喻「不義而富且貴」；曹丕的〈浮雲詩〉也以「浮雲」比喻對自身前途與命運無法把握的遊子的象徵。而陸機的〈浮雲賦〉，更多的是作者在傾注全部的感情，體察「浮雲」這一客觀物體自身的變化，用他那藻麗的文筆，將自然中「浮雲」的千姿百態與神奇變幻為我們展現了出來。試想，如果沒有那「繁文縟藻」，「浮雲」這一物象如何才能得到形象的展現？這「形式主義」的背後是作者驚人的想像力與表現天才。雖然，以今天的文學觀來看，詠物賦以寄寓深刻貼切為高，但是放在文學不斷走向自覺的進程中加以審視，也許我們會對陸機這種「形式主義」的文風，作一歷史的客觀的評價。

白雲賦

【題解】本篇對白雲這一物體的產生和變幻的情狀作了形象生動的描寫。

攄❶神景❷於八幽❸，合❹洪化❺乎煙熅❻。充宇宙以播象❼，協元氣❽而齊動❾。發憤靈石❿，擢性洪流⓫。興曜⓬曾泉⓭，升跡⓮融丘⓯。盈八紘⓰以餘憤⓱，雖彌⓲天其未泄。豈假期⓳於遷晷⓴，邁㉑崇朝㉒而倏忽㉓。紅蕊發而菡萏㉔，金翹㉕援㉖而合葩㉗。神收鬼化㉘，弼性違序㉙。鳥殊類而比栖，獸異跡㉚而同處。蛟引翳㉛而並潛，龍攀鴻而雙舉。鸞㉜舞角㉝以軒罷㉞，鷙㉟企翮㊱而延佇㊲。長城曲蜿，采閣相扶㊳。聳瑤臺㊴之巀嶭㊵，構㊶瓊闥㊷之離婁㊸。雄虹㊹矯㊺而垂天㊻，翠鳥㊼軒㊽而扶日㊾。

【注釋】❶攄　擴大散布。❷神景　指雲影。❸八幽　八方幽遠之地。❹合　符合。❺洪化　宏大的教化。❻煙熅　元氣。指天地未分時的混沌之氣。此指煙雲彌漫貌。❼播象　顯露跡象。播，顯露。象，跡象；現象。《老子》：「惚兮恍兮，其中有象。」❽元氣　天地未分前的混沌之氣。❾齊勳　指大功告成。❿發憤靈石　言雲氣與峰巒相碰擊，吐出雲來。發憤，本指發憤振作。此指碰擊。⓫擢性洪流　言雲的德性展現為水流。擢，拔取；抽出。《莊子・駢拇》：「枝於仁者，擢德塞性以收名聲。」洪流，浩大的水流。⓬興曜　猶輝映。興，產生。曜，明亮；光輝。⓭曾泉　深泉；多水之地。曾，深。⓮升跡　指雲景升。升，上升。跡，此指雲景。⓯融丘　尖頂的高丘。《爾雅・釋丘》：「再成為陶丘，再成銳上為融丘。」郝懿行義疏：「《釋名》云：『銳上曰融丘。融，明也；明，陽也。凡上銳皆高而近陽者。』按：融，炊氣上出也，宜兼高長二義，長與高皆銳上之意。」⓰八紘　八方極遠之地。⓱餘憤　謂無窮的鬱結之氣。⓲彌　滿。⓳假期　借期；等待。⓴遷晷　時光流逝。遷，遷移；變易。晷，日影。此引申為時光。㉑邁　時光流逝。《書・秦誓》：「我心之憂，日月逾邁。」㉒崇朝　即「終朝」。從天亮到早飯時。喻時間短暫。猶言一個早晨。㉓倏忽　頃刻。此形容變化迅速。㉔菡萏　即荷花。㉕金翹　黃色菊花捲曲而成的秀瓣。㉖援　牽引。此指逐漸綻開。㉗合葩　開放成花朵。合，成。葩，花。㉘神收鬼化　喻變化神奇，難以捉摸。㉙弼性違序　指違背自然秩序時加以糾正。語出《書・益稷》：「予違汝弼。」孔傳：「我違道，汝當以義輔正我。」後因以「弼違」代稱糾正過失。㉚異跡　不同的行為、行跡。此指獸類的不同脾性。㉛翳　翳鳥，一種有五彩羽毛的鳥。《山海經・海內經》：「有五彩之鳥，飛蔽一鄉，名曰翳鳥。」㉜鸞　傳說中鳳凰一類的神鳥。㉝角　指鸞鳥頭頂上聳立的毛角。㉞軒罷　指上下飛舞。軒，飛翔；飛舉貌。罷，停止。㉟鷙　一種性情兇猛的鳥，類似鷹隼。㊱企翮　張開翅膀。企，立；竦立。翮，指鳥的翅膀。㊲延佇　長久地站立。㊳扶　靠近。㊴瑤臺　美玉砌成的樓臺，傳說中的神仙居處。㊵巀嶭　高峻貌。㊶構　建造。㊷瓊闥　此指華美的房屋。闥，內房。㊸離婁　雕鏤交錯分明貌。㊹雄虹　虹霞。有雄虹雌蜺之說。㊺矯　高舉；高飛。㊻垂天　掛在天邊；懸掛天空。㊼翠鳥　鳥名，羽毛以翠綠色為主。㊽軒　飛翔；飛舉。㊾扶日　接近太陽。扶，靠近。

【語　譯】雲彩可以擴大散布到八方幽遠的地方，煙雲彌散，符合宏大的教化。顯露跡象，充滿天地之間，協助元氣，一齊化育萬物。雲氣與峰巒相碰擊，吐出雲來，雲的德性展現為水流，與深泉相輝映，上升飄浮至高高的山頂上。充滿八方極遠之地，還有無窮的鬱結之氣，即使彌滿天地也發洩不完。難道需要等待時間的推移，極短的時間內，變化迅速。紅紅的花蕊綻放如荷花，黃色菊花捲曲而成的秀瓣綻放成花朵。變化神奇，難以捉摸，自然失序時能加以糾正。不同的鳥可以在一起棲息，不同脾性的獸類也可在一起安然相處。水蛟引領著翳鳥，一同潛下深水，龍攀附著鴻雁雙雙高飛。鸞鳥舞動著頭頂上聳立的毛角，上下飛舞，鷙鳥張開翅膀長久地站立。有如長城蜿蜒延伸，周圍是雕采的樓閣。高峻的瑤臺聳立著，建造的華美房屋，雕鏤得交錯分明。虹霞高舉，懸掛在天空，翠鳥飛翔，彷彿接近了太陽。

【研析】本賦與上篇〈浮雲賦〉基本相同，只是具體用語不同而已，共同體現了陸機非凡的觀察能力與表現才能。與上篇稍有不同的是，陸機構想出自然界中不可能產生的情況用來比喻白雲的情狀，如賦中云：「鳥殊類而比栖，獸異跡而同處。蛟引翳而並潛，龍攀鴻而雙舉。」水蛟與翳鳥、潛龍與鴻雁，一天上，一水下，翳鳥可以隨水蛟潛入水底，潛龍可以攀附鴻雁而上天，這種奇妙的組合，打破了同類相求的思維定勢，展現了陸機非凡的想像力與表現才能。

本賦辭藻華麗，形式工巧。對於這一點的評價，上篇賦業有涉及，可參看。茲不贅。

鼓吹❶賦

【題解】這是一篇描寫樂曲——鼓吹樂的賦。交代了鼓吹樂的產生，尤其突出描寫了鼓吹樂的悲壯之一面。

原❷鼓吹之攸❸始，蓋稟命❹於黃軒❺。播❻威靈❼於茲樂❽，亮❾聖器❿而成文⓫。騁逸氣⓬而憤壯⓭，繞⓮煩手⓯乎曲折⓰。舒飄颻⓱以遐洞⓲，卷⓳徘徊其如結⓴。及其悲唱流音㉑，彷徨㉒依違㉓，合歡㉔嚼弄㉕，乍數㉖乍稀㉗。音躑躅㉘於唇吻㉙，若將舒而復迴。鼓砰砰㉚以輕投㉛，簫嘈嘈㉜而微吟。詠〈悲翁〉㉝之流思㉞，怨〈高臺〉之難臨㉟。顧穹谷㊱以含哀，仰歸雲㊲而落音㊳。節㊴應氣㊵以舒卷㊶，響㊷隨風而浮沈㊸。馬頓跡㊹而增鳴㊺，士嚬蹙㊻而霑襟㊼。若乃㊽巡郊澤㊾，戲野坰㊿，奏〈君馬〉(51)，詠〈南城〉(52)，慘(53)〈巫山〉(54)之遐險(55)，歎(56)〈芳樹〉(57)之可樂(58)。

【注釋】❶鼓吹　即鼓吹樂。古代的一種器樂合奏曲。亦即《樂府詩集》中的鼓吹曲。用鼓、鉦、簫、笳等樂器合奏。源於我國古代民族北狄。晉崔豹《古今注·音樂》：「短簫鐃歌，軍樂也。黃帝使岐伯所作也。所以建武揚德，風勵戰士也。《周禮》所謂王大捷，則令凱樂，軍大獻，則令凱歌者也。漢樂有〈黃門鼓吹〉，天子所以宴樂群臣。短簫鐃歌，鼓吹一章耳，亦以賜有功諸侯。」❷原　推原；考察原由。❸攸　所。❹稟命　受命。❺黃軒　指黃帝。黃帝複姓軒轅，故曰黃軒。❻播流傳；傳播。❼威靈　顯赫的聲威。❽茲樂　指鼓吹樂。❾亮　輔助；輔佐。❿聖器　猶神器。此指帝位、政權。⓫文　指鼓樂。《禮記·樂記》：「始奏以文，復亂以武。」鄭玄注曰：「文謂鼓也，武謂金也。」⓬逸氣　俊逸之氣；超脫世俗的氣概、氣度。⓭憤壯　充滿壯烈之氣。憤，充盈；充滿。⓮繞　纏繞。此指手煩不已。⓯煩手　古代民間音樂的一種複雜的彈奏方式。⓰曲折　繁複的意思。⓱舒飄颻　指音樂舒展飄散。⓲遐洞　指音樂傳播很遠，逐漸消散。遐，遠。洞，空。⓳卷　捲曲；捲縮。此指鼓聲鬱結而不舒展。⓴結　凝結；鬱結。㉑流音　飄蕩在空中的聲音。㉒彷徨　音樂纏繞貌。㉓依違　形容樂音抑揚動聽。㉔合歡　和合歡樂。《禮記·樂記》：「故酒食者，所以合歡也；樂者，所以象德也。禮者，所以綴淫也。」㉕嚼弄　欣賞樂曲。嚼，欣賞；玩味。《文選》張衡〈西京賦〉：「嚼清商而卻轉，增嬋娟以此豸。」弄，樂曲；曲調。嵇康〈琴賦〉：「改韻易調，奇弄乃發。」㉖數　繁密。㉗稀　稀疏。㉘躑躅　徘徊迴盪。㉙唇吻　嘴唇。㉚砰砰　鼓響聲。㉛投　這裡是擊打之意。㉜嘈嘈　形容簫聲的重濁。㉝悲翁　古曲名，〈思悲翁〉的省稱。㉞流思　此指生活動盪不安而產生的對家鄉的思念。流，移動不定；流浪。㉟怨高臺之難臨　登高臨遠，以望故鄉。而高臺難臨，思鄉之情難抑。高臺，高的樓臺。臨，登臨。漢樂府鼓吹曲辭中有〈臨高臺〉之曲。陸機在此化用典故。㊱穹谷　深谷。穹，深。㊲歸雲　猶行雲。㊳落音　指行雲因曲聲而停止，所謂響遏行雲。落，止息；停留。㊴節　節奏；節拍。㊵氣　指精神狀態、情緒。㊶舒卷　猶開合。

㊷響　聲響；樂聲。㊸浮沈　形容聲音高低錯落。㊹頓跡　頓足。跡，腳印。此指馬足。㊺增鳴　指馬的嘶鳴聲更大。㊻嚬蹙　皺眉含怨。㊼霑襟　指淚流滿面，泣下沾襟。㊽若乃　句首語氣詞，猶「至於」。㊾郊澤　郊外水澤。㊿野坰　野外。坰，遙遠的郊野。(51)君馬　〈君馬黃〉的省稱。漢鐃歌名，以歌辭首句「君馬黃」而得名。《樂府詩集‧鼓吹曲辭一‧漢鐃歌君馬黃》：「君馬黃，君馬蒼，二馬同逐臣馬良。」(52)南城　疑亦曲名。漢樂府鼓吹曲辭中有〈戰城南〉曲。(53)慘　傷；悲傷。(54)巫山　漢樂府中有〈巫山高〉之曲。(55)遐險　遠而險。遐，遠；遙遠。(56)歡　喜；喜悅。(57)芳樹　漢樂府中有〈芳樹〉之曲。(58)榮　茂盛。

【語　譯】考察一下鼓吹樂產生的原由，大概是受命於黃帝。黃帝想用鼓吹樂傳播顯赫的聲威，鼓吹樂也就起到輔佐帝位的作用。用煩手此種方式不厭其煩地擊打，盡情宣洩俊逸的氣概，充滿著壯烈之氣。曲聲有時舒展飄散，傳播很遠，逐漸消散，有時鼓聲鬱結而不舒展，徘徊流連。等到悲音高亢，在空中飄蕩，徘徊纏繞，抑揚動聽。眾人和合歡樂，欣賞樂曲。樂曲時而繁密，時而徘徊迴盪。聲音在嘴唇之間徘徊，舌頭將要舒展開來，忽然之間又捲縮回去。雖然是輕輕擊打著鼓，鼓卻發出砰砰的聲響，簫管微微的吹吟，卻發出嘈嘈的重濁之聲。〈思悲翁〉曲響起，流露出對家鄉的思念之情，〈臨高臺〉之曲又引起了人們對高臺難以登臨遠望故鄉的埋怨。環顧深谷，似乎傳出悲痛之音，抬頭仰望行雲，行雲也因曲聲而停止。樂曲的節奏應和著情緒而開合舒捲，曲聲似在風中飄浮，高低錯落。馬聽了之後也頓足嘶鳴，顯得更加悲傷，士卒也皺眉含怨，淚流滿面，泣下沾襟。至於巡視郊外水澤，到遙遠的野外戲遊，奏起〈君馬黃〉曲，歌詠起〈南城〉曲，聽「巫山高」之曲，因感到巫山高險而生悲；聽「芳樹」一曲，因感到春天的繁盛而喜悅。

【研　析】《藝文類聚》卷六六載：「《語林》曰：陸士衡為河北督，已被間構，內懷憂懣，聞眾軍警角鼓吹，謂其司馬曰：『我今聞此，不如華亭鶴鳴。』」華亭鶴鳴在陸機的一生中已成為一種自由、逍遙人生的象徵。《語林》這條記載將警角鼓吹與華亭鶴鳴相對，而陸機「已被間構，內懷憂懣」，更可見出鼓吹樂引發陸機更多的是一種功業難成的無奈與悲涼，所以〈鼓吹賦〉中展現了鼓吹樂悲涼的一面。又，「華亭鶴鳴」乃指陸機家鄉的鶴鳴，因此在軍中聽到鼓吹樂而想起家鄉的鶴鳴，又包含著一層對家鄉的思念，諸如「詠〈悲翁〉之流思，怨〈高臺〉之難臨」，「馬頓跡而增鳴，士嚬蹙而霑襟」，悲涼當中透露出濃濃的思鄉之情。

漏刻賦

【題解】這是一篇描寫計時工具漏刻的賦，對漏壺的形狀、具體的運作過程以及超乎神靈的實際功用作了形象描繪。

偉聖人之制器，妙❶萬物而為基❷。形罔❸隆❹而弗包❺，理何遠❻而不之❼。寸管❽俯而陰陽❾效其誠❿，尺表⓫仰⓬而日月與之期。玄鳥懸⓭而八風⓮以情應，玉衡⓯立而天地不能欺。既窮神以盡化，又設漏⓰以考⓱時。

【章旨】本章主要介紹各種觀察氣候、季節、天地運轉的儀器，說明漏刻是用以觀察時間的一種器物。

【注釋】❶妙　精通；深究。❷基　基準；標準。❸罔　無；沒有。❹隆　大。此指外形的碩大。❺包　包括；佔有。❻遠　深遠；精深。❼之　至。此指明瞭。❽寸管　指短小的律管，定音或預測節氣變化的儀器。❾陰陽　指陰陽二氣。❿誠　誠心；誠意。⓫尺表　古代用以測日影的一種儀器。⓬仰　抬頭；臉朝上。此指日表朝上。《易・繫辭上》：「仰以觀於天文，俯以察於地理。」⓭玄鳥懸　指曆法的官員公布了。玄鳥，即玄鳥氏的省稱。古官名，曆正的屬官。《左傳・昭公十四年》：「我高祖少皞摯之立也，鳳鳥適至，故紀於鳥，為鳥師而鳥名。鳳鳥氏，曆正也，玄鳥氏，司分者也。」玄鳥，即玄鳦，以春分來，秋分去。此以玄鳥代稱曆官。⓮八風　指八種季候風。《易緯通卦驗》：「八節之風謂之八風。立春條風至，春分明庶風至，立夏清明風至，夏至景風至，水秋涼風至，秋分閶闔風至，立冬產周風至，冬至廣莫風至。」⓯玉衡　古代的測天儀器。《書・舜典》：「璿璣衡，以齊七政。」孔穎達疏引蔡邕曰：「玉衡長八尺，孔徑一寸，下端望之以視星辰。懸璣以象天地而衡望之。」⓰漏　又稱漏壺、漏刻。古代利用滴水的多寡來計量時間的一種儀器。⓱考　考察；觀察。

【語　譯】讚歎聖明之人製造器物，以窮究萬物為準則。器物之形狀碩大也能包括，其間的道理再深奧也能洞察。設立了短小的律管來預測節氣的變化，陰陽二氣的變化就會很準確地表現出來，測日影的尺表豎起，日月的變化就會通過它展示出來。曆法之官公布了，八種季候之風就相應真實地展示出來，測天儀器玉衡設立之後，即使天地運轉也顯得極為精密。在曆法上已經能夠窮盡天地之間氣候、季節的千變萬化，又用漏壺來觀察時間的變化。

爾乃❶挈❷金壺❸以南羅❹，藏❺幽水❻而北戢❼。擬❽洪殺❾於編鍾❿，順⓫卑高⓬而為級⓭。激懸泉⓮以遠射，跨飛途⓯而遙集。伏陰蟲以承波⓰，吞恆流⓱其如組⓲。是故來象神造，去猶鬼幻，因勢相引，乘靈自薦。口納胸吐，水無滯咽⓳。形微獨繭之緒⓴，逝若垂天㉑之電。偕四時以合最㉒，指昏明㉓乎無殿㉔。籠八極㉕於千分㉖，度晝夜乎一箭㉗。抱百刻㉘以駿浮㉙，仰胡人而利見㉚。

【章　旨】本章形象地描寫了漏壺的形狀及具體的運作過程。

【注　釋】❶爾乃　發語詞，無義。❷挈　執；拿。❸金壺　銅壺的美稱。❹南羅　向南搜求之意。羅，包羅。❺藏　收藏；收集。❻幽水　指幽深隱僻的水。❼北戢　向北搜求之意。戢，搜，攏；收集。❽擬　仿；模仿。❾洪殺　大小；巨細。❿編鍾　古代打擊樂器，銅製，頂端鑄有半環，鍾數有多至十六枚者，各應律呂和依大小順序排列，懸於一木架上，故稱「編鍾」。⓫順　按照。⓬卑高　高低。⓭級　指多級漏壺。中國在周朝時已經有了漏壺，後來為了提高水流速度的穩定性，逐漸在漏水壺上另加一只或幾只漏水壺，形成多級漏壺。⓮懸泉　形容漏壺滴出來的水。⓯飛

途　通向高處的道路。⓰伏陰蟲以承波　指漏壺下端用蝦蟆仰承水滴。陰蟲，蝦蟆。⓱恆流　常常流動的水流。⓲絚　通「亙」。接連；通貫。⓳滯咽　此指滯留的水滴。⓴形微獨繭之緒　指水滴的形狀非常微小，但一點一滴猶如一蠶繭分泌出的絲緒一樣不斷。㉑垂天　猶如天邊的。㉒最　古代考核政績或軍功時劃分的等級，以上等為最，跟「殿」相對。此處指最好的。㉓昏明　黑夜與白晝。㉔殿　與「最」相對，指等級中最差的。㉕八極　八方極遠之地。㉖千分　比喻極短的時間。分，計時單位，一小時的六十分之一。㉗一箭　漏壺中插入一根標竿，稱為箭。箭下用一只箭舟托著，浮在水面上。水流出或流入壺中時，箭下沈或上升，藉以指示時刻。前者叫沈箭漏，後者叫浮箭漏。統稱箭漏。中國歷史上用得最多、流傳最廣的是浮箭漏。㉘百刻　指一夜的時間。《漢書・哀帝紀》：「漏刻以百二十為度。」顏師古注：「舊漏晝夜共百刻，今增其二十。」㉙駿浮　深浮。㉚仰胡人而利見　指與胡人交戰極短的時間內就可估計到得勝。語出《漢書・王莽傳》：「捕斬虜騶，平定東域，虜知殄滅，在於漏刻。」又，《資治通鑑・漢王莽地皇二年》：「莽召問群臣禽賊方略，皆曰：此天囚行尸，命在漏刻。」

【語譯】於是執持漏壺南北搜求幽深隱僻的水，模仿編鍾大小組合，按照高低製造成多級漏壺。漏壺滴出來的水在時間上可以遠接上古，使相距甚遠的空間跨躍道路的障礙而凝聚於同一時間。漏壺下端用蝦蟆仰承水滴，吞食時時流動的水流，連綿不斷。水滴來的時候像是神靈所造，水滴消逝的時候猶如鬼神的變幻，因情勢互相吸引，借助神靈的名義而自我表現。漏壺口中含納著水流經過腹中流出，毫無滯留的水滴。水滴的形狀非常微小，但一點一滴猶如蠶繭分泌出的絲緒一樣不斷，其速度猶如天邊的閃電。與四季相合沒有差錯，指示黑夜與白晝也格外分明。使八方極遠之地能有相同的時刻，漏壺中的一根標竿可以標出白晝與黑夜。標竿在一夜的時間內深浮，與胡人交戰，在極短的時間內就可估計到得勝。

夫其立體❶也簡，而效績❷也誠❸。其假物❹也粗❺，而致用❻也精❼。積水不過一鐘❽，導流❾不過一筳❿，而用天⓫者因其敏⓬，分地⓭者賴其平⓮，徵聽⓯者假其察，貞觀⓰者借其明。考計曆⓱之潛慮⓲，測日月之幽情⓳。信探賾⓴之妙術，雖無神其若靈。

【章　旨】此章描述漏壺製作簡單與超乎神靈的實際功用。

【注　釋】❶立體　指漏壺的形狀及製造。❷效績　達到的實際效果。❸誠　指與實際相符。❹假物　借物。此指所用之材料。❺粗　此指簡單。❻致用　實際功用。❼精　精確。❽鐘　古容量單位。《淮南子・要略》：「一朝用三千鐘贛，梁邱據、子家噲導於左右，故晏子之諫生焉。」高誘注：「鐘，十斛也。」❾導流　指標示流水的速度。導，表達；傳達。❿筵　小竹片。用於製造漏壺中的標竿。⓫用天　指利用天時。⓬敏　此指對天時變化的敏感。⓭分地　指區分土質所宜，種植五穀。⓮平　正；當。此指講時的準確。⓯徵聽　徵求考信所聽之言。徵，證明；證；明驗。⓰貞觀　謂天地之道。《易・繫辭下》：「天地之道，貞觀者也。」天地常垂象以示人，故曰貞觀。⓱計曆　算曆。⓲潛慮　猶深慮。思考的精密。⓳幽情　此指日月運行的深奧情況。⓴探賾　探索奧秘。

【語　譯】漏壺的形狀及製造非常簡單，而它的實際效用卻是非常準確。所用的材料也非常簡單，但它實際的計時功用也非常精確。漏壺所容納的水量也只不過是一鐘，標示流水的速度也只不過是一塊小竹片，但是利用天時的人，憑藉著它可以敏感地感受到天時的變化，區分土質所宜，種植五穀，依靠它計時而公正無誤，徵求考信所聽之言是否正確的人，通過它可以明察，天地之道可以明顯地得以展現。漏壺可以考察算曆的精密之處，可以測量日月運行的深奧情況。確實是探索奧秘的絕好途徑，雖然沒有神靈卻似有神靈的存在。

【研　析】在觀察氣候、季節、天地運轉的儀器諸如寸管、尺表、玉衡等，漏刻是一種記時工具。這篇賦就對漏刻的形狀、運作過程以及超乎神靈的實際功用作了描繪。特別是對它的運作過程的描寫，頗具形象。賦中用「口納胸吐，水無滯咽。形微獨繭之緒，逝若垂天之電」的形象比喻，將漏刻連綿不斷的流淌過程形象地傳達了出來。在對漏壺製作簡單與超乎神靈的實際功用的描寫上，採用了一系列的對比手法，如漏刻「立體也簡」、「假物也粗」，如「積水不過一鐘，導流不過一筵」；但是它「效績也誠」、「致用也精」，如「用天者因其敏，分地者賴其平」等等，漏刻的粗簡與精確就這樣神奇地組合在一起，從而使人們對漏刻有更為深層的瞭解。

羽扇賦

【題解】本賦主要借宋玉與諸侯的對話描述了羽扇較之於蒲扇的優點。

昔楚襄王❶會於章臺❷之上，山西與河右諸侯❸在焉。大夫❹宋玉❺、唐勒❻侍❼，皆操❽白鶴之羽以為扇❾。諸侯掩麈尾而笑❿，襄王不悅。宋玉趨而進⓫曰：「敢問諸侯何笑？」「昔者武王⓬玄覽⓭，造扇於前；而五明⓮安眾⓯，世繁於後⓰。各有所託於方圓⓱，蓋受則⓲於箑蒲⓳。舍茲器而不用，顧奚取於鳥羽？」宋玉曰：「夫創始⓴者恆樸㉑，而飾終㉒者必妍㉓。是故烹飪起於熱石㉔，玉輅㉕基㉖於椎輪㉗。安眾方而氣散㉘，五明圓而風煩㉙。未若茲羽之為麗，固體俊㉚而用鮮㉛。彼凌霄㉜之遼鳥㉝，播鮮輝㉞之蒨蒨㉟。隱九皋㊱以鳳鳴㊲，游芳田而龍見㊳。醜㊴靈龜㊵而遠期㊶，超長年而久眄㊷。累㊸懷璧㊹於美羽，挫㊺千載乎一箭。委曲體㊻以受制，奏雙翅而為扇。則其布翮㊼也，差洪細，秩長短，稠不逼，稀不簡㊽。於是鏤巨獸之齒，裁奇木之幹，移圓根於新體，因天秩[49]乎舊貫[50]。鳥不能別其是非，人莫敢分其真贗[51]。翩姍姍[52]以微振[53]，風飀飀[54]以垂婉[55]。妙自然[56]以為言[57]，故不積而能散。其執手也安[58]，其應物[59]也誠[60]，其招風也利[61]，其播氣[62]也平[63]。混貴賤而一節[64]，風無往而不清[65]。憲[66]靈樸[67]於造化[68]，審[69]真則[70]而妙觀[71]。」諸侯曰：「善。」宋玉遂言曰：「伊茲羽之駿敏[72]，似南箕[73]之啟扉[74]。垂皓曜[75]之奕奕[76]，含鮮風[77]之微微[78]。」襄王仰而拊節[79]，諸侯伏而引非[80]。皆委扇[81]於楚庭，執鳥羽而言歸。屬[82]唐勒而為之辭曰：「伊鮮禽[83]之令[84]羽，夫何翩翩[85]與眇眇[86]。反寒暑[87]於一掌之末[88]，迴[89]八風[90]乎六翮之杪[91]。」

【注釋】❶楚襄王　也稱楚頃襄王。戰國時楚國國君，楚懷王子。按：賦中所言楚襄王與諸侯之事，只是借以為言，未必為真。這是賦體創作的一種表現方式。❷章臺　即章華臺。春秋時楚國的離宮。❸山西與河右諸侯　泛指當時各諸侯國。山西，戰國、秦漢時通稱崤山或華山以西為山西，與當時所謂關中含義相同。其後則以太行山以西為山西。河右，河西的別稱。古代泛指黃河以西的地區，相當於寧夏回族自治區和甘肅一帶。❹大夫　古職官名。周代在國君之下有卿、大夫十三等；各等中又分上、中、下三級。後因以大夫為任官職者之稱。❺宋玉　楚襄王時為大夫，屈原弟子。與唐勒、景差等皆好辭而以賦見稱。❻唐勒　楚襄王時大夫，為政謹慎，莫敢直諫。好為辭賦，與宋玉、景差並稱。❼侍　侍從；侍奉。❽操　持；執。❾白鶴之羽以為扇　白鶴的羽毛常用來做扇。有一種扇叫白鶴翎，即用白鶴的翎毛做成。❿掩麈尾而笑　用麈尾掩面而笑。麈尾，古人閒談時執以驅蟲、撣塵的一種工具。在細長的木條兩邊及上端插設獸毛，或直接讓獸毛垂露在外邊，類似馬尾松。古人清談時必執麈尾，相沿成習，為風流雅器，不談時，也常執在手。麈，鹿類，也稱駝鹿。俗稱四不像。傳說麈遷徙時必以前面麈之尾為方向標誌，故有「麈尾」之稱。⓫趨而進　小步快走向前。⓬武王　蓋指周武王。此借託武王，未必實有其事。從崔豹《古今注》來看，傳說中舜即開始造五明扇。⓭玄覽　遠見；深察。⓮五明　指「五明扇」。晉崔豹《古今注・輿服》：「五明扇，舜所作也。既受堯禪廣開視聽，求賢人以自輔，故作五明扇焉。秦漢公卿大夫皆得用之，魏晉非乘輿不得用。」⓯安眾　扇名。《太平御覽》卷七〇二引《婦人集》：「沒太子妻季氏，為夫所遣，婦與夫書，并致安眾扇兩雙。」⓰世繁於後　指後世品類繁多。⓱方圓　指扇形或方或圓。⓲受則　言形成形狀。受，接受。則，猶形跡、形狀。⓳篚蒲　編織扇子的蒲草。⓴創始　猶首創、開創。㉑恆樸　常常簡樸。㉒飾終　指後世以修飾為終止。㉓必妍　一定很華麗。妍，美麗；美好。㉔熱石　發燙、發熱的石頭。㉕玉輅　古代帝王所乘之車，以玉為飾。㉖基　基礎。此謂始於。㉗椎輪　原始的無輻車輪。㉘氣散　指氣力消散。㉙風煩　指風力不足。煩，困乏。此指缺乏、不足。㉚體俊　指形狀俊麗。㉛用鮮　指用力少。鮮，少。㉜淩霄　猶淩雲。直上雲霄。㉝遼鳥　指遼東鶴。傳說中遼東人丁令威修道升仙，化鶴飛歸之事。晉陶潛《搜神後記》卷一：「丁令威，本遼東人，學道於靈虛山。後化鶴歸遼，集城門華表注。時有少年，舉弓欲射之。鶴乃飛，徘徊空中而言曰：『有鳥有鳥丁令威，去家千年今始歸。城郭如故人民非，何不學仙家累累。』遂高上沖天。」㉞播鮮輝　散發出鮮豔奪目的光輝。播，散發。㉟蒨蒨　鮮豔貌。㊱九皐　曲折深遠的沼澤。㊲鳳鳴　鳳凰鳴唱，聲音優美。《列仙傳・蕭史》：「蕭史者，秦穆公時人也，善吹簫。……日教弄玉作鳳鳴。居數年，吹似鳳聲。」㊳游芳田而龍見　語出《易・乾》：「見龍在田，利見大人。」此以「龍見」喻羽化而登仙。㊴醜　愧對；慚愧。㊵靈龜　龜名。神龜，以長壽著稱。㊶遠期　期望活得長久，即期望長生不老。㊷超長年而久眄　意謂長生久視。眄，視；看。㊸累　受到牽累。㊹懷璧　語出《左傳・桓公十年》：「周諺有之：匹夫無罪，懷璧其罪。」杜預注曰：「人利其璧，以璧為罪。」後因以「懷璧」比喻受財招禍或懷才遭忌。㊺挫　挫敗。此指失去。㊻委曲體　委棄彎曲的軀體。㊼布翮　指鳥的羽莖展現出來。布，顯露；展現。翮，鳥的羽莖。㊽差洪細四句　指大小、長短按照秩序、次第排列，且疏密得當。差，次第；等級。秩，秩序。稠，密。逼，迫促。此指緊密。簡，此指疏簡。㊾天秩　上天規定的品秩等級。㊿舊貫　老辦法；老制度。(51)真贗　真假。贗，假的；偽劣的。(52)翩姍姍　指羽扇慢慢搖動之貌。(53)微振　微微擺動之意。(54)飀飀　清風舒徐貌。(55)垂婉　猶言慢慢地消散。垂，伏；俯；垂下。此指消散。婉，委婉。此指漫漫地。(56)妙自然　窮盡自然的奧妙。(57)為言　猶為意、措意。(58)安　安穩；舒適。(59)應物　順應事物的變化。此指順應手的動作變化。(60)誠　指相應合拍。(61)利　疾；快速。(62)其播氣　傳散氣流。播，傳播；發散。(63)平　平和；平穩。(64)一節　一段竹節。此指羽扇之竿。(65)清　清涼；涼爽。(66)憲　取用。(67)靈樸　好的木材。靈，善；好。樸，未經加工成器的木材。68造化　猶大自然。69審　明曉。70真則　猶真諦。71妙觀　精細審察。妙，精細；精妙。72駿敏　指羽扇的俊麗而敏捷。73南箕　星名，二十八宿之一。74啟扉　打開門扇。75皓曜　潔白明亮的。此指皎潔的月光。76奕奕　光采閃動貌。77鮮風　清新之風。78微微　風輕輕吹拂貌。79拊節　猶擊節。表示讚賞。拊，拍；擊。節，一種古樂器，用竹編成，擊之成聲。80伏而引非　言諸侯俯下身子稱說自己的錯誤。引，稱引；稱說。81委扇　丟棄原來的蒲扇。82屬　通「囑」。囑咐；囑託。83鮮禽　生禽；活鳥。鮮，活的。84令　美好。85翩翩　飛貌。86眇眇　飄動貌。87反寒暑　改變寒暑。此指使夏季變得涼快。反，改變。88一掌之末　此猶言腕。因扇的運轉靠手腕搖動。89迴　通「回」。往回；返回。90八風　八方之風。91六翮之杪　指兩翼的末梢。六翮，本指鳥類雙翅中的正羽。這裡用來指鳥的兩翼。杪，末梢。

【語譯】以前楚襄王在章華臺上會請諸侯，山西與河右諸侯都在。大夫宋玉、唐勒侍從，都執持用白鶴的羽毛做成的扇子。諸侯用麈尾掩面而笑，楚襄王很不高興。宋玉小步快走向前說道：「冒昧問一下各位諸侯笑什麼？」諸侯說：「過去周武王遠見明察，在很久以前就造了扇子；如五明扇、安眾扇等，越到後來扇子的種類越多。扇形或方或圓，都是用蒲草製成。丟下這種扇子不用，為什麼要使用那鳥的羽毛？」宋玉說：「一種東西首創時常常簡單而樸實，但是後世往往以修飾為目的，一定做得很華麗。所以烹飪是從發燙的石頭上開始，玉飾的車子也始於原始的無輻車輪。搖起方形的安眾扇容易氣力消散，圓形的安眾扇搖起來又顯得風力不足。不如這毛羽裝飾得華麗，其形狀俊逸而且用力也少。那直上雲霄的鶴鳥，散發出鮮豔奪目的光輝。深藏在曲折深遠的沼澤中，發出優美的聲音，一旦出現在田野中，也就羽化而登仙。面對神龜而慚愧，期望能夠長生不老、長生久視。因有這美麗的羽毛而遭受牽累，中了一箭，也就失去存活千年的期望。委棄彎曲的軀體，奉上雙翅作為製扇的材料。鳥的羽莖展示出來，大小、長短按照秩序、次第排列，且疏密得當。於是鏤刻巨獸的牙齒，裁製奇木的枝幹，從新樹上截取圓根，按照鳥翼自然形成的形狀製作。同類的鳥也不能分辨出是與非，人也沒有誰能辨別出是真是假。羽扇翩翩一搖，清風舒徐而來，然後慢慢消散。致力於窮盡自然的奧妙，所以風不積聚而能飄散。羽扇執持手中，非常平穩舒適，它順應手的動作變化，非常相應合拍，它招來的風非常快速，它傳散氣流也非常平和。不論貴賤，都能執持羽扇，扇出來的風無論在哪裡都會很清涼。取用大自然中好的木材，精細體察其中的真諦。」諸侯說：「說得好。」宋玉於是又說：「這種羽扉非常俊麗而敏捷，它像南箕星打開門扇。撒下光采而皎潔的月光，包含著輕輕吹拂的清新之風。」楚襄王點頭擊節，表示讚賞，諸侯俯下身子稱說自己的錯誤。將原來的蒲扇都丟在楚國，執持羽扇回國了。楚襄王囑咐唐勒寫下一首辭，辭曰：「鮮活禽鳥的美麗羽毛，飛動起來是多麼的翩翩眇眇。執持掌中就能改變寒暑，八方之風都在這羽扇的末端動轉。」

【研析】《藝文類聚》卷六九載晉傅咸〈羽扇賦〉曰：「吳人截鳥翼而搖風，既勝於方圓二扇，而中國莫有生意，滅吳之後，翕然貴之。」從中可見，用鳥羽製成的羽扇更多地產於南方吳地，吳滅後，北方中原才開始流行。陸機此賦描述羽扇勝於方圓兩種蒲扇的好處，或許正是這一背景下的產物。又，陸機本吳人，對吳的特產在中原能流行，也頗感自豪，這也可以說是他創作此賦的又一原因。但是值得注意的是，此賦採用了賦體的虛擬對話的手法，主人公雖不屬子虛烏有，但宋玉與諸侯之間的對話，也是陸機特意為之，不為實有。但是陸機為什麼採用這一表達方式？一種東西的流行，「翕然貴之」，固然表示大部分人對它的歡迎，也並不排除一些反對者的存在。陸機雖吳人，又屬「亡國之餘」入洛，但自視甚高，賦借宋玉與諸侯的對話這種方式，可能正反映了陸機對北方一些名士不知事變的一種譏諷。

鱉　賦并序

【題解】本篇寫鱉，是一首詠物賦。主要描寫了鱉的外形以及生活習性。

皇太子幸于釣臺，漁人獻鱉，命侍臣作賦。

其狀也，穹脊❶連脅❷，玄甲❸四周。遁❹方圓於規矩，徒❺廣狹以妨❻逑❼。循❽盈尺❾而腳寸，又取具❿於指掌⓫。鼻嘗氣⓬而忌脂⓭，耳無聽而受響。是以棲居多逼⓮，出處寡便，尾不副⓯首，足不運身⓰。於是從容⓱澤畔，肆志⓲汪洋⓳。朝戲⓴蘭渚㉑，夕息中塘㉒。越高波以燕逸㉓，竄㉔洪流而潛藏。咀蕙蘭之芳荄㉕，翳㉖華藕之垂房㉗。

【注　釋】❶穹脊　高起呈拱形的脊背。穹，高起呈拱形。❷連脅　肋骨相連。❸玄甲　黑色的甲殼。玄，黑色。❹遁　逃遁；逃離。❺徒　空。❻妨　傷害；損害。❼逑　匹；匹配。❽循　遵照；遵循。此指按照常規。❾盈尺　滿一尺；一尺餘。❿取具　置辦。此指拿起。⓫指掌　手指和手掌。⓬嘗氣　指享受著新鮮空氣。⓭忌脂　指不吃肉類。忌，戒除；禁止。脂，脂肪。此指肉類。⓮逼　侵襲；威脅。⓯副　輔助；幫助。⓰運身　使身體運動；挪動。⓱從容　逍遙；徘徊。⓲肆志　放縱情志。肆，放縱。⓳汪洋　此指汪洋浩瀚的河流。⓴戲　嬉戲；遊玩。㉑蘭渚　長滿蘭草的河中小島。渚，河中可居之地。㉒中塘　猶塘中。指水塘之中。㉓燕逸　言似燕飛之迅速。㉔竄　隱匿；隱藏。㉕荄　草根。㉖翳　隱藏。㉗垂房　垂下的花果。垂，垂下；懸掛。房，花的子房。此指花朵、花果。

【語　譯】皇太子親臨釣魚臺，有一位打魚的人獻上一隻鱉，皇太子命令陪侍的臣子作賦。

鱉的形狀，是有著高起呈拱形的脊背，肋骨相連排列，四周是黑色的甲殼。不方不圓，沒有規矩的塑造，也沒有寬窄的區別。按照常規，大概一尺有餘而腳有一寸，因而用指掌很容易將牠拿起。鱉用鼻子享受新鮮空氣，忌吃肉類，耳朵不聽，卻能感受到聲響。所以棲居的地方多受侵襲，出處很不便利，尾不顧首，足不動身。於是在湖澤岸邊逍遙徘徊，在汪洋的河流中放縱情志。早上在長滿蘭草的河中小島上嬉戲，晚上棲息在河塘中。似燕飛那樣地迅速，越過高高的波浪，隱匿在大水中，深深地潛藏。咀嚼蕙蘭芳香的根莖，在美麗的蓮藕垂下的花果旁邊隱藏。

【研　析】這是一篇應制詠物賦。晉惠帝元康三年（西元二九三年）陸機任太子洗馬，這篇賦的序文交代了此賦創作的時間。

本篇先寫鱉的外形，突出鱉所呈現弓形的脊背，不方不圓、不寬不窄的外在輪廓以及一尺有餘的體積大小等等，鱉的大致情狀便展現在我們的面前。最為可貴的是陸機還向我們展示了鱉的生活習性，諸如「鼻嘗氣而忌脂，耳無聽而受響」的本性以及從容澤畔、棲息塘中的喜好等等。賦中對鱉逍遙自在的刻畫，透露出陸機對這樣一種生存方式的讚賞，也許這正寄寓著陸機深刻的生存感受。

詠物賦易流於對所詠之物的呆板刻畫，而應制之作，更難寫出有深度與力度的作品來。陸機的這篇〈鱉賦〉雖也不免於此，但是在對鱉的形狀的刻畫與鱉的習性的描寫上還是頗為形象與生動的。賦中對鱉的生活習性的讚賞，也許正是這篇賦的寄託所在。

桑賦并序

【題　解】這是一篇應制詠物賦，借對晉武帝種下的一棵桑樹的描繪，歌頌了君王的功德。

皇太子便坐❶，蓋本將軍直廬❷也。初世祖武皇帝❸為中壘將軍❹，植桑一株，世更❺二代，年漸❻三紀❼。扶疏❽豐衍❾，抑❿有瑰異⓫焉。

【章　旨】交代作賦的原由，以及所描繪的桑樹由來。

【注　釋】❶便坐　古時皇帝休憩閒宴的地方。❷直廬　古代官員本人值宿所住的屋子。廬，房屋。❸世祖武皇帝　指晉武帝司馬炎。廟號世祖。❹中壘將軍　職官名，掌營桑壘之事。❺更　更換；更替。❻漸　漸漸；漸進。❼三紀　三十六年。紀，十二年為一紀。❽扶疏　枝葉茂盛紛披的樣子。❾豐衍　豐繁；豐饒。❿抑　語氣助詞，放在句首，無義。⓫瑰異　特出不同尋常；奇異。

【語　譯】皇太子休憩閒宴的地方，大概本來就是將軍值宿所住的屋子。世祖武皇帝當初為中壘將軍的時候，在這裡種下了一棵桑樹，已經過三代，快有三十六個年頭了。如今桑樹的枝葉茂盛豐饒，顯得特出不同尋常。

夫何佳樹之洪麗❶，超❷託❸居乎紫庭❹。羅❺萬根以下洞❻，矯❼千條而上征❽。豈民黎❾之能植，乃世武❿之所營⓫。故其形瑰⓬族類，體豔眾木，黃中⓭爽理⓮，滋榮⓯煩縟⓰。綠葉興而盈⓱尺，崇⓲條蔓而層尋⓳。希太極⓴以延峙㉑，映承明㉒而廣臨㉓。華㉔飛鴞㉕之流響，想鳴鳥之遺音。惟歷數㉖之有紀㉗，恆㉘依物以表德。豈神明之所相㉙，將㉚我皇㉛之先識。誇百世而勿翦㉜，超長年以永植㉝。

【章　旨】本章描寫了桑樹的生長過程、特異之處以及彰表德教的意義。

【注　釋】❶洪麗　猶壯麗、壯美。❷超　美妙；高超；與眾不同。❸託　寄託；依靠。❹紫庭　帝王宮廷。❺羅　羅列；排布。❻下洞　向下伸展。洞，貫穿；穿管。❼矯　舉起；抬起。❽上征　猶上揚。向上伸展。征，行。❾民黎　即黎民。百姓。❿世武　即世祖武皇帝，司馬炎。⓫營　經營；種植。⓬瑰　瑰麗。⓭黃中　內黃。中，內。⓮爽理　紋理清晰。爽，清爽；清晰。理，紋理；條理。⓯滋榮　滋潤繁榮。⓰煩縟　繁多。⓱盈　滿。⓲崇　高；大。⓳層尋　高至八尺。層，高。尋，古代長度單位，八尺為一尋。⓴太極　天宮；仙界。㉑延峙　長久地聳峙。㉒承明　古代天子左右路寢稱承明，因承接明堂之後，故稱。㉓廣臨　廣泛地照臨。㉔華　通「譁」。喧譁。此指鳥的鳴叫聲。㉕鴞　一種兇猛的鳥。㉖歷數　指帝王繼承的次序。㉗紀　通「記」。記載；記錄。㉘恆　永遠。㉙相　看。㉚將　為；由。㉛我皇　對晉朝皇帝的尊稱。此指晉武帝。㉜翦　斬斷；除去。《詩・召南・甘棠》：「蔽芾甘棠，勿翦勿伐，召伯所茇。」㉝植　通「殖」。繁殖；生長。

【語　譯】美好的桑樹是多麼的壯麗，與眾樹不同，能夠寄託生長在帝王宮廷。萬條根鬚羅列，向下伸展，千條樹枝昂首，向上升揚。黎民百姓怎麼能夠種下這樣的樹，它是世祖武皇帝所種。所以它外形比同類樹瑰麗，身姿比許多樹木都豔麗，內部黃色，紋理清晰，滋潤繁茂。綠葉生成有一尺餘，高大的枝條蔓延開來高至八尺。希望能直達天宮長久地聳峙，廣泛地照映著天子居住的承明。鵾鳥飛翔，喧鬧的鳴叫，留下聲響，讓人們想起鳴鳥留下的聲音。希望帝王繼承的次序長久記載永存，永遠能通過這棵桑樹來表彰他們的功德。難道不是神明的眼光，由我們的君王首先感覺到這棵桑樹的作用。祝願桑樹能跨越百代而不被斬斷，長年生長，直到永遠。

【研　析】這篇賦作於晉惠帝元康三年（西元二九三年），陸機時任太子洗馬。賦的序言雖沒有直接說是太子命令作賦，但是《藝文類聚》還同時錄有潘尼、傅咸的〈桑樹賦〉，且所賦內容大致相同，由此，陸機、潘尼、傅咸之賦，均是同題應制之作。

應制之作，如果所詠之物有一定的背景，往往就決定了所作的內容與風格。同是桑樹，出於帝王之手，還是出於平民之手，其境遇就截然不同。陸機所詠之桑樹，是晉武帝親自種下，在經歷了三十多年的風風雨雨之後，這棵桑樹自身的繁茂，也就更多的具有一種道德的蘊意。賦開篇就言「夫何佳樹之洪麗，超託居乎紫庭」，就定下了這篇賦歌頌的基調。正是由於出自帝王之手，處於帝王之所，所以桑樹就呈現出一種驚人的生命力，其瑰麗的外形也與眾木迥異。而且它與眾木不同更在於它還具有一種「表德」的功能。所以賦的最後也表達了希望桑樹永久長存的祝願。全賦描寫、議論、抒情三者結合一體。

與潘尼、傅咸桑賦對讀，我們一定會感到，雖然同是應制之作，但陸機這篇賦顯得筆調清新。這突出地體現在對桑樹的描寫之上，如「故其形瑰族類，體豔眾木，黃中爽理，滋榮繁縟」，「綠葉興而盈尺，崇條蔓而層尋」，將桑樹由整體到局部，由裡及表都作了極為細緻的描寫，並且運用色彩點綴，似乎一株高大挺拔、枝葉繁茂的桑樹便呈現在我們的眼前。在具體的語言運用上，我們也可看到此賦重排偶、對仗的特點，如「羅萬根以下洞，矯千條而上征」，「豈民黎之能植，乃世武之所營」，「華飛鴞之流響，想鳴鳥之遺音」等等，排偶對仗卻又不過於拘泥。

卷五

演連珠五十首

【題解】「演連珠」是一種特殊的文體。「連珠」，連貫之珠，用以比喻言辭如珠，字字珠玉。連珠體首見於揚雄，後世代有人作，陸機在前人的基礎上廣而演之，故云「演連珠」。陸機五十首〈演連珠〉，多從君、臣、民的關係著眼，表達了他的政治思想。

(一)臣聞❶日薄星迴❷，穹天❸所以紀物❹；山盈川沖❺，后土❻所以播氣❼。五行❽錯而致用❾，四時違而成歲❿。是以百官恪居⓫，以赴八音之離⓬；明君執契⓭，以要克諧之會⓮。

【章旨】此章言君臣各司其職，克盡職守，天下就會和諧。

【注釋】❶臣聞　這是連珠體的一種格式，以「臣聞」領起。❷日薄星迴　太陽落山，星星升起，即日夜交替。薄，迫；迫近。❸穹天　蒼天；天。❹紀物　指記載日月天象運轉情況。❺山盈川沖　指山脈盈滿，河流沖虛。沖，虛。❻后土　即大地。❼播氣　散氣以生成萬物。播，散。❽五行　指金木水火土。❾錯而致用　交錯運行表現出功用。❿違而成歲　指四季替代形成一年。違，違背；替代。⓫恪居　恭敬處事。恪，恭敬；勤勉。⓬赴八音之離　合八音之節。以喻和諧。赴，會；合。八音，我國古代對樂器的統稱，通常為金、石、絲、竹、匏、土、革、木八種不同質材所製。⓭執契　執信。契，信；信約。⓮要克諧之會　期待和諧。要，通「邀」。期；期待。克，能。諧，和諧。會，合。

【語　譯】臣聽說，太陽落山了，星星升起來了，日夜交替，蒼天才可以記載天象運轉情況；山阜盈滿，河川沖虛，大地才得以散氣以育萬物。金木水火土五行相生相剋才有五行之用，四個季節輪流代替才形成了一年不同的歲月景象。所以官員們恭敬認真地履行自己的職責，萬事和諧，就像奏樂能合八音之節而產生的和諧；聖明的君主掌握大權講究信用，以此期待萬事和諧的到來。

(二)臣聞任重於力❶，才盡則困❷；用廣其器❸，應博則凶❹。是以物勝權而衡殆❺，形過鏡則照窮❻。故明主程才以效業❼，貞臣底力而辭豐❽。

【章　旨】此章言明君應度才授官，忠臣應量才受位。

【注　釋】❶任重於力　擔任的職責超過了一個人能力所能承擔的。❷困　精力不濟；疲憊。❸用廣其器　使用一個器具超過了它的使用範圍。廣，大；超過。❹應博則凶　用得太多了則不好。應博，猶「用廣」。凶，不好；惡。❺物勝權而衡殆　物太重的話則秤會毀壞。權，秤錘。衡，秤。測定物體重量的器具。❻形過鏡則照窮　形體過大，則鏡子很難把身體照全。窮，盡。❼程才以效業　品藻才能考察事業而後授職。程，品；論。效，考；驗。業，事。❽底力而辭豐　致力事業而能辭去豐厚的爵祿。底，致。豐，大。此指厚祿。

【語　譯】臣聽說，如果一個人肩負的任務超出了他的能力範圍，那麼才力用盡則會精力不濟；如果用一件器物超出了它的使用範圍，也會有不好的結局。所以，如果所秤的東西已超出了秤所能秤的重量，那麼秤就會有折斷的危險，形體超過了鏡子所能照的範圍，鏡子就不能把物體照全。聖明的君主會品察一個人的才能，考察他的事業，然後授予相應的官職，忠良的臣子也應致力事業，量力而行，而能辭去豐厚待遇的誘惑。

(三)臣聞髦俊❶之才，世所希乏❷；丘園❸之秀❹，因時❺則揚❻。是以大人❼基命❽，不擢才❾於后土❿；明主聿興⓫，不降佐⓬於昊蒼⓭。

【章　旨】此章言世上才能出眾的賢人雖少，但都能應時而出，輔佐明君。

【注　釋】❶髦俊　才俊之人。髦，俊。❷希乏　稀少缺乏。❸丘園　丘墟；園圃。後多指隱居的地方。❹秀　才能出眾的人。❺因時　順時；應時。❻揚　揚名。❼大人　有德行的人。此指天子。❽基命　定命。謂人主初受天命而就位。❾擢才　選拔人才。❿后土　地；大地。⓫聿興　興起。聿，語助詞。⓬降佐　降下輔助的人。⓭昊蒼　上天；天空。

【語　譯】臣聽說，才德出眾的人士，是世上稀少缺乏的人才；那些隱居的有德行道藝的人，有好的機會就能揚名天下。所以，天子受天命而就位，選拔人才並不是靠土地神的推薦；聖明的君主興起，上天並不會派下輔佐他的賢人。

(四)臣聞世之所遺❶，未為非寶；主之所珍，不必適治❷。是以俊乂❸之藪❹，希蒙❺翹車❻之招；金碧❼之嵒，必辱鳳舉❽之使。

【章　旨】此章言明君應該招納高士，而昏君則棄賢才、貴寶物。

【注　釋】❶遺　丟棄。❷適治　適合用來治理國家。❸俊乂　賢德之人。❹藪　澤。❺希蒙　希望蒙受。❻翹車　禮聘賢士的車子；使者之車。語出《左傳．莊公二十二年》引逸詩：「翹翹車乘，招我以弓。」後因謂禮聘賢士的車子為「翹車」。

❼金碧　指金馬、碧雞。形狀像馬的金，形狀像雞的碧。皆為寶物。語出《漢書・王褒傳》：「後方士言益州有金馬、碧雞之寶，可祭祀致焉。宣帝使褒往焉。」❽鳳舉　鳳飛。比喻使臣奉詔出使遠方。

【語　譯】臣聽說，世人所遺棄的，不一定不是寶物；君主所喜愛的人，不一定適合用來治理國家。在賢才聚集的地方，希望蒙受朝廷的徵召；派遣使節前往聚集金馬、碧雞的山巖求寶，一定會使徵召賢士的使節感到恥辱。

(五)臣聞祿放於寵❶，非隆家❷之舉；官私於親，非興邦之選❸。是以三卿世及，東國多衰弊之政❹；五侯並軌，西京有陵夷之運❺。

【章　旨】此章言寵信親近給國家帶來的災難。

【注　釋】❶祿放於寵　指官祿依寵而發。放，依。❷隆家　興家。隆，興；盛。❸非興邦之選　不是興國的辦法。選，選擇。此指選擇的辦法。❹三卿世及二句　指魯國三桓專權，魯哀公被逐之事。三卿，指魯國的「三桓」。春秋時魯國大夫仲孫、叔孫、季孫都是魯桓公的後代。世及，世代為官，相承不絕。東國，魯國。❺五侯並軌二句　指漢成帝時王氏五人同時封侯，造成漢室的衰敗。五侯，成帝時悉封舅王譚、王商、王立、王根、王逢列侯，五人同日封，故世謂之五侯。五侯用權，而漢室以亡。並軌，並跡。指五侯同時封侯。西京，指西漢。陵夷，衰敗；滅亡。

【語　譯】臣聽說，官祿都因寵信而封，不是興隆邦家的做法；官職因為親情而徇私，也不是治國安邦的舉動。所以仲孫、叔孫、季孫三桓世代為官，而魯國政治衰敗混亂；漢成帝同時封舅王譚、王商、王立、王根、王逢為列侯，而西漢終於走上衰敗滅亡的道路。

(六)臣聞靈輝❶朝覯❷，稱物納照❸；時風夕灑❹，程形賦音❺。是以至道❻之行，萬類取足於世❼；大化❽既洽❾，百姓無匱❿於心。

【章旨】此章言君王始終考慮百姓所需，那麼，百姓就會各得其所，安居樂業。

【注釋】❶靈輝　太陽。❷覯　見。❸稱物納照　言陽光按照物體的大小而灑下它的光輝。❹灑　散；吹。❺程形賦音　因形物大小而賦予不同的聲音。程，量。賦，賦予。❻至道　大道。❼萬類取足於世　言世間萬物能盡其天分而生長。萬類，萬物。❽大化　廣遠深入的教化。❾洽　周遍；廣博。❿匱　缺乏。

【語譯】臣聽說，早晨太陽灑下萬丈光芒時，按照物體的大小而灑下它的光輝；傍晚清風拂過，因形物大小而賦予不同的聲音。所以大道運行，世間萬物都能盡其天分而生；廣遠深遠的教化已經傳播得很廣博了，百姓內心也不會感到缺乏。

(七)臣聞頓綱❶探淵，不能招龍❷；振綱❸羅雲❹，不必招鳳。是以巢箕之叟❺，不眄❻丘園之幣❼，洗渭之民❽，不發傅嵓之夢❾。

【章旨】此章言真正的才人，不可以常法招致。

【注釋】❶頓綱　整治捕撈工具。頓，整；整治。綱，捕撈工具。❷龍　及下文「鳳」，皆代指至德賢人。❸振綱　此指舉起捕鳥工具。振，舉。❹羅雲　指網羅天空中的飛鳥。❺巢箕之叟　指隱逸之士。巢，古之隱士巢父。箕，指許由。昔者堯讓天下於許由，許由不受，遂之箕山之下，潁水之陽。❻眄　看；視。❼丘園之幣　指徵召隱士的聘禮。丘園，代指隱居之地。這裡運用了莊子隱居，不受楚王禮聘之典故。幣，幣帛；聘禮。❽洗渭之民　指隱士。這裡運用了堯讓天下於許由，許由以其言不善，乃臨河洗耳於渭水的典故。❾傅嵓之夢　指有朝一日被君王知遇之思。傅嵓，古地名。傳說傅說版築處。殷高宗曾夢見傅說，徵之為相。

【語譯】臣聽說，整治捕撈工具，拋下深淵，不會把龍招來；舉起捕鳥工具網羅雲中，不一定能招來鳳鳥。所以隱士根本不看徵召的聘禮，高士也不會產生有朝一日會被君王知遇的夢想。

(八)臣聞鑑❶之積也無厚，而照有重淵❷之深；目之察❸也有畔❹，而眡❺周天壤❻之際。何則？應事以精不以形，造物以神不以器❼。是以萬邦凱樂❽，非悅鐘鼓之娛❾；天下歸仁❿，非感玉帛之惠⓫。

【章旨】此章言君王應以內在的仁德而不是以外在的威嚴治理天下。

【注釋】❶鑑　鏡子。❷重淵　深淵。❸察　觀察。❹畔　邊界。指眼睛小。❺眡　看；觀察。❻壤　地。❼應事以精不以形二句　言器物的功用在於器物的內在功用而不是形狀外貌。應事，指物體的具體功用。❽凱樂　和樂。❾鐘鼓之娛　指禮樂教化的外在形式。❿歸仁　歸服仁政。⓫玉帛之惠　聘禮的恩惠。

【語譯】臣聽說，鏡子並沒有什麼厚度，但可以照出深淵裡的東西；眼睛是很小的，但能一直看到天地的盡頭。為什麼呢？物體的具體功用在於它的內在精神，而不是它的形體，創造萬物也是根據內在功用，而不是器物的外形。所以國家和樂，不是對鐘鼓之樂的歡娛；天下的人都歸服仁政，不是感念財物玉帛的恩惠。

(九)臣聞積實雖微❶，必動於物❷；崇虛雖廣❸，不能移心。是以都人治容❹，不悅西施之影；乘馬班如❺，不輟❻太山之陰❼。

【章旨】此章言執政者應該務實，不能蹈虛。實雖小而勝於虛名。

【注釋】❶積實雖微　積累的實物雖然微小。❷必動於物　於下文「不能移心」相對為文。指一定感動於物。❸崇虛雖廣　崇尚虛無的東西雖然聲勢浩大。崇，推崇；推重。❹都人冶容　都城裡的人喜歡妖豔的女子。冶容，此指打扮妖豔的女子。❺班如　盤桓不進。❻輟　停止。❼太山之陰　指虛無的泰山之影。太山，即泰山。陰，陰影。

【語譯】臣聽說，積累的實物雖然微小，但一定能感動於物；崇尚虛無的東西雖然聲勢浩大，但不能打動人心。所以，都城裡的人會喜歡妖豔的女子，卻不會喜愛美女西施的影子；騎馬盤桓不前，但不會在虛假的泰山陰影下停止。

(十)臣聞應物❶有方，居難則易；藏器在身❷，所乏者時❸。是以充❹堂之芳，非幽蘭所難；繞梁之音❺，實縈絃❻所思。

【章旨】此章言只要有才能，做起事來就會得心應手。對人而言最難的莫過於沒有機會。

【注釋】❶應物　指適應事物變化。後也指待人接物。❷藏器在身　喻人有才智。❸時　時機；機遇。❹充　滿。❺繞梁之音　餘音繞梁。指音樂悅耳動聽。❻縈絃　指彈絃之人。

【語譯】臣聽說，待人接物有恰當的方法，即使難事也容易處理；人本身有才智，所缺少的只是時機。所以讓整個廳堂充滿芬芳的氣息，不會讓幽蘭這種芳草感到困難；彈絃之人一心所想的就是能彈出繞梁的美妙音樂。

(十一)臣聞智周通塞❶，不為時窮❷；才經夷險❸，不為世屈。是以凌飆❹之羽，不求反風❺；曜夜之目❻，不思倒日❼。

【章　旨】此章表現了對人的內在才智的看重。

【注　釋】❶通塞　指境遇的順利與艱難。❷窮　困厄。❸夷險　指平安與險惡。❹凌飆　飛騰。❺反風　即風反。風吹過後還希望風再回吹。❻曜夜之目　指可以夜視的眼睛。❼倒日　即日倒。太陽回轉，在黑夜裡發光。

【語　譯】臣聽說，才智之人不管境遇順利與艱難，都會遊刃有餘，不會為時局所困厄；有才能的人經歷了人世的平安與險惡，不會向世俗屈服。所以，會飛的翅膀，不會求助於風力轉向；具有夜視功能，也就不會在黑夜裡想到太陽反轉回來。

(十二)臣聞忠臣率志❶，不謀其報；貞士❷發憤❸，期在明賢❹。是以柳莊黜殯❺，非貪瓜衍之賞❻；禽息碎首❼，豈要❽先茅之田❾。

【章　旨】此章言忠臣義士舉賢並不是為了謀取封賞，而是發自內心。

【注　釋】❶率志　言行由內心情志所決定。❷貞士　言行一致，守節不移之人。❸發憤　內心有所鬱積而抒發。❹明賢　舉賢。❺柳莊黜殯　指因未能薦賢而自責。《韓詩外傳》載：昔衛大夫史魚病且死，謂其子曰：「我數言蘧伯玉之賢而不能進，彌子瑕不肖而不能退，死不能居喪正堂，殯我於室足矣。」衛君問其故，子以父言聞於君，乃召蘧伯玉而貴之，彌子瑕退之，徙殯於正堂，成禮而去。按：經籍中有史魚黜殯，而非柳莊，應是陸機記錯了。❻瓜衍之賞　指封賞。《左傳》載：晉侯賞桓子狄臣千室，亦賞士伯以瓜衍之縣，曰：「吾獲狄，士子之功。微子，吾喪伯氏矣。」❼禽息碎首　指用一死來薦賢。禽息，秦人。《論衡》載：禽息薦百里奚，穆公出，禽息當門仆頭碎首以薦其友。❽要　求取。❾先茅之田　指封賞。《左傳》載襄公因胥臣有功，命先茅之縣賞之。

【語　譯】臣聽說，忠臣的言行都是由內心的志向所決定的，並不考慮回報；守志不移的人心有鬱積，發而為言，目的是為了舉薦賢人。所以，史魚向衛君舉薦賢士不得用而不願居喪正堂，並不是貪戀封賜；秦人禽息為了舉薦百里奚，不惜以頭觸門，難道是為了求取封田之賞嗎。

(十三)臣聞利眼❶臨雲，不能垂照；朗璞❷蒙垢，不能吐暉。是以明哲之君，時有蔽壅❸之累；俊乂❹之臣，屢抱後時❺之悲。

【章　旨】此章言明君也有受小人蒙蔽、使賢臣失時的時候。

【注　釋】❶利眼　太陽。天有日月如人有眼，故以利眼比喻太陽。❷朗璞　良玉。❸蔽壅　蒙蔽。蔽，蒙蔽。壅，障蔽；遮蓋。❹俊乂　賢德之人。❺後時　失時。後，失。

【語　譯】臣聽說，太陽被雲遮蔽了，就不能灑下光輝；美玉蒙上了塵垢，就不能放出應有的光芒。所以，聰明睿智的君主時常也有被蒙蔽的困擾；賢德之臣，時常懷抱失時的悲歎。

(十四)臣聞郁烈❶之芳，出於委灰❷；繁會❸之音，生於絕絃❹。是以貞女要名❺於沒世❻，烈士❼赴節❽於當年❾。

【章　旨】此章言貞女烈士死後名聲節氣才得到彰顯。

【注　釋】❶郁烈　香氣濃烈。❷委灰　灰燼。❸繁會　指繁多的音調互相參錯。❹絕絃　斷絕琴絃。❺要名　求取功名。❻沒世　死。❼烈士　此指有志建功立業的人。❽赴節　死節；為節義而死。❾當年　壯年。

【語　譯】臣聽說，馥郁濃烈的香氣，是從灰燼中散發出來的；繁多交錯的音樂是從斷絕琴絃的琴上彈奏出來的。所以，貞烈的女子只有在死後才會揚名於世，有志建功立業的人在活著的時候會為節義而死。

(十五)臣聞良宰謀朝，不必借威；貞士衛主，脩身則足❶。是以三晉之強，屈於齊堂之俎❷；千乘之勢，弱於陽門之哭❸。

【章　旨】此章言良宰輔臣在朝，不靠威勢而靠智慧修養折服敵國。

【注　釋】❶足　足夠。❷三晉之強二句　晉國的強威在齊國的廟堂宴請中受屈，不敢用兵於齊國。三晉，指晉國。晉分為趙、韓、魏，故云三晉。俎，樽俎。此指交談的宴席。《晏子春秋》載：晉平公使范昭觀齊國政。景公觴之。范昭起身曰：「願得君之樽為壽。」公命左右酌樽以獻，晏子命撤去之。范昭不悅而起舞，顧太師曰：「為我奏成周之樂。」太師曰：「盲臣不習也。」范昭歸，謂平公曰：「齊未可并。吾欲試其君，晏子知之；吾欲犯其樂，太師知之。」於是輟伐齊謀。❸千乘之勢二句　晉國的千乘強勢，在子罕的陽門哭聲中顯得微弱，不敢加兵於宋國。晉人伐宋，士卒反報於晉侯曰：「陽門之介夫死，而子罕哭之哀，而人說。殆不可伐也。」

【語　譯】臣聽說，好的宰相為朝廷謀劃，不需要借助威勢；貞良的臣子維護君主，修身養性就足夠了。所以憑晉國那麼強大的兵力，在齊國的朝堂宴請中屈服，不敢攻打齊國；晉國一千輛兵車那麼大的氣勢，也因為子罕在陽門為介夫之死而痛哭，不敢加兵宋國。

(十六)臣聞赴曲❶之音，洪細❷入韻；蹈節之容❸，俯仰依詠❹。是以言苟適事❺，精粗❻可施；士苟適道❼，修短❽可命。

【章　旨】此章言用人要看人的本質，依德合道是首要標準。

【注　釋】❶赴曲　合拍；應合曲調的節奏旋律。❷洪細　指或高亢或細弱。洪，大。❸蹈節之容　指應合節拍的舞姿。蹈節，應合節拍。容，舞容；舞姿。❹俯仰依詠　舉手投足都按照歌聲的情感來表現。俯仰，指舞蹈時的一舉一動。❺適事　合事；符合事物。❻精粗　指言論的精深和粗概。❼適道　合道；按道辦事。❽修短　指才能的長短。

【語　譯】臣聽說，合拍的音樂，不論高亢還是低弱都符合韻律；應合節拍的舞姿，舉手投足都符合歌聲的情感。所以，假如言論符合具體的事情，那麼，不論精深和粗概都可施行；士大夫如果依道行事，不論才能高下都可任命。

(十七)臣聞因雲灑潤❶，則芬澤易流❷；乘❸風載❹響，則音徽❺自遠。是以德教俟物❻而濟❼，榮名❽緣時❾而顯。

【章　旨】此章言美好的名聲有了好的機遇就容易彰顯。

【注　釋】❶因雲灑潤　言雨因雲降。灑潤，指降雨。❷芬澤易流　芳香容易流布。❸乘　因。❹載　行。❺音徽　美好的聲音。徽，美；善。❻俟物　假物；借物。俟，等待。❼濟　成功；實現。❽榮名　美好的名聲。❾緣時　因時。

【語　譯】臣聽說，雨因雲降，芬芳之氣容易流布；憑音傳響，則美好的聲音自然傳得更遠。所以，道德教化要借助外物才能實現，美好的名聲因有好的機遇才能彰顯。

(十六)臣聞覽影偶質❶，不能解獨；指跡慕遠❷，無救於遲❸。是以循❹虛器❺者，非應物之具❻；玩空言者，非致治❼之機❽。

【章　旨】此首倡導循言責實，反對務虛。

【注　釋】❶覽影偶質　言形影相配。覽，看。影，身影。偶，合；配。質，指身體。❷指跡慕遠　指著道路就想到達遠方。言不付諸行動。❸遲　想望；希望。❹循　遵循；用。❺虛器　空虛的器物。❻應物之具　具有實在功效的工具。❼致治　達到太平盛世。❽機　計策；計謀。

【語　譯】臣聽說，看到身影與身體不離相合，但是不能解除人的孤獨；只看著道路想到遠方，對於希望沒有補救。所以，所運用的空虛器物，不是具有實在功效的工具；喜歡說空話，不是使國家達到治理的辦法。

(十五)臣聞鑽燧❶吐火，以續湯谷❷之晷❸；揮翮❹生風，而繼飛廉❺之功。是以物有微而毗❻著，事有瑣❼而助洪❽。

【章　旨】此章言事物雖小而對大的方面有助益，不可忽視。

【注　釋】❶鑽燧　最古的取火法。燧為取火之具，古有陽燧、木燧兩種。❷湯谷　太陽升起的地方。❸晷　影；日影。❹揮翮　指揮動羽扇。❺飛廉　傳說中的風伯。❻毗　聯接。❼瑣　瑣碎；細小。❽洪　大。

【語　譯】臣聽說，鑽燧取火可能延續太陽的光芒；揮動羽扇，產生的風可以延續風伯飛廉的功勞。所以，事物雖然細微，但有著與顯著事物關聯的地方，瑣碎的細節對大局的形成有所幫助。

(二十)臣聞春風朝煦❶，蕭艾❷蒙其溫；秋霜宵墜，芝惠❸被❹其涼。是以威以齊物❺為肅，德以普濟❻為弘❼。

【章　旨】此章言君王賞罰要有一定準則，一視同仁，威德才能施行天下。

【注　釋】❶煦　暖；和煦。❷蕭艾　野蒿；臭草。❸芝蕙　香草。❹被　蒙受；遭受。❺齊物　對天下萬物一視同仁。齊，相等；相同。❻普濟　廣泛施德。❼弘　大；廣大。

【語　譯】臣聽說，春天的早上，溫暖的風輕輕拂過，蕭艾這種野蒿也能感覺到它的溫暖；秋天的寒霜在夜裡墜落，芝蕙這樣的香草也要承受秋霜的寒冷。所以，威儀一定要對事物一視同仁才能樹立，德政要普遍推行才能廣行天下。

(二一)臣聞性之所期❶，貴賤同量❷；理❸之所極❹，卑高一歸❺。是以准月稟水，不能加涼❻；晞日引火，不必增輝❼。

【章　旨】此章言萬物雖有貴賤卑高之別，但殊途同歸，都有相同的歸宿。

【注　釋】❶期　合；會合。❷量　規格；品格。❸理　事理。❹極　標準。❺一歸　即歸一。同一歸宿。❻准月稟水二句　允許冰冷的月亮加入到水中，水不會因此而變得更加清涼。准，允許；批准。稟，賦予；給與。❼晞日引火二句　烈日引進火中，大火不會增加光亮。晞日，烈日。

【語　譯】臣聽說，人的本性有相合的地方，無論是高貴還是貧賤，都有相同的品格；萬事萬物都有最終的標準，不論卑賤還是高貴都有相同的歸宿。所以，允許冰冷的月亮加入到水中，水不會因此而變得更加清涼；

將烈日引進火中，大火不會因此增加光亮。

(三二)臣聞巧盡於器，習❶數則貫；道繫於神，人亡則滅。是以輪匠❷肆目❸，不乏奚仲❹之妙；瞽叟❺清耳❻，而無伶倫❼之察❽。

【章旨】此章言精巧的技藝可以通過學習獲得，而妙道難以力求。

【注釋】❶習 實踐；練習。❷輪匠 造車的人。❸肆目 極目。比喻極其用心用力。肆，極。❹奚仲 古代極善造車的名匠。❺瞽叟 目盲之人。❻清耳 靜耳；心聽、專心傾聽。❼伶倫 古時極善音樂的樂師。❽察 明辨；詳審。

【語譯】臣聽說，器物的外在精緻巧妙，只要多練習，就能貫通領會；大道屬於人的內在精神，人死就隨之滅亡了。所以，有的工匠用心用力，就不會缺少名匠奚仲的精妙；眼盲的人雖是專心傾聽，卻沒有樂師伶倫的明辨。

(三三)臣聞絕節❶高唱❷，非凡耳所悲；肆義❸芳訊❹，非庸聽所善。是以南荊有寡和之歌❺，東野有不釋之辯❻。

【章旨】此章言一些善言和建議不是常人所能理解的。

【注釋】❶絕節 猶絕唱。❷高唱 格調高絕的歌唱。❸肆義 進言獻策；提出建議。肆，陳；陳述。義，通「議」。❹芳訊 嘉言；善言。訊，言。❺南荊有寡和之歌 言南方楚國宋玉有〈陽春〉〈白雪〉這樣曲高和寡的樂曲。宋玉〈對楚王問〉載：楚襄王問於宋玉曰：「先生有遺行歟？何士民眾庶不譽之甚也？」宋玉對曰：「唯，然，有之。願大王寬其罪，使得畢其辭。客有歌於郢中者，其始曰〈下里〉〈巴人〉，國中屬而和者數千人；其為〈陽阿〉〈薤露〉，國中屬而和者數百人；其為〈陽春〉〈白雪〉，國中屬而和者，不過數十人；引商刻羽，雜以流徵，國中屬而和者，不過數人而已。是其曲彌高，其和彌寡。」❻東野有不釋之辯　言東野之人不聽子貢的辯解。釋，解。《呂氏春秋》載：孔子行於東野，馬逸，食野人稼，野人留其馬。子貢說而請之，野人終不聽。於是鄙人馬圉乃復往說曰：「子耕東海至於西海，吾馬何得不食子苗？」野人大悅，解馬還之。

【語　譯】臣聽說，卓絕的歌唱，不是一般人能夠感動的；好的建議與言論，也不是庸俗之人所喜歡的。所以，在南方楚國，就有了宋玉曲高和寡的〈陽春〉〈白雪〉，東野的粗鄙之人也就聽不懂子貢的辯解。

(五四)臣聞尋❶烟染芬❷，薰❸息猶芳；徵音❹錄響❺，操終❻則絕。何則？垂於世者可繼，止乎身者難結❼。是以玄晏❽之風恆存，動神之化❾已滅。

【章　旨】此章言聖人的教化禮樂，功在百姓，所以才能長久流傳。

【注　釋】❶尋　用。❷染芬　薰染芳氣。❸薰　煙氣。❹徵音　指宮、商、角、徵、羽五音中的徵音級。❺錄響　產生聲音；留下音響。❻操終　指一曲終了。操，琴曲名。❼結　凝結；止。❽玄晏　指古代聖賢的禮教。❾動神之化　指感動一時的說法。

【語　譯】臣聽說，用香草薰染散發芬芳的氣息，即使停止薰染，芳香仍然存留；琴上彈奏出的樂聲，一旦不彈奏，聲音也就斷絕了。為什麼呢？有流傳後世價值的會被後人繼承，而其價值只在自身的，就很難流傳了。所以，古代聖賢禮教之風會永遠存在下去，而那些感動一時的談說早已失傳了。

(三五)臣聞託闇藏形，不為巧密；倚❶智隱情，不足自匿❷。是以重光❸發藻❹，尋虛捕景❺；大人❻貞觀❼，探心昭忒❽。

【章旨】此章言託暗隱形、以智隱詐終將被昭示天下。

【注釋】❶倚　憑；依仗。❷匿　藏。❸重光　太陽。❹發藻　放出光彩。❺尋虛捕景　指日光追逐虛暗的地方照耀，捕捉萬物的影子。捕，取。景，通「影」。❻大人　至德之人。❼貞觀　以正道示人。貞，正；常。觀，示。❽昭忒　昭示錯誤。昭，示。忒，錯。

【語譯】臣聽說，想把形體隱藏在黑暗處，是做不到巧妙周密的；仗著聰明才智隱瞞真實的情況，也不會使自己置身事外。所以，太陽發出光芒時，會追逐虛暗的地方照耀，捕捉萬物的影子；至德之人以正道示人，探測內心所思，使錯誤得以昭示。

(三六)臣聞披雲❶看霄❷，則天文❸清；澄風❹觀水，則川流平。是以四族放而唐劭❺，二臣誅而楚寧❻。

【章旨】此章言只有誅奸臣除暴亂，國家才會穩定興盛。

【注釋】❶披雲　撥開浮雲。❷霄　天空；青霄。❸天文　日月星辰等運行情況；天象。❹澄風　使風停止。澄，靜。❺四族放而唐劭　指流放了四大罪人，唐堯時代才得以美善。四族，指共工、驩兜、三苗和鯀。《書》載：舜流共工於幽州，放驩兜於崇山，竄三苗於三危，殛鯀於羽山。四罪而天下咸服。唐劭，指舜繼承唐堯之世。劭，繼。❻二臣誅而楚寧　指楚國誅殺了兩個奸臣，楚國得以安寧。二臣，指費無極與鄢將師。

【語　譯】臣聽說，撥開雲霧再看青天，那麼日月星辰的運行情況就看得特別清楚；風停止了再看水，那麼河流就會平靜。所以舜放逐了共工、驩兜、三苗、鯀四個罪臣後，承繼了唐堯盛世，楚誅殺了費無極與鄢將師兩個奸臣後，楚國得以太平。

(二七)臣聞音以比耳❶為美，色以悅目為歡。是以眾聽所傾❷，非假❸北里之操❹；萬夫婉孌❺，非俟❻西子❼之顏。故聖人隨世以擢佐❽，明主因時而命官。

【章　旨】此章言聖主明君應該隨時依世選擇人才，輔佐治理國家，不必空慕古代的賢人。

【注　釋】❶比耳　悅耳；順耳。比，從；和順。❷傾　傾倒；喜愛。❸假　借。❹北里之操　指〈北里操〉。名操曲。❺婉孌　深愛；摯愛。❻俟　等；等待。❼西子　古代美女西施。❽擢佐　提拔輔佐之臣。

【語　譯】臣聽說，音樂只要順耳就是好的音樂，容貌只要看著喜歡就可以了。所以，眾人喜愛他們各自欣賞的音樂，並不一定要借助〈北里操〉這樣的名曲；萬人深愛自己所愛的人，並不是非要有西施一般的容貌。所以，聖明的君主依據世事選拔輔佐之臣，英明的君王按照時事來任命官吏。

(二八)臣聞出乎身者，非假物所隆❶；牽乎時者❷，非克己所勖❸。是以利盡萬物，不能叡童昏之心❹；德表生民，不能救棲遑之辱❺。

【章　旨】此章言德治教化很難改變本性鄙陋的人以及世俗的積弊。

【注　釋】❶隆　高；增高。❷牽乎時者　為世俗牽拘。❸勖　勉勵。❹利盡萬物二句　言聖人治理天下，利被萬物，但是不能使鄙陋之人明智通達。叡，明智通達。童昏，鄙陋。此句用了舜與丹朱的典故。舜教化天下，但是不能改變丹朱的傲狠之心。❺德表生民二句　言德行在萬民之上，但是不能改變人生棲遑奔走的困辱。表，上。棲遑，奔忙不定。此句用了孔子棲遑周遊列國之事。

【語譯】臣聽說，人們與生俱來一些不好的品質，不是借助外物所能改變提高的；為世俗牽拘的鄙俗，也不是靠克己修身就能糾正的。所以，聖人治理天下，利被萬物，但是不能使鄙陋之人明智通達；德行在萬民之上的聖人，也不能改變人生棲遑奔走的困辱。

(二九)臣聞動循定檢❶，天❷有可察；應無常節❸，身或難照❹。是以望景揆日❺，盈數❻可期；撫臆❼論心❽，有時而謬❾。

【章旨】此章言人心難知，甚於知天。

【注釋】❶動循定檢　察看檢驗動與靜的現象。循，省察；察看。定，靜。檢，檢驗；省察。❷天　此指自然之道。❸應無常節　指言行時常不一致。常節，一定的規律。❹照　洞察。❺揆日　測試時間。揆，測度；度量。❻盈數　整數。此指大致的時間。❼撫臆　按照自己心中的想法。❽論心　探究他人之心。❾謬　錯。

【語譯】臣聽說，察看檢驗動與靜的現象，自然規律是可以考察出來的；言行時常不一致，有時很難徹底瞭解一個人。所以，通過觀察日影，可以知曉大致的時間；按照自己心裡的想法探究他人之心，有時會有謬誤。

(三十)臣聞傾耳求音，眂優❶聽苦；澄心❷徇物❸，形逸❹神勞。是以天殊其數❺，雖同方❻不能分其感❼；理塞其通，則並質❽不能共其休❾。

【章　旨】此章以耳目器官功用的不能相通，比喻百官各有其才，各司其職，很難互通。

【注　釋】❶眡優　眼睛不受損。眡，同「視」。視力。❷澄心　靜心。❸徇物　求物；觀察事物。徇，求。❹形逸　身體安逸。❺天殊其數　指自然造就了各種器官的不同功用。殊，不同；區別。數，道理；功用。❻同方　同在一體。❼慼　憂慮。❽並質　與「同方」意同。同在一體。❾休　喜悅。

【語　譯】臣聽說，伸長耳朵，集中注意力去聽聲音，眼睛很悠閒，而耳朵很辛苦；屏除雜念，觀察事物，身體很舒適，只是精神勞苦。所以，自然造就了它們不同的作用，即使在同一軀體中，也不能彼此分擔憂慮；各自的功用不相通，那麼同在一體也不能共享喜悅。

(三十一)臣聞遯世之士❶，非受匏瓜❷之性；幽居❸之女，非無懷春❹之情。是以名勝欲，故偶影❺之操矜❻；窮愈達，故凌霄❼之節厲❽。

【章　旨】此章言隱居非出於對獨處的愛好，而是因世道黑暗不可出仕。

【注　釋】❶遯世之士　隱士。遁，隱。❷匏瓜　果實比葫蘆大，老熟後可剖成器具。語出《論語・陽貨》：「吾豈匏瓜也哉！焉能繫而不食。」後比喻求官不得或不得重用之人。❸幽居　指女子守寡。❹懷春　思慕異性。❺偶影　與影為偶。❻矜　注重；崇尚。❼凌霄　凌雲。比喻節操之高。❽厲　「勵」的古字。勸勉；崇尚。

【語　譯】臣聽說，隱居避世的有才之士，也不是天生求官不得之人；守寡獨居的女子，也不是沒有思慕異性的欲念。因此，名節超過了欲念，就會崇尚與影相伴的獨居節操；處窮超過了出仕的想法，就會砥礪凌雲之志了。

(三四)臣聞聽極於音，不慕鈞天之樂❶；身足於蔭，不假垂天之雲❷。是以蒲密之黎❸，遺時雍❹之世；豐沛❺之士，忘桓撥❻之君。

【章　旨】此章言當世的政和與治績對安撫百姓與士人具有重要的作用。

【注　釋】❶鈞天之樂　天上仙樂。鈞天，天中。❷垂天之雲　指很大的雲。❸蒲密之黎　指蒲縣和密縣的百姓。蒲，子路為蒲宰時，施仁政。孔子入其境而再三讚歎。密，密令卓茂，施仁政。黎，百姓。❹時雍　安定太平。❺豐沛　指漢代。漢高祖劉邦，沛豐邑人，因以豐沛指漢高祖。此指漢代。❻桓撥　大治。桓，大。撥，治。

【語　譯】臣聽說，有好的音樂可聽，人們就不會仰慕天上的音樂；有足夠容身的樹蔭庇護，人們就不會借助天上很大的雲。所以，子路、卓茂在蒲、密施行仁政，百姓就忘了以前的太平盛世；漢朝之士，也就忘了遠古的大治之君。

(三五)臣聞飛轡❶西頓❷，則離朱❸與矇瞍❹收察❺；懸景❻東秀❼，則夜光與珷玞❽匿耀❾。是以才換世❿則俱困，功偶時⓫而並劭⓬。

【章　旨】此章言建功立業需要一個好的時代與機遇，如果君昏臣佞，則賢愚沒有差別。

【注　釋】❶飛轡　太陽。傳說太陽有六龍為其駕車，故以飛轡代指。❷西頓　指太陽落山。頓，舍；止。❸離朱　人名。古代善視的人。❹矇瞍　眼失明的人。❺收察　停止觀看。❻懸景　太陽。❼東秀　指從東面升起。秀，顯露；露出。❽珷玞　似玉的美石。❾匿耀　藏匿光彩。❿換世　換了一個壞的世道。⓫偶時　合時；遇時。⓬劭　美好。

【語　譯】臣聽說，太陽西落以後，視力很好的離朱和眼盲的人一樣，都停止觀看；太陽從東方升起後，夜光珠與似玉的美石一樣，都藏匿了光彩。所以，有才之人遇上不好的世道，都會陷入困厄的境地，如果才逢其時，就會功顯於世。

(三四) 臣聞示應於近，遠有可察；託驗於顯，微或可包。是以寸管❶下傃❷，天地不能以氣欺；尺表❸逆立❹，日月不能以形逃。

【章旨】此章言以小見大，以近知遠，以顯探幽。

【注釋】❶寸管　短小的律管。定音或候氣的儀器。❷傃　向。❸尺表　用來觀察日影的工具。❹逆立　倒立；立起。

【語譯】臣聽說，通過很近的東西可以考察遠方的事物；通過驗證非常顯著的物體，精微之處也可以包含其中。所以，短小的律管下入大地，就能判斷天地之氣的真實狀況；地上立起尺表，測量日月的影子，日月運行的規律就逃不掉這種有形的觀照。

(三五) 臣聞絃有常音❶，故曲終則改；鏡無畜❷影，故觸形則照。是以虛己應物❸，必究❹千變之容；挾情❺適事❻，不觀萬殊❼之妙。

【章旨】此章言人們應該虛心待物，虛己待人。

【注釋】❶常音　固定的音階。❷畜　積累；積留。❸虛己應物　虛心觀察萬物。❹究　探究。❺挾情　持有主觀情緒。❻適事　指觀察事物。❼萬殊　萬般不同；多式多樣。

【語譯】臣聽說，琴絃上有固定的音階，所以一支曲子終了，再次彈奏則會改變；明鏡從來不會留下什麼影子，所以一接觸到物體，就能照出來。因此，虛心觀察事物，就一定會探究到事物變化無窮的面貌；持有主觀情緒看待事物，就看不到事物萬般不同的精妙之處了。

（三六）臣聞柷敔❶希聲❷，以諧金石❸之和；鼙鼓❹疎❺擊，以節繁絃❻之契❼。是以經治❽必宣其通，圖物❾恆審其會❿。

【章旨】此章言治理天下應該以簡馭繁。

【注釋】❶柷敔　樂器名。樂開始時擊柷，樂終止時敲敔。❷希聲　聲音稀少。❸金石　指鐘磬類的樂器。❹鼙鼓　軍中所用樂器。❺疎　稀疏；少。❻繁絃　音樂繁密。❼契　合。❽經治　經營治理。❾圖物　考慮事情。❿會　要會；關鍵。

【語譯】臣聽說，柷敔這種樂器奏出聲音稀少，是為了諧調鐘磬類的樂器；軍中所用的鼙鼓擊出的鼓聲稀疏，是為了調節繁密的樂聲。所以，要經營治理事物，一定要找出相通的地方，圖謀事物，常要考慮事物的關鍵。

（三七）臣聞目無嘗音❶之察，耳無照景❷之神。故在乎我者，不誅❸之於己；存乎物者，不求備❹於人。

【章旨】此章言人無全材，不可對他人求全責備。

【注釋】❶嘗音　聽音；辨音。嘗，試。❷照景　指看到景物。❸誅　責求。❹求備　求全責備。

【語譯】臣聽說，眼睛沒有通過觀察聽到聲音的功能，耳朵也沒有傾聽看到景物的神力。所以，耳目不同的功用及局限，因存於自身，因此沒有痛責自己；那麼這種情況存在他人身上，也不要對他人求全責備。

(三六)臣聞放身而居，體逸❶則安；肆❷口而食，屬厭❸則充❹。是以王鮪❺登俎❻，不假吞波之魚❼；蘭膏❽停室，不思銜燭之龍❾。

【章旨】此章言人得其願，就不會有非分之想了。

【注釋】❶逸　安逸；舒適。❷肆　放。❸屬厭　飽足。❹充　足；滿。❺王鮪　一種魚名。❻俎　菜板。❼吞波之魚　大魚。❽蘭膏　澤蘭煉成的油，可點燈。❾銜燭之龍　傳說西北有幽冥無日之國，有龍銜燭而照之。

【語譯】臣聽說，舒舒服服地居住，身體舒適，心理則安穩了；放開胃口吃東西，吃飽了，心理也就滿足了。所以，有王鮪魚在菜板上待煮，就不奢望大魚了；屋子裡有澤蘭煉成的油點燈，就不想那銜著蠟燭的龍了。

(三七)臣聞衝波❶安流，則龍舟❷不能以漂；震風❸洞發❹，則夏屋❺有時而傾❻。何則？牽乎動則靜凝❼，係乎靜則動貞❽。是以淫風大行，貞女蒙冶容❾之誨；淳化❿殷流⓫，盜跖⓬挾曾史⓭之情。

【章旨】此章言民風教化對塑造民心的重要作用。

【注釋】❶衝波　大波。❷龍舟　大舟，刻以龍形。❸震風　大風。❹洞發　迅急吹起。洞，疾貌。❺夏屋　大屋。❻傾　傾側；傾覆。❼凝　止。❽貞　正。❾冶容　妖冶之容。❿淳化　淳風教化。⓫殷流　盛行。殷，盛。⓬盜跖　大盜。⓭曾史　曾參和史魚。廉潔之士。

【語譯】臣聽說，大波如果平穩安流，大舟就不能在上面漂動；大風急速地吹起，大屋有時也會被吹倒。為什麼呢？靜止的東西被活動的物體牽制，活動的物體不動了，靜止的東西也會靜止下來，物體繫於靜止的東西，靜止的東西活動了，所繫之物也開始活動了。所以，淫蕩之風盛行，貞潔的女子可能受到妖冶打扮的影響；淳風教化盛行，盜跖那樣的大盜也會有曾參、史魚這樣的廉潔。

(四十)臣聞達❶之所服❷，貴有或遺❸；窮之所接❹，賤而必尋❺。是以江漢之君，悲其墜屨❻；少原之婦，哭其亡簪❼。

【章　旨】此章言故舊不可以遺忘。

【注　釋】❶達　通達之時。❷服　用。❸遺　遺棄。❹接　持；用。❺尋　尋找。❻江漢之君二句　言江漢之地的楚國君王在作戰中因自己的鞋子丟失而悲泣。據《賈子》載：楚昭王與吳人戰，軍敗走，昭王亡其屨，已行三十步，後還取之。左右曰：「大王何惜于此？」昭王曰：「楚國雖貧，豈無此一屨哉？吾悲與之偕出而不與之偕反。」於是楚俗無相棄者。❼少原之婦二句　少原的婦人，因自己的髮簪遺失而在澤中哭泣。《韓詩外傳》載：孔子出遊少原之野，有婦人中澤而哭，甚哀。孔子怪之，使弟子問焉。婦人對曰：「向者刈薪而亡吾簪，是以哀。」孔子曰：「刈薪而亡著簪，有何悲也？」婦人曰：「非傷亡簪。吾所以悲者，不忘故也。」

【語　譯】臣聽說，顯達的人所用的東西，有的很昂貴卻丟棄了；貧賤之人，即使是很低廉的東西，如果遺失了，也一定會去尋找。所以，江漢之地的楚國君王，因自己的鞋子丟失而悲泣；少原的婦人不忘舊物，因丟失了髮簪而痛哭不已。

(四十一)臣聞觸❶非其類，雖疾不應；感以其方❷，雖微則順❸。是以商飆❹漂❺山，不與盈尺❻之雲；谷風❼乘條❽，必降彌天之潤❾。故闇❿於治者，唱繁而和寡⓫；

審⑫乎物者，力約⑬而功峻⑭。

【章　旨】此章言統治者應該懂得治國之道，否則政繁而百姓不從。

【注　釋】❶觸　觸動；事物相感應而有所動。❷方　相應的方法。❸順　順應；回應。❹商飆　秋風。❺漂　漂過；吹過。❻盈尺　滿尺。形容少。❼谷風　東風。❽乘條　猶云拂條。吹過樹枝。❾彌天之潤　指春雨。春雨潤物，故云。彌，滿。❿闇　蔽；不擅長。⓫唱繁而和寡　用自己唱的多而別人和的少，比喻統治者法繁而百姓依從的少。⓬審　明察。⓭約　少。⓮峻　大；高。

【語　譯】臣聽說，如果觸動的並非同類，那麼即使再快，也不會得到回應；如果以相應的方法去感化，即使是微小的表示，也會有順應。所以，秋風從山中吹過，不會興起一片烏雲；東風吹拂樹枝，一定會降下滿天的春雨。因此，統治者不懂治國之道，儘管有很多政治策略，但應和依從的人少；懂得事物本質的人，花費較小的力氣卻會收到很大的功效。

(四三)臣聞烟出於火，非火之和❶；情❷生於性❸，非性之適❹。故火壯則烟微，性充則情約。是以殷墟有感物之悲，周京無佇立之跡❺。

【章　旨】此章言統治者若放縱欲望，必然導致國家的衰亡。

【注　釋】❶和　諧和；在一起。❷情　此指人的欲望。❸性　此指人的本性。❹適　合適；和諧。❺殷墟有感物之悲二句　感歎殷商與西周的滅亡。商紂王和周幽王都是因為有過多的欲望而使國家滅亡，令後人悲歎。殷墟，殷商的廢墟。據說微子過殷墟見麥秀於舊居而產生悲歎。周京，指西周。宮室盡為禾黍，所以沒有佇立憑弔之地。

【語　譯】臣聽說，烟是從火中產生的，但並不與火相諧和；人的欲望是由人的本性生發出來的，但也不與人的本性相適應。所以，火旺時烟就很小了，持守本性的人欲望就少。因此，就產生了後人對殷商與西周滅亡的悲歎與憑弔了。

（四二）臣聞適物之技，俯仰❶異用；應事之器，通塞❷異任。是以鳥栖雲而繳❸飛，魚藏淵而網沈。賁皷❹密而含響，朗笛❺疎❻而吐音。

【章旨】此章言統治者治國應該因時制宜，不應枉物從己。

【注釋】❶俯仰　上下。比喻不同的事物。❷通塞　比喻不同的事物。❸繳　射鳥時繫在箭上的生絲繩。❹賁皷　大鼓。皷，通「鼓」。❺朗笛　清亮的笛聲。❻疎　同「疏」。不密；稀疏。

【語譯】臣聽說，適用於事物技巧，因事物的不同而有不同的方法；適應不同物體的器具，也因物體的不同而所用不同。所以，要想射下雲中的鳥兒，必須用弓箭，要想捕捉深淵中的魚，必須用魚網。大鼓需要敲得很緊密才能發出應有的鼓聲，清亮的笛音卻不需那麼繁密就能發出美妙的聲音。

（四三）臣聞理之所守，勢所常奪；道之所閉❶，權❷所必開。是以生重於利，故據圖無揮劍之痛❸；義重於身，故臨川有投跡之哀❹。

【章旨】此章言道義之人捨生取義。

【注釋】❶閉　關閉；持守；把守。❷權　威勢；威權。❸生重於利二句　此言生命重於勢利，捨利取生。語出《文子》：「左手據天下圖，右手刎其喉，愚者不為也。」❹義重於身二句　此言道義重於生命時，捨生取義。語出《莊子》：「舜以天下讓其友北人無擇。北人無擇曰：『異哉，後之為人也。欲以其辱行漫我，吾羞見之。』因自投清泠之淵。」

【語　譯】臣聽說道理所持守的，有時被勢力奪去；道義所持守的，有時被威勢所打開。所以，生命重於勢利時，就沒有貪戀一國的權勢而捨棄生命的痛苦；道義比生命看得重要時，就會產生赴淵自殺維持道義的悲歎。

(四三)臣聞圖❶形於影，未盡纖麗❷之容；察火於灰，不覩洪赫❸之烈。是以問道❹存乎其人，觀物必造❺其質❻。

【章　旨】此章言執政者治國問道，必務實求真，不能棄本逐末。

【注　釋】❶圖　畫。❷纖麗　纖美；柔美。❸洪赫　形容火燃燒時的壯觀。❹問道　謁問道路。❺造　至。❻質　事物的本質。

【語　譯】臣聽說，只將人物的身影畫下來，不能完全描繪出一個人柔美的容貌；通過灰燼來觀察火勢，看不見火燃燒時壯烈情景。所以，詢問道路，一定要問了解道路的人，觀察事物，一定要看到事物的本質。

(四四)臣聞通於變者，用約而利博；明其要❶者，器❷淺而應玄❸。是以天地之賾❹，該❺於六位❻；萬殊❼之曲，窮❽於五絃❾。

【章　旨】此章言善於治國者，應該以簡馭繁，以小馭大。

【注　釋】❶要　關鍵。❷器　用。❸玄　遠。❹賾　深。❺該　備；完備。❻六位　即《易》卦之六爻。六爻備於萬象。❼萬殊　萬般不同；多種多樣。❽窮　盡；窮盡。❾五絃　五絃琴。伏羲氏做琴，絃有五，象五行。琴張五絃，總於眾聲。

【語　譯】臣聽說，通曉事物變化規律，用力很少而收效很大；知道事物的關鍵，用力很小而功用極大。所以，天地深遠宏大，可以用六爻來總攬萬象；多種多樣的樂曲，一張五絃琴全都可以彈出。

（四七）臣聞情見於物，雖遠猶疎❶；神藏於形，雖近則密❷。是以儀❸天步❹晷❺，而脩短❻可量；臨淵揆❼水，而淺深難察。

【章　旨】此章言事遠者不一定難以預料，事近者不一定瞭解得清楚。

【注　釋】❶疎　同「疏」。鮮明貌。❷密　隱密；不明確。❸儀　法象。❹步　推。❺晷　日影。❻脩短　長短。此指時間的變化。❼揆　測度；度量。

【語　譯】臣聽說，事物的情理如果能在物體上表現出來，即使遠，也還是可以明白的；事物的本質隱藏於形體之中，即使近，也還是看不清楚。所以，依據天體的運行，推究日影的變化，時間的變化可以測量；到深淵邊測量水，水的深淺卻很難看得清楚。

（四八）臣聞虐暑❶薰天❷，不減堅冰❸之寒；涸陰❹凝❺地，無累陵火❻之熱。是以吞縱之強，不能反蹈海之志❼；漂鹵之威，不能降西山之節❽。

【章　旨】此章言統治者不可以用威勢改變人的氣節。

【注　釋】❶虐暑　酷暑。虐，毒。❷薰天　比喻酷暑之盛。❸堅冰　比喻極其寒冷。❹涸陰　即窮陰。謂隆冬寒氣凝結。❺凝　凝結。❻陵火　烈火。❼吞縱之強二句　言強大的秦國不能改變魯仲連不尊秦為帝的正氣。吞縱，指秦國。六國為縱，而秦滅之，故曰吞縱。蹈海之志，指魯仲連不尊秦為帝的正氣。《史記》載：魏將軍新垣衍說趙，使尊秦為帝。魯連曰：「彼秦者，棄禮儀而上首功之國也。即肆然而為帝，則連有蹈東海而死耳，吾不忍為之民。」❽漂鹵之威二句　血流漂櫓之威勢，不能改變伯夷、叔齊的忠貞節操。漂鹵，即「漂櫓」。櫓，大楯。西山之節，指伯夷、叔齊忠貞之節。《書》載：武王伐殷，前徒倒戈，攻於後，以北，血流漂杵。《史記》載：武王伐紂，伯夷、叔齊叩馬諫曰：「以臣伐君，可謂仁乎？」左右欲兵之，太公曰：「此義人也。」扶而去之。武王已平殷亂，伯夷、叔齊恥之，隱於首陽山。及餓且死，作歌，其辭曰：「登彼西山兮，采其薇。」

【語譯】臣聽說，無論酷暑如何酷烈，但不能減少隆冬的寒冷；隆冬寒氣凝結大地，也無損於烈火的灼熱。所以，強大的秦國，不能改變魯仲連不尊秦為帝的正氣；武王伐殷，血流漂櫓的威勢，不能改變伯夷、叔齊的忠貞節操。

(四五)臣聞理之所開❶，力所常達；數❷之所塞❸，威有必窮❹。是以烈火流金❺，不能焚景❻；沈寒❼凝海❽，不能結風❾。

【章旨】此章言事物各有其理，不是靠威力所能改變的。

【注釋】❶開　開通；明白。❷數　運數，即「理」。❸塞　閉；不通。❹窮　窮盡；困厄。❺流金　鑠金；銷金。❻焚景　焚燒日光。景，同「影」。❼沈寒　酷寒。❽凝海　使大海凍結。❾結風　使風停止。結，止；凝結。

【語譯】臣聽說，道理一旦明白了，力量往往能夠達到目標；道理一旦閉塞不通，即使有威力也一定會困厄。所以，烈火能銷金，不能焚燒日光；酷寒能使大海凍結，但不能使風停止。

（五十）臣聞足於性者，天損❶不能入；貞❷於期❸者，時累❹不能淫❺。是以迅風陵雨❻，不謬❼晨禽❽之察；勁陰❾殺節❿，不凋⓫寒木之心。

【章旨】此章言操守之人，世道艱難也不能改變他們的節操。

【注釋】❶天損　自然災害。❷貞　堅貞；持守。❸期　希望；信念。❹時累　世俗的牽累。❺淫　侵；侵入。此指改變意志。❻迅風陵雨　狂風暴雨。迅，急。陵，大。❼謬　錯。❽晨禽　指雞。❾勁陰　隆寒；酷寒。❿殺節　陰冷肅殺時節。⓫凋　凋零。

【語譯】臣聽說，生性堅貞正直的人，自然災難也不能影響他；對自己內心堅持的信仰堅定不移的人，世俗的牽累也不能使他動搖。所以，狂風暴雨，不會使晨雞誤了早上報曉的時間；隆冬陰冷肅殺的時節，也不會使耐寒樹木的抗寒之心改變。

【研析】晉代傅玄〈連珠序〉曰：「所謂連珠者，興于漢章之世，班固、賈逵、傅毅三子受詔作之。其文體辭麗而言約，不指說事情，必假喻以達其旨，而覽者微悟，合于古詩諷喻之意。欲使歷歷如貫珠，易看而可悅，故謂之連珠。」傅玄此序已有明顯的文體意識。除去「連珠」的形象比喻，就其質而言，這種文體主要有以下三個特點：一是語言華美而簡約，即「辭麗而言約」。二是假象盡辭，所謂「不指說事情，必假喻以達其旨」；三是具有「古詩諷喻之意」的政教功能。三條中除了第一點「言約」外，均與賦體「鋪彩摛文」、「託物言志」的文體特徵相符，故歷來有許多學者均將連珠視作賦體文學之一種。劉勰《文心雕龍・雜文》言：「揚雄覃思文閣，業深綜述，碎文瑣語，肇為〈連珠〉，其辭雖小而明潤矣。」又云：「自〈連珠〉以下，擬者間出。杜篤、賈逵之曹，劉珍、潘勖之輩，欲穿明珠，多貫魚目。可謂壽陵匍匐，非復邯鄲之步；里醜捧心，不關西施之顰矣。唯士衡運思，理新文敏，而裁章置句，廣於舊篇，豈慕朱仲四寸之璫乎！夫文小易周，思閑可贍。足使義明而詞淨，事圓而音澤，磊磊自轉，可稱珠耳。」傅玄、劉勰所論差異有二：一是連珠體的創始者，傅玄認為是東漢章帝之世，班固、賈逵、傅毅三子受詔之作；而劉勰認為創始於西漢揚雄。二是在選文定體方面，因傅玄早於劉勰，傅玄認為班固連珠「喻美辭壯，文章弘麗，最得其體」；而劉勰認為陸機「士衡運思，理新文敏，而裁章置句，廣於舊篇」。這兩點差異與個人的審美與時代的不同均有關聯。但是在對連珠文體的闡述上，傅玄較劉勰明確恰當。我們試從以下三個方面加以說明：

一、首先從「古詩諷喻之意」的政教功能上看。傅玄序云「所謂連珠者，興于漢章之世，班固、賈逵、傅毅三子受詔作之」，認為創於班固的連珠體為受詔而作，這種特殊的身分決定了連珠體產生的政教背景。反映在形式上便是連珠體以「臣聞」領起，「受詔」而作的性質非常明顯。陸機五十首〈演連珠〉顯然承接了這種外在的體式，在內容上多從君、臣、民關係著眼，涉及到對理想君臣的政治期待，並表現出陸機的政治理想以及具體施政方針等，與政治教化密切相聯。總體說來，涉及到以下幾個方面。

其一，反映了陸機對和諧的君臣關係的期盼，而這種和諧是建立在君臣各司其位的認識上的。如第一首云「百官恪居，以赴八音之離；明君執契，以要克諧之會」，認為君臣各司其職，克盡職守，天下才會和諧。又如第二首云「明主程才以效業，貞臣底力而辭豐」，認為明君應度才授官，忠臣應量才受位。雖然陸機的君臣觀沒有脫離封建時代君為臣綱的總體框架，但已明確意識到在君臣關係上為君的職責，從而表現出陸機已不是單純地從君臣的倫理關係上而是從各自的政治角色給二者定位，具有一定理性色彩。

其二，反映了陸機對明君的政治期待。封建時代，君王聖明與否，不僅關涉到百姓的生存，同是也關涉到文人士子的政治抱負能否實現的問題，因而，對明君政治角色的論述，在五十首中還是比較突出的。如從君王與百姓的關係看，強調要以民為本，如第六首言「至道之行，萬類取足於世；大化既洽，百姓無匱於心」，認為明君想百姓之所想，使百姓內心所想都能實現，這種政治理念平實但是非常高遠，又是一般君王難以實現的。而百姓一旦滿足了基本要求，就不會有非分之想，如第三十八首言「王鮪登俎，不假吞波之魚；蘭膏停室，不思銜燭之龍」，說的就是這個道理。同時，強調君王施行仁政教化的重要性。如第八首言「萬邦凱樂，非悅鐘鼓之娛；天下歸仁，非感玉帛之惠」，認為君王治理天下應以仁德而非威嚴，只有這樣才能「玄晏之風恆存」(二四)，即教化禮樂，功在百姓，所以才能長久流傳。在具體的施政方針上，強調統治者應該務實，如第九首言「積實雖微，必動於物；崇虛雖廣，不能移心」，強調執政者不能蹈虛，務實的重要性。第十八首言「循虛器者，非應物之具；玩空言者，非致治之機」，也是強調循言責實，反對務虛。同時又提倡統治者應該採取以小馭大、以簡馭繁的從政方略，如十九首言「物有微而毗著，事有瑣而助洪」，就指出了小事俾大的重要性。因而，統治者就應該見微知著、以簡馭繁，如云「經治必宣其通，圖物恆審其會」(三六)，「通於變者，用約而利博；明其要者，器淺而應玄」(四六)，「寸管下傃，天地不能以氣欺；尺表逆立，日月不能以形逃」(三四)等等，都說明了採取這一方針策略的重要性。再從君臣關係上看，陸機認為明君應該因時制宜，積極納賢，如云「聖人隨世以擢佐，明主因時而命官」(二七)。而且納賢不只是一種策略，同時應是君王必備的禮賢下士的從政態度，如第四十八首言：「臣聞虐暑薰天，不減堅冰之寒；涸陰凝地，無累陵火之熱。是以吞縱之強，不能反蹈海之志；漂鹵之威，不能降西山之節。」認為統治者不可用威勢改變人的氣節，從側面說明了招賢納士應有禮賢下士的誠心。當然，更為重要的是君王必須營造一個賢才應時而出的氛圍，如第三首云：「臣聞髦俊之才，世所希乏；丘園之秀，因時則揚。是以大人基命，不擢才於后土；明主聿興，不降佐於昊蒼。」認為賢才的出現並不是靠皇天后土的恩賜，而是靠明君營造的用賢氛圍，所謂「丘園之秀，因時則揚」，又云「榮名緣時而顯」(十七)。而從賢才的角度來看，這也是對明君的期盼，如言「俊乂之藪，希蒙翹車之招；金碧之岩，必辱鳳舉之使」(四)，而賢臣一旦蒙受重用，一定會竭盡才智，為國效力，所謂「忠臣率志，不謀其報；貞士發憤，期在明賢」(十二)。因而，從「時遇」的角度，陸機認為「遯世之士，非受瓠瓜之性」(三十)，隱居並非出於對獨處愛好的天性，而是因世道黑暗為保節操的不得已之舉。可見良好的時代氛圍是「群賢畢至」的重要條件。五十首中也多涉及昏君暗主的行為，從反面說明對明君的期待，如言「祿放於寵，非隆家之舉；官私於親，非興邦之選」(五)，寵近親信給國家帶來的災難，因而「明哲之君，時有蔽壅之累；俊乂之臣，屢抱後時之悲」(十三)的現象也會時常發生。

其三，對賢臣角色的政治期待。雖然陸機反覆強調「藏器在身，所乏者時」(十)，對「時遇」特別強調，但是具體到個人來看，陸機對個體才智也非常看重，如言「智周通塞，不為時窮；才經夷險，不為世屈」(十)，突出了才智之人不為時所困的主體性，表現出對個體才智的推重。對賢臣的節操，陸機更加推崇，如言「良宰謀朝，不必借威；貞士衛主，脩身則足」(五)，強調宰輔在朝不靠威勢而是靠修養折服敵國。又云「貞女要名於沒世，烈士赴節於當年」(十四)，強調節操對於人臣生命的重要性。

總之，陸機〈演連珠〉五十首，以臣屬的身分，從君臣、君民等對象化關係中闡述了自己的政治理想，如強調仁政、以民為本、招賢納士、禮賢下士等思想，顯然仍屬於儒家思想範疇，賦予了五十首明顯的政治教化色彩。但是與政治說教有所不同的是，將這些思想作為定位君臣政治角色的重要內容，則又見出陸機超越倫理綱常的政治理性精神。

二、陸機〈演連珠〉五十首具有「假象盡辭」的特徵，即所謂「不指說事情，必假喻以達其旨」。簡言之，就是將抽象的道理借助物象進行形象而生動的表達。如第四十五首言：「臣聞圖形於影，未盡纖麗之容；察火於灰，不覩洪赫之烈。是以問道存乎其人，觀物必造其質。」圖畫人影不能盡現人物風貌，觀察灰燼不能盡睹大火勢焰，這些日常生活之理，淺顯明白而又深含道理，以此喻執政者治國問道，必務實求真，不能棄本逐末就頗為形象生動。通觀五十首，借助的「象」與「喻」涉及日常生活、自然天象、歷史故實等方面。而從日常生活角度來看，則又涉及到日常人情體驗、用具、音樂、器官諸多方面的體驗。如人情方面，云「都人治容，不悅西施之影」(九)，言世人雖愛美女，但不會喜歡美人的影子，非常形象地說明了務實的重要。用具方面，如「物勝權而衡殆，形過鏡則照窮」(二)，以物不能超過秤的承荷能力，形體不能超過明鏡所照範圍，說明明君應該度才授官，賢臣應該量才受位的道理。音樂方面，如云「柷敔希聲，以諧金石之和；鼙鼓疎擊，以節繁絃之契」(三十六)，以音樂的疏密比喻執政者應該以簡馭繁，形象生動。人的耳目等器官具有不同的功用，各自的功用又為許多條件限制，陸機時常以此設喻，如「利眼臨雲，不能垂照」，「利眼」能看萬物，但是「臨雲」卻「不能垂照」，說明「明哲之君，時有蔽壅之累」(十三)，形象深刻。可以說，就日常生活感覺深刻道理，俯拾皆是。這些感受，即使脫離原文，也生動形象，具有深刻的生活哲理，如「鑑之積也無厚，而照有重淵之深；目之察也有畔，而眡周天壤之際」(八)，「充堂之芳，非幽蘭所難；繞梁之音，實縈絃所思」(十)，「郁烈之芳，出於委灰；繁會之音，生於絕絃」(十四)，「赴曲之音，洪細入韻；蹈節之容，俯仰依詠」(十六)，「覽影偶質，不能解獨；指跡慕遠，無救於遲」(十八)，「尋烟染芬，薰息猶芳；徵音錄響，操終則絕」(二十四)，「音以比耳為美，色以悅目為歡」(二十七)，「傾耳求音，眡優聽苦；澄心徇物，形逸神勞」(三十)，「遯世之士，非受匏瓜之性；幽居之女，非無懷春之情」(三十二)，「絃有常音，故曲終則改；鏡無畜影，故觸形則照」(三十五)，「目無嘗音之察，耳無照景之神」(三十七)，「放身而居，體逸則安；肆口而食，屬厭則充」(三十八)等等，所有這些比喻，都可見出善於感受日常生活，從平凡中發現哲理的睿智。

再就自然天象來看。自然界從日月星辰到風雲雨露，從山川河流到蕭艾芝蕙，從日影光華到堅冰煙火等等，陸機都能從自然物象中感受到某些可供資鑒的本質規律，如第一首云：「臣聞日薄星迴，穹天所以紀物；山盈川沖，后土所以播氣。五行錯而致用，四時違而成歲。是以百官恪居，以赴八音之離；明君執契，以要克諧之會。」日轉星移、山盈川虛、五行相生、四時交替，陸機以這些客觀存在的規律說明君臣司其位，克盡職守，人類社會應同自然一樣和諧有規律的運轉。再如「靈輝朝覯，稱物納照；時風夕灑，程形賦音」(六)，以陽光、清風的因物揮散比喻教化普施天下。以「天地之賾，該於六位」(四十六)，以六爻備於萬象比喻執政者應該採取以小總多、以簡馭繁的執政策略，收到事半功倍的效果。又如，在「時遇」的問題上，以「丘園之秀，因時則揚」(三)，比喻賢人的應時而出；以「因雲灑潤，則芳澤易流；乘風載響，則音徽自遠」說明「榮名緣時而顯」(十七)的道理。其他，如云「虐暑熏天，不減堅冰之寒；涸陰凝地，無累陵火之熱」(四十六)，比喻威武不能屈的氣節。以「准月稟水，不能加涼；晞日引火，不必增輝」(十一)，比喻人無論貴賤，而其本性一致的對人性的看法。以「重光發藻，尋虛捕景」比喻大人「探心昭忒」(二十五)的智慧。以「披雲看霄，則天文清；澄風觀水，則川流平」(二十六)，說明只有誅奸除暴，國家才會穩定太平的道理。由此可見，陸機觀察自然萬物不是從一種審美角度而是從政治教化的角度進行觀照，從中感受一些可供統治者借鑒的治國之道。

最後，我們從五十首中涉及的歷史故實來看。人們一般均將「象」或「喻」的範圍界定在自然物象或形象的比喻之上，對詩文中出現的歷史故實，多以用典視之。人類歷史猶如自然，在其自身的發展中凝結了一定的可資後世借鑒的規律，因而一些歷史故實，猶如自然物象一樣具有蘊含普遍而深刻的社會與人生的道理。因而，我們應該將原文中涉及的歷史故實，就是平常所說的「用典」，納入「象喻」研究的範圍。從這一視角出發。五十首中涉及的歷史故實，也起到「假象盡辭」的作用。如第五首云「三卿世及，東國多衰弊之政；五侯並軌，西京有陵夷之運」，以春秋時魯國三桓的專權以至魯哀公被逐、以西漢成帝時封舅氏五人為侯，以致漢室衰弱，說明「祿放於寵，非隆家之舉；官私於親，非興邦之選」㈤，即寵信親近給國家帶來的災難，頗具說服力。如第十五首云「三晉之強，屈於齊堂之俎；千乘之勢，弱於陽門之哭」，用晉國的強威在齊國的廟堂宴請中受屈，不敢用兵於齊；晉國的千乘之勢，在子罕的陽門哭聲中顯得微弱，說明「良宰謀朝，不必借威；貞士衛主，脩身則足」，即良宰輔臣的品質修養足以折服敵國。第二十三首云「南荊有寡和之歌，東野有不釋之辯」，以南楚宋玉的曲高和寡和東野鄉人不懂子貢之辯，說明「絕節高唱，非凡耳所悲；肆義芳訊，非庸聽所善」，即一些善言和建議不是常人所能理解的。日常生活的設喻與自然的物象常出現在「是以」語詞之前，作為一個形象的存在物為說明抽象的事理蓄勢，而五十首中的歷史故實作為「象喻」的一種方式，它常常出現以「是以」詞語之後，在抽象的事理之後出現，起到一種例證的作用，其所達到的「象喻」作用，與日常生活的設喻與自然物象的象喻則是共同的。

總之，從假象盡辭的角度，陸機五十首〈演連珠〉體現了陸機面對自然、歷史、生活時思考著重於政治與倫理的社會功利的特徵，而其所體現出來了「不指說事情，必假喻以達其旨」的婉曲風格，與賦體的「託物言志」的風格相近。

三、「辭麗而言約」的特徵。「辭麗」與「言約」，從某種角度而言是相對矛盾的兩個概念，既有語詞豐贍華麗，又要語言簡約，這需要相當高的駕馭語言的能力。「辭麗」之「麗」，應是指漂亮的語言，從〈演連珠〉五十首來看，主要是指語言的豐富形象、對仗工整而言。如第六首云「靈輝朝覯，稱物納照；時風夕灑，程形賦音」，捕捉到清晨陽光因物體不同而灑下不同的光輝，夕陽清風因形物大小而產生不同的聲音，並且用「靈輝朝覲」與「時風夕灑」這樣擬人化的語言，再現了作者剎那間的感受，語言優美而富有動感。又如第二十首云「春風朝煦，蕭艾蒙其溫；秋霜宵墜，芝蕙被其涼」，以春風秋霜象徵君王的恩威，形象而典型地展現了君王威恩一視同仁的治國的道理。又如第二十六首云「披雲看霄，則天文清；澄風觀水，則川流平」，披雲天清、澄風川平，雲風響應、天川呼應，語言凝煉形象，準確生動。以上諸例，同時也都對仗工整，如「春風」與「秋霜」，「朝煦」與「宵墜」，「蕭艾」與「芝蕙」，「蒙其溫」與「被其涼」，對仗工巧而又不失自然，這種駕馭語言的能力，同時還表現在對歷史故實的表述上，如云「江漢之君，悲其墜屨；少原之婦，哭其亡簪」(四十)，「生重於利，故據圖無揮劍之痛；義重於身，故臨川有投跡之哀」(四四)等等，更可見出陸機刻意對偶，以求語言的工整典麗。對仗的精工，如果和揚雄的〈連珠〉相比，就更加明顯，如揚雄言：「臣聞明君取士，貴拔眾之所遺；忠臣薦善，不廢格之所非。是以岩穴無隱，而側陋章顯也。」陸機的連珠在結構上與揚雄相近，但是從「辭麗」的角度來看，首先，揚雄「是以」前後均為議論語言，缺少象喻，因而，缺少了陸機連珠的形象與生動。其次，從對仗的角度言之，此則連珠，雖然總體上相對，但在局部上並沒有陸機連珠對仗來得工巧。

「言約」，從五十首來看，首先主要是指語言的簡約精練，陸機連珠不論是描述性的語言還是議論性的語言，都極具概括性，具有以少總多的特徵。如云「利眼臨雲，不能垂照；朗璞蒙垢，不能吐暉」(十三)，選擇利眼與朗璞為雲垢所遮，非常典型地說明了明君受蔽、賢才失時，確實具有字字珠璣的美感。「言約」效果的達到，還得力於陸機語義上的對比。與對仗工整相聯繫的是，陸機在刻意求得語言對仗工巧的同時，還時常使這種對仗具有語義上的對比，達到正反比說、言簡意賅的效果。如「達之所服，貴有或遺；窮之所接，賤而必尋」(四十)，「觸非其類，雖疾不應；感以其方，雖微則順」(四二)等等，都是相對為文，正反對照，說理深刻。另外，「言約」往往和「意豐」聯繫起來的，如果言約而意不豐，那麼，這種言約就會因缺少內在的意蘊而失去其審美的魅力。如三十七首云：「目無嘗音之察，耳無照景之神。故在乎我者，不誅之於己；存乎物者，不求備於人。」眼睛當然沒有聽的能力，耳朵當然不備眼睛的功能，這種常識人人自知，但是經過陸機這樣的工巧表達就產生了深刻意蘊，陸機借此說明人無全材，不可求全責備，讀後確實讓人警醒回味。如果我們再將陸機連珠與揚雄的相較，「言約」的特徵也更加突出。如揚雄另外一首〈連珠〉云：

臣聞天下有三樂，有三憂焉。陰陽和調，四時不忒。年穀豐遂，無有夭折。災害不生，兵戎不作，天下之樂也。聖明在上，祿不遺賢，罰不偏罪。君子小人，各處其位，眾臣之樂也。吏不苛暴，役賦不重，財力不傷，安土樂業，民之樂也。亂則反焉，故有三憂。

首先，揚雄雖然意在說明「三樂」與「三憂」，完全可以採用正反對比的句式，收到言約而義豐的效果，但行文上卻偏重於「三樂」，「三憂」只是一個陪襯。就「三樂」本身來看，每一樂描寫句數不定，語言不具備典型性，有語義重複之累。而陸機〈演連珠〉五十首基本上沒有這種語言的蕪累之蔽。當然，陸機〈演連珠〉因其說理的性質，以及對仗、用典、對比的要求，在短小的篇幅中表現深刻的道理，有時也難免有晦澀之感。另外，第十二首云「柳莊黜殯」，經籍中有史魚黜殯，而非柳莊，應是陸機記錯了，這也是白璧微瑕了。

七　徵

【題　解】漢枚乘寫過一篇〈七發〉，採用了主客問答的形式，以七事啟發太子。後人有不少模仿者。如傅毅〈七激〉、張衡〈七辯〉、崔駰〈七依〉、馬融〈七廣〉、王粲與曹植皆有〈七啟〉、徐幹〈七喻〉、張協〈七命〉等，形成一種體裁，稱為「七體」。簡稱「七」。陸機這篇〈七徵〉就是模仿這種文體的產物。這篇文章以主客問答的形式，展現了出仕與隱居兩種人生處世原則的矛盾與衝突。表現了隱士的淡泊明志，和外界對隱士的誘惑。

玄虛子❶耽性❷沖素❸，雍容❹玄泊❺，棄時俗❻而弗徇❼，甘漁釣於一壑❽。乃有通微大夫❾，怨皇后❿之失寶，傷鴻誓⓫之後聞，策玄黃⓬於榛險⓭，憑穴嵒⓮而放言⓯。

【章　旨】本章虛設玄虛子與通微大夫，假客問答，簡介其性情、身分，為下文的對話做鋪墊。

【注　釋】❶玄虛子　假設的隱士名。玄虛，性情恬靜。子，尊稱。❷耽性　即性耽。性情喜愛。耽，愛好；專心於。❸沖素　沖淡純樸。❹雍容　從容不迫；舒緩。❺玄泊　幽遠恬淡。❻時俗　當時的習俗風氣。❼徇　遵循。❽壑　溝池。❾通微大夫　假設的官員名。通微，通曉、洞察事物的細微。大夫，稱有官職的人物。❿皇后　君主。皇，大。后，君。⓫鴻誓　即鴻哲。識見高超的人。誓，通「哲」。⓬策玄黃　指駕馬。策，鞭策；駕。玄黃，馬病貌。此指病馬。⓭榛險　荒涼破敗、人跡罕至之處。榛，草木叢生貌。形容荒廢、衰敗。⓮憑穴嵒　到達隱居之處。憑，依；臨近；至。穴嵒，指隱居之處。⓯放言　縱談。

【語　譯】玄虛子性情喜愛沖淡純樸，從容不迫，幽遠淡泊，拋棄時俗所遵奉的價值標準而不去追求，心甘情願地在山野溝壑中垂釣一生。於是有一位通微大夫，抱怨君王失去這樣寶貴的人才，感傷這樣識見高超的人不聞於世，於是駕著一匹病馬，來到荒涼破敗、人跡罕至的隱居之處，開始滔滔不絕地勸誡。

通微大夫曰：「奇膳玉食❶，窮滋致豐❷。簡犧❸羽族❹，考牲❺毛宗❻。俯出沈鮪❼，仰落歸鴻。剖柔胎❽於孕豹，宰潛肝❾乎豢龍❿。拾朝陽之遺卵⓫，納丹穴之飛凰⓬。神宰奇稔⓭，嘉禾之穗。含滋⓮發馨⓯，素穎玉銳⓰。灼⓱若皓雪之頹⓲

玄雲⑲，皎⑳若明珠之積緇匱㉑。素蟣㉒踊而瀺灂㉓，滋芬溢㉔而相徽㉕。味雖濃而弗爽㉖，氣既惠而復奇。介景福㉗於眉壽㉘，裕溫克㉙乎齊聖㉚。子能饗㉛之乎？」

【章旨】此章通微大夫以山外無數的珍奇美味，即從「飲食」這一方面對玄虛子進行勸說。

【注釋】❶玉食 比喻飲食的精美。❷窮滋致豐 指味道多種，品類繁多。窮，盡。滋，滋味。致，極；盡。豐，指品類豐富。❸簡犧 選擇鳥獸。簡，選擇。犧，古代祭祀用的純色牲畜。此泛指鳥獸。❹羽族 鳥類。❺考牲 選擇家畜。考，選擇。牲，供祭祀、食用的家畜。❻毛宗 指獸類。❼鮪 一種魚名。❽柔胎 幼胎。柔，幼嫩。❾潛豜 豜。豜藏於腹中，故云「潛豜」。❿豢龍 古代馬名。⓫朝陽之遺卵 指鳳凰在山的東面遺留下的蛋。朝陽，山的東面。語出《詩・大雅・卷阿》：「鳳凰鳴矣，于彼高岡。梧桐生矣，于彼朝陽。」⓬丹穴之飛凰 指丹穴山的鳳凰。丹穴，傳說中的山名。語出《山海經・南山經》：丹穴之山「有鳥焉，其狀如雞，五采而文，名曰鳳凰。」⓭神宰奇稔 指宰殺牲畜和收割的穀物都很稀有珍奇。稔，穀物成熟。⓮滋 滋味。⓯馨 馨香；香味。⓰素穎玉銳 比喻禾穗的色澤與形態都很精美。⓱灼 燦爛；鮮亮。⓲頽 墜落；落下。⓳玄雲 黑雲。⓴皎 皎潔。㉑緇匱 黑色的櫃子。緇，黑色。匱，通「櫃」。㉒素蟣 酒面上浮出的白色泡沫。蟣，酒面上的浮沫。㉓瀺灂 出沒貌。㉔滋芬溢 香味充溢。㉕徽 善；美。㉖爽 不合；差失。㉗介景福 祝福。介景，祝福。語出《詩・小雅・林茨》：「以妥以侑，以介景福。」㉘眉壽 頌祝語，長壽之意。㉙裕溫克 從容自足，蘊藉自持。裕，充裕；自足。溫克，本指醉酒後能蘊藉自持。後也指持有溫和恭敬的態度。溫，通「蘊」。蘊藉。㉚齊聖 聰明睿智；聰明聖哲。齊，通「齎」。明智。語出《詩・小雅・小宛》：「人之齊聖，飲酒溫克。」㉛饗 通「享」。享受；享有。

【語譯】通微大夫說：「珍奇精美的膳食，品味千種，品類豐富。都是精選出來的鳥禽家畜。有深水裡的鮪魚，天上飛翔的大雁。有母豹中取出的嫩胎，豢龍馬腹中取出的馬豜。有從山的東面撿取來的鳳凰遺留下的蛋，還有從丹穴山捕捉到的鳳凰。無論是宰殺的牲畜，還是收割的穀物，都很稀有珍奇，嘉美的禾穗，含有美味，散發馨香，潔白的禾穗，突出而美麗。色澤明亮，就像白雪從烏雲中降落，皎潔奪目，猶如明珠堆積在黑色的櫃中。酒面上浮出的白色泡沫湧動飄蕩著，芬芳的氣息與其他美味一起四處飄散。味道雖濃郁，但是很合口，氣味和暢又奇特。人們互相祝福長壽，溫和恭敬而又聰明聖哲。您能享用這些嗎？」

通微大夫曰：「豐居❶華殿❷，奇構❸磊落❹。萬宇雲覆，千楹林錯❺。仰綏❻瑰木❼，俯積瑌石❽。敷❾延袤❿之廣廡⓫，矯⓬凌霄⓭之高閣。秀⓮清暉乎雲表⓯，騰⓰藻蔭⓱之奕奕⓲。珍觀⓳清榭⓴，岳立㉑連行。雲階㉒飛陛㉓，仰陟㉔穹蒼㉕。聳浮柱而虬立㉖，施飛簷以龍翔㉗。回房旋室㉘，綴㉙珠襲㉚玉。圖畫神仙，延祐㉛承福㉜。懸闥㉝高達，長廊迴屬㉞。於是登漸臺㉟，理俊音㊱，鏡玄沚㊲，望長林㊳，逐狡獸，弋輕禽㊴。覽壯藝㊵以悅觀㊶，聆和樂㊷而怡心㊸。子能居之乎？」

【章旨】此章通微大夫描述了華屋美室以及遊樂生活，主要以「居住」來吸引玄虛子。

【注釋】❶豐居　高大的房屋。❷華殿　華麗的廳堂。❸奇構　奇特的結構。❹磊落　錯落分明貌。❺萬宇雲覆二句　極言房屋之多。宇，屋簷。雲覆，如雲覆蓋。楹，廳前的柱子。林錯，如樹林交錯。❻綏　通「妥」。下垂。❼瑰木　美麗奇特的樹木。❽瑌石　似玉的美石。❾敷　鋪開；擴展。❿延袤　南北長曰袤。延袤即連綿、伸展之意。⓫廣廡　長廊。廣，遠；距離長。廡，堂下周圍的走廊、廊屋。⓬矯　高舉；高。⓭凌霄　高聳入雲。凌，升。霄，雲霄。⓮秀　顯露；散發。⓯雲表　雲層。⓰騰　升。⓱藻蔭　指房屋亭閣華美的影子。藻，有文彩。蔭，影子。⓲奕奕　美好貌。⓳觀　樓臺。⓴榭　建在高臺上的木屋。多為遊觀之所。㉑岳立　高聳；如山聳立。岳，泛指高山。㉒雲階　高高的臺階。㉓飛陛　高高的臺階。陛，臺階。㉔陟　攀登。㉕穹蒼　天空；高空。㉖虬立　像虬龍的聳立。形容姿態的矯健。㉗龍翔　如龍飛翔。形容飛簷的形態。㉘回房旋室　曲折回環的房屋。回，回環。旋，回轉；旋轉。㉙綴　點綴。㉚襲　堆積；積累。㉛延祐　請求保佑。延，延請；請求。㉜承福　蒙福；得到保佑。㉝懸闥　高聳的門戶。闥，門；門戶。㉞迴屬　回環連屬。㉟漸臺　本是古代高臺名。這裡指高臺。㊱理俊音　指彈奏美妙的音樂。理，治理。此指彈奏。俊，美妙；美好。㊲鏡玄沚　觀看水中小島。鏡，明察；清楚地看見。玄沚，水中小塊陸地。㊳長林　茂林。㊴弋輕禽　指箭射飛禽。弋，以繩繫箭而射。輕禽，飛禽。㊵壯藝　這裡指開闊壯觀的景象。㊶悅觀　悅目。㊷和樂　和樂的音樂。㊸怡心　心怡；心情愉悅。

【語　譯】通微大夫說：「美麗高大的房屋，結構奇特，錯落分明。無數的屋舍，像雲一樣覆蓋，像樹林一樣密集。上面是高大奇麗的樹木，下面堆積著似玉的石頭。長長的迴廊，蜿蜒曲折，伸展開去，高高的樓閣騰空飛起，高入雲霄。在雲層中發出清麗的光輝，顯出美妙的影子。珍奇脫俗的樓臺亭榭，一個接著一個，如山嶽高聳。高高的臺階，向上攀登，似乎可達天空。屋柱聳立，像虬龍那樣站立，屋簷設計得幾乎像龍在飛翔。曲迴迂折的屋舍，裝飾珠寶美玉。圖上畫著神仙，可以讓他們降福，獲得保佑。高大的門戶高聳著，曲折的長廊回環連屬。於是登上高臺，彈奏清雅的音樂，看看清流中的小洲，遙望茂密的樹林，追逐狡猾兇猛的野獸，開弓射擊空中的飛禽。看到開闊壯觀的景象心情舒暢，聽到悅耳的音樂內心喜悅。你能到這種地方居住嗎？」

通微大夫曰：「金石❶諧而齊響，塤篪❷協而和鳴。於是才人進羽籥❸，玄弁❹被藻襲❺。俯縈領❻以鴻歸，仰矯首❼而鶴立。激長歌❽而丹脣，發鏗鏘❾乎柔木❿。合清商⓫以絕節⓬，揮流徵⓭而赴曲⓮。奏商荊之高歎⓯，詠易水之清角⓰。爾乃靚娥眉⓱之群麗，容既都⓲而又閑⓳。矯⓴纖腰以逐節㉑，頓㉒皓足於鼓盤㉓。舒妍暉㉔以妖韶㉕，若陵危㉖之未安。」

【章　旨】此章通微大夫描繪了一副輕歌曼舞、美女成群的圖畫，主要以音樂歌舞打動玄虛子。

【注釋】❶金石　指鐘磬類樂器。❷塤篪　古代樂器。❸羽籥　古代祭祀或宴饗時舞者所持的舞具和樂器。羽，雉羽。籥，一種編組多管樂器。❹弁　武官服皮弁，因稱武官曰弁。❺藻襲　華美的服飾。藻，文采。襲，一套衣服。❻縈領　此指盤旋的身姿。縈，盤旋迴繞。領，脖子。❼矯首　舉頭；抬首。❽激長歌　放聲高歌。激，唱出。長歌，放聲高歌。❾鏗鏘　指樂器發出的鏗鏘之聲。❿柔木　此指琴瑟等樂器。柔木，柔韌之木。多指可製琴瑟的桐、梓等木類。⓫清商　即商聲。古五音之一。其調淒清悲涼，故稱。⓬絕節　猶絕唱。⓭流徵　音調名。⓮赴曲　合曲。赴，應合；順應。⓯商荊之高歎　指楚國宋玉發出的曲高和寡的悲歎。商荊，即荊商，楚國的音樂。商，五音中的一種。荊，楚國。⓰易水之清角　指荊軻刺秦王，易水餞別時奏出的韻。易水，水名，發源於河北易縣。清角，即角音。古代五音之一。古人認為角音清，故曰清角。⓱娥眉　美女的秀眉。引申為美女的代稱。⓲都　優美貌。⓳閑　嫺淑。⓴矯　舞動；舉起。㉑逐節　隨著節拍。㉒頓　敲打。㉓鼓盤　擊盤以為節拍。㉔妍嘩　美好的姿容。㉕妖韶　妖嬈美好。㉖陵危　至危。陵，登；至。

【語　譯】通微大夫說：「鐘磬一類的樂器互相配合才能奏出音樂，塤篪也是要協作才能奏出和諧的樂聲。所以，有才華的人進獻羽籥表演，武士穿上裝飾華麗的衣服。低下迴旋盤繞的身姿就好像鴻雁飛回，抬起頭就像一隻仙鶴站在那裡。紅紅的嘴唇放聲高唱，琴瑟等樂器發出鏗鏘的音樂。合著悲涼的商音高唱，依曲彈出流徵曲調。奏出宋玉曾發出的和寡的高曲，詠歎易水餞別時的悲涼音樂。於是看見一群麗人，容貌美麗氣質嫺淑。細腰隨著節拍舞動，皓足敲打鼓盤以為節拍。姿容妖嬈美好，表現出彷彿至於危險的境地而不安的情態。」

通微大夫曰：「蓋聞沬北有采唐之思，淇上有送予之歎❶。〈關雎〉以寤寐為戚❷，〈溱洧〉以謔浪為歡❸。若夫妖嬪豔女❹，蒐群擢俊❺。穆❻藻儀❼於令表❽，茂❾當年❿之柔嫚⓫。罄⓬妍規⓭之約綽⓮，體每變而增閑⓯。秀紅蕤⓰其愉愉⓱，若餘穎⑱之可飡⑲。若夫靈晷⑳潛，徂顏㉑退，〈羽觴〉㉒升，清琴㉓厲㉔。因清明㉕以宣誠㉖，流微睇㉗而授愛。纖手㉘揮而鳴佩鏗，華衿㉙被則芳塵萃㉚。子其納之乎？」

【章　旨】此章通微大夫主要以秀色打動玄虛子。

【注　釋】❶沫北有采唐之思二句　一位男子在沫北采唐產生思念之情，發出離別的感歎。語出《詩・鄘風・桑中》：「爰采唐矣，沫之鄉矣。云誰之思？美孟姜矣。期我乎桑中，要我乎上宮，送我乎淇之上矣。」沫，古地名，春秋時衛邑。在今河南淇縣南。唐，女蘿，蔓生植物。淇，衛水名。❷關雎以寤寐為戚　指《詩・周南・關雎》中表達的無論醒著睡著都很思戀的憂傷。〈關雎〉云：「求之不得，寤寐思服。優哉遊哉，輾轉反側。」寤寐，醒時與睡時，即日夜。戚，憂慮；感傷。❸溱洧以謔浪為歡　指《詩・鄭風・溱洧》中表現出的戲謔放浪的歡樂情景。〈溱洧〉云：「維士與女，伊其相謔，贈之以勺藥。」謔浪，戲謔放蕩。❹妖嫿豔女　妖豔美麗的女子。❺蒐群擢俊　指美女是從眾女中選拔出來的。蒐，蒐拔；選拔。擢俊，選拔出色的人才。❻穆　美；和美。❼藻儀　美麗的儀表。藻，文彩。❽令表　美好的外表。令，美好。❾茂　豔麗。❿當年　指人生最美好的時期；正當妙齡。⓫柔嫚　婉媚豔麗。⓬罄　盡。⓭妍規　美麗的儀態。妍，美麗。規，風儀。⓮約綽　柔婉美好貌。⓯閑　嫻淑；淑善。⓰紅葼　紅花。⓱愉愉　和悅貌。⓲餘穎　美食；美味。⓳飡　同「餐」。吃。⓴靈晷　指日影。晷，日影。㉑徂顏　往日的容顏。徂，往昔。㉒羽觴　樂曲名，一般用為上壽曲。㉓清琴　音調清雅的琴。㉔厲　聲音高而急。㉕清明　指神智清淨明朗。㉖宣誠　示誠；表示誠心。㉗流微睇　指目光微視流盼。睇，斜視；流盼。㉘纖手　纖巧的手。㉙華衿　華貴的衣服。㉚芳塵萃　此指花落。形容女子有沈魚落雁、閉花羞月之貌。芳塵，落花。萃，止；停止。

【語　譯】通微大夫說：「一位男子在沫北采唐產生思念之情，發出離別的感歎。《詩・周南・關雎》中表達日夜思念是很憂戚的，《詩・鄭風・溱洧》中表現出戲謔放浪歡樂的情景。至於那些妖豔美麗的女子，都是從眾女中選拔出來的。儀表美麗，端莊大方，由於正當妙齡而婉媚豔麗。盡顯綽約的風姿，體態每每不同，都顯得優美動人。她們像剛剛盛開的紅花，悅目賞心，真是秀色可餐。隨著時間的流逝，往日的容顏慢慢衰老，漸漸唱起祝壽的歌，清雅的琴聲也越來越激昂。趁著神智清淨明朗，表示內心的真誠，眼睛流盼之間表達內心的愛慕。纖巧的手揮動時，身上的佩飾發出撞擊聲，穿上華貴的衣服，那豔麗的容顏讓鮮花也為之掉落。你是不是娶納她呢？」

通微大夫曰：「塗有殊而一致，業有殊而名約❶。各因姿❷以效績❸，期寄響❹於天人❺也。孰與顯奇縱❻於萬邦❼，撫六轡❽而高遊❾，瞰❿八宇⓫以攄眄⓬，齊⓭清風⓮乎諸侯？言成否泰⓯，氣作溫涼⓰。弭⓱侵略於強暴⓲，綜⓳墜紀⓴乎危邦。子豈不願斯之雍容㉑乎？」

【章　旨】此章通微大夫以功成名就之人的卓絕功績以及雍容威儀打動玄虛子。

【注　釋】❶名約　名稱的界說。❷因姿　憑藉的姿態。此指處世態度。❸效績　取得成效、功績。❹寄響　猶言傳名；顯名。❺天人　特指天子。❻奇縱　猶奇績。卓越的功績。❼萬邦　所有諸侯國。後引申為天下、全國。❽撫六轡　猶言駕車。撫，持。轡，轡繩。六轡，古一車四馬，馬各二轡，其兩邊驂馬之內轡繫於軾前，謂之軜，御者只執六轡。此代指車馬。❾高遊　遠遊。❿瞰　俯視。⓫八宇　八方之地。⓬攄眄　猶攄望。展望；遠望。眄，斜視。⓭齊　齊同；共有。⓮清風　清惠的風化。⓯言成否泰　指言談關乎國家的安危。否泰，命運的好壞；境遇的順逆。⓰氣作溫涼　指氣節關乎國家的盛衰。溫涼，猶言盛衰。⓱弭　安定；順服。⓲強暴　驕橫兇暴。⓳綜　治理。⓴墜紀　猶墜緒。指行將斷絕的皇統。墜，丟失。㉑雍容　容儀溫文。形容華貴，有威儀。

【語　譯】通微大夫說：「道路有所不同而目標是一致的，事業有所不同而對聲名的界說卻相同。人們都以各自的方式做出功績，希望傳名於天子。誰又能與這些人相提並論呢，他們在天下擁有卓絕的功績，駕著馬車遠遊天下，俯視八方之地，使諸侯各國都擁有清惠的風化。他們的言談關涉國家的安危，他們的氣節關涉國家的盛衰。能夠使驕橫兇暴的侵略停止，能夠使行將斷絕的皇統、危亂的國家得到延續和整頓。你難道不願意成為這樣功成名就的人嗎？」

通微大夫曰：「明主應期❶，撫民❷以德。配仁風❸於黃唐❹，齊威靈❺乎宸極❻。彝倫❼幸序❽，庶績❾咸乂❿。盪流風⓫於雍俗⓬，給天民⓭乎齊泰⓮。是以玄靈⓯感而表應⓰，嘉神⓱繁而畢覿⓲。舞唐庭之來儀⓳，鳴岐陽之鸑鷟⓴。應天監㉑之休命㉒，荷㉓神聽㉔之介福㉕。然聖主達持盈㉖之寶術，寤經國之在賢。各畢榮㉗於分局㉘，期贊化㉙於大鈞㉚。吾子豈不欲縻好爵㉛於天宇㉜，顯列業㉝乎帝臣歟！」

【章旨】此章通微大夫認為太平盛世正是大展鴻圖的機會，以功名打動玄虛子。

【注釋】❶應期　順應期運。❷撫民　安撫百姓。❸仁風　言仁義恩澤如風之遍布。❹黃唐　黃帝與唐堯的並稱。❺威靈　聲威。❻宸極　北極星。古代認為北極星是最尊之星，為眾星所拱，因此比喻帝位。❼彝倫　常理；常道。❽序　次序；規律。❾庶績　各種事業。❿乂　治理。⓫盪流風　使前代美好的風氣發揚光大。盪，廣大；光大。流風，遺風。指先代流傳下來的好風氣。⓬雍俗　和諧的風俗。雍，和諧。⓭天民　此指人民。⓮齊泰　太平。⓯玄靈　神靈。⓰表應　明顯的應證。⓱嘉神　對神靈的美稱。嘉，美；善。⓲畢覿　畢見。畢，皆；全。覿，見。⓳舞唐庭之來儀　指鳳凰來舞唐堯之庭，有容儀。唐庭，指唐堯之世。鳳凰來儀，古人以為瑞應。⓴鳴岐陽之鸑鷟　言周代興起，鳳凰在岐山之南鳴叫。岐陽，岐山之南。鸑鷟，鳳凰的別名。《國語》言「周之興也，鸑鷟鳴於岐山。」㉑天監　上天的監視。㉒休命　美善的命令。㉓荷　蒙受；承受。㉔神聽　猶「天監」。神靈的視聽。㉕介福　大福。㉖持盈　保守成業。㉗畢榮　共榮；全部繁榮。㉘分局　職司；職分。㉙贊化　贊助教化。㉚大鈞　指天地自然。鈞，古代做陶器用的轉輪。自然界形成萬物好像大鈞能造各種陶器，故稱大鈞。㉛縻好爵　被好的官爵牽制束縛。猶言做官、出仕。縻，束縛；牽制。㉜天宇　天下。㉝列業　大的功業。列，大；顯。

【語譯】通微大夫說：「聖明的君王順應期運而出現，用仁德之心安撫百姓。他的恩澤仁義廣大浩蕩，可與黃帝與唐堯並稱，他的聲威可與天帝齊同。天下常理皆有秩序地運行，各種事業皆得到治理。前代美好的風氣得以發揚光大，給百姓帶來了一個太平盛世。因此，神靈感動，各種各樣的祥瑞都出現了。就像唐堯盛世鳳凰來舞，周代興盛鳳凰在岐山之南鳴叫。順應上天美善的命令，蒙受神靈賜予的大福。然而，聖主通曉保守成業的寶貴辦法，明白治理國家需要賢德的人才。百官各司其職，各成其功，期望百官能贊助天地自然的教化。您難道不想出仕，獲得好的官爵，作為帝王之臣，顯示自己的大功業嗎！」

玄虛子作❶而言曰：「甚❷哉！鄙人❸之惑❹也。猶窮繩自逸於井幹❺，憑河盜本於黃川❻。欽❼至論❽，敷敝衽❾，謹❿聞命⓫於王孫⓬。」

【章旨】此章玄虛子表示讚佩通微大夫的觀點，決心出仕為朝廷效力。

【注釋】❶作　站起。表示恭敬。❷甚　過分；厲害。❸鄙人　鄙陋之人。玄虛子的謙稱。❹惑　迷惑。❺窮繩自逸於井幹　破爛的繩索本已無用，但是躺在井欄邊自感舒適。比喻自己自以為是。窮，破舊；破爛。逸，安閒；無所用心。井幹，井上圍欄。❻憑河盜本於黃川　去黃河中盜取樹木。比喻南轅北轍。憑，靠；臨近。本，草木的根。此指草木。黃川，黃河。❼欽　欽佩；敬佩。❽至論　高論。❾敷敝衽　即敷衽。揭開前襟，以示坦率。敝衽為自謙。❿謹　恭敬。⓫聞命　聽命；受命。⓬王孫　舊時對人的尊稱。

【語譯】玄虛子起身回答：「我這見識淺薄的人，真是迷惑得太厲害了。就像破爛的繩索本已無用，卻自以為是地躺在井欄邊自感舒適，也像去黃河中盜取樹木，結果是南轅北轍。非常欽佩您的高論，非常坦誠地希望得到您的指點。」

【研　析】自漢代枚乘〈七發〉之後，從漢至西晉陸機，「七體」創作代有人作。枚乘〈七發〉主要借吳客向楚太子進諫七事以諷諫膏粱子弟的奢侈生活，認為只有諸子的精妙之言才能改變因沈湎享樂生活帶來的弊端。東漢初期的傅毅在此基礎上創作〈七激〉，通過徒華公子與玄通子之間的對答，對漢明帝之時不能求賢的現實進行諷刺。「七體」主題從傅毅以後，由以前與帝王之間的對答表達對帝王的勸諫，轉向士大夫自身之間的對答，其所反映的是士大夫對現實政治的不滿與微諷。陸機〈七徵〉很明顯繼承了傅毅之後「七體」的這一主題思想。

值得注意的是「七體」這種問答形式，雖是主客問答，但在表現形式上卻是以客抑主，即賓客的話語權力不僅在篇幅上佔有絕對優勢，而且在對答的最後結果上也處於絕對主導地位。從思想上看，受話一方往往代表遁世隱居；發話一方則是傾向出仕為官者的代表。因而，這種反客為主的方式，無疑向我們展示了出世與入世的矛盾以及出仕的積極有為思想的最後勝利。〈七徵〉虛構玄虛子與通微大夫兩人，玄虛子代表隱士，通微大夫則代表招賢納士的朝廷中人。全文八段，文中六段篇幅都是通微大夫的長篇大論，主要通過奇膳玉食、豐居華殿、音樂歌舞、美女秀色、華貴威儀以及太平盛世七個方面，力陳出仕為官的好處。〈七徵〉對玄虛子的表現只有前後兩段，比起長達六段的通微大夫的言論，玄虛子的生活和言論實在是太過於蒼白和無趣了，他的「棄時俗而弗徇，甘漁釣於一壑」，在現實面前似乎根本不堪一擊。因而，在通微大夫的勸諫下，玄虛子欣然允諾，表示願意出仕。

作為賦之一體的「七體」，有著諷諫世事的功能。陸機此篇諷諫可能有二。

其一，微諷時君不能招賢。陸機此篇的創作背景沒有更多的記載，如果我們聯繫東漢傅毅〈七激〉創作背景，似不難窺見陸機此篇的創作動機。范曄《後漢書．文苑傳》載傅毅著此賦是為了諷諫漢明帝選賢不力，未能使賢人盡顯。可見，傅毅作賦意在微諷漢明帝不能真正崇儒，並用此招賢。但是若無史書記載，只就作品本身，我們已很難窺見傅毅的良苦用心。陸機的〈演連珠五十首〉，有很多篇章是討論聖明君王應因時制宜，積極納賢，而且納賢不只是一種策略，同時應是君王必備的禮賢下士的從政態度，必須營造出一個賢才應時而出的氛圍。而賢臣一旦蒙受重用，一定會竭盡才智，為國效力。陸機認為隱居並非出於對獨處愛好的天性，而是因世道黑暗保持節操的不得已之舉。陸機〈七徵〉等「七體」中表現的隱士的被動與失語的境地，只因創作者不是以隱士作為一個言說的對象，目的並不是彰顯隱士特立的節行與出世的人格，而是藉以微諷時君不能招賢。

其二，對現行官員行為的諷刺。賦體以頌為諷的方式也是「七體」的一個突出特徵。從枚乘〈七發〉始，其說七事中的六件事，以飲食、車馬、遊觀等享樂生活打動病中的楚太子，太子皆無起色，唯獨「要言妙道」讓太子翻然醒悟，病體恢復。由此可見，對享樂生活的描述甚至是欲以此治病並不是吳客之本意，卻是對此生活的微諫。這種手法通過傅毅〈七激〉的繼承，成為「七體」的一個共同模式。陸機〈七徵〉通微大夫的六段陳述，前五段其實是世俗之人對現行出仕利益的看法，即具有優裕的物質生活待遇、聲色之樂以及高貴的社會地位。這也是通微大夫藉以打動玄虛子的武器。篇中已省去了玄虛子對具體各事的反映態度，按照「七體」的體例，通微大夫所說的在奇膳玉食、豐居華屋、音樂歌舞、美女秀色、高貴地位這五個方面，應是作者以頌為諷的表現。但是通微大夫的言說對象是玄虛子，因而，這五個方面也就構成不了對玄虛子的勸諫，而是作者借「七體」這種方式表達對現世官員的行為的不滿與微諷。因為，玄虛子最後答應出仕，並非出於這幾個方面的考慮，而是通微大夫最後所說的聖明之君與清明之世。再者，我們還可以從陸機對賢臣的政治角色的期待方面看出這一點。陸機〈演連珠〉對賢臣的節操特別推崇，如言「良宰謀朝，不必借威；貞士衛主，脩身則足」(十五)，強調宰輔在朝不靠威勢而是靠修養折服敵國。

綜上，陸機〈七徵〉主體與形式均沿襲前代，招隱的方式表達的並非招隱的主題，而是對時君求賢不篤以及對現世官員的奢侈享樂生活的微諷。

此外，此篇在結構上雖無甚新意，但在具體表現上，語言華麗，形象生動。如寫「豐居華殿」一節云：

「萬宇雲覆，千楹林錯。仰綏瑰木，俯積瑛石。敷延袤之廣廡，矯凌霄之高閣。」像這樣對偶工整，辭藻華麗的句子篇中甚多。見出陸機描寫的細緻與駕馭語言的能力。

卷六（賦補遺）

祖德賦

【題解】此篇出自《藝文類聚》卷二〇。本篇歌頌了祖父陸遜的功德。

咨[1]時文[2]之懿祖[3]，膺[4]降神[5]之靈曜[6]。棲[7]九德[8]以弘道[9]，振[10]風烈[11]以增劭[12]。彼劉公之矯矯，固雲網之逸禽。既憑形以傲物，諒傅翼而棲林[13]。伊我公[14]之秀武[15]，思無幽[16]而弗昶[17]。形鮮烈[18]於懷霜[19]，澤溫惠[20]乎挾纊[21]。牧希世[22]之洪捷[23]，固山谷而為量[24]。西夏坦其無塵[25]，帝命[26]赫而大壯[27]。登具瞻[28]於太階[29]，濯長纓乎天漢[30]。解戎衣[31]以高揖[32]，正端冕[33]而大觀[34]。戢[35]靈武[36]於既曜[37]，恢[38]時文於未煥[39]。騰絕風[40]以逸鶩[41]，庶遐蹤[42]于公旦[43]。

【注釋】❶咨　歎詞，表示讚賞。❷時文　當代的文明。指禮樂制度。❸懿祖　有美德的先祖。懿，美；美德。《易・小畜》：「君子以懿文德。」❹膺　受；接受。❺降神　指神靈降臨。《詩・大雅・崧高》：「崧高維嶽，駿極於天。維嶽降神，生甫及申。」❻靈曜　日月。此指日月之光。❼栖　棲息。此指涵養。❽九德　為人的九種品德。說法不一，《周書・常訓》：「九德：忠、信、敬、剛、柔、和、固、貞、順。」❾弘道　弘揚大道。❿振　發揚。⓫風烈　教化功業。⓬劭　美。⓭彼劉公之矯矯四句　蓋指劉備與陸遜夷陵之戰，劉備大敗之事。劉公，蓋指劉備。矯矯，勇武貌。雲網，捕鳥用的大網。逸禽，逃逸之禽鳥。憑形，依恃外在的行為。此指劉備依恃為漢室之後。傲物，傲視萬物。諒，確實。傅翼，添翼。栖林，棲息樹林。⓮我公　對所頌揚的人的尊稱。⓯秀武　猶言文武兼備。秀，特異；優秀。⓰幽　深；深奧。⓱昶　暢；通。⓲鮮烈　美好。鮮，善；美好。烈，美好；美妙。⓳懷霜　喻高潔。語本《後漢書・文苑傳下・禰衡》：「忠果正直，志懷霜雪。」⓴澤溫惠　恩澤溫和仁慈。溫惠，溫和仁慈。《左傳・昭公二十七年》：「平王之溫惠共儉。有過成莊，無不及焉。」㉑挾纊　意謂忘寒。《左傳・宣公十二年》：「楚子伐蕭，申公巫臣曰：『師人多寒。』王巡三年，拊而勉之，三軍之士，皆如挾纊。」纊，綿。㉒希世　世所希有之意。㉓洪捷　大功。捷，勝；功。㉔山谷而為量　猶言具有「山不厭高，水不厭深」的胸懷。量，氣度；氣量。㉕西夏坦其無塵　言西部邊陲百姓安寧，沒有戰爭。西夏，相傳為我國古代西方的小國名。此指吳國西陲荊州一帶。坦，安靜；安寧。無塵，此指沒有戰火硝煙。㉖帝命　猶王命。此指國運；國家的命運。㉗赫而大壯　形容國運顯赫壯大。赫，顯。大壯，本是卦名，乾下震上，陽盛陰消，君子道勝之象。㉘具瞻　語出《詩・小雅・節南山》：「赫赫師尹，民具爾瞻。」疏：「尹氏為太師，既顯盛處位尊貴，故下民俱仰汝而瞻之。」後人每引以稱處於高位者。㉙太階　古星名，即三台，上台、中台、下台各二星，相比而斜上，如臺階，故名。此喻三公之位。北齊〈褚淵碑文〉：「公之登太階而尹天下，君子以為美談。」㉚濯長纓乎天漢　言在朝廷做官。此化用「滄浪之水清兮，可以濯我纓；滄浪之水濁兮，可以濯我足」。濯，洗；洗滌。纓，帽帶。天漢，天河。㉛解戎衣　解下戰衣。㉜高揖　告別；辭謝告退。㉝端冕　玄衣和禮服，古代帝王、貴族的禮服。㉞大觀　言被人所瞻仰。《易・觀》：「大觀在上，順而巽。中正以觀天下。」孔穎達疏：「謂大為在下所觀，唯在於上。由在上既貴，故在下大觀。」㉟戢　斂；收。㊱靈武　威靈；威武。㊲曜　光曜。㊳恢　弘揚。㊴煥明。㊵騰絕風　猶言乘風凌空之意。騰，升。絕，超過。㊶逸騖　馳騖；奔馳。㊷遐蹤　先賢的事蹟。此用作動詞，指心中追慕先賢。㊸公旦　即周公旦，西周初期政治家，姓姬名旦，也稱叔旦。文王子，武王弟，成王叔。輔武王滅商。武王崩，成王幼，周公攝政。

【語　譯】創立當代禮樂制度的有美德的先祖，接受神靈降臨的光耀。涵養懷抱九德來弘揚大道，發揚教化功業以增加美德。那勇武的劉公，本來是捕鳥大網下逃逸的一隻禽鳥而已。他依恃外在的行為，傲視天下，其實只不過添上了翅膀，棲息樹林。我公文武兼備，即使再深奧的地方思慮也能暢通。外在的行為美好高潔，恩澤溫和仁慈使人忘記寒冷。創下曠世的功勞，本就具有山谷一樣的氣度。西部邊陲百姓安寧，沒有戰爭，國運顯赫壯大。登上三公的高位，在朝廷做官任職。解下戰衣，告別戰場，玄衣和禮服穿戴整齊，被人瞻仰。收藏起光耀的威武，弘揚尚未光大的禮樂制度。乘風凌空奔馳，希望能追隨心慕已久的周公。

【研　析】此賦錄自《藝文類聚》卷二〇「人事部」「孝」類，其錄入作品皆為頌祖思親之作，陸機除此賦外，還錄有〈述先賦〉、〈思親賦〉。陸機外，錄有梁孝武帝〈孝思賦〉、漢蔡邕〈祖德頌〉、晉庾峻〈祖德頌〉等等。此賦當為頌揚追思祖先之作，從所述內容來看，係指陸機的祖父陸遜。

吳大帝赤烏七年（西元二四四年），孫權拜陸遜為丞相，下詔稱讚陸遜說：「惟君天資聰叡，明德顯融，統任上將，匡國弭難。夫有超世之功者，必應光大之寵；懷文武之才者，必荷社稷之重。昔伊尹隆湯，呂尚翼周，內外之任，君實兼之。今以君為丞相……」詔書中所言陸遜文武兼備，出將入相，確實是陸遜的突出之處。本賦突出了陸遜兩個方面的功績。在武功方面，陸遜的突出戰績表現在夷陵之戰中大敗劉備，賦中的劉公或即指劉備。夷陵戰功，陸遜表現出獨排眾議的果斷與將帥才能。夷陵戰後的次年劉備病卒，吳西陲再無大的危害，陸遜功不可沒。陸遜不僅有非凡的將才，而且還具有治理國家的文才。時刻注意著國家法制以及用人制度方面的建設，對吳主多有進言。只可惜陸遜任丞相只有短短的一年即去世，雖有許多設想，未能付諸實行，這也許就是賦中所說的「戢靈武於既曜，恢時文於未煥」。

述先賦

【題解】本篇出自《藝文類聚》卷二〇。賦中陳述了先父陸抗佐吳的功德及對吳國國運的影響。

仰❶先后❷之顯烈❸，懿❹暉祚❺之允輯❻。應遠期❼於已曠❽，昭❾前光❿於未戢⓫。抱朗節⓬以遐慕⓭，振奇迹⓮而峻⓯立。在虐臣之貪禍，據西山而作違⓰。招長轂⓱於河畔，飲冀馬⓲乎江湄⓳。頓雲網而潛泳，揮神戈而外臨⓴。敵罔隆㉑而弗夷㉒，逆無微㉓而不禽㉔。茂德㉕韡㉖其既休㉗，元勛㉘曄㉙而荐舉。襲㉚袞服㉛於太階㉜，配三台㉝乎其所是。故其生也榮，雖萬物咸被其仁；其亡也哀，雖天網㉞猶失其綱㉟。嬰㊱國命㊲以逝止㊳，亮㊴身沒而吳亡。

【注釋】❶仰　仰慕。❷先后　前代聖明君主。后，君王。❸顯烈　顯赫的功業。❹懿　美德。此處用作動詞。仰慕讚美之意。❺暉祚　昌明的國運。暉，昌明。祚，國祚；國運。❻允輯　綿延。❼遠期　指期望時間久遠。❽曠　曠遠；久遠。❾昭　明亮。此處用作動詞，使明亮。❿前光　前代之光。喻前世功業。⓫戢　止息。⓬朗節　猶高節。峻朗之節。⓭遐慕　對過去人、事的企慕、敬仰。⓮振奇迹　猶言建立奇功偉績。⓯峻　高。⓰在虐臣之貪禍二句　指吳西陵督步闡投降西晉之事。吳言徵召武軍西陵督步闡，闡世在西陵，猝被徵，自以失職，且懼有讒，據城降晉。吳派陸抗圍取步闡。抗拔西陵，誅闡及同謀將吏數十人，皆夷三族。陸機〈辨亡論〉也甚稱陸抗平步闡叛亂之功。虐臣，叛逆之臣。指步闡。貪禍，貪功招禍。西山，此指西陵城。作違，指叛吳降晉。⓱長轂　指兵車。轂，車輪中的圓木。代指車。⓲冀馬　本指古冀州之北所產的馬。此泛指馬。⓳江湄　江邊。湄，岸邊。⓴頓雲網而潛泳二句　頓，捨棄。雲網，捕鳥用的大網。潛泳，本指不露出水面的游泳。此指避實就虛的作戰方略。揮，揮動；指揮。神戈，代指有威力的兵器。引申為武力。外臨，指向外出擊。㉑隆　強大；強盛。㉒夷　平；平息。㉓逆無微　叛逆無論多麼小。㉔禽　通「擒」。抓住。㉕茂德　茂盛的德行；高德。㉖韡　光明。

㉗休　休美；美好。㉘元勛　大功。㉙曄　盛；盛大。㉚襲　穿。㉛袞服　袞衣。古代帝王及上公穿的繪有卷龍的禮服。㉜太階　古星名，即三台，上台、中台、下台各二星，相比而斜上，如臺階，故名。此喻三公之位。㉝三台　星名。《晉書·天文志上》：「三台六星，兩兩而居……在人曰三台，在台曰三台，主開德宣符也。西近文昌二星曰上台，為司命，主壽。次二星曰中台，為司中，主宗室。東二星曰下台，為司祿，主兵，所以昭德塞違也。」喻三公。㉞天網　上天布下的羅網。指朝廷的統治。㉟綱　提網的總繩。《書·盤庚上》：「若網在綱，有條而不紊。」㊱嬰　通「纓」。牽繫；牽連。㊲國命　猶國運。㊳逝止　去止。指國運的延長與消失。㊴亮　確實。

【語　譯】仰慕前代聖明君主顯赫的功業，讚美昌明的國運綿延不斷。接應久遠的國運，還期望它久遠不絕，光大前代的功業使它永不止息。懷抱著高風亮節，企慕達到前賢的境界，建立奇功偉績而光照萬代。朝廷中有叛逆之臣，貪功招禍，依恃西山作出叛逆之舉。在河邊招集兵車，在江岸給戰馬飲水。將捕鳥用的大網收起，採用避實就虛的作戰方略，指揮神奇的兵力，向外出擊。敵人無論多麼強大都會被平息，叛逆無論多麼小都會被擒住。茂盛的德行光明美好，大功告成而被舉薦。在三公之位上穿上袞服，與天上的三台星相配是多麼的合適。所以他活著的時候非常榮耀，天下萬物都感受到他的恩澤；他的逝去令人哀痛，這是朝廷失去了重要的臣子，猶如天網失去了提網的總繩。他的命運繫連著國家的命運，的確如此，他身死之後，吳國也就滅亡了。

【研　析】這篇賦寫作吳亡之後、入洛之前，可能與〈辨亡論〉寫於同一時間。作為頌揚先人功德的作品，首先就是應該抓住先人的主要業績加以歌頌。陸機的父親陸抗，為吳著名的將領。在他的戎馬生涯中，最為顯赫的戰功就是平定了步闡的叛亂，穩定了吳國西部邊陲。平叛成功之後，陸抗本人因之升為大司馬、荊州牧，更為重要的是他使走向衰亡的吳國暫時得以穩定，國祚因之綿延。步闡之亂發生在吳末帝鳳凰元年（西元二七二年），兩年後，陸抗即病卒。再六年，吳被晉滅。陸抗對於時政多有匡正，但吳主孫皓荒淫疏政，不聽諫言。陸抗病危之際，仍上疏請吳主留意西陲，出策布防，但終未能實施。後來晉將王濬順流而下，所到之處，攻無不克，而這一切原本都在陸抗的預料之中。設使陸抗年壽長久，而吳主又發憤有為，吳或許不會如此速亡。所以，陸機賦中所言「嬰國命以逝止，亮身沒而吳亡」，確非虛美之言。所以這篇賦雖是以頌先人之功德為主，但是我們從中依然可以感受到濃重的國家興亡之慨。

別賦

【題解】本篇出自《藝文類聚》卷三〇。主要描寫了一位女子對公子在別前與別後的思念。

伊公子❶之可懷❷，悲永別之局期❸。悼同居❹之無樂，曾不踰❺乎一期❻。經春秋之寒暑，常戚戚❼而不怡❽。登九層❾而脩觀❿，超⓫臨遠⓬以相思。

【注釋】❶公子　指富貴人家的子弟。❷懷　思念。❸局期　臨近分別的日期。局，近；臨近。❹同居　共同生活。❺踰　超過。❻一期　一年。❼戚戚　憂愁貌。❽怡　高興。❾九層　九重；九級。此指九層之臺。《老子》：「九層之臺，起於累土。」❿脩觀　修建樓臺。觀，樓臺。⓫超　高；高遠。⓬臨遠　猶登高望遠。

【語譯】公子讓人思念，心中悲傷，因為永別的日期即將臨近。悲哀共同生活的時光沒有歡樂，竟然還沒有到一年的時間。經過春秋冬夏，常常憂愁而不開心。登上九層之臺再修建樓觀，可以登高遠望來表達相思之情。

【研析】江淹寫過一篇著名的〈別賦〉，其中「黯然銷魂者，唯別而已矣」的感歎，令人對離別心折骨寒。江淹描寫了不同的人的不同離別之情狀。陸機此篇也為〈別賦〉，可能不是全篇。就現有片段來看，它描寫了一對戀人的分離，以一位女子的口吻，傾訴了別前與別後的相思。從藝術的表現手法上來看，有所謂以樂寫哀，哀增其倍的說法。往往以別前的歡樂襯托別後的痛苦。而此賦卻是寫出別前之苦，表現在相聚之短，只有不到一年的時間，而這短短一年的生活卻是沒有歡樂，憂愁滿懷。從「登九層而脩觀，超臨遠以相思」的別後相思來看，這一年的無歡，恰恰是因為這短暫的相聚，永別的又要到來。所以短短的幾句分別從別前別後的無歡與相思中，寫出了主人公對離別的極度憂傷。因而，以樂寫哀固可增其哀，但是以哀寫哀也可達到同樣的效果，而當我們熟悉了哀樂的表現手法之後，這種效果顯得尤為顯著。

感丘賦

【題　解】本篇出自《初學記》卷一四。

生矜跡❶於當世，死同宅❷乎一丘。翳❸形骸❹以下淪❺兮，漂營魂❻而上浮。隨陰陽以融冶❼，託山原以為疇❽。妍媸❾混而為一，孰云識其所修❿。必妙代⓫以遠覽⓬兮，夫何徇⓭乎區陳⓮。

【注　釋】❶矜跡　可以向人誇耀的功業。❷同宅　居住在同一個地方。引指埋葬在同一處。❸翳　掩埋。❹形骸　軀體。❺下淪　埋在地下。淪，淹沒。❻營魂　飄浮不定依附於身體的魂靈。營，營營，飄浮不定貌。❼融冶　分解深化。❽疇　通「儔」。同類；伴侶。❾妍媸　美好和醜惡。❿修　善；美好。⓫妙代　猶言絕世、絕代。此指功德卓著。⓬遠覽　讓後代瞻仰。⓭徇　求；追求。⓮區陳　指埋葬地域。

【語　譯】活著的時候，以功業誇耀當世，死後與其他人共同埋於一個山丘。將軀體埋藏到地下，魂魄飄飄不斷向上浮遊。軀體隨著陰陽之氣分解深化，寄託在山川原野中，與它們長伴。美好與醜惡這時都混而為一，沒有區別，誰能知道他生前的善處。一定要超越同時代的人並得到後人的瞻仰，那麼到了墓地又將追求什麼呢。

【研　析】本書卷三有《感丘賦》一篇。此篇或為卷三《感丘賦》中一段散佚的文字。如果說卷三中《感丘賦》，主要描寫了作者旅途中見到墳墓時的感受，表現人們無法逃脫死亡命運的悲哀以及對死亡遲點到來的期待，那麼，此段《感丘賦》主要陳述死亡將消除人們活著時的所有差別，如美與惡、貴與賤等等，用死亡哲學消除生存時的困苦，這既是對死亡的超越，也是對活著的思考。

詩

卷七

皇太子宴玄圃宣猷堂有令賦詩

【題解】皇太子，即愍懷太子遹，字熙祖。惠帝即位，立為皇太子。玄圃，園名，在東宮的北面。宣猷堂，在園中。宣猷，意指明達而順乎事理。時陸機為太子洗馬，應太子命作此詩。詩中稱讚了晉王朝及皇太子。

三正①迭紹②，洪聖啟運③。自昔哲王④，先天而順⑤。群辟⑥崇替⑦，降⑧及近古⑨。黃暉⑩既渝⑪，素靈⑫承祜⑬。乃眷斯顧⑭，祚之宅土⑮。三后⑯始基⑰，世武⑱丕承⑲。協風⑳旁駭㉑，天晷㉒仰澄㉓。淳曜㉔六合㉕，皇慶攸興㉖。自彼河汾，奄齊七政㉗。時文㉘惟晉，世篤㉙其聖㉚。欽翼㉛昊天㉜，對揚㉝成命㉞。九區㉟克咸㊱，謳歌以詠。皇上纂隆㊲，經教弘道㊳。于化㊴既豐㊵，在工㊶載考㊷。俯釐㊸庶績㊹，仰荒㊺大造㊻。儀形㊼祖宗，妥綏㊽天保㊾。篤生㊿我后[51]，克明克秀[52]。體輝重光[53]，承規[54]景數[55]。茂德[56]淵沖[57]，天姿[58]玉裕[59]。蕞爾[60]小臣，邈[61]彼荒遐[62]。弛厥[63]負擔[64]，振纓[65]承華[66]。匪願伊始[67]，惟命之嘉[68]。

【注釋】①三正　此指夏、商、周三代。夏正建寅，殷正建丑，周正建子，合稱三正。②迭紹　依次更替。迭，更迭；輪流。紹，承繼。③洪聖啟運　此句言大聖受天祿，即皇帝開啟世運。洪聖，本指大聖。古人認為天是主宰萬物的神靈，因用以指天。洪，大。運，祿。④哲王　賢明的君主。⑤先天而順　此言在天時之前行事，天也不違背他的意志，非常順利。先天，謂先於天地而行事，有先見之明。語出《易・乾》：「夫大人者，與天地合其德，與日月合其明，與四時合其序，與鬼神合其吉凶，先天而天弗違，後天而奉天時。」孔穎達疏曰：「先天而天弗違者，若在天時之先行事，天乃在後不違，是天合大人也。」⑥群辟　謂四方諸侯。亦統指王侯、公卿、大夫、士。《書・周官》：「六服群辟，罔不承德。」孔傳：「六服諸侯，奉承周德。」⑦崇替　興廢盛衰。⑧降　降至；直到。⑨近古　與遠古相對而言，指距今不遠的時代。⑩黃暉　指三國魏之國祚。⑪既渝　已經改變。渝，變。⑫素靈　晉朝人稱本朝。⑬承祜　承接大福。承，繼承；接續。祜，大福。指建立晉朝。⑭乃眷斯顧　指上天垂顧。乃，於是。斯，語助詞，無義。⑮祚之宅土　賜給疆土。祚，賜；賜福；佑助。《國語・周語下》：「皇天嘉之，祚以天下。」⑯三后　指高祖宣帝司馬懿、世宗景帝司馬師、太祖文帝司馬昭。⑰始基　開始打下基礎。基，奠定基礎；創建。⑱世武　指世祖武帝司馬炎。⑲丕承　很好地繼承。舊指帝王承天受命。晉至司馬炎時始代魏稱帝。⑳協風　春天溫和的風。㉑旁駭　猶言向四方吹散。旁，旁邊。駭，駭散；吹散。㉒天晷　日；太陽。晷，日。㉓仰澄　謂天空澄淨。仰，抬頭；臉向上。《易・繫辭上》：「仰以觀偏差天文，俯以察於地理。」㉔淳曜　光明；光耀。㉕六合　天下；人世間。㉖皇慶攸興　皇家的慶典所以產生。皇慶，皇家的慶典。攸，所。興，產生。㉗自彼河汾二句　言晉從所封之地佔有天下，統一政權。河汾，黃河與汾水，晉所封之地在此。奄，覆蓋；廣泛地佔有。齊，統一。七政，喻各自為政的局勢。語出《書》：「璿璣玉衡，以齊七政。」孔安國曰：「七政，日月五星各異政也。」㉘時文　當代的文明。指禮樂制度等。㉙篤　篤信。㉚聖　聖明；聰明睿智。㉛欽翼　恭敬謹慎。㉜昊天　蒼天；上天。㉝對揚　古代常語，凡臣受君賜時多用之，兼有答謝頌揚之意。㉞成命　既定的天命。㉟九區　九州。㊱克咸　協和；統一。克，能夠。咸，和睦；同心。㊲纂隆　繼承大業。㊳經教弘道　指教以儒家經典，弘揚大道。㊴于化　教化。于，用於句首，無義。㊵豐　豐大；豐盛宏大。㊶工　指百官。㊷載考　又加以考核。載，又。考，考成；在一定的時期內考核官吏的政績。㊸釐　治理；處理。㊹庶績　眾多的事情。㊺荒　大。此指效法。㊻大造　指天的功勞。㊼儀形　效法。㊽妥綏　安定。㊾天保　上天保佑，使之安定。㊿篤生　生而得天獨厚。(51)我后　對皇太子的尊稱，時陸機為太子洗馬，故稱「我后」。后，君王。(52)克明克秀　明察是非，才能出眾。克，能夠。(53)重光　指日月之光。(54)承規　繼承效法。規，效法。(55)景數　天運。(56)茂德　盛德。(57)淵沖　深厚沖和。(58)天姿　美豔的姿色。(59)玉裕　美玉似的姿容。常用來形容皇太子。(60)蕞爾　形容小。(61)邈　遙遠。(62)荒遐　邊遠之地。陸機剛從吳入洛，作為亡國之人，故云。(63)弛厥　捨棄；放下。弛，捨；放下。厥，助詞，無義。(64)負擔　指自己的心理負擔。前此，機被楊駿辟為祭酒。楊駿被賈后誅後，出任太子洗馬。陸機所說的負擔或指此。又，時陸機入洛時間不長，作為亡國之餘，又逢楊駿之誅，所以心理負擔可能是多重的。(65)振纓　猶彈冠。指出仕、做官。(66)承華　太子宮門前。代指太子宮室。(67)匪願伊始　非初始時所敢想的。匪，通「非」。伊始，初始；起初。(68)嘉　善。

【語　譯】夏、商、周三代依次更替，聖人按受天祿。過去賢明的君主都是在天時之前行事，天也不違背他的意志，非常順利。王朝興廢盛衰，一直延續距今不遠的時代。曹魏的國祚已經改變，晉朝承接天的福佑。上天垂顧，賜給疆土。高祖宣帝司馬懿、世宗景帝司馬師、太祖文帝司馬昭奠定了基業，世祖武帝司馬炎很好地繼承。春天溫和的風向四方吹散，太陽高照，天空澄淨。天下光明，皇家的慶典隆重舉行。晉從所封之地黃河汾水一帶發展起來，佔有天下，統一政權。唯有晉朝禮樂制度興盛，天下百姓篤信皇上的聖明。上天恭敬謹慎，晉朝君臣答謝頌揚既定的天命。九州協和統一，作詩歌詠，高聲讚美。皇上繼承大業，以儒家經典教化天下，弘揚大道。教化已經豐盛宏大，又考核官吏的政績。治理天下眾多的事情，效法天的功勞。仿效先祖的行為，使上天的福佑繼續保持，安定天下。皇太子生而得天獨厚，能夠明察是非，才能出眾。體悟那日月的光輝，效法天運繼承法規。盛德深厚沖和，美玉似的姿容。我小小的一個臣子，從邊遠之地而來。放下那心頭的負擔，來到太子門前做官。這不是我所敢想到的，實賴皇太子的任命才使我來到這裡。

【研　析】這是一首應制詩。《太平御覽》卷一七六載：「太子宴朝士於宣猷堂，遂命機賦詩。」或是此篇詩之序。即使無此條記載，我們從標題「皇太子宴玄圃宣猷堂有令賦詩」，也可得知這是一首應制詩，作於陸機始為太子洗馬時，即晉惠帝元康元年（西元二九一年）。陸機從吳至洛陽約一年多的時間，作為吳國名將之後，入洛後對晉王朝是怎樣的一種態度，就顯得至關重要。這首詩，從夏、商、周三代起筆，寫到晉禪魏一統天下的過程，對晉朝及皇太子極力歌頌讚美，這種讚美因作者的特殊身分與經歷就顯得非同一般，陸機不僅從行動上還從言語上表達了他對晉王朝的認同與歸順。詩的最後說「蕞爾小臣，邈彼荒遐。弛厥負擔，振纓承華。匪願伊始，惟命之嘉」，從中可見陸機的讚美也並非一般的敷衍文章，而是在入洛後能得到皇太子任命的一種由衷的喜悅與感激的反映。

皇太子賜讌一首

【題　解】元康四年（西元二九四年）秋，陸機由太子洗馬聘任為吳王郎中令，隨吳王出鎮淮南。太子有宴，陸機寫下這首詩讚美了太子謙恭的美德，並表達了自己的感激之情。

明明❶隆❷晉，茂德❸有赫❹。思媚❺上帝，配天光宅❻。誕育❼皇儲❽，儀形
在昔❾。徽言❿時宣⓫，福祿來格⓬。勞謙⓭降貴，肆敬⓮下臣⓯。肇⓰彼先驅⓱，翻⓲
成嘉賓。

【注釋】❶明明　明智聰察。多用來歌頌帝王的神靈。《詩・小雅・小明》：「明明上天，照臨下土。」❷隆　隆盛。❸茂德　盛德。❹赫　顯赫；盛明。❺思媚　猶言敬愛。思，助詞，用於句首，無義。媚，愛；喜愛。❻光宅　語出《書・堯序》：「杳在帝堯，聰明文思，光宅天下。」光宅，猶言普遍安定。光，廣。宅，大。❼誕育　生育；生出。❽皇儲　皇子；太子。❾儀形在昔　指效法從前，即指效法先王。儀形，效法。在昔，從前；往昔。❿徽言　美言。徽，美。⓫時宣　時時宣講。⓬來格　到。格，來；至。⓭勞謙　勤勞謙恭。⓮肆敬　極其敬重、看重。肆，極；甚。表示程度。⓯下臣　陸機自稱。⓰肇開始；起初。⓱先驅　前驅。陸機出補吳王郎中令前為太子洗馬，其職如謁者，太子出則為前導。⓲翻　反過來。

【語譯】明輝興盛的晉王朝，盛德顯赫。敬愛上帝，與天相配，天下安定。生育的皇子，效法先王。善言時時宣講，福祿到來。勤勞謙恭，降下高貴的身分，極其敬重手下的臣子。當初作為太子洗馬，為您出行當前導，現在非常榮幸反過來成為您的嘉賓。

【研析】《北堂書鈔》卷六六、《太平御覽》卷五三九載：「元康四年秋，余以太子洗馬出補吳王郎中。以前事倉卒，未得宴。三月十六日，有命清宴（清雅的宴集），感聖恩（帝王的恩寵）之罔極，退而賦此詩也。」本書題為「皇太子賜讌」，此序文或屬此詩。從序文可以看出，此詩為元康四年三月十六日皇太子請宴之後的有感之作。

本詩主要對晉朝的隆盛及太子的謙恭作了讚美。對「清宴」本身並無描寫，只是借這件事，表達了陸機對自己「肇彼先驅，翻成嘉賓」的感激。從〈皇太子宴玄圃宣猷堂有令賦詩〉及本詩來看，陸機對皇太子徵自己為洗馬頗為感激與自豪，從他的〈吳王郎中時從梁陳作〉一詩中也可看出，他為吳王郎中後，對自己為太子洗馬的生活還非常感念。陸機入洛後，初為楊駿辟為祭酒，可能未赴任，楊駿即被賈后誅殺。因而，太子洗馬一職是陸機入洛後的第一次官任，這也許是作為「亡國之餘」的陸機之所以感念的原因之一。

春詠

【題解】春詠，即詠春。本篇主要抒發了初春乍暖還寒的感受。

節運❶同可悲，莫若❷春氣❸盛❹。和風❺未及燠❻，遺涼❼清且凜❽。

【注釋】❶節運　節令的運轉、轉換。❷莫若　不如。莫，沒有。❸春氣　春天的陽和之氣。❹盛　甚；極。❺和風　溫和的風。多指春風。❻未及燠　沒有來得及暖和。未及，沒有來得及。燠，暖；熱。❼遺涼　剩餘、未盡的寒冷。❽清且凜　即寒冷。清，寒涼。凜，寒冷。

【語譯】節令的運轉變換都會感發人心，讓人產生悲涼之感，但是沒有春天的陽和之氣給人的感受強烈。溫和的春風吹來還沒有感受到它的溫暖，冬季的餘威依然使人覺得寒冷。

【研析】本詩詠春，對春天的景色不著一字，主要是寫春天的陽和之氣敵不過冬季寒冷的餘威而給人的剎那間的感受。前兩句將春氣感發人心、使人生悲的作用放在所有的節令的運轉變化中加以突出，這種突出與常人的感覺頗相衝突。因為春天總是祥和的開端、美好的開始。最後兩句點出這種感受的原因，即乍暖還寒。和風雖然吹來，也讓人感受到，但是陰冷的餘威總是讓人感到和風的力薄。

陸機在他的〈文賦〉中談到創作時說「遵四時以歎逝，瞻萬物而思紛。悲落葉於勁秋，喜柔條於芳春」，這就是創作時的「物感說」，即外在的自然對人的心靈的感觸而產生的創作衝動，此篇〈春詠〉就是一個典型的例子。但是「物感」，最終還是要心靈去感觸，也就是說，相同的景色與氣候，不同的人或者是同一個人的不同心境也可能會產生不同的感覺。比如這種乍暖還寒的感受，對於一個心境明朗、相信冬天既已來臨、春天不會太遠的人來說，他也許會嘲笑陰冷餘威的掙扎。也就是說，我們似乎更應看到的是陸機是在什麼樣的心境下才產生如此的感受並借春詠抒發出來的。雖然，陸機入洛後受到當時文壇領袖張華的備加讚譽，也受到皇太子的垂顧為太子洗馬，但是從有關記載我們可以得知，入洛的吳人還是備受洛中人士的蔑視，如《世說新語・方正》篇載：盧志於眾坐間問陸士衡：「陸遜、陸抗是君何物？」答曰：「如卿於盧毓、盧珽。」士龍失色，既出戶，謂兄曰：「何至如此？彼容不相知也。」士衡正色曰：「我父祖名播海內，寧有不知，鬼子敢耳！」陸遜、陸抗為吳名將，正如陸機所言名播海內，盧志當陸機面直呼其祖父名，其輕吳士之情溢於口吻。因此作為亡國之餘可能始終是陸機心靈的陰影，這種乍暖還寒、春天的和風敵不過冬季寒冷的餘威的感受可能正緣於此。

遨遊出西城

【題解】此詩抒發了出遊後的感想。

遨遊❶出西城❷，按轡❸循都邑❹。逝物❺隨節改❻，時風❼肅且熠❽。遷化❾有常然❿，盛衰自相襲。靡靡⓫年時改，苒苒⓬老已及。行矣勉良圖⓭，使爾修名⓮立。

【注釋】❶遨遊　漫遊；遊歷。❷西城　地名，不知所在何地。❸按轡　按住馬轡繩使馬緩行或停止。❹循都邑　巡視城邑。循，通「巡」。巡行；巡視。都邑，京城或都城。❺逝物　逝去的事物。❻隨節改　隨著節令的改變而改變。節，節令。❼時風　應時的風。❽肅且熠　肅殺且飄揚。熠，熠耀；飄揚。❾遷化　變化；應變。❿常然　常態；自然之性。⓫靡靡　逐漸；漸漸。⓬苒苒　漸漸。⓭良圖　指美好的願望。⓮修名　美名；美好的名聲。修，美好。屈原〈離騷〉：「老冉冉其將至兮，恐修名之不立。」

【語譯】漫遊來到西城，勒住轡繩，停下車來，巡視城邑。逝去的事物隨著季節的改變而改變，應時的風飄揚肅殺。變化本是自然之本性，萬物盛衰本來互相沿襲。歲月漸漸改變，老境也慢慢地到來。趕快行動吧，努力實現美好的願望，使你美好的名聲得以樹立。

【研　析】這是陸機一次出遊後寫下的作品。開頭兩句交代了出遊的地點，接下來「逝物隨節改」四句是目睹自然萬物的變化而產生的理思，即變化有常，盛衰相替。「靡靡年時改」兩句是由萬物聯想到自身，即是在時間的推移中漸漸走向老境的感覺。在玄學盛行的魏晉南北朝，詩思極有可能走向道家的曠達或虛無，但是此詩的最後兩句卻是以樹立修名自勵，使得這首詩在感歎時光流逝、生命遷逝的悲惋中仍透露出一點自強的氣息，使得整首詩顯得「哀而不傷」。陸詩大都抒發的是一種感物後的生命遷逝之悲，尤其是在他經歷了人生的諸多磨難之後。但是這首詩雖有遷逝之感，而無生命遷逝虛無之悲，因為作者所想到的是希望能用建功立業來彌補歲月的消逝。這種「哀而不傷」的基調在陸詩中還是較少的。另外，此詩與陸機的其他作品相較，顯得語淺而情深，沒有用辭過於浮華之感。

赴太子洗馬時作

【題　解】此詩原題為〈赴洛二首〉之一。《文選》李善注曰：「集云〈赴太子洗馬時作〉，下篇〈東宮作〉。而此同云赴洛，誤也。」此篇描寫了與親朋辭別、北赴洛陽的經過以及別後對家人深長的思念。

希世❶無高符❷，營道❸無烈心❹。靖端❺肅有命❻，假檝❼越江潭❽。親友贈予❾邁❿，揮淚廣川陰⓫。撫膺⓬解攜手⓭，永歎⓮結⓯遺音⓰。無迹⓱有所匿⓲，寂寞⓳聲必沈。肆目⓴眇㉑弗及，緬然若雙潛㉒。南望泣玄渚㉓，北邁㉔涉長林㉕。谷

風㉖拂翛薄㉗，油雲㉘翳㉙高岑㉚。亹亹㉛孤獸騁，嚶嚶思鳥吟㉜。感物㉝戀堂室㉞，
離思㉟一何㊱深。佇立㊲慨我歎，寤寐㊳涕盈衿㊴。惜無懷歸㊵志，辛苦㊶誰為心！

【注釋】❶希世　隨世；迎合世俗。❷高符　猶言瑞命。好命運。❸營道　研習道藝。❹烈心　雄心。❺靖端　使順服聽命。❻肅有命　恭敬並由命運主宰。肅，恭敬。有命，由命運主宰。❼假檝　乘船。檝，同「楫」。船槳。此指船。❽越江潭　渡過深深的江水。越，渡過。江潭，江水深處。❾贈予　本指送財物或他物給人。此指送別、送行。❿邁　遠行。⓫廣川陰　大河的南邊。廣川，猶大河。寬廣的河流。陰，水的南面或山的北面。⓬撫膺　撫摩或捶胸拍胸口，表示惋惜、哀歎等。⓭解攜手　因送別而緊握的手分開。解，解開。攜手，手拉著手。《詩・邶風・北風》：「惠而好我，攜手同行。」⓮永歎　長歎。⓯結　連接。⓰遺音　哀聲。《易・小過》：「飛鳥遺之音。」唐孔穎達疏：「遺，失也。鳥之失聲，必是窮迫未得安處。《論語》曰：『鳥之將死，其鳴也哀。』故知遺音即哀聲也。」⓱無迹　沒有蹤跡；沒有蹤影。⓲匿　隱藏。⓳寂寞　寂靜無聲；沈寂。⓴肆目　盡其目力。㉑眇　細看。㉒緬然若雙潛　此句設想親友送後遙望之情狀。緬然，遙遠貌。緬，遠。雙，兩隻禽鳥曰雙。此比喻自己與弟陸雲。陸機、陸雲兩兄弟同入洛，所以親友送別兩人消失在視野，以「雙潛」比喻。㉓玄渚　水中洲渚。㉔邁　遠行。㉕涉長林　跋涉在樹林之中。涉，跋涉。長林，高大的樹木。㉖谷風　山谷中的風。㉗翛薄　長長的叢林草木。薄，草木眾生貌。㉘油雲　濃雲。語出《孟子・梁惠王上》：「天油然作雲，沛然下雨。」㉙翳　遮蔽。㉚高岑　高山。岑，小而高的山。㉛亹亹　行進貌。㉜嚶嚶思鳥吟　言鳥嚶嚶鳴叫尋求伴侶。嚶嚶，鳥和鳴聲，《詩・小雅・伐木》：「伐木丁丁，鳥鳴嚶嚶。」思鳥，思侶之鳥。㉝感物　見物感興。㉞堂室　指母和妻。堂謂母，室謂妻。㉟離思　離別後的思念。㊱一何　多麼。㊲佇立　久立；長久地站立。㊳寤寐　睡著或醒著。㊴涕盈衿　猶淚流沾襟。涕，眼淚。盈，滿。衿，通「衿」。衣襟。㊵懷歸　思歸故里。《詩・小雅・小明》：「豈不懷歸，畏此罪罟。」㊶辛苦　辛酸悲苦。

【語譯】希望迎合世俗取得富貴，卻沒有好的命運，研習道藝，又無雄心大志。順服聽命，恭敬地聽由命運主宰，乘船渡過深深的江水。親友為我的遠行送別，在大河的南岸灑淚告別。捶胸哀歎，送別而緊握的手也不得不分開，長歎的聲音一聲接著一聲不斷。看似沒有蹤跡，蹤跡一定有所隱藏，聽似寂靜無聲，聲響一定

是沈寂的。用盡目力向遠處細看，再也看不到被送人的身影，遠遠地消逝了，像兩隻禽鳥潛藏。向南方望去，看到水中洲渚而流下了眼淚，朝北遠行，跋涉在叢林之中。山谷中的風吹動著長長的草木，濃雲遮蔽了高高的山巒。孤單的野獸行進奔跑，思念的鳥兒也嚶嚶和鳴。見物感興，思念起家中的母親和妻子，這才感到離別後的思念是多麼的深長。長久地站立著，感歎不止，無論是睡著或醒著，總是淚流沾襟。可惜沒有回歸故里的機會，這分辛酸悲苦究竟是為了誰！

【研 析】陸機為何要北上入洛，史書上沒有明確地記載。但是自從晉武帝滅蜀後，一直以來就關心各地名士的出仕問題，如對蜀的李密不斷徵召就是一例。李密先以祖母劉氏無人贍養為由，多次拒絕，但最終還是出仕了。這並不說明晉朝統治者的愛惜賢才，而是以這種方式籠絡人心。陸機在吳滅十餘年後入洛，個中原因或是由於晉朝的不斷徵召。開篇四句就寫出了詩人北上洛陽的一種無可奈何的心情，寫出了那種聽天由命的被迫無奈心理。背負著這樣的一種心理與親朋分別，分離就顯得格外的沈重。詩就從親朋與詩人兩個方面寫出了分離給雙方帶來的痛苦。與親朋分離後詩人的所見又進一步觸發了詩人對家人的思念。而尤其讓詩人感到辛酸悲苦的是別後竟無回歸故里的機會。詩人剛離開家鄉，又怎知沒有歸鄉的機會？《詩・小雅・小明》言「豈不懷歸，畏此罪罟」，詩人暗用了這一用語，所以，與其說自己沒有回歸故里的機會，還不如說是詩人對自己前途的毫無把握，要知道詩人是作為吳國名將之後、亡國之餘的身分北上赴洛的。

所以，這首詩更深層次的是較為真切地反映了陸機對自己入洛後的政治前途毫無把握的憂恐，而這種憂恐是借助與親朋分離感受表達出來的。親情往往是人生的鎮痛劑，在人們感受到外界無形的壓力與歸宿的渺茫之時尤其如此。

東宮作

【題　解】這首詩作於陸機為太子洗馬約一年以後。詩中寫了自己克盡職守，以及一年以來對親人綿綿不盡的思念。

羈旅❶遠遊宦❷，託身承華側❸。撫劍❹遵❺銅輦❻，振纓❼盡祗肅❽。歲月一何❾易，寒暑忽已革❿。載離⓫多悲心，感物⓬情悽惻。慷慨遺安愈⓭，永歎廢寢食。思樂樂難誘⓮，曰歸歸未克⓯。憂苦欲何為，纏綿胸與臆。仰瞻陵霄⓰鳥，羨爾歸飛翼。

【注　釋】❶羈旅　寄居異鄉。❷遊宦　指離開家鄉在外做官。❸託身承華側　指來到太子身邊為太子洗馬。❹撫劍　按劍；持劍。❺遵　順著；沿著。此指跟隨、侍從。❻銅輦　太子之車。後指太子。❼振纓　猶彈冠。指出仕。❽盡祗肅　指盡心盡力，恭敬嚴肅。❾一何　多麼。❿革　改變。⓫載離　離別。載，助詞，無義。⓬感物　見物感興。⓭慷慨遺安愈　言心中悲涼，卻向家中送去安樂的消息。慷慨，內心悲涼。遺，送。安愈，安樂。愈，同「愉」。⓮誘　誘發。此指產生。⓯克　成；成功。⓰陵霄　淩雲；直上雲霄。

【語　譯】寄居異鄉，在外做官，來到太子身邊為太子洗馬。持劍跟隨太子左右，做官就盡心盡力，恭敬嚴肅。歲月過得是多麼快，忽然之間寒暑季節已有改變。與親人離別，內心有很多悲傷，見物感興，不免產生淒涼之情。心中悲涼，卻向家中送去安好的消息，長長地歎息忘記了睡覺和吃飯。想要快樂但是快樂總難產生，說要回去卻總是很難實現。憂悶痛苦又有何用呢，只能將纏綿不斷的思念填滿胸懷。抬頭看看直上雲霄的飛鳥，真是羨慕你們有一雙能歸家的翅膀。

【研　析】陸機來到洛陽為太子洗馬，其職就是在太子出行時為前導。這首詩的開頭四句就交代了自己約一年來的克盡職守。但即使這樣也不能揮去陸機對家鄉親人深長的思念。詩人在渲染這分思念時，採用了先揚後抑的表現手法。如明明因離別而傷心，卻要向家人送去安好的消息；想要試著快樂起來，但是快樂總是難以近身；說是要回家了但是總難實現這一願望；也知道這樣思念於事無補，但思念偏又纏綿心中等等，思念以及試圖擺脫這種思念總是衝蕩心中，最終還是未能戰勝這一思念，因為詩人羨慕那有雙翅的飛鳥。詩人是借此表達恨不能插翅南飛的深深羨慕呢，還是表達了人不如鳥那樣的自由呢？或許二者兼而有之。總之，詩在反覆的情感衝蕩中把詩人那種游宦在外、身無自由卻又渴望自由的那分情感淋漓盡致地抒發了出來。

赴洛道中二首

其一

【題解】〈赴洛道中二首〉作於陸機與其弟陸雲辭親赴洛途中。這是其中的第一首，主要描寫詩人與親人辭別後，在赴洛途中的所見所感，抒發了強烈的思鄉之情。

總轡❶登長路，嗚咽辭密親❷。借問❸子何之，世網❹嬰❺我身。永歎遵北渚❻，
遺思❼結南津❽。行行遂已遠，野途曠無人。山澤紛❾紆餘❿，林薄⓫杳阡眠⓬。虎
嘯深谷底，雞鳴高樹巔。哀風中夜流，孤獸更⓭我前。悲情觸物感，沈思鬱纏綿。
佇立⓮望故鄉，顧影⓯悽自憐。

【注　釋】❶總轡　手持轡繩。總，把持。轡，馬轡繩。❷密親　近親。❸借問　古詩中常見的假設性問語，一般用於上句，下句是作者的自答。❹世網　世間之網。❺嬰　通「纓」。纏繞。❻遵北渚　沿著北方的水澤。遵，沿著。渚，水澤。❼遺思　指離情別緒。❽結南津　與親人離別的地方相接。結，連接。南津，南面的渡口。此指與親人分別的地方。❾紛　雜亂貌。❿紆餘　屈曲貌。⓫林薄　叢林。⓬杳阡眠　深廣茂密。杳，深廣。⓭更　經過。⓮佇立　久立；長久地站立。⓯顧影　顧望形影。

【語　譯】手持馬的轡繩，登上長長的路程，嗚咽哭泣著與至愛的親友告別。試問你要去哪裡，世間之網纏繞著我，使我不能逃脫。長歎一聲沿著北方的水澤前行，我的離情別緒與親人離別的地方相連。走了一程又一程，離開家鄉也漸漸遙遠，荒郊野外的路途上空曠沒有人煙。山谷中的川流紛亂屈曲地流淌著，叢林深廣而且茂密。老虎在深深的山谷底咆哮，野雞在高高的樹梢上鳴叫。悲涼的風在夜半吹起，孤單的野獸從我面前經過。內心悲傷，觸物生情，深沈纏綿的思念更加鬱結在我的心中。長久地站立著遙望故鄉，低頭顧望自己的身影，悽愴得自哀自憐。

【研　析】這也是一首陸機在赴洛途中所作的詩。〈赴太子洗馬時作〉主要寫於和親人告別之時，而這首詩應作於已和親人告別之後。所以此詩前四句緊接著與親人的分手所帶來的內心的無奈與哀痛，通過一問一答的形式表現自己為世事羈絆。接下來就將這種無奈與哀痛，借助旅途中的所見所聞加以渲染，詩人通過對山澤、林薄、虎嘯、雞鳴、哀風、孤獸的描寫，勾勒了一幅孤寂淒冷的畫面。情景相生，使得詩人思念不盡，愈加難以排遣。遙望故鄉愈加感到形影相弔，自哀自憐。詩從離別開始寫起，終以遙望故鄉，可見詩人在整個赴洛途中的心情都是抑鬱與淒涼的。

其二

【題　解】本篇是〈赴洛道中作二首〉其中的第二首，寫離家赴洛時的所見所感，處處流露出淒涼哀傷之情。

遠遊❶越❷山川❸，山川脩❹且廣❺。振策❻陟❼崇丘❽，按轡❾遵❿平莽⓫。夕息抱影⓬寐，朝徂⓭銜思⓮往。頓轡⓯倚嵩巖⓰，側聽悲風響。清露墜素輝⓱，明月一何⓲朗。撫枕不能寐，振衣⓳獨長想⓴。

【注釋】❶遠遊 去遠方遊歷。❷越 渡過；跨過。❸山川 山嶽；江河。❹脩 同「修」。長；遼遠。❺廣 寬廣。❻振策 揮動馬鞭。❼陟 登。❽崇丘 高山。❾按轡 叩緊馬韁繩使馬緩行或停止。❿遵 沿。⓫平莽 平野。莽，草；草叢。⓬抱影 守著影子。形容孤獨。⓭徂 往。⓮銜思 含悲。銜，含。⓯頓轡 拉住韁繩，使馬停頓。猶停車。⓰嵩巖 高巖。嵩，高。⓱清露墜素輝 言潔淨的露水在皎潔的月光中落下。墜，落。素輝，指日月的光輝。此指月光。⓲一何 多麼。⓳振衣 抖衣去塵；整衣。此指披衣而起。⓴長想 遐想；追思。

【語譯】遊歷遠方，越渡山川，山川漫長寬廣。揮動馬鞭，登上那高高的山丘，勒住馬的韁繩，讓馬在平野上漫走。傍晚歇息，只能獨抱孤影睡眠，清早起來，帶著思念起程上馬。停車倚立在高山的旁邊，側耳傾聽悲涼的風發出陣陣聲響。潔淨的露水在皎潔的月光中落下，皓月當空，是多麼的明朗。撫枕不能入睡，披衣獨坐，又開始了長長的思念。

【研析】西元二八〇年晉滅吳，至太康十年（西元二八九年），晉一統天下雖有十載，但中原世族依然賤視吳人。陸氏為吳世臣，陸機祖父陸遜為吳丞相，父陸抗為吳大司馬。陸機雖有「志匡世難」的抱負，但作為亡國名將之後，首次應詔入洛，對自己的前途不免擔心、迷惘。這首詩就很真實地表達了詩人這種複雜的心情。

全詩共十二句。前四句概括描寫由吳入洛路遙河阻、鞍馬勞頓的旅途，於描寫中可見出詩人風塵僕僕的形象。中間四句，選擇了夕息抱影、啟程含悲、倚立山旁、側聽悲風幾個細節，生動地突現出詩人旅途的孤寂、思親以及對前途感到莫測的悲涼心理。最後四句主要借詩人月夜難寐、披衣獨坐這一形象來抒寫詩人旅途長想不已的複雜心情。

作為一首抒情詩，其複雜的情思並非是直接抒發，而是著重選擇了詩人旅途中幾個細節加以烘托、渲染，顯得深婉含蓄。全詩文辭華美，對偶工巧，其中「振策陟崇丘，按轡遵平莽」、「夕息抱影寐，朝徂銜思往」兩句，對仗尤見功力。最後四句已見李白「床前明月光，疑是地上霜。舉頭望明月，低頭思故鄉」之情境與情思。

招隱二首

其一

【題解】〈招隱〉共有二首，這是其中的第一首。表達了詩人對隱居生活的嚮往以及對長壽的期望。

駕言❶尋飛遁❷，山路鬱❸盤桓❹。芳蘭❺振❻惠❼葉，玉泉❽涌❾微瀾❿。嘉卉獻時服⓫，靈朮⓬進朝餐。

【注釋】❶駕言　乘車。言，語助詞，無義。❷尋飛遁　尋找隱士。飛遁，飄然遠行者；隱士。❸鬱　紆曲貌；曲折貌。❹盤桓　曲折迴繞貌；盤旋貌。❺蘭　蘭花，多年生草本植物，俗稱春蘭。❻振　搖動；抖動。❼惠　善；美好。❽玉泉　泉水的美稱。❾涌　水往上冒。❿瀾　波浪。⓫嘉卉獻時服　言花草應時繁榮，猶如獻上了時興的服裝。嘉，美；善。獻，奉獻。時服，時興的服裝。⓬靈朮　即朮，古人認為服之能令人長壽。

【語譯】乘車尋找隱士，山路紆迴曲折。芳香蘭木搖動著美麗的枝葉，玉泉的水往上湧起，形成波瀾。花草繁榮，彷彿獻上了應時的服裝，早上進用靈朮，能令人長壽。

【研析】招隱有二義，其一是徵召隱居的人出來做官；其二是招人歸隱。陸機〈招隱二首〉用的是第二種含義。詩從尋找隱士寫起，交代了隱士隱居的環境：群山環繞，深谷幽蘭，泉水微湧，嘉木時卉，這是一處幽靜宜於隱居的地方。而隱士食用的靈朮尤能達到使人長壽的目的。所以此詩通過尋找隱士這一方式表達了詩人自己對隱居的嚮往。

其二

【題解】此是〈招隱二首〉的第二首。描寫尋求隱士時的所見。

尋山求逸民❶，穹谷❷幽且遐❸。清泉盪❹玉渚❺，文魚❻躍中波❼。

【注釋】❶逸民　避世隱居的人；隱士。❷穹谷　深谷。❸幽且遐　幽靜且深遠。幽，清靜；安閒。遐，遠。❹盪　沖擊。❺玉渚　美麗的水中小島。玉，形容美好。❻文魚　鯉魚。一說是有翅能飛的魚。❼中波　猶波中。水中。

【語譯】在山中尋求避世隱居的人，深谷幽靜且深遠。清清的泉水沖蕩著美麗的水中小島，鯉魚在水中飛躍。

【研析】此詩與上首詩一樣也是以尋求隱士開頭，與上首稍有不同的是，它以較為精練的筆觸，描寫了隱士居住環境的清幽與自由的氛圍。短短四句詩，前兩句主要寫出了隱士居處的清幽。後兩句詩，清泉之「盪」與文魚之「躍」，以動態的手法，突出了「穹谷」的深幽，並使整個環境增添了一點生氣。我們從中也不難體會到清泉自流與文魚自躍的一種自在與自由，而這種境界正是詩人所嚮往的。四句詩不僅文字精練，而且後兩詩對偶工整。

園葵

【題解】此首主要描寫了向日葵與春日共盛，秋日之後才凋謝的幸運，借此表達對成都王穎救護的感謝。

種葵❶北園中，葵生鬱❷萋萋❸。朝榮❹東北傾，夕穎❺西南晞❻。零露❼垂鮮澤，朗月❽耀❾其輝。時逝柔風戢❿，歲暮傷飆⓫飛。曾雲⓬無溫液，嚴霜⓭有凝威⓮。幸蒙高墉⓯德⓰，玄景⓱蔭⓲素蕤⓳。豐條⓴並春盛，落葉後秋衰。慶彼晚彫㉑福，忘此孤生㉒悲。

【注釋】❶葵　向日葵。菊科草本植物。❷鬱　叢集茂密貌。❸萋萋　草木茂盛貌。❹榮　草木的花。❺穎　嫩芽；芽尖。❻晞　通「睎」。仰望；遠望。❼零露　降落的露水。❽朗月　明月。❾耀　照射；放光。❿戢　止；收藏。⓫傷飆　為風所傷犯。此指寒風。⓬曾雲　重疊的雲層。曾，通「層」。重疊。⓭嚴霜　濃霜；凜冽的霜。⓮凝威　指冰凍的感覺。凝，冰凍；結冰。⓯高墉　高的城牆。⓰德　恩惠；恩德。⓱玄景　黑影；夜影。此代指城牆。⓲蔭　遮蓋；隱蔽。⓳素蕤　白花。⓴豐條　繁盛的枝條。㉑晚彫　後凋。彫，通「凋」。㉒孤生　孤獨的人。

【語譯】在北園中種下向日葵，生長得叢集繁茂。早上葵花朝著東北方向傾斜，傍晚它的嫩芽仰望著西南方。露水降落垂下鮮潤的光澤，一輪明月也將它的光輝照射四方。時間飛逝，和柔的春風消逝了，一年將完，寒風吹起。濃雲密布的時候，空中撒落的霧水是淒涼的，凜冽的寒霜有冰凍的感覺。有幸承蒙高高城牆的恩德，遮蔽保護著白花。繁盛的枝條與春日一起繁盛，樹葉也在秋天之後才開始凋落。有這樣後凋的福分，真是值得慶幸，我也因此忘記了孤獨的悲哀。

【研　析】這是一首詠物詩。從「種葵北園中」到「落葉後秋衰」一段，主要描寫種植向日葵、向日葵的生長過程以及天氣對它生長的影響。但是在交代春榮秋凋的這一自然過程中，詩人主要突出了高牆的作用，它遮蔽保護了葵花，並使葵葉的凋落推遲到秋天之後。高牆的恩德，就使得這首詩從單純詠物轉向了有所寄寓。這一寄寓的主旨在詩的最後兩句得到揭示：「慶彼晚彫福，忘此孤生悲。」葵花葵葉總是要凋零的，但是高牆的蔽護卻推遲它的凋零，這分後凋的福分，無論如何是值得慶幸的。而詩人之所以從中悟出慶幸，並且忘記了自身的孤獨，實是由於自身的遭遇。

李善《文選》注曰：「《晉書》趙王倫篡位遷帝于金墉城，後諸王共誅倫，復帝位。齊王冏譖機為倫作禪文，賴成都王穎救之免。故作此詩，以葵為喻，謝穎。」據此，這首詩應作於晉惠帝永寧元年（西元三〇一年），此年趙王倫圖謀篡位，任命陸機為中書郎，後諸王共誅趙王倫，齊王疑陸機參與擬趙王倫的九錫文及禪文，遂收捕陸機等九人交付廷尉，賴成都王穎及吳王晏救理，得以免死，徙邊，遇赦而止。因而絕處逢生的感謝與惶恐促成了陸機對園葵的一種特殊的心理感受。因此詩中以園葵自喻，以高牆喻成都王穎，以後時而凋喻自己的感謝與惶恐的心理狀態，都是十分恰當的。此首詠葵詩寫出了特定環境下的葵的特點與詩人特定環境下的特殊心情，是較為成功的一首詠物詩。

招　隱

【題　解】招隱取招人歸隱之義。此詩讚美隱士的隱居生活，並表達了詩人棄官歸隱的想法。

明發❶心不夷❷，振衣❸聊躑躅❹。躑躅欲安之❺，幽人❻在浚谷❼。朝采南澗藻⑧，夕息西山足⑨。輕條⑩象雲搆⑪，密⑫葉成翠幄⑬。激楚佇蘭林，回芳薄秀木⑭。山溜⑮何泠泠⑯，飛泉⑰漱鳴玉⑱。哀音⑲附靈波⑳，頹響㉑赴曾曲㉒。至樂㉓非有假㉔，安事㉕澆淳樸㉖。富貴苟㉗難圖，稅駕㉘從所欲。

【注　釋】①明發　黎明；平明。《詩．小雅．小宛》：「明發不寐，有懷二人。」②夷　悅；高興。③振衣　謂振動衣服，去除塵穢。此指披衣。④聊躑躅　姑且徘徊。聊，姑且。躑躅，徘徊貌；欲行不行貌。⑤安之　去哪裡。安，疑問代詞，哪裡。之，去；往。⑥幽人　隱士。⑦浚谷　深谷。浚，深。⑧南澗藻　語出《詩．召南》：「于以采蘋，南澗之濱。」南澗，南方的水澗。代指隱居的地方。澗，兩山中間的水曰澗。藻，水草名。⑨西山足　西山的腳下。西山，首陽山。泛指隱居的地方。足，山腳。《史記．伯夷列傳》記載：商孤竹君二子伯夷、叔齊，恥食周粟，隱於首陽山，采薇而食，及餓且死，乃作歌曰：『登彼西山兮，采其薇矣。』遂餓死於首陽山。⑩輕條　輕細的樹枝。⑪雲搆　指高聳入雲的建築。⑫密　多；稠密。⑬翠幄　綠色的帷帳。幄，帳。⑭激楚佇蘭林二句　言微風吹動著樹林。激楚、回芳，本是舞名，藉以喻風。吳淇《六朝選詩定論》說：「激楚、回芳，舞名。藉以當風。」〈上林賦〉：「激楚結風。」佇，停留。蘭、秀，都是形容林木的芳香。薄，附；迫近。⑮山溜　山溪。⑯何泠泠　言泠泠的水聲是多麼的悅耳。何，即一何、多麼。泠泠，水聲。⑰飛泉　瀑布。⑱漱鳴玉　激盪著山石。漱，盪；激盪。鳴玉，李善說：「亦瓊瑤也。」此指鳴玉。⑲哀音　指低微哀怨之聲。⑳靈波　神異奇妙的水波。㉑頹響　指頹喪的聲響。㉒曾曲　深谷。曾，通「層」。㉓至樂　極樂；最大地快樂。《莊子．至樂》篇言欲求至樂，唯無為近之。㉔假　憑藉；依託。㉕安事　哪裡用得著。安，副詞，表疑問。怎麼；豈。事，從事。㉖澆淳樸　即澆淳散樸。言使淳樸的社會風氣變得浮薄。澆，澆薄；浮薄。此處用作使動用法。淳樸，淳厚；質樸。㉗苟　誠；實在。㉘稅駕　猶解駕。指休息、辭官。稅，捨車曰稅。駕，車駕。

【語　譯】黎明的時候，心中很不平靜，披衣起床，姑且徘徊。走來走去，想要到哪裡去呢，走到隱士隱居的深谷。早晨採摘南澗的水藻，傍晚在西山的腳下歇息。輕細的樹枝像高聳入雲的建築，稠密的枝葉構成綠色的帷帳。風在芳香的樹木之間迴盪吹拂。山溪發出的泠泠水聲是多麼的悅耳，瀑布飛流激盪著山石。哀怨之音附著神異奇妙的水波流走，頹喪之聲也走向深谷消散。最大的快樂並不是有所憑藉，哪裡用得著在浮薄的社會風氣中苟且殘喘。富貴實在是難以求取的，那麼就解駕休息，隨心所欲地生活吧。

【研析】陸機共寫了三首招隱詩，都是表達對隱逸生活的嚮往之情。此詩採用對比的手法，如將現實的不滿與隱逸的嚮往對照來寫。詩的開頭四句寫詩人心情之鬱悶。詩人鬱鬱寡歡，夜不能寐，披衣徘徊，來到了隱士居住的深谷。這樣的開頭，就突出了詩人尋求隱逸是為了擺脫現實生活中的沈重壓抑。從「朝采南澗藻」到「飛泉漱鳴玉」的八句主要描寫隱士生活清幽的環境。這分清幽與寧靜彷彿消除了詩人心頭的不悅，「哀音附靈波，頹響赴曾曲」，詩人的哀怨與頹喪的心情彷彿都隨著清泉流走，漂散在深山幽谷之中。這樣很自然地過渡到最後四句，表達對浮薄的現實生活與黑暗官場的厭棄與決意歸隱之情，且也揭示了詩篇開頭所言的「心不夷」的真正原因。此詩在詞語的運用上講究對偶，多用典故，辭藻華美。

於承明作與士龍

【題解】這是一首表現與弟士龍分別的詩，描寫了兄弟的戀戀不捨以及別後的思念。

牽❶世嬰❷時網❸，駕言❹遠徂征❺。飲餞❻豈異族，親戚弟與兄。婉孌❼居人❽思，紆鬱❾游子❿情。明發⓫遺安寐⓬，晤言⓭涕交纓⓮。分途長林⓯側，揮袂萬始亭⓰。佇眄⓱要⓲遐景⓳，傾耳玩⓴餘聲㉑。南歸㉒憩永安㉓，北邁㉔頓承明㉕。永安有昨軌㉖，承明子棄予。俯仰悲林薄㉗，慷慨含辛楚㉘。懷往歡絕端㉙，悼來憂成緒。感別慘舒翮㉚，思歸樂春渚㉛。

【注釋】❶牽　牽累。❷嬰　纏繞。❸時網　世俗之網；世俗之累。❹駕言　乘車。言，語助詞，無義。❺徂征　遠行。徂，行；去。❻飲餞　設宴送行。❼婉孌　親愛眷念。❽居人　與「游子」相對，指陸雲。❾紆鬱　愁苦鬱結於胸。❿游子　指陸機。⓫明發　天亮時；黎明。⓬遺安寐　指不能安睡。⓭晤言　對面交談。亦作「悟言」。⓮交纓　猶沾襟。纓，衣領。⓯長林　高大的樹林。⓰萬始亭　亭名。⓱佇眄　長久地站立瞻望。⓲要　對著；朝著。⓳遐景　遠景。⓴玩　欣賞。㉑餘聲　餘留下來的聲音。㉒南歸　指陸雲送別後向南歸去。㉓憩永安　在永安休息。永安，地名。㉔北邁　指陸機在分別後繼續向北遠行。邁，遠行。㉕頓承明　在承明止宿。頓，止宿；屯駐。承明，地名。㉖昨軌　昨日的車軌印跡。㉗林薄　叢林。㉘辛楚　酸楚；悲苦。㉙端　端緒；情緒。㉚舒翮　舒展翅膀。指飛行、遠行。翮，鳥羽的莖。此指鳥的翅膀。㉛春渚　春天的水渚。渚，水中的小島。

【語譯】受到世俗的牽累，遭受世俗之網的束縛，駕車起程遠行。設宴送行的不是異族之人，而是至親的弟兄。送別的人心中眷念不捨，遠行的人愁苦之情鬱結在胸。直到黎明時都不能安睡，面對面地交談淚水沾襟。在高大的樹林旁分手，在萬始亭揮袖告別。長久地站立著遙望遠方，側耳傾聽回味那餘留下來的聲音。弟弟送別後向南歸去，停留在永安，我在分別後繼續向北遠行，在承明停止。永安尚留有昨日的車軌印跡，在承明弟弟你卻離我而去。前思後想對著叢林悲傷，慷慨不平心含酸楚。思念過去歡樂之情不再有，悲悼未來憂愁充滿胸中。有感分別，看到展翅飛翔的鳥兒就悲傷，那充滿歡樂的春天水渚，令人想到南歸。

【研　析】這是一首離別詩。弟陸雲送陸機北上，在萬始亭分別，陸機有感於此，在離別後寫下了這首詩。陸機迫不得已要北上入洛大致有兩次，第一次是在元康末年，與弟陸雲一起入洛。第二次就是在元康六年（西元二九六年），陸機時為吳王晏郎中令，由於北方氐羌作亂，朝廷徵陸機回洛。時弟陸雲也在吳王晏處任職，此次未提到與弟同行。從詩意看，陸雲送陸機別後，陸機北上，陸雲南歸，因而，這首詩應作於元康六年陸機應召回洛。詩的開頭兩句就交代了這一背景，所謂「牽世」與「時網」都寫出了陸機此行的迫不由己，因為在此年冬，陸機本有一次回鄉省親的計畫，由於這突然的徵召，而使陸機歸寧的願望落空。接下來詩人就渲染了兄弟的難捨難分，以及別後對弟陸雲的思念，並表達了回歸的願望。詩作能採用從弟與兄的雙方交叉表現的手法，將兄弟分別的淒苦之情很好地表現了出來，讀之確實令人感到傷感。

吳王郎中時從梁陳作

【題解】此詩作於元康四年（西元二九四年），陸機隨吳王晏出鎮淮南，途經梁陳時所作。表達了過去三年為太子洗馬的留念。

在昔❶蒙嘉運❷，矯迹❸入崇賢❹。假翼❺鳴鳳條❻，濯足❼升龍淵❽。玄冕❾無醜士❿，冶服⓫使我妍⓬。輕劍⓭拂⓮鞶厲⓯，長纓⓰麗且鮮⓱。誰謂伏事⓲淺⓳，契闊⓴踰三年。薄言㉑肅後命㉒，改服㉓就藩臣㉔。夙駕尋清軌㉕，遠遊越梁陳㉖。感物㉗多遠念，慷慨懷古人㉘。

【注釋】❶在昔　從前；往昔。❷蒙嘉運　承蒙好運。❸矯迹　高卓的行跡。❹崇賢　崇賢門，太子居處的門名。❺假翼　借助翅膀。此指憑藉太子的提攜。此是陸機自謙之詞。❻鳳條　指梧桐枝。傳說鳳非梧不棲，故稱。❼濯足　洗去腳上的汙垢。比喻清除世塵，保持高潔。語出《孟子・離婁上》：「滄浪之水清兮，可以濯我纓；滄浪之水濁兮，可以濯我足。」❽龍淵　喻太子。❾玄冕　泛指黑色官冕。❿醜士　指品行不好之人。⓫冶服　美服。冶，美。⓬妍　美好。⓭輕劍　短劍。⓮拂　飾。⓯鞶厲　束腰大帶。⓰長纓　指駕車時套在馬頸上的長革帶。⓱麗且鮮　美麗且鮮豔。⓲伏事　指在朝廷或官員手下任職。⓳淺　指時間短。⓴契闊　勤苦。㉑薄言　急急忙忙。㉒肅後命　敬奉天子續發的命令。肅，敬。後命，續發的命令。

㉓改服　指改換官服。㉔就藩臣　指外出為吳王晏之臣僚。就，近。藩臣，吳王晏出鎮淮南，陸機為郎中令，故稱。㉕清軌　猶清道。古代帝王或大官出巡，要清掃道路，禁止行人，稱為清軌。㉖梁陳　兩個古諸侯國名。梁，此指西漢時梁孝王的封地。在今河南開封一帶。陳，春秋諸侯國名，在今河南淮陽及安徽亳州一帶。《史記・陳杞世家》：「陳胡公滿者，虞帝舜之後也……至於周武王克殷，乃復求舜得媯滿，封之於陳，以奉帝舜祀，是為胡公。」㉗感物　見物感興。㉘古人　指西漢時梁孝王及其臣屬司馬相如、枚乘、鄒陽等人。梁孝王曾建梁苑，廣納賓客，當時名士司馬相如等皆為座上客。

【語　譯】從前承蒙好運，能夠依託於崇賢之門為太子洗馬，使自己具有高卓的行跡。借助翅膀飛上梧桐枝鳴叫，飛達龍所在的深淵洗卻世塵，保持高潔。穿戴著黑色官冕的人沒有品行不好之人，美好的服飾使自己也變得妍麗。束腰大帶佩飾著短劍，套在馬頸上的長革帶也是美麗且鮮豔。誰說在太子手下供職時間短呢，我勤苦地工作已超過三年。急急忙忙地敬奉天子續發的命令，改換官服，外出為吳王晏的臣僚。一早駕車清道前行，向遠方遊歷，經過梁陳。見物感興，想起遙遠的過去，心中慷慨不平，思念起古人。

【研　析】此詩作於從洛陽隨吳王晏赴鎮淮南的途中，經由梁陳時所作。梁與陳，尤其是梁，西漢時為梁孝王的封地。梁孝王建梁園，廣延賓客，在文士中傳為美談，也常被文人當作遇到知音的一種借指。因此，陸機經過此地，雖也說「感物」，但其所感的並不是外在的自然，而是人文歷史。陸機入洛後為太子洗馬，僅三年多的時間就被外任。從陸機一些在太子洗馬任上所作的詩作來看，他對太子的提攜還是頗為感激。因此，有感於人文歷史而作的這首詩，主要抒寫了交織於陸機心中的兩種情感。一是對前此三年為太子洗馬時的感念，二是對自己成為吳王郎中令的仕途命運的不可把握的期待，這種期待借梁孝王延禮文士表現了出來，也就是說他希望吳王晏能成為梁孝王第二，自己在仕途上能遇到知音。陸機在吳王晏處任郎中令，二者之間的關係史書無多記載，但是從元康六年朝廷徵陸機回洛陽時陸機所表現出的不滿情緒來看，至少他還是得到吳王晏的信任。後因趙王倫一事陸機幾被齊王所殺時，吳王晏與成都王穎一起保救陸機，也可證明。在情感的抒發上，第一種情感抒發的直露明顯，第二種情感則頗為含蓄。這在一定程度上也反映了陸機直率的性格。因為對故主的感念往往會引起新主的疑忌，而對新主的不可把握的期待恰恰說明二者之間關係的生疏。可以說，在這首詩中陸機沒有矯飾地寫出了自己「棄舊從新」時的複雜的真實的情感。

贈馮文羆遷斥丘令

【題解】李善《文選》注曰：「《晉百官名》曰：外兵郎馮文羆。《集》云：文羆為太子洗馬，遷斥丘令，贈以此詩。」此或為原《集》之序。闞駰《十三洲記》曰：斥丘縣，在魏郡東八十里。這是一首贈別詩，表達了對馮文羆任斥丘縣令的祝賀以及思念之情。

於皇❶聖世，時文❷惟晉。受命自天❸，奄有黎獻❹。閶闔❺既闢❻，承華再建❼。
明明❽在上❾，有集惟彥❿。

【章旨】此章主要讚美晉朝的建立，太子再立，天下賢士皆為其臣民。

【注釋】❶於皇　讚美。語出《詩・周頌・武》：「於皇武王，無競維烈。」❷時文　當代的文明，指禮樂制度。❸受命自天　指晉武帝建立晉朝。❹奄有黎獻　擁有天下的所有賢士。奄有，全部佔有；全部擁有。黎獻，黎民中的賢者。語出《書・益稷》：「萬邦黎獻，共惟帝臣。」❺閶闔　天門。此指帝門。❻闢　開。❼承華再建　指再立太子。承華，宮門名，代指愍懷太子。❽明明　對皇帝的美稱。❾在上　謂天子。❿有集惟彥　指天子所集合任用的都是俊彥特出之士。有，動詞詞頭，無義。惟，語氣詞。彥，俊彥之士；才能突出者。

【語譯】值得讚美的聖明之世，有興盛的禮樂制度的唯有當今晉朝。晉武帝接受天命，建立天下，天下的賢士都成為晉朝的臣民。帝門已經建立打開，接著建立了太子的承華門。天子聖明在上，招集任用的都是俊彥特出之士。

奕奕❶馮生❷，哲問❸允迪❹。天保定❺子，靡❻德不鑠❼。邁心❽玄曠❾，矯志❿崇邈⓫。遵⓬彼承華⓭，其容⓮灼灼⓯。

【章　旨】此章讚美了馮文羆的德行以及奉職太子門下的榮幸。

【注　釋】❶奕奕　形容姿容美盛。❷馮生　指馮文羆。❸哲問　猶令問。好的聲譽。哲，表尊稱、美稱。問，通「聞」。❹允迪　指認真踐履或遵循。允，信實；誠信。迪，道。指古人之德。❺保定　保佑使之安定。《詩・小雅・天保》：「天保定爾，亦孔之固。」❻靡　無；沒有。❼鑠　美；美盛。❽邁心　指心中所想所行之事。邁，行。❾玄曠　美好而遠大。玄，美。曠，大；邈遠。❿矯志　舉志；立志。矯，舉。⓫崇邈　高遠。崇，高。⓬遵　奉。此指供職。⓭承華　太子所居之門。代指太子。⓮其容　指馮文羆的容光。⓯灼灼　容光煥發貌。

【語　譯】姿容美盛的馮文羆，有好的聲譽，能誠信遵循古人的德行。上天保佑，使您得到平安，您的道德都很美盛，心中所想所行之事美好而遠大，立志非常高遠。在太子門下供職，您的容光煥發。

嗟我人斯❶，戢翼江潭❷。有命集止❸，翻飛自南❹。出自幽谷❺，及爾同林❻。雙情交映❼，遺物識心❽。

【章　旨】此章言自己由江南入洛，與馮文羆同為太子洗馬，兩人感情深厚。

【注　釋】❶嗟我人斯　陸機感歎自己的身世。嗟，感歎。斯，句末語氣詞，無義。《詩・小雅・何人斯》：「彼何人斯，其心孔艱。」❷戢翼江潭　陸機以鳥斂翅江邊比喻吳滅後在江南家鄉沒有出仕。❸有命集止　言皇上召令集止京城。❹翻飛自南　以鳥從南方飛來喻自己由吳入洛。❺出自幽谷　陸機自喻由吳入洛為從深谷中出來。語出《詩》：「出自幽谷，遷于喬木。」❻及爾同林　以鳥同在一林比喻與馮文羆同為太子洗馬。❼雙情交映　指雙方互相表白自己的情感、互通感情。交，相互。映，照。❽遺物識心　言捨棄一切外在形式而彼此心意一致。

【語　譯】感歎自己的身世，以前像鳥一樣斂翅江邊，在江南家鄉沒有出仕。皇上召令集止京城，自己像鳥一樣從南方飛來，出仕做官。從深谷中出來，到了京城與您同為太子洗馬。雙方互通感情，能夠捨棄一切外在形式，達到彼此心意一致。

人亦有言❶，交道❷寔難。有頍者弁❸，千載一彈❹。今我與子，曠世❺齊歡❻。利斷金石，氣惠秋蘭❼。

【章　旨】此章言與馮文羆同事太子的榮幸以及兩人之間的深厚情誼。

【注　釋】❶人亦有言　猶古語說、俗話說。有，語助詞，無義。❷交道　遇到好的世道。❸有頍者弁　此猶言冠冕、官帽。語出《詩・小雅・頍弁》：「有者頍弁，實維伊何。」頍，形容皮帽頂上尖尖有角的樣子。弁，皮製的帽。❹千載一彈　言千載逢上一個聖明之世，故彈冠出仕。❺曠世　絕代。❻齊歡　共歡。指兩人同出仕為太子洗馬。❼利斷金石二句　語出《易》：「二人同心，其利斷金。同心之言，其臭如蘭。」言交情深厚可以使堅硬的金石斷開，兩人友善之氣比秋蘭之氣還香。惠，善；美。

【語　譯】古語說得好，遇到好的世道確實是非常難。千載逢上一個聖明之世，才彈一下冠冕出仕。如今我和您一同出仕為太子洗馬，真是人生曠世少有的歡樂。我們的交情深厚可以使堅硬的金石斷開，兩人友善之氣比秋蘭之氣還香。

群黎❶未綏❷，帝用勤止❸。我求明德❹，肆于百里❺。僉曰爾諧❻，俾民是紀❼。

乃眷北徂❽，對揚帝祉❾。

【章　旨】此章言馮文羆被朝廷任命為斥丘縣令。

【注　釋】❶群黎　百姓。❷綏　安。❸帝用勸止　言天子任用勸勉之人。勸，勞。止，句末語氣詞。❹我求明德　指晉朝尋求美德之人。我，猶言我朝。我們的晉朝。明德，美德。❺肆于百里　置於一縣為一縣之長。肆，陳；置。百里，古時一縣所轄之地。因以為縣的代稱。❻僉曰爾諧　皆說馮文羆能諧和其政。僉，皆；都。爾，指馮文羆。❼俾民是紀　使民走上正道作為自己的為政之綱紀。俾，使。紀，綱紀。❽乃眷北徂　於是一心前去北方。乃，於是。眷，眷顧；一心一意。徂，去。❾對揚帝祉　報答皇帝的福佑。對揚，古代常語，凡臣受君賜時多用之，有答謝、頌揚之意。對，回答。揚，稱揚。帝祉，皇帝的福佑。祉，福；福佑。

【語　譯】天下百姓沒有安寧，天子任用勤勉之人。晉朝尋求美德之人，置於一縣為一縣之長。大家都說您能諧和政治，把自己為政的綱紀訂為使百姓走上正道。於是一心前去北方，報答天子的福佑。

疇昔❶之遊，好合纏綿❷。借曰未洽❸，亦既三年❹。居陪❺華幄❻，出從朱輪❼。
方驥齊鑣，比迹同塵❽。

【章　旨】此章追憶與馮文羆共為太子洗馬時三年並駕同行的友誼。

【注　釋】❶疇昔　以前；從前。❷好合纏綿　感情相投親密。好合，情投意合。纏綿，親密貌。❸借曰未洽　如果說時間不是很長。借曰，如果說。洽，充分；充給。❹亦既三年　也已經三年了。陸機元康元年（西元二九一年）為太子洗馬，寫這首詩在元康四年，故云。❺居陪　指在朝陪侍太子左右。❻華幄　帝王所居的華麗的帷帳。❼出從朱輪　太子外出時則隨從左右。朱輪，指太子外出時所乘之車。❽方驥齊鑣二句　言陸機與馮文羆二人同為太子洗馬，故能並駕同行。方驥、齊鑣，並駕。比迹，齊步；並駕。同塵，同路；同行。

【語　譯】以前我們共同遊歷，感情親密無間。如果說時間不是很長，但也已經三年了。我們在朝時陪侍太子，太子外出時則隨從左右。我們二人總是並駕齊驅，同步同行。

之子❶既命❷，四牡項領❸。遵塗遠蹈❹，騰軌高騁❺。慶雲扶質❻，清風承景❼。嗟我懷人❽，其邁唯永❾。

【章　旨】此章言馮文羆受命遠行，出任斥丘縣令，並表達了作者的牽掛。

【注　釋】❶之子　指馮文羆。❷既命　謂奉命出於斥丘。❸四牡項領　言駕上四匹肥碩的大馬前往斥丘縣。語出《詩・小雅・節南山》：「駕彼四牡，四牡項領。」四牡，拉車的四匹馬。項領，指馬的肥大的頸項。❹遵塗遠蹈　沿著道路遠行。塗，道路。遠蹈，遠行。蹈，行。❺騰軌高騁　猶言駕車疾馳。騰，升。軌，車轍。此代指車。高騁，疾馳。❻慶雲扶質　言祥雲籠罩。慶雲，五色雲，古人以為喜慶、吉祥之氣。扶質，護擁身軀；扶持根本。質，軀。❼清風承景　言身體承接清惠之風。承，承接。景，通「影」。❽嗟我懷人　感歎我思念的人。語出《詩・周南・卷耳》：「嗟我懷人，置彼周行。」❾其邁唯永　言馮文羆之遠行將會很長久。邁，遠行。永，長久。

【語　譯】馮生您既已奉命出任斥丘縣令，就駕上四匹肥碩的大馬前往。沿著道路遠行，駕車疾馳。希望您的身軀始終能得到祥雲的籠罩和清風的吹拂。感歎我所思念的人，您將要踏上漫漫征程。

否泰❶苟殊❷，窮達❸有違❹。及子春華❺，後爾秋暉❻。逝❼將去我，陟❽彼朔垂❾。非子之念，心孰❿為悲。

【章　旨】此章抒發窮達有違的感歎，並表達對即將遠行的馮生的思念之情。

【注　釋】❶否泰　《易》的兩個卦名。天地交，萬物通謂之泰；不交閉塞謂之否。後常以指世事的盛衰，命運的順逆。❷苟殊　或許有區別。苟，表示希望。❸窮達　指仕途的困厄與顯達。❹有違　差異；不一致。有，動詞詞頭，無義。❺及子春華　言與馮文羆少壯時同為太子洗馬，有春華之美。及，與。子，指馮文羆。春華，春天的花。喻青春年華、少壯之時。❻後爾秋暉　言馮生老成有為在己之先。爾，指馮文羆。秋暉，秋日的陽光。喻年長、老成。❼逝　往。❽陟　登；升。❾朔垂　北邊。斥丘縣位於洛陽北面，故云。垂，同「陲」。❿孰　誰。

【語　譯】世事與命運的盛衰順逆或許有不同，仕途的困厄與顯達也有差異。我與您少壯時同為太子洗馬，有春華之美，但您老成有為卻在我之先。您將要離開我遠去，登上那北邊的路程。我心中的思念如果不是您的話，還會為誰。

【研　析】此詩約作於元康四年（二九四年）秋。是年秋，陸機為吳王郎中令隨吳王晏出鎮淮南，而曾經也為太子洗馬的馮文羆遷斥丘縣令。兩人曾均供職太子，且兩人都有外任，在與馮文羆告別之時，陸機寫下了這首贈別詩。

此為四言詩，共十一章。十一章主要敘述了陸機與馮文羆同為太子洗馬，歷時三年，並駕同行，隨侍太子的經歷，以及三年間兩人「利斷金石，氣惠秋蘭」的篤厚情誼。並對馮文羆能任斥丘縣令表示了由衷的祝賀。詩中充滿了惜別之情以及別後對朋友的深長思念。

陸機在〈文賦〉中談到創作要獲得靈感，有時要「頤情志於典墳」，即在典籍中陶冶情志，提高素養。本詩為四言詩，用語典雅，多化用《詩》中的語句，將一首贈別詩寫得典雅莊重，而又頗含文化底蘊，可以看作他的文論主張的一種反映。

答賈謐并序

【題　解】此詩作於晉惠帝元康六年（西元二九六年），陸機由吳王郎中令入朝為尚書郎。賈謐寫詩相贈，陸機作此詩答謝。

余昔為太子洗馬❶，魯公賈長淵❷以散騎常侍侍東宮❸積年❹。余出補吳王郎中令❺，元康六年入為尚書郎❻。魯公贈詩一篇。作此詩答之云爾❼。

【章　旨】此章為本詩之序，交代作詩緣由。

【注　釋】❶余昔為太子洗馬　晉惠帝元康元年至元康四年（西元二九一—二九四年）為太子洗馬。太子洗馬，官名，漢置，太子屬官。太子外出，常為前驅。❷魯公賈長淵　賈謐，字長淵。賈謐食封於魯，故云。❸以散騎常侍侍東宮　賈謐任散騎常侍侍太子。散騎常侍，官名。秦漢時設置散騎和中常侍，三國魏時將其合併為一官，稱散騎常侍。東宮，太子所居之處。代指太子。❹積年　多年；累年。❺余出補吳王郎中令　陸機出補吳王郎中令在元康四年秋。郎中令，官名。始於戰國，秦漢時設置，掌管門戶、車騎等事，內充侍衛，外充作戰。❻元康六年入為尚書郎　晉惠帝元康六年（西元二九六年）秋陸機入朝為尚書郎。尚書郎，官名。東漢之置，取孝廉中有才能者入尚書臺，在皇帝身邊處理政務，初入臺稱守尚書郎中，滿一年稱尚書郎，三年稱侍郎。魏晉以後尚書各曹有侍郎、郎中等官，綜理職務，通稱為尚書郎。❼云爾　句末語氣詞，無義。

【語　譯】我過去為太子洗馬，魯公賈長淵任散騎常侍侍太子多年。我外任吳王郎中令，元康六年又入朝為尚書郎。魯公賈謐贈詩一首。我寫下這首詩作為回覆。

伊昔❶有皇❷，肇濟❸黎蒸❹。先天❺創物❻，景命❼是膺❽。降及❾群后❿，迭毀迭興⓫。邈⓬矣終古⓭，崇替⓮有徵⓯。

【章　旨】此章追敘朝代的更替，為後文交代晉朝建立受命自天作鋪墊。

【注　釋】❶伊昔　過去；從前。伊，發語詞，無義。❷有皇　指傳說中的三皇五帝時代。有，詞頭，無義。❸肇濟　開始救助。肇，始。❹黎蒸　黎民；眾民。❺先天　謂先於天地而行事，有先見之明。語出《易・乾》：「夫大人者，與天地合其德，與日月合其明，與四時合其序，與鬼神合其吉凶，先天而天弗違，後天而奉天時。」孔穎達疏曰：「先天而天弗違者，若在天時之先行事，天乃在後不違，是天合大人也。」❻創物　始造萬物。創，始造；創造。物，泛指萬物。❼景命　大命。指授予帝王之位的天命。❽膺　服；服從。❾降及　猶言直到。降，下，表示從過去某時直到現在。❿群后　四方諸侯及九州牧伯。⓫迭毀迭興　毀滅興盛交替出現。迭，交替。⓬邈　遙遠貌。⓭終古　往昔。⓮崇替　興廢；盛衰。⓯徵　預兆；跡象。

【語　譯】在遙遠的三皇五帝時代，就開始救助黎民百姓。先於天地而行事，創造萬物，並服從天命的安排成為人君。直到後來的眾多諸侯，朝代毀滅興盛交替出現。往昔雖然非常遙遠，但是朝代的興廢還是有跡象可尋。

在漢之季❶，皇綱❷幅裂❸。大辰匿暉，金虎習質❹。雄臣❺馳騖❻，義夫❼赴節❽。釋位揮戈，言謀王室❾。

【章　旨】此章言漢末動亂，諸侯謀求匡扶王室。

【注　釋】❶漢之季　漢季；漢末。季，末。指一個時期末了。❷皇綱　朝廷的綱紀。❸幅裂　言如布幅撕裂一樣敗壞。❹大辰匿暉二句　以大火星藏輝、金虎二星相近比喻漢朝廷動亂、兵亂紛起。大辰，即心宿，大火。此星明則天下和平，暗則天下喪亂。匿暉，隱藏了光輝。匿，隱藏。暉，同「輝」。光輝。金虎，金星和昴星。古人認為金星和昴星相近係兵亂之象。習質，猶兩星習近、相近。習，習近；接近。質，形體；外貌。此代指金星和昴星。❺雄臣　才能出眾的人。❻馳騖　指在某個領域縱橫自如，並有所建樹。❼義夫　指堅守大義的人。❽赴節　為保全節操而犧牲。❾釋位揮戈二句　指王室有亂，諸侯離開其守位，動用兵器，謀求匡救王室。釋位，離去守位。揮戈，揮動武器。言，語氣詞，無義。謀，謀求；謀劃。王室，王朝；朝廷。

【語　譯】在漢朝末年，朝廷的綱紀猶如布幅撕裂一樣的敗壞了。大火星藏匿了它的光輝，朝廷開始動亂，金星與昴星相近，兵亂紛起。才能出眾的臣屬縱橫馳騁，多有建樹，堅守大義的人為保全節操而犧牲。朝廷有亂，諸侯離開守位，動用兵器，謀求匡救王室。

王室之亂，靡邦❶不泯❷。如彼墜景❸，曾❹不可振❺。乃眷❻三哲❼，俾乂斯民❽。啟土❾綏難❿，改物⓫承天⓬。

【章　旨】此章言漢末動亂，曹操、孫權、劉備應時而出。

【注　釋】❶靡邦　沒有哪一個國家。靡，沒有。邦，國；國家。❷泯　滅；滅亡。❸墜景　落日；西下的夕陽。比喻衰落。❹曾　副詞。乃；竟。❺振　奮起；振作。❻乃眷　語出《詩・大雅・皇矣》：「乃眷西顧。」鄭玄箋：「乃眷然運視西顧。」後以「乃眷」喻關懷、垂顧。❼三哲　三位賢人。所指隨文而異。李善《文選》注：「三哲，劉備、孫權、曹操也。」❽俾乂斯民　使三哲來安定天下百姓。俾，使。乂，安定。斯民，指百姓。❾啟土　開拓疆土。❿綏難　平定患難。綏，安定。⓫改物　改變前朝的文物制度。⓬承天　承奉天道。

【語　譯】朝廷一旦動亂起來，沒有哪一個國家不滅亡。猶如西下的夕陽，衰落下去就很難再振興。於是上天垂顧劉備、孫權、曹操三位賢人，使他們來安定天下百姓。開拓疆土，平定動亂，承奉天道，改變前朝的文物制度。

爰茲❶有魏❷，即宮❸天邑❹。吳實龍飛❺，劉亦岳立❻。干戈載揚❼，俎豆載戢❽。民勞❾師興❿，國玩⓫凱入⓬。

【章旨】此章言戰事興起，魏、蜀、吳三國鼎立局面的形成。

【注釋】❶爰茲　至此；及此。爰，及；到。茲，此。❷有魏　即三國魏。有，名詞詞頭，無義。❸即宮　遷居；就居。即，就。宮，居。❹天邑　帝王之都；京都。❺吳實龍飛　言吳國建立帝王之業。實，句中助詞，無義。龍飛，語出《易・乾》：「飛龍在天，利見大人。」孔穎達疏：「若聖人有龍德，飛騰而居天位。」後遂以「龍飛」為帝王的興起或即位。陸機吳人，有尊吳之意。❻劉亦岳立　指蜀漢劉備也建立王朝。劉，指蜀漢劉氏王朝。岳立，言如四岳諸侯之建立。有貶蜀之意。❼干戈載揚　戰事興起。干戈，戰事；戰爭。載，助詞，無義，起到加強語氣的作用。揚，興起；發生。❽俎豆載戢　禮器都收藏起來。指天下都尚武，無暇尚禮。俎豆，祭祀等用的禮器。戢，收斂；收起。❾民勞　百姓愁苦。勞，愁苦；憂愁。❿師興　指戰事興起。師，部隊。此指戰爭。興，興起；發生。⓫國玩　國家欣賞、愛好。玩，愛好；喜好。⓬凱入　凱旋；奏著勝利的樂曲歸來。

【語譯】直至曹魏，就居京都。孫吳建立帝王之業，蜀漢劉氏也建立了王朝。戰事不斷發生，禮器都收藏起來，人們無暇尚禮。百姓愁苦，戰爭開始，每個國家都推賞戰勝凱旋。

天厭霸德❶，黃祚❷告釁❸。獄訟❹違❺魏，謳歌❻適❼晉。陳留❽歸蕃❾，我皇❿登禪⓫。庸岷⓬稽顙⓭，三江改獻⓮。

【章旨】此章言晉武帝禪魏登基，結束三國鼎立的局面。

【注釋】❶霸德　猶霸道。與「王道」相對而言。❷黃祚　指三國魏的國運。❸告釁　言顯示傾覆的跡象。告，宣告；顯示。釁，徵兆；跡象。❹獄訟　指訴訟者。❺違　離開。❻謳歌　頌歌。❼適　至；到。❽陳留　指魏帝曹奐。司馬炎廢曹奐為陳留王。❾歸蕃　猶歸服、歸順。蕃，封建王朝分封的侯國。❿我皇　指晉武帝。⓫登禪　指禪位登基。⓬庸　岷蜀的別稱。⓭稽顙　古代一種跪拜禮，屈膝下拜，以額觸地，表示極度的虔誠。此表示歸順。⓮三江改獻　吳國改變了進貢的主人。指晉滅吳。三江，指吳地三江，具體說法不一。獻，進貢；藩屬奉獻禮物。

【語譯】上天厭惡霸道，三國魏的國運顯示傾覆的跡象。訴訟者離開魏國，讚美的人來到晉國。陳留王曹奐歸服稱臣，晉武帝禪位登基。蜀漢稱臣，孫吳也改變了進貢的主人。

赫❶矣隆❷晉，奄宅❸率土❹。對揚天人❺，有秩斯祜❻。惟公太宰，光翼二祖❼。
誕育❽洪胄❾，纂戎于魯❿。

【章旨】此章言晉朝一統、賈謐父賈充輔佐二祖之功以及賈謐被封魯公，光大了先人的業績。

【注釋】❶赫　美盛貌。❷隆　美盛貌。❸奄宅　廣泛地佔有。奄，大；佔有。宅，居。❹率土　天下。《詩》：「率土之濱，莫非王土。」❺對揚天人　言答謝頌揚天人之事。對揚，古代常語，凡臣受君賜時多用之，兼有答謝頌揚之意。❻有秩斯祜　言此福佑博大無窮。有秩，博大；無窮。秩，大。斯，此。祜，福佑。❼惟公太宰二句　指賈謐的父親賈充輔助太祖文帝司馬昭及世祖晉武帝司馬炎。公，指賈謐。太宰，指賈謐父賈充。晉太祖文帝司馬昭為大將軍時，以賈充為司馬右長史，及世祖晉武司馬炎登基，轉太宰。光翼，言賈充為輔弼。二祖，指太祖文帝司馬昭及世祖晉武帝司馬炎。❽誕育　生育；生出。❾洪胄　長子。指賈謐。❿纂戎于魯　言賈謐被晉武帝封為魯公，光大了先人的業績。纂戎，繼承光大先人業績。

【語譯】美盛興隆的晉王朝，一統了天下。答謝頌揚天人之事，希望福佑博大無窮。您的父親賈充，曾為晉朝二祖的輔弼。生育了長子，被封為魯公，光大了先人的業績。

東朝❶既建❷，淑問❸峩峩❹。我求明德❺，濟同以和❻。魯公❼戾止❽，袞服❾委蛇❿。思媚⓫皇儲⓬，高步⓭承華⓮。

【章　旨】此章言愍懷太子立，賈謐以高貴的身分得以出入太子宮殿。

【注　釋】❶東朝　指太子。此指愍懷太子。❷建　立。❸淑問　美聞；美好的聲譽。問，聞；聲譽。❹峩峩　高貌。❺我求明德　言太子尋求明德之人。我，指太子。明德，美德。此指美德之人。❻濟同以和　言以同心和穆成就王事。濟，成；成功。同，同心。和，和穆。❼魯公　指賈謐，晉武帝封賈謐為魯公。❽戾止　到達。戾，至；到。❾袞服　袞衣。古代帝王及上公穿的繪有卷龍的禮服。❿委蛇　指衣冠美好貌。⓫思媚　思愛。媚，愛。⓬皇儲　太子。⓭高步　闊步；大步。⓮承華　太子宮殿門名，即承華門。

【語　譯】愍懷太子已立，有著很高的聲譽。太子尋求明德之人，以同心和穆成就王事。魯公您到達太子身邊，所穿禮服非常美好。思愛太子，在太子宮殿內闊步來往。

昔我逮茲❶，時惟下僚❷。及子棲遲❸，同林異條❹。年殊志比，服舛義稠❺。游跨三春，情固二秋❻。

【章　旨】此章言自己與賈謐共侍太子，雖貴賤有別，但還是有共處的情誼。

【注　釋】❶昔我逮茲　言過去陸機在太子手下任職。逮，及。茲，此。❷下僚　指作太子洗馬職。❸棲遲　遊息。❹同林異條　指與賈謐共侍太子而貴賤有別。同林，喻共在太子門下。異條，指賈謐貴而己賤。❺年殊志比二句　言二人年齡相差大，但相與為友；爵位不同故服飾有別，但志趣相善。年殊，陸機長於賈謐。殊，不同。志比，指相與為友。服舛，服飾不同。爵秩各異，故曰服舛。舛，異；不同。❻游跨三春二句　言己與賈謐同遊超過三年，而感情深厚也有二個年頭。陸機為太子洗馬有三年餘，為吳王郎中令有二年，故云。跨，越；超過。固，堅固；牢靠。

【語譯】過去我在太子手下任職，當時只是居於太子洗馬的下僚職位。等到您來共同遊息，我與您雖共侍太子而貴賤有別。我們二人年齡相差大，但相與為友，爵位不同，服飾有別，但志趣相善。我與您同遊超過三年，而感情深厚也有二個年頭。

祇承❶皇命❷，出納無違❸。往踐蕃朝❹，來步紫微❺。升降秘閣❻，我服載暉❼。孰云匪懼❽，仰肅明威❾。

【章旨】此章言自己由太子洗馬外出為吳王郎中令以及又被徵回為尚書郎的仕宦經過。

【注釋】❶祇承　敬承。祇，敬。❷皇命　王命。❸出納無違　言入朝或外出做官，聽從朝廷的決定。違，違背。❹往踐蕃朝　指外出為吳王郎中令。踐，去。❺來步紫微　指被朝廷徵回為尚書郎。紫微，指天子所居之處。❻升降秘閣　指入朝為尚書郎。尚書郎屬秘閣省。升降，偏義複詞，指升。❼我服載暉　言入為尚書郎後，官服也很美好。暉，光；美好。❽匪懼　不懼。匪，通「非」。懼，懼怕；畏懼。❾仰肅明威　指仰敬天子的明威。肅，敬。

【語譯】敬承王命，入朝或外出做官，聽從朝廷的決定。我由太子洗馬外出為吳王郎中令，如今我又被朝廷徵回。入朝為尚書郎，我的官服也很美好。誰說我心中不畏懼呢，我還是仰敬天子的明威。

分索❶則易，攜手❷實難。念昔良游❸，茲焉❹永歎❺。公之云感❻，貽❼此音翰❽。蔚❾彼高藻❿，如玉如蘭⓫。

【章　旨】此章言二人對過去同侍太子的時光都十分感念，賈謐為此特贈詩一首。

【注　釋】❶分索　分散；分手。❷攜手　指相聚、相會。❸念昔良游　回憶過去同侍太子時的美好經歷。游，遊歷。❹茲焉　現在。焉，語氣詞。無義。❺永歎　長歎。❻云感　有感；有所感念。云，有。❼貽　贈送。❽音翰　指賈謐贈送的詩文。❾蔚　形容詩有文采。❿高藻　猶高文、美文。藻，詞藻。⓫如玉如蘭　指文筆如玉之美，如蘭之香。

【語　譯】分別時容易，但要再聚會實在相當的困難。想起過去同侍太子時的美好經歷，到現在仍然長歎。魯公您有所感念，贈送給我詩文。詩非常有文采，如玉之美，如蘭之香。

惟漢有木，曾不踰境❶。惟南有金，萬邦作詠❷。民之胥好❸，狂狷厲聖❹。

儀形在昔❺，予聞子命。

【章　旨】此章言自己以金百煉不變其堅自勵，以謝賈謐橘踰淮則為枳的告誡。

【注　釋】❶惟漢有木二句　賈謐贈詩有「在南稱柑，度北則橙」句，故陸機答以此兩句。橘踰淮則化為枳，故云不可以踰境。❷惟南有金二句　言金百煉而不銷，故萬邦歌詠。賈謐贈詩戒之以木，意指由南入北，不要變節；陸機答之以金，以金之堅剛不可變易自勵。❸民之胥好　指賈謐相好贈詩以戒。民，人。指賈謐。胥，相。❹狂狷厲聖　言使狂狷之心磨礪以達聖人之境。狂狷，狂妄偏激。厲，磨礪。❺儀形在昔　指效法從前。此指效法古人之道。儀形，效法。在昔，從前；往昔。

【語　譯】南方的漢水一帶有橘樹，不可以超越它生長的界域。南方也有金，金百煉而不銷，所以萬邦都歌詠它。您相好贈詩以戒，使我磨礪狂狷之心，以達聖人之境。效法古人之道，我遵從您的告誡。

【研　析】作為一首贈答詩，它的價值主要表現在詩中所體現的對朝代興替的看法，從中我們可以窺見陸機對吳亡及自己出仕晉朝的態度與思考。潘岳代賈謐所作的贈詩，共十一章。前四章也是從遠古寫起直至晉朝，突出晉朝一統，仁惠之風遠揚天下。在追述朝代更替時，所強調的是強者勝的歷史發展觀。尤應值得注意的是陸機為吳人，所謂亡國之餘，而賈謐詩涉及三國立時，偏著重於晉朝滅吳一事，並稱「南吳伊何，僭號稱王」「偽孫銜璧，奉土歸疆」，言語中有賤視吳國之意。陸機答詩也為十一章，用五章的篇幅，從三皇五帝寫起，從歷代王朝的更替中，陸機強調的是王朝建立的歷史性與不可更替性，從歷史發展的角度給予每一朝代產生應有的歷史性的評價，因而在詩中陸機始終強調的是朝代的或興或替都是受自於天，如三國鼎立的出現，陸機說是天「乃眷三哲，俾乂斯民」，如晉禪魏，陸機認為是「天厭霸德，黃祚告釁。」這種對歷史發展的看法，與其說是聽之於天命，毋寧說是給歷朝歷代以歷史的定位；與其說是天命的選擇，毋寧說是歷史的選擇。再結合賈謐贈詩所表現出的唯晉為大的傲然姿態，此詩卻表現了作為亡國之餘的陸機的不卑與不亢，他沒有因為是吳人而產生自卑或是極力維護吳的聲譽，他也沒有因為晉朝業已一統而已為晉臣從而表現出對晉朝統治者的諂媚。所以從看似冷靜地將朝代的更替歸之於天命的歷史選擇中，我們卻可感受到陸機對吳國的滅亡以及自身仕晉的一種理性的思考。

賈謐贈詩的第五章至第十章，六章的篇幅敘述了陸機入洛為太子洗馬、出為吳王郎中令及又被徵召回朝的經過，並表達了賈謐與陸機曾共奉太子的經歷以及二人友情。相應地陸機用五章的篇幅，敘述了賈謐父賈充佐晉之功以及二人同僚之情。

元康六年，賈謐憑藉賈后之勢已權傾人主，當時文人大都唯其是從。所以賈謐贈詩的最後一章就表現出與陸機地位不同的優勢，即以告誡的口氣勸誡陸機不要像過淮之橘變化為枳一樣，要保持自己的節操。相應地，陸機答詩的最後一章以南金百煉不變其堅自勵，以謝賈謐橘踰淮則為枳的告誡，顯得不卑不亢。

賈謐得勢後，一些文人不僅善於趨附，同時他自己也以招納文士以抬高自己的聲望。陸機入洛，賈謐就請潘岳為己捉刀，主動寫詩贈予陸機，就是招攬人才的一種表現。當時文人輻輳，傳說潘岳與石崇就一起望賈謐車塵而拜。其中最主要的文人有二十四位，時號稱「二十四友」，陸機也是其中一員。但是從陸機的答詩中可以看出，陸機與潘岳、石崇還不是同類型人，他參與二十四友，更多地是賈謐的招攬而非陸機主動的趨附。

贈尚書郎顧彥先二首

其一

【題解】顧彥先，即顧榮，吳郡人，與陸機兄弟同時入洛，時稱「三俊」。入洛後例拜為郎中，歷尚書郎，太子中舍人，廷尉正。陸機所贈二首詩應作於入洛後不久，陸機時為太子洗馬任上。這是其中的第一首，主要描寫夏日久雨時對顧榮的思念。

大火❶貞❷朱光❸，積陽熙自南❹。望舒離金虎，屏翳吐重陰❺。淒風❻迕時序❼，苦雨❽遂成霖❾。朝游忘輕羽❿，夕息憶重衾⓫。感物⓬百憂生，纏綿⓭自相尋⓮。與子隔蕭牆⓯，蕭牆阻且深。形影⓰曠⓱不接，所託聲與音⓲。音聲日夜⓳闊⓴，何用慰吾心。

【注釋】❶大火　星宿名，即心宿。《爾雅・釋天》：「大火謂之大辰。」郭璞注曰：「大火，心也。在中最明，故時候主焉。」❷貞　正。❸朱光　日光。❹積陽熙自南　日光在南方正熾。指夏日到來。積陽，陽光；太陽。熙，熾；照射。❺望舒離金虎二句　言月亮附著於金虎星，天將下雨。望舒，傳說中駕馭月亮者；月御。離，麗；附著。金虎，西方七宿的通稱。李善《文選》注：《漢書》曰：西方，金星，西方宿，故云金虎也。屏翳，傳說中的雨師。重陰，濃重的陰雲。❻淒風　寒風。淒，寒。❼迕時序　違背節令的運行次序。迕，違背。時序，指四時運行各得其序。❽苦雨　指雨多為人所患。❾霖三日雨為霖。此指久雨。❿輕羽　指羽扇。⓫重衾　猶言厚被。衾，被。⓬感物　見物感興。⓭纏綿　思慮紛亂貌。⓮尋　連續；經常。⓯蕭牆　本指宮室內作為屏障的矮牆。此泛指牆垣。⓰形影　身影。⓱曠　遙遠。⓲聲與音　即音聲，指書信。⓳日夜　日日夜夜；白天黑夜。⓴闊　遙遠；漫長。

【語譯】大火星是正明的時候，日光在南方正熾。月亮附著於金虎星，天將下雨，雨師吐出濃重的陰雲。寒風違背節令的運行次序，久雨不斷，使人憂患。早晨出遊忘記帶上羽扇，傍晚歇息想起了厚厚的被子。見物感興，生出各種憂愁，思慮紛亂，連續不斷。我與您被宮室內重重牆垣隔離，牆垣阻隔而且深遠。彼此身影遙遠，不相往來，借助書信，互通音訊。書信日夜往來太長，什麼才可以安慰我的心。

其二

【題解】此為〈贈尚書郎顧彥先二首〉中的第二首，描寫了一個雷電交加、大雨滂沱的夜晚，由所見所聞的水災情況，想到家鄉百姓可能遭受更為嚴重的水災。

朝游遊層城❶，夕息旋直廬❷。迅雷❸中宵❹激❺，驚電❻光夜舒❼。玄雲❽拖朱閣❾，振風❿薄⓫綺疏⓬。豐注⓭溢脩霤⓮，潢潦⓯浸階除⓰。停陰⓱結不解，通衢⓲化為渠。沈稼⓳湮梁潁⓴，流民泝荊徐㉑。眷言㉒懷桑梓㉓，無乃㉔將為魚。

【注釋】❶層城　相傳昆侖山上有層城，為天帝所居。此指京城。層，重。❷旋直廬　回到當值住宿的房屋。旋，回。直廬，當值住宿的房屋。❸迅雷　疾速的雷聲。迅，疾速。❹中宵　半夜。❺激　震動。❻驚電　使人驚駭的雷電。❼光夜舒　指雷電的光在黑夜中散開。❽玄雲　黑雲。❾拖朱閣　垂掛在紅色的閣樓面前。拖，曳。此指垂掛。❿振風　疾風。振，動。⓫薄　迫；迫近。⓬綺疏　窗子。⓭豐注　大雨。豐，多。注，指雨水。⓮脩霤　長長的接水水槽。脩，長。霤，屋簷下接水的水槽。⑮潢潦　雨水流在地上，混和泥土後顏色黃濁，古稱黃潦。⑯浸階除　漫延至臺階。浸，浸濕；漫延。階除，臺階；階沿。⑰停陰　指陰雲。⑱通衢　大道。⑲沈稼　指淹沒莊稼。⑳湮梁潁　指大水淹沒梁、潁。湮，淹沒。梁，地名，今河南開封一帶。潁，地名，今河南許昌一帶。㉑泝荊徐　流向荊州和徐州。泝，逆流而上曰泝。荊，荊州，今湖北一帶。徐，徐州，江蘇北部一帶。㉒眷言　猶眷然。心嚮往貌。㉓桑梓　故鄉。㉔無乃　恐怕。

【語譯】早晨出遊京城，傍晚回到當值住宿的房屋歇息。疾速的雷聲在半夜震響，使人驚駭的閃電在黑夜中布開。黑雲垂掛在紅色的閣樓面前，大風振動著迫近窗子。大雨傾盆，屋簷下長長的接水槽溢滿，雨水流在地上，混和著泥土漫延至臺階。陰雲凝結不散，大道成為水渠。梁潁一帶的莊稼被淹沒，流離失所的百姓流向荊州和徐州。心中思念家鄉，那裡的百姓恐怕也要成為水中之魚了。

【研析】顧榮與陸機同為吳人，且同由吳入洛。在洛中人士普遍賤視吳人的情況下，同鄉之誼以及共同的感受，會將二人聯繫得更為緊密。兩首詩有一個共同的外在環境背景，就是久雨不斷，且已造成嚴重的災難。第一首首先就指出了久雨不斷，有違節令。從「大火貞朱光，積陽熙自南」來看，陸機寫這首詩時正是炎炎夏季，本是烈日高照的季節，但是「淒風迕時序，苦雨遂成霖」，為久雨所苦，與友人雖同在京城，但來往多有不便，身影相隔，只能借助書信聊表自己的思念之情。但即使書信往來也使陸機感到非常漫長，竟沒有什麼來寬慰自己的憂愁之心了。因此，第一首主要描寫了久雨不斷的狀況下對顧榮的思念以及無法溝通的憂苦之情。第二首詩描寫了一場狂風暴雨，這場暴雨使通衢大道化為河流，使梁、潁、荊、徐一帶莊稼受災。一場暴雨可能不會立即造成如此大的災害，這可能是在久雨之後的一場暴雨。詩的最後表達了對家鄉的牽掛：「眷言懷桑梓，無乃將為魚。」陸機家鄉在南方為水鄉之地，北方如此水災，那麼，家鄉的百姓災情可能更為嚴重。這種推理與想像極為合理，也很好地表達了陸機對家鄉的牽掛之情。第二首沒有一句涉及到顧榮，但因與顧榮同為吳人，對家鄉的牽掛也就把陸機對顧榮的感情牽得更近。因而，兩首詩在久雨的背景下、在鄉情的牽掛下合成一體。不僅看出了陸機與顧榮之間的同鄉之情，而且反映了陸機對家鄉的深情牽念。

贈顧交趾公貞

【題　解】顧秘，字公貞。曾為吳王郎中令，後改任交趾刺史。此詩為顧秘赴任交趾寫下的離別詩。表現了陸機對顧秘建功立業的期待及盼望他早日歸來的惜別之情。

顧侯體明德❶，清風❷肅已邁❸。發迹❹翼藩后❺，改授撫南裔❻。伐鼓五嶺表，
揚旌萬里外❼。遠績不辭小❽，立德不在大❾。高山安足凌，巨海猶縈帶❿。惆悵
瞻飛駕，引領望歸旆⓫。

【注　釋】❶體明德　表現出美德。體，體現。明德，美德。❷清風　高潔的品格。❸肅已邁　即肅邁。嚴正。❹發迹　指由卑微而得志顯達。❺翼藩后　指為吳王郎中令。翼，輔助。此指為官。藩后，指吳王晏。❻改授撫南裔　指由吳王郎中改任交州刺史。改授，另行授予官職。撫，安。南裔，指交趾。❼伐鼓五嶺表二句　指在南方有戰事。伐，擊。五嶺，南方五嶺：大庾嶺、越城嶺、騎田嶺、萌渚嶺、都龐嶺的總稱，位於江西、湖南、廣東、廣西四省之間，是長江與珠江流域的分水嶺。此泛指南方。表，外。揚旌，高舉戰旗。指征戰。❽遠績不辭小　言遠方有戰功不辭位小。績，功。❾立德不在大　建立功德不只表現在大的方面，即毋以善小而不為之意。❿高山安足淩二句　言路途雖有高山但可輕易攀越，雖有大海但猶衣帶可輕易渡過。縈帶，繞帶；如帶纏繞。喻不難渡越。⓫惆悵瞻飛駕二句　表現了陸機對顧秘的惜別與思念之情。惆悵，若有所失貌。瞻，看。飛駕，飛逝的車駕。指顧秘遠去的車駕。引領，伸頸遠望。望，盼望。歸旆，指顧秘回來的車駕。旆，旌旗。此代指顧秘回來的車駕。

【語　譯】顧侯表現出美德，品格嚴正高潔。為吳王郎中令，從此由卑微而得志顯達，再由吳王郎中令改任交

州刺史。擊鼓行軍在五嶺之外，高舉戰旗直指萬里以外。遠方有戰功不辭位小而前往，建立功德也不只表現在大的方面。路途雖有高山但可輕易攀越，雖有大海但猶衣帶可輕易渡過。心中若有所失地看著飛逝的車駕，伸頸遠望，盼望著您的車駕早日歸來。

【研析】這是一首送別詩。顧秘由當時的吳王令改任為交州刺史，雖然也可說是一件可賀之事，但交趾古屬偏遠之地，從陸機詩中稱交趾為「南裔」也可略見一斑。因而，陸機此詩開篇即稱顧秘的清風明德，這次改官，應是一次仕途上的發展。古人有云「立功、立德、立言」為人生的「三不朽」，立功、立德不在大小，只在有所作為，所以詩中稱顧秘此次赴任是「遠績不辭小，立德不在大」。憑著這種建功立德的志向，因而視險途為履平地，視滄海為渡河流，所表現出豪邁之情在陸機的詩中還是較為少見的。詩的最後兩句「惆悵瞻飛駕，引領望歸旆」，較為形象地表達了送別詩所應有的惜別與別後的思念之情。但由於前有高昂的基調，故這裡雖有惜別但不哀傷，雖有別後的思念但更多的是歸來的期待。初唐王勃寫過一首送別詩〈送杜少府之任蜀川〉，詩中雖有惜別，但更多的是一種化解、勸慰與共勉，表現出一種積極向上的生活態度。陸機的這首詩雖然在表現上還沒有王勃詩短小精警，但是其感情與基調還是頗為一致的，送別詩中的這種感情基調在魏晉南北朝詩中還是相當可貴的。

贈從兄車騎

【題解】《文選》李善注：《集》云陸士光。士光，應是陸機從兄之字。從兄應在家鄉吳地任職，陸機寫此詩，表達了對家鄉及從兄的思念以及游宦在外的孤寂之情。

孤獸思故藪❶，離鳥❷悲舊林❸。翩翩❹游宦子❺，辛苦誰為心。彷彿谷水陽，婉孌崐山陰❻。營魄❼懷茲土，精爽❽若飛沈。寤寐❾靡安豫❿，願言⓫思所欽⓬。感彼歸塗艱，使我怨慕⓭深。安得忘歸草，言樹背與襟⓮。斯言豈虛作，思鳥⓯有悲音。

【注　釋】❶故藪　指從前棲息的澤藪。❷離鳥　離群之鳥。❸舊林　指禽鳥往日棲息之處，也比喻故鄉。❹翩翩　本指行動輕疾貌。此指忙碌奔波貌。❺游宦子　泛指外出求官或做官。❻彷彿谷水陽二句　依稀想見家鄉的景象就在面前。彷彿，隱約；依稀。谷水陽，谷水的北面。谷水，在吳境。陽，水的北面或山的南面曰陽。婉孌，依戀貌。崐山陰，崐山的北面。崐山，在吳境。陰，水的南面或山的北面曰陰。陸道瞻《吳地記》曰：「海鹽縣樂北二百里有長谷，昔陸遜、陸凱居此。谷東二十里有崐山，父祖葬焉。」❼營魄　魂魄。❽精爽　精神；魂魄。❾寤寐　醒與睡。常用以指日夜。❿靡安豫　沒有安寧快樂。靡，沒有。豫，快樂。⓫願言　思念殷切貌。《詩・衛風・伯兮》：「願言思伯，甘心首疾。」⓬思所欽　思念所敬佩的人。指從兄陸士光。欽，欽佩；佩服。⓭怨慕　指不得相見而思慕。語出《孟子・萬章上》：「萬章問曰：『舜往于田，號泣于旻天，何為其號泣也？』孟子曰：『怨慕也。』」趙岐注：「言舜自怨遭父母見惡之厄而思慕也。」朱熹注：「怨慕，怨己之不得其親而思慕也。」⓮安得忘歸草二句　化用《詩・衛風・伯兮》：「焉得諼草，言樹之背。」背、襟，猶前後。襟，面前。⓯思鳥　思侶之鳥；思求伴侶之鳥。

【語　譯】孤單的野獸思念從前棲息的澤藪，離群的禽鳥傷懷往日棲息的地方。忙碌奔波在外做官，辛辛苦苦究竟為了誰。吳地的谷水與崐山的山水，依稀想見，彷彿就在眼前。心魂都在思念家鄉的那一片土地，精神一會兒飛翔一會兒低沈，不能安定。無論是醒著還是睡著，日日夜夜沒有安寧快樂，殷切地思念著我所欽敬的從兄。有感於踏上回鄉的道路確實艱難，不得相見而思慕的感情更加深厚。從哪裡能夠得到忘記回歸的草，種在我房屋的前前後後。此言不是空談虛語，我猶如一隻思侶之鳥，嚶嚶鳴叫，發出的都是悲哀的聲音。

【研　析】這是一首送給在家鄉吳地任職的從兄陸士光的詩。思歸懷鄉始終是入洛後陸機創作中較為突出的主題，這首詩就表達了對家鄉及從兄的思念以及游宦在外的孤寂之情。在表現手法上採用了層層渲染的手法。其一，先是以游宦子自稱，並比以孤獸、離鳥，所謂「孤獸思故藪，離鳥悲舊林」，鳥獸猶如此，人何以堪？其二，以寤寐思念、精魂思歸刻畫了這分刻骨的思念。其三，抒發了一種歸而無望而又無法擺脫的悲苦。在這樣的層層渲染下，陸機對家鄉和親人的思念宣露無遺，且使此詩的整個基調顯得鬱悶悲苦。此外，詩還化用了《詩》中的語句，而又不覺生硬，反映了陸機很好的文化素養與駕馭語言的功力。

答張士然

【題解】張悛，字士然，少以文章與陸機友善。《文選》五臣注曰：「機從駕出遊，士然贈詩，故有此答。」此詩作於晉惠帝元康八年（西元二九八年），陸機轉任著作郎後。詩中主要描寫了一次隨皇帝出巡祭祀的所見所聞。

潔身❶躋秘閣❷，秘閣峻且玄❸。終朝❹理文案❺，薄暮❻不遑❼眠。駕言❽巡明祀❾，致敬❿在祈年⓫。逍遙⓬春王圃⓭，躑躅⓮千畝田⓯。迴渠繞曲陌⓰，通波⓱扶直阡⓲。嘉穀⓳垂重穎⓴，芳樹發華顛㉑。余固水鄉士㉒，摠轡㉓臨清淵。戚戚㉔多遠念㉕，行行遂成篇。

【注釋】❶潔身　修身；保持自身的清白。❷躋秘閣　指陸機於元康八年轉為著作郎。躋，登；升。秘閣，即秘書省。晉惠帝元康二年，改中書著作隸秘書省。❸峻且玄　高遠且幽深。峻，高。玄，深遠；幽遠。❹終朝　整天。❺理文案　整理公文案卷。❻薄暮　傍晚；太陽快落山的時候。❼不遑　沒有閒暇。遑，閒暇。❽駕言　出遊；出行。駕，乘車。言，語助詞。❾明祀　對重大祭祀的美稱。❿致敬　猶致祭。祭必誠敬。⓫祈年　祈禱豐年。⓬逍遙　徜徉；緩步行走貌。⓭春王圃　古苑囿名，又名春王園，在晉代洛陽宮中。李善《文選》注引〈晉宮閣銘〉：「洛陽宮有春王園。」⓮躑躅　徘徊不前貌。⓯千畝田　天子籍田千畝。⓰曲陌　彎曲的道路。陌，道路東西曰陌。⓱通波　流水。⓲扶直阡　沿著筆直的道路。扶，沿著。阡，道路南北曰阡。⓳嘉穀　亦作「嘉禾」。生長奇異的禾，古人以之為吉祥的徵兆，亦泛指生長茁壯的禾稻。⓴重穎　指一禾上長出兩個或更多的穗頭。㉑華顛　花的頂部。㉒水鄉士　陸機吳人，故云。㉓揔轡　繫馬；停駐；停車。㉔戚戚　憂愁貌。㉕遠念　對遠方人或物的思念。

【語　譯】來到秘書省修身養性，秘書省高遠且幽深。整天忙於整理公文案卷，傍晚時分沒有閒暇休息。從駕出巡祭祀，致敬鬼神，祈禱豐年。緩步行走在春王圃中，來回徘徊於千畝田。彎曲的水渠繞著彎曲的道路流淌，流水沿著筆直的道路暢流。生長茁壯的禾稻垂下累累的穗頭，芬芳的樹木頂端開出花朵。我本來自水鄉，現在繫馬身臨清泉。居處時憂愁不解，思念遠方的親人，出來走一走，於是寫下了這首詩。

【研　析】這是一首贈答詩，張士然寫給陸機的詩今已不存。從陸機的此首答詩看來，張士然也許是問及陸機轉著作後的近況。此詩主要寫了陸機轉為著作郎後，置身秘書省的兩種狀況。陸機在秘書省大部分時間還是忙於整理文案，沒有閒暇。偶爾隨皇帝出巡，參加重大的祭祀活動。文中對出巡的描寫頗細緻，與整天埋頭文案的生活形成鮮明的對照，很形象地展現了陸機身處秘閣的不同生活狀況和不同的心情。「戚戚多遠念，行行遂成篇」，這也許是對友人的詢問和關心的很真切的回答。

贈馮文羆

【題　解】此詩作於馮文羆為斥丘縣令，陸機為吳王郎中令之後。時為晉惠帝元康四年（西元二九四年）秋。馮文羆即將赴任斥丘縣令之時，陸機寫下的贈別詩，詩中表達了陸機對過去同為太子洗馬生活的珍惜、離別的憂傷以及對馮文羆的美好祝願。

昔與二三子❶，游息❷承華❸南。拊翼同枝條，翻飛各異尋❹。苟無淩風翮，徘徊守故林❺。慷慨誰為感，願言懷所欽❻。發軫❼清洛汭❽，驅馬大河陰❾。佇立❿望朔塗⓫，悠悠⓬迥⓭且深。分索⓮古所悲，志士多苦心。悲情臨川⓯結⓰，苦言⓱隨風吟。愧無雜佩⓲贈，良訊⓳代兼金⓴。夫子㉑茂遠猷㉒，款誠㉓寄惠音㉔。

【注　釋】❶二三子　猶言諸君、幾個人。❷游息　遊玩；休息。❸承華　太子宮門名。❹拊翼同枝條二句　言二人同為太子洗馬，而現在馮文羆為斥丘縣令，陸機為吳王郎中令，各奔東西。拊，拍；擊。枝條，指陸機與馮文羆同為太子洗馬。翻飛，飛舞；飛翔。各異尋，指一為斥丘令，一為吳王郎中令。❺苟無淩風翮二句　言如無趁風而起的翅膀，還不如不要高飛退守故林。淩風，駕風而起；趁風而起。翮，鳥的羽莖。此指翅膀。徘徊，來回走動不前。故林，指為吳王郎中令。❻願言懷所欽　言非常思念馮文羆。願言，思念殷切貌。《詩・衛風・伯兮》：「願言思伯，甘心首疾。」懷所欽，思念所敬佩的人。指馮文羆。懷，思；思念。欽，欽佩；佩服。❼發軫　發動車後橫木。指發車啟程。❽洛汭　洛水入黃河處。❾大河陰　黃河的南岸。大河，黃河。陰，水南山北曰陰。❿佇立　久立。⓫朔塗　前往北方的道路。朔，北方。⓬悠悠　遙遠貌。⓭迥　遙遠貌。⓮分索　猶離別。索，分離。⓯臨川　面對河流。⓰結　鬱結。⓱苦言　憂苦之言。⓲雜佩　連綴在一起的各種佩玉。往往用來贈行。⓳良訊　美好的問候。訊，問訊；問候。⓴兼金　價值倍於常金的好金子。㉑夫子　古代對男子的尊稱。㉒茂遠猷　美遠之功德。茂，美。猷，功德。㉓款誠　真誠。款，真誠；誠懇。㉔惠音　對友人的來信敬稱。

【語　譯】過去與你們諸君，一起在太子宮承華門南游息。猶如鳥兒棲於同一枝條，而現在卻各自分飛，尋找不同的棲息之地。如果沒有趁風而起的翅膀，還不如不要高飛退守故林。心中慷慨不平，是為了誰而感動，只是非常思念我所欽敬的馮文羆。你在清清的洛水岸邊啟程，驅馬直到黃河的南岸。我久久地站立著凝望前往北方的道路，道路顯得遙遠沒有盡頭。自古以來人們對離別都非常傷悲，壯志之士多有悲苦之心。悲壯的感情面對著流逝的河流更加鬱結，憂苦之言應風而吟出。慚愧的是沒有雜佩送你，也沒有兼金贈行，只用美好的問候來代替。祝你能取得美好而偉大的功德，用你的書信來表達我們之間的真誠友誼。

【研析】陸機寫給馮文羆的詩，除了此首五言詩外，還有一首是四言詩，《藝文類聚》、《文選》注還存有一些送給馮文羆的佚詩。陸機與馮文羆同為太子洗馬，三年的情誼，使他在與馮文羆分別之際，寫下了數首詩表達了他與好友分別的種種感受。將此首五言詩與四言詩〈贈馮文羆遷斥丘令〉相比，四言詩敘事性較強，而此首五言詩抒情性較濃。四言詩共有七首組成，七首詩主要敘述了陸機與馮文羆同為太子洗馬，歷時三年，並駕同行，隨侍太子的經歷，以及三年間兩人「利斷金石，氣惠秋蘭」的篤厚情誼。而此詩在表現手法上，抓住「發軫清洛汭，驅馬大河陰」的送別這一刻，寫出了過去與馮文羆同遊的情誼以及送別後的悲苦心情。詩中多用比喻與抒情語言，從「苟無凌風翮，徘徊守故林」的自喻以及「分索古所悲，志士多苦心」的慨歎中，我們還感受到陸機對自己政治命運不可把握的悲歎。

贈弟士龍

【題解】這是一首與弟士龍分別的詩。表達了與弟分別的憂傷以及對重逢的期待。

行矣怨路長，惄焉❶傷別促。指途悲有餘，臨觴❷歎不足。我若西流水❸，子為東峙岳❹。慷慨逝言❺感，徘徊居情❻育❼。安得❽攜手俱❾，契闊❿成騑服⓫。

【注釋】❶惄焉　憂思傷痛貌。《詩・小雅・小弁》：「我心憂傷，惄焉如擣。」❷臨觴　猶言舉杯飲酒。❸我若西流水陸機向西遠去。❹子為東峙岳　指陸雲留在東面。東峙岳，本是泰山的古稱。此借指為東面。❺逝言　往者之言；去者之言。❻居情　送者的感情。居，留守。此指送別之人陸雲。❼育　生；滋長。❽安得　如何能夠。❾俱　同；一起。❿契闊　久別。⓫騑服　駕車的騑馬與服馬，二馬同出同隨。喻兄弟相聚同處。

【語　譯】即將遠行，埋怨路途遙遠，心中憂思傷痛，感傷離別的太倉促。對著離去的道路，過於悲傷，舉杯飲酒，感到歡樂太少。我如流水一樣向西流去，你就像那峙立在東面的山岳一樣。要離去的人心中悲涼慷慨，說出的話讓人感傷，送別的人徘徊留連，離別之情也開始滋長。如何能夠攜起手來在一起，如同騑馬與服馬，使久別變為相聚。

【研　析】作為一首離別詩，在表現上的一個突出特點就是用交叉的筆法，分別從被送者與送者兩個方面來表現離別的憂傷。開頭兩句交代了離別在即、感到離別匆匆之後，分別從「指途」與「臨觴」、「我若」與「子為」、「逝言」與「居情」兩個方面渲染離別帶來的悲傷。最後兩句表達了重逢的期盼，但是「安得」二字卻又透露出詩人雖期盼但又感到無望的傷感。

祖道畢雍孫劉邊仲潘正叔

【題　解】這是一首送行餞別的詩，詩中主要表達了同僚之誼及對離別的傷感。

皇儲❶延❷髦俊❸，多士❹出幽遐❺。適遂❻時來運，與子遊承華❼。執笏❽崇賢❾內，振纓❿層城⓫阿⓬。畢劉⓭贊文武⓮，潘生⓯莅⓰邦家⓱。感別懷遠人⓲，願言⓳歎以嗟⓴。

【注釋】❶皇儲　皇太子。❷延　聘請；招攬。❸髦俊　才智傑出之士。❹多士　古指眾多的賢士。❺幽遐　僻遠；深幽。❻適遂　猶恰逢。適，恰。遂，順應；符合。❼承華　太子宮門名。❽執笏　拿著笏板。古時臣下朝見君主或臣僚相見時，手執玉石、象牙或竹、木的手板為禮。❾崇賢　崇賢門，太子居處的門名。❿振纓　猶彈冠。謂出仕。⓫層城　重城；高城。⓬阿　屋角處翹起來的簷。⓭畢劉　指畢雍孫、劉邊仲。⓮贊文武　以文武之才輔助。贊，輔助；輔佐。⓯潘生　指潘尼。⓰蒞　去至；來。⓱邦家　此指潘正叔出為宛令事。⓲遠人　遠行的人；遠遊的人。⓳願言　思念殷切貌。⓴嗟　嗟歎。

【語譯】皇太子招攬才智傑出之士，眾多的賢士皆從僻遠之地到來。恰逢時運來到，和你們一起在太子門下遊覽。在崇賢門內手持笏板，出仕於宮殿的高城之中。畢雍孫、劉邊仲以文武之才輔助，潘正叔也蒞臨邦縣。有感於離別，殷切地思念遠行之人，嗟歎不已。

【研析】從詩中來看，三人當與陸機同侍太子門下。祖道，古代為出行者祭祀路神，並飲宴送行。陸機出為吳王郎中令，同僚為陸機餞別送行，陸機故作此詩。畢雍孫、劉邊仲生平不詳。潘正叔，即潘尼。元康二年（西元二九二年）為太子舍人，元康六年出為宛令。此詩蓋作於是年。詩的前六句主要交代了陸機與三人同為太子門人的同僚情誼，「畢劉贊文武，潘生蒞邦家」似是交代了三人由太子門下改任之事。最後兩句「感別懷遠人，願言歎以嗟」，則寫出了陸機對離別的傷懷。

答潘尼

【題解】晉惠帝元康四年（西元二九四年）秋，陸機出為吳王郎中令，潘尼有詩贈與陸機。此詩蓋為答潘尼之作。

於穆❶同心❷，如瓊如琳。我東曰徂❸，來餞其琛❹。彼美潘生❺，實綜❻我心。

琛❼我玉懷❽，疇❾爾惠音❿。

【注釋】❶於穆　對美好的讚歎。❷同心　志同道合；情投意合。❸我東曰徂　指陸機出為吳王郎中令。曰，語助詞，無義。徂，去。❹琛　珍寶。❺潘生　指潘尼。❻綜　綜達；總括通曉。❼琛　取。❽玉懷　素懷；純潔的情懷。❾疇　通「酬」。酬謝；酬報。❿惠音　清揚和暢之音。此指臨別時的美好贈言，即指贈詩而言。

【語譯】我們之間志同道合，是多麼美好，就如同瓊玉珍珠一樣可貴。我即將向東遠去，您來餞行並贈琛以別。您潘生的才德，確實能通曉我的心。取出我誠善的情懷，酬謝您臨別時的美好贈言。

【研析】陸機出為吳王郎中令，潘尼作〈贈陸機出為吳王郎中令〉六首送陸機以別。潘尼在詩中盛讚陸機為東南之秀，並對出任吳王郎中令也十分推崇，如云：「祈祈大邦，惟桑惟梓。穆穆伊人，南國之紀」等等，都可見出潘尼與陸機之間的情誼。陸雲〈與兄平原書〉有云：「一日見正叔與兄讀古五言詩，此生歎息欲得之。」可見，潘尼對陸機的才情也是傾慕已久，所以詩中也並非是溢美之虛言。潘尼為潘岳之侄，潘岳〈為賈謐作贈陸機〉詩中雖也稱讚陸機「英英朱鸞，來自南岡」，但是稱吳則是「南吳伊何，僭號稱王」、「偽孫銜璧，奉土歸疆」，詩中對吳的輕蔑甚是明顯。潘尼卻與其叔潘岳對吳的評價與感情不同，所以陸機答詩中稱「彼美潘生，實綜我心」，即是有感而發。

贈潘尼

【題解】這是贈送給潘尼的一首詩。贈詩的因由為何，已不可詳知。但從詩中描寫來看，主要是以清高自守互相勉勵。

水會于海，雲翔于天。道之所混❶，孰後孰先。及子雖殊，同升太玄❷。舍彼玄冕❸，襲❹此雲冠❺，遺情❻市朝❼，永志❽丘園❾。靜猶幽谷❿，動若揮蘭⓫。

【注釋】❶道之所混　指天地生成之前的混沌狀態。❷太玄　深奧玄妙的道理。❸玄冕　泛指黑色官冕。❹襲　穿戴。❺雲冠　僧道或隱者的帽子。❻遺情　無情；無動於衷。❼市朝　指人多會集的地方。❽永志　指永遠的致力於。❾丘園　丘墟；園圃。❿幽谷　深谷。⓫揮蘭　散發出蘭草的香氣。揮，散；散發。

【語譯】各條水流都向大海匯聚，雲彩也在天空飛翔。天地生成之前的混沌狀態，水與海、雲與天是哪一個先產生哪一個後出現。我與您雖然人生經歷各不相同，但是此時都到達了能體悟深奧玄妙道理的境界。丟棄黑色官冕，戴上這隱者的帽子，能在人多會集的地方，忘掉世俗之情，永遠的致力於世外的丘墟園圃。靜處的時候像深谷一樣幽靜，活動起來也散發出蘭草的香氣。

【研析】陸機與潘尼的相識，可能還是始於晉惠帝元康年間，二人同侍太子門下，一為太子洗馬，一為太子舍人。二人也有詩互贈。此詩的背景就本詩來看，已不十分明確。詩的開頭四句，探討天地生成之時，萬物孰先孰後，這是一個涉及玄學的問題。在贈詩的開頭寫上這麼幾句，表明詩人對萬事萬物看法力求持一種通達的態度。所幸的是陸機與潘尼志同道合，都能體悟這玄妙的人生道理。從詩中「遺情市朝，永志丘園」來看，他們所體悟的正是在「市朝」中忘情，並以「永志丘園」作為自己的精神追求。從陸機與潘尼的仕歷來看，二人自相識後，並無退守家園或隱居，那麼，詩中所表現的正是對雙方雖共處官場，但求能持身自守的一種期待與共勉。

贈紀士

【題解】這是一首贈送給紀士即紀瞻的詩。詩以美子喻紀士，讚美子紀士的美好而高潔的人格。

瓊瓌❶俟豐價❷，窈窕❸不自鬻❹。有美蛾眉子❺，惠音❻清且淑❼。修姱❽協❾姝麗❿，華顏⓫婉⓬如玉。

【注釋】❶瓊瓌　次於玉的美石。❷俟豐價　猶待價而沽。俟，等待。豐價，豐厚的價格。❸窈窕　嫻靜貌；美好貌。此代指美女。《詩・周南・關雎》：「窈窕淑女，君子好逑。」❹鬻　賣；出售。❺蛾眉子　猶言蛾眉女。蛾眉，蠶蛾觸鬚細長而彎曲。借指女子容貌美麗。子，古代兼指兒女。❻惠音　清揚和暢之音。❼清且淑　清揚且美好。淑，美好。❽修姱　美好。❾協　通「挾」。懷藏。❿姝麗　美麗。⓫華顏　猶玉顏。美麗的容顏。⓬婉　美好。《詩・鄭風・野有蔓草》：「有美一人，清揚婉兮。」

【語譯】美好的玉石等待著好的豐厚的價格，嫻靜美善的女子卻不自我出售。有一位美麗的女子，美好的聲音清揚和暢。美善當中懷藏著美麗，容顏美麗猶如玉一般光潤。

【研析】就詩來看，此詩描寫了一位「窈窕淑女」，她不僅具有美麗的外表，而且有清淑的惠音。她與一般美女不同，不以美麗自居、自恃，所謂「窈窕不自鬻」。此詩既為〈贈紀士〉，那麼，很明顯此詩以美女喻紀士。紀士，指紀瞻，字思遠。《晉書・紀瞻傳》載紀瞻為「丹陽秣陵人。祖紀亮為吳尚書令。父陟，光祿大夫。瞻少以方直知名，吳平，徙家歷陽郡。察孝廉，不行」。可見，紀士與陸機為同鄉，且性方直，屢不應召。詩中以美女比喻紀士，且在「瓊瓌俟豐價，窈窕不自鬻」的對比中，我們可以看出紀士與一般士人的不同，在仕宦道路上，他不走終南捷徑，也不待價而沽，而是自守自己的本性，確實具有《晉書》本傳中所言的「方直」之性。

以美女喻君子，在陸機前早已有之。如屈原、阮籍等人的詩中就善用此種表現手法。此首詩的成功之處，在於抓住了紀士方直不輕易入仕的特點，以「窈窕不自鬻」喻之，既表現出紀士的美善又表現出紀士的不同流俗的方直之性，非常貼切。但是此詩不免有堆砌辭藻之感。

為陸思遠婦作

【題解】陸思遠，未知何人。當為與陸機親善之人。此詩代陸思遠妻作詩贈與陸思遠，表達了離別後對丈夫的思念及期待丈夫早日歸來的心情。

二合❶兆❷嘉偶❸，女子禮有行❹。潔己❺入德門❻，終遠❼母與兄。如何躭❽
時寵❾，遊宦❿忘歸寧⓫。雖為三載婦，顧景⓬媿虛名。歲暮⓭饒⓮悲風⓯，洞房⓰
涼且清，拊⓱枕循⓲薄質⓳，非君誰見榮⓴。離君多悲心，寤寐㉑勞㉒人情。敢忘桃
李陋㉓，側想瑤與瓊㉔。

【注釋】❶二合　指陰陽。❷兆　顯示；顯現。❸嘉偶　互敬互愛、和睦相處的夫婦。❹禮有行　按禮節出嫁。有行，出嫁。語出《詩・邶風・泉水》：「女子有行，遠父母兄弟。」❺潔己　使自己的行為端謹、符合規範。❻德門　有德之家。❼終遠　永遠地離開。❽躭　迷戀；酷嗜。❾時寵　世俗所愛好的。❿遊宦　指離開家鄉外出做官。⓫歸寧　男子歸省父母。⓬顧景　一作「顧影」。自顧身影。有自憐之意。⓭歲暮　歲末；一年將終時。⓮饒　增加；另外增添。⓯悲風　淒厲的寒風。⓰洞房　幽深的內室。多指臥室、閨房。⓱拊　撫；撫摩。⓲循　撫摩。⓳薄質　指柔弱單薄的身體。⓴見榮　使我身體健康。見，用在動詞前，有稱代作用，相當於「我」。榮，美好的氣色。此用作動詞。㉑寤寐　醒與睡。常用以指日夜。㉒勞　憂愁；愁苦。㉓桃李陋　指紅潤的臉色變得醜陋、憔悴。桃李，桃花與李花。代指美貌。㉔側想瑤與瓊　指希望得到丈夫的

回音。側想，思念；推想。對人的自謙之詞。瑤與瓊，即瑤瓊，泛指美玉。此代指丈夫的音訊。語出《詩・衛風・木瓜》：「投我以木桃，報之以瓊瑤。」

【語　譯】陰陽和合，預示著夫妻間互敬互愛、和睦相處，女子按照禮節出嫁。女子使自己的行為端謹、符合規範從而嫁給有德之家，永遠地離開父母兄弟。為什麼您迷戀世俗所愛好的東西，離開家鄉外出做官，忘記了歸省父母。雖然成為您的妻子已經三年，但是三年來自顧身影，自我哀憐，有此虛名，真是非常慚愧。一年將終，淒厲的寒風更加疾勁，臥室清冷且淒涼，撫摩著枕頭和柔弱單薄的身體，除了丈夫有誰能使我身體健康。與君分離心中多有悲傷，日夜思念使人愁苦。豈能忘記自己紅潤的臉色已變得憔悴，但是還是期待著您的回音。

【研　析】這是一首思婦詩，開頭四句自述自身品性端正，且按禮節嫁入有德之家。之所以開篇即作如此交代，意在說明作為一女子沒有不符合道德規範之處，使得下面兩句責問丈夫為何不歸省父母顯得理直氣壯。「雖為」二句，哀歎雖為夫妻卻有名無實，只好顧影自憐。「歲暮」二句寫景之淒涼清冷，以襯托心情的孤單寂寞。「拊枕」二句寫得極為宛轉細膩，把怨婦的自傷自憐、渴望夫愛的神態和心情寫得入木三分。「離君」二句直抒思念之苦，使憂傷的情調加深加重。最後兩句化用《詩・衛風・木瓜》中的詩句，表達了希望丈夫能早日歸來的迫切心情。

此詩為陸機代陸思遠婦而作，極貼切地描摹了人物的思想感情，把思婦那種哀怨、失望、希望的心情寫得十分傳神，如怨如訴。《世說新語・賞譽》載陸機「長七尺餘，聲作鐘聲，言多慷慨」，但是這樣的陸機卻能如此委婉地理解婦人之心，也可說是反映了大丈夫兒女情長之處。

為顧彥先贈婦二首

【題　解】此詩共有二首，第一首為贈婦，第二首為婦答，逯欽立言：「陸士龍亦有為顧彥先贈婦之作，題作〈為顧彥先贈婦往返四首〉，稱往返則知有贈婦，有答婦，題旨明備。《文選》此目蓋有刪節處，贈婦下應有往返二字。」

辭家遠行游，悠悠三千里。京洛多風塵❶，素衣❷化為緇❸。修身❹悼憂苦，
感念❺同懷子❻。隆思❼亂心曲❽，沈歡❾滯❿不起。歡沈難剋興⓫，心亂誰為理⓬。
願假⓭歸鴻⓮翼，翻飛⓯游江汜⓰。

【章　旨】此章為〈為顧彥先贈婦二首〉的第一首，為贈婦詩。此詩主要表達了游宦在外的顧榮對黑暗官場的切身感受以及對家鄉妻子的深切思念。

【注　釋】❶京洛多風塵　言洛陽多有風塵。喻功名利祿等塵俗事很多。京洛，洛陽的別稱，亦泛指國都。因陸機此詩句，後以「東洛塵」比喻功名利祿等塵俗事。❷素衣　白色衣服。❸緇　黑色。❹修身　陶冶身心，涵養德性。儒家以修身為教育八條之一。❺感念　思念。❻同懷子　與自己同懷知己的妻子。❼隆思　繁亂的心思。❽心曲　內心深處。❾沈歡　猶歡沈。歡樂沈沒。❿滯　滯留。⓫剋興　能夠興起。剋，能。興，興起。⓬理　治理。撫平、安撫之意。⓭假　借；憑藉。⓮歸鴻　歸雁。詩文中多藉以寄託。⓯翻飛　飛舞；飄揚。⓰江汜　江邊。汜，江邊。

【語　譯】辭別家鄉親人，遠行游宦在外，離家有三千里之遙。京城洛陽多有風塵，白色衣服也變成了黑色。陶冶身心，涵養德性，但是內心卻悲悼自己的憂苦處境。思念與自己同心知己的妻子。繁亂的心思擾亂自己的內心深處，歡樂沈沒停滯不起。歡樂一旦沈沒，就難以再興起，繁亂的心情，誰能夠為我撫平。願借著歸雁的翅膀，在江邊飛舞遊戲。

東南有思婦❶，長歎充幽闥❷。借問❸歎何為，佳人❹眇❺天末❻。游宦❼久不歸，山川脩且闊❽。形影參商❾乖❿，音息⓫曠⓬不達。離合非有常⓭，譬彼絃與筈⓮。願保金石軀⓯，慰妾長飢渴⓰。

【章　旨】此章為〈為顧彥先贈婦二首〉的第二首，為婦答詩。表達了思婦對游宦在外的丈夫的思念以及希望丈夫多加保重的心情。

【注　釋】❶思婦　懷念遠行丈夫的婦人。❷幽闥　宮中幽深的小門。此指深閨。❸借問　古詩中常見的假設性問語，一般用於上句，下句是作者的自答。❹佳人　美好的人。詩文中常用來指自己所懷念的人。❺眇　邈遠；渺茫。❻天末　天的盡頭。指極遠的地點。❼游宦　謂離家在外做官。❽脩且闊　指道路遙遠而遼闊。脩，長。闊，寬廣；遼闊。❾參商　參、商二星此出則彼沒，兩不相見。喻親友相隔，不能相見。❿乖　隔絕；斷絕。⓫音息　音信；消息。⓬曠　曠遠。⓭常　規律；通例。⓮筈　箭的尾端，射時搭在弓絃的部分。⓯金石軀　指人身體強壯珍貴。⓰飢渴　喻期望殷切，如飢如渴。

【語　譯】東南方有位思婦，長長的歎息聲充滿了深閨。問一下為什麼如此地歎息，是因為所思念的佳人遠在天涯。離家在外做官，時間很久了沒有歸來，山川道路遙遠而遼闊。兩人的身影如參、商二星此出彼沒，互不相見，音信曠遠而不能到達對方。離別相聚沒有一定的規律，猶如絃與箭的尾端。但願能保重，身體強壯，安慰我如飢如渴的長久思念。

【研　析】第一首為代顧榮贈婦詩，開頭兩句寫辭親游宦，接下來的四句描寫游宦在外之慨，其中「京洛多風塵」兩句尤為後人所道，「東洛塵」就用來比喻功名利祿等塵俗事，也流露出對仕途的厭倦情緒。而「修身悼憂苦」更見出對官場黑白顛倒的切身感受，這種情況下「感念同懷子」，對親情的渴望也就成為唯一的安慰。「隆思亂心曲」四句，「沈歡」與「歡沈」二句相承，「隆思」與「心亂」二句相承，回環往復地寫出了憂思難忘、不可收拾的複雜心緒。最後兩句便是幻想借助大雁的雙翅南歸，這只是一種無法實現的自我安慰罷了。

第二首為婦答詩。以文織的筆法寫出了思婦的幽怨之情。開頭四句寫妻子在深閨中對丈夫的思念及因久別難聚的歎息。「游宦久不歸」四句，如怨如訴。一方面對丈夫游宦不歸又無音信表示焦慮、憂愁；另一方面，又為相隔千里而路途遙遠表示擔憂，「形影參商乖」句用語巧妙，夫妻本當親密形影相隨，無奈現在卻如同參星與商星互不相見，分隔千里，比喻中有對比。「離合非有常」二句以離合難以料定作自我慰解。最後二句則表達了對丈夫的關心與期盼，體現了一位賢妻的拳拳之心。

〈為顧彥先贈婦二首〉，一贈一答，都為陸機代作，每首詩都較為細緻地刻畫了遊子與思婦的各自不同的心情，描摹人物的內心十分透徹、細膩，見出陸機體察人心人情的細膩以及高超的藝術表現力。

為周夫人贈車騎

【題解】這也是一首為婦人代作的贈詩。周夫人，不知何人。詩中表達了周夫人對丈夫的思念與牽掛。

碎碎❶織細練❷，為君作緱❸繻❹。君行豈有顧❺，憶君是妾夫❻。昔者得君書，聞君在高平❼。今時得君書，聞君在京城❽。京城華麗所❾，璀璨❿多異人⓫。男兒多遠志，豈知妾念君。昔者與君別，歲律⓬薄⓭將暮。日月一何⓮速，素秋⓯墜⓰湛露⓱。湛露何冉冉⓲，思君隨歲⓳晚。對食⓴不能飡㉑。臨觴㉒不能飲。

【注釋】❶碎碎 細細。❷細練 精緻的布帛。細，精緻；細密。練，練過的布帛，一般指白絹。❸緱 同「韝」。革製臂衣。❹繻　彩色的繒帛；一說細密的羅。❺顧　回首；回視。❻妾夫　疑作「妾人」或「妾婦」，古代女子謙稱自己。❼高平　地名。❽京城　洛陽。❾華麗所　猶言豪華之地。所，地方。❿璀璨　光彩絢麗。⓫異人　不尋常的人；有異才的人。⓬歲律　歲時；節令。古以十二律應十二月。⓭薄　逼近；靠近。⓮一何　多麼。⓯素秋　秋季按古代五行之說。秋屬金，其色白，故稱素秋。⓰墜　落下。⓱湛露　濃重的露水。湛，露濃貌。⓲冉冉　光亮閃動貌。⓳歲　年。⓴食　飯菜；肴饌。㉑飡　吃；食用。㉒臨觴　言對著酒杯。觴，盛滿酒的杯。

【語　譯】細細地織著精緻的布帛，給夫君製作臂衣與繻帛。你一去不曾回頭，想念你的是我。過去接到你的書信，聽說你在高平。現在接到你的書信。聽說你已在京城。京城是一個豪華之地，光彩絢麗，有許多才能出眾之人。男兒大多具有遠大的志向，怎麼能夠知道我在思念你。過去與你分別，節令即將接近年終。歲月過得是多麼迅速，濃重的露水已在秋季落下。濃重的露水是多麼的光亮閃動，思念著你直到年歲將終。面對著飯菜卻沒有食欲，對著酒杯卻不思飲用。

【研　析】這是陸機代周夫人寫給其夫的一首詩。思婦詩多訴哀怨愁苦，此詩也不例外。此詩在表現手法上的一個明顯特點就是在「昔者」與「今時」的回環中，強化離別的愁苦。「昔者得君書，聞君在高平；今時得君書，聞君在京城」，這種今昔的對比，給人一種思念永遠跟不上丈夫遠去的腳步的感覺。「昔者與君別」，雖無明顯的今時對照，但是從「日月一何速」的感歎中，依然給人一種今昔對比中歲月如梭之感。最後以「對食不能飡，臨觴不能飲」作結，含有食不甘味之情，連酒也不能消愁的無法解脫之悲苦。陸機詩歌總的藝術傾向是辭藻富贍，英華膏澤，但往往過於繁冗工整，反有傷直致。這首詩卻以婦人之口道離別之苦，清淺簡潔，沒有繁蕪之感。但從立意與思想情感上來看，終不脫思念與哀怨這一路，這是此類題材及代人所作的局限。

卷八

擬行行重行行

【題解】這首詩模擬〈古詩十九首〉中的〈行行重行行〉，表達了思婦對遠遊在外、長期不歸的遊子的思念。

悠悠❶行邁❷遠，戚戚❸憂思深。此思亦❹何思，思君徽與音❺。音徽日夜❻離，緬邈❼若飛沈❽。王鮪❾懷河岫❿，晨風⓫思北林⓬。遊子⓭眇⓮天末⓯，還期⓰不可尋⓱。驚飆⓲褰⓳反信⓴，歸雲難寄音。佇立㉑想萬里，沈憂萃㉒我心。攬衣有餘帶，循形不盈衿㉓。去去㉔遺情累㉕，安處㉖撫清琴㉗。

【注釋】❶悠悠　遠貌。❷邁　遠行；行。❸戚戚　憂懼貌；憂思貌。❹亦　語助詞，無意義。❺徽與音　即音徽。指琴上供按絃時識音的標誌。亦指琴或樂曲。❻日夜　白晝與夜晚。此指時間的長久。❼緬邈　遙遠貌。❽飛沈　形容琴聲的若有若無。❾王鮪　魚名。❿懷河岫　思念河流。懷，思念。河岫，河流與山洞。此偏指河流。岫，山洞。⓫晨風　鳥名。⓬北林　北方的樹林。此泛指樹林。⓭遊子　指離家遠遊或遠居外鄉的人。⓮眇　遠；遙遠。⓯天末　天邊；天的盡頭。⓰還期　回家的日期。⓱尋　尋得；得知。⓲驚飆　突發的暴風；狂風。⓳褰　斷絕。⓴反信　回來的信息。㉑佇立　長久地站立。

㉒萃　聚集。㉓攬衣有餘帶二句　形容因思念而日漸消瘦。攬衣，猶束衣。有餘帶，指因消瘦而衣帶漸寬。循形，撫摩身體。不盈衿，指因消瘦衣服顯得寬鬆。㉔去去　遠去。㉕遺情累　丟下情感的負累。遺，棄；放下。累，負累。㉖安處　安定閒適地生活。㉗撫清琴　指彈琴。撫，撫弄；彈奏。清琴，音調清雅的琴。

【語　譯】你遠離家門越走越遠，我的憂思越來越深長。究竟思念什麼呢，思念你所彈奏的琴聲。曲聲一天一天地離我遠去，在遙遠的地方有時飛揚，有時沈沒。王鮪魚懷念河流，晨風鳥思念樹林。遊子離家遠遊，遠在天涯，回家的日期不能得知。狂風襲來斷絕了回來的信息，也難以借歸雲寄上音訊。長久地站立，想著萬里之遙的你，深沈的憂愁集聚在我的心中。束起衣服，感到因消瘦而衣帶漸寬，看看身體，也因消瘦衣服顯得寬鬆。你越走越遠，留下這情感的負累，我居處在家，只好撫弄琴聲，藉以遣懷了。

【研　析】陸機的擬古詩十二首，取法〈古詩十九首〉，主要是在主題與表現手法上的模擬。〈行行重行行〉為〈古詩十九首〉中一首，描寫思婦對遊子的思念。陸機此詩表達的情感也是如此，這是對其主題的模擬。在表現手法上，此詩繼承了古詩借物起興以及一些生動的比喻，如古詩云「胡馬依北風，越鳥巢南枝」，以胡馬越鳥思戀故地比喻遊子思念故鄉，仿此，陸機詩則云「王鮪懷河岫，晨風思北林」，也同樣表達了遊子故鄉之戀。又如，古詩以「衣帶日已緩」比喻因思念而消瘦，陸詩亦云「攬衣有餘帶，循形不盈衿」。

當然，陸機此詩在模擬上也有刻意經營而求變的地方。〈古詩十九首〉具有深哀淺貌，短語情長的特徵，〈行行重行行〉尤其能體現這一風格。而陸機此詩的模擬注重雕琢，文人化的氣息更濃。如古詩「胡馬依北風，越鳥巢南枝」不求對而自對，且出語天然。而陸詩則云「王鮪懷河岫，晨風思北林」，則有刻意求對，雕琢之跡較顯。「攬衣有餘帶，循形不盈衿」也比「相去日已遠，衣帶日已緩」顯得詞句繁縟。同樣，就詩歌中思婦的形象來看，也呈現出文人化的審美趨向。古詩中的思婦是極其純樸，表達思婦思念之情的語句也都出於日常生活，如古詩中表現思婦，因思念而只能以不了了之解脫，表現這種心情的詩句是「思君令人老，歲月忽已晚。棄捐勿復道，努力加餐飯」，而陸詩則變為「去去遺情累，安處撫清琴」，由思念而言及「情累」，用安處撫琴來消除情累，使得詩中的思婦形象由純樸趨向高雅，這應是陸機個人審美趣味的反映。

擬今日良宴會

【題　解】詩人在這首詩中慨歎生命短促，時光飛逝，認為應及時行樂，追求富貴，才不致辜負一生。或可理解為詩人在壯志難酬之下的憤激之辭。

閑夜命❶懽友，置酒迎風館❷。齊僮❸〈梁甫吟〉❹，秦娥〈張女彈〉❺。哀音繞梁宇❻，遺響入雲漢❼。四座咸同志❽，羽觴❾不可算❿。高談一何綺⓫，蔚⓬若朝霞爛。人生無幾何，為樂常苦晏⓭。譬彼伺晨鳥⓮，揚聲當及旦⓯。曷為恆憂苦，守此貧與賤。

【注　釋】❶命　命令。引申為召集。❷迎風館　本漢宮舊名。這裡指豪華的房宇。❸齊僮　和下文秦娥，相對為文，指識音彈曲之人。❹梁甫吟　樂府楚調名。梁甫，山名，在泰山下。此曲言人死葬此山下，亦為葬歌。❺張女彈　樂府曲名。❻哀音繞梁宇　據《列子》，昔韓娥東之齊，鬻歌假食，既去而餘音繞梁，三日不絕。❼遺響入雲漢　據說薛談學謳於秦青，辭歸，秦青設宴郊外，撫節悲歌，聲振林木，響遏行雲。❽同志　情趣相同之人。❾羽觴　此指瓊漿美酒。❿算　計。⓫綺　此指措辭華美。⓬蔚　詞藻華美。⓭晏　晚。⓮伺晨鳥　此指報曉的雄雞。伺晨，報曉。⓯旦　早晨。

【語　譯】悠閒的夜晚，在豪華的房宇裡擺下豐盛的酒席，召集朋友，大家共同歡樂。童男歌女在宴會上吟唱彈曲。哀婉的音樂美妙感人，繞梁三日，餘音飄入雲霄。在座的各位都是情趣相投的人，喝掉了數不清的瓊漿美酒。大家高談闊論，措辭是多麼的華美，就像早上天空的彩霞。人生真是太短暫了，等你想享樂的時候，往往已經太晚了。就好像那報曉的雄雞，應當在早上天明時及時鳴叫。為什麼要過貧賤的生活，使自己終生憂慮窮苦呢。

【研　析】〈古詩十九首〉中有〈今日良宴會〉一首，主要通過一次宴會的感受，抒發了兩種人生感喟。一是人生短暫，頗多磨難；二是對苦難而短暫人生的改變，即捷足先登，佔據高位。陸詩基本沿襲了古詩的情感主題，但是又有新的變化。其一表現為對詩歌中及時行樂與及早立身的人生態度的抒發，古詩的抒情主體更多的是作為普通一員參與良會後的感悟，而陸詩則更多地表現出詩人的主動追求的人生態度。其二，消解人生短暫與苦難的方式雖然同於古詩，但古詩表現對功名的追求非常直率，如言「何不策高足，先據要路津」，而陸詩則相對含蓄，云「譬彼伺晨鳥，揚聲當及旦」，這個比喻含有及時行樂與及早立身的雙重含義，而追求功名的含義也無策足先登來得直接。

擬迢迢牽牛星

【題　解】此詩歌詠了牛郎織女的愛情故事，表現了牛郎與織女隔河相望、相愛而不能相聚的痛苦。

昭昭❶清漢❷暉，粲粲❸光天❹步❺。牽牛西北迴，織女東南顧❻。華容❼一何冶❽，揮手如振素❾。怨彼河無梁❿，悲此年歲暮。跂⓫彼無良緣，睆焉⓬不得度。引領⓭望大川⓮，雙涕⓯如霑露⓰。

【注　釋】❶昭昭　形容星星的光輝。❷清漢　即天河。❸粲粲　鮮明的樣子。❹光天　與「清漢」相對。指充滿光輝的天空。❺步　走。❻顧　回頭。❼華容　美麗的容顏。❽一何冶　多麼的妖冶。一何，多麼。冶，妖冶。❾振素　此指擺動白皙的手。素，白色生絹。❿梁　橋。⓫跂　盼望；嚮往。⓬睆焉　明亮的樣子。⓭引領　伸長脖子。領，頸項；脖子。⓮大川　天河。⓯雙涕　此指雙方的眼淚。涕，眼淚。⓰霑露　露水；露珠。

【語　譯】天河裡的繁星閃爍著光輝，牽牛織女在充滿光輝的天空中急急行走。牽牛在西北方向回過頭來，織女也在東南頻頻回首。織女的容顏是多麼的美麗啊，揮動的手如同擺動的白絹。可惜天河上沒有供他們通行的橋梁，悲歎的是一年就這樣快要過去。他們在天河兩端彼此眺望，卻沒有在一起的緣分，天河裡星星閃亮，他們卻無法渡過。伸長脖子望著浩浩的天河，雙方的淚水像露珠一樣掛在臉上。

【研　析】牛郎織女的愛情故事，在漢代已經流傳。古詩〈迢迢牽牛星〉就著重描寫了織女與牽牛一河之隔情境下對牽牛的深切思念與不能相聚的痛苦。陸機此詩在題材上仍然運用牽牛織女的故事，但是在表現上與古詩有別。古詩側生於描寫織女一方的情感活動，而陸詩則雙方兼顧，如詩中「牽牛西北迴，織女東南顧」，因而詩中無河梁可渡的埋怨以及「引領望大川，雙涕如霑露」，就不單指織女一人而言，而是雙方的共同表現。當然，與其他擬詩一樣，此詩在語言上頗有雕琢的痕跡，遠沒有古詩那樣純樸自然而又情致綿邈。如言「跂彼無良緣，睆焉不得度。引領望大川，雙涕如霑露」，就沒有古詩「盈盈一水間，脈脈不得語」出語自然而又情意深遠。

擬涉江采芙蓉

【題　解】此詩表達了遊子對遠在家鄉愛人的思念以及身在異鄉的孤苦之情。

上山采瓊蕊❶，穹谷❷饒❸芳蘭。采采不盈掬❹，悠悠❺懷所歡❻。故鄉一何曠❼，山川阻且難。況思❽鍾❾萬里，躑躅❿獨吟歎。

【注釋】❶瓊蕊　一種可吃的植物。❷穹谷　僻遠的山谷。❸饒　纏繞。此指豐足、繁多。❹掬　一捧。❺悠悠　憂愁的樣子。❻所歡　代指所喜愛、懷念的人。❼曠　遠；曠遠。❽況思　遠思。況，通「荒」。遠。一本作「沈思」。❾鍾　聚集。❿躑躅　走來走去；徘徊。

【語譯】上山去採集瓊蕊，幽深的山谷裡有很多芬芳的香草。採了又採，可還不到一捧，心中非常思念所愛的人。故鄉在很遠的遠方，跟這兒隔著艱難險阻的山川。懷念著萬里之外的家鄉，一個人走來走去獨自長歎。

【研析】古詩〈涉江采芙蓉〉屬於遊子思婦題材。全詩只有八句，前四句主要是寫詩人渡江採摘芙蓉，贈送遠在家鄉的愛人，這是贈物表情。後四句則是直接抒發了遠在異鄉、同心離居甚至終老無法相聚的憂傷。相對於陸機其他擬詩，此詩不論在主旨上還是表現上多規仿古詩，而無更多的新意。陸機太康末由南方家鄉北上洛陽，長期滯留他鄉，對家鄉與親人的思念，是他的詩文中經常表現的情感主題，因而情感上與古詩的相通，也許是此詩酷似古詩的一個重要原因。

擬青青河畔草

【題解】此詩表現了思婦因遊子長期不歸而產生的孤獨寂寞。

靡靡❶江蘺❷草，熠燿❸生河側。皎皎彼姝女❹，阿那❺當軒❻織。粲粲❼妖容姿，灼灼❽美顏色。良人❾遊不歸，偏棲❿獨隻翼⓫。空房來悲風，中夜起歎息。

【注　釋】❶靡靡　草順風倒伏的樣子。❷江蘺　一種香草。❸熠燿　鮮明的樣子。❹姝女　美女。❺阿那　同「婀娜」。柔美貌。❻軒　窗戶。❼粲粲　鮮明的樣子。❽灼灼　《詩》中有「灼灼其華」的句子，指女子年輕而色美。❾良人　丈夫。❿偏棲　猶言獨棲。偏，配偶之一方。⓫隻翼　單翅。此指孤獨的鳥。比喻思婦獨守空房。

【語　譯】岸邊的江蘺色彩鮮明，隨風起伏。那位潔白美麗的女子，坐在窗前紡織，她的身材婀娜多姿。容顏燦爛，姿態妖冶。丈夫遠遊至今未歸，只好一個人安歇，獨守空房。悲涼的風吹過房屋，深夜難以入眠，只能起身歎息。

【研　析】此詩先以「靡靡江蘺草，熠燿生河側」起興，由生於河岸香草引出窗前獨織的姝女，即本詩的主人公思婦。接下來便以「粲粲妖容姿，灼灼美顏色」兩句盛讚女子盛年貌美。詩的最後四句則是表現了貌美思婦盛年獨處的悲歎。與其他遊子思婦題材詩歌相比，古詩〈青青河畔草〉更多展示的是盛年貌美「倡家女」的寂寞難耐，如詩云「蕩子行不歸，空床難獨守」，毫不掩飾地表達了空床難守的寂寞，因超越了一般的思念之情而受到道學家的非議。相比之下，陸詩則含蓄委婉得多，首先將「倡家女」改為「姝女」，將「蕩子行不歸，空床難獨守」改為「空房來悲風，中夜起歎息」，由此，詩歌的情感和風格則含蓄文雅，體現了陸機的審美趣味。

擬明月何皎皎

【題　解】這是一首遊子思鄉詩。

安寢❶北堂❷上，明月入我牖❸。照之有餘輝，攬之不盈手。涼風繞曲房❹，寒蟬❺鳴高柳。踟躕❻感節物❼，我行永已久。遊宦會無成，離思難常守❽。

【注釋】❶安寢　安睡。❷北堂　房與室相連為之，房無北壁，故得北堂之名。❸牖　窗戶。❹曲房　深邃幽隱的密室。❺寒蟬　秋天的蟬。❻踟躕　猶言徘徊。❼節物　各個季節的風物景色。❽守　保持。

【語譯】安睡北堂，明月從窗戶映入，撒下清亮的月光，伸手去抓它卻不能握持。清涼的夜風在曲房周圍吹過，寒蟬在高高的柳樹上淒切鳴叫。踟躕徘徊，感慨時節景物的變化，想到我離開家鄉已很久了。長期在外為仕途奔波，卻終無所成，離別的思念也常常難以自持。

【研析】古人很喜歡以月入詩，尤其愛將月與鄉愁聯繫起來。李白〈靜夜思〉「舉頭望明月，低頭思故鄉」的詩句更是月與思鄉相聯的名句。游宦在外，功名無成時更易懷鄉，詩中人物就是在月華中突然醒來，看到月光，聽到風聲與蟬鳴，才想到「我行永已久」。月光終於撩起了遊子的思鄉情懷。與古詩〈明月何皎皎〉相比，此詩突出了兩種情境的反差。首句「安寢北堂上」，安寢即是安睡，安睡而被明月勾起思鄉之情，這一跌轉實見出詩人並非安睡。還有一種反差即是游宦無成與思鄉的難以自持，游宦是造成思鄉的直接原因，而游宦無成更使詩人思鄉之情難以自持。此詩應是融合了陸機切身感受，故而從情感表現上來說，有超出古詩的地方。

擬蘭若生朝陽

【題解】此詩抒發了對心中美人的思念，表達了對愛情的堅貞不渝。

嘉樹❶生朝陽❷，凝霜❸封❹其條。執心❺守時信，歲寒終不彫❻。美人何其曠❼，灼灼❽在雲霄。隆❾想彌❿年月，長嘯入飛飆⓫。引領望天末⓬，譬彼⓭向陽翹⓮。

【注釋】❶嘉樹　美樹。嘉，美；善。❷朝陽　山的東面。❸凝霜　嚴霜。❹封　凝結。❺執心　執一之心；持守之心。執，堅持。❻歲寒終不彫　語出《論語》：「歲寒然後知松柏之後凋也。」讚松柏不畏嚴寒的精神。❼曠　遠。❽灼灼　美麗的樣子。❾隆　盛；非常。❿彌　終。⓫飛飆　飛風。飆，風；暴風。⓬天末　天的盡頭。指極遠的地方。⓭彼　代指嘉樹。⓮翹　舉起；抬起。

【語譯】嘉樹生長在山的東面，嚴霜凝結了它的枝條。持守不變的信念，即使經歷寒冬也不會凋零。美人所處是多麼的遙遠，好像在雲霄裡展現她的美麗。長年累月，思念更甚，長嘯一聲，趁風飛翔。引頸遙望天的盡頭，就好像嘉樹一樣，心向太陽。

【研析】這首詩以嘉樹經冬不凋作喻，比喻詩人對意中美人堅定追求；以嘉樹傾心向陽比喻詩人對美人的傾心愛慕。從「隆想彌年月，長嘯入飛飆」來看，詩人對美人的思念與追求是長久的，正處於思之求之而不得的過程中，卻是堅定地表達了愛情的忠貞專一。古代有的詩歌可能會有香草美人的政治寄寓，有的也習慣從這一角度解詩。有人疑原古詩〈蘭若生朝陽〉為漢枚乘所作，故結合枚乘與吳王關係來解釋詩的寓意。可能陸機也是別有寄託的。陸機寫此詩時，吳國已滅，他對故國有著深厚感情，因此陸機也有可能以「美人」喻吳國吧！詩人對吳國的滅亡寄以了深深的哀悼。

擬青青陵上柏

【題解】宦途失意而胸懷坎坷不平，生命倏忽之感與窮達懸殊之慨皆由此而生，並相互激盪，故有「及時行樂」的自我消釋。

苒苒❶高陵蘋❷，習習❸隨風翰❹。人生當幾時，譬彼濁水瀾❺。戚戚❻多滯念❼，置酒宴所歡❽。方駕❾振飛轡❿，遠遊入長安。名都一何綺⓫，城闕⓬鬱盤桓⓭。飛閣纓⓮虹帶，層臺冒⓯雲冠。高門羅北闕⓰，甲第⓱椒與蘭⓲。俠客控絕景⓳，都人⓴驂玉軒㉑。遨遊放情願，慷慨㉒為誰歎！

【注釋】❶苒苒　草盛貌。❷高陵蘋　長在高高山阜上的一種蘋草。蘋，植物名。多年生草本，生淺水中，夏秋開小白花。❸習習　柔和舒展的樣子。❹翰　赤羽的山雞。也泛指禽鳥。❺濁水瀾　濁水之波。濁水之波易竭，故以喻人生短暫。❻戚戚　憂愁貌。❼滯念　凝結在心中的思念。也泛指牽掛。❽所歡　親密的朋友；知己。❾方駕　並駕。❿飛轡　飛動的馬轡。⓫綺　綺麗繁華。⓬城闕　城樓。⓭鬱盤桓　形容城樓廣大聚集。鬱，聚集。盤桓，廣大貌。⓮纓　纏繞。⓯冒　覆；覆蓋。⓰北闕　此指高門大族聚集的地方。⓱甲第　甲為第一，第為館，甲第即豪華的館舍。⓲椒與蘭　即椒蘭。此指椒蘭室，指賢士所居之處。⓳絕景　晉范氏之子子華所乘之馬。⓴都人　地位高貴的人。㉑玉軒　精美的車子。㉒慷慨　感歎。

【語譯】高山上繁茂的蘋草迎風搖曳，飛禽隨風輕快地飛翔。人生真是太短暫了，就像那渾濁的水湧起的波浪，很快便平息了。憂愁煩悶，思念凝結，擺下酒宴，宴請知己朋友。一起並駕齊驅，揚起馬鞭，遠到長安遊玩。這個聞名天下的都市是多麼壯麗啊，城樓廣大聚集。飛入雲霄的樓閣纏繞著彩虹絲帶，高聳入雲的樓臺覆蓋著如冠的雲彩。高門貴族集聚在北闕，名士賢人居處豪華館舍。豪俠之士騎著如絕景般的駿馬，身分高貴的人們乘著華貴的馬車。縱情遊覽吧，何必為誰去感歎呢！

【研析】全詩以「苒苒高陵蘋，習習隨風翰」起興，蘋生高陵故繁茂，禽鳥飛翔天空故自在，而人生卻如濁水微波，既痛苦又短暫。如何化解這種生命之憂？詩人設想了一次長安之遊。全詩用較多的筆墨描摹了長安城樓的華美壯觀，這裡聚集著高門大族、名士時賢、遊俠之士，通過他們的華麗的居處以及所乘的名車寶馬，可以感受到長安城裡的富庶繁華與長安人的地位尊貴。詩人對這種生活傾心嚮往，也表示以這樣一種生產方式來消解內心的不平的願望。

從情感主題上來說，此詩完全模擬古詩〈青青陵上柏〉，只不過把遊覽地由古詩的洛陽改為長安。西晉與東漢同都洛陽，陸機這樣改動可能故意避免直指西晉洛陽。如果陸機的擬古詩作於陸機吳滅後隱居家鄉時，那麼，詩中表現的遊覽長安取得功名富貴以消解人生苦短的願望，也許預示著陸機即將赴洛游宦以改變人生命運的心態轉變。

擬東城一何高

【題解】此詩從客觀景物的描寫中抒發人生感慨，依舊是感慨時光飛逝，人生苦短之作。

西山何其峻❶，層曲❷鬱崔嵬❸。零露❹彌天❺墜，蕙葉❻憑林❼衰。寒暑相因襲❽，時逝忽如頹❾。三閭結飛轡❿，大耋⓫嗟落暉⓬。曷為牽世務，中心若有違⓭。京洛⓮多妖麗⓯，玉顏侔⓰瓊蕤⓱。閑夜⓲撫鳴琴，惠音⓳清且悲。長歌赴促節⓴，哀響逐高徽㉑。一唱萬夫歎，再唱梁塵飛㉒。思為河曲鳥，雙游澧水湄㉓。

【注　釋】❶峻　高峻。❷層曲　重疊曲折。❸鬱崔嵬　突出高峻。鬱，出；高出。崔嵬，高峻；高大雄偉。❹零露　降落的露水。❺彌天　滿天。❻蕙葉　芳美的樹葉。❼憑林　滿林。憑，大；盛。❽因襲　前後相承。❾頹　水向下流；流逝。❿三閭結飛轡　屈原上下求索時感到時間飛逝，希望時間暫留而「總余轡乎扶桑」。此為表達時光飛逝之意。三閭，屈原曾為三閭大夫，這裡指稱屈原。結，繫。飛轡，飛動的馬轡。⓫大耋　老人。耋，古八十歲亦說七十歲曰耋。⓬嗟落暉　喻人生衰落。嗟，感歎。落暉，猶落日。⓭中心若有違　因被世俗雜務牽累，故總感到與內心情感有所違背。中心，內心。若，彷彿。⓮京洛　京城洛陽。⓯妖麗　美麗妖豔的女子。⓰侔　相當；如同。⓱瓊蕤　玉花。⓲閑夜　清靜的夜晚。⓳惠音　美妙的琴音。⓴長歌赴促節　應著急促的節奏放聲高歌。長歌，放聲高歌。赴，應合；順應。促節，急促的節奏。㉑逐高徽　伴隨急促的調子。逐，追逐；伴隨。徽，調。㉒再唱梁塵飛　形容歌聲感人效果。據說魯人虞公善雅歌，發聲盡動梁上塵。㉓澧水湄　澧水的岸邊。澧水，古水名。源出陝西長安西南秦嶺山中，北流至西安西北入渭水。湄，岸邊。

【語　譯】西山是多麼的高大啊，重重疊疊，曲曲折折，突聳高峻。露珠從整個天空降落，芳美的樹葉凋零在整個林間。冬夏交替，寒暑相承，時光如流水般轉瞬即逝，一去不回。屈原因感歎時間飛逝而希望時光暫停，老者在夕陽的餘暉裡唏噓感歎衰暮之年的到來。為何要被世俗雜務牽累，使自己總感到違背內心真實的情感。京都洛陽有很多妖豔的女子，容顏猶如玉花一樣美麗。在清靜的夜裡彈起琴絃，美妙的琴聲清越而悲涼。應著急促的節奏放聲高歌，哀傷聲響隨著急促的調子飄蕩。剛一歌唱，就贏來聽者萬人的歎息。再唱下去，梁上的塵土也要為之振落。真想變成河邊的水鳥，雙雙在澧水岸邊自由遊戲。

【研　析】生命短促的悲歎是〈古詩十九首〉一個非常突出的情感主題，與此相應的也是如何解脫這種生命不可解脫之悲的思索。陸機此詩也是沿著這兩個方面展開的。首先，以高峻的西山開篇，並寫出西山的樹葉因秋露的降落而凋零散滿林間，可見這是有感時節變換，感歎生命如流水逝而不返。詩人繼而描寫了貌美且識音懂曲的京洛女子，展示了她們彈奏的琴曲與唱出的歌聲的清悲感人，並希望能與這樣的女子如鳥兒一樣雙飛雙棲共同生活，以此來消解人生短暫之悲。詩中言及「曷為牽世務，中心若有違」，可見，詩人的這種希望，同時還包含著對世俗生活的超越，反映了詩人從世俗生活中拯救扭曲的靈魂的渴望。

擬西北有高樓

【題解】此詩通過高樓聽曲表現了詩人渴望知音的心情。

高樓一何峻，迢迢❶峻而安。綺窗❷出塵冥❸，飛陛❹躡❺雲端。佳人撫琴瑟，
纖手❻清且閑。芳氣隨風結，哀響馥❼若蘭。玉容❽誰能顧，傾城在一彈。佇立❾
望日昃❿，躑躅再三歎。不怨佇立久，但願⓫歌者歡。思駕歸鴻⓬羽，比翼雙飛翰⓭。

【注釋】❶迢迢　高貌。❷綺窗　雕畫美觀的窗子。❸塵冥　猶世外。比喻高遠。❹飛陛　通向高處的階道。飛，言高如飛鳥。❺躡　登。❻纖手　纖細修長的手。❼馥　香。❽玉容　玉顏，女子美麗的容顏。❾佇立　長時間地站立。❿日昃　太陽偏西。⓫願　希望。⓬歸鴻　歸雁。詩文中多用以寄託歸思。⓭飛翰　飛鳥。

【語譯】那座高樓是多麼高聳啊，高峻而堅固。雕刻精美的窗子也高遠得超出世外，高峻的臺階如飛鳥在雲端。有位美女在高樓裡輕撫琴瑟，纖細修長的手指從容而熟練。芬芳的氣息隨風疑結，哀婉的音樂也像蘭花一樣香濃。誰能看到她美麗的容顏呢，她的傾國傾城只在於她的一曲琴聲。長久地站在那裡，直到夕陽西下，流連忘返並再三歎息。不是抱怨自己站的時間太長，只是希望歌者因我欣賞得留連忘返而高興。真想能夠乘坐歸雁的翅膀，和她一起如鳥兒比翼雙飛。

【研析】這首詩主要通過了高樓聽音這樣一個細節的描寫，展現詩人對知音的渴望。有誰不希望得到別人的理解呢？詩人如此，高樓上的歌者又何嘗不是如此呢？詩人在現實生活中大概也是知音頗少，所以聽到令他

心動的音樂，竟不忍離去，竟至於「佇立望日昃」。他聽到了歌者的歎息，也聽懂了她的琴聲，他認為自己是她的知音，期望自己能與她「比翼雙飛翰」。此詩中詩人是一位知音識曲的人，更進一步表現的是詩人願與高樓撫琴女子成為生活伴侶的願望。高樓上的歌者始終未曾出現，只是「芳氣隨風結，哀響馥若蘭」，至於「佳人撫琴瑟，纖手清且閑」，不過是詩人的想像而已。但是我們從詩中表現詩人的「躑躅再三歎。不怨佇立久」與「但願歌者歡」來看，詩中的女子雖未出現，但也是一位生活中缺少知音的歌者。「同是天涯淪落人，相逢何必曾相識」，這應是詩人聽曲遐思產生共鳴的重要原因。

擬庭中有奇樹

【題解】這是一首思念友人的詩。

歡友❶蘭時❷往，迢迢❸匿音徽❹。虞淵引絕景❺，四節❻逝若飛。芳草久已茂，佳人竟不歸。躑躅遵❼林渚❽，惠風❾入我懷。感物戀所歡，採此欲貽❿誰？

【注釋】❶歡友　相處甚歡之友；摯友。❷蘭時　春時；良時。❸迢迢　時空遙遠貌。❹匿音徽　指音訊皆無。匿，藏匿。音徽，音訊；書信。❺虞淵引絕景　日落之處虞淵總是牽引著載著日神的六龍向那裡飛行。言一天時光飛逝。虞淵，也稱「虞泉」，傳說為日沒處。引，牽引。絕景，良馬名。此處代指為日神駕車的六龍。❻四節　四季。❼遵　沿著；順著。❽林渚　林池。❾惠風　和煦之風；和風。❿貽　贈送。

【語譯】朋友春天時告別而去，從此天各一方，杳無音訊。太陽升起之後不停地向日落處運行，四季交替，時光飛逝。芳草茂盛已久了，朋友竟然還沒有回來。沿著林池邊走來走去，和煦的風吹入我的懷中。有感於景物的變化，思念久別的朋友，採摘一些芳草，可我採了送給誰呢？

【研　析】此詩有以下兩個方面與古詩〈庭中有奇樹〉不同。其一，古詩只有八句，全詩寫得含蓄而簡潔。詩歌是思念友人還是思婦思念遊子，不很明確。陸機此詩則較明確，是思念「歡友」，即友人。其二，在表達上，陸詩更傾向於敘述中抒情。古詩直接以庭中奇樹入詩，以折樹上奇花贈予思念的人。最後以路遠莫致，表示對對方深長的思念。而陸詩則以追敘口吻敘述了春時別離，時光飛逝，轉眼又是芳草盛開時節，而友人竟不能隨著春天的到來而回歸，詩人孤獨地在林池徘徊，感物傷懷，而又無從表白。由於以上兩個方面的因素，使得陸詩的抒情直露，沒有古詩含蓄而富有餘味。

擬明月皎夜光

【題　解】這是一首諷刺昔日朋友不念舊交、感歎世態炎涼的詩。

歲暮涼風發，昊天❶肅明明❷。招搖❸西北指，天漢❹東南傾。朗月照閑房，蟋蟀吟戶庭。翻翻❺歸鴈集，嘒嘒❻寒蟬鳴。疇昔❼同宴友，翰飛戾❽高冥❾。服美改聲聽，居愉遺❿舊情。織女無機杼，大梁不架楹⓫。

【注　釋】❶昊天　天。昊，元氣博大貌。❷肅明明　肅穆寥廓。肅，肅穆；肅殺。明明，明亮；寥廓。❸招搖　星名，在北斗勺端。❹天漢　指銀河。❺翻翻　即翩翩。指飛得輕靈舒展。❻嘒嘒　象聲詞，蟲鳥的叫聲。❼疇昔　往日。疇，助詞，無義。❽戾　到達。❾高冥　高空；天空。❿遺　拋棄。⓫楹　廳堂的前柱。

【語譯】一年歲暮，北風吹起，天空顯得肅穆而寥廓。招搖星指向西北方向，銀河則向東南方向傾斜。明朗的月光照進清靜的房屋中，蟋蟀在院落裡低聲吟唱。大雁一群群翩翩飛過，秋蟬悲涼地鳴叫。過去和我共宴的朋友已經青雲直上，到達了高高的天空。他們仕途得意，衣服華美，也就改變了以前說話的語氣和聽話時的姿態，居處愉悅，竟拋棄了舊日的友情。以前的友情也就如同織女沒有織布的機杼，廳堂的前柱沒用棟梁之材一樣，名存實亡了。

【研析】此詩將對昔日朋友不念舊交的諷刺與對世態炎涼的感受放在歲暮的時節中加以抒發。謝靈運山水詩出現之前，單純寫景的詩是極少的，詩人眼中的景物都是經過情緒化的，是人化的自然。本詩開首幾句描寫，屬歲暮清冷淒涼的場景。詩人心中先有一段情思積鬱，故接目觸心引發聯想，內在的愁思投射於一定的客觀外物，從而賦予其意義，使外物自然重構一詩的世界。倘若詩人沒有深切的世態炎涼感受，朗月星空之下就不會關注歸雁秋蟬，對昔日朋友就不會有「織女無機杼，大梁不架楹」這樣的感歎與諷刺了。詩人的傷感與他所處的環境契合，他的心境因環境的烘托而更為悲涼入骨。一首情真意切之詩正是成於情物相感之時。此外，陸詩雖然模擬古詩，但一些語言也頗有新意。如陸詩寫昔日朋友富貴之後云「服美改聲聽，居愉遺舊情」，比古詩「不念攜手好，棄我如遺迹」更富有人物情態。古詩以「南箕北有斗，牽牛不負軛」比喻朋友的徒有虛名，陸詩「織女無機杼，大梁不架楹」，也同樣生動形象。

猛虎行

【題解】本篇抒發了詩人迫於時命而應召入洛後一事無成的內心苦悶。

渴不飲盜泉水❶，熱不息惡木陰❷。惡木豈無枝，志士多苦心。整駕❸肅時命❹，杖策❺將遠尋。飢食猛虎窟，寒棲野雀林❻。日歸功未建，時往歲載陰❼。崇雲臨岸駭❽，鳴條隨風吟❾。靜言❿幽谷底，長嘯高山岑⓫。急絃無懦響⓬，亮節難為音⓭。人生誠未易，曷云開此衿⓮？眷⓯我耿介懷⓰，俯仰愧古今。

【注釋】❶渴不飲盜泉水　渴了不喝盜泉這一地方的水。據《尸子》，孔子到了「勝母」這個地方，天色已晚但是不止宿這裡；經過「盜泉」，渴了也不喝這裡的水，因為不喜歡這兩個稱呼。此詩用此比喻士大夫立身處世的重要。❷熱不息惡木陰　熱了不在不好的樹木下休息。以此比喻士大夫具有光明磊落胸懷，不願與惡人同處。《文選》李善注引江邃《文釋》：「《管子》曰：『夫士懷耿介之心，不蔭惡木之枝。』」❸整駕　整理車駕。❹肅時命　恭敬地遵從時君召命。肅，恭敬；嚴肅。時命，時君召命。❺杖策　執鞭；驅馬而行。❻飢食猛虎窟二句　〈猛虎行〉古辭曰：「飢不從猛虎食，暮不從野雀棲。」詩人反用其意，言飢不擇食，寒不擇棲。❼歲載陰　歲暮。載，則；又。陰，指秋冬，一年之季，此指歲暮。古時以春夏為陽月，秋冬為陰月。❽崇雲臨岸駭　密雲在崇山峻嶺崖邊湧起。崇雲，密雲。崇，積聚。駭，起；湧起。❾鳴條隨風吟　枝條被風吹動而發出聲響。❿靜言　沈思。言，語助詞。⓫岑　小而高山。⓬急絃無懦響　繃得很緊的絃發不出低沈的聲音。比喻「亮節」之人發言吐詞必定慷慨激昂。懦響，低沈之音。⓭亮節難為音　高風亮節之人發言正直慷慨，時君不喜，故很難說話。亮節，指高風亮節之人。⓮人生誠未易二句　人生一世實在不易，如何才能夠使自己的胸懷放寬呢。誠，實在。曷，何；如何。開，放寬。衿，同「襟」。胸襟；懷抱。⓯眷　顧；回視。⓰耿介懷　正直磊落的情懷。耿介，正直。

【語譯】志士即使渴了，也不會喝盜泉的水，熱了也不會在惡木的樹蔭下歇息。難道惡木沒有樹枝嗎，只是志士們自己秉性高潔，內心很看重自己的立身處世。恭敬地遵奉君主的召命，整理車駕，將要揮鞭驅馬，到遠方尋求實現抱負的機遇。餓了就在猛虎的窩裡尋食，冷了就在野雀的林子裡歇息。日子一天天過去了，卻還沒有建立一點功業。密雲在山崖邊湧起，樹枝在風中嗚嗚作響。在幽深的山谷底沈思，在高高的山頂上長嘯。急絃彈不出低沈的聲音，高風亮節之人不為時君所重，難以發出自己的聲音。人生一世誠然很不容易，如何使自己的胸懷放寬呢？想想耿直磊落的情懷，思前想後真是愧對古今時賢。

【研　析】陸機此詩當作於入洛為官之後仕途受挫之時。郭茂倩《樂府詩集》所錄古辭〈猛虎行〉只有四句：「飢不從猛虎食，暮不從野雀棲。野雀安無巢，遊子為誰驕。」表現遊子自珍自重的立身處世精神。陸詩前四句所表現的仍然是古辭的含義，即志士應該以節操為重。但比古辭又有更深的拓展，表現在兩個方面。一是「整駕肅時命」以下六句寫出的兩重人生悖論。應君召命，辭親赴洛，原以為可以建功立業，但是功業未就，事與願違，此其一。功業未就帶來的對應召赴洛舉動有違當初志向的深深愧悔，此其二。陸機當初志向是什麼，詩中未明說，但是我們可以從「飢食猛虎窟，寒棲野雀林」中感受到詩人對入洛後生活經歷的深深失望。二是，「崇雲臨岸駭」以下十句，表現了此種人生悖論無法解脫的深深喟歎。以上兩個方面很好地展現了陸機入洛後的政治處境與真實心態，因而情感的表現方面比古辭更加豐厚，令人思索。

從表現手法上來看，此詩開頭四句雖仿古辭，但是陸詩運用了孔子過「勝母」而不息、過「盜泉」而不飲以及《管子》中「夫士懷耿介之心，不蔭惡木之枝」的話，突現了志士對節操的推崇，與古辭相比，文人化的氣息更濃。對古辭又反其意而用之，云「飢食猛虎窟，寒棲野雀林」，表達出的人生悖論更為沈痛。另外，此詩還借景抒情，如「崇雲臨岸駭，鳴條隨風吟」兩句，借濃雲密布、枝條鳴吟的肅殺沈悶之景，烘托出詩人內心的無望與無助。又以「急絃無懦響」喻「亮節難為音」，抒發志士處世的艱難，也非常生動形象。

君子行

【題　解】本詩是對古〈君子行〉中「君子防未然，不處嫌疑閒」兩句的生發，敘人道之難，歸於君子防患未然。

天道夷且簡，人道嶮而難❶。休咎❷相乘躡❸，翻覆若波瀾。去疾❹苦不遠❺，疑似實生患❻。近火固宜熱，履冰豈惡寒❼。掇蜂❽滅天道，拾塵惑孔顏❾。逐臣尚何有❿，棄友焉足歎？福鍾⓫恆有兆，禍集非無端⓬。天損⓭未易辭，人益⓮猶可歡。朗鑒豈遠假，取之在傾冠⓯。近情苦自信，君子防未然⓰。

【注釋】❶天道夷且簡二句　此句言天道平坦而簡易，人道險阻而艱難。夷，平；簡。語出《莊子・在宥》：「有天道，有人道。無為而尊者天道也，有為而累者人道也。」❷休咎　善惡；吉凶。❸乘躡　追逐。乘，登。躡，登；履。❹去疾　去除疾病。❺苦不遠　指苦於不能盡除疾病。苦，恨。❻疑似實生患　言疾病看起來治癒了，實際上正衍生出危害。疑似，類似；近似。❼履冰豈惡寒　踩在冰上應感到寒冷。履，踩。豈，猶「其」。與上句「固」相對，表示祈使。❽掇蜂　語出劉向《列女傳》：「尹吉甫子伯奇至孝事後母。母取蜂去毒，繫於衣上，伯奇前欲去之，母便大呼曰：『伯奇牽我。』吉甫見疑之，伯奇自死。」後因以「掇蜂」為離間骨肉的典故。❾拾塵惑孔顏　《孔子家語・顏回》記載，孔子困於陳蔡之間，七天沒有飯吃。後來有一些米，顏回、仲由二人做成飯。因有灰塵掉進飯裡，飯被汙染，顏回感到棄之可惜，就把飯吃了。子貢遠處看見，以為顏回偷吃，就告訴了孔子。孔子認為顏回不會做這種事，問明情況後，孔子告訴弟子，遇到這種情況自己也會做的。《呂氏春秋・任教》亦載此事而稍有不同。孔子問明情況後感歎：「所信者目也，而目猶不可信；所恃者心也，而心猶不足恃。弟子記之，知人固不易矣。」後遂以「拾塵」比喻因誤會而致疑。惑，使動用法，使人產生誤會。孔顏，孔子與顏回。❿逐臣尚何有　被君王放逐的臣子還有什麼話可說的呢。逐臣，放逐之臣。這裡用了屈原忠而被謗、忠而見疑的典故。⓫鍾　聚；聚集。⓬端　端兆；徵兆。⓭天損　自然的損傷。⓮人益　人為的助益。與「天損」相對為文。⓯朗鑒豈遠假二句　此句言明鏡的實效非常真切，它可以立刻照出冠帽是否戴正了。朗鑒，明鏡。遠假，指到遠處尋找借鑒。傾冠，冠帽不正。⓰近情苦自信二句　言小人近情，為情所困，苦於自信而遇禍；君子卻能以理御情，防患未然。

【語譯】天道平坦而簡易，人道卻險阻而艱難。吉凶善惡交互紛至，像波濤一樣此去彼來。去除疾病苦於不能根治，看似治癒了實際上卻正產生危害。靠近大火固然會感到火熱，踩在冰上也應害怕寒冷。離間骨肉的做法實在是有違天道，孔子與顏回之間也曾因誤會而產生疑惑。被國君放逐的臣子還有什麼忠信可言，被拋棄的朋友又有什麼可感歎的呢？福分的降臨是有徵兆的，災難的到來也不是毫無原因。上天降臨的災難是無法抗拒的，而人為的積善給自己帶來的好處還是可以值得慶幸的。人生的借鑒不必到遠處去尋找，明鏡就是最誠實的，可以拿來矯正衣冠。小人為情所困，苦於自信而常遭禍患，君子卻能以理御情而防患未然。

【研　析】古辭〈君子行〉係〈相和歌辭．平調曲〉，主要宣揚「君子防未然」，從詩中涉及的「嫂叔不通問，長幼不比肩」、「周公下白屋，吐脯不及餐。一沐三握髮，後世稱聖賢」來看，主要還局限於倫理與政治層面的「防未然」。陸機此詩雖然主旨仍在「君子防未然」，卻從老莊哲學的角度談人生感受與處世道理。全詩開篇就以「天道」與「人道」相舉，見出人道的險惡。人世善惡、吉凶、禍福相生相成，詩人雖有如履薄冰的處世體悟，但還是以「福鍾恆有兆，禍集非無端。天損未易辭，人益猶可歡」來消解這種人生憂患。全詩渲染的人生艱險多於「人生防未然」的達觀處世態度。從陸機一生來看，身處亂世的陸機甚不善於「防未然」，《晉書．陸機傳》載他初入洛，洛中人士頗看不起他這個亡國的後代，「范陽盧志於眾中問機曰：『陸遜、陸抗，於君近遠？』機曰：『如君於盧毓、盧珽。』志默然。既起，(陸)雲謂機曰：『殊鄉遐遠，客不相悉，何至於此。』機曰：『我父祖名播四海，寧不知邪？』」他的被殺也因此埋下了禍根。由此可見，陸機入洛後，身處禍患四伏之地，雖然有理念上的「君子防患然」，最終未能逃脫被殺的厄運。

從軍行

【題　解】此詩寫從軍征戰之苦。

苦哉遠征人，飄飄❶窮四遐❷。南陟❸五嶺❹巔，北戍長城阿❺。谿谷深無底，崇山鬱嵯峨❻。奮臂攀喬木，振迹❼涉流沙。隆暑固已慘❽，涼風❾嚴且苛❿。夏條焦鮮藻，寒冰結衝波。胡馬如雲屯⓫，越旗亦星羅⓬。飛鋒無絕影⓭，鳴鏑⓮自相和。朝餐不免胄⓯，夕息常負戈⓰。苦哉遠征人，撫心⓱悲如何！

【注　釋】❶飄飄　飄搖；行止無定貌。❷窮四遐　指足跡所到皆四方荒遠之地。窮，止；盡。四遐，指四方荒遠之地。❸陟　登。❹五嶺　南方有五嶺，大庾嶺、越城嶺、騎田嶺、萌渚嶺、都龐嶺的總稱，位於江西、湖南、廣東、廣西四省之間，是長江與珠江流域的分水嶺。❺長城阿　長城腳；長城邊。❻鬱嵯峨　山高峻貌。鬱，高。嵯峨，山又高又險的樣子。❼振迹　艱苦跋涉之意。❽慘　毒。❾涼風　北風。❿嚴且苛　即嚴苛。形容北風極其寒冷。⓫雲屯　雲集。指戰馬之多。⓬星羅　密布。指戰旗之多。⓭飛鋒無絕影　此句言刀光劍影沒有止息。飛鋒　指兵刃。鋒，刃；刀刃。無絕影，指刀光劍影沒有斷絕。⓮鳴鏑　響箭。鏑，箭。⓯免胄　脫掉盔甲。免，脫去。胄，盔甲。⓰負戈　持戟。負，持。戈，戟。⓱撫心　撫摸胸口。表示感歎。

【語　譯】遠征在外的人們是多麼艱苦啊，他們征戰南北，居處不定，一直達到四方邊遠之地。向南行軍直到五嶺的巔峰，往北征戰去戍守長城邊關。溪谷深不見底，山嶺高峻艱險。伸長胳膊攀持高大的樹木，努力跋涉穿越茫茫流沙。夏天，酷暑難耐，冬天，北風肆虐。夏天，烈日把新嫩的水草和枝條都曬焦了，冬日，滾滾波濤的河流也結起了寒冰。北方的戰馬像烏雲一樣聚集，南方的戰旗也像星星一樣遍布各地。刀光劍影沒有止息，中間摻和著聲聲箭鳴。早上吃飯要身穿盔甲，晚上休息手中時常持戟。遠方的戰士真是艱苦啊，撫心悲歎，內心的感受又如何能夠表達出來！

【研　析】古詩中表現從軍作戰的詩歌很多。古辭〈從軍行〉屬〈相和歌辭・平調曲〉，皆為軍旅苦辛之辭，陸機此詩沿襲了古辭的情感主題。詩歌著重從士卒南征北戰的艱辛、惡劣的自然環境、戰事的頻繁殘酷以及生活的緊張等幾個方面突現從軍之苦。具體表現上，詩人善於用對比手法進行鋪寫，如寫士卒的居無定處，以「南陟五嶺巔，北戍長城阿」相對，突出士卒的南北征戰的艱辛。寫自然環境的惡劣則是用「谿谷深無底，崇山鬱嵯峨」以及「隆暑固已慘，涼風嚴且苛。夏條焦鮮藻，寒冰結衝波」相對，溪谷與崇山，隆暑與嚴寒，從時間與地域的對比上突現了行軍之難。再如寫戰事的頻繁則以「胡馬如雲屯，越旗亦星羅」相對，寫日常生活的緊張則以「朝餐不免冑，夕息常負戈」相對，這些相對成文的詩句很好地展現了從軍征戰之苦。全詩還有一個特點即是以「苦哉遠征人」開篇，結尾又以同樣的詩句收束，在中間的鋪張描寫之後，首尾響應，深化了所要表達的情感，確實產生一種「撫心悲如何」的藝術效果。

豫章行

【題解】這是一首感傷離別的詩。

汎舟❶清川渚❷，遙望高山陰。川陸殊塗軌❸，懿親❹將遠尋。三荊歡同株❺，四鳥悲異林❻。樂會良自古，悼別豈獨今？寄世將幾何，日昃❼無停陰。前路既已多，後塗隨年侵❽。促促薄暮景❾，亹亹鮮克禁❿。曷為復以茲⓫？曾⓬是懷苦心。遠節嬰物淺⓭，近情能不深⓮。行矣保嘉福，景絕繼以音⓯。

【注釋】❶汎舟　蕩舟。汎，通「泛」。❷清川渚　清清的河邊。川，河流。渚，水中小洲。❸殊塗軌　不同的道路。塗，道路；途徑。軌，道路。❹懿親　至親。❺三荊歡同株　一株荊樹有三枝。常喻兄弟團聚。❻四鳥悲異林　據傳，完山之鳥生四子，羽翼既成，將分赴四海。喻兄弟分離。❼日昃　太陽開始偏西。❽隨年侵　隨著歲月的流逝經過的越來越多。❾促促薄暮景　轉眼之間迫近老境。促促，急促；轉眼之間。薄，迫近。暮景，指人之將至老境。❿亹亹鮮克禁　時間不斷地流逝不能使它停止不前。亹亹，此指時間不斷地行進貌。鮮克，罕能；不能。⓫茲　代詞，代指暮景，即老境。⓬曾　竟。⓭嬰物淺　受到外物的羈絆少。嬰，環繞；羈絆。⓮近情能不深　近於世俗之情就被外物牽累太深。⓯景絕繼以音　言離別在即，身影消逝，但希望能有音訊往來。景，影也。音，惠音；音訊。

【語　譯】清清的流水中有小洲，蕩舟河中，眺望遠處高山的北面。河流和陸地是不同的道路，至親將要遠行異方尋求出路。荊樹上的三個枝條，同根而生，好像兄弟團聚，而完山上的四隻鳥，羽翼長成後，兄弟就要分赴四海。自古以來人們就因相會而高興，因離別而悲傷，難道是今天才如此嗎？人生一世只是暫時的過客罷了，又有多少時間呢，太陽西下，是不會稍微停頓的。走過的路越來越多，後面的路自然沒有多少了。時間急速流逝，轉眼間迫近暮年，誰也不能禁止時間的消逝。為什麼又在歲暮之時，竟然讓人懷有離別的痛苦呢？志向高遠之人受到外物束縛的少，近於世俗常情的人受外界羈絆的就多。還是走吧，希望朋友擁有美好的運氣，雖然離別看不到你的身影，但還是希望能時常聽到你的音訊。

【研　析】古辭〈豫章行〉屬〈相和歌辭・清調曲〉，皆為傷離別之作。此詩也是一首有感於離別的詩，主要有三個特點。其一，此詩將離別的傷感置入送別的情境下，即「川陸殊塗軌，懿親將遠行」，給人一種親臨其境的感受。其二，此詩將離別與人生的短暫易逝聯繫起來，更加突出了離別給多悲的人生帶來的幾多傷感。其三，「三荊歡同株，四鳥悲異林」的比喻，運用自然界的手足之情來渲染自己兄弟情深，從而很好地表現了離別的傷痛。

苦寒行

【題　解】此首描寫了北方的嚴寒，反映了服役之人的艱難與對家鄉的思念。

北遊幽朔❶城，涼野❷多嶮難。俯入穹谷❸底，仰陟高山盤❹。凝冰結重磵❺，積雪被長巒❻。陰雲興嵓側，悲風鳴樹端❼。不覩白日景，但聞寒鳥喧。猛虎憑❽林嘯，玄猿臨岸歎。夕宿喬木下，慘愴恆鮮歡。渴飲堅冰漿，飢待零露❾餐。離思固已久，寤寐❿莫與言。劇哉⓫行役人，慊慊⓬恆苦寒。

【注　釋】❶幽朔　指北方極遠的地方。❷涼野　寒冷的郊野；田野。❸穹谷　深谷。❹盤　通「磐」。大石。❺重磵　山中幽深的水溝。磵，山間的水溝。❻被長巒　覆蓋著長長的山巒。被，覆蓋。❼樹端　樹頭。❽憑　依；臨。❾零露　即露。零，隕落。❿寤寐　醒時與睡時。指日夜。⓫劇哉　非常艱難。哉，語氣詞。⓬慊慊　憤恨；不滿足的樣子。

【語　譯】朝著位於極北方的一個城池行走，寒冷的郊野有無數的艱難險阻。往下走進深深的谷底，向上又攀登高高的山巒。極深的山澗結起了厚厚的冰，常年不化的雪覆蓋了長長的山巒。黑色的烏雲在山巖邊翻滾，嗚咽的風吹過樹枝頂端。看不到白天的景象，只聽見鳥在寒風中呻吟。老虎在林中長嘯，玄猿在岸邊哀啼。夜裡就睡在高高的樹下，內心淒涼悲愴，很少歡樂。渴了只能喝冰化的水，餓了就等待早上落下的露珠。對家鄉的思念本已長久，白天黑夜沒有人可與交談。在外服役的人真是艱難，內心不滿，常遭受嚴寒。

【研　析】〈苦寒行〉古辭屬〈相和歌辭‧清調曲〉。魏武帝曹操的一首〈苦寒行〉，極言行軍之苦及對家鄉的思念。陸機此詩在主旨與情感上均與曹詩同。但是在表現上更加鋪排。詩中除了開頭兩句與結尾四句是表現行役之人的心理活動外，中間通過行役之人的行進來展示惡劣的自然環境，從而突出「苦寒」的主題。在具體鋪寫過程，充分體現了陸詩善於對偶的特徵，如「俯入」與「仰陟」、「凝冰」與「積雪」、「陰雲」與「悲風」等句，對仗工整，很好地刻畫了「苦寒」的情境。

飲馬長城窟行

【題解】此詩描寫了征戰行役之苦以及將士克敵凱旋、立功揚名的堅強信念。

驅馬陟❶陰山❷，山高馬不前。往問陰山侯❸，勁虜在燕然❹。戎車無停軌❺，旌旆❻屢徂遷❼。仰憑❽積雪巖，俯涉堅冰川。冬來秋未反，去家邈以緜❾。獫狁❿亮未夷⓫，征人豈徒旋⓬？末德⓭爭先鳴，凶器無兩全⓮。師克薄賞行⓯，軍沒微軀捐。將遵甘陳⓰迹，收功單于旃⓱。振旅⓲勞歸士，受爵稾街⓳傳。

【注釋】❶陟　攀登。❷陰山　山脈名。即今橫亙於內蒙古自治區南境、東北接連內興安嶺的陰山山脈。山間缺口自古為南北交通孔道。❸陰山侯　即陰山王，佔有陰山之地利的諸侯王。古有「陰王」之說，指擅土地之利的諸侯王，地屬陰，故稱。此詩因「陰山」故云「陰山侯」。❹燕然　山名，即蒙古人民共和國境內的杭愛山。漢竇融曾在此山大破單于。❺停軌　指車輪停止前行。❻旌旆　旗幟。此借指部隊。❼徂遷　遷移；變化。❽憑　依；靠。❾邈以緜　即緜邈。遙遠的樣子。邈，遠。緜，延續；連續。❿獫狁　匈奴。⓫亮未夷　確實沒有平定。亮，確實。夷，平定。⓬徒旋　徒然無勞地班師回鄉。⓭末德　指戰爭。語出《莊子・天道》：「三軍五兵之運，德之末也。」⓮凶器無兩全　運用兵器打仗就會兩敗俱傷。凶器，兵器。古人認為應該慎用。⓯師克薄賞行　指戰爭勝利了將士能得到的賞賜是極其微薄的。克，攻下；戰勝。薄賞，賞賜微薄。⓰甘陳　漢甘延壽和陳湯的並稱。據班固《漢書》載，漢建昭三年，西域都護騎都尉甘延壽，副校尉陳湯，合謀擊斬匈奴郅支單于，因功，甘延壽被封義成侯，陳湯賜爵關內侯。⓱收功單于旃　言直擊匈奴腹地，取得戰功。收功，取得戰功。單于旃，代指匈奴的腹地。單于，匈奴君長的稱號。旃，旃帳；蒙古包。⓲振旅　眾多。此指場面盛大。⓳藁街　漢時長安街名，當時屬國邸第皆在此街。

【語譯】驅馳戰馬，攀登陰山，陰山太高峻了，馬也停止不前。前去詢問陰山侯，才知道強敵在燕然山。戰車始終沒有停止，部隊多次改變行進方向。行旅中要爬常年積雪的山巒，要走過結著嚴冰的河川。冬天就已出發了，轉眼秋天已到，還不能回去，離家是越來越遙遠了。匈奴確實還沒有平定，出征的人怎麼能夠徒然無勞地回去呢？從軍打仗只能爭取先發制人，兵器相向，很難兩全。軍隊勝利了，戰士們會有小小的獎賞，軍隊覆沒了，也只有捐出他們微賤的生命。將要遵奉漢時甘延壽、陳湯的事蹟，直擊匈奴腹地，取得戰功。定有犒勞凱旋而歸軍士的盛大場面，封爵受賞，英名在長安的藁街上遠揚。

【研析】〈飲馬長城窟行〉古辭屬〈相和歌辭・瑟調曲〉。就現存文獻，除古辭外，陸機前寫此辭的有曹丕、陳琳及傅玄等。曹丕的作品主要是渲染討伐荊州時出征軍旅的浩大氣勢，而古辭、陳琳及傅玄的作品，都是從家庭夫妻角度，意在揭露戰爭給百姓帶來災難以及生離死別的創痛。陸機此辭有別於前人，它既不是如曹丕對戰爭的宣揚，也不是如古辭等著重揭示戰爭的災難，而是著重從北征行軍的艱難、長期不歸對家人的思念以及明知戰爭兇險仍然抱著克敵立功、凱旋而歸的信念等方面，寫出從軍將士的複雜心理，真實地展現了將士的戰爭體驗。這種情感的對立與超越，使得這首詩頗有慷慨悲壯之氣。

門有車馬客行

【題解】此詩表現的是客居在外的遊子忽聞家鄉來人的悲喜交集的情感，表現了人生無常的生命感喟。

門有車馬客，駕言❶發故鄉。念君久不歸，濡跡❷涉江湘❸。投袂❹赴門塗❺，攬衣不及裳❻。撫膺❼攜客泣，掩淚敘溫涼❽。借問邦族❾間，惻愴❿論存亡。親友多零落⓫，舊齒⓬皆彫喪。市朝⓭互遷易，城闕⓮或丘荒⓯。墳壟⓰日月多，松柏鬱芒芒⓱。天道信崇替⓲，人生安得長。慷慨⓳惟⓴平生，俯仰㉑獨悲傷。

【注　釋】❶駕言　駕車。言，語助詞。❷濡跡　滯留。❸江湘　長江和湘江。此指長江和湘江流域。❹投袂　投袖；甩袖。表示立即行動。❺門塗　門逕。❻攬衣不及裳　言整理衣服來不及整理下裝。攬衣，持衣；整理衣服。裳，指下面的衣服。上面的叫衣。❼撫膺　拍胸。多表示哀痛，悲憤。❽溫涼　冷暖。寒暄話語。❾邦族　鄉親。❿惻愴　悲傷貌；傷心貌。⓫零落　凋謝；死亡。⓬舊齒　有德望的老者。⓭市朝　市街。⓮城闕　都市。⓯丘荒　即荒丘。荒廢的丘墟。⓰墳壟　墳墓。⓱鬱芒芒　形容松柏繁多茂盛。⓲信崇替　確實有盛有衰。信，確實；誠然。崇替，盛衰；興廢。⓳慷慨　歎息。⓴惟　思。㉑俯仰　此指思前想後。

【語　譯】門前有一位駕著車馬來訪的客人，是從我的故鄉出發來到這裡。說我已經很久沒有回去了，在江湘一帶滯留不歸。立即前往門口，來不及整好下面的衣服。手拍打著胸口無比悲傷，攜著客人的手與他一起落淚，擦去淚水，問寒問暖。問到家鄉親朋的一些情況，滿懷傷感地問他們是否還活著。親朋好友大都去世，原來一些很有德望的老者也都逝世了。市街已幾經遷移改變，城池有的地方已經成為荒丘。墳墓越來越多，墳頭的松柏也繁多茂盛。天道誠然有盛有衰，人又怎能長生不死？歎息悲傷平生的一些事情，思前想後往往獨自悲傷。

【研　析】《樂府解題》曰：「曹植等〈門有車馬客行〉，皆言問訊其客，或得故舊鄉里，或駕自京師，備敘市朝遷謝，親友凋喪之意也。」陸機此詩與曹植的同題之作主旨相同。此詩在表現上有兩個特徵，一是將遊子的思鄉之情，置入老鄉突然駕車出現在門前的戲劇性的場景，通過詩歌主人公的言與行表現對家鄉的深長思念。其次，詩人對家鄉親朋的關注，還滲透著詩人強烈的生命無常的人生感喟，這種生命意識，是詩人長期漂泊在外鬱積心中的思念與剎那間得知親朋大多凋零的現實形成情感反差，強烈衝擊而產生的。在「天道信崇替，人生安得長」的寬慰中，更多的是詩人對生命無可奈何的感歎。因而，使得這首普通的思鄉詩更具情感的深度。

君子有所思行

【題解】此詩主要描寫都市的繁華景象，告誡富貴者不可耽於安樂而殺身。

命駕❶登北山，延佇❷望城郭。廛里❸一何盛，街巷紛漠漠❹。甲第❺崇高闥❻，
洞房❼結阿閣❽。曲池何湛湛❾，清川帶華薄❿。邃宇列綺窗⓫，蘭室⓬接羅幕⓭。
淑貌色斯升，哀音承顏作⓮。人生誠行邁⓯，容華隨年落。善哉膏粱士⓰，營生奧
且博⓱。宴安消靈根，鴆毒不可恪⓲。無以肉食⓳資，取笑葵與藿⓴。

【注釋】❶命駕　猶言駕車、起駕。❷延佇　長久站立。❸廛里　古代城市居民住宅的通稱。❹紛漠漠　縱橫交錯、非常密集。紛，眾多。漠漠，密布；廣布。❺甲第　豪華的館舍。甲，第一。第，館。❻高闥　高門。❼洞房　連接相通的房間。❽阿閣　四面有簷的樓閣。❾湛湛　水很深很清的樣子。❿華薄　花草叢生之處。⓫綺窗　雕刻著美麗花紋的窗子。⓬蘭室　芳香高雅的居室。⓭羅幕　羅帳；絲羅帳幕。⓮淑貌色斯升二句　嫻淑之貌因容色而表現出來，悲哀之音也承繼容顏衰老而產生。色斯升，語出《論語．鄉黨》：「色斯舉矣，翔而後集。」⓯行邁　行進；不停止。⓰膏粱士　食肥美者。⓱營生奧且博　營謀生計的方法深奧而且豐富。營生，營謀生計；經營財富。⓲宴安消靈根二句　言耽於安樂而殺身，因而人不能耽於安樂。宴安，逸樂。靈根，指身體。鴆毒，劇毒。恪，守；持守。⓳肉食　指官宦之人。⓴葵與藿　葵與藿都是菜名，與

上文肉食相對。指貧賤的生活。

【語譯】駕車去登北山，久久站在那裡，望著山下的城郭。都城是多麼的繁榮啊，大街小巷，縱橫交錯，密密麻麻。豪華的館舍崇尚高高的大門，幽曲相通的房屋連接著四面有簷的樓閣。池苑的水又清又深，清澈的流水在花草叢生中流淌，猶如衣帶纏繞。深邃的屋舍有著裝飾華麗的窗子，芳香高雅的居室有輕軟華貴的帳子。嫻淑之貌因容色而表現出來，悲哀之音也承繼容顏衰老而產生。人生誠然不斷消逝，從未停止，容顏光華都會隨年齡而漸漸逝去。那些吃著肥美食物的人啊，經營他們財富的手段多而隱秘。其實安樂有損於人的身體，不要耽於那些像毒藥一樣的安逸。不要因為自己生活富裕，反而取笑貧賤的生活。

【研析】生命意識是魏晉南北朝詩歌中一個較為普遍的情感主題。面對人生短暫的悲哀，人們可以有不同的消解方式。耽於安樂、及時行樂也可以說是達官貴人採取的一種生活方式。此首就對都市中的「膏粱士」的華麗居處以及享樂生活進行描寫，最後以「宴安鴆毒」告誡富貴者不可耽於安樂，從而肯定了安貧樂道生活的價值。

齊謳行

【題解】這是一首詠史詩，頌齊地之美，論齊之興廢，體現陸機「天道有迭代，人道無久盈」的歷史觀。

營丘❶負海曲❷，沃野❸爽且平❹。洪川控河濟❺，崇山入高冥❻。東被❼姑尤❽側，南界聊攝❾城。海物錯萬類❿，陸產尚千名⓫。孟諸⓬吞楚夢⓭，百二侔秦京⓮。惟師恢東表⓯，桓后定周傾⓰。天道有迭代⓱，人道無久盈⓲。鄙哉牛山歎⓳，未及至人⑳情。爽鳩㉑苟已徂㉒，吾子安得停？行行將復去，長存非所營㉓。

【注　釋】❶營丘　這裡指齊國。❷負海曲　指面臨大海。負，依；倚靠。海曲，猶言海隅。謂沿海地帶。❸沃野　肥沃的田野。❹爽且平　開闊而且平坦。爽，開闊；寬闊。❺洪川控河濟　大水貫通黃河與濟水。控，貫通。河濟，黃河與濟水的合稱。❻高冥　高空。❼被　及；延及。❽姑尤　地名。❾聊攝　地名。❿錯萬類　指種類繁多。錯，錯綜。⓫尚千名　超過千種。尚，超過。⓬孟諸　古澤名。⓭楚夢　楚的雲夢澤。⓮百二侔秦京　山河的險固可與秦的京都相比。百二，以二敵百。一說百的一倍。後以喻山河險固之地。侔，等同；相比。⓯惟師恢東表　指姜太公風範得到弘揚，可以作為諸侯的表率。惟，發語詞。師，指姜太公。恢，弘揚；擴大。東表，謂東方諸侯的表率。⓰桓后定周傾　指齊桓公九合諸侯，匡扶周室。桓后，齊桓公，春秋五霸之一。定，匡扶；平定。周傾，傾覆的周王室。⓱迭代　更替。迭，更替；輪流。⓲盈　持滿不衰。⓳牛山歎　因人生短暫而產生的悲歎。語出《晏子春秋・諫上》：「景公游于牛山，北臨其國城而流涕曰：『若何滂滂去此而死乎？』」⑳至人　指超凡脫俗，達到無我境界的人。㉑爽鳩　最初居於齊地的人。㉒徂　此指死亡；消逝。㉓營　追求。

【語　譯】齊國面臨大海，肥沃的田野開闊平展。境內的大河貫通黃河與濟水，高峻的山脈直聳雲霄。東面接近姑尤一側，南以聊攝城為界。海產品種類繁多，數以萬計，陸產品超過千種。孟諸澤可以吞併楚國雲夢澤，山河的險固可與秦的京都相比。姜太公風範得到弘揚，可以作為諸侯的表率，齊桓公輔佐周朝，定傾扶危，使周不至於亡。自然規律輪流替換，人間也應是沒有久盛不衰的。鄙陋啊，因人生短暫而產生悲歎，因為這種悲歎遠遠沒有達到至人忘情遺物的境界。齊地最初的居住人爽鳩早已去世了，又有誰能長存不逝呢？人們最終都將死去，長生不死不應該是人們汲汲追求的。

【研　析】〈齊謳行〉屬〈雜曲歌辭〉。齊國曾是一個地廣人多的大國，詩人思及於此，仍是神采飛揚，開篇十句都是在強調齊國地理位置優越，疆域遼闊，物產豐富等優勢。「惟師恢東表，桓后定周傾」兩句則點出齊國政治上曾經的輝煌以及在歷史發展中的重要地位。詩人用大量筆墨追述齊國的大國風範，詩句對偶齊整，鏗鏘有力，讀來琅琅上口，依稀可見詩人對齊國盛大的傾慕和嚮往。但詩人認為沒有哪個國家能長盛不衰，齊國也是如此，將其原因歸結為「天道有迭代，人道無久盈」，反映了認識上的局限性。

日出東南隅行

【題解】此詩以極其華麗的詞藻盛言京城女子之美以及遊春之樂。

扶桑❶生朝暉❷，照此高臺端❸。高臺多妖麗❹，濬房❺出清顏❻。淑貌耀皎日❼，惠心清且閑❽。美目揚玉澤❾，蛾眉象翠翰❿。鮮膚一何潤，秀色若可餐。窈窕⓫多容儀⓬，婉媚⓭巧笑言⓮。暮春春服⓯成，粲粲綺與紈⓰。金雀⓱垂藻翹⓲，瓊佩結瑤璠⓳。方駕⓴揚清塵，濯㉑足洛水瀾㉒。藹藹㉓風雲會㉔，佳人一何繁。南崖充羅幕，北渚盈軿軒㉕。清川含藻景，高岸被華丹㉖。馥馥㉗芳袖揮，泠泠㉘纖指㉙彈。悲歌吐清響，雅舞播㉚幽蘭。丹唇含〈九秋〉㉛，妍迹陵〈七盤〉㉜。赴曲迅驚鴻，蹈節如集鸞㉝。綺態隨顏變，沈姿無定源㉞。俯仰紛阿那㉟，顧步咸可懽㊱。遺芳結飛飆㊲，浮景㊳映清湍㊴。冶容㊵不足詠，春游良可歎！

【注釋】❶扶桑　傳說太陽升起處。❷朝暉　早晨的太陽。❸高臺端　高臺的一角。高臺，高的樓臺。❹妖麗　妖豔美麗的女子。❺濬房　深邃的房間。❻清顏　清秀脫俗的容顏。❼淑貌耀皎日　嫻淑的容顏，如太陽一樣，光豔照人。❽閑　正；淑正。❾玉澤　玉的光澤。❿翠翰　翠羽，喻美人之眉。⓫窈窕　嫻靜貌；美好貌。⓬容儀　容態；儀表。⓭婉媚　柔美。

⓮巧笑言　言談舉止非常得體美好。巧，擅長；善於。⓯春服　春天穿的衣服。語出《論語・先進》：「暮春者，春服既成。」⓰粲粲綺與紈　指春服的質地精良、色彩鮮美。粲粲，鮮豔；鮮美。綺、紈，都是名貴的衣料。⓱金雀　釵名。婦女的一種首飾。⓲藻翹　裝飾華美的一種首飾。藻，修飾。翹，婦女的一種首飾。⓳瓊佩結瑤璠　指佩帶美玉做成的佩飾。瓊佩，玉製的佩飾。瑤璠，兩種美玉。⓴方駕　兩車並行。方，相並；並列。㉑濯　洗濯。㉒瀾　波；波瀾。㉓藹藹　盛多貌；眾多貌。㉔風雲會　風雲聚合。形容佳人相聚之多。㉕南崖充羅幕二句　極言所到車馬之盛、人物之多。羅幕，羅帳；絲羅帳幕。軿軒，泛指車輛。軿，有帷蓋的車子。軒，古代一種前頂較高而有帷幕的車子。㉖清川含藻景二句　言清澈的河水中倒映著美麗的身影，高高的岸邊也充滿美麗的倩影。藻景，華影。華丹，美麗的顏色。㉗馥馥　香氣馥郁。㉘泠泠　指音樂的美妙，悅耳動聽。㉙纖指　指巧手。㉚播　揚。㉛九秋　曲名。㉜妍迹陵七盤　指舞女跳起美妙的「七盤」舞。妍迹，美好的舞步。陵，飄動。七盤，古舞名。在地上排盤七個，舞女穿長袖舞衣，在盤的周圍或盤上舞蹈。㉝赴曲迅驚鴻二句　言舞女按樂曲節拍，輕盈優美，動如驚鴻，止如飛鸞。迅，快。驚鴻，驚盡的鴻雁，形容女子輕盈優美的舞姿。集鸞，言鸞停於樹。集，止。㉞綺態隨顏變二句　言美麗的姿態隨舞而變，表現出深沈莊重的姿態，變化多端，其源不定。綺態，美麗的姿態。沈姿，深沈莊重的姿態。㉟俯仰紛阿那　指舞姿上下飛動，變化多端，輕盈柔美。阿那，即婀娜。柔美貌。㊱顧步咸可懽　言觀賞舞女的舞步皆感到愉悅。顧，視。咸，皆。懽，愉悅。㊲遺芳結飛飆　留下的芳氣隨風飄動。遺，留。飛飆，大風。㊳浮景　此指飄動的舞影。㊴清湍　清澈的河水。㊵冶容　豔麗的容顏。

【語　譯】太陽從東邊升起，明媚的陽光照在那些高高樓臺的一角。高臺上有許多妖豔美麗的女子，深邃的房屋裡有清秀脫俗的佳麗。她們美麗的容顏勝過剛剛升起的太陽，她們心靈清淨而淑正。美麗的雙眸閃出玉一般的光澤，飄亮的眉毛像翠綠的羽毛。鮮嫩的皮膚是多麼的光潤，秀麗的容顏讓人看了可以忘餐。嫻靜美好，儀態萬方，笑容柔美，善於言談。春天做成了美麗的春服，質地精美，光彩鮮豔。頭髮上戴著名貴的首飾，佩帶著做成的佩飾。車輛並駕齊驅，揚起一路清塵，來到洛水邊洗濯美麗的纖足。這裡的美人真多啊，如風雲聚合一般。南面的山崖上滿是華麗的帳子，北面的高岸上停滿了高貴的馬車。清清的河水裡有她們美麗的影子，高高的岸邊也充滿美麗的倩影。芳香的長袖揮來舞去，纖巧的手指彈奏美妙的樂曲。悲怨的歌聲清越動聽，雅正的舞蹈像深谷中的幽蘭沁人心脾。紅潤的嘴唇吐出〈九秋〉曲，輕盈的舞步跳起〈七盤〉舞。應和樂曲節拍，舞姿輕盈優美，動如驚鴻，止如飛鸞。美麗的姿態隨舞而變，表現出深沈莊重的姿態，變化多端，其源不定。舉手投足，婀娜多姿，觀賞舞步，皆感愉悅。她們留下的香氣彷彿可以凝成一陣風，又清又急的水中還映著她們的倒影。美麗的容顏雖不值得歌詠，但是芳春遊玩確實讓人賞歎！

【研　析】此詩又名〈羅敷豔歌〉，源出漢樂府的〈陌上桑〉。早於陸機的曹植也模仿〈陌上桑〉作過〈美女篇〉。三篇均有對女子美貌的描寫。〈陌上桑〉對秦羅敷美貌的描寫是為了嘲諷太守，〈美女篇〉對美女的鋪寫主要是表現美人盛年獨處的怨歎，其中可能也有曹植的寄寓。而陸機此詩，其主題沒有明顯的揭露現實或是寄寓情懷，雖然篇末有「冶容不足詠，春游良可歎」一句，表示自己歌詠不單單是「悅色」，但是情感主題還是落在歎賞「春游」之上，所以這種「冶容不足詠」只是曲終奏雅式的表達而已。因為就全詩看「冶容」不僅是「春游」的主體，而且確實成為「春游」不可或缺的一道亮麗的風景，全詩所歌詠的就是麗人春遊，流露出詩人對這一「春景」的美歎。此詩雖然沒有對現實的關注，也沒有可以索隱的寄託，但是對麗人春遊的描寫與美歎，反映了此詩脫離詩歌言志的軌道而向緣情發展的趨向，這種緣情的審美特徵，對南北朝詩歌進一步脫離言志而走向緣情具有重要的影響。

在表現手法上，有兩點值得關注：一是採用賦體鋪陳手法，用極其華麗的語言敘寫了麗人的容貌、身姿、服飾、車馬、歌舞，詳盡而生動。其二，將麗人放在春遊這一場景中加以展現，麗人麗景，交相輝映，場面頗為鮮活。

長安有狹邪行

【題　解】此詩表現了詩人處於人生歧路時的內心彷徨與矛盾，反映了詩人以殊途同歸的道理來改變執一持守的人生態度。

伊洛❶有岐路❷，岐路交朱輪❸。輕蓋❹承華景❺，騰步躡飛塵❻。鳴玉❼豈樸儒❽，憑軾❾皆俊民❿。烈心厲勁秋⓫，麗服鮮芳春。余本倦游客⓬，豪彥⓭多舊親。傾蓋⓮承芳訊⓯，欲鳴當及晨⓰。守一不足矜⓱，岐路良可遵⓲。規行無曠迹，矩步豈逮人⓳。投足緒已爾⓴，四時不必循㉑。將遂㉒殊塗軌，要㉓子同歸津㉔。

【注釋】❶伊洛　洛陽。伊，發語詞。❷岐路　岔路。❸朱輪　紅色的車輪。富貴者所乘。❹輕蓋　指車蓋。❺華景　日光。❻騰步躡飛塵　指車馬疾行，其速可以追逐飛塵。騰步，快步。此指車行。躡，追逐；躡追。❼鳴玉　古人佩帶在腰間的玉飾，行走時相擊發聲。比喻出仕在朝。❽樸儒　務實之士。❾憑軾　倚在車前橫木上。借指做官。❿俊民　才能出眾之人。⓫烈心厲勁秋　此言仕宦之人趾高氣揚，嚴於勁秋。烈心，趾高氣揚之心。厲，嚴厲。⓬倦游客　對游宦感到倦怠之人。⓭豪彥　才德傑出之人。豪，特殊的人才。彥，美士。⓮傾蓋　行道相遇，停車而語，車蓋相接，因稱初交相得，一見如故為傾蓋。蓋，車蓋。⓯芳訊　嘉言；善言。⓰欲鳴當及晨　以晨雞及時報曉比喻人建功立業應及時。⓱守一不足矜　言人生不必持守一種人生信念。守一，此指持守一種人生信念。矜，矜持；持守。⓲岐路良可遵　不同的路確實可以去走。良，確實；實在。遵，循；走。⓳規行無曠迹二句　此言循規蹈矩沒有曠世的功業，也不能趕上別人。曠迹，曠世的足跡。比喻曠世的功業。逮，及；比得上。⓴投足緒已爾　只要選擇了一條道路前行，事情就差不多了。投足，舉足。緒，功業。㉑四時不必循　不必遵循四時交替不變的規律。比喻不必循規蹈矩。四時，四季。㉒將遂　請用；請遵循。將，請；願。遂，遵循。㉓要　同「邀」。相約。㉔同歸津　共同達到目的地。津，渡口。此代指共同要到達的地方。

【語譯】前往洛陽有很多岔道，那些岔道口有很多富貴華麗的車馬。車蓋沐浴在日光中，飛馳而去，可追逐飛塵。腰間佩帶著玉飾的會是務實之士嗎，那些扶在車前橫杆上的都是才俊之人。趾高氣揚，比凜冽的秋天還要嚴厲；華美的服飾，比芳春還要鮮麗。我本來對游宦生活就感厭倦，那些才德出眾的人很多是我舊時的親友，一見如故，見面就會聽到善言嘉義，勸說應及時出仕，就比如雄雞要當晨而鳴。循著一條路走下去是不值得推崇的，實在是可以走走不同的路。循規蹈矩沒有曠世的功業，只要選擇了一條道路前行，事情就差不多了，不必遵循四時交替不變的規律。請遵循殊途同歸的道理，和您相約到達同一目的地。

【研　析】此詩由兩個部分組成。一是在洛陽歧路時對仕宦者得意洋洋的場景描寫；二是仕宦的舊親對自己的勸說，在人生的歧路上不要死循一條路，要適時地改變方向，要懂得殊途同歸的人生道理。乍讀此詩，立意似不高。但是此詩卻包含著陸機的許多身世之慨與人生感喟。陸機一生面臨著許多必須抉擇的人生歧路。首先，作為亡國之餘，在家鄉隱居長達十餘年之後，再次入洛為官，這就是對「守一」的人生態度的巨大改變。其二，陸機入洛後，先後在吳王晏、趙王倫、齊王冏及成都王穎幕下供職，期間人生失路之悲，多次的歧路抉擇，也是難以「守一」的表現。可以說，陸機特殊的身世及仕宦經歷，使得他對人生歧路感受尤深。此詩在表現手法上的一個特點，就是將以上這種人生感喟置入車馬歧路的背景下加以展示，頗為形象生動。又將人生歧路時抉擇的痛苦與矛盾，借舊親的勸說加以表現，又頗見詩人的表現技巧。

前緩聲歌

【題　解】這是一首遊仙詩，描寫了眾仙相聚的盛大場景，表現了對仙人自由自樂生活的嚮往。

游僊聚靈族❶，高會❷層城阿❸。長風❹萬里舉❺，慶雲❻鬱嵯峨❼。宓妃❽與洛浦❾，王韓❿起太華⓫。北徵⓬瑤臺女⓭，南要⓮湘川娥⓯。肅肅⓰霄駕⓱動，翩翩⓲翠蓋羅⓳。羽旗棲瓊鸞⓴，玉衡㉑吐鳴和。太容㉒揮高絃㉓，洪崖㉔發清歌。獻酬㉕既已周㉖，輕舉㉗乘紫霞㉘。總轡㉙扶桑㉚枝，濯足湯谷㉛波。清輝溢天門㉜，垂慶㉝

惠皇家㉞。

【注釋】❶靈族　指神仙一族。❷高會　盛會。❸層城阿　高城的一角。層城，神話中昆侖山上的高城。❹長風　遠風。❺舉　起；生。❻慶雲　五色雲。古以為祥瑞之氣。❼鬱嵯峨　形容慶雲密集而突出的樣子。❽宓妃　傳說洛水女神。❾洛浦　洛水之濱。❿王韓　王喬與韓眾的合稱，都是傳說中得道成仙之人。⓫太華　山名。⓬徵　召。⓭瑤臺女　瑤臺的仙女。瑤臺，神話中為神仙所居之地。⓮要　同「邀」。相約。⓯湘川娥　指堯二女，娥皇與女英，墜湘水之中為湘水神。娥，美女。⓰肅肅　疾速貌。⓱霄駕　雲車。仙人以雲為車。霄，雲。⓲翩翩　飄飄。⓳翠蓋羅　形容仙人車輛之多。翠蓋，飾以羽的車蓋。羅，羅列。⓴羽旗棲瓊鸞　指旗幟上繪有美麗的鸞鳥。羽旗，旗幟。棲，棲息。瓊鸞，美麗的鸞鳥。㉑玉衡　玉飾的車衡。㉒太容　傳說為黃帝樂師。㉓揮高絃　指彈奏出高妙的音樂。㉔洪崖　傳說中的仙人。㉕獻酬　飲酒相互勸酬。㉖周遍。㉗輕舉　飛升；飛騰。㉘紫霞　雲霧；雲氣。㉙總轡　繫住馬韁繩。㉚扶桑　傳說中太陽升起處。㉛湯谷　古代傳說的日出處。㉜天門　天上的門。後也指帝王宮殿的門。㉝垂慶　留下福澤。慶，福澤。㉞皇家　皇室；王朝。

【語譯】遨遊仙境，聚集許多仙人，盛會於高城中。風從萬里之外吹來，五色祥雲密集興起。洛水女神宓妃從洛水之濱趕來了，王子喬與韓眾也從太華山而來。向北徵召瑤臺的神女，向南邀請湘水神娥皇、女英。雲車疾速地飛動，車蓋飄飄，一個接著一個。旗幟上繪有停棲的鸞鳥，玉飾車衡發出和鳴聲音。黃帝的樂師太容舉指彈奏高妙的樂曲，洪崖放聲高歌。互相敬酒皆已完畢，就乘紫霞飛升而去。繫馬於扶桑的枝條，在湯谷裡洗濯雙足。清輝灑滿天門，留下福澤，也給皇室帶來了恩惠。

【研析】遊仙的題材在屈原的作品中就出現，曹操與曹植等均作過遊仙詩，在陸機之後的郭璞更是以遊仙組詩揚名詩壇。仙境往往是作為人世的一種不足的補充出現在詩歌中，成為詩人彌補生命短暫、人生憂患的一種方式。陸機在此詩中想像了「游儷聚靈族，高會層城阿」的輝煌場景。仙人騰雲駕霧由各處而來，在一起飲酒奏樂清歌，曲盡人散後到太陽初升的地方濯足，很是飄逸快樂。在詩人所處的魏晉時代，社會上很流行求道成仙的想法和做法。詩人在這首詩裡描述了他想像中的仙人生活，那種自由、曠達、快樂，是不是他在現實生活中苦苦追求而得不到的呢？若干年後，李白作了一首長詩〈夢遊天姥吟留別〉，仔細讀來，那些氣勢磅礴的句子裡也還是有「肅肅霄駕動，翩翩翠蓋羅。羽旗栖瓊鸞，玉衡吐鳴和」的影子的。

長歌行

【題解】此詩慨歎時光飛逝、人生短促，同時也表現了功業難成的人生苦悶。

逝矣經天日❶，悲哉帶地川❷。寸陰無停晷❸，尺波豈徒旋❹？年往迅❺勁矢❻，時來亮急弦❼。遠期❽鮮克及❾，盈數❿固希全⓫。容華⓬夙夜⓭零，體澤⓮坐⓯自捐。茲物⓰苟難停，吾壽安得延⓱？俛仰逝將過⓲，倏忽幾何間⓳。慷慨⓴亦焉訴㉑，天道良自然。但恨功名薄㉒，竹帛㉓無所宣㉔。迨及㉕歲未暮㉖，長歌㉗承我閑㉘。

【注釋】❶經天日　太陽在天空中經過，故云經天日。❷帶地川　河流在大地上流淌，像衣帶，故云帶地川。❸晷　光陰；時間。❹旋　旋轉；流逝。❺迅　疾；快。❻勁矢　強力射出的箭，速度飛快。❼時來亮急弦　時光的到來如節奏急速的絃樂。❽遠期　期望時間長遠。❾鮮克及　很少能夠實現。❿盈數　本來指萬。這裡指一百年。⓫固希全　本來很難成全。⓬容華　容顏。⓭夙夜　早晚；朝夕。⓮體澤　身體的光澤。⓯坐　漸；將。⓰茲物　指時光。⓱延　長；延長。⓲俛仰逝將過　指俯仰之間時間飛逝。⓳倏忽幾何間　不知不覺之間已過了許多時間。幾何，若干；多少。⓴慷慨　悲歎。㉑焉訴　如何訴說。㉒薄　少。㉓竹帛　竹簡和白絹，用於書寫。此指史籍。㉔宣　宣揚；記載稱頌。㉕迨及　等到。㉖暮　晚。㉗長歌　放聲高歌。㉘承我閑　趁我閒暇之時。

【語譯】太陽從天空中經過，河流在大地上流淌，讓人悲歎啊，時光一天天地逝去。時光是不會停步的，河流裡的波濤難道只能是白白地翻滾？時光飛逝如用力射出的箭，時光的到來如節奏急速的絃樂。期望時間長遠，又很少能夠實現，一百年的期望本來很難成全。容顏一天天蒼老，身體的光澤也漸漸消損。如果時光不會停留，我的壽命又怎麼會延長？俯仰之間時間匆匆而過，不知不覺已過了許多時間。人生悲歎如何訴說，自然規律確實如此。只是遺憾自己的功業太少了，史籍上也沒什麼可寫的。趁我年歲還沒有暮年，閒暇之時，姑且放聲高歌。

【研析】時光遷逝、人生短促的生命意識是魏晉南北朝詩歌一個突出主題，也是陸機詩歌情感主題的一個重要方面，這是其中的一首。詩人用經天日、帶地川、寸陰、尺波、年往、時來這些與時間相關的語詞，集中表現了時光飛逝的人生體驗。但是更令人憂慮的是人們無法抵禦隨著時光流逝生命終期於盡的生命悲哀。如何消解這種生命之痛？建功立業、名垂青史無疑是詩人所渴望的。但是「但恨功名薄，竹帛無所宣」，更加揭示了另一種因功業難成的人生苦悶。因而，此詩也形象而集中地表現了文人士大夫來自於自然與社會雙重逼壓下的生命苦悶。

吳趨行

【題解】此詩頌揚了吳國的地理山川、土風物美以及王者的文德武功，字裡行間流露出詩人對父母之邦的熱愛之情。

楚妃且勿歎，齊娥且莫謳❶。四坐並清聽❷，聽我歌〈吳趨〉。〈吳趨〉自有始，請從閶門❸起。閶門何峨峨❹，飛閣跨通波❺。重欒❻承游極❼，回軒啟曲阿❽。藹藹❾慶雲被❿，泠泠⓫祥風過。山澤多藏育⓬，土風⓭清且嘉⓮。泰伯導仁風，仲雍揚其波⓯。穆穆⓰延陵子⓱，灼灼⓲光諸華⓳。王迹⓴隤陽九㉑，帝功興四遐㉒。大皇自富春㉓，矯手㉔頓世羅㉕。邦彥㉖應運興，粲若春林葩。屬城㉗咸有士，吳邑最為多。八族㉘未足侈㉙，四姓㉚實名家㉛。文德熙淳懿㉜，武功侔山河㉝。禮讓何濟濟㉞，流化㉟自滂沱㊱。淑美㊲難窮紀㊳，商推㊴為此歌。

【注釋】❶楚妃且勿歎二句　言善於歌唱謳吟的楚妃與齊娥皆不要歌吟。楚妃，本是〈楚妃歎〉的省稱，樂府吟歎曲之一。內容詠歎春秋時楚莊王賢妃樊姬諫莊王狩獵及進賢事。「楚妃且勿歎」句活用此典。齊娥，齊國的美女。古代齊人善歌，故詩文中多以借指歌女。謳，歌；歌吟。❷清聽　靜心而聽。❸閶門　城門名。傳說中的天門為閶闔，吳王闔閭立此門以效法天門。古閶門高樓閣道，雄偉壯麗。❹峨峨　高聳貌。❺通波　流水。❻重欒　重重的曲枅。欒，曲枅，即柱上承斗拱的曲木。❼游極　浮梁。游，浮。極，棟梁。❽回軒啟曲阿　長窗開於房屋的曲阿處。回軒，回曲的長窗。啟，開。曲阿，屋的曲角。❾藹藹　雲集貌。❿慶雲被　祥雲覆蓋。慶雲，祥雲；瑞雲。被，覆蓋；籠罩。⓫泠泠　和煦貌。⓬藏育　包容生長。⓭土風　當地的風俗習慣。⓮清且嘉　純樸善美。⓯泰伯導仁風二句　言吳泰伯開創的仁義之風，其弟仲雍將這種風尚發揚光大。據《史記》，吳太伯、弟仲雍，皆周太王之子，而王季歷之兄也。季歷賢，有聖子昌，太王欲立季歷及昌。於是太伯、仲雍二人乃奔荊蠻以避季歷。季歷果立，是為王季，而昌為文王。太伯之奔荊蠻，自號為吳。太伯卒，無子，弟仲雍立。⓰穆穆　美。⓱延陵子　春秋吳季札封邑延陵，時人因稱季札為延陵子。⓲灼灼　明；光明。⓳諸華　諸夏；北方中原各諸侯國。⓴王迹　王者創業的功績。㉑隤陽九　因天厄而毀敗。隤，毀敗；衰落。陽九，首家稱天厄為陽九，地虧為百六。此借指不可避免的厄運。㉒帝功興四遐　指三國時魏、蜀、吳三國鼎立局面的形成。四遐，四方邊遠之地。㉓大皇自富春　言吳國自富春興起。孫權，富春人。謚曰大皇帝。㉔矯手　舉手。矯，舉。㉕頓世羅　整頓皇綱。頓，整頓。世羅，皇綱。㉖邦彥　國中英俊之士。㉗屬城　所管轄的縣邑。㉘八族　指陳、桓、呂、竇、公孫、司馬、徐、傅。㉙足侈　值得誇耀。侈，顯揚。㉚四姓　指朱、張、顧、陸。㉛名家　具有聲名之家族。㉜熙淳懿　廣大淳厚懿美。㉝武功侔山河　武功可像山河一樣長久。侔，等；等同。㉞禮讓何濟濟　禮讓之風何等的盛大。太伯三以天下讓，故云。何，多麼。濟濟，眾盛貌。㉟流化　廣布教化。㊱滂沱　充溢貌；廣大貌。㊲淑美　美善；美好。淑，善。㊳紀，錄；記載。㊴商搉　商度其粗略；考慮其大概。

【語　譯】善於歌唱謳吟的楚妃與齊娥皆不要歌吟。請各位靜心聽我唱一曲〈吳趨〉歌。唱〈吳趨〉歌應從吳國的閶門開始。閶門是多麼的高大壯麗啊，飛起的閣道橫跨流水。重重的曲枅與浮梁相接，長窗開啟於房屋的曲阿之處。大地被五色祥雲籠罩，和煦的風慢慢吹過。山澤包容萬物，物產豐饒，當地的風俗習慣也是淳樸善美。吳泰伯開創的仁義之風，其弟仲雍將這種風尚發揚光大。延陵季子的美善之風，其光輝可以光耀諸夏。王者的業跡因天厄而衰敗，帝王的功勛又在四方邊遠之地興起。大皇孫權從富春興起，著手整頓皇綱。國中的英俊之士順應國運，層出不窮，人才濟濟，如春天林苑中的眾花。所屬城邑都有才識之人，而吳邑最多。八族還不算顯揚，朱張陸顧四姓真是有聲望的家族。文德淳美無比，武功強大可與山河一樣長久。禮讓之風何等的盛大，教化廣布，遍布天下。美善之事真是難以寫完，就粗略陳述，聊為此歌吧。

【研　析】正如詩中所說的「四姓實名家」，陸氏家族在吳國有著輝煌的業績與崇高的地位，這種家族背景使得陸機對吳國懷有深情。詩的前四句是為開場白，以歌者歌唱的方式，告知四座賓朋，吳國的輝煌。從「楚妃且勿歎，齊娥且莫謳」來看，此詩可能作於吳亡之後。下接二十八句分別從地理環境、人文風貌、文德武功等方面頌揚吳國的繁榮昌盛，舉出了種種實例，運用多個典故，反覆說明吳國的美善強大。最後兩句說明此歌還不足以揄揚吳國的文治武功。如果此詩作於陸機入洛之後，那麼，陸機對故國的盛讚，不僅是陸機對故國一往情深的表現，也是亡國之餘的陸機面對洛中人士的一種精神支柱，同時見出陸機不善藏鋒守拙的個性。

塘上行

【題解】此詩借江籬棄婦表現了人生將至暮年的悲歎。

江籬❶生幽渚❷，微芳不足宣❸。被蒙❹風雲會❺，移居華池❻邊。發藻❼玉臺❽下，垂影滄浪❾泉。霑潤❿既已渥⓫，結根奧⓬且堅。四節逝不處，繁華難久鮮。淑氣⓭與時隕，餘芳隨風捐⓮。天道有遷易，人理無常全。男懽智傾愚，女愛衰避妍⓯。不惜微軀退，但懼蒼蠅⓰前。願君廣末光⓱，照妾薄暮年⓲。

【注釋】❶江籬　一種香草。❷幽渚　幽僻的水渚。渚，水中的小洲。❸宣　布；宣揚。❹被蒙　遭遇。❺風雲會　風雲際會。此指時勢改變。❻華池　景色佳麗的池沼。❼發藻　萌芽。❽玉臺　傳說玉帝居住的地方。此代指富貴人家。❾滄浪　指水色呈青蒼色。❿霑潤　滋潤。⓫渥　厚。⓬奧　深。⓭淑氣　美善之氣。⓮捐　棄。⓯妍　美。⓰蒼蠅　此指變亂善惡的小人。⓱廣末光　言多灑一點餘輝。末光，餘輝。⓲薄暮年　暮年；老年。薄，近；接近。

【語譯】江籬這種香草生長在僻遠的水中小洲，微弱的香氣不能傳得很遠。蒙受風雲相會的機遇，移居到華麗的池沼邊。在玉臺下慢慢生長發育，青色泉水裡有它美麗的倒影。受到豐厚的滋潤，結下的根鬚深入且堅實。四季循環逝去，毫不停歇，繁華難以永遠保存不衰。美善之氣隨著時間消退，剩下的芬芳也隨風而去。自然規律遷逝變化，人間也沒有永遠不變的道理。男子因用智慧勝愚頑的人而高興，女子卻喜歡在衰老之時避開美貌之人。並不遺憾微賤的身軀退守下來，只是擔心您的面前盡是顛倒黑白的小人。願君多灑些餘輝，也能照到我衰暮的晚年。

【研　析】據《樂府詩集》，〈塘上行〉屬魏文帝曹丕的甄后所作，感歎因讒見棄，希望文帝雖得新好，不忘舊愛。陸機此詩也是以婦人衰老失寵而作，與古辭意同。在表現上，陸機此詩始終以江籬這一香草入詩，江籬因地處幽僻，香氣無法飄遠，因時運的改變而得以遷移華麗的池邊。春華秋實，雖也展盡了風姿，但也抵擋不住歲月無情的侵蝕。生存的空間可以改變，但是生命的時間永遠無法逆轉。詩的最後八句從江籬的隱喻轉向棄婦的自訴，從「天道有遷易，人理無常全」的無奈，表現出對夫君餘輝照耀的期盼，只是「人理無常全」無奈下的微渺希望。讀了陸機此詩，我們完全從甄后的自傷的本事中走出，而與文人士大夫的人生感喟相聯。尤其是陸機從吳入洛，地域的改變，人生的磨難，讓他感受到太多的不可把握的力量左右著自己的命運。即便如此，還表現出擔心「蒼蠅」擾亂當權者視聽，希望當權者能夠顧視遭讒處幽者，更加重了此詩的人生況味與悲涼色彩。

悲哉行

【題　解】這是一首遊子思鄉之作。

游客芳春林，春芳傷客心。和風飛清響❶，鮮雲❷垂薄陰。蕙草❸饒淑氣❹，

時鳥❺多好音❻。翩翩鳴鳩羽❼，喈喈❽倉庚❾吟。幽蘭盈❿通谷⓫，長秀⓬被高岑⓭。

女蘿⓮亦有託，蔓葛亦有尋⓯。傷哉客遊士，憂思一何深！目感隨氣草，耳悲詠時禽⓰。寤寐⓱多遠念，緬然若飛沈⓲。願託歸風響，寄言遺所欽⓳。

【注釋】❶清響　清亮的聲音。❷鮮雲　輕雲。❸蕙草　香氣。❹饒淑氣　多美善之氣。❺時鳥　春鳴之鳥。❻好音　美妙之音。❼翩翩鳴鳩羽　斑鳩翩翩飛舞。翩翩，飛貌。鳴鳩，斑鳩。❽喈喈　鳥聲宛轉悠揚貌。❾倉庚　黃鶯的別名。❿盈滿。⓫通谷　幽谷。⓬長秀　長茂的草木。⓭被高岑　覆蓋高山。被，覆蓋。高岑，高山。⓮女蘿　地衣類植物，即松蘿。⓯蔓葛亦有尋　言不能直立的蔓葛也有依託而生。蔓，草本蔓生植物的細長不能直立的枝莖。葛，多年草本植物，莖蔓生。尋，依附；依託。⓰目感隨氣草二句　耳目因季節物色及鳴禽聲音的變換而有所感懷悲歎。⓱寤寐　醒時與睡時。即日夜。⓲緬然若飛沈　言相距遙遠。緬然，綿邈貌。飛沈，一上一下，相隔殊遠之意。⓳遺所欽　贈送給友人。遺，與；送。所欽，所欽佩的人；友人。

【語譯】遊客在春林中遊覽，春天的芳氣使遊客傷懷。和煦的風激起清亮的聲響，輕雲垂下稍許雲陰。香草散發出豐饒和淑的氣息，春鳥的鳴聲清脆悅耳。斑鳩翩翩起舞，黃鶯也宛轉歌鳴。幽深的蘭草很多，長滿山谷，長茂的草木，覆蓋高山。女蘿和蔓葛也有依託的東西生長。在外的遊子是多麼傷懷啊，他的憂思是何等的深重！看到隨季節而生的草色心有所感，聽到禽聲隨時月而變感到傷懷。日夜都在思念遠方的家鄉，可是相距太遙遠了。願託付那吹到家鄉的風，讓它帶話送給我的友人。

【研析】此詩以「游客芳春林，春芳傷客心」領起，將遊子思鄉之情置入美麗的春景中加以表現。接下來寫了春天的風、雲、草、鳥等一切生機勃勃的景象，寫了幽蘭、長秀、女蘿、蔓葛都有可以依託的東西，或通谷，或高岑，而遊子卻是孤身一人，漂泊在外，一無所依。一般說來，主觀感情是由客觀景物引起的，淒風苦雨、殘月落花會使人心中鬱結，不勝悲切；蝶舞鶯啼、鳥飛魚躍會喚起輕快歡愉之情。而此詩明媚美麗的春景卻喚起了詩人孤苦無依的思鄉之情，這是運用了以樂景寫哀情的藝術表現手法，達到了倍增其哀的效果。

短歌行

【題解】這是一首感傷時光流逝，對酒當歌、借酒澆愁之作。

置酒❶高堂❷，悲歌臨觴❸。人壽幾何❹？逝如朝霜。時無重至，華不再揚。蘋以春暉❺，蘭以秋芳。來日苦短，去日苦長。今我不樂，蟋蟀在房❻。樂以會興❼，悲以別章❽。豈曰無感？憂為子忘。我酒既旨❾，我肴既臧❿。〈短歌〉有詠，長夜無荒⓫。

【注釋】❶置酒　陳設酒宴。❷高堂　高大的廳堂；大堂。❸觴　酒杯。❹幾何　若干；多少。❺蘋以春暉　季春萍始生，萍華其大者曰蘋。❻今我不樂二句　蟋蟀在堂，一年將暮。我感於時間飛逝，心中不樂。房，堂。❼興　生；產生。❽章　通「彰」。表現；顯出。❾旨　味美。❿臧　善。⓫荒　廢；荒廢。

【語　譯】在高大的廳堂上陳設酒宴，對酒悲歌。人的生命有多長呢？就好像早晨的霜一樣轉瞬即逝。時光不會再來，風采不會重新飛揚。蘋在春天才會繁盛，蘭只有在秋天芬芳。未來的日子越來越短了，逝去的歲月越來越多。蟋蟀在房裡鳴叫，感到一年將暮，心中不樂。快樂因為朋友相聚，悲哀因分離而格外明顯。難道真是沒有感覺嗎？憂愁因為朋友的存在而暫時遺忘。我的醇酒美味無比，我的菜肴也是鮮美可口。歌詠起〈短歌〉，不要讓這長夜白白荒廢。

【研　析】陸機此首〈短歌行〉主要是感歎人生易逝，生命苦短而功業無成，最後只能借酒澆愁。詩歌將這種人生感喟置入對酒當歌的情境之中加以抒發，托出了濃重的借酒澆愁愁更愁的無法排遣的人生苦悶。與曹操的〈短歌行〉相比，由於抒情主體身分的變化，此詩缺少了「周公吐哺，天下歸心」的英雄豪氣，而加重了曹詩「對酒當歌，人生幾何」的生命之悲。因而，歷來人們更多推重曹詩，而對陸詩很少提及。但是陸詩雖乏英雄豪氣，卻非常真實地展現了西晉一代文士看不到出路的悲涼心態。

卷九

折楊柳

【題解】此詩認為短暫的人生沒有值得追求的恆定價值，反映了人生無常的生命感受。

邈❶矣垂天景❷，壯哉奮地雷❸。豐隆❹豈久響，華光❺但西隤❻。日落似有竟❼，時逝恆若催。仰悲朗月運❽，坐觀璇蓋迴❾。盛門無再入，衰房莫苦開❿。人生固已短，出處⓫鮮為諧⓬。慨慨惟昔人⓭，興此千載懷。升龍⓮悲絕處，葛藟⓯變條枚⓰。寤寐豈虛歎，曾是感與摧⓱。弭意⓲無足歡，願言⓳有餘哀。

【注釋】❶邈　遠。❷垂天景　指懸在天空中的太陽。垂天，懸在天空。景，此指日光。❸奮地雷　震動大地的雷聲。奮，震動。❹豐隆　傳說中的雷師。❺華光　此指太陽的光華。❻隤　落；衰落。❼竟　終。❽朗月運　明月運行。❾璇蓋迴　蒼穹在旋轉運行。璇蓋，玉飾的車蓋。此指蒼穹、天空。迴，迴旋；運行。❿盛門無再入二句　此言盛衰無常，吉凶同域，今之盛門，將來之衰房。⓫出處　進退。⓬諧　和諧。⓭慨慨惟昔人　感慨思古人。慨慨，猶感慨。惟，思。昔人，猶古人。⓮升龍　乘龍升天。這裡比喻君主。⓯葛藟　蔓生草本植物。這裡比喻臣子。⓰條枚　樹的枝幹。⓱摧　哀傷；悲痛。⓲弭

意　此指消除內心的悲傷。弭，消除；平息。⑲願言　思念殷切貌。

【語　譯】太陽懸掛在高高的天空，雷聲震天動地。雷師豐隆怎麼能夠一直轟響呢，太陽的光華也終要在西邊墜落。太陽西落終有結束的時候，時光永遠飛逝，像被催逼，永無停息。抬頭看到明月運行，坐著看到蒼穹迴旋，內心不免悲歎。興盛之門不要再進去，衰落的門庭也不要急著再打開。人生本來已經很短暫了，進退出處很難協調起來。感慨思念古人，產生追念千載的情懷。乘龍升天也會因到了不可再高之處而悲傷，葛藟這種蔓生植物也會變成可以挺立的枝幹。日夜歎息難道只是憑空而來的嗎，也都是有所感觸的悲傷。沒有什麼值得歡樂的東西，能夠消除悲傷，內心憂思，仍有揮之不去的哀傷。

【研　析】據載，晉太康末，京洛為〈折楊柳〉之歌。其曲有兵革苦辛之辭。《詩・小雅》云「昔我往矣，楊柳依依，今我來思，雨雪霏霏」。此詩截取《毛詩》楊柳依依之意，以寄人生有感喟，無關於兵車行役之苦。

魏晉南北朝是一個朝代更迭、戰亂不已的時代，這樣的時代不僅給文人帶來朝不保夕的生命之虞，同時還摧毀了人們堅定的人生信念，產生人生無常的生命感受，如果說這種情緒是消極的，但卻有著深刻的時代因素。陸機此詩無疑是時代悲苦之音的一種濃縮。此詩讓我們感到天地萬物的一切，唯有時間毫不停息地飛逝是恆定的，至於宇宙間的太陽的光華、震天動地的雷聲、明月、天空等等，一切看似壯觀華美的東西無不時刻在變，難以持久。由此觀照短暫的人生，不僅生命本身終期於盡，就是人生所追求的一些功名富貴，無不隱藏著瞬間的毀滅。因而，此詩向我們展示了造成個體生命悲苦的兩個方面的不可逃卻的原因，一是自然二是社會對人的活動的束縛與壓抑。從這個角度而言，陸機此詩雖顯消極，但仍具有它的認識價值。

鞠歌行雜言

【題　解】此詩表達了對知己的渴求。

朝雲❶升，應龍❷攀，乘風遠遊騰雲端。鼓鐘歇，豈自歡，急絃高張❸思和彈。時希值❹，年夙愆❺，循❻己雖易人知難。王陽登，貢公歡❼，罕生既沒國子歎❽。嗟千載，豈虛言，邈矣遠念情愾❾然。

【注釋】❶朝雲　早晨之雲。❷應龍　古代傳說中善興雲作雨的神。❸急絃高張　言彈奏之人奏出高昂的音樂。❹時希值　美好的時代很難遇上。時，時代。希，少；罕。值，遇；逢。❺夙愆　早已過了。夙，早。愆，過。❻循　省察；察看。❼王陽登二句　王吉在位，貢禹高興。據《漢書・王吉傳》，王吉，字子陽，與貢禹為友。世稱王陽在位，貢禹彈冠，言其趣捨相同。❽罕生既沒國子歎　罕生死了之後，子產非常悲傷。罕生，子皮。國子，子產。據《左傳・昭公十四年》，子產聞子皮卒，非常悲傷，認為失去知音。❾愾　感慨歎息。

【語譯】早晨的雲升起，應龍攀雲而上，乘風遠遊，直到雲端。鼓聲鐘聲停下來了，怎麼只能獨自愉悅，奏出慷慨激昂的樂聲就是希望能有人相和彈奏。美好的時代很難遇上，年歲也已大，省察自己容易，而被別人理解就太難了。王吉在位，好友貢禹彈冠相慶，罕生去世，子產悲歎。感歎千載之上的事，怎麼會是虛空的，年代雖然久遠，想到千載之事，仍然感慨萬端。

【研　析】《樂府詩集》卷三三載有陸機〈鞠歌行序〉，其序曰：「按漢宮閣有含章鞠室、靈芝鞠室，後漢馬防第宅卜臨道，連閣、通池、鞠城，彌于街路。〈鞠歌〉將謂此也。又東阿王詩『連騎擊壤』，或謂蹙鞠乎？三言七言，雖奇寶名器，不遇知己，終不見重。願逢知己，以托意焉。」鞠，古代的一種球，最早是將毛糾結為球形，後則在皮囊內填以毛，宋代以後才出現充氣的皮球。鞠室是漢代蹴鞠之所，鞠城也是漢代蹴鞠場地的一種，蹴鞠場四周圍以方牆，東西兩端各設六個鞠域。據陸機此序，漢代蹴鞠遊戲十分盛行，並且認為曹植詩中提到的「擊壤」可能也是蹴鞠的異名。陸機此詩並不是歌詠這種遊戲，而是說這首三七言詩，寫得再好，如奇寶名器珍貴，如果不遇伯樂，最終不會為世人所看重。此詩表現了詩人渴望知己並得到援引見重當世之情。詩歌先是通過應龍攀朝雲而升，彈奏樂曲的人希望有知音和鳴，表達渴望知遇的情感。接著運用了兩個典故，是相知相交的兩對古人，在對古人的豔羨中，更見出詩人對知己的渴求。而人生已至老境的懷才不遇的悲歎，在歷史人物的襯托下更見出詩人的孤苦無助。

在體式上，這是一首雜言詩，三三七的句式使詩讀起來錯落有致，也很好地表現了詩人悲慨的情懷。

當置酒

【題　解】此詩描述了宴佳賓、臨飛觀時的情景以及詩人面對明麗自然的喜悅之情。

置酒❶宴佳賓，瞻眺❷臨飛觀❸。絕嶺❹隔丈餘，長嶼❺橫江半。日色花上綺，
風光水中亂。三益❻既葳蕤❼，四始❽方蔥粲❾。

【注　釋】❶置酒　陳設酒宴。❷瞻眺　遠望。❸飛觀　高聳的宮闕。❹絕嶺　陡峭的山嶺。❺長嶼　長長的海中島嶼。嶼，海中之洲，上有山。❻三益　指梅、竹、石。❼葳蕤　紛披貌；鮮麗貌。❽四始　正月旦日，是歲、時、月、日的開始，所以叫四始。❾蔥粲　青翠明麗貌。

【語　譯】擺下酒宴招待佳賓，登臨高聳的宮闕遠眺。陡峭的山嶺只和我們相隔丈餘，水中長長的小洲把整個江面分為兩半。陽光照在盛開的花上，花兒顯得特別綺麗多姿，美好的風光倒映水中，身影搖曳。梅、竹、石已夠美麗，一年的開始，一切都顯得青翠明麗。

【研　析】這首詩輕快活潑，或是少年之作，與詩人中年以後的作品格調大不相同。所見之景，不僅有陡峭的山嶺，橫亙江中的長嶼，景色頗為壯闊；同時還有「日色花上綺，風光水中亂」的綺麗風光，景色柔媚。寫

景狀物，頗見功力。等到詩人飽經坎坷，歷盡磨難後，他詩中有意無意的幽怨、憤懣使他永遠無法寫出少年時的明麗清澈了。這就是所謂的詩人的經歷決定詩歌的風格吧！

倢伃怨

【題　解】〈倢伃怨〉本是倢伃自退東宮後，作賦及〈團扇〉以自傷悼。

倢伃去辭寵❶，淹留❷終不見。寄情在玉階❸，託意唯團扇❹。春苔暗階除❺，
秋草蕪高殿。昏黃❻履綦❼絕，愁來空雨面❽。

【注　釋】❶倢伃去辭寵　班倢伃初入宮時，得幸，後失寵。倢伃自知見薄，乃退居東宮。倢伃，宮中女官名。漢武帝時始置，位視上卿，秩比列侯。❷淹留　滯留；逗留。❸玉階　玉石砌成的臺階。此指朝廷。❹團扇　用紈素作成的圓形扇子。班倢伃曾作〈團扇詩〉以自傷悼。❺階除　臺階。❻昏黃　即黃昏。❼履綦　足跡；蹤影。❽雨面　言泣涕橫流，如雨之洗面。

【語　譯】班倢伃失去君主寵愛，滯留宮中，最終沒有得到君主召見。深情寄託朝廷，心意寄託團扇。春天的青苔，使得臺階顯得黯淡，秋天的荒草，使高大的殿堂顯得荒蕪。黃昏來臨，君王的腳步是再也不會來了，憂愁至極，只能徒勞地以淚洗面。

【研　析】〈倢伃怨〉，是後人為漢成帝時的班倢伃而作的。班倢伃美而能文，初被漢成帝寵愛，後成帝寵幸趙飛燕姊妹，倢伃自知見薄，乃退居東宮，作賦及〈團扇詩〉以自傷悼。後人傷之而為〈倢伃怨〉。陸機此詩仍是歌詠班倢伃之事。詩歌寫出了班倢伃託意團扇寄情君王的幽怨，同時還通過「春苔暗階除，秋草蕪高殿」

的黯淡荒蕪之景來襯托班倢伃孤寂落寞的情懷，頗具感染力。古代文人頗喜歌詠宮怨，可能是宮怨與士子懷才不遇的情懷有些暗合之處，這也許是包括陸機在內的文人寫作宮怨詩的一個潛在的心理因素。

燕歌行

【題解】這是一首思婦詩，表現了對別早會遲的幽怨。

四時代序逝不追，寒風習習落葉飛。蟋蟀在堂露盈墀❶，念君客遊苦恆悲。
君何緬然❷久不歸，賤妾悠悠❸心無違。白日既沒明燈輝，夜禽赴林匹鳥❹棲。雙
鳩關關❺宿河湄❻，憂來感物涕不晞❼。非君之念思為誰，離別何早會何遲！

【注釋】❶墀　臺階上的空地。也指臺階。❷緬然　遙遠貌。❸悠悠　思念貌。❹匹鳥　成對的鳥。特指鴛鴦。❺關關　鳥鳴聲。❻河湄　河岸。❼晞　乾。

【語譯】四季輪流更替，時間消逝，無法追回，寒冷的風習習吹過，滿地落葉隨風飛揚。蟋蟀已經移居屋裡，露水灑滿臺階上的空地，想到你在遠方遊歷，我就時常悲苦不已。你為什麼走得那麼遙遠，又久久不回來呢，我苦苦地思念你，此心一直沒有改變。白天結束了，就點起了燈，鳥會在夜晚飛回林子，成對棲息。成雙的鳩鳥鳴叫著，雙雙歇息河岸，心中憂愁，有感於物，淚水怎麼也擦不乾。不想念你又會想念誰呢，離別為何太早，而再次會面，怎麼會這麼遙遠！

【研析】這是一首七言詩，描寫了思婦對遠方夫君的深長思念。詩的開首幾句即為我們描繪出一幅蕭索淒清

的景象，由詩中的寒風、落葉、蟋蟀、白露，我們可以想見這位少婦的生活是如何的淒冷孤寂。她生活的全部似乎就是思念遠方的丈夫。在思念中度過了白天，到了夜晚，更是難以入眠。夜鳥歸巢，雙棲雙宿，反襯思婦的孑然一身、獨守空房，只能在悲歎與淚水中度過。因而，此詩的一個明顯特徵，就是借助外界景象來襯托人物的內心情感，寫出了思婦日夜的思念。同時，此詩語言曉暢，沒有堆垛詞藻之弊。

梁甫吟

【題解】此詩抒發了時光飛逝功業無成的悲歎以及對履信思順人生信條的懷疑。

玉衡❶固已驂❷，羲和❸若飛凌❹。四運循環轉，寒暑自相承❺。冉冉❻年時暮，

迢迢❼天路❽徵❾。招搖❿東北指，大火⓫西南昇。悲風無絕響，玄雲⓬互相仍⓭。

豐水⓮憑川⓯結，零露⓰彌天⓱凝。年命特⓲相逝，慶雲鮮克乘⓳。履信多愆期⓴，

思順焉足憑㉑。慷慨臨川響㉒，非此㉓孰為興。哀吟梁甫顛㉔，慷慨獨撫膺㉕。

【注釋】❶玉衡　北斗七星的第五星。❷驂　同駕一車的三匹馬。❸羲和　神話中太陽的御者。❹飛凌　飛騰；飛升。凌，升。❺承　繼。❻冉冉　漸漸。❼迢迢　遙遠貌。❽天路　天上的法則；天道。❾徵　證明；證驗。❿招搖　星名。即北斗第七星搖光。⓫大火　星宿名。即心宿。⓬玄雲　黑雲。⓭仍　從。⓮豐水　大水。⓯憑川　滿河。憑，滿。⓰零露　霜露。⓱彌天　滿天。彌，滿。⓲特　只。⓳慶雲鮮克乘　言很少能乘上祥雲。比喻自己的懷才不遇，很難登上顯位。慶雲，祥雲；五色雲。喻顯位。⓴履信多愆期　篤守信用，但是人生卻錯過了許多建功立業的機會。愆期，誤期；失期。㉑思順焉足憑　認為篤守信用人生就能和順的人生信條怎麼能夠作為人生的依據。語出《易・繫辭上》：「天之所助者，順也；人之所助者，

信也。履信思乎順，又以尚賢也，是以自天佑之。」這裡反其義而用之。思順，思念和順。憑，據；依據。㉒慷慨臨川響　指面對滔滔的河流發出的人生易逝功業無成的感喟。語出《論語》：「子在川上曰，逝者如斯夫，不舍晝夜。」慷慨，悲歎。㉓此　指履信思順人生信條的懷疑。㉔梁甫顛　梁甫山頂。梁甫，山名，在泰山下。顛，通「巔」。山頂。㉕膺　胸。

【語　譯】玉衡星已經駕車飛馳，為太陽御車的羲和也飛速奔馳。四季不斷循環運轉，寒暑季節也自相更替。時光漸漸消逝，一年也到了歲暮，遙遠的天道已有明證。招搖星指向了東北方向，大火星從西南又升了起來。悲涼的風不斷地呼嘯著，黑色的雲翻滾著互相追隨。河流裡滿滿的水都已凍結了，霜露也在整個天空中凝固。人生的時光只是在不斷地消逝，很少能遇上五彩斑斕的祥瑞之雲。篤守信義卻一次次失去機遇，那麼履信就能和順的人生信條怎能作為依據。面對著無語東流的河水發出的人生悲歎，不是因為這種人生信條的破滅而產生的又為了什麼。在梁甫山頂哀吟，獨自撫胸悲歎。

【研　析】〈梁甫吟〉為樂府題目，大概說人死葬梁甫山下，屬葬歌。這首詩雖不是葬歌，卻也是悲歎時光流逝功業無成之作，整首詩的基調是悲涼的。陸機的詩裡多次出現星、水等意象的描寫，特別是面對時光流逝作無可奈何的歎息時，詩人往往會寫星星，在遙遠的高空，詩人觸不到的地方，斗轉星移，時光流逝；站在河邊，水滾滾而流，毫不停息，永不回頭。這些都讓詩人想到一去不復返的生命。這首詩裡的「招搖東北指，大火西南昇」是寫星星的，「慷慨臨川響」是寫水的。面對著浩渺的宇宙和滔滔的河流，人生顯得如此地渺小脆弱。而在有限的人生當中，功業難成的苦悶更給詩人帶來沈重打擊。詩中還有對風、對雲的描寫，有悲風、有玄雲，那是為了形成一種陰鬱淒涼氣氛，象徵著人生的黑暗與無望。與悲風玄雲相對的是慶雲，卻如此地少，隱喻著人生的多少艱難！這種生存境遇讓詩人對履信思順的人生信念產生懷疑。詩人獨立梁甫山頭，看到山下累累墳塚，其所能感受到的人生的意義與價值為何？也只有撫胸慨歎吧。

董桃行

【題解】此詩表達了因人生苦短而主張及時行樂的思想。

和風習習❶薄林❷，柔條布葉垂陰。鳴鳩❸拂羽❹相尋，倉庚❺喈喈❻弄音❼，感時悼逝傷心。日月相追周旋❽，萬里倏忽幾年❾，人皆冉冉西遷❿。盛時一往不還，慷慨乖念⓫悽然。昔為少年無憂，常怪秉燭夜遊，翩翩⓬宵征⓭何求？于今知此有由，但為老去年遒⓮。盛固有衰不疑，長夜冥冥無期。何不驅馳⓯及時，聊樂永日⓰自怡⓱，齎此⓲遺情⓳何之！人生居世為安，豈若及時為歡。世道多故萬端，憂慮紛錯交顏⓴，老行及之長歎。

【注釋】❶習習　和舒貌。❷薄林　吹拂著樹林。薄，吹拂；拍打。❸鳴鳩　斑鳩。❹拂羽　拍翅。❺倉庚　黃鶯。❻喈喈　婉轉悠揚貌。❼弄音　指禽鳥宛轉鳴叫。❽周旋　周而復始，沒有終結。❾萬里倏忽幾年　極短時間中飛行萬里，人間度過了好幾年。此用仙人飛升的典故。❿西遷　指老死。⓫乖念　與願望相違。⓬翩翩　行走疾速貌。⓭宵征　夜行。宵，夜。征，行。⓮遒　終盡；完盡。⓯驅馳　策馬快跑；奔走。⓰永日　盡日。⓱自怡　自娛。怡，高興；愉悅。⓲齎此　指整天歎老嗟卑。齎，持；懷抱。⓳遺情　遺漏未及的情感。指及時行樂。⓴交顏　當面。

【語譯】和煦的風輕輕吹拂樹林，柔軟的枝葉垂布涼涼的樹蔭。斑鳩拍翅飛行，尋找夥伴，黃鶯鳴叫，宛轉悠揚，有感時光流逝不禁傷心。日升月落，互相追趕，交替循環，周而復始，眨眼之間，行了萬里，人間過了幾年，人們也都漸漸老死。風華正茂的時候一去不復返，事與願違，感慨悲涼。當年年少的時候無憂無慮，還常常奇怪為什麼要拿著蠟燭在夜裡出遊，疾速夜行，究竟要去做什麼？現在才知道這其中的緣由，只是因為年歲已老，年壽將盡。有壯年就會有衰老，這固然不會懷疑，但是人死後如漫漫長夜，沒有盡頭。為什麼不及時策馬驅馳，姑且整日尋歡作樂自娛，整天歎老嗟卑，遺漏及時行樂的歡愉，究竟有何意義！人生一世，祈求平安，哪能比得上及時行樂。世間有很多變故，當面就會產生很多憂慮，老了才想到及時行樂，就會感歎不已了。

【研析】〈董桃行〉，又寫作〈董逃行〉，屬樂府舊題。對此曲有兩解。一是認為此曲為董卓作亂逃亡而作；一是有感節物芳華，主張及時行樂。陸機此詩主題顯然屬後者。

這首六言詩，詩歌的主旨相當明確，主張及時行樂，原因就是因為年歲不永，生命不再。詩的開頭就描繪了盎然的春意，但是這美麗的春景恰如人生的盛年，雖是美麗，但難永久。詩人以過來者的身分，對風華正茂的少年不懂及時行樂感到惋惜，因為一旦衰老，生命將盡，及時行樂也行之晚矣。生命意識是魏晉南北朝詩歌中突出的詩歌主題，與生命易逝相伴的是如何消解這一生命苦悶。此詩的及時行樂的排遣方式，雖顯低沈，但是也反映了那個時代文人的生命苦悶。從陸機的許多詩歌中，我們感受到詩人建功立業的無望、仕途挫折的憂傷，在那樣一個動亂黑暗的時代，很難要求詩人唱出高亢的生命之歌。因而，從時代的角度來看這些消極甚至頹廢的詩歌，我們倒是可以看到社會現實對個體崇高生命意識的剝蝕，詩人不正也經歷著一個從年少常怪秉燭夜遊到主張身體力行的改變嗎？

月重輪行

【題解】此詩表達了人生短暫、人生無常以及功業無成的人生苦悶。

人生一時，月重輪❶。盛年安可持，月重輪。吉凶倚伏❷，百年莫我與期❸。

臨川曷悲悼❹，茲去不從肩❺，月重輪。功名不勖❻之，善哉古人揚聲❼，敷聞❽九服❾，身名流何穆❿。既自才難，既嘉運⓫，亦易愆⓬。俛仰行老，存沒⓭將何所觀？志士慷慨獨長歎，獨長歎。

【注釋】❶月重輪　月亮之外又出現光圈一二重。古代以為祥瑞之象。❷吉凶倚伏　言吉凶相因，互相依存，互相轉化。倚，依託。伏，隱藏。語出《老子》：「禍兮福之所倚，福兮禍之所伏。」❸百年莫我與期　百年不可能與我相遇。言人生無百歲之壽。❹臨川曷悲悼　面臨滔滔河水，為什麼會悲傷哀悼。語出《論語》：「子在川上曰，逝者如斯夫，不舍晝夜。」❺茲去不從肩　言生命的消逝從不按年齒次序先後而定，意謂人生無常。從肩，即肩從齒序之意，並肩相從。❻勖　勉勵。❼揚聲　振起聲名。❽敷聞　布聞；使名聲遠揚。敷，施；布。聞，聲問；名聲。❾九服　王畿以外的九等地區；全國各地。❿穆　美。⓫既自才難二句　言即使在又是人才難得又是有好運的時代。既……既……，表示並列。自，雖；即使。才難，人才難得。嘉運，好運。⓬愆　失。⓭存沒　生與死。

【語譯】人生短暫，月亮出現重光。壯盛之年怎能把持，月亮出現重光。吉凶相因，互相依存，百年不可能與我相遇。面對滔滔河流，為什麼傷心悲悼，就是因為感到人生無常，月亮出現重光。古人真是偉大啊，不刻意勉勵追求功名，聲名卻遠播天下，流傳後世，這是多麼的美好啊。即使在人才難得的時代，又有好的命運，人生的機遇也容易失去。俯仰之間就將老去，又如何看待生和死呢？有志之士內心悲歎，獨自歎息又長歎。

【研析】郭茂倩《樂府詩集》載：「崔豹《古今注》曰：『〈日重光〉、〈月重輪〉，群臣為漢明帝作也。明帝為太子，樂人作歌詩四章，以贊太子之德。一曰〈日重光〉，二曰〈月重輪〉，三曰〈星重輝〉，四曰〈海重潤〉。漢末喪亂，後二章亡。舊說云，天子之德，光明如日，規輪如月，眾輝如星，沾潤如海。太子比德，故云重也。』」由此可見，〈月重輪行〉與下首〈日重光行〉同是樂府舊題，其歌辭之旨主要是頌帝王之德。陸機前僅存魏文帝與魏明帝兩首〈月重輪行〉，曹丕之作主要是讚月頌德，魏明帝之作更加明顯，主張人生雖然短暫但是要「立功揚名」，其格調還都是高昂的。但是陸機此詩卻是從月亮中看到了月有陰晴圓缺，「盛年安可持」的人生悲哀。更讓詩人悲歎的是在有限的人生中功名的難以建立，人對自我命運的難以把握，即逢盛時，也感到人生的機遇稍縱即逝。因而，陸機此詩借樂府舊題，卻表現出文士個體的生命之悲。全詩「月重輪」與詩題相應，反覆出現詩中，主要是因月亮是全詩依託歌詠的對象。當然這種出現與上下句之間，沒有過多具體的關聯，只是考慮到一種歌詠唱歎的作用，使得此詩具有深厚的「歌詩」風味。

日重光行

【題解】這首詩與〈月重輪行〉意旨相近，而情調更迫切，悲歎盛年不遇。

日重光❶，奈何天迴薄❷。日重光，冉冉❸其遊如飛征❹。日重光，今我日華❺華之盛。日重光，倏忽❻過，亦安停❼。日重光，盛往衰亦必來❽。日重光，譬如四時❾，固恆相催❿。日重光，惟命有分可營⓫。日重光，但惆悵才志⓬。日重光，身歿⓭之後無遺名⓮。

【注釋】❶日重光　太陽之外又出現光圈一二重。古代以為祥瑞之象。❷迴薄　循環變化。❸冉冉　行貌。❹飛征　飛行。❺日華　太陽的光華。❻倏忽　迅速。❼安停　如何能停止。❽盛往衰亦必來　興盛過後衰落必來。盛衰相依之意。❾四時　四季。❿固恆相催　指四季相接，常常互相催逼。⓫惟命有分可營　只有人的一生有一定的限度但可以幹一些事業。分，生命的定數。營，求；幹。⓬惆悵才志　壯志難酬之意。惆悵，抑鬱；不得志。⓭歿　死。⓮遺名　留下名聲。

【語　譯】太陽出現重光，為什麼天道循環變化不斷。太陽出現重光，看上去慢慢移動，其實運行如飛。太陽出現重光，現在太陽的光華正在盛時。太陽出現重光，太陽盛時轉瞬即逝，又怎麼會停止呢。太陽出現重光，繁盛過去，衰敗一定到來。太陽出現重光，就好像是四季，本來就是永遠互相更替。太陽出現重光，只有人的一生有一定的限度但可以幹一些事業。太陽出現重光，只是壯志難酬謝，惆悵不已。太陽出現重光，死了以後沒有留下什麼名聲。

【研　析】此詩與上首〈月重輪行〉一樣，同是借樂府舊題表現文士個體生命之悲的。與陸機的許多詩歌一樣，詩人面對前人盛讚的日光，卻從太陽的運行看出了客體盛衰相依不可更替的悖論，看到人作為主體卻具有「惟命有分可營」的能動性。正是在客體與主體的對比中，突現了人有可發揮的建功立業、揚名後世的主動可能，卻也有著「惆悵才志」的無奈與痛苦，因而只能慨歎「身歿之後無遺名」了。全詩「日重光」與詩題相應，反覆出現詩中，其作用與〈月重輪行〉一樣。

挽歌三首

【題　解】挽歌，本為挽柩者所唱哀悼死者的歌。後泛指對死者悼念的詩歌。陸機挽歌共有三首，也是表現了對死者的哀悼，表達了對死亡的哀歎。

卜❶擇考❷休貞❸，嘉命❹咸在茲。夙駕❺驚徒御❻，結轡❼頓重基❽。龍幌❾被❿
廣柳⓫，前驅⓬矯輕旗⓭。殯宮⓮何嘈嘈⓯，哀響沸中闈⓰。中闈且勿喧，聽我〈薤露〉⑰詩。死生各異倫⑱，祖載⑲當有時。舍爵兩楹位⑳，啟殯㉑進靈轜㉒。飲餞觴㉓莫舉，出宿歸無期。帷袵㉔曠遺影㉕，棟宇與子辭。周親㉖咸奔湊，友朋自遠來。翼翼㉗飛輕軒㉘，駸駸㉙策素騏㉚。按轡㉛遵長薄㉜，送子長夜臺㉝。呼子子不聞，泣子子不知。歎息重櫬㉞側，念我疇昔㉟時。三秋㊱猶是收㊲，萬世㊳安可思。殉沒㊴身易亡，救子非所能。含言哽噎㊵，揮涕涕流離㊶。

【章旨】此首主要對出殯前後的描寫，表現對死者的哀悼。

【注釋】❶卜　占卜。❷考　稽；考察。❸休貞　此指好的葬地。休，美善。貞，良善；美好。❹嘉命　好的命運。❺夙駕　肅穆的車駕。夙，肅敬。❻徒御　挽車的人與御馬的人。❼結轡　停車。❽頓重基　停留在高山上。頓，停。重基，高山。❾龍帷　畫龍的蓋棺之飾。帷，覆蓋棺木的帷幔。❿被　覆蓋。⓫廣柳　即廣柳車。古代載運棺柩的大車。柳為棺車之飾。⓬前驅　走在前列的人。⓭矯輕旗　舉著顏色淺淡的旗子。矯，舉。輕，此指顏色淺淡。⓮殯宮　古代臨時停柩之所。⓯嘈嘈　嘈雜；喧鬧。⓰中闈　內室。⓱薤露　一首喪歌。出自田橫門人，田橫自殺，門人傷之，為之悲歌。⓲異倫　不同類；不一樣。⓳祖載　將葬之際，將柩載車上，行祖祭之禮。⓴舍爵兩楹位　將酒杯放置於兩柱之間的祭位上。舍，置；放。爵，酒器。楹，柱。位，祭位。㉑啟殯　出殯。㉒靈轜　喪車。轜，同「輀」。喪車。㉓觴　酒杯。㉔帷袵　帷帳臥席。㉕曠遺影　空空留下身影。曠，空。㉖周親　至親。㉗翼翼　飛動貌。㉘飛輕軒　輕軒飛馳。飛，馳。輕軒，顏色淺淡的車。㉙駸駸　馬奔貌。㉚素騏　用白色裝飾的馬。㉛按轡　徐行；慢行。㉜遵長薄　沿著草木叢生的道路行走。遵，循。薄，草木叢生。㉝長夜臺　墳墓。㉞重櫬　棺槨。㉟疇昔　過去；以前。㊱三秋　九個月。一秋三月，三秋為九月。㊲收　殮葬。㊳萬世　指長壽、長生不死。㊴殉沒　捨身以追隨死者。沒，通「歿」。㊵哽噎　悲痛氣塞，泣不成聲。㊶流離　淋漓。

【語譯】占卜選擇好的墓地，好的未來的命運都包含在這裡。肅穆的車駕，使挽柩的人和駕車的人都心驚，直到高山上才停下來。畫著龍的帷幔，披在載運棺柩的大車上，走在前列的人手持顏色淺淡的旗子。停柩的地方是多麼地嘈雜啊，內室裡爆發出哀切的哭聲。內室裡的人都不要哭了，聽我吟一首〈薤露〉詩吧。死人與活人是不同類的，祖祭之禮的時間應當到了。將酒杯放置於兩柱之間的祭位上，喪車起動開始出殯了。餞行的酒杯不要再舉起了，這次出去就永遠沒有歸期。帷帳臥席空空留下身影，華屋大廈從此與你告別了。至親都奔來了，親朋好友也從遠方趕來。顏色淺淡的車子飛動著前行，白色的馬被驅馳著奔走。沿著草木叢生的道路徐行，一直把你送進墳墓。呼喚你的名字，你聽不見；為你哭泣，你也不能知曉。在棺槨旁歎息，感念我們過去在一起的時光。九個月的小生命都收葬，人生又怎能期望長生不死。捨身隨你而去，身體容易消亡，但是這樣不能將你救活。心中有話，悲痛氣塞，泣不成聲，揮灑眼淚，淚水更加淋漓落下。

流離親友思，惆悵神不泰❶。素驂❷佇轜軒❸，玄駟❹騖飛蓋❺。哀鳴興殯宮❻，迴遲❼悲野外。魂輿❽寂無響，但見冠與帶❾。備物象平生，長旌❿誰為旆⓫。悲風徽行軌⓬，傾雲⓭結流靄⓮。振策⓯指靈丘⓰，駕言⓱從此逝。

【章旨】此首主要是通過送葬途中的感受表現與死者永訣的悲痛。

【注釋】❶泰　平靜。❷素驂　白色的馬。驂，駕車時，馬在旁曰驂。素，喪服之色。❸轜軒　喪車。❹玄駟　黑色的馬。玄，黑色。此指喪服之色。駟，四匹馬駕的車。❺騖飛蓋　指靈車飛馳。騖，馳。飛蓋，高高的車篷。此指車子。❻殯宮　停放靈柩的房舍。❼迴遲　躊躇；徘徊。❽魂輿　魂車。古代謂死者衣冠之車。像死者生時乘坐之形，供出喪之時用。❾但見冠與帶　魂車中有死者平生冠帶，故云。❿長旌　即銘旌。豎在靈柩前標誌死者官職和姓名的旗幡。⓫誰為旆　是為誰而作的旗幡。意指為死者的銘旌。旆，旌旗。⓬徽行軌　使行動的車子停止。徽，止。軌，車。⓭傾雲　猶悲雲。傾，死；喪。⓮結流靄　使浮動的雲氣凝結。流靄，浮動的雲氣。⓯振策　舉鞭駕車之意。⓰靈丘　祖墓的敬稱。丘，丘墓。⓱駕言　乘車。言，語助詞。

【語譯】親友眼淚不斷，思念死者，心情淒涼惆悵，神情不安。白色的驂馬站立在喪車旁，黑色的四匹馬駕起靈車飛馳。哀切的哭聲從停柩的地方響起，在郊外人們仍然悲痛徘徊，不忍離去。死者的衣冠之車寂靜無聲，只見車中死者的平生冠帶。準備的一些東西與活著的時候一樣，豎在靈柩前的旗幡為死者樹立。悲痛的風使行走的靈車停止，浮雲悲涼，凝結不動。舉起馬鞭，駕車起程，奔向祖墓，從此永訣。

重阜❶何崔嵬❷，玄廬❸竄❹其間。旁薄❺立四極❻，穹隆❼放❽蒼天。側聽陰溝❾湧，臥觀天井❿懸。廣宵⓫何寥廓⓬，大暮⓭安可晨。人往有返歲，我行無歸年。昔居四民⓮宅，今託萬鬼鄰。昔為七尺軀，今成灰與塵。金玉素⓯所佩，鴻毛⓰今不振⓱。豐肌饗⓲螻蟻，妍姿永夷泯⓳。壽堂⓴延魑魅㉑，虛無自相賓㉒。螻蟻爾何怨？魑魅我何親？拊心㉓痛荼毒㉔，永歎莫為陳。

【章旨】此首假設死者的口吻，表達死後永居墓中的孤寂感受。

【注釋】❶重阜　高而重疊的山岡。阜，土丘；山陵。❷崔嵬　高貌。❸玄廬　墓舍。❹竄　伏匿；隱藏。❺旁薄　廣大無邊貌。❻四極　東西南北四方。❼穹隆　中間隆起，四周下垂貌。此形容墳墓形狀。❽放　仿效；模擬。❾陰溝　墓壙中的所謂江河。古人墳墓中有天象及江河。❿天井　星名。井宿。⓫廣宵　長夜。⓬寥廓　寂寥貌。⓭大暮　長夜。⓮四民　士農工商。⓯素　平素；活著的時候。⓰鴻毛　比喻很輕。⓱振　舉。⓲饗　饗食；犒賞。⓳夷泯　滅盡。⓴壽堂　祭祀之處。㉑延魑魅　延請魑魅為友。延，延請。魑魅，怪物。㉒虛無自相賓　獨自與虛無為朋。虛無，空無所有。㉓拊心　撫胸歎息。㉔荼毒　悲痛。

【語　譯】高而重疊的土岡是多麼的高峻，其中隱藏著座座墳墓。墳墓的規模效法大地，廣大無邊，立有東西南北四方，外形模仿蒼天，中間隆起，四周下垂。墓中可以側耳聽到江河的湧動聲，躺著可以看到天星懸掛上空。墓中長夜是多麼的寂寥空曠，長夜漫漫，怎麼會有早晨的到來。別人離開還有返回的時候，而我一走就沒有回頭的歲月了。以前與士農工商一樣住在房舍裡，現在只能與眾鬼為鄰。以前是堂堂七尺身軀，現在已化為灰塵。以前我是佩帶金銀珠玉，現在連一根鴻毛都拿不起來。豐潤的軀體為螻蟻所食，美麗的容顏永遠消失。祭祀之時只能延請魑魅為友，獨自與虛無為朋。對螻蟻，你有什麼可抱怨的呢？對鬼怪，又有什麼可親近的呢？撫胸悲痛，長長歎息，不要再訴說了。

【研　析】陸機三首〈挽歌〉，從生者與死者不同的角度，表現了生者對死者的哀悼以及死者對生的依戀，從而很好地表達了對死亡的悲歎。第一首著重寫將要出殯送葬時的場面與心理感受。如停柩處的喧雜、內室的鼎沸哭聲、親朋奔喪送亡等，在場面的描寫中穿插著送葬者的心理感受與獨白，如聽到內室的痛哭，言「中闈且勿喧，聽我〈薤露〉詩。死生各異倫，祖載當有時」，用對生死的理解表示勸慰。又如寫到生死終要永訣之時，表現出「救子非所能」的無奈與悲痛等等。所以，場面的描寫與心理的感受交互表現，很好地渲染出了生者對死者的哀悼。第二首可以看作是第一首的延續，不僅一二首之間的結尾與開頭以「流離」二字，蟬聯相接，同時第二首主要表現送葬途中的情景，也與第一首相聯。第二首主要通過送葬途中的耳目所感表現永訣的悲傷。如寫但見死者的衣冠之車卻不見死者的悲涼，又以悲風止車、浮雲凝結烘托內心的悲哀等，都收到言簡情深的效果。第三首詩人以死者的口吻，寫了處居墓中的感受，墓中雖仿天地形制，但是與人間不同的就是長夜無晝。詩中充滿了生與死的對比，表現了對死的哀懼。此外還表現了死者對死後獨與魑魅虛無相伴的孤寂。總之，第三首完全以生時為恆常的標準來衡量死後的悲涼。三首〈挽歌〉向來以組詩視之，陸機將生命意識的感受置入生與死對峙的剎那，讓生者與死者互相傾訴，在生與死的對峙中，表現對生的愛戀與對死的憂懼。

百年歌十首

【題解】此歌自十歲至百歲共為十首，描述了人生各個不同階段的人生感受。

一十時，顏如蕣❶華曄❷有暉❸，體如飄風行如飛。孌❹彼孺子❺相追隨，終朝出遊薄暮歸，六情❻逸豫❼心無違。清酒漿炙❽奈樂何，清酒漿炙奈樂何！

【章旨】此首寫出了十歲時隨心所欲的快樂。

【注釋】❶蕣　即木槿。夏秋開花，朝開暮斂。❷曄　盛貌。❸暉　光。❹孌　好。❺孺子　稚子；童子。孺，稚。❻六情　指喜怒哀樂好惡六種情感。❼逸豫　安樂。❽清酒漿炙　代指富足豪侈的生活。清酒，清醇的酒；美酒。漿，一種飲料。炙，烤熟的肉食。

【語譯】十歲時，年輕的容顏像木槿花一樣繁盛有光彩，身體輕盈像飄風，走起路來如飛一般。面貌姣好的孩子們結伴相隨，早上出遊，傍晚才回，所有的喜怒哀樂好惡，都隨心所欲地表現出來，從來不違背自己的意願。喝著酒吃著烤肉是多麼快活的事啊，喝著酒吃著烤肉是多麼快活的事啊！

二十時，膚體彩澤❶人理成❷，美目淑貌❸灼有榮❹。被服冠帶麗且清❺，光車駿馬❻遊都城❼，高談雅步❽何盈盈❾。清酒漿炙奈樂何，清酒漿炙奈樂何！

【章旨】此首寫了二十歲時的風華正茂與初涉人生的奮發意氣。

【注釋】❶膚體彩澤　身體皮膚富有光澤。❷人理成　指懂得做人的道理。人理，做人的道理；做人的道德規範。❸美目淑貌　眼睛漂亮且有神，容貌淑善。❹灼有榮　很有光彩。灼，盛貌。榮，光彩。❺麗且清　華麗且脫俗。❻光車駿馬　風光的車子，高大的駿馬。❼遊都城　游宦都城。古人遊都城，更多的是為了游宦做官，取得功名。❽高談雅步　代指富有才華很有修養風度的人。高談，高論。雅步，雅正之步。形容舉止很有風度。❾盈盈　眾多貌。

【語譯】二十歲時，身體髮膚富有光澤，也懂得了做人的道理，目光有神，容貌淑善，光彩照人。穿的衣服與戴的帽子，華麗而脫俗。乘著豪華的馬車，騎著駿馬到京城遊歷，京城中富有才華舉止高雅的人是如此的多。喝著酒吃著烤肉是多麼快活的事啊，喝著酒吃著烤肉是多麼快活的事啊！

三十時，行成名立❶有令聞❷，力可扛鼎❸志干雲❹。食如漏巵❺氣如熏❻，辭家觀國❼綜典文❽，高冠素帶❾煥翩紛❿。清酒漿炙奈樂何，清酒漿炙奈樂何！

【章旨】此首寫三十歲時仕途上的春風得意。

【注釋】❶行成名立　功成名就。❷令聞　好的名聲。令，好；美。聞，聲聞；名聲。❸力可扛鼎　力量之大可以舉起大鼎。扛，舉。❹志干雲　比喻志向高遠，壯志凌雲。❺食如漏巵　比喻酒量極大。漏巵，底下有孔的酒器。❻氣如熏　指年輕氣盛。熏，灼；灼盛。❼辭家觀國　辭別家人出仕從政。觀國，觀察國情。引申為從政。❽綜典文　掌理律令條文。綜，理。典，掌管。文，此指國家的律令條文。❾高冠素帶　代指官服。素帶，《禮記》載，大夫帶素。❿煥翩紛　指官服光彩華貴。

【語譯】三十歲時，功成名就，取得美好的名聲，力氣大得可以舉起鼎來，志向高遠，上干青雲。酒量很大，年輕氣盛，辭別家人，出仕從政，掌理法律條文，高高的帽子，素色的帶子，華貴耀人。喝著酒吃著烤肉是多麼快活的事啊，喝著酒吃著烤肉是多麼快活的事啊！

四十時，體力克壯❶志方剛❷，跨州越郡還帝鄉❸，出入承明❹擁大璫❺。清酒漿炙奈樂何，清酒漿炙奈樂何！

【章　旨】此首寫四十歲時從出仕州郡官職到朝廷任職。

【注　釋】❶體力克壯　身強體壯。克壯，宏大；強盛。❷志方剛　志氣正盛。❸跨州越郡還帝鄉　指經過州郡回到京城。帝鄉，京城；皇帝居住的地方。❹承明　即承明廬，漢承明殿旁屋，侍臣值宿所居。三國魏文帝以建始殿朝群臣，門曰承明，其朝臣止息之所也稱承明廬。後以入承明廬為入朝或在朝為官的典故。❺擁大璫　指被當權的宦官簇擁。大璫，當權的宦官。璫，漢代宦官充武職者的冠飾。後成為宦官的代稱。

【語　譯】四十歲時，體力強壯，志氣正盛，經過州郡回到京城，在朝為官，出入朝廷，被宦官簇擁。喝著酒吃著烤肉是多麼快活的事啊，喝著酒吃著烤肉是多麼快活的事啊！

五十時，荷旄仗節❶鎮邦家❷，鼓鐘嘈囋❸趙女歌。羅衣綷粲❹金翠❺華，言笑雅舞相經過。清酒漿炙奈樂何，清酒漿炙奈樂何！

【章　旨】此首寫五十歲出鎮一方以及享受歌舞的生活。

【注　釋】❶荷旄仗節　漢時執權的信物，以竹為之，柄長八尺，旄牛尾為頂端之旄。❷鎮邦家　為國家鎮守一方。❸嘈囋　喧鬧；嘈雜。❹綷粲　鮮豔奪目。❺金翠　婦女的一種頭飾。此代指裝飾。

【語譯】五十歲時，拿著節令符鎮守一方，享受喧鬧鐘鼓聲樂和趙女的高歌。羅衣輕飄，裝飾華美，鮮豔奪目，說說笑笑，看看歌舞，時間就過去了。喝著酒吃著烤肉是多麼快活的事啊，喝著酒吃著烤肉是多麼快活的事啊！

六十時，年亦耆艾❶。業亦隆❷，驂駕四牡入紫宮❸。軒冕❹納那❺翠雲❻中，子孫昌盛家道豐。清酒漿炙奈樂何，清酒漿炙奈樂何！

【章旨】此首寫六十歲時，功業與家業都到達鼎盛。

【注釋】❶耆艾　老年；老境。❷業亦隆　功業到達鼎盛。❸紫宮　帝王宮禁。❹軒冕　卿大夫的軒車和冕服。❺納那　意猶阿那。盛貌。❻翠雲　碧雲。

【語譯】六十歲時，老境到了，功業到達鼎盛，駕著車馬出入皇帝的宮禁。穿著卿大夫的冕服，駕著卿大夫的軒車，人生貴盛，如上青雲，子孫昌盛，家道興旺發達。喝著酒吃著烤肉是多麼快活的事啊，喝著酒吃著烤肉是多麼快活的事啊！

七十時，精爽❶頗損膂力愆❷，清水明鏡不欲觀。臨樂對酒轉無歡，攬❸形羞髮❹獨長歎。

【章旨】此首寫七十歲時，由於精神與體力的衰減而感到人生沒有快樂。

【注釋】❶精爽　精神。❷膂力愆　指體力減少。膂，脊骨。愆，失。❸攬　通「覽」。看；觀看。❹羞髮　怕見到白髮。

羞，怕。

【語譯】七十歲時，精神大大減少，體力也慢慢失去，不願對著清水明鏡照視。聽著音樂面對美酒反而覺得沒有歡樂可言。看著自己的身體、白髮，不由得獨自長歎。

八十時，明已損目❶聰去耳，前言往行不復紀。辭官致祿歸桑梓❷，安居駟馬入舊里，樂事❸告終憂事❹始。

【章旨】此首寫八十歲時因視力下降而人生憂慮漸多、歡樂漸去。

【注釋】❶明已損目　指看東西要看得明白，有損目力。指視力下降。❷桑梓　故鄉。❸樂事　指人生歡樂的事。❹憂事　指因年老而帶來的種種憂慮之事。

【語譯】八十歲時，人的眼睛看不明白，耳朵也聽不見了，以前說過的話和做過的事，往往不再記得。辭去官職，回到故鄉，乘著馬車回到以前居住的地方，想平安過一生，但是因年老人生種種快樂之事也就終了，而種種憂慮之事才慢慢出現。

九十時，日告耽瘁❶月告衰，形體雖是志意非，多言謬誤心多悲。子孫朝拜或問誰，指景玩日慮安危，感念平生❷淚交揮。

【章旨】此首寫九十歲時因百病纏身、精神衰減而感懷平生之事。

【注釋】❶耽瘁　耽樂既盡，繼之以病。瘁，病。❷平生　一生之事。

【語　譯】九十歲時，百病纏身，一天天衰弱下去，身體雖還是以前的，而人的精神意志卻不如從前，說話時有了很多錯誤，心裡非常傷感。子孫來拜見我，有時竟然已不認識了，問起究竟是誰，看著光景一天天過去，思慮著人生的安危，感懷想起生平之事，雙淚交錯而下，揮之不去。

百歲時，盈數❶已登❷，肌肉單❸，四支百節❹還相患，目若濁鏡口垂涎，呼吸嚬蹙❺反側❻難，茵褥❼滋味不復安。

【章　旨】此首寫百歲行將就木時的感覺。

【注　釋】❶盈數　指十、百、萬等整數。此指百年。❷登　到。❸肌肉單　指肌肉萎縮、單薄。❹四支百節　四肢和各種關節。支，即肢。❺嚬蹙　急促；不流暢。❻反側　轉身；翻身。❼茵褥　床墊子。

【語　譯】一百歲時，到了百年的整數，身上的肌肉越來越單薄，身體四肢及各種關節也都出現問題，讓人擔心，眼睛像汙濁的鏡子看不清楚，嘴裡也開始流著口水，呼吸急促不流暢，床上轉身也困難，床褥的滋味不再使人感到安穩舒適。

【研　析】如果用一個曲線來表示陸機〈百年歌〉描寫的百歲人生歷程，是相當生動的。六十歲是人生的巔峰，前此人生若上山，日漸其高，事業興旺。六十歲功名成就之後，此後的人生猶如下山，日見其頹。與此曲線相應的不僅是功業，更多的是自然生命的年輪劃過的痕跡給人生帶來的歡樂與憂慮，而縱觀此詩，對人的生命本身的感喟困擾更甚。陸機只不過活了四十餘歲，未至詩中描寫的人生輝煌的六十歲，更不要說百年之久了。無疑，此詩是陸機人生的暢想。另外，人生的自然年輪的經歷會相似，但是社會生命的痕跡卻因種種原因而有巨大差異。從詩中表現的人生情趣與志向，代表著士大夫的理想和願望。從表現手法上看，與人生六十鼎盛相應的是，前六首詩，以歡樂的情緒為基調，「清酒漿炙奈樂何」一句不僅在一首詩內重複，而且前六首都以此句收尾，很好地表現了人生上山過程中的愉悅，這種愉悅來自於社會價值的實現，更多的還是得力於旺盛的自然生命力的支撐。相應地，後四首，隨著精神與體力的衰退，人生下山的黯淡與情緒的低落，後四首中再未出現「清酒漿炙奈樂何」的詩句。可以說，此詩通過人生十個階段的描寫，用這種特殊的方式反映了詩人對人的自然與社會生命的思考與感喟，十分形象生動。

秋胡行

【題解】此詩慨歎知命未易和功名難就。

道❶雖一致，塗有萬端。吉凶紛藹❷，休咎❸之源。人鮮❹知命，命未易觀。
生亦何惜，功名所歎。

【注釋】❶道　方向；方位。❷紛藹　紛亂。紛，亂。藹，盛多貌。❸休咎　禍福；吉凶。❹鮮　很少。

【語譯】人生的目標雖然一致，到達目標的道路卻有千萬條。吉凶總是紛亂糾纏，這是禍福相伴的根源。人們很少能夠知道自己的命運，命運也不容易看得清楚。人生一世又有什麼可惋惜的呢，只是功名尚未建立，讓人悲歎。

【研　析】〈秋胡行〉屬〈相和歌辭・清調曲〉，其本事是感歎秋胡戲妻之事。陸機此詩與此本事無涉。此詩四言八句，形式簡單。每兩句為一小節，表達一個意思，前六句強調人在變幻無常的命運面前是無能為力的。人對於吉凶休咎，只能在它們來臨時默默承受，而沒有先知先覺掌控能力。但是在短暫的一生中，詩人表示

「生亦何惜，功名所歎」，並不是貪戀生命，遺憾的是沒有建立功業，對命運的慨歎，最終還是歸於功名。「功名」是詩人永遠放不下的情結，也是他很多詩歌的中心靈魂。他的很多詩歌，或者慨歎時光飛逝，或者抒發思鄉情懷，最後都可以用「功名」來解釋，「功名」深深侵入了詩人的生活。由此可見，詩人內心深處感歎的是人對生存其中的社會的無法掌控，這應是更深層的悲哀。

順東西門行

【題　解】此詩慨歎時光流逝、主張及時行樂之作。

出西門，望天庭❶，陽谷❷既虛崦嵫❸盈。感朝露，悲人生，逝者若斯安得停！

桑樞戒❹，蟋蟀鳴❺，我今不樂歲聿❻征。迨未莫，及世平，置酒高堂宴友生❼。

激朗笛❽，彈哀箏，取樂今日盡歡情。

【注　釋】❶天庭　也作「天廷」。星座名。❷陽谷　太陽初升的地方。也作「湯谷」。❸崦嵫　太陽所入之山。❹桑樞戒　意指貧寒之家因冬天將至，準備過冬。桑樞，用桑條編成之門。喻貧寒之家。戒，準備。❺蟋蟀鳴　蟋蟀入室鳴叫表示天氣轉涼。❻聿　助詞。❼友生　朋友。生，助詞，無義。❽激朗笛　吹起清亮的笛音。激，吹；吹奏。朗笛，清亮的笛聲。

【語　譯】出了西門，抬頭看看天庭星，太陽初升的陽谷已空出來了，太陽落入充滿了崦嵫山。感慨早上的露珠，悲歎人生的短暫，時間就這樣消逝了，怎麼會停下來呢！一年將暮，貧寒之家準備過冬，蟋蟀入戶鳴叫，歲月流逝，想到這些，我就很不快樂。趁著還不太晚，趁著世道太平，在高大的廳堂內擺下酒席，宴請朋友。吹起清亮的笛聲，彈奏哀切的箏聲，就在今天縱情享樂吧。

【研　析】太陽東升西逝，日月如梭，古往今來，皆是如此。古詩中就把生命比作朝露，生命如早上的露珠，晶瑩圓潤，卻會隨著陽光而蒸發殆盡，不留一絲痕跡，想到自己的生命會很快消逝得無影無蹤，乾乾淨淨，詩人自然是「悲」與「不樂」。悲歎感慨過後，便是想如何抓住短暫的人生，詩人選擇了「置酒高堂宴友生」、「取樂今日盡歡情」。對歲月消逝的無奈時時刻刻困擾著詩人，也成為詩人不竭的才思。這種對生命短暫的焦慮、思索也該是許多人曾經有過的。將所有的感慨歸於飲酒作樂是過於消極的人生態度，或者這是詩人對沒有給他提供展示才華舞臺的社會的消極反抗吧！

上留田行

【題　解】此詩為悼時傷逝之作。

嗟行人之藹藹❶，駿馬陟原風馳。輕舟泛川雷邁❷，寒往暑來相尋❸。零雪霏霏❹集宇❺，悲風徘徊入襟。歲華冉冉❻方除❼，我思纏綿未紓❽，感時悼逝悽如❾。

【注　釋】❶藹藹　濟濟；多。❷雷邁　疾去似雷。形容極快。❸相尋　相互追尋；相互緊隨。❹霏霏　雪盛貌。❺集宇　堆積屋上。宇，屋。❻冉冉　漸漸。❼除　去。❽紓　解。❾悽如　淒然；淒涼貌。

【語　譯】路上的行人好多啊，駿馬在遼闊的平原上像風一樣地飛馳。輕快的小船在水中快得像雷電一般。冬夏交替，寒暑相接。飄飄灑灑的雪花落在屋上，淒涼的風盤旋著吹入我的衣襟。歲月時光一步不停地逝去了，我纏綿的愁思還沒有紓解，淒涼地感懷歲月的流逝。

【研　析】〈上留田行〉本為樂府歌辭名，上留田，地名。這首詩依舊是悼時傷逝之作，值得注意的是詩人在詩中運用了對比的手法。詩的前兩句，「嗟行人之藹藹，駿馬陟原風馳」，熙熙攘攘的行人，在平原上飛馳的駿馬，不但充滿了生活氣息，而且熱烈生動，下句的疾船更是加重渲染了這極富生命力的場景，讓讀者有如耳聞目見。而到了五六句，詩人卻筆端一轉，「零雪霏霏集宇，悲風徘徊入襟」，一幅極盡冷清蕭索的圖畫，「零雪」，「悲風」。讓讀者似乎也如披冰雪。這種對比手法的運用讓讀者體會到詩人對時光流逝的悲苦和無奈，本是熱烈蓬勃的生命，最後卻只能淒淒涼涼，難怪詩人要「感時悼逝悽如」了。從句式上看，屬六言詩，在陸機的詩中是較少出現的一種形式。

隴西行

【題　解】此詩慨歎賢才很難被世人發現。

我靜而❶鏡，民動如烟❷。事以形兆❸，應以象懸❹。豈曰無才，世鮮興❺賢。

【注　釋】❶而　如。❷民動如烟　民動如煙四起。❸事以形兆　事情必有先見之徵兆。兆，徵兆。❹應以象懸　徵兆必有所應，表現於形象之間。懸，著；表現。❺興　舉；發現。

【語　譯】我性情沈靜像一面明鏡，而他人則是好動如煙四起。什麼事情都是有所徵兆的，徵兆必有所應，表現於形象之間。難道真的是沒有人才嗎，只是世上很少發現舉薦的賢人罷了。

【研　析】這首詩頗有千里馬不遇伯樂的憤憤不平。自己是一個難得的賢良之才，在大部分人是「動如烟」時，自己是「靜如鏡」。可惜當政者不會從細微的徵兆中發現事物的本質，否則就不會有世無賢才的感慨了。

駕言出北闕行

【題　解】此詩感歎人生如寄。

駕言❶出北闕❷，躑躅❸遵❹山陵。長松❺何鬱鬱❻，丘墓互相承。念昔徂歿子❼，悠悠❽不可勝。安寢重冥❾廬，天壤莫能興。人生何所促❿，忽如朝露凝。辛苦百年間，戚戚⓫如履冰。仁知⓬亦何補，遷化⓭有明徵⓮。求仙鮮克仙，太虛⓯不可凌⓰。良會罄⓱美服，對酒宴同聲⓲。

【注　釋】❶駕言　乘車出遊。言，語助詞。❷北闕　北面的城門。❸躑躅　徘徊。❹遵　循。❺長松　古之葬者，松柏梧桐以表誌其墳。❻鬱鬱　茂盛。❼徂歿子　死去的人。徂，往。歿，終；死。❽悠悠　憂愁貌。❾重冥　長夜。❿促　迫；短促。⓫戚戚　憂懼貌。⓬仁知　指人所崇尚的仁智。⓭遷化　指人死。⓮明徵　明驗。⓯太虛　天空；仙境。⓰凌　升。⓱罄　滿；全。⓲同聲　志趣相同的人。

【語　譯】乘車出了北面的城門，循著那些山陵徘徊不前。墳頭的松樹是那樣的鬱鬱青青，墳墓是一個接著一個相連。感念已經死去的人，不禁有數不清的憂思湧上心頭。長長的夜，只能睡在墳墓裡，天壤之隔，再也不能讓他們重回人世。人生一世是多麼短促啊，就好像那早晨凝結的露珠。一生辛辛苦苦，終日憂懼，如履薄冰。仁義智慧對人生又有什麼用呢，人最終都會死去的，這是不言而喻的。訪道求仙也很少能夠成仙，仙境也不能飛去。還是在美好的聚會上，大家都穿上華美的衣服，宴請那些志趣相投的朋友來飲酒作樂。

【研析】又是一篇慨歎人生苦短之作。先是有鋪墊，詩人佇立在密密的墳墓間，見到墳頭高而茂密的松樹，想到長眠於地下的先人，更想到自己也終有這麼一天，禁不住悲從中來。這是觸景生情的寫法，詩人本已有感於人生匆匆，又看到累累的墳墓，自然會有憂思了。看到墳墓，詩人又一次感歎人這一生真像早晨的露珠那麼短暫，即使再小心翼翼，再仁義智慧，再去求道訪仙，也終不免一死。既然不免一死，那為什麼不穿華服、飲美酒，盡情享樂呢？對於人生的慨歎最後又歸結到飲酒作樂上，詩人已寫了很多相類的詩，也算是一種無可奈何的排遣吧！

太山吟

【題解】此詩表達了生者對生命死亡的悲歎。

太山❶一何高，迢迢❷造天庭❸。峻極❹周已遠❺，曾雲❻鬱冥冥❼。梁甫❽亦有館，蒿里❾亦有亭。幽塗❿延萬鬼，神房⓫集百靈。長吟太山側，慷慨激楚聲⓬。

【注釋】❶太山　即泰山。❷迢迢　高遠貌。❸天庭　神話中天帝居住的地方。❹峻極　極其高峻。❺周已遠　極遠之意。周，至；極。❻曾雲　重雲。曾，通「層」。重。❼鬱冥冥　雲多貌。❽梁甫　泰山下小山名。❾蒿里　可能為「高里」之誤。高里，泰山下另一山名。❿幽塗　鬼塗。⓫神房　猶神堂。供神的處所。⓬激楚聲　唱出〈太山吟〉。〈太山吟〉屬〈相和歌辭・楚調曲〉。

【語譯】泰山是多麼的高大啊，高遠得似乎達到了天帝居住的地方。真是極其高峻，重重疊疊的雲聚集在那裡。泰山下的梁甫山上也有館舍，高里山上也有亭閣。鬼塗上有延請來的萬鬼行走，供神的地方也聚集了很多神靈。在泰山邊高聲吟詠，悲歎地唱出這首楚曲〈太山吟〉。

【研析】樂府歌辭裡有〈泰山吟〉，言人死精魄歸於泰山，亦如〈薤露〉、〈蒿里〉之類送葬之歌。陸機此詩也是悲歎生命衰亡。詩人來到泰山腳下，看到高峻極天的泰山，似是高不可測中慨歎人生命的渺小。接下來渲染泰山周圍的陰森，如密布的重雲、萬鬼行走的鬼途、眾神聚集的神房。詩人勾勒一個神鬼世界，所渲染的是對死的憂懼與對生的無奈，因而只能以慷慨悲歌自遣。

櫂歌行

【題解】此首描寫了上巳節遊春之樂。

遲遲❶暮春❷日，天氣柔且嘉❸。元吉❹隆初巳❺，濯穢❻遊黃河。龍舟浮鷁❼首，羽旗垂藻葩❽。乘風宣❾飛景❿，逍遙戲中波。名謳⓫激清唱，榜人⓬縱棹歌⓭。投綸⓮沈洪川，飛繳⓯入紫霞。

【注釋】❶遲遲　陽光溫暖、光線充足的樣子。❷暮春　季春三月。❸柔且嘉　溫和美好。柔，和。嘉，美。❹元吉　大福；大吉利。❺初巳　即上巳。三月上巳，於水邊洗濯拔除，去宿垢，祈福求吉。❻濯穢　洗濯汙穢。濯，洗。❼鷁　一種大鳥。❽藻葩　指華美的旗飾。藻，文采。葩，華也。❾宣　通「喧」。喧鬧戲玩。❿飛景　日光。⓫名謳　知名的善歌者。⓬榜人　划船的人。⓭縱棹歌　一邊有力划槳，一邊放聲高歌。⓮投綸　垂釣。綸，釣絲。⓯飛繳　指射弋。繳，指繫在箭尾的青絲線。

【語譯】暮春三月，陽光溫暖，氣候溫和宜人。三月三日上巳節是大吉大利的一天，大家都在黃河邊遊玩洗濯，拔除宿垢。飾有鷁鳥的龍舟在河裡浮動，羽旗上也飾有華美的裝飾。乘風而行，在陽光中戲樂，在河流中逍遙自在地玩耍。有名的歌者唱出清越動聽的歌聲，划船的人一邊有力划槳，一邊放聲高歌。將釣絲沈入大河中垂釣，飛射出去的絲繳一直飛入天空雲霞中。

【研析】上巳節在魏晉南北朝，不論是民間還是官方都是非常流行與被關注的一個節日。此詩就描寫了上巳節人們來到黃河邊洗濯戲遊的場景。詩人描寫了暮春三月的天和氣清以及這一背景之下的人們戲樂的活動，如遊船、歌唱、垂釣、射弋等，內容豐富，場景熱鬧。詩人極投入地寫了這次活動，渲染了其歡快熱烈的氣氛，雖是語言質樸直白，但由於描寫較細緻入微，也有較大的感染力，使讀者感同身受。與陸機一些具有強烈的生命意識相比，這首詩描寫人們上巳節的遊樂活動，其基調是輕鬆明快的。

東武行吟

【題解】此詩悲歎人生短暫，因而託為神仙，表現了對生命永存的嚮往。

投跡❶短世間，高步❷長生闈❸。濯❹髮冒雲冠❺，洗身被羽衣❻。飢從韓眾❼餐，寒就佚女❽棲。

【注釋】❶投跡　猶言投生。❷高步　大步；闊步。❸長生闈　指長生不死的地方。闈，本指古代宮室、宗廟的旁側小門。此代指神仙居住的地方。❹濯　洗。❺冒雲冠　戴上高高的帽子。冒，通「帽」。此用為動詞。雲冠，高高的帽子。❻被羽衣　穿上仙衣。被，穿。羽衣，神仙之衣。以鳥羽為衣，取其神仙飛翔之意。❼韓眾　傳說韓眾齊人，為王採藥，王不肯服，眾自服之，遂得仙。❽佚女　美女；神女。

【語譯】人來到這短短一生的人世間，應該大步地前往長生不死的地方。洗完頭髮後戴上高高的帽子，沐浴後穿上仙服。餓了跟韓眾等仙人一起吃飯，冷了就跟神女們一起棲息。

【研析】這是一首游仙詩，詩人希望成仙的唯一原因就是「投跡短世間」，生命太短暫了。從詩中表現的和仙人一起自由自在的生活來看，詩人渴望成仙，主要是因短暫的人生中還有許多束縛的緣故。游仙往往都是對現實生活種種不滿超越的一種方式，陸機此詩也因如是。

飲酒樂

【題解】此首寫舊朋相聚、長夜飲酒之樂。

蒲萄❶四時芳醇，瑠璃❷千鍾舊賓。夜飲無遲❸銷燭，朝醒弦促❹催人。

【注釋】❶蒲萄　指葡萄酒。❷瑠璃　酒器。❸無遲　不覺得晚。遲，晚。❹弦促　急促。弦，以箭在弦上，不得不發，喻急。

【語譯】葡萄酒在四個季節都是芳香醇厚的，與舊日朋友暢飲，用瑠璃杯喝了無數杯。在夜裡點著蠟燭，怎麼也不覺太晚，第二天早上被急促地叫醒。

【研析】此詩為六言詩。前兩句主要擷取了葡萄酒、琉璃杯，渲染了一種「葡萄美酒夜光杯」的氣氛。後兩句主要從對比中表現長夜苦短、朝來何急的感歎，表現夜飲沈醉的希望。此詩雖是簡單的六言四句，聯繫陸機其他感歎生命的詩作，我們不難感受到詩人希望夜飲沈醉背後的深重的人生悲苦，只是詩人沒有明言罷了。

卷一〇（詩補遺）

贈弟士龍詩并序

【題解】此篇出自《陸士龍集》卷三，又見《文館詞林》卷一五二。此詩共分十章，以向弟弟陸雲贈詩的方式，抒發了國破家亡之痛，以及對弟弟的深長思念。

余弱年❶夙孤❷，與弟士龍銜卹❸喪庭❹，續會逼王命❺，墨絰❻即戎，時並縈髮❼，悼心告別。漸歷八載❽，家邦顛覆❾。凡厥同生，凋落殆半。收迹❿之日，感物興哀，而龍又先在西，時迫當祖載⓫二昆⓬，不容逍遙⓭，銜⓮痛東徂⓯，遺情⓰西慕⓱，故作是詩，以寄其哀苦焉。

【章旨】此序交代了贈弟陸雲詩的寫作時間，即在國破家亡之時。陸機兄弟凋零，因思念弟弟而寫詩寄情。

【注釋】❶弱年　年少。❷夙孤　早孤。父死曰孤。陸機父陸抗卒於吳末帝鳳凰三年（西元二七四年），時陸機十四歲。

❸銜卹　父母死後守喪。❹喪庭　靈堂。❺會逼王命　指陸抗死後，其子晏、景、玄、機、雲分領父兵。❻墨絰　黑色喪服。❼縈髮　猶束髮。指年少。❽八載　按：八載恐為六載之誤。陸抗死後六年，晉滅吳。陸機兩位兄長陸晏、陸景並遇害。❾顛覆　滅亡。❿收迹　收斂形跡。⓫祖載　將葬之際，以柩載車上行祖祭之禮。⓬二昆　指兩個哥哥。⓭逍遙　停留之意。⓮銜含。⓯徂　往；行。⓰遺情　留下情思。⓱西慕　指思念在西邊的弟弟陸雲。

【語譯】我年少早孤，和弟弟陸士龍守喪靈堂，因受到皇帝的命令，喪服在身即分領父兵，當時大家都還年少，傷心告別。漸漸過了八年，遭受國破家亡之痛。凡是骨肉同胞，死喪大半。收斂遺物的時候，感物傷懷，而弟弟士龍又已身在西邊，時間非常緊迫，到了應為兩個哥哥行祖祭之禮的時候了，容不得拖延，只能含痛東行，想到對弟弟的思念，所以寫下這首詩，以寄託我內心的哀苦。

於穆❶予宗❷，稟精❸東嶽❹。誕育❺祖考❻，造我南國❼。南國克靖❽，實繇❾洪績❿。惟念帝功⓫，載繁⓬其錫⓭。其錫惟何？玄冕袞衣⓮。金石⓯假樂⓰，旄鉞⓱授威。匪威是信，稱丕⓲遠德⓳。奕世⓴台衡㉑，扶帝紫極㉒。

【章旨】此章述祖父陸遜為東吳建立所立下的汗馬功勞和天子給予的莫大的榮譽。

【注釋】❶於穆　對美好的讚歎。於，歎辭。穆，美；美好。❷宗　先祖。❸稟精　受命。❹東嶽　泰山。❺誕育　出生；降生。❻祖考　指已故的祖父陸遜。❼造我南國　幫助創造了吳國。南國，吳國。陸氏家族對東吳的建立功勞甚大。❽克靖　能夠平安。❾繇　由。❿洪績　大的功績。⓫帝功　對創建帝業的功勞。⓬繁　多。⓭錫　通「賜」。賜予。⓮玄冕袞衣　古代諸侯及上公的服飾。⓯金石　指古代鐫刻文字、頌功紀事的鐘鼎碑碣之屬。⓰假樂　美好快樂。此指美好功德。語出《詩・大雅・假樂》：「假樂君子，顯顯令德。」⓱旄鉞　白旄和黃鉞。借指軍權。⓲稱丕　稱頌光大。丕，大。⓳遠德　高尚的德操。⓴奕世　一代接一代。㉑台衡　喻宰輔大臣。台，三台星。衡，北斗杓三星。㉒紫極　星名。借指帝王的宮殿。

【語　譯】我的祖先非常偉大，稟受東嶽泰山的精氣。上天降生我的祖父，幫助締造東吳。吳國能夠安定，確實憑藉我祖父的功勳。天子顧念祖父的功業，給予很多的賞賜。賞賜了什麼？王公大臣的衣飾。刻在金石的功勞，顯示著美好的功德，授予的白旄和黃鉞象徵著威武的軍權。並不只是為了展示軍威，而是稱頌盛大高尚的節操。代代都是宰輔大臣，在朝廷中輔佐帝王。

篤生❶二昆❷，克明克俊。遵塗❸結轍❹，承風襲問❺。帝曰欽哉❻，纂戎❼裂祚❽。雙組❾式❿帶，綬章⓫載路。即命荊楚⓬，對揚⓭休顧⓮。肇敏⓯厥績⓰，武功聿舉。烟熅芳素⓱，綢繆⓲江滸⓳。昊天⓴不弔㉑，胡寧㉒棄予。

【章　旨】此章主要述父陸抗的功勳。

【注　釋】❶篤生　言生而得天獨厚。❷二昆　指陸遜的兩個兒子陸延和陸抗。陸延早卒。陸抗，陸機父。❸遵塗　言沿著陸遜開闢的道路走下去。❹結轍　言車輛往來不絕。此指忙於國事。❺承風襲問　指承襲陸遜遺留下來的風範。❻帝曰欽哉　天子下令使敬慎其事。語出《書・堯典》：「帝曰：往，欽哉！」❼纂戎　繼承先人武功。❽裂祚　分享爵祿。❾組　古代佩印的綬帶。❿式　用。⓫綬章　古代繫官印的絲帶和官印。⓬荊楚　指陸抗曾被命為荊州牧。⓭對揚　猶對命。對答君命。⓮休顧　指得到皇帝的稱讚與垂顧。休，稱讚；讚美。⓯敏　勤勉。⓰績　事業。⓱烟熅芳素　稟受天地陰陽二氣而生的香芳。喻陸抗。烟熅，陰陽二氣和合貌。芳素，猶芳華。香花。⓲綢繆　精心謀慮。⓳江滸　江岸；江邊。⓴昊天　蒼天。㉑不弔　不憐惜。㉒寧　竟；乃。

【語　譯】祖父的兩個兒子，生而得天獨厚，很明智出眾。沿著祖父開闢的道路走下去，為國家盡力，承襲祖父遺留下的風範。天子下令讓他們敬慎職務，他們開始繼承先人武功，分享爵祿。在路上行走，身穿官服，身繫官印。受命奔赴荊州，對答君命，得到天子的稱讚和垂顧。對自己的事業很勤勉，大建武功。就像芳花承秉天地之氣富有才華，在長江岸邊精心謀劃。蒼天不哀憐，怎麼竟然拋棄我們而去。

嗟予人斯❶，胡德之微❷。闕❸彼遺軌❹，則❺此頑違❻。王事靡盬❼，旍旆屢振❽。委籍❾奮戈❿，統⓫厥征人⓬。祈祈⓭征人，載肅載閑⓮。騤騤⓯戎馬，有騆⓰有翰⓱。昔予翼考⓲，惟斯伊⓳撫⓴。今予小子㉑，繆尋㉒末緒㉓。

【章旨】此章述自己與兄弟分領父兵，率軍作戰以及不能光大父業的愧疚。

【注釋】❶斯　語助詞，無義。❷微　少。❸闕　缺；缺少。❹遺軌　遺留的風範。❺則　效法。❻頑違　指愚鈍有違祖先的期望。❼王事靡盬　指戰事不斷。盬，盡。❽旍旆屢振　旗幟常常舉起。喻戰爭不斷。旍旆，此指戰旗。旍，通「旌」。振，舉起。❾委籍　丟棄戶籍。指背井離鄉。❿奮戈　指拿起武器作戰。⓫統　統率。⓬征人　指兵士。⓭祈祈　行軍徐緩貌。⓮載肅載閑　嚴肅恭敬。載，又。⓯騤騤　高大強壯貌。⓰騆　淺黑帶白色的雜白毛。⓱翰　白馬。⓲翼考　對先父的美稱。語出《書・益稷》：「厥考翼，其肯曰予有後，弗棄基。」⓳伊　語助詞，用於句中，無義。⓴撫　撫拍；騎。㉑小子　晚輩的謙稱。㉒繆尋　慚愧承接。謙詞。尋，延伸；承接。㉓末緒　前人遺留的功業。

【語譯】感歎我們這些後輩，為什麼德行如此衰微。先人的風範我們沒有繼承，資質愚鈍有違祖先的期望。戰事不斷，戰旗飄蕩。離開家鄉，奮戰疆場，統率兵士。兵士們徐緩行進，嚴肅恭敬。高大強壯的戰馬，有毛色駁雜的，也有純白的。過去我的父親，就是驅馳這些戰馬作戰的。現在我們這些不肖兒子，慚愧地承接先人留下的功業而不能發揚光大。

有命自天，崇替❶靡常。王師乘運❷，席江卷湘。雖備官守，守從武臣。守局下列，譬彼飛塵。洪波雷擊，與眾同泯。顛跋❸西夏❹，收跡舊京❺。俯慚堂構❻，仰懵❼先靈❽。孰云忍媿❾？寄之我情。

【章　旨】此章述吳滅之役的慚痛以及愧對先祖之情。

【注　釋】❶崇替　興衰。❷乘運　運道不好。❸顛跋　困頓；顛沛。❹西夏　西晉時指河西及荊襄一帶。❺舊京　此時晉滅吳，故云「舊京」。❻堂構　立堂基，造屋宇。比喻祖先的遺業。❼懵　不明；未能光大。❽先靈　指祖先。❾忍媿　忍受慚愧。

【語　譯】命運都是上天安排的，興衰無常。王師沒有好的命運，猶如被江水吞噬一樣大敗。雖然備有官兵，武臣也在守衛，但是守衛局限在下游，猶如飛塵一樣順飛消逝。巨浪如雷轟鳴，王師與其他部隊一起滅亡。在荊襄一帶困頓顛沛，回到舊京收拾遺物。愧對先祖，使他們的名聲受辱，沒有能夠光大祖先的功業。誰能忍受這種羞愧？我內心的感情只能借詩表達出來。

伊❶我俊弟❷，咨爾❸士龍。懷襲❹瑰瑋❺，播殖❻清風❼。非德莫勤，非道莫弘。垂翼❽東畿❾，耀穎❿名邦⓫。綿綿⓬洪統⓭，非爾孰崇⓮？依依⓯同生，恩篤情結。義存並濟，胡樂之悅？願爾偕老，攜手黃髮⓰。

【章　旨】此章稱讚弟弟士龍，對他寄予興盛家業的期望，並表示白頭偕老。

【注　釋】❶伊　發語詞，無義。❷俊弟　才能出眾的弟弟。指士龍。❸咨爾　用於句首，表示讚歎。咨，咨嗟。爾，你。❹襲　承接；稟受。❺瑰瑋　指奇異的才華。❻播殖　傳播。❼清風　清明之風。喻高尚的品德。❽垂翼　鳥翅下垂不能高飛。喻人受挫折，停止不前。❾東畿　指東面的舊京建康。❿耀穎　名聲突出。⓫名邦　指舊京。⓬綿綿　長貌；綿長。⓭洪統　大統。此指祖業。⓮崇　隆；盛。⓯依依　手足情深貌。⓰黃髮　古時年老的代稱。

【語　譯】我非常優秀的弟弟，讚歎你才能出眾。身懷奇異的才華，高尚的品德傳揚。你勤於修德，弘揚道義。雖然受挫舊京，但是名聲遠揚。祖先的綿長功業，不是你由誰能興盛？同胞兄弟，恩厚情深。情義永存，共同幫助，還有什麼快樂可比？願意同你攜手，一起白頭到老。

昔我西征❶，扼腕❷川湄❸。掩涕即路❹，耀袂❺長辭。六龍❻促節❼，逝不我待。自往迄茲，曠年❽八祀❾。悠悠❿我思，非爾焉在？昔並垂髮⓫，今也將老。銜哀茹⓬慼，契闊充飽⓭。嗟我人斯，胡恤⓮之早。

【章　旨】此章述己與弟陸雲八年之久的離別和思念。

【注　釋】❶西征　指到荊襄一帶分領父兵作戰。❷扼腕　指因離別而悲痛。❸湄　岸邊。❹即路　就路；上路。❺耀袂　猶揮袂。揮袖。❻六龍　傳說為太陽駕車的六匹龍。❼促節　猶加鞭。❽曠年　多年；長年。❾八祀　即上文八載。祀，年。❿悠悠　思念深長貌。⓫垂髮　指年少時。⓬茹　含；吃。⓭契闊充飽　指天天充滿了思念，忘記了吃飯。契闊，思念；懷念。⓮恤　憂；憂患。

【語　譯】昔日我到西邊作戰，在江岸邊扼腕悲傷。收淚上路，揮手長別。時光飛逝，時不我待。自從離開的時候至今，已有八年之久。我深長的思念，不是對你是向誰？過去我們都很年少，現在都已將老。滿懷悲傷，因思念而忘記了吃飯。感歎我們這些人啊，為什麼憂患來得那麼早。

天步❶多艱，性命難誓❷。常懼殞斃❸，孤魂殊裔❹。存不阜物❺，沒不增壤。生若朝風，死猶絕景❻。視彼浮游❼，方❽之僑客❾。眷此黃盧❿，譬之斃宅⓫。匪身是吝⓬，亮⓭會伊惜。其惜伊何？言紓⓮其思。其思伊何？悲彼曠載⓯。

【章旨】此章抒發國運多難、性命難保之憂，並表達了與弟長年不見的思念和悲傷。

【注釋】❶天步　天之行步。指時運、國運。❷誓　保；保證。❸殞斃　指死亡。❹殊裔　遙遠的邊地。❺阜物　指對外物有益處。阜，大。❻絕景　指光景消逝。❼浮游　一種生物，生命極短。❽方　比。❾僑客　僑居的客人。❿黃盧　猶黃泉。⓫斃宅　死人的宅屋。⓬吝　惜。⓭亮　確實。⓮紓　抒；抒發。⓯曠載　此指長年的分別。

【語譯】國運多難，人的生命也難以保證。常常擔心死亡到來，孤單的魂魄留存邊遠之地。活著的時候對外物沒有益處，死後也不會使土壤增多。活著的時候生命猶如早晨的風，一會就消逝，死後人的生命就像消逝的光景不再重來。生命的短暫，如同浮游一般。與寄客一樣。想到死後歸入黃泉，就是歸到死人的住宅。並不是愛惜自己的身體，確實是因珍惜我們的相聚。我的愛惜如何呢？只有抒發我的思念來表達。我的思念如何呢？悲傷我們長年沒有見面。

出車戒塗❶，立告言歸。蓐食❷驚駕，夙興宵馳。濛雨❸之陰，炤月之輝。陸陵❹峻坂❺，川越洪漪❻。爰居❼爰止，步彼高堂❽。失爾羽邁❾，良願中荒❿。我心永懷，匪悅匪康。

【章　旨】此章寫詩人自己起程歸鄉，早起晚睡，趕至家中，可是未能與弟見面，良願落空，內心傷懷。

【注　釋】❶戒塗　出發；準備上路。❷蓐食　指早上未起身，在床席上吃飯。言早飯時間很早，起程很早。蓐，床席。❸濛雨　毛毛細雨。❹陸陵　高平之地。此指在陸路上行走。❺峻坂　高高的山坡。❻洪漪　猶洪波。❼屆　至。❽高堂　大堂；高大的廳堂。❾羽邁　猶遠行。❿中荒　中途落空。

【語　譯】駕起車輛，準備上路，立刻告知人們，我要回去。早上很早動身，驚動了車駕，晚上仍然奔馳路上。無論是細雨綿綿的陰天，還是明月高照的夜晚。我們行走在高高的山坡上，渡過波濤洶湧的大河。終於到家了，走進了高大的廳堂。但是你卻遠行，與你錯失了見面的機會，美好的願望中途落空。我的內心因長久的思念，不高興也不安寧。

昔我斯逝，兄弟孔仁❶。今我來思，或凋或疚❷。昔我斯逝，族有餘榮❸。今我來思，堂有哀聲。我行其道，鞠❹為茂草。我履❺其房，物存人亡。拊膺❻涕泣，血淚❼彷徨❽。

【章　旨】此章抒發自己回到家鄉後見到家人凋零、家道衰敗的哀傷。

【注　釋】❶孔仁　指兄弟非常思念、牽掛。❷疚　病。❸餘榮　指父親剛剛去世，家族還有父輩留下的榮耀。❹鞠　盡；完全。❺履　走；至。❻膺　胸。❼血淚　淚盡繼之以血。形容極其悲傷。❽彷徨　心神無主；心神不寧。

【語　譯】昔日我離開家裡，兄弟之間非常牽掛。現在我回來了，有的死去有的生病。昔日我離開家鄉，家族尚有父輩留下的榮耀。現在我回來了，廳堂裡卻哀聲一片。我走在庭院的路上，路上長滿了野草。我走至房屋，人已逝去，空留下一些物品。撫胸哭泣，血淚交織，心神不寧。

企佇明路❶，言送爾歸。心存言宴❷，目想容暉❸。迫彼窀穸❹，載驅東路。

繼其桑梓❺，肆力❻丘墓。婉兮孌兮❼，興懷罔極❽。眷言顧之，使我心惻。

【章旨】此章言回到家鄉送葬親人，內心思念憂傷沒有終點。

【注釋】❶明路　送葬所經之路。與陰間相對，故云。❷言宴　言談歡樂。❸容暉　容顏。❹窀穸　埋葬。❺桑梓　家鄉。❻肆力　致力。❼婉兮孌兮　即婉孌。思念貌。❽罔極　無極；沒有終點。

【語譯】長久地站立，望著大路，將要送你歸去。心中還留著我們以前談笑歡樂的場面，眼中想像你留下的光彩的容顏。迫於送葬之日的到來，駕起車輛向東路走去。回到家鄉之後，盡是忙於送葬。心中的思念，那分情感沒有終點。一想到這分思念，我的內心就很悽惻傷感。

【研析】從詩序及詩歌本身內容看，此詩應寫在吳亡之年。因此年陸機的兩個哥哥陸晏、陸景被殺，而此時陸機正在荊州一帶。這首詩題作「贈弟士龍」，是將弟弟士龍當作一位傾訴對象，訴說了他長年在外，回到家中的悲痛心情。其悲情有三：一是家國覆亡之痛，詩中對其祖父、父親功績的歌頌，可見吳亡，在陸機看來還包含著家族功業的衰敗。二是不能與弟弟陸士龍相聚，表達了生離之悲。三是回到家鄉之後看到家人的或亡或病，尤其是兩個哥哥的送葬在即，表現了死別之痛。全文感情沈摯，將對家族、親人、兄弟的深深眷念之情置入吳亡的歷史背景之下，因而詩中的悲情更具有一分歷史巨變的凝重與人生無常的無奈。

贈顧令文為宜春令

【題解】此篇出自《文館詞林》卷一五六。《陸士龍集》有〈答大將軍祭酒顧令文詩〉，看來，顧令文與陸機兄弟交往頗深。顧令文出任宜春令，作為好友，陸機作詩贈答，表示祝賀。

藹藹❶芳林❷，有集❸惟嶽❹。亹亹❺明哲❻，在彼鴻族❼。淪心❽渾無❾，遊精❿大樸⓫。播⓬我徽猷⓭，□彼振玉⓮。

【章旨】此章稱讚顧令文出身大族，明智沈靜。

【注釋】❶藹藹　茂盛貌。❷芳林　芳樹。❸有集　止；生長。有，動詞詞頭，無義。❹嶽　古代指名山「四嶽」或「五嶽」。此泛指名山。❺亹亹　勤勉不倦貌。❻明哲　明智之人。❼鴻族　大族。鴻，大。❽淪心　沈心。淪，陷入；沈。❾渾無　虛無；無。渾，全；整個。❿遊精　指用心、化精力。⓫大樸　指原始質樸的大道。⓬播　顯露；顯揚。⓭徽猷　美善；美德。⓮振玉　美玉受撞擊震動的聲音。此喻德音。

【語譯】茂盛的芳樹，生長在名山之上。勤勉明智的人，出生在大的家族中。沈心玄虛，用心大道。美德遠揚，如美玉發出的聲音悅耳動聽。

彼玉之振，光❶于厥潛❷。大明❸貞觀❹，重泉❺匪深。我有好爵❻，相尔在陰❼。翻飛❽名都❾，宰物于南❿。

【章旨】此章言顧令文有美質，一朝被選中任宜春令。

【注釋】❶光　顯聲。❷厥潛　指玉有內在的潛質。厥，其。指玉。❸大明　指日、太陽。❹貞觀　言以正道示人。貞，正。觀，示。❺重泉　深淵。❻好爵　高官好祿。❼相尔在陰　正看到你有潛質卻處於不明之處。❽翻飛　飄揚；飛舞。此指仕途騰達。❾名都　指京城。❿宰物于南　此指至南方為宜春令。宰物，指從政治民，掌理萬物。

【語譯】美玉振動，發出悅耳的聲音，在於美玉有內在的潛質。太陽正普照萬物，深淵也顯得不深。看到你有美質而沒有發揮，有好的官職任命。在京城仕途騰達，到南方出任宜春令。

禮弊則偽，樸散❶在華。人之秉夷❷，則是惠和❸。變風興教，非德伊何。我友敬矣，俾❹人作歌。

【章　旨】此章言作詩頌揚顧令文的變風與教的美德。

【注　釋】❶樸散　質樸消失。散，散亂。❷秉夷　持守常道。❸惠和　恩愛；友好。❹俾　使。

【語　譯】禮義遭到破壞，是因為人們的虛偽，質樸消失，是因為人們崇尚華美。人們持守常道，就會恩愛友好。改變風俗，推行教化，除了德行還有什麼可以勝任。作為我的朋友，你是讓我崇敬的，讓我為你寫歌頌揚。

交道❶雖博❷，好亦勤❸止❹。比志同契❺，惟予與子。三川❻既曠❼，江亦永❽矣。悠悠❾我思，託邁❿千里。

【章　旨】此章言自己與顧令文是志同道合的摯友，表達了深長的思念。

【注　釋】❶交道　交友之道。❷博　廣；多。❸勤　指交友不斷。❹止　語助詞，無義。❺比志同契　志同道合。比，齊同；等同。同契，同心；同志。❻三川　涇、渭、洛三條河流的合稱。❼曠　寬廣；寬闊。❽永　長。❾悠悠　思念貌。❿託邁　託行。邁，行。

【語　譯】雖然我的交友很廣，好友又常有。但是志同道合之人，只有我和你。三川寬闊，江河也長。我深長的思念，寄託在你行走的千里道路之上，始終與你相伴。

吉甫之役，清風既沈❶。非子之豔❷，詩誰云尋❸。我來自東，貽❹其好音❺。

豈有桃李❻，恧❼子瓊琛❽。將❾子無矧❿，屬⓫之翰林⓬。孌彼靜女⓭，此惟我心。

【章　旨】此章讚顧令文的詩才，同時謙稱自己作詩回報。

【注　釋】❶吉甫之役二句　吉甫在任的時候作詩，如清風已消逝，成為歷史。役，職任；職力。清風，清涼的風；清微的風。既沈，已經成為歷史。語出《詩・大雅・烝民》：「吉甫作誦，穆如清風。」❷豔　形容文辭華美。❸尋　連續。❹貽　贈送。❺好音　好消息；好的聲音。❻桃李　桃花和李花。喻好的禮物。❼恧　慚愧。❽瓊琛　美玉。喻珍貴的禮物。❾將　請；願。❿矧　笑；大笑。⓫屬　繫；歸屬。⓬翰林　謂文翰薈萃之地。猶詩壇文苑。⓭孌彼靜女　此以愛美女比喻對顧令文的思念。孌，美好貌。靜女，嫻靜的女子。《詩・邶風・靜女》：「靜女其姝，俟我於城隅。愛而不見，搔首踟躕。靜女其孌，貽我彤管。彤管有煒，說懌女美。自牧歸荑，洵美且異。匪女之為美，美人之貽。」

【語　譯】吉甫任職時作詩，如清風已消逝，成為歷史。唯有你文辭華美，有誰能承接寫出這樣的詩歌。我從東來，你贈送給我好詩。面對你珍貴的瓊琛，我哪裡有桃李回報，感到很慚愧。請你不要笑話，我姑且寫詩一首。思念我志同道合的人，才是我所要表達的心願。

【研　析】這是一首贈答詩，贈答的對象是自己的志同道合的摯友。全詩由六章組成，可分兩個部分。一是對友人的稱頌，如第一、二章，稱讚好友顧令文的大族家世以及顧令文自己的明智沈靜的品性，為好友一朝出任宜春令感到高興。第三章主要希望好友能變風興教。二是就自己與顧令文之間的關係和情感方面來寫，如第四章，主要寫二人之間非同一般的情誼，第五章主要是頌顧令文的詩才，並表示自己贈詩相報。全詩充滿了對友人的讚美之情。但是此詩文辭典雅，繁縟工巧，多用典故，而表達的感情較為單薄，因而給人一種為文而造情之感。

贈武昌太守夏少明

【題　解】此篇出自《文館詞林》卷一五六。夏少明因政績卓著，被天子任命為武昌太守，陸機作詩送別，表達對友人的期盼與思念之情。

穆穆❶君子❷，明德❸允迪❹。柎翼負海❺，飜飛❻上國❼。天子命之，曾是在服❽。西踰❾崤黽❿，北臨河曲⓫。

【章　旨】此章言夏少明一朝被天子任命為武昌太守，並交代武昌的大概地理位置。

【注　釋】❶穆穆　美好貌。❷君子　指夏少明。❸明德　德行完美。❹允迪　認真實踐或遵循。允，用。迪，實行。❺柎翼負海　北負大海，拍翅飛翔。喻被任命得以施展才華。柎翼，拍翅。柎，通「拊」。負，背負。❻飜飛　翻騰飛翔。飜，同「翻」。❼上國　春秋時稱中原諸侯國為上國。此指京城。❽曾是在服　指被任命為武昌太守。曾，乃；竟。是，指武昌太守職。服，職位。❾踰　遠。此指遠接。❿崤黽　也作「崤澠」。在澠池一帶，古代曾設崤底關。⓫河曲　黃河彎曲處。

【語　譯】夏少明真是一位君子，他認真地奉守完美的道德。背負大海，拍翅飛翔，一朝從京城騰飛而起。被天子任命為武昌太守一職。武昌地域西面遠與崤黽相接，北與黃河相臨。

尔政❶既均❷，尔化❸既淳❹。舊汙❺孔脩❻，德以振人❼。雍雍鳴鶴，亦聞于天❽。釋厥緇衣❾，爰集崇賢❿。

【章　旨】此章言夏少明政治教化既已完備，於是舉賢授能。

【注　釋】❶政　治。❷均　和；協調。❸化　教化。❹淳　淳厚；完美。❺舊汙　猶積弊。❻孔脩　大的整治。孔，大；脩，整治；治理。❼德以振人　以德舉人。振，舉。❽雍雍鳴鶴二句　言鶴的鳴叫聲傳得很遠。喻賢才被舉用。雍雍，和諧貌。語出《詩・小雅・鶴鳴》：「鶴鳴于九皋，聲聞于天。」❾釋厥緇衣　脫下僧服。表示出仕。釋，脫去。厥，其。緇衣，淺黑色僧服。此泛指隱士之服。❿爰集崇賢　來到推崇賢才的地方。爰，語助詞。集，止；停留。崇，推崇。

【語　譯】你的政治已經治理得很和協，你的教化也非常淳化。積弊得到很大的整治，並以德行來舉薦人才。鶴的鳴叫和諧悅耳，傳得很遠。隱士們脫去隱者的服裝，紛紛來到推崇賢人的地方。

羽儀既奮❶，令問❷不已❸。慶雲❹烟熅❺，鴻漸載起❻。峨峩❼紫闥❽，侯戾侯止❾。彤管有煒❿，納言崇祉⓫。

【章　旨】此章言因夏少明居位而有才德，被提拔到京城做官。

【注　釋】❶羽儀既奮　翅膀奮起。喻夏少明初步取得政績。羽儀，翼翅。奮，奮起。❷令問　好的名聲。❸不已　不斷。❹慶雲　五色祥雲。❺烟熅　指慶雲彌漫貌。❻鴻漸載起　言鴻鵠漸漸高飛。比喻仕宦升遷。鴻，鴻鵠。漸，循序漸進。❼峨峩　高峻貌。❽紫闥　王宮。❾侯戾侯止　言夏少明來到京城。侯，語氣詞，用於句首或句中，無義。戾，到達。❿彤管有煒　赤管筆顏色鮮亮。比喻夏少明有才華品德，皇帝非常欣賞。彤管，赤管筆。煒，鮮亮貌。語出《詩・邶風・靜女》：「彤管有煒，說懌女美。」⓫納言崇祉　言天子採綱其方，惠福天下。崇，大。祉，福祉。

【語　譯】羽翼已經奮起，你的美好名聲不斷。祥雲彌漫，鴻鵠漸漸高飛。高大的宮廷，是你停止的地方。你有出眾的才德，天子將要採納你的言論，惠福天下。

既考❶尔工❷，將胙❸尔庸❹。大君❺有命，俾❻守于東❼。允❽文允武，威靈❾以隆。之子❿于邁⓫，介夫⓬在戎⓭。

【章　旨】此章言夏少明文武兼備，天子因功任命。

【注　釋】❶考　考核；考查。❷工　職事。❸胙　通「祚」。賜；賞賜。❹庸　用；功。❺大君　天子。❻俾　使。❼東　武昌屬江東，故云。❽允　語助詞，無義。❾威靈　聲威。❿之子　此子。即夏少明。⓫于邁　行；出征。于，語助詞。邁，行。⓬介夫　披甲的衛士。⓭在戎　猶言護衛。

【語　譯】已經考核了你的職事，將要憑功賞賜。天子下達命令，讓你守備江東。你文武兼備，聲威日盛。你出征赴任，披甲的衛士隨你出行。

悠悠❶武昌，在江之隈❷。吳未喪師，為蕃為畿❸。惟此惠❹君，人胥攸希❺。弈弈❻重光❼，照尔繡衣❽。

【章　旨】此章言武昌乃軍事重地，天子所重，吏民所望，期待夏少明再次取得政績。

【注　釋】❶悠悠　遠貌。❷隈　指長江的彎曲處。❸為蕃為畿　作為蕃衛京城的重地。蕃，屏障。畿，京城周圍的地區。❹惠　賜；賜予。❺人胥攸希　百姓官員所期望的。人胥，吏民。胥，小吏。攸，所。希，希望；期待。❻弈弈　通「奕奕」。盛美貌。❼重光　盛德長久，輝光相承。❽照尔繡衣　以輝光照在彩繡衣服上。比喻再次升遷。

【語譯】遙遠的武昌，處在長江的彎曲之處。吳國沒有滅亡之前，它是京城的重要屏障。天子用這個地方賜予你，這是吏民共同的心願。希望你盛德長久，輝光相承，照耀你的錦繡前程。

人道靡常❶，高會❷難期。之子于遠，曷云歸哉？心乎愛矣，永言懷之。瞻彼江介❸，惟用作詩。

【章旨】此章表達作詩以寄託思念、期盼相會的惜別之情。

【注釋】❶靡常　無常。❷高會　盛會。❸介　岸。

【語譯】人生無常，盛會難以預期。你此次遠行，什麼時候才能回來？內心的留戀，令人長久的傷懷。遠望江岸，只能作詩表達我的惜別之情。

【研析】這是一首送別詩。送別對象夏少明榮任武昌太守，陸機寫詩贈之。此詩共六章。第一章扣題，交代夏少明被任命武昌太守一事，第二、三章以回憶筆法，交代夏少明因政績卓著而榮遷。第四、五章又回到被任命一事，指出天子因功任命，武昌乃軍事重地，天子所重，吏民所望，希望夏少明再次取得輝煌的政績。最後一章，表達自己對夏少明遠赴武昌難以相會的惜別之情。

此詩屬於應酬贈送之詩，非一般的交往，很難有感人的情感表現，陸機的許多贈答詩都是如此，此詩也不例外。但是，在情感不能取勝的情境之下，陸機往往能用詞藻勝之。此詩多處用典，語句典雅，顯示出詩人有很高的文化與文學修養。由於詩歌情感不厚，反而使得語言雖然華美，但是顯得繁縟乏力。

贈斥丘縣令馮文羆詩

【題　解】此篇出自《藝文類聚》卷一八、《初學記》卷三一。此詩選擇以出行送別、途中餞別及別後凝望三個方面來表達惜別之情。

夙駕❶出東城，送子臨❷江曲❸。密席❹接同志❺，羽觴❻飛酃淥❼。登樓望峻陂❽，時逝一何❾速。

【注　釋】❶夙駕　早晨駕車出行。夙，早；早晨。❷臨　來到；到達。❸江曲　江水曲折處。❹密席　座位緊靠。形容親密。❺同志　志同道合之人；志趣相同之人。❻羽觴　古代的一種酒器。一說作鳥雀狀，左右形如兩翼；一說插鳥羽於觴，促人速飲。❼飛酃淥　言美酒不斷地在傳遞。飛，迅速地傳遞或傳送。酃淥，美酒名。❽峻陂　高陡的山坡。❾一何　多麼。

【語　譯】早晨駕車從東城出行，為您送別來到江水曲折處。送行的座位緊靠，都是些志趣相同之人，酒杯不斷傳遞，傳送著美酒。登上高樓遙望高陡的山坡，時間過得是多麼的迅速。

【研　析】這也是一首送別詩。從所錄的六句看來，前兩句交代了早晨駕車送別。三四兩句則是途中餞飲的場面，同志相送，羽觴飛動。這飛動著的羽觴，一方面傳遞著美酒，一方面更是傳遞著同志之間的惜別之情。五六兩句則是別後景象，取登樓遙望，刻畫了別後詩人的眷念，而「時逝一何速」則是感歎送別的時間是如此的迅速，真是送君千里，終有一別。這六句詩是從《藝文類聚》、《初學記》中輯出，不知原詩是否僅此六句。但是這六句完整勾勒出了送別的整個過程，且所取之景象都非常具有代表性，沒有繁蕪之感。

贈顧彥先詩

【題　解】此篇出自《藝文類聚》卷三一。四句詩描寫了詩人深夜的孤苦難眠。

清夜❶不能寐❷，悲風❸入我軒❹。立影❺對孤軀❻，哀聲應❼苦言。

【注釋】❶清夜　清冷的夜晚。❷寐　入睡。❸悲風　淒厲的寒風。❹軒　房室。❺立影　站立的身影。❻孤軀　孤單的身軀。❼應　應和。

【語譯】清冷的夜晚不能入睡，淒厲的寒風吹進我的房室。站立的身影面對著孤單的身軀，悲哀的聲音應和著悲苦的語言。

【研析】此詩從標題上看，是贈給顧彥先即顧榮的詩。詩選取了一個寒風淒厲、清冷的夜晚，詩人不能安睡。身邊又無親朋好友，只是形影相弔，渲染了一種無法排遣的孤苦。從陸機贈與顧榮的一些詩來看，陸機雖與顧榮一起入洛，同在朝中，但是阻於深牆庭院，來往甚是不便，只能借助音信聊慰孤苦之心。因此，詩中的孤苦見出陸機對顧榮的深情思念。

為顧彥先作詩

【題解】此篇出自《太平御覽》卷二五。

肅肅❶素秋節❷，湛湛❸濃露凝❹。太陽❺夙夜❻降，少陰❼忽已升。

【注釋】❶肅肅　風聲勁烈貌。❷素秋節　即素節。指秋令時節。❸湛湛　露濃重貌。❹凝　凝結。❺太陽　此指夏季旺盛的陽氣。董仲舒《春秋繁露》：「故至春少陽，東出就木，與之俱生；至夏太陽，南出就火，與之俱煖。」❻夙夜　朝夕。❼少陰　秋季。此指秋季肅殺的陰氣。

【語譯】秋令時節，風聲疾勁，濃重的露水凝結。夏季旺盛的陽氣朝夕之間便已衰退，秋季肅殺的陰氣忽然之間已經升起。

【研析】此四句主要描寫了日月如梭、時光飛逝，轉眼之間秋季已經降臨。

東宮

【題解】此篇出自《藝文類聚》卷一八。所謂東宮，即太子東宮，或為應太子召之作。

軟❶顏收❷紅蕊❸，玄鬢❹吐素華❺。冉冉❻逝將老。咄咄❼奈老何？

【注釋】❶軟　柔和；溫和。❷收　含；含有。❸紅蕊　紅色的花蕊。❹玄鬢　黑色鬢髮。❺素華　白色的光華。此指面容白晰。❻冉冉　漸進貌。❼咄咄　歎詞。表示感歎或失意。

【語譯】柔和的容顏如含苞待放，黑色的鬢髮襯托出白晰的面容。時間慢慢消逝，將要進入老境。感歎老了，可又有什麼辦法？

【研析】全詩四句，前二句主要展現青春的容顏，後二句則是感歎時光消逝，青春不在。青春與老境的對比，表達了個體對生命運轉的不可把握之悲。

元康四年從皇太子祖會東堂詩

【題解】此詩出自《北堂書鈔》卷一四九及《匡謬正俗》卷三。元康，晉惠帝年號。元康四年（西元二九四年）。皇太子，晉惠帝長子司馬遹，字熙祖。元康四年秋，陸機與陸雲出補吳王郎中。皇太子設宴餞別，故有是詩。

巍巍❶皇代❷，奄宅❸九圍❹。帝在洛邑，克配紫微❺。八風❻應律❼，日月重暉❽。普歷❾丘宇❿，時罔不綏⓫。

【注釋】❶巍巍　興盛穩定。❷皇代　猶言國朝。當今之世。❸奄宅　統治。❹九圍　九州；天下。❺紫微　帝王宮殿。❻八風　指八音。❼應律　符合音律；和諧。❽重暉　日月之外又出現的光圈。古代以為祥瑞之象。❾普歷　廣泛地播散。❿丘宇　此指天地。⓫時罔不綏　言一年四季都很平安。罔，無；不。綏，安；平安。

【語譯】基業穩定興盛的當今之世，統治整個九州。天子在洛陽，皇太子配位皇宮。八音和諧，日月重光。普照大地，天下平安。

【研析】此詩前兩句頌西晉一統天下，後六句主要是對皇太子的讚美之辭。

祖會太極東堂詩

【題解】此詩出自《北堂書鈔》卷八二，同卷又引〈祖會大極東堂詩〉云「於是四座具醉」，疑是詩序殘文。由此可見，此詩屬於公宴詩。祖會，猶祖宴，餞別的宴會。大極東堂，堂名。

帝謂御事❶，及爾同歡。我有嘉禮❷，以壽❸永觀❹。思樂華殿❺，祗❻承聖顏❼。

【注釋】❶御事　治事者。此指群臣。❷嘉禮　古代五禮之一。指飲食、饗宴等禮。嘉，善。❸壽　祝福；祝壽。❹永觀　指長壽。❺華殿　華美的宮殿。❻祗　敬。❼聖顏　聖容。

【語譯】皇上對群臣說，想和你們同樂。我設置了嘉禮，祝福人們長壽快樂。想到充滿快樂的華美宮殿，恭敬地目睹聖上的容顏。

【研析】這首公宴詩寫應皇帝之詔，前往大極東堂飲宴，表達了能睹聖顏的喜悅。

講《漢書》詩

【題解】此詩出自《北堂書鈔》卷九八。此詩應作於晉惠帝賈謐任秘書監之職時。

稅駕❶金華❷，講學❸秘館❹。有集❺惟髦❻，芳風❼雅宴❽。

【注釋】❶稅駕　停駕；停車。❷金華　金華殿。殿在未央宮內，西漢時曾為授業講學之地。此代指講學之地。❸講學　此指講《漢書》。❹秘館　即秘閣。帝王藏書之所。❺有集　集合；到來。有，動詞詞頭，無義。❻髦　即髦士。英俊之士。❼芳風　指高雅的詩文。❽雅宴　高雅的宴飲。

【語譯】停車金華殿，到皇帝藏書的秘閣講論《漢書》。來的都是英俊之士，在雅宴上大家都寫出雅致的詩文。

【研析】賈謐任秘書監，有兩大舉措，一是議《晉書》限斷，二是請講《漢書》。從四句詩看，群臣講學之餘，還宴飲作詩。

園葵

【題解】此詩出自《藝文類聚》卷八二。從詩義上推看，此詩與〈園葵〉（種葵北園中）一首詩相連，那首詩表達了對成都王的謝意，此詩仍以晚凋之葵自喻，卻悟出了「但傷知命難」的哀歎。

翩翩❶晚凋❷葵，孤生❸寄北蕃❹。被蒙❺覆露❻惠❼，微軀❽後時❾殘。庇足❿同一智⓫，生理⓬各萬端⓭。不若聞道易，但傷知命⓮難。

【注釋】❶翩翩　飄動貌。❷晚凋　後凋。❸孤生　孤獨的人。陸機自指。❹北蕃　北方的蕃國。此指成都王穎。❺被蒙　蒙受。❻覆露　蔭庇；養育。❼惠　恩惠。❽微軀　微賤的身軀。❾後時　後來；以後。此指在秋季以後。❿庇足　猶立足。庇，依託。足，植物的根莖。⓫同一智　指具有相同的本性。同一，相同；同樣。智，智性；本性。⓬生理　生長繁殖之理。⓭萬端　指方法、頭緒、形態等極多而紛繁。⓮知命　指懂得事物生滅變化都由天命決定的道理。

【語譯】飄動而後凋的向日葵，孤獨地寄生在北方的蕃國。蒙受蔭庇的恩惠，微賤的身軀得以在秋季以後凋落。萬物立足於大地生長，都有相同的本性，但是萬物卻有著各自不同的生長過程。人生真可悲傷的是，聽這種道理好像是非常容易的，真正能體認到這種道理卻是非常艱難。

【研析】《晉書・陸機傳》載陸機因趙王倫九錫文下獄賴成都王穎救助出獄後，「時成都王穎，推功不居，勞謙下士，機既感全濟之恩，又見朝廷屢有變難，謂穎必能康隆晉室，遂委身焉。」但是事實並非完全如此，成都王穎與趙王倫、齊王冏只是五十步與百步的區別罷了。成都王穎任陸機為大將軍軍事，齊王被誅後，又拜陸機為平原內史，後討長沙王，又以陸機為前鋒都督，督北中郎將王粹、冠軍將軍牽秀、中護軍石超等軍二十餘萬。這一切似乎表明成都王穎非常欣賞與重用陸機，對此陸機都是非常感激。但是陸機兵敗河橋之後，成都王穎只聽孟玖等的一面之詞，將陸機殺害。《晉書》本傳載陸機臨刑前與成都王箋，詞甚悽惻。又言成都王穎使牽秀密收陸機，陸機對牽秀說：「自吳朝傾覆，吾兄弟宗族，蒙國重恩，入侍帷幄，出剖符竹，成都命吾以重任，辭不獲已，今日獲誅，豈非命也？」

這首〈園葵〉或作於被收捕之後被殺之前。兩年前，陸機受到成都王穎的救護，得以免死，陸機感激之下以園葵自喻。但是兩年後，園葵還是園葵，但是「高牆」依舊，而庇護不存，如此短的時間內產生如此大的反差，不能不叫人感慨萬端。所以此詩的前四句緊承〈園葵〉（種葵北園中）詩，寫出了兩年來受到成都王穎的恩助，但是由於處境的不同，後四句卻道出了陸機對人生的徹悟與失望。所謂「庇足同一智，生理各萬端」，是說人生猶如萬物，立足於大地都是出於同一種考慮，但萬物的生長、命運卻又各種各樣。對於這種道理聽起來是非常容易明白的，但是真正「知命」，真正懂得事物生滅變化都由天命決定的這一道理，卻是非常艱難的。對於走向窮途末路的陸機來說，作出這樣的反省，無疑透露出對捉摸不透、把握不牢的人生命運的一種無助與無奈。

庶人挽歌辭

【題解】此篇出自《北堂書鈔》卷九二和《太平御覽》卷五五二。此詩為送葬庶人時的挽歌，表達對死者的哀悼之情。

死生各異方，昭非神色襲❶。貴賤禮有差，外相盛已集❷。魂衣❸何盈盈❹，旟旐❺何習習❻。父母拊棺號，兄弟扶筵❼泣。靈轜❽動轇轕❾，龍首矯崔嵬❿。挽歌挾轂⓫唱，嘈嘈⓬一何悲。浮雲中容與⓭，飄風不能迴。淵魚仰失梁，征鳥俯墜飛⓮。念彼平生時，延賓陟⓯此幃⓰。賓階⓱有鄰跡，我降⓲無登輝⓳。

【注　釋】❶昭非神色襲　言死者再也蒙受不到光亮了。昭，明亮；光彩。神色，神情容色。襲，蒙受。❷外相盛已集　言外在禮儀已有很大的差別。盛，很。集，此指集中體現。❸魂衣　祭奠時在靈座上按生時之形陳設的亡者遺衣。❹盈盈　充積；堆滿。❺旟旐　泛指旌旗。❻習習　頻頻飛動貌。❼筵　鋪設的坐席。❽靈轜　喪車。轜，載運棺柩的車。❾轇轕　錯雜；錯亂。此指靈車起動後，周圍人群雜亂。❿龍首矯崔嵬　言拉喪車的馬首抬得高高的前行。矯，舉；抬。崔嵬，高貌。⓫轂　車輪。⓬嘈嘈　喧鬧聲。⓭容與　起伏貌。⓮淵魚仰失梁二句　言深淵裡的魚因跳出水面而落入壩堰中，飛行的烏鳥因俯視下看而直落地面。喻悲傷之深。梁，築來捕魚的矮壩堰。⓯陟　行至。⓰幃　帳幕。⓱賓階　西階。古時賓主相見，賓自西階上，故稱。⓲降　與「陟」相對。從高處往下走。喻指死。⓳登輝　因從高處往下走，因而沒有往上登臨的足跡了。

【語　譯】人生一世，生死各在不同的地方，死者的神情容色再也蒙受不到光亮了。喪禮貴賤有差別，外在的禮儀已有集中的體現。亡者的遺衣陳設出來，堆積很多，祭奠的旌旗也隨風頻頻飛動。父母親撫摸著棺木哭號，兄弟扶著坐席哭泣。喪車起動，人群錯雜，拉車的馬，抬起高高的頭前行。車輪兩旁有人唱起送葬的挽歌，喧鬧之聲是多麼的悲痛。天上的浮雲彷彿也起伏不定，飄風也彷彿不能回轉。深淵中的魚因跳出水面而落入壩堰中，飛行的烏鳥因俯視下看而直落地面。感念活著的時候，延請賓客進入帳帷。現在西階上還有鄰人的足跡，而死者已逝，再也沒有登臨的機會了。

【研　析】作為悼亡之作，此首主要抓住送葬時的場面進行渲染，如寫陳設的魂衣，讓人睹物思人。寫父母兄弟的哀慟，讓人悲悼。靈車的起動，挽歌的唱起，喧鬧的聲音，讓人感到生死訣別之痛。另外，作者還側面烘托，寫浮雲的徘徊、飄風的凝止、淵魚與征鳥忘死的悲傷，加大了這種悲情的展現。最後詩人還通過生前與死後的對比，展現死而不能復生的生命之痛。

士庶挽歌辭

【題解】此篇出自《北堂書鈔》卷九二和《太平御覽》卷五五二。此為士大夫與庶人共用的挽歌。以下為散落的兩節。

陶犬不知吠，瓦雞焉能鳴❶。安寢❷重丘❸下，仰聞板築聲❹。

埏埴❺為塗車❻，束薪❼作芻靈❽。

【注釋】❶陶犬不知吠二句　言作為陪葬品，陶製的狗與雞不能鳴叫。❷安寢　指死者安睡。❸重丘　重重的土壤。❹板築聲　指建築墳墓的聲音。❺埏埴　和泥製作陶器。❻塗車　泥車。古代送葬用的明器。❼束薪　捆紮一束薪柴。❽芻靈　用茅草紮成的人馬。為古人送葬之物。

【語譯】陶製的狗不知道吠叫，陶製的雞也不能發出聲音。死者安睡重重的土壤之下，仰臥在那裡，卻能聽到構築墳墓的聲音。

和泥製作送葬用的泥車，用薪柴捆紮送葬用的人馬。

【研析】「陶犬不知吠」四句，言陶製的雞犬當然不能鳴叫，死者也應沒有知覺，但是這裡卻為了表現死者能聽見重壤之上的板築聲音，這種反轉的方式，表達了生死不可逆轉的悲哀。「埏埴為塗車」二句，主要寫送葬用的明器。

王侯挽歌辭

【題解】此篇出自《北堂書鈔》卷九二。為送王侯的挽歌。

孤魂雖有識，良接❶難為符❷。操心玄茫❸內，注血❹治鬼區❺。

【注釋】❶良接　猶良會。美好的聚會。❷難為符　很難作為符信。符，符信；憑據。❸玄茫　指幽冥地域。❹注血　注入血液。❺鬼區　猶鬼域。

【語譯】孤寂的魂魄雖還有意識，但是很難再有美好的聚會。在幽冥的地域操心，希望能注入血液，治療這個無生命的鬼域。

【研析】詩人設想死後孤魂有知，希望注入血液到陰間，使得鬼域也如人間一樣有生命，從而表達了生命只有一次的悲痛。

挽歌辭

【題解】此篇出自吳棫《韻補》卷五。以下為兩節挽歌辭，不知送葬對象的身分。

在昔良可悲，魂往一何慼❶。念我平生時，人道多拘役❷。

五常❸侵❹軌儀❺，夕氣❻牽徽墨❼。隨和❽乏良聘❾，枝騤❿或鴆毒⓫。

【注釋】❶慼　同「戚」。悲傷。❷拘役　拘束；束縛。❸五常　指五種倫常道德。即父義、母慈、兄友、弟恭、子孝。❹侵　侵入；佔滿。❺軌儀　法則；儀制。❻夕氣　喻人生最後一口氣息。❼徽墨　即徽纆。繩索。比喻法度或規矩。❽隨

和　隨侯珠與和氏璧。比喻才德高潔之人。❾良聘　好的聘任。❿枝駭　或為良馬名。⓫鴆毒　毒害；鴆殺。

【語譯】過去是多麼的可悲，魂魄一旦離身，生命是多麼令人憂傷。想我活著的時候，人生受到的拘束太多。人倫五常就是整個人生法則，人生到了殘留一點氣息的時候還受到規矩的約束。才德高潔的人缺少好的聘任機會，枝駭這樣的良馬有時也會被鴆殺。

【研析】從以上殘存的兩節看，此首挽歌更多的是在死的時候感受到生時的不易與受到太多的拘束。從中讓我們感受到死的悲涼與無可抗拒，帶來的是對生的思考，這樣勢必會產生及時行樂的想法。因而，以上殘句對我們認識魏晉人的生命意識有一定的價值。

尸鄉亭詩

【題解】此篇出自《藝文類聚》卷二七。「尸鄉」，古地名。又名西亳。在今河南偃師西南之新蔡鎮。田橫不願稱臣於漢，自刎於此。此詩「尸鄉」成為亭名，恐與田橫事無多大關聯。又，「尸鄉」理解為埋葬屍體的地方，似更合詩意。

東遊觀鞏洛❶，逍遙❷丘墓❸間。秋草蔓❹長柯❺，寒木❻入雲煙❼。發軫❽有夙晏❾，息駕❿無愚賢。

【注釋】❶鞏洛　鞏與洛的並稱。兩個古地名，地在今河南洛陽一帶。後泛指通都大邑。❷逍遙　徘徊。❸丘墓　墳墓。❹蔓　蔓延。❺長柯　長長的樹枝。❻寒木　耐寒之木，如松柏之類。❼雲烟　猶雲霄。❽發軫　出發。此指死了以後殯葬至墓地。❾夙晏　早晚。❿息駕　停車。此指死了之後。

【語　譯】出遊向東來到鞏洛大邑，在墳墓間徘徊。秋草蔓延在長長的樹枝之間，耐寒樹木已高入雲霄。人們生命結束葬至墓地有早有晚，但是一旦歸葬墳墓，就沒有賢愚的區別了。

【研　析】活著的人來到累累墳墓之前，可以有多種感慨，此詩通過死後同為一堆黃土，賢愚無別，慨歎的是人們活著的時候有太多功名的負累，表現出用死後的「齊一」懷疑或者說是否定生前追求的價值的意向。尤其是此詩開頭一句「東遊觀鞏洛」，作為通都大邑，有許多值得觀看遊覽的，而作者卻偏偏來到「丘墓間」，後面又說「無愚賢」，很明顯，這裡的「鞏洛」是富貴功名之地的象徵，它隱含著詩人追求功名而不得的憤激，以及憤激狀態下對活著時追求功名的懷疑。

飲酒樂

【題　解】此詩出自《樂府詩集》卷七四，為樂府舊題。此詩抒發人生苦短之悲。

飲酒須飲多，人生能幾何。百年❶須受樂，莫厭管弦歌❷。

【注　釋】❶百年　指人的一生。❷莫厭管弦歌　指在音樂歌舞中盡情享受。厭，滿足。管弦歌，泛指音樂歌舞。管弦，管樂器和絃樂器。

【語　譯】喝酒一定要多喝，人生能有多長時間。人的一生應該享受快樂，在音樂歌舞中盡情享受。

【研　析】人生苦短，要借飲酒之樂來消除這種憂患。因而，「飲酒樂」暗示著「人生苦」。

吳趨行

【題　解】此詩出自《詩紀》卷二四。此為樂府舊題，是一首思婦詩。

繭滿蓋重簾❶，唯有遠相思。藕葉清朝釧❷，何見早還時。

【注　釋】❶重簾　一張張的蠶箔。簾，即蠶箔，一種以竹蔑或葦子等編成的養蠶器具。❷藕葉清朝釧　此句大概是說因思念而消瘦。釧，手鐲。古詩中常用手鐲鬆馳，比喻人因思念而消瘦。

【語　譯】蠶繭爬滿了一張張蠶箔，思念的人卻身在遠方。人因思念而消瘦，何時才能見到你早早的歸來。

【研　析】詩以蠶吐絲比喻對遠方親人的思念，表達盼望遠方親人早日歸來的心情。

文

卷一

漢高祖功臣頌

【題解】此篇頌揚了幫助漢高祖劉邦建立天下的三十一位功臣。

相國酇、文終侯沛蕭何❶，相國平陽、懿侯沛曹參，太子少傅留、文成侯韓張良，丞相曲逆、獻侯陽武陳平，楚王淮陰韓信，梁王昌邑彭越，淮南王六黥布，趙景王大梁張耳，韓王韓信，燕王豐盧綰，長沙文王吳芮，荊王沛劉賈，太傅安國懿侯王陵，左丞相絳、武侯沛周勃，相國舞陽侯沛樊噲，右丞相曲周、景侯高陽酈商，太僕汝陰、文侯沛夏侯嬰，丞相潁陰、懿侯睢陽灌嬰，代丞相陽陵、景侯魏傅寬，車騎將軍信武、肅侯靳歙，大行廣野君高陽酈食其，郎中、建信侯齊婁敬，大中大夫楚陸賈，太子太傅、稷嗣君薛叔孫通，魏無知，護軍中尉隨何，新城三老董公，袁生，將軍紀信，御史大夫沛周苛，平國君侯公，右三十一人，與定天下安社稷者也。頌曰：

【章旨】這是正文之前的引子，列舉出漢所以興邦安國的三十一位功臣。下文是對他們的詳細描述。

【注釋】❶相國酇文終侯沛蕭何　按：以下列舉了三十一位功臣的爵里與姓名。

【語譯】相國酇侯、文終侯沛人蕭何，相國平陽侯、懿侯沛人曹參，太子少傅留侯、文成侯韓人張良，丞相曲逆侯、獻侯陽武人陳平，楚王淮陰侯韓信，梁王昌邑人彭越，淮南王六安人黥布，趙景王大梁人張耳，韓王韓信，燕王豐人盧綰，長沙文王吳芮，荊王沛人劉賈，太傅安國懿侯王陵，左丞相絳侯、武侯沛人周勃，相國無陽侯樊噲，右丞相曲周侯、景侯高陽人酈商，太僕汝陰侯、文侯沛人夏侯嬰，丞相潁陰侯、懿侯睢陽人灌嬰，代丞相陽陵侯、景侯魏人傅寬，車騎將軍信武侯、肅侯靳歙，大行廣野君高陽人酈食其，郎中、建信侯齊人婁敬，大中大夫楚人陸賈，太子太傅、稷嗣君薛人叔孫通，魏無知，護軍中尉隨何，新城三老董公，袁生，將軍紀信，御史大夫沛人周苛，平國君侯公，以上三十一人，都是參預了平定天下建立國家的人。寫下一篇頌如下：

茫茫❶宇宙，上墋❷下黷❸。波振❹四海❺，塵飛❻五岳❼。九服❽徘徊❾，三靈❿改卜⓫。赫矣⓬高祖⓭，肇載⓮天祿⓯。沈跡中鄉⓰，飛名⓱帝錄⓲。慶雲⓳應輝，皇階⑳授木㉑。龍興㉒泗濱㉓，虎嘯㉔豐谷㉕。彤雲晝聚㉖，素靈夜哭㉗。金精㉘仍頽㉙，朱光㉚以渥㉛。萬邦㉜宅心㉝，駿民效足㉞。

【章旨】此章寫高祖興於亂世，承天之命，建立漢朝，立下豐功偉業，極力歌頌高祖的功績。

【注釋】❶茫茫　廣大深遠貌。❷墋　混濁。❸黷　汙濁。❹波振　波濤翻湧。喻亂世。❺四海　指天下。❻塵飛　塵土飛揚。喻亂世。❼五岳　亦指天下。❽九服　相傳古代天子所住京都以外的地方按遠近分為九等，叫九服。此指天下。❾徘徊　言天下大亂，沒有人主，不知所從。❿三靈　指天、地、人。⓫改卜　指改從清平之君。⓬赫矣　隆盛貌。矣，語助詞。⓭高祖　漢高祖劉邦。⓮肇載　開始承載。肇，始；開始。⓯天祿　載名於典籍、圖書。⓰中鄉　即中陽里。漢高祖劉邦，中陽里人。⓱飛名　揚名。⓲帝錄　即「帝籙」。天帝的符命。指令為天子。⓳慶雲　瑞雲。⓴皇階　王位的次序。㉑授木　言漢承周運，漢之歷運，周木德所授。㉒龍興　如龍之飛起。比喻劉邦的興起。㉓泗濱　泗水之濱。劉邦曾為泗上亭長。㉔虎嘯　如虎咆嘯。喻劉邦興起。㉕豐谷　豐邑山谷。豐，豐邑。劉邦所居之地。㉖彤雲晝聚　劉邦隱於芒碭山澤之間，呂后常求而得之。劉邦怪問呂后，呂后說劉邦所居之地，常有雲氣，所以常常求而得之。㉗素靈夜哭　劉邦夜經澤中，有大蛇當道，劉邦拔劍斬蛇，蛇分為兩。後人至蛇所，見有一婦人夜哭，人問婦人，婦人說：吾子白帝子，化為蛇，當道。今者，赤帝子斬之。㉘金精　指秦。秦在西方，西為金行，故曰金精。㉙仍頽　於是崩潰。仍，乃；於是。㉚朱光　指漢。㉛渥　指興盛。㉜萬邦　指各諸侯。㉝宅心　歸心。宅，居。㉞駿民效足　以馬奔效足比喻百姓願意效力。

【語譯】整個宇宙，天空不再清澈透明，大地也是汙濁不堪。四海波濤翻湧，五岳塵土飛揚。天下不定，百姓擇君而從。漢高祖劉邦是多麼偉大啊，他開始接受創業，載名於史籍。本在家鄉默默無聞，忽然間名揚天下，得為天子。祥瑞雲氣相應發出光輝，漢代的歷運為周代木德所授。在泗水岸邊擔任過亭長的高祖，像龍一樣升騰而起，在他的家鄉豐邑，像虎一樣威力咆嘯。白天，紅色的雲聚集在他的上空，作為赤帝子的化身，他曾斬白蛇而讓白蛇的母親夜中哭泣。秦朝於是衰敗了，漢代開始興盛。所有的諸侯都歸心於漢，天下百姓也為漢效力。

堂堂❶蕭公❷，王跡❸是因❹。綢繆❺叡后❻，無競惟人。外濟六師，內撫三秦❼。
拔奇夷難❽，邁德振民❾。體國❿垂制⓫，上穆⓬下親。名蓋群后⓭，是謂宗臣⓮。

【章　旨】此章主要頌揚了蕭何的功績。

【注　釋】❶堂堂　形容志氣宏大。❷蕭公　蕭何為丞相，故曰公。❸王跡　王者的功績。功業可見者曰跡。❹因　憑。❺綢繆　殷勤備至。❻叡后　聖明的君主。❼外濟六師二句　指蕭何對外常接應王師，對內又安撫關中百姓。《漢書》載，劉邦與諸侯擊楚，蕭何守關中。劉邦常損兵力，蕭何常率兵補缺。安撫關中百姓。三秦，指關中。秦亡後，項羽三分關中，當時章邯為雍王，司馬欣為塞王，董翳為翟王，分王秦地，故曰三秦。❽拔奇夷難　提拔韓信為上將軍，遂平天下之難。❾邁德振民　行德救民。邁，行。振，救。❿體國　創建和治理國家。⓫垂制　創建和留下法度。⓬穆　和穆。⓭名蓋群后　功名在諸功臣中第一。名蓋，名冠。群后，此指諸功臣。⓮宗臣　為群臣所尊。宗，尊。

【語　譯】蕭何蕭公真是偉大啊，帝王的功業依靠他的力量才得以建立。對聖明的君主盡心輔佐，沒有誰能超過他。對外，在漢王軍隊力量受損時能及時率兵補缺，對內，他能安撫關中百姓。他善於為國家選拔傑出的人才，平定災難，廣施仁德，拯救百姓。創建國家，留下法度，使國家上下和穆相親。他的名聲超過了其他臣子，這就是群臣所尊之臣。

平陽❶樂道❷，在變則通❸。爰淵爰嘿❹，有此武功❺。長驅河朔，電擊壤東❻。
協策❼淮陰❽，亞跡❾蕭公。

【章　旨】此章頌讚曹參功德。

【注釋】❶平陽　曹參封號。❷樂道　曹參喜黃老之術，故云。❸在變則通　指處理事務善於變通。❹爰淵爰嘿　指遇事沈靜。爰，助詞，無義。嘿，通「默」。❺武功　戰功。❻長驅河朔二句　《漢書》載，秦將王離圍鉅鹿，曹參擊王離軍成陽南，大破之。又擊三秦軍壞東，破之。長驅，大舉進攻。電擊，聲勢浩大。壞東，地名。❼協策　協助合作。❽淮陰　淮陰侯韓信。❾亞跡　功績次於。亞，次。

【語譯】曹參喜歡黃老之術，處理事務善於變通。性格沈靜，有很多戰功。大舉進攻河朔，又聲勢浩大地攻打壞東。協助淮陰侯韓信打了許多勝仗，他的功績僅次於蕭何。

文成❶作師❷，通幽洞冥❸。永言❹配命❺，因心❻則靈。窮神❼觀化❽，望影揣情。鬼無隱謀，物無遁形。武關是闢❾，鴻門是寧❿。隨難滎陽，即謀下邑。銷印惎廢，推齊勸立⓫。運籌固陵，定策東襲⓬。三王從風，五侯允集⓭。霸楚⓮實喪⓯，皇漢⓰凱入⓱。怡顏高覽，弭翼鳳戢。託跡黃老，辭世卻粒⓲。

【章旨】此章頌讚張良的神謀以及張良的功成身退之舉。

【注釋】❶文成　張良諡曰文成侯。❷作師　為王者師。《漢書》載，張良從容步遊下邳圯上，有老父出一編書曰：「讀是則為王者師。」❸通幽洞冥　謂張良受兵法於黃石公，通達洞察深幽奧隱之事，料事如神。❹永言　長言。❺配命　應天之命。❻因心　憑心；依心。❼窮神　深究事物的細微道理。❽觀化　觀察事物的變化。❾武關是闢　指攻克武關。闢，開；攻克。《漢書》載，漢王與張良西入武關。張良曰：「臣聞秦將屠者賈豎，易動以利，今持重寶陷秦將。」秦將果欲連和，沛公欲聽之。良曰：「此其將欲叛，士卒恐不從，不如因其解擊之。」沛公乃擊秦軍，大破之。❿鴻門是寧　指項羽的鴻門宴中，因張良之計，劉邦安全得到保證。《漢書》載，項羽至鴻門，欲擊沛公。良因要項伯見沛公，沛公令伯具言沛公不敢背項王。項羽意乃解。⓫隨難滎陽四句　項羽圍攻劉邦於滎陽，張良出謀，攻打下邑解難。酈食其曾勸劉邦復立六國以屈項羽，並已刻印，準備施行。張良認為不可行，劉邦聽從，銷毀印章廢除命令。後韓信破齊，欲自立為齊王，劉邦大怒。張良勸劉邦封之。⑫運籌固陵二句　指劉邦與諸侯會固陵，而諸侯未如期而至。張良為劉邦定策封地諸侯，於是諸侯皆至。項羽敗，自刎。⑬三王從風二句　言三王五侯望風而集。三王，指韓信、彭越、黥布。從風，指從風而動。五侯，指董翳、楊喜、馬童、呂勝、楊武五人。項羽烏江自刎，五人各得項羽身體一部分，高祖乃封五人為列侯。允，信。集，至。⑭霸楚　指項羽。⑮喪　亡。⑯皇漢　對漢朝的美稱。⑰凱入　戰勝凱旋歸來。⑱怡顏高覽四句　言張良功成身退，棄人間事，從赤松子遊樂。學辟穀，導引輕身。怡顏，靜心和顏。高覽，指留心神仙之事。弭，止。戢，藏。託跡黃老，歸心黃老之理。卻粒，絕穀。

【語譯】文成侯張良作為高祖的老師，通達洞察，料事如神。一直相信應天之命，心地虔誠而靈驗。深究事物的細微道理，觀察事物的變化，能夠據事物的外在現象推測實情。在他面前，即使鬼神也沒有什麼計謀是可以隱瞞的，就像所有的物體都無法隱藏外形一樣。在武關，他協助劉邦大破秦軍，鴻門宴上，他使劉邦安全無憂。劉邦在滎陽被項羽圍困時，張良為劉邦謀劃攻打下邑。兵還下邑時，他深謀遠慮，讓劉邦銷毀封侯的印章，並勸他立韓信為齊王。兵至固陵，諸侯失期，他運籌帷幄，定下策略，封地諸王，諸王會合，引兵東向，滅了楚國。三王望風而至，五侯也聽命於劉邦。楚國確實滅亡了，漢王戰勝，建立了大漢朝。功成之後，張良和顏靜心，留心黃老之術，像鳳凰一樣停止飛翔的翅膀，藏匿了身影。託心於黃老，捨棄世間榮華，學辟穀，導引輕身。

曲逆❶宏達❷，好謀能深。游精❸杳漠❹，神跡❺是尋。重玄❻匪奧，九地❼匪沈。伐謀先兆，擠響于音❽。奇謀六奮，嘉慮四迴❾。規主于足❿，離項于懷⓫。格人乃謝，楚翼寔摧⓬。韓王窘執⓭，胡馬洞開⓮。迎文以謀⓯，哭高以哀⓰。

【章旨】此章頌讚陳平的奇謀奇計。

【注　釋】❶曲逆　指陳平。曲逆，地名。故城在今河北完縣東南。高祖過曲逆封陳平為曲逆侯。因以曲逆指陳平。❷宏達　廣博通達。多指才智而言。❸游精　耽思；用力。❹杳漠　渺茫悠遠貌。❺神跡　神靈的事蹟；靈異的現象。❻重玄　天；天空。❼九地　地；大地。❽伐謀先兆二句　言根據事物的徵兆定出討伐的策略，就像音樂從音譜當中發出來一樣。擠響，猶言發出聲響。擠，通「躋」。升。❾奇謀六奮二句　言陳平為高祖多次出謀劃策。據載，張良為高祖出謀六，陳平為高祖劃策四。此陸機或許別有所本，或泛言陳平出謀劃策之功。奮，出。迴，通「回」。四回，四次。❿規主于足　指韓信因功派使要求稱王。高祖大怒。陳平用腳暗中踩高祖，示意高祖答應韓信要求稱王的要求，以穩定局勢。⓫離項于懷　指陳平向高祖提出的離間項羽君臣關係的計謀。《漢書》載，陳平曾對劉邦說：「項羽骨鯁之臣，亞父、鍾立沫、龍且、周殷之屬，不過數人。大王捐數萬金，行反間，間其君臣，破楚必矣。」⓬格人乃謝二句　指在陳平的離間下，范增謝稱病離去，項羽的輔佐力量受到摧敗。格人，至道之人；識見高明之人。格，至。此指范增。謝，辭謝；離去。楚翼，指項羽的輔佐力量。⓭韓王窘執　指陳平為高祖出計，韓信受困被拘執。《漢書》載，有人上書告楚王韓信欲反。陳平曰：「陛下第出，偽游雲夢，信聞天子以好出游，其勢必郊迎謁，陛下因禽之，此特萬世之事也。」高祖以為然。信果郊迎，即執縛之。⓮胡馬洞開　高祖曾在平成被匈奴圍困，陳平為高祖出計，得以解圍。胡馬，即匈奴。洞開，大開。指解圍。⓯迎文以謀　指高祖卒後，陳平與太尉周勃合謀誅殺諸呂，迎立漢文帝。⓰哭高以哀　高祖崩，陳平急馳宮中，哭聲特別悲痛。

【語　譯】曲逆侯陳平才智廣博通達，計謀深遠。耽思深遠，考慮深奇。對他來說，天空並不深奧難懂，大地也並不深沈難測。他能根據事物的徵兆定出討伐的策略，就像根據音譜彈出準確的聲音來一樣。他為高祖提出六個謀略，四次深遠的考慮。陳平用腳暗中踩高祖，規勸高祖答應韓信稱王的要求，以穩定局勢，並向高祖提出離間項羽君臣關係的計謀。像范增那樣有識見的人稱病離去，項羽輔佐的力量於是大大削弱。他能設計讓韓信受困被拘，也能出奇讓高祖從匈奴圍困中脫險。高祖死後，陳平用計迎立了文帝，高祖去世，他哭得無比哀痛。

灼灼❶淮陰❷，靈武冠世❸。策出無方❹，思入神契❺。奮臂雲興，騰跡虎噬❻。

凌險必夷❼，摧堅則脆❽。肇謀漢濱，還定渭表❾。京索既扼，引師北討❿。濟河夷魏，登山滅趙⓫。威亮⓬火烈⓭，勢踰⓮風掃⓯。拾代如遺，偃齊猶草⓰。二州肅清，四邦咸舉⓱。乃眷北燕⓲，遂表東海⓳。克滅龍且，爰取其旅⓴。劉項懸命㉑，人謀是與㉒。念功惟德，辭通絕楚㉓。彭越觀時，弢跡匿光㉔。民具爾瞻㉕，翼爾鷹揚㉖。威凌楚域㉗，質委漢王。靖難河濟，即宮舊梁㉘。烈烈㉙黥布㉚，耽耽㉛其眄㉜。名冠強楚㉝，鋒猶駭電㉞。覩機蟬蛻，悟主革面㉟。肇彼梟風，翻為我扇㊱。天命方輯，王在東夏㊲。矯矯三雄，至于垓下㊳。元凶既夷，寵祿來假㊴。保大全祚㊵，非德孰㊶可？謀之不臧，舍福取禍㊷。

【章　旨】此章頌揚韓信的赫赫戰功。同時，也讚頌了彭越、黥布的戰功。對三人的不知保身之道表示惋惜。

【注　釋】❶灼灼　盛烈貌。❷淮陰　指淮陰侯韓信。❸靈武冠世　神武在世間第一。冠，首；第一。❹策出無方　言韓信的計謀非常神妙，沒有固定的法度。無方，沒有固定的方式。❺思入神契　思與神合。入，與。契，合。❻奮臂雲興二句　極言韓信的威力如雲興起，他的勇武如虎吞。奮，振。噬，齧；吞。❼夷　平定。❽脆　不堅。❾肇謀漢濱二句　言韓信開始為高祖在漢中出謀，平定秦地。肇，始。漢濱，漢水之濱。此指漢中。項羽封劉邦漢王，劉邦就國漢中。渭表，渭水河畔。此指秦地。《漢書》載蕭何謂高祖曰：「必長王漢中，無所事信，必欲爭天下，非信無可計事者。」漢王乃拜信大將軍。信說漢王曰：「今王舉兵而東，三秦可傳檄而定也。」漢王喜，遂聽信計，舉兵出陳倉，定三秦。❿京索既扼二句　指韓信率兵扼制了項羽的力量之後，又率軍向北擊魏。《漢書》載：漢擊楚彭城，漢兵敗散而還。韓信復發兵，與漢王會滎陽，又擊破楚京索間。齊、趙、魏皆反，與楚和，以信為左丞相，擊魏。⑪濟河夷魏二句　言韓信渡過黃河，平魏之後，用計策從間道登山以疑趙軍，趙軍空壁而逐，韓信發奇兵攻入趙營，趙軍大敗。《漢書》載：韓信遂進擊魏，魏盛兵蒲坂，塞臨晉。信乃益為疑兵，陳船欲渡臨晉，而伏兵從夏陽以木罌缶渡軍，襲安邑，虜魏王豹。信請北舉燕、趙，選輕騎二千人，人持一赤幟，從間道登山而望趙軍，戒曰：「趙軍見我走，必空壁逐我，若疾入，拔趙幟，立漢幟。」後趙空壁爭漢鼓旗，奇兵馳入趙壁，皆拔趙幟，立漢赤幟。趙卒見之，大驚，遂亂走。禽趙王歇。⑫威亮　威信。亮，信。⑬火烈　猛烈如火。⑭踰　超過。⑮風掃　風捲大地。比喻破敵之勢兇猛。⑯拾代如遺二句　言韓信破代與齊二國，非常輕易，如拾遺物於地上，如草木隨風而倒一樣。偃，倒；擊敗。⑰二州肅清二句　言韓信削平攻克了魏、代、趙、齊四國。二州與四國皆指魏代趙齊。魏、趙屬冀州，齊、代屬青州，故云二州。四邦，即魏、代、趙、齊。肅清，削平。咸，皆。舉，攻克。⑱乃眷北燕　言韓信破趙後調向攻燕，用廣武君計策，發使使燕，燕從風而靡。眷，向。⑲遂表東海　言韓信得封齊王。韓信平齊，使人言於漢王，齊誇詐多變，反覆之國，不為假王以鎮之，其勢不定，請自立為假王。漢王乃遣張良立信為齊王。遂，於是。表，立。東海，齊地。⑳克滅龍且二句　言韓信用計戰勝龍且，於是全部收取龍且的兵力。克滅，戰勝。龍且，楚將。爰，乃；於是。旅，部隊。《漢書》載：齊王走高密，使使於楚。楚使龍且救齊，與信夾濰水陣。信乃夜令人為萬餘囊盛沙，以壅水上流，引軍半渡，擊龍且，佯不勝，還走。龍且果喜曰：「固知信怯。」遂追渡水。信使人決壅囊，水大至。龍且軍大半不得渡，即急擊，殺龍且，楚卒皆降之。㉑劉項懸命　言劉邦與項羽的勝負的命運掌握在韓信的手中。劉項，劉邦和項羽。懸命，即命懸。命運繫於。《漢書》載：蒯通說韓信：「當今之時，兩主懸命于足下。足下為漢則漢勝，與楚則楚勝。」㉒人謀是與　指蒯通勸韓信背漢歸楚。人謀，指蒯通之謀。與，通「舉」。產生。㉓念功惟德二句　言韓信顧念自己的戰功以及劉邦對他的恩德，辭謝斷絕了蒯通降楚的勸說。惟，思。㉔彭越觀時二句　言彭越識時務，韜光養晦。弢，通「韜」。藏。匿，藏。陳涉初起時，有人遊說彭越叛秦，彭越說兩龍方鬥，且待之。㉕民具爾瞻　言彭越有英雄之才，為天下瞻望。㉖翼爾鷹揚　言彭越勇武迅急，如鳥之飛，如鷹飛揚。翼爾，鳥飛貌。㉗楚域　指項羽所轄之地。㉘靖難河濟二句　平難河上、濟陰一帶，被封為梁王。即，就。宮，居。項羽既滅，高祖封越為梁王。先是，彭越為相國，將兵略定梁地，後封之，故云「舊梁」。《漢書》載：漢使人賜約將軍印綬，使下濟陰以擊楚，大敗楚軍，拜彭越為魏相國。漢敗彭城，彭越皆亡其所下城，獨將其兵北居河上，往來為漢王游兵擊楚，絕其糧於梁地。項籍死，封越為梁王，都定陶。㉙烈烈　猛烈貌。㉚黥布　姓英氏。㉛眈眈　虎視貌。比喻勇猛。㉜眄　視。㉝名冠強楚　威名冠於諸侯。強楚，指項羽。英布初為楚將。㉞鋒猶駭電　言其鋒銳勇急猶如雷電之驚。

駭，驚。㉟覩機蟬蛻二句　言英布見機行事，離楚歸漢，如蟬脫殼。感覺漢王仁德，所以改投漢王。悟，覺悟。革面，改面。喻改事。㊱肇彼梟風二句　言英布始在項羽處發揮驍勇之風，現在歸漢王成為漢王的助臂。肇，始。彼，指項羽。梟風，驍勇之風。我，指漢。扇，喻輔佐。㊲天命方輯二句　言天命方運，英布為淮南王。輯，運。王在東夏，指英布為淮南王事。㊳矯矯三雄二句　指韓信、彭越、英布三人皆圍項羽於垓下。矯矯，雄勇貌。三雄，即韓信、彭越、英布。垓下，地名。㊴元凶既夷二句　言項羽既滅，恩寵奉祿也隨之而來。元凶，指項羽。夷，平；滅。假，至。㊵保大全祚　言平安地處於大位之上而能全福。保，安。祚，福。㊶孰　哪一個；誰。㊷謀之不臧二句　言三人皆因謀反罪被殺，未能保福全身。臧，善。

【語　譯】功業卓著的淮陰侯韓信，他的神武在世間第一。他的聰明睿智、赫赫功績也無人能比。他的計謀並沒有一定的法度，他的所思所想與神靈相合。韓信振臂一揮，威力極大，如天上的雲馬上興起，他勇猛無比，彷彿像老虎張開大嘴可以吞噬一切。遇到險難，他一定會平定，無論如何強硬的敵人，到了他面前都會不堪一擊。開始為高祖在漢中出謀劃策，平定了秦地。韓信率兵扼制了項羽的力量之後，又率軍向北擊魏。韓信渡過黃河，平魏之後，用計策從間道登山以疑趙軍，趙軍空壁而逐，韓信發奇兵攻入趙營，趙軍大敗。韓信的威信猛烈如火，破敵氣勢如風捲大地。他輕易地滅了代國，就如同從地上拾起遺物，他又輕易地收服了齊國，齊國如同草木隨風而倒。翼州和青州都被征服了，魏、代、趙、齊四國皆被攻克。於是又收服了燕國，並立為齊王。他擊垮了試圖救齊的楚國大將龍且，收編了他的兵卒。天下二主劉邦、項羽的命運掌握在他的手裡，蒯通就開始遊說韓信。他想到自己的戰功，又感念漢主對他的恩義，辭謝斷絕了蒯通背漢歸楚的勸說。彭越審時度勢，韜光養晦。他有英雄之才，為天下瞻望，勇武迅急，如鷹飛揚。他的威力橫掃楚地，委身心繫於漢王。平定河上、濟陰一帶，後被封為梁王。英布也是威名顯赫的人物，虎視天下。功冠諸侯，鋒銳勇武猶如雷電之驚。英布見機行事，離楚歸漢，如蟬脫殼，有感漢王仁德，所以改投漢王。英布始在項羽處發揮驍勇之風，現在歸漢王成為漢王的助臂。天命運行，被封為淮南王。威武勇猛的三位大將，皆引兵至垓下，圍困項羽，逼他自刎。項羽既然被滅，功勛俸祿自然都來了。平安地處於大位之上而能全福，沒有德行怎麼可以呢？三人皆因謀劃不善，是他們自己不要福氣，自取禍害啊。

張耳之賢，有聲梁魏❶。士也罔極，自貽伊愧❷。俯思舊恩，仰察五緯❸。脫跡違難❹，披榛來洎❺。改策西秦❻，報辱北冀❼。悴葉更耀，枯條以肄❽。

【章　旨】此章敘述了張耳的前辱後榮。

【注　釋】❶張耳之賢二句　言張耳賢德，在魏國時即有名聲。張耳，大梁人，少時及魏公子毋忌為客。梁魏，即魏。魏惠王時遷都大梁，因稱梁。❷士也罔極二句　言陳餘曾為張耳好友，但陳餘交友不能善終，攻打張耳，對不起張耳。士也罔極，言人地事沒有固定的標準，二三其德。貽，留下；送。伊，其。愧，慚愧。《漢書》載：張耳、陳餘相與為刎頸交。張耳與趙王歇走入鉅鹿，王離圍之。陳餘自度兵少，不敢前。後張耳得出鉅鹿，責陳餘，陳餘怒，解下印綬與張耳，張耳佩其印綬。後陳餘以兵襲張耳，張耳敗走。❸俯思舊恩二句　張耳被陳餘敗後，想到漢王對他的舊恩，又仰頭觀察五星齊聚東井，決心歸漢。俯思、仰察，形容歸漢前的思前想後。五緯，五星。高祖入關，五星聚東井。東井，秦分野。《漢書》載張耳曾說：「漢王與我有故，而項王強，立我，我欲之楚。」甘公曰：「漢王之入關，五星齊聚東井，先至必王。」張耳於是歸漢王。❹脫跡違難　改變人生的道路，離開艱難的處境。此指張耳被陳餘敗後歸漢。脫，遺。違，離開。❺披榛來洎　披荊斬棘，不畏艱難，歸順漢王。榛，草木叢生貌。洎，至。❻改策西秦　言張耳在秦中為漢王效力。西秦，秦中。指漢王劉邦。❼報辱北冀　言張耳與韓信擊趙，斬殺陳餘，報了以前蒙受的恥辱。趙，冀州分野，故云北冀。❽悴葉更耀二句　言張耳被陳餘打敗之後，蒙受漢王的知遇，得立趙王，猶如枯木逢春，得以重生。悴，憔悴。耀，光。肄，指草木斷而復活。

【語　譯】張耳賢德，在魏國時即有名聲。陳餘交友不講原則，攻打刎頸之交的張耳，愧對朋友。他感念漢王對他的恩義，又抬頭觀察天象，看到五星集聚東井，決定追隨漢王。改變了人生道路，離開了艱難處境，披荊斬棘，不畏艱難，歸附漢王。張耳在秦中為漢王效力，與韓信一起擊破趙，殺了陳餘，終於一雪前恥。張耳被陳餘打敗之後，蒙受漢王的知遇，得立趙王，這就像有些枯黃的葉子又發出了奪目的光輝，乾枯的枝條又得以重生了。

王信韓孽，宅土開疆。我圖爾才，越遷晉陽❶。

【章旨】此章言韓王韓信因才被封。

【注釋】❶王信韓孽四句　言韓王信，是韓襄王的庶出之孫，高祖封他為王，以其才能，遷守晉陽。孽，孽孫；庶出之孫。我，指高祖劉邦。圖，考慮。爾，指韓王韓信。《漢書》載：韓王信，故韓襄王孽孫也。漢立信為韓王。上以信壯武，乃更以太原郡為韓國，徙信以備胡，都晉陽。

【語譯】韓王信是韓襄王的庶出之孫，鎮守一方疆土。高祖認為他有才華，又把太原郡封為韓國，都晉陽。

盧綰自微，婉孌我皇❶。跨功踰德，祚爾輝章❷。人之貪禍，寧為亂亡❸。

【章旨】此章言燕王盧綰，因寵被封。

【注釋】❶盧綰自微二句　言盧綰與高祖同日生，微賤時與劉邦甚好，及富貴，盧綰出入高祖臥室。婉孌，相親貌。我皇，高祖劉邦。❷跨功踰德二句　言盧綰得到的富貴超過他的功德，都是高祖的賜予，才得到榮耀的燕王印章。祚，賜；賜福。爾，指盧綰。章，印章。《漢書》載：群臣知上欲王盧綰，皆曰：「綰可王。」上乃立綰為燕王。❸人之貪禍二句　言盧綰因貪心而招致禍難，竟然做出亂亡之事，叛逃匈奴。寧，竟；乃。《漢書》載：高祖崩，盧綰遂將其眾亡入匈奴，死胡中。

【語譯】盧綰本來出身微賤，但與高祖關係親厚。盧綰得到的富貴超過他的功德，都是高祖的賜予，才得到榮耀的燕王印章。盧綰因貪心而招致禍難，竟然做出亂亡之事，叛逃匈奴。

吳芮之王，祚由梅鋗。功微勢弱，世載忠賢❶。

【章　旨】此章頌讚吳芮的忠賢。

【注　釋】❶吳芮之王四句　言吳芮被封王，由於梅鋗的戰功。雖然戰功不著，但是他的忠心和賢德記載史冊。《漢書》載：天下之初叛秦，吳芮率越人舉兵以應諸侯。沛公攻南陽，遇芮之將梅鋗，與偕攻析酈。高祖以梅鋗有功武關，故德吳芮，徙為長沙王。高祖賢之，詔御使：「長沙王忠，其著之甲令。」

【語　譯】吳芮被封為長沙王，是由於他薦舉的梅鋗戰功著卓。雖然吳芮的功勞不大，威勢也小，但他的忠賢之名將載於史冊，流傳千世。

肅肅❶荊王❷，董❸我三軍❹。我圖四方❺，殷薦其勛❻。庸親作勞，舊楚是分❼。

往踐厥宇，大啟淮濱❽。

【章　旨】此章頌荊王劉賈在大漢建立中立下了不少功勞。

【注　釋】❶肅肅　嚴整貌。❷荊王　指劉賈，封為荊王。❸董　率；督率。❹三軍　軍隊的通稱。❺我圖四方　指劉邦圖謀天下。我，代指劉邦。四方，天下。❻殷薦其勛　指劉賈多次立下戰功。殷，多。薦，進；立下。勛，功勛。❼庸親作勞二句　言劉賈因是高祖從兄，又有功勞，分楚地而為荊王。同宗關係，舊楚是分。庸，用。親，指劉賈為劉邦從兄。作勞，指有功勞。《漢書》載：高祖子弟弱，民弟少，欲王同姓以鎮天下，詔立賈為荊王，封地為淮東。❽往踐厥宇二句　言劉賈來到封地，開啟了淮水一帶的疆土。往踐，去；往。厥，其。宇，居；封地。啟，開。淮，淮水。濆，水濆。

【語　譯】荊王劉賈，嚴整威武，督導三軍。漢王圖謀天下，劉賈多次立下戰功。他是高祖的從兄，又有功勛，高祖封他為荊王。劉賈來到自己的封地，大大開啟了淮水一帶的疆土。

安國違親❶，悠悠❷我思。依依哲母，既明且慈。引身伏劍，永言固之❸。淑❹
人君子，寔邦之基❺。義形於色，憤發於辭❻。主亡與亡，末命是期❼。

【章　旨】此章頌讚王陵對漢室的忠貞。

【注　釋】❶安國違親　言王陵為了安定天下，捨棄了親情。違，背；捨去。❷悠悠　思念悠長貌。❸依依哲母四句　言王陵的母親用自殺的方式堅定王陵事漢的決心。依依，牽掛不捨貌。哲，明哲。永言，長言；一番話。固之，指堅定王陵事漢之心。《漢書》載：王陵以兵屬漢。項羽取陵母置軍中。王陵使至，則東向坐陵母，欲以招陵。陵母私送使者，泣曰：「為老妾語陵，善事漢王。漢王長者也，無以老妾故持二心。妾以死送使者。」遂伏劍而死。❹淑　善。❺寔邦之基　確實是國家的根本。寔，通「實」。邦，國家。基，本；根本。❻義形於色二句　言王陵在呂后要求立諸呂為王時，出於義憤，直言不可。《漢書》載：王陵為人少文任氣，好直言。高后欲立諸呂為王，問陵。王陵曰：「高皇帝刑白馬而盟曰：『非劉氏而王者，天下共擊之。』今王呂氏，非約也。」❼主亡與亡二句　言王陵的忠誠。主亡與亡，與君王共生死。末命，遺命。指劉邦死時所留「非劉氏而王者，天下共擊之」的遺言。期，約；期守。

【語　譯】王陵為了安定天下，捨棄了親情，這種舉動至今讓人感動。牽掛不捨的母親，真是既明智又慈愛。伏劍而死，留下的一番話，堅定王陵事漢之心。這種美善的君子，確實是國家的根基。王陵在呂后要求立諸呂為王時，出於義憤，直言不可。他的內心與君王共生死，堅守著高祖臨終的遺命。

絳侯❶質木❷，多略❸寡言。曾是❹忠勇，惟帝攸歎❺。雲鶩靈丘，景逸上蘭。
平代禽豨，奄有燕韓❻。寧亂以武，斃呂以權❼。滌穢紫宮，徵帝太原❽。實惟❾
太尉❿，劉宗⓫以安。挾功震主⓬，自古所難。勳耀上代，身終下藩⓭。

【章旨】此章頌揚周勃穩定漢室的功勛，揭示了其功高震主的命運。

【注釋】❶絳侯　指周勃。周勃以布衣從高祖定天下，賜爵列侯。食絳，號絳侯。❷質木　樸質敦厚。❸略　謀略。❹曾是　則是。表示語氣相承。曾，則。❺惟帝攸歎　指高祖對周勃的讚歎。惟，發語詞。攸，所。《漢書》載：始呂后問宰相，高祖曰：「安劉氏者，必勃也。」❻雲騖靈丘四句　指周勃出兵神速，平定了陳豨、盧綰之亂，佔有燕韓之地。雲騖、景逸，如雲奔馳、如日景疾飛，比喻周勃用兵神速。靈丘，是周勃平定陳豨之地。景，日光。逸，急。上蘭，是周勃攻破盧綰軍之地。平代，指周勃平定代郡九縣。奄有，全部佔有。《漢書》載：陳豨反，周勃復擊豨靈丘，破之，斬豨，定代郡九縣。燕王盧綰反，勃破綰軍上蘭，定上谷，右北平、遼西、遼東。❼寧亂以武二句　言周勃文武雙全。寧，平定。斃，擊敗。呂，指呂氏家族。權，權謀；計謀。《漢書》載：高后崩，呂產秉權，欲危劉氏。周勃與丞相陳平誅諸呂。❽滌穢紫宮二句　言周勃使帝宮安寧，迎立文帝。滌穢，滌除汙穢。紫宮，帝宮。徵，徵請；迎請。《漢書》載：周勃已滅諸呂，遂共迎立代王，是為孝文皇帝。勃曰：「臣無功，請得除宮。」乃與太僕滕公入宮，載少帝出，乃奉天子法駕迎皇帝代邸。❾惟　是。❿太尉　漢惠帝以勃為太尉。⓫劉宗　劉姓宗室；漢朝。⓬挾功震主　懷有安定社稷的功勞，使君王感到震動。挾，懷；持。⓭勳耀上代二句　言周勃在上一代作出很大的功績，但是在文帝之世卻被免相歸到自己的藩國。丞相之國曰下蕃。《漢書》載漢文帝曰：「前日吾詔列侯就國，或頗未能行，丞相朕所重，其為朕率列侯之國。」乃免相就國。

【語譯】絳侯周勃生性質樸，有很多謀略而不善言談。他對漢室的忠心與作戰的勇敢，贏得高祖的讚歎。他出兵神速，如雲飛馳，如日景急飛，在靈丘平定了陳豨叛亂，在上蘭攻破了盧綰的兵力。平定代郡，擒殺陳豨，全部佔有燕韓之地。他用武力平定了叛亂，又用權智誅滅了諸呂。清除皇宮中的異黨，迎立新帝漢文帝。正是因為有了太尉周勃，劉氏才坐穩了天下。他的功勞太大了，已經使帝王不安，這是自古以來就難免的啊。周勃在上一代作出很大的功績，但是文帝即位後卻被免相歸到自己的藩國。

舞陽❶道迎❷，延帝幽藪❸。宣力❹王室，匪惟厥武❺。總干鴻門，披闥帝宇。

聳顏誚項，掩淚寤主❻。

【章旨】此章頌樊噲之忠心，指出他不僅勇猛，且善言辭。

【注釋】❶舞陽　指樊噲。楚王韓信反，樊噲從至陳，取信，定楚。更賜爵列侯，與剖符，世世勿絕，食舞陽，號為舞陽侯。❷道迎　迎立劉邦於道。❸延帝幽藪　於幽隱的大澤中迎立劉邦。《漢書》曰：陳勝初起，蕭何、曹參使樊噲求高祖，時高祖在澤中遊，迎立為沛公。❹宣力　效力；用力。❺匪惟厥武　並不是只靠勇武。匪，通「非」。惟，只。厥，其。❻總干鴻門四句　言樊噲在鴻門宴用語言譏誚項羽，打消項羽殺劉邦之心。高祖病中，他闖入帝室，流涕陳辭，使劉邦醒悟。總干，持盾。總，持。鴻門，指鴻門宴。披闥，推門。帝宇，劉邦的屋室。聳顏，指改變態度。誚項，譏諷項羽有殺劉邦之心。掩淚，拭淚。寤主，使劉邦開懷。《漢書》載：項羽在鴻門，亞父欲謀殺沛公。樊噲聞事急，乃持盾入，曰：「沛公先入定咸陽，以待大王。大王聽小人之言，與沛公有隙，臣恐天下解心疑大王也。」項羽默然。高祖嘗病，惡見人，臥禁中，詔戶者無得入群臣。噲乃排闥直入，流涕曰：「始陛下與臣等起豐沛，定天下，何其壯也！今天下已定，又何意也。」高帝笑而起。

【語譯】舞陽侯樊噲在山澤中尋求劉邦，在道路上迎立劉邦為沛公。他為漢王室效力，並不只憑武力。持盾闖入鴻門宴，用言語譏誚項羽欲殺沛公之心。推開高祖的屋室房門，流著眼淚，說出心裡話，使高祖開懷。

曲周❶之進❷，于其哲兄❸。俾❹率爾徒，從王❺于征❻。振威龍蛻，攄武庸城。
六師寔因，克荼禽黥❼。

【章旨】此章頌讚了酈商的戰功。

【注釋】❶曲周　指酈商。因擊英布有功，被封為曲周侯。❷進　進身；任用。❸于其哲兄　言酈商受到其兄長酈食其的推薦。于，在。哲兄，指酈食其。《漢書》載酈食其進其弟商，使將數千人從沛公略地。❹俾　使。❺從王　跟隨劉邦。❻于

征　出征。❼振威龍蛻四句　言酈商平定燕王荼謀反、禽殺英布之功。龍蛻，地名。攄，用。庸城，地名。六師，王師。寔，通「實」。是。因，憑藉。克，勝；戰勝。荼，燕王荼。禽，殺。黥，指英布。《漢書》載：燕王荼反，酈商以將軍從擊荼，戰龍蛻，破荼軍。又曰：酈商又從擊黥布，布軍與上兵遇蘄西，上乃壁庸城。

【語　譯】曲周侯酈商能得到劉邦的任用，是因為他明智的兄長舉薦了他。讓他率領手下的兵力，跟隨劉邦東征西戰。燕王荼反，他在龍蛻擊破了荼軍，顯示了作戰威力，他在庸城用兵黥布。王師依靠他的力量，最終戰勝了燕王荼，禽殺了英布。

猗歟❶汝陰❷，綽綽有裕❸。戎軒肇跡，荷策來附❹。馬煩轡殆，不釋擁樹❺。

皇儲❻時乂❼，平城有謀❽。

【章　旨】此章頌讚了夏侯嬰救皇儲、計脫平城的功績。

【注　釋】❶猗歟　美善貌。猗，美；美善。歟，語助詞。❷汝陰　指夏侯嬰。封為汝陰侯。❸綽綽有裕　即綽裕。指才智敏捷，應對時事，綽綽有餘。❹戎軒肇跡二句　言高祖初為沛公，夏侯嬰為常奉車，持鞭依附。戎軒，兵車。肇跡，指劉邦初起時。肇，始。荷，持。策，鞭。❺馬煩轡殆二句　言劉邦與項羽戰不利，急忙逃走的途中，想拋掉車中的兩個孩子，但夏侯嬰沒有放棄，抱孩駕車。馬煩車殆，指馬的體力不夠，車輛走得不快。釋，丟棄。擁樹，謂抱小孩為擁樹。《漢書》載：夏侯嬰從擊項籍，漢王不利，馳去。見孝惠、魯元，載之。漢王急，馬罷，取兩兒棄之，嬰常收載行，面擁樹馳。❻皇儲　皇子。❼乂　安。❽平城有謀　言平城之難，夏侯嬰對保護劉邦的安全有功勞。《漢書》載：平城之難，冒頓乃開一角。高帝出欲馳，夏侯嬰固請徐行，弩皆持滿外向，率以得脫。

【語　譯】汝陰侯夏侯嬰品性美善，才智過人，應對時事，綽綽有餘。高祖初起時，他為奉車，持鞭歸附。逃難途中，馬疲車殆，仍然懷抱孩子駕車。皇子得以平安，平城之難中，高祖劉邦也靠他的智謀得以脫險。

潁陰❶銳敏❷，屢❸為軍鋒❹。奮戈東城，禽項定功❺。乘風藉響，高步長江。收吳引淮，光啟于東❻。

【章　旨】此章頌讚灌嬰的戰功。

【注　釋】❶潁陰　指灌嬰。被封為潁陰侯。❷銳敏　精銳敏達。❸屢　多次。❹鋒　先鋒。❺奮戈東城二句　言灌嬰在東城與項羽作戰，部將禽殺項羽，奠定了他的戰功。奮戈，舞動兵器。指作戰。東城，地名。禽，殺。項，指項羽。《漢書》載：項籍敗垓下去，嬰追籍至東城，破之，所將卒斬籍。❻乘風藉響四句　言灌嬰乘著聲勢，渡江破吳，還定淮北，大開東土。乘風藉響，乘著風勢、藉著聲響，比喻乘勝再戰。高步，大步。引，收納；控制。光啟，大開。《漢書》載灌嬰渡江定吳，還定淮北。

【語　譯】潁陰侯灌嬰精銳敏達，多次作為部隊的先鋒。與項羽在東城爭戰，他的部下殺了項籍，立下赫赫戰功。他乘勝再戰，大舉渡江，平定了吳國，又收復了淮北，大開了東土。

陽陵❶之勛，元帥是承❷。信武❸薄伐❹，揚節江陵❺。夷王殄國❻，俾亂作懲❼。

【章　旨】此章頌讚傅寬和靳歙的戰功。

【注　釋】❶陽陵　指傅寬。被封為陽陵侯。❷元帥是承　言傅寬繼丞相曹參之後，承奉大帥之令，平定齊地，得以封爵。元帥，指曹參。❸信武　指靳歙。被封為信武侯。❹薄伐　征討；討伐。❺揚節江陵　揚名江陵。靳歙平定江陵，戰功卓著。❻夷王殄國　言平定江陵，禽得其王，盡得其國。夷，平。殄，盡。❼俾亂作懲　使作亂之人得到懲罰。俾，使。

【語　譯】陽陵侯傅寬的功勛，是繼曹參之後，承奉大帥之令的人物。信武侯靳歙出兵征討，揚名江陵。平定江陵，禽得其王，盡得其國，作亂之人得到懲罰。

恢恢❶廣野❷，誕節❸令圖❹。進謁嘉謀，退守名都。東規白馬，北距飛狐。即倉敖庾，據險三塗❺。輶軒東踐，漢風載徂❻。身死于齊，非說之辜❼。我皇寔念，言祚爾孤❽。

【章旨】此章頌讚酈食其的功績。

【注釋】❶恢恢　大貌；功勞卓著貌。❷廣野　指酈食其。號廣野君。❸誕節　大的節度。❹令圖　好的圖謀。令，美；善。❺進謁嘉謀六句　言酈食其為劉邦出的計策。進謁，進獻。名都，指滎陽。規，安。即，就。《漢書》載：漢王數困滎陽、成皋，計欲捐成皋以東，屯鞏、洛以距楚。酈食其因曰：「願足下急復進兵，收取滎陽，據敖庾之粟，塞成皋之險，杜太行之道，距飛狐之口，守白馬之津，以示諸侯形制之勢，天下知所歸矣。」❻輶軒東踐二句　指酈食其出使齊國，說動齊王。輶軒，輕車。東踐，指到了齊國。齊國在東，故云。漢風，漢王的威風。載，則。徂，至。《漢書》載，燕趙已定，唯齊未下。劉邦使酈食其說齊。齊王田廣以為然，罷歷下兵守備。❼身死于齊二句　言韓信又出兵攻齊，齊王烹殺酈食其。說，遊說。辜，罪。《漢書》載：韓信聞酈食其下齊，乃襲齊王。齊王田廣聞漢兵至，以為食其賣己，乃烹食其。❽我皇寔念二句　言高祖顧念酈食其，封其子為高梁侯。我皇，指高祖劉邦。祚，賜。爾孤，指酈食其子。《漢書》載：高祖舉功臣，思食其，封其子為高梁侯。

【語譯】廣野君酈食其，功勞卓著，他有大的節度和好的圖謀。他進獻了好的計策，勸高祖攻取退守滎陽。以此為據，認為可以北守白馬之津，北距飛狐之口。近取敖庾穀倉，佔據三塗之險。他駕著輕車來到了齊國，漢王的威風也隨他到了齊國。他身死齊國，不是遊說的罪過。高祖實在是感念酈食其，賜封他的兒子為高梁侯。

建信❶委輅❷，被褐獻寶❸。指明周漢，銓時論道。移帝伊洛，定都酆鎬❹。柔遠鎮邇❺，寔敬❻攸考❼。

【章　旨】此章頌讚婁敬因時提出的定都長安的功勞。

【注　釋】❶建信　指婁敬。號建信侯。❷委輅　放棄駕車。委，棄。輅，輅輓；牽挽車子的橫木。❸被褐獻寶　穿著粗布衣服進獻奇謀。《漢書》載：婁敬，齊人也。漢五年，戍隴西，過雒陽，高帝在焉。敬脫輓輅，見齊人虞將軍曰：「臣願見上言便宜。」虞將軍欲與鮮衣，敬曰：「臣衣帛，衣帛見，衣褐，衣褐見，不敢易衣。」虞將軍入言於上，上召見。❹指明周漢四句　言婁敬進言漢與周不同，應定都長安。洛，指洛陽。酆鎬，即酆與鎬。兩古地名。此代指定都關中。《漢書》載：婁敬謂上曰：「陛下取天下與周異。而都洛陽不便，不如入關，據秦之固。」是日車駕西都長安。❺柔遠鎮邇　言安鎮遠近。柔遠，安撫遠方。邇，近。❻敬　婁敬。❼攸考　所成。攸，所。考，成。

【語　譯】建信侯婁敬停止了駕車，穿著粗布衣服，進獻奇計。指明周漢異時不同，權衡時勢，談論定都方略。建議高祖不能建都洛陽，應該定都關中。安鎮遠近各方，實在是婁敬的功勞。

抑抑❶陸生❷，知言之貫❸。往制勁越，來訪皇漢❹。附會平勃，夷凶翦亂❺。所謂伊人❻，邦家❼之彥❽。

【章　旨】此章頌讚陸賈制服南越等功績。

【注　釋】❶抑抑　美好貌；軒昂貌。❷陸生　指陸賈。❸知言之貫　言陸賈善為言說。貫，貫通。❹往制勁越二句　言陸賈制服南越，使南越王向漢稱臣。制，制約。勁，強。訪，歸。皇，對漢朝的美稱。《漢書》載：中國初定，尉佗平南越，因王之。高祖使陸賈賜佗印為南越王。賈卒拜佗為南越王，令稱臣奉漢約。歸報，高帝大悅，❺附會平勃二句　言陸賈助陳平、周勃，翦除諸呂。附會，追隨；隨從。平，陳平。勃，周勃。夷，平。翦，翦除。《漢書》載：諸呂欲危劉氏，陳平患之。賈說平曰：「天下安，注意于相；危，注意于將。將相和，天下雖有變，權不分。君何不交歡太尉，深相結？」平乃以五百金為絳侯壽，太尉勃亦報如之，則呂家謀亦壞。及誅呂氏，賈頗有力焉。❻伊人　指陸賈。❼邦家　國家。❽彥　美才；良才。

【語　譯】陸賈言行美善，精神軒昂，善為言說。出使制服南越，使南越王稱臣奉漢。追隨陳平和周勃，誅滅諸呂。像陸賈這樣的人，真是治國安邦的良才。

百王之極❶，舊章❷靡存❸。漢德雖朗❹，朝儀❺則昏❻。稷嗣制禮，下肅上尊❼。
穆穆❽帝典❾，煥❿其盈門⓫。風⓬晞⓭三代⓮，憲⓯流⓰後昆⓱。

【章　旨】此章頌讚叔孫通為漢朝制定禮儀制度。

【注　釋】❶百王之極　言漢承百王之亂帶來的弊端，達到了極致。極，極致。❷舊章　舊有的禮儀制度。❸靡存　沒有流傳。❹朗　明。❺朝儀　朝廷的禮儀。❻昏　暗；不明。❼稷嗣制禮二句　言叔孫通制作朝儀，上尊而下敬，頗有等級次序。稷嗣，叔孫通號為稷嗣君。❽穆穆　美盛貌。❾帝典　帝王的法則。❿煥　盛貌。⓫盈門　此言充滿朝廷。⓬風　禮儀之風範。⓭晞　望。⓮三代　夏、商、周三代。⓯憲　朝儀法則。⓰流　流傳。⓱後昆　後代；後世。

【語　譯】漢承百王之亂的弊端，達到了極致，舊有的禮儀制度沒有保存下來。漢朝的功德雖有目共睹，但朝廷的禮儀卻是一片混亂。叔孫通為國家制定禮儀，上尊下敬，秩序井然。盛大的帝王法則，充滿朝廷。禮儀規範可與三代相接，垂範後代。

無知❶叡敏❷，獨昭❸奇跡。察侔蕭相❹，既同師錫❺。

【章　旨】此章頌魏無知推薦陳平之功。

【注　釋】❶無知　魏無知。❷叡敏　明達睿智。❸昭　昭示。❹察倅蕭相　察人舉薦，與丞相蕭何相比。倅，比。蕭相，丞相蕭何。蕭何進韓信，無知進陳平，故曰相倅。❺貺同師錫　因眾人舉薦而受到賞賜。貺，賜給；賜與。師錫，指眾人舉薦推舉。師，眾。錫，舉。《漢書》載：陳平降漢，因魏無知求見漢王。後上封平，陳平曰：「非魏無知臣安得進？」上乃賞魏無知。

【語　譯】魏無知明達睿智，他一人創造奇跡。察人舉薦，與丞相蕭何相比，因受眾人舉薦而受到賞賜。

隨何辯達❶，因資於敵❷。紓❸漢披❹楚，維生❺之績。

【章　旨】此章頌隨何說服英布歸降之功。

【注　釋】❶辯達　善於言辭且敏達。❷因資於敵　言隨何勸說英布歸漢。英布本屬項羽，而被隨何勸說歸漢，故云。❸紓　解除；排除。❹披　毀。❺生　指隨何。

【語　譯】隨何善於言辭，聰明明達。善於從敵人那裡吸納人才，說服了英布歸漢。解除了漢王的隱患，毀壞了楚王的發展，這都是隨何的功勞。

皤皤❶董叟❷，謀我平陰❸。三軍縞素，天下歸心❹。

【章　旨】此章頌董公為漢王獻計之功。

【注　釋】❶皤皤　老貌。❷董叟　指新城三老董公。❸謀我平陰　言董公在平陰津為劉邦出謀劃策。謀我，指為劉邦出謀。平陰，地名。❹三軍縞素二句　言劉邦聽取董公之謀，兵皆孝服，為義帝發喪，贏得民心。《漢書》載：漢王南渡平陰津，至洛陽，新城三老董公遮說漢王曰：「項王無道，放殺其主。三軍之眾，素服東伐，四海之內，莫不仰德，此三王之舉也。」漢王曰：「善。」於是為義帝發喪，兵皆縞素，擊楚殺義帝者。

【語　譯】董公雖老，但是在平陰還為漢謀劃。漢王採納了他的建議，兵皆孝服，為義帝發喪，贏得民心。

袁生秀朗❶，沈心善照❷。漢旆南振，楚威自撓❸。大略淵回❹，元功響效❺。
邈❻哉維人❼，何識之妙。

【章　旨】此章頌袁生為漢王出謀削弱項羽力量之功。

【注　釋】❶秀朗　賢明。❷沈心善照　言袁生深心思考，善於察見事理。沈，深。❸漢旆南振二句　言袁生之謀，讓高祖分將引兵入楚地，分散楚王的兵力，楚兵自救，其威勢自然減弱。旆，旗幟。南振，指深入楚地。撓，亂。❹大略淵回　言大謀略如深淵之深。淵回，即回淵。迴旋曲折的深淵。❺元功響效　指大功如聲響一樣速應。❻邈　遠。❼維人　此人。指袁生。

【語　譯】袁生賢明，深心思考，善於洞見事理。漢王的旗幟在楚國各地飄揚，楚王的威勢自然減弱。大的謀略如深淵之深，大的功效如聲響一樣迅速產生。此人已很遙遠了，他的識見是如此的高妙。

紀信誑項❶，軺軒❷是乘。攝齊❸赴節❹，用死孰懲❺。身與烟消，名與風興❻。
周苛慷慨❼，心若懷冰❽。形可以暴，志不可凌❾。貞軌偕沒，亮跡雙升❿。帝疇⓫
爾庸⓬，後嗣⓭是膺⓮。

【章　旨】此章頌紀信、周苛二人赴死之節。

【注　釋】❶紀信誑項　言紀信欺騙項羽事。項羽圍漢王滎陽，將軍紀信對漢王說：「事急矣！臣請誑楚，可以間出。」紀信乃乘王車，服王衣，詐為高祖降項羽，以此高祖得以逃脫，於是項羽就燒殺了紀信。❷軺軒　輕車。❸攝齊　提起衣襬。古時官員升堂時謹防踩著衣襬，跌倒失態。表示恭敬有禮。❹赴節　為節義而死。❺用死孰懲　言一心向死，還有什麼可以害怕的。懲，戒懼。❻興　起；產生。❼慷慨　性格豪爽。❽心若懷冰　言人清高，如冰之潔。❾形可以暴二句　言形體可以摧殘，但是志節不可凌辱。《漢書》載：楚圍漢王滎陽急，漢王出去，而使苛守滎陽。楚破滎陽，欲令將。苛罵曰：「若趣降漢王，不然，今為虜矣。」項王怒，烹苛。❿貞軌偕沒二句　言紀信與周苛二人身皆已沒，而二人高亮的志節卻雙雙升起。⓫疇　通「酬」。報；酬報。⓬爾庸　你們的功勞。庸，用；功。⓭後嗣　後代子孫。⓮膺　承當；擔當。

【語　譯】紀信欺騙項羽，乘著輕車。走路時提起衣襬，恭敬有禮，為節義而死，連死都不顧，還有什麼可畏懼的。身體與煙一起消散，他的名聲卻和風一起飄揚流傳。周苛性格豪爽，性情高潔。形體可以摧殘，但是志節不可凌辱。紀信與周苛二人身皆已沒，而二人高亮的志節卻雙雙升起。高祖為了表彰他們的功德，封他們的子嗣為侯。

天地雖順，王心有違❶。懷❷親望楚，永言長悲。侯公伏軾，皇媼來歸❸。是謂平國，寵命有輝❹。

【章　旨】此章頌侯公說服項羽歸高祖父母之功。

【注　釋】❶王心有違　指劉邦父母被項羽所擄。❷懷　思念。❸侯公伏軾二句　侯公乘車至楚說服項羽，項羽放回了劉邦的父母。伏軾，俯身靠在軒前的木上。後多用來指乘車。皇媼，指劉邦的父母。❹是謂平國二句　言封侯公為平國君，榮寵的封命，很有榮耀。《楚漢春秋》載：上欲封侯公，匿不肯復見。曰：「此天下之辨士。」所居傾國，故號平國君。

【語　譯】天地間事情雖都很順利，漢王的心裡還有憂慮。思念雙親，遙望楚地，長歎長悲。侯公乘車來到楚國，說服項羽，漢王的父母得以回歸。這就是平國君，他的封號，榮寵光輝。

震風過物，清濁效響❶。大人❷于興❸，利在攸往❹。弘海者川，崇山惟壤❺。
〈韶〉〈濩〉❻錯音❼，袞龍❽比象❾。明明眾哲，同濟❿天網⓫。劍宣其利，鑒獻
其朗⓬。文武四充⓭，漢祚⓮克廣⓯。悠悠⓰遐風⓱，千載是仰。

【章　旨】此章總括以上三十一頌，頌讚漢朝文武忠良，令千載仰慕。

【注　釋】❶震風過物二句　以大風吹物，物體皆有不同的回響。比喻功臣各盡其才，以成大業。❷大人　君子。❸于興　興起；產生。于，語助詞。❹利在攸往　所至皆有利。攸，所。❺弘海者川二句　以川能弘海、土能崇山喻功臣對於君王的重要。《管子》曰：海不辭水，故能成其大；山不辭土，故能成其高；明主不厭人，故能成其眾。❻韶濩　韶，舜樂。濩，湯樂。後亦指廟堂、宮廷之樂。❼錯音　各種音樂兼有。錯，雜。❽袞龍　帝王之服。❾比象　比喻象徵。❿同濟　共濟；共成。⓫天網　天綱。⓬劍宣其利二句　以劍盡其利、鏡盡其明比喻群臣各盡其才。宣，用。鑒，鏡子。朗，明。⓭四充　四方充滿。⓮漢祚　漢代的國運。⓯克廣　能夠延長。⓰悠悠　遠貌。⓱遐風　遠風。

【語　譯】大風吹過，各種物體都會發出或清或濁的響聲。君子產生，所至都有益處。使大海廣闊的是河流，使大山高峻的是土壤。朝廷各種禮樂兼有，帝王的服飾也有禮儀象徵的意味。睿智的眾臣，共濟朝綱。就像寶劍展示它的鋒利，明鏡獻上它的明淨。文武群臣，充滿四方。漢代的國祚才能綿長。這種好的風尚，直到千載之後還被傳誦。

【研　析】此篇〈漢高祖功臣頌〉，列舉了為漢高祖建立天下立下汗馬功勞的三十一位功臣，頌讚了他們的奇

功、奇計、奇節，將他們置於漢高祖劉邦征戰天下的過程中，通過三十一位人物的重要事蹟，展示了那段風起雲湧的歷史畫面，具有一種酣暢淋漓、感人肺腑的藝術力量。

從「頌」體的角度而言，頌體文章應以「頌揚」為主。陸機此篇大部分篇幅雖是「頌」，但也雜有「貶」，故劉勰《文心雕龍・頌讚》曰：「陸機積篇，唯〈功臣〉最顯。其褒貶雜居，固末代之訛體也。」將陸機此篇看作是頌體的「訛體」。從入選的三十一位人物來看，大致可分三類。一類功勛卓著而又有善終的，如蕭何、曹參、張良、陳平等；一類也是功勛卓著但是卻以謀反罪被殺的，如韓信、彭越、黥布、周勃等；還有一類，似乎不應列入「功臣」類，只因與劉邦的特殊關係而封侯的，如盧綰被封燕王。所以，從這三類人物，我們可以看出，所謂「功臣」，是以被劉邦封王封侯為標準的，這樣就難免魚龍混雜。因而，從「功臣」的角度，應「頌」；而從事實的角度，則因人而異，因而褒貶相參，毀譽不一。這反而見出陸機評價「功臣」的實事求是。如對盧綰這樣「稱頌」：「盧綰自微，婉孌我皇。跨功踰德，祚爾輝章。人之貪禍，寧為亂亡。」根本就無頌的意味，無論是對盧綰生前還是死後都是譏貶。如對第二類人物韓信等人的不能善終，如果說對韓信等三人，云「保大全祚，非德孰可？謀之不臧，舍福取禍」，批評他們不應有謀反之心的話；那麼，對周勃之死，云「挾功震主，自古所難。勳耀上代，身終下藩」，則與史實不符且不乏對統治者的微辭了。這種「頌」體褒貶兼有的「訛體」，卻真實地再現了陸機對歷史的真切感受：頌其所頌，貶其所貶。頌中讓我們看到劉氏天下的建立與功臣密不可分，沒有諸多功臣就沒有劉氏天下，貶中一方面讓我們看到了陸機對韓信等人的評價可能失當，但另一方面通過對周勃、盧綰等人的評價，卻讓我們感受到了陸機對最高統治者的批評。這又見出陸機的歷史識見。

從藝術表現手法上看，陸機具有相當的概括能力，抓住主要事件，再現人物的歷史功績，並進而向讀者展示了「功臣」們栩栩如生的音容笑貌，如寫張良的神機妙算、韓信的冠世神武、王陵的忠貞不二、樊噲的率直真誠、紀信與周苛的赴死之節等等，猶如一顆顆璀燦的星星，耀眼奪目，永遠閃耀在歷史的天空，令人仰慕。這些就歸功於陸機總括歷史事件加以提升塑造歷史人物的能力。其次，就具體語言表現上說來，也頗為生動形象。陸機善用形容詞，形容人物的性格和外貌，如堂堂蕭公、灼灼淮陰、烈烈黥布、耽耽其眄、矯矯三雄、肅肅荊王、依依哲母、恢恢廣野等。一些描寫語言也頗為生動形象，如寫樊噲「總干鴻門，披闥帝宇。聳顏誚項，掩淚寤主」，形象地展現了樊噲不只是一介武夫，有時也有極善言辭的一面，而這些又讓我們看到了一個內心豐富而真誠的人物形象。像這樣的例子，篇中甚多。

總之，陸機此篇，從體制上雖屬「誄體」，但卻是難得的一篇佳作。

丞相箴

【題解】「箴」是一種文體，以規勸告誡為主。「丞相箴」主要是針對丞相一職提出的規誡，反映了陸機仁政愛民、為政從簡的政治思想。

夫導民❶在簡❷，為政以仁，仁實生愛，簡亦易遵❸。罔疏❹下睦❺，禁密❻巧繁❼，深文❽碎教❾，伊何❿能存。故人不可以不審⓫，任不可以不忠，捨賢昵⓬讒，則喪爾邦。且偏見則昧⓭，專聽悔疑⓮，耳目之用，亦各有期⓯。夫豈不察，而帷牆隔之⓰。矜己⓱任智，是蔽是欺。德無遠而不復，惡何適而不追⓲。存亡日鑒，成敗代陳⓳。人咸知鏡其貌，而莫能照其身⓴。

【注釋】❶導民　率民；治民。❷簡　簡易；簡要。❸遵　遵循。❹罔疏　法網不密。罔，法網。❺下睦　百姓和睦。❻禁密　禁令繁多。❼巧繁　詐巧繁多。❽深文　言制定或援用的法律條文苛細嚴峻。❾碎教　破壞教化。❿伊何　如何。伊，發語詞。⓫審　慎重；仔細考慮。⓬昵　親近。⓭昧　不明。⓮悔疑　錯失疑慮。悔，過失；災禍。⓯耳目之用二句　以耳目的功用有限，比喻不能偏信。期，期限。⓰夫豈不察二句　難道不願意看嗎，只是帷幔擋住了視線。察，察見。帷牆，障隔內外的帷幔。語出《呂氏春秋．任數》：「十里之間，而耳不能聞；帷牆之外，而目不能見。」⓱矜己　自負；自恃。⓲德無遠而不復二句　言德行一定要廣大才能至遠，而惡行如影隨形，傳遍甚廣。無遠，不廣大。復，通「覆」。覆蓋。適，到。追，追隨。⓳存亡日鑒二句　言存亡成敗之理，太陽可作明證，每朝每代都有顯示。日鑒，太陽。代，朝代。陳，顯示；呈現。⓴人咸知鏡其貌二句　以只能照貌不能照身比喻智小思慮不周。陸機〈演連珠〉云「形過鏡則照窮」，比喻君應度才授官，忠臣應量才受位。

【語　譯】治理百姓的規章制度，要簡易易行，從政要有仁德之心，仁政百姓就會愛戴，簡易的制度百姓也容易遵守。法網不要太密，百姓反而會親睦，禁令太多，巧詐之心就會滋生繁衍。法律條文苛細嚴峻就會破壞仁義教化，這樣又怎麼能保存自己的政權。所以，用人的時候不可以不謹慎，所用的人不可不忠誠，捨棄賢人親近小人，那麼國家就會滅亡。況且只見一面，所見到的並不全面，專聽一方言辭，就會產生過失和疑心，耳目的功用，也各有各的局限。難道不願意看得明白，只是因為有帷幔擋住了視線。自恃而任用智謀，就會產生自我蒙蔽和自我欺騙。德行一定要廣大才能至遠，而惡行如影隨形，傳遍甚廣。存亡的道理太陽可作明證，成敗的事實歷代都有見證。只知照看自己容貌的人，就不能把他們全部的身體看得清楚。

【研　析】這篇文章從三個方面對「丞相」進行規誡。一是從民的角度，提倡治民從政應該仁政愛民，為政從簡。「仁實生愛，簡亦易導」，否則教化不行，巧詐繁生。二是從用人的角度，提倡察人應慎，用人唯賢。如果「捨賢昵讒」，其結果「則喪爾邦」。三是丞相自身則應該兼聽施德。不可以「矜己任智」，否則「是蔽是欺」。這三個方面作者都是從正反兩個方面論述，確實達到了規勸告誡的目的。

陸機入洛後，西晉統治階級內部爭權奪利，自相殘殺，更多的表現出統治者各為己謀與對百姓疾苦的漠視。雖然陸機這篇短箴思想上沒有多少新見，但是放在當時的歷史背景下卻表現出很強的現實針對性。姜亮夫先生《陸平原年譜》認為此箴或為齊王冏執政而作，是有道理的。史稱齊王冏誅殺趙王倫之後，以大司馬加九錫，備物典策，於是輔政。大興土木，沈於酒色，選舉不均，唯寵親暱等，其所作所為與陸機文中所寫相合。若此，陸機生命的最後幾年，雖然輾轉於諸王之間，但是仍見其關注現實政治的精神，這一點是應該值得肯定的。

孔子贊

【題解】「贊」是一種文體，主要是對人或物進行頌揚，類似於「頌」而篇幅短小。此讚頌孔子德行。

孔子叡聖❶，配天❷弘道。風扇❸玄流❹，思探神寶❺。明發懷周❻，興言謨老❼。
靈魄有行，言觀蒼昊❽。清歌先誡❾，丹書有造❿。

【注釋】❶叡聖　聰睿仁德。❷配天　德配於天。❸風扇　風操播揚。❹玄流　指皇帝的恩澤。❺神寶　指天子之位、帝位。❻明發懷周　指孔子夢周事，表現對周公禮樂制度的嚮往。明，平明；天亮。發，抒發。懷，思念。周，周公。《論語．述而》：「甚矣吾衰也，久矣吾不復見周公。」❼興言謨老　言讓弟子各言其志，孔子言己之志慮及百姓。興言，發言；各言爾志之意。謨老，考慮到老者。此代指百姓。謨，謀慮。《論語．公冶長》：「顏淵、季路侍。子曰：『盍各言爾志？』子路曰：『願車馬、衣輕裘，與朋友共，蔽之而無憾。』顏淵曰：『願無伐善，無施勞。』子路曰：『願聞子之志。』子曰：『老者安之，朋友信之，少者懷之。』」❽靈魄有行二句　言靈魂有知，可仰觀蒼天看到自己在後世的地位。孔子生時不得志，常歎「知我者天矣」。靈魄，靈魂。蒼昊，蒼天。❾清歌先誡　指孔子去世前七日吟誦的一首歌，預示自己即將離世。歌曰：「太山壞乎！梁柱摧乎！哲人萎乎！」❿丹書有造　指孔子在後世得到統治者的認可。丹書，帝王頒發給功臣的一種證件。造，製作；頒發。孔子在漢代即被稱為「褒成宣尼父」。

【語譯】孔子是聰睿賢德的人，德配於天，弘揚禮教仁義。他的風操播揚，可與皇帝的恩澤相比，他的思想關注到帝王的安危。日夜思念的周公推行的禮樂制度，發言抒志想到的是百姓的生存。您的靈魂若有知，就請看看瞭解您的蒼天。您唱的那首清歌告訴後人一代哲人去世了，您的預言卻在身後得到了帝王的認可。

【研析】孔子生前極不得志，但他作為儒家學派的開創者，他的思想從漢代就得到統治者的推崇，其地位日隆。陸機儒學思想很深，頌讚孔子可以說是這一方面的表現。此贊主要分兩個方面，一是推崇孔子的弘道精神，著重頌揚了孔子「明發懷周，興言謨老」，對禮樂制度傳承上所作的巨大貢獻。二是從身前與死後的對比中，頌揚了孔子對後世的巨大影響。孔子生前生不逢世，只能以「知我者天矣」自遣，陸機就此而言，說孔子您靈魂若有知，請看蒼天確實知您孔子所言，讓您的德行輝耀後世，光照千古，並得到統治者的認可。

在表現上，此贊化用孔子的行事以頌孔子，能將事與理結合起來。二是此贊將孔子生前的不得志與身後的榮耀相對照，讀起來富有真情實感，既頌揚了一代哲人，也讓我們看到了其生前的寂寞，而正是這生前的寂寞構成了身後的輝煌。

王子喬贊

【題解】此篇是對傳說中的仙人王子喬的頌讚。

遺形❶靈岳❷，顧景❸忘歸。乘雲倏忽❹，飄颻❺紫微❻。

【注釋】❶遺形　道教指尸解登仙。❷靈岳　有靈氣的高山；仙山。❸顧景　此指留連仙境。❹倏忽　行動飛速。極言出沒無蹤。❺飄颻　飄動飛翔貌。❻紫微　星座名。三垣之一。此指仙境。

【語　譯】仙人王子喬，在仙山中羽化成仙，留連仙境中的風景忘了返回人間。乘著祥雲，出沒無蹤，在仙境中自在飛翔。

【研　析】此贊只有四句，前二句是說王子喬羽化成仙，後二句著重描寫成仙後的來去自由的舉動。陸機詩中經常迴盪著人生短暫的生命之悲，因而，此贊有著對仙人生命長存的豔羨，豔羨中就包含現實人生永遠無法彌補的遺憾。另外，贊中對王子喬來去自由的欣賞，也是作者現實不自由的一種心理補償。因而，我們不妨把此贊看作是作者的一種心靈寄託與精神的企盼。此贊在描寫上寫仙人之神，用筆簡練而傳神，仙人的形象躍然紙上。

至洛與成都王牋

【題　解】這是陸機領兵至洛陽後，寫給成都王穎的一封書信，感謝成都王穎的提拔與知遇之恩，同時表示盡力率軍作戰。

王室❶多故❷，禍難荐❸有。羊玄之❹乘寵❺凶豎❻，專記❼朝政，姦臣賊子❽，是為比周❾。皇甫商❿同惡相求，共為亂階⓫，至今天子飄颻⓬，甚於贅旒⓭。伏惟⓮明公⓯匡濟⓰之舉，義命⓱方宣⓲，元戎⓳既啟⓴，風威電赫㉑。機㉒以駑暗㉓，文武寡施㉔，猥蒙㉕橫授㉖，委任外梱㉗，輒㉘承嚴教，董率㉙諸軍，唯力是視。

【注　釋】❶王室　西晉朝廷。❷多故　多變故。時八王混戰。❸荐　至；到達。❹羊玄之　時任右僕射，與長沙王司馬乂同黨。❺乘寵　利用寵幸的機會。❻凶豎　兇惡的小人。❼專記　猶專政、擅政。❽姦臣賊子　亂臣賊子。不守臣道、心懷異志的人。姦，亂。❾比周　結黨營私。❿皇甫商　時任左將軍，與司馬乂同黨。⓫亂階　禍端；禍根。⓬飄颻　動盪不安。⓭贅旒　連綴在旌旗上的飄帶。比喻實權旁落、為大臣挾持的君主。贅，連綴。旒，旌旗上的飄帶。⓮伏惟　念及；想到。下對上的敬詞。多用於信函或奏疏。⓯明公　指成都王司馬穎。⓰匡濟　匡正輔佐。⓱義命　正義的命令。⓲宣　宣布。⓳元戎　部隊。⓴啟　啟程。㉑風威電赫　形容軍隊勢力之大。㉒機　陸機自稱。㉓駑暗　駑鈍不敏。自謙之詞。㉔寡施　少有；很少表現。㉕猥蒙　謙詞。猶辱蒙、承蒙。㉖橫授　超秩拔擢。㉗委任外梱　委以外任之意。梱，門限。㉘輒　每每；總是。㉙董率　統率。董，率。

【語　譯】朝廷多次發生變故，災難時有。羊玄之利用被寵幸的機會，成為兇惡的小人，專擅朝政，不守臣道的亂臣賊子，結黨營私。皇甫商同為小人，共同謀求，成為禍端，以至於使天子動盪不安，比傀儡天子還要不如。想到您匡正皇權的義舉，正義的命令剛剛宣布，部隊就已啟程，威勢浩大，風馳電掣。我非常駑鈍不敏，缺少文韜武略，辱蒙您超秩提拔，委以外任，總是承蒙您的嚴格教導，統率各路軍隊，一定盡力而為。

【研　析】這封書信寫在晉惠帝太安二年（西元三〇三年）。本年八月，河間王司馬顒、成都王司馬穎舉兵討長沙王乂。成都王引兵屯朝歌，以陸機為前鋒都督，督北中郎將王粹、冠軍將軍牽秀、中護軍石超等軍二十餘萬，南向洛陽。陸機部隊至洛陽後，寫了這封書信給成都王穎，主要表示要盡力而為，率軍作戰。陸機的表態一方面是出於對時局的擔憂，有著救國於危難之際的使命感，所以，信中稱羊玄之、皇甫商為亂臣賊子，稱成都王穎的發兵為義舉。另一方面陸機也出於自己對成都王穎的感激。前此，齊王冏疑趙王倫的九錫文及禪讓文，為陸機所寫，將陸機收捕下獄，幸賴成都王穎與吳王晏的救助，才幸免一死。所以，陸機深感成都王穎的救命知遇之恩，所謂「猥蒙橫授，委任外梱」等等，感激之情溢於言表。但是，此後長沙王乂，奉天子與陸機戰於鹿苑，機軍大敗。成都王穎聽讒遂將陸機殺害。讀了此信，看到其悲慘的結局，人心與世事，確實有難以預料的。

謝平原內史表

【題解】晉惠帝太安元年（西元三〇二年），陸機四十二歲時，齊王冏被誅後，成都王穎以陸機為平原內史。陸機到官，上表謝成都王穎。表，奏章的一種，多用於陳請謝賀。

陪臣❶陸機言：今月❷九日，魏郡太守遣兼丞張含❸齎❹板詔❺書印綬❻，假臣❼為平原內史。拜受祗竦❽，莫知所裁❾，臣機頓首❿，死罪死罪。

【章旨】此章交代自己得封為平原內史，上表感謝。

【注釋】❶陪臣　蔡邕《獨斷》曰：諸侯境內，自相以下，皆為諸侯稱臣。於朝皆稱陪臣。❷今月　具體幾月，不可考知。❸張含　太守兼丞。❹齎　持。❺板詔　封拜。凡君王封拜謂之板官。時成都王穎攝政，故稱板詔。❻印綬　官印和綬帶。❼假臣　暫時代理的臣子。假，借；代理。❽祗竦　戒懼貌。祗，恭敬。竦，肅敬。❾裁　制。❿頓首　跪拜叩頭。

【語譯】臣陸機說：這個月的九日，魏郡太守派遣兼丞張含授給我詔書印綬，使臣為平原內史。我戒懼地接受了，卻不知如何去做，臣陸機向您跪拜叩頭，臣罪該萬死。

臣本吳人，出自敵國❶，世無先臣宣力之效❷，才非丘園耿介之秀❸，皇澤廣被❹，惠濟無遠❺，擢❻自群萃❼，累蒙榮進。入朝❽九載，歷官有六❾，身登三閣❿，官成兩宮⓫。服冕⓬乘軒⓭，仰齒⓮貴遊⓯，振景拔迹⓰，顧邈同列⓱。施重山岳，義足灰沒⓲。遭國顛沛⓳，無節⓴可紀，雖蒙曠蕩㉑，臣獨何顏㉒？俛首㉓頓膝㉔，憂愧若厲㉕。而橫㉖為故㉗齊王冏所見枉陷㉘，誣臣與眾人共作禪文㉙，幽執㉚囹圄㉛，當為誅始。臣之微誠，不負天地，倉卒之際，慮有逼迫㉜，乃與弟雲㉝及散騎侍郎袁瑜、中書侍郎馮熊、尚書右丞崔基、廷尉正顧榮、汝陰太守曹武，思所以獲免，陰蒙避回㉞，崎嶇自列㉟，片言隻字，不關其間㊱。事蹤筆跡，皆可推校㊲。而一朝翻然㊳，更以為罪。蕞爾㊴之生，尚不足吝㊵，區區㊶本懷，實有可悲。畏逼天威㊷，即罪㊸惟謹㊹，鉗口結舌㊺，不敢上訴所天㊻。莫大之釁㊼，日經㊽聖聽㊾，肝血之誠㊿，終不一聞。所以臨難慷慨(51)，而不能不恨恨(52)者，唯此而已。

【章　旨】此章追述自己的身世、被人誣陷的經歷，申訴自己蒙受的不白之冤。

【注　釋】❶敵國　仇敵之國。吳為晉所滅，故稱敵國。❷世無先臣宣力之效　指祖父輩對晉朝無功勞。先臣，指祖父輩。宣，用。效，勤；功用。❸才非丘園耿介之秀　言己非特立獨行有才之人。丘園，丘墟；園圃。後多指隱居的地方。耿介，耿直特立。秀，才能出眾。❹被　通「披」。覆蓋。❺惠濟無遠　恩澤廣施，無地不至。❻擢　選拔。❼群萃　眾人之意。萃，聚。❽入朝　入晉朝為官。❾歷官有六　歷任官職有六：太傅楊駿辟祭酒、太子洗馬、吳王郎中令、尚書中兵郎、殿中郎、著作郎。❿身登三閣　指為秘書郎掌中外三閣經書。⓫兩宮　東宮及上臺。⓬服冕　戴著官帽。冕，古代帝王、諸侯、卿大夫所戴的禮帽。⓭軒　古代官員乘的馬車。⓮仰齒　猶躋身。齒，列。⓯貴遊　王公貴族。⓰振景拔迹　指提拔。⓱顧邈同列　自覺遠遠高出於同輩。顧，自省。邈，遠。⓲施重山岳二句　言君恩重於山岳，臣義足以身滅相報。灰沒，如灰之滅。⑲遭國顛沛　指趙王倫篡位，遷帝居金庸城。⑳無節　沒有節義之舉。㉑曠蕩　空闊無邊。此指蒙受寬宥。㉒何顏　有什麼面目；無顏。㉓俛首　低頭。㉔頓膝　拜跪。㉕厲　危。㉖橫　突然而至的；無端的。㉗故　寫此表時齊王已被誅，故云故。㉘枉陷　誣陷。枉，曲。㉙禪文　指趙王倫受禪之文。㉚幽執　幽禁被執。幽，隱。執，繫。㉛囹圄　牢獄。㉜慮有逼迫　擔心不得申訴。㉝弟雲　弟弟陸雲。陸雲及以下袁瑜、馮熊、崔基、顧榮、曹武六人，當時皆連坐。㉞陰蒙避回　暗中受到庇護。避回，回護；庇護。㉟崎嶇自列　輾轉得以陳述。崎嶇，猶輾轉。列，陳述。㊱不關其間　不關涉到趙王倫事。㊲事蹤筆跡二句　事情的來龍去脈以及禪讓文的筆跡都可推考。陸機〈與吳王晏表〉曰：「禪文本草，今見在中書，一字一迹，自可分別。」㊳翻然　反過來。㊴蕞爾　小貌；微賤貌。㊵吝　惜。㊶區區　愛慕；思念。這裡指忠心。㊷天威　帝王的威嚴。㊸即罪　就罪。㊹謹　恭敬。㊺鉗口結舌　閉口不言。㊻天　指君。君者，臣之天。㊼莫大之釁　指不忠不孝之罪。釁，罪。㊽日經　天天經過。㊾聖聽　天子的聽察。㊿肝血之誠　猶言赤誠之心。(51)悽慨　失志悲歎貌。(52)恨恨　抱恨不已。

【語譯】我本來是吳國人，來自敵國，祖上沒有為國效力，我自己也不是特立獨行的出色之人，皇上的恩澤廣施天下，恩德無處不到，把我從眾人中選拔出來，屢次得到榮升。進入朝廷已經九年了，擔任過六個官職，掌管過中外三閣經書，在東宮和上臺都做過官。戴著卿大夫所戴的禮帽，乘著士大夫的馬車，躋身於王公貴族們的行列，得到了提拔重用，自覺遠遠高出同輩人。皇上對我的恩德重於山岳，我對皇上持有的節義足以身滅相報。遭受國家動盪，國家開始顛沛流離，沒有節義之舉可說，雖然蒙受皇上的寬宥，我又有什麼顏面呢？低頭跪拜，心裡又憂又愧又懼。而突然又被已去世的齊王冏誣陷，指責我與他人一起寫了趙王倫的受禪之文，幽閉牢獄，就是即將被殺的開始。我卑微的忠誠之心，天地可鑒，倉卒之間，擔心不得申訴，於是我就和弟弟陸雲、散騎侍郎袁瑜、中書侍郎馮熊、尚書右丞崔基、廷尉正顧榮、汝陰太守曹武等，一起考慮可以免罪的辦法，暗中受到庇護，輾轉得以陳述，一字一跡，與趙王倫禪讓之事無關。事情始末以及筆跡，皆可考核推校。但是事情一夜之間卻反了過來，反而被定有罪。微賤的生命，還不值得惋惜，只是我拳拳赤誠之心不得表白，實在令人悲歎。懼怕帝王威嚴，只能恭敬的就罪，閉口不言，不敢向君王申訴。不忠的罪過，天天要經過皇上的視聽，但是我的赤誠之心，最終不能上達帝聽。所以在臨死前失志悲歎，不能不抱慨不已，就是因為這個原因。

重蒙❶陛下❷愷悌❸之宥❹，回霜收電❺，使不隕越❻，復得扶老攜幼，生出獄戶❼，懷金拖紫❽，退就散輩❾。感恩惟咎❿，五情⓫震悼，跼天蹐地⓬，若無所容。不悟日月之明，遂垂曲⓭照，雲雨之澤，播及朽瘁⓮。忘臣弱才，身無足采⓯，哀臣零落⓰，罪有可察。苟削⓱丹書⓲，得夷⓳平民⓴，則塵洗㉑天波㉒，謗絕㉓眾口，臣之始望，尚未至是㉔。猥辱㉕大命㉖，顯授符虎㉗，使春枯之條㉘，更與秋蘭垂芳，陸沈之羽㉙，復與翔鴻撫翼㉚。雖安國免徒，起紆青組㉛，張敞亡命，坐致朱軒㉜，方㉝臣所荷㉞，未足為泰㉟，豈臣蒙垢含吝㊱所宜忝竊㊲？非臣毀宗夷族㊳所能上報。喜懼㊴參并㊵，悲慚哽結㊶。拘守常憲㊷，當便道㊸之官㊹，不得束身㊺奔走。稽顙㊻城闕㊼，瞻係㊽天衢㊾，馳心輦轂㊿，臣不勝屏營(51)延仰(52)。謹拜表以聞。

【章旨】此章對成都王為己洗刷罪名並授以重任表示感激。

【注釋】❶重蒙　多蒙。❷陛下　指成都王穎。❸愷悌　和樂簡易。❹宥　寬恕。❺回霜收電　雷電收回。比喻收回威逼。❻隕越　顛墜；跌倒。❼獄戶　獄門。❽懷金拖紫　喻顯貴。懷金，懷揣金印。紫，繫印的紫色絲帶。❾散輩　不除名爵，散官之輩。❿惟咎　思罪。⓫五情　五內；五臟。⓬跼天蹐地　言極其謹慎小心。跼，曲身；彎腰。蹐，小步行路。形容行動小心、戒懼之貌。語出《詩・正月》：「謂天蓋高，不敢不跼；謂地蓋厚，不敢不蹐。」⓭曲　幽隱。⓮朽瘁　衰病。瘁，病。⑮采　取。⑯零落　飄零凋落。⑰削　削除。⑱丹書　古人以朱筆記載犯人罪狀的文書。⑲夷　平；削職。⑳平民　凡民；百姓。㉑塵洗　罪名得以洗刷。塵，喻蒙受的罪過。㉒天波　比喻天子的恩澤。㉓謗絕　誹謗得以杜絕。㉔臣之始望二句　言自己最初的心願還不至天恩洗罪。㉕猥辱　謙詞。承蒙。㉖大命　此指成都王穎之命。㉗符虎　金虎符。指被授平原內史一職。㉘春枯之條　春天的枯枝。喻己蒙冤入獄的處境。㉙陸沈之羽　不能展開翅膀。喻己蒙冤入獄。陸沈，無水而沈。㉚撫翼　拍翅；飛翔。㉛安國免徒二句　言漢代韓安國由囚徒赦免，被任梁國內史。免徒，免於囚徒。紆，繫結；牽掛。青組，二千石之車飾。《漢書》載：韓安國事梁孝王為中大夫。其後安國坐法抵罪。梁內史缺。漢使使者拜安國為梁內史，起徒中為二千石。㉜張敞亡命二句　言張敞起於亡命，復奉使典州。亡命，謂所犯罪名已定，而逃亡避之，謂之亡命。命，名。朱軒，二千石之車飾。張敞為京兆尹，殺人逃亡，後翼州有大賊，天子思張敞功，使使召敞，隨即使拜為翼州刺史。㉝方比。㉞荷　承。㉟泰　驕傲。㊱蒙垢含吝　蒙恥含恨。吝，恨。㊲忝竊　忝居竊位。㊳毀宗夷族　毀滅宗族。㊴喜懼　喜得內史之職，懼不能勝任。㊵參并　雜半。㊶哽結　哽咽不能說話。㊷常憲　常規；法令。㊸便道　猶即行。指拜官或受命後不必入朝謝恩，直接赴任。㊹之官　到官；到任。㊺束身　約束自己；不放縱。㊻稽顙　舊喪禮居父母之喪時跪拜賓客之禮，以額觸地，表示極度悲痛。後亦用於請罪叩首。㊼城闕　代指京城。㊽瞻係　瞻望心繫。㊾天衢　天路。指京師之路。㊿輦轂　天子的車輿。用以代指天子，也指京師。(51)屏營　惶恐貌。(52)延仰　引頸仰望。

【語　譯】承蒙您和樂簡易，寬恕了我的罪行，使聖上收回雷霆之怒、嚴霜之威，不致將我殺掉，使得我能扶老攜幼，活著從牢獄裡出來，並能懷揣金印，佩帶紫綬，退列散官行列。感懷您的恩德，想到自己的罪過，真是五臟震動悲悼，小心戒懼，天地之間彷彿無地可容。沒有想到光明的日月，終於照到幽隱的地方，雲雨的潤澤，也惠及衰朽憔悴的身軀。您忘記我的才華低微，身無可取之處，哀憐我身世飄零，罪行也有需要查證的地方。如果去除我的罪狀，把我貶為平民，那麼皇上的恩澤會洗卻我蒙受的汙濁，來自眾人的謗議也可以得到杜絕，我開始所期盼的，甚至連這也不敢想。承蒙您的命令，榮耀地授給我官符，猶如春天乾枯的枝條開始復蘇，能與秋蘭一起吐露芬芳，使不能展翅的翅膀，又能與飛翔的大雁比翼雙飛。即使像韓安國那樣免於囚徒的身分，起官時掛著青組綬帶，像張敞那樣負罪亡命，後來又能夠乘車做官，與我所承受的使命相比，也不值得驕傲，我所得到的難道是我蒙垢含恨之人所應忝居竊位的嗎？這不是我能用整個家族的性命所能報答的。憂喜參半，悲歎慚愧，哽咽不能說話。受到常規的限制，我得立即到官上任，不得不約束自己，起程奔走。拜別京城，瞻望京城，心也直奔京城，我不勝惶恐，引頸仰望。特上表讓您知道。

【研　析】「表」這種文體，《釋名・釋書契》云：「下言上曰表，思之于內表施于外也。」就今天的用語來說，是一種上行關係的公用文體。在古代，作為一種上行文，更有嚴格的體式。漢蔡邕《獨斷》卷上：「凡群臣上書于天子者有四名，一曰章，二曰奏，三曰表，四曰駁議……表者不需頭，上言『臣某言』，下言『臣某誠惶誠恐，頓首頓首，死罪死罪』，左方下附曰『某官臣甲上』。」雖然每篇表不一定按此固定格式一成不變，但謙卑的語氣則是相同的。陸機此表，前有「臣機頓首，死罪死罪」，後有「臣不勝屏營延仰。謹拜表以聞」，極盡禮節。因為這是臣子進獻給皇上或諸侯王的文章，這種上行關係的公文，必須謙恭。

陸機寫此表前，在政治上走過了一條坎坷不平的道路。趙王倫篡位事件中，陸機被牽連下獄，幾乎喪命。成都王穎不但使陸機免受牢獄之災，而且賜他平原內史一職，難怪他要感激涕零了。此表內容主要有兩個組成。先是簡單提了一下自己的身世，「臣本吳人，出自敵國，世無先臣宣力之效」，表明成都王對自己有知遇之恩，然後略述自己被誣經過以及不能辯白的悲恨。這就為下文表謝成都王穎的恩德作了有力的情感鋪墊。接下來，陸機描述了自己處於絕望之境時的轉機，而這生命的再生、再生後的榮耀，都是成都王穎的賜予。因而這一部分不僅表現出冤情得以昭雪的喜悅，主要還表現了對成都王的感恩戴德，以及對自己擔任平原內史這一職位的惶恐之情。陸機的入獄與出獄，完全操縱在兩個諸侯王的身上，成都王穎與齊王冏並沒有多少區別，而陸機經過這次牢獄之災，卻把自己的一顆忠心繫於成都王一身，為他賣命，而一年多以後，即被成都王殺害，可以說，黑暗的政治給陸機開了一個絕大的玩笑。從中也可以見出文人士大夫的政治生涯的被動性與悲劇的命運。

此篇雖是一篇表謝之文，由於包含著身陷囹圄的陸機對生命與政治無常的體驗，因而，全篇寫來還是非常富有感情，文采飛揚。如言自己死地重生後的感覺云「使春枯之條，更與秋蘭垂芳，陸沈之羽，復與翔鴻撫翼」等，形象生動的兩個比喻很好地展現了絕地逢生的感激之情。又，全篇語氣頗有回環抑揚之妙，也很好展現了複雜波折的內心情感。所以，從政治角度而言，此篇讓我們看到了政治的殘酷無情；從情感角度來看，卻非常真實的展現了陸機處於政治紛爭中相當感人的真實情感。

弔魏武帝文并序

【題　解】陸機偶見魏武帝曹操遺令，悲悼功蓋一世的魏武帝曹操臨終時卻有割捨不下的「情累」。

元康八年❶，機始以臺郎❷出補著作❸，游❹乎秘閣❺，而見魏武帝遺令❻，慨然❼歎息，傷懷❽者久之。

【章　旨】此章交代得看魏武帝遺令的緣由。

【注　釋】❶元康八年　即西元二九八年。元康，晉惠帝年號。❷臺郎　晉時稱尚書郎為臺郎。陸機曾為尚書中兵郎。❸著作　指著作郎。陸機遷尚書中兵郎，轉殿中郎，又為著作郎。❹游　遊覽；觀看。❺秘閣　國家藏書籍和檔案的地方。❻遺令　遺囑。❼慨然　歎息貌。❽傷懷　感懷；傷感。

【語　譯】元康八年，我開始以臺郎的身分，出補著作郎，在秘閣中遊覽書籍，看到魏武帝曹操的遺囑，慨然歎息，長時間的傷感懷想。

客❶曰：「夫始終❷者，萬物之大歸❸；死生者，性命之區域❹。是以臨喪殯❺而後悲，覩陳根❻而絕哭❼。今乃傷心百年之際❽，興哀無情❾之地，意者❿無乃⓫知哀之可有，而未識情之可無乎？」

【章旨】假客設問，提出對傷懷歎息的疑問。

【注釋】❶客　假客問答。賦體的一種形式。❷始終　生死。此指死。❸大歸　最後的歸宿。❹區域　範圍。❺臨喪殯　指向死者弔祭。❻陳根　即宿草，隔年的草。後喻墓地。此指多年的墓地。❼絕哭　不哭。❽百年之際　魏武帝至陸機的時代已有百餘年。❾無情　時間長久了，故曰「無情」。❿意者　揣度之詞。猜想。⓫無乃　恐怕；莫非。

【語譯】有客問：「有始必有終，死是世間萬物最後的歸宿；生和死，都是生命的過程。所以向死者弔祭時很悲傷，但看到墳頭上隔年的草，就不會哭泣了。現在你竟然對著逝世一百多年的人傷心，在不需要悲傷的地方哀悼，我在想你恐怕是知道哀悼之情人人皆有，而不懂悲情會慢慢淡去直到消失吧？」

機答之曰：「日蝕❶由乎交分❷，山崩起於朽壞，亦云數❸而已矣。然百姓怪焉者，豈不以資高明❹之質而不免卑濁❺之累，居常安❻之勢而終嬰❼傾離之患❽故乎？夫以迴天倒日之力而不能振❾形骸之內❿，濟世夷難之智而受困魏闕⓫之下，已而格乎上下者⓬，藏於區區之木⓭，光于四表者⓮，翳⓯乎蕞爾之土⓰，雄心摧於弱情⓱，壯圖終於哀志⓲，長算⓳屈於短日⓴，遠跡㉑頓㉒於促路㉓。嗚呼！

豈特瞽史[24]之異闕景[25]，黔黎[26]之怪頹岸[27]乎？

「觀其所以顧命[28]家嗣[29]，貽謀[30]四子[31]，經國之略既遠，隆[32]家之訓亦弘[33]。又云：『吾在軍中，持法是也。至於小忿怒，大過失，不當效也。』善乎達人之讜言[34]矣。持姬女而指季豹[35]，以示四子曰：『以累汝。』因泣下。傷哉！曩[36]以天下自任，今以愛子[37]託人[38]。同乎盡者無餘，而得乎亡者無存[39]。然而婉孌[40]房闥[41]之內，綢繆[42]家人之務[43]，則幾乎密[44]與！又曰：『吾婕妤[45]妓人[46]，皆著[47]銅雀臺[48]。於臺堂上施八尺牀，繐帳[49]，朝晡[50]上脯糒[51]之屬，月朝[52]十五日，輒向帳作妓[53]。汝等[54]時時登銅雀臺，望吾西陵墓田。』又云：『餘香可分與諸夫人。諸舍中[55]無所為，學作履組[56]賣也。吾歷官[57]所得綬[58]，皆著藏[59]中。吾餘衣裘，可別為一藏，不能者兄弟可共分之。』既而竟分焉。亡者可以勿求，存者可以勿違。求與違，不其兩傷乎？

「悲夫！愛有大[60]而必失[61]，惡有甚[62]而必得[63]，智慧不能去其惡，威力不能全其愛，故前識[64]所不用心，而聖人罕[65]言焉。若乃繫情累於外物，留曲念[66]於閨房，亦賢俊之所宜廢乎。」於是遂憤懣而獻弔云爾。

【章　旨】此章答客之問，分析魏武帝遺令的得失，指出自己的悲悼並不只是生死，而是悲悼像魏武帝這樣的一代梟雄臨終時也為情所累，看不透生死。

【注　釋】❶日蝕　日月相掩的自然現象。❷交分　交合後而又分開。❸數　自然運數。❹高明　指日月。❺卑濁　指日月之蝕。❻常安　山止於大地而不動，故云「常安」。❼嬰　遭遇。❽傾離之患　指山崩。❾振　挽救；振起。❿形骸之內　指人的形體、人的生命。⓫魏闕　宮門建築上的一種巍然高出的樓閣。後來用它代指朝廷。⓬格乎上下者　指具有頂天立地大功勞的人，即曹操。格，至。⓭區區之木　此指小小的棺材。區區，小貌。⓮光于四表者　功名光耀天下的人，即曹操。⓯翳　掩埋。⓰蕞爾之土　指小小的墳墓。蕞爾，小貌。⓱弱情　指疾病。⓲哀志　指行將死亡。⓳長算　高明的計謀；長遠的打算。⓴短日　指生命的短促。㉑遠跡　遠大的功績。㉒頓　停頓；停止。㉓促路　指生命的短促。㉔瞽史　樂師和史官的並稱。㉕闕景　指日食。㉖黔黎　百姓。㉗頹岸　指山崩。㉘顧命　遺囑。㉙冢嗣　指長子曹丕。㉚貽謀　遺言。貽，遺。㉛四子　指曹丕、曹植、曹彰、曹彪。㉜隆　興。㉝弘　遠；大。㉞讜言　善言。讜，正。㉟持姬女而指季豹　拉著女兒指著小兒曹豹。持，執。姬女，女子的通稱。此指太祖與杜夫人所生高城公主。季豹，指與杜夫人所生小兒曹豹，時五歲，年幼。㊱曩　昔日；以前。㊲愛子　指曹豹。㊳託人　指所託四子。㊴同乎盡者無餘二句　言人的生命到了盡頭，精神就沒有了；身體消逝了，見識也就不存在了。㊵婉孌　愛戀。㊶房闥　指家庭。㊷綢繆　指纏綿。㊸家人之務　指家務。㊹密　周密；細緻。㊺婕妤　女官。㊻妓人　歌妓。㊼著　安置。㊽銅雀臺　臺名。建安十五年冬建造。㊾繐帳　此指靈帳。柩前的靈幔。繐，細布。㊿晡　傍晚。(51)脯糒　乾肉乾飯。置於靈帳前用於祭奠。(52)月朝　月初一。(53)作妓　表演音樂歌舞。(54)汝等　指四子等人。(55)諸舍中　指眾妾。(56)履組　有彩飾的鞋子。(57)歷官　歷任官職。(58)綬　絲帶。古代用以繫佩玉、官印、帷幕等。綬帶的顏色常用來標誌不同的身分與等級。(59)藏　指櫃子一類存儲物件的器具。(60)愛有大　指人最愛的是生。(61)必失　必失去生。指死。(62)惡有甚　最厭惡的是死。(63)必得　指一定得到。指死。(64)前識　有先見的人；達人。(65)罕　少。(66)曲念　深切懷念。

【語　譯】陸機回答說：「日蝕的形成是由於日月的交合而又分離，山的崩塌是由於土壤的腐朽內空，只不過說是自然的運數罷了。但百姓對此卻很奇怪，難道不是因為高明的日月也免不了日蝕的拖累，靜止不動的大山也會有崩塌的禍患的緣故嗎？回天倒日的壯力卻不能挽救生命的逝去，濟世安邦的才智卻在朝廷中受困，功滿天下的人，最終也斂藏小小的棺木之中，德充天地的人，也要埋於小小的墳墓之中。雄心被疾病摧毀，行將死亡，壯志消逝，長遠的計謀卻限於生命的短促，遠大的目標也在短促的生命之路上停止。唉！難道僅僅是史官對日蝕感到驚異，只是百姓對山崩感到奇怪嗎？

「看看魏武帝留給長子曹丕的遺囑，為四個兒子的謀劃，其中治理國家的策略是很遠大的，興隆家族的訓誡也很弘大。他說：『我在軍隊中，一直依法辦事，這是對的。那些因小事而發的憤怒，以及大的過失，你們不要效仿。』真是有見識的人的善言良勸。他又拉著姬女，指著小兒子曹豹，囑咐四個兒子說：『拖累你們了。』說著眼淚就流了下來。多麼悲傷的事啊！以前以重整天下為己任，臨終卻要將愛子託付給別人。人的生命到了盡頭，精神就沒有了，身體消逝了，見識也就不存在了。然而，他留戀家庭之內，纏繞家庭事務，考慮得則又幾乎太周到細緻了！他又說：『我的那些女官、歌妓，都要安置到銅雀臺上。在臺上放置一張八尺的牀，還有幔帳，每天早晚送上乾肉、乾飯這類的東西，每月初一、十五，就要面對幔帳表演音樂歌舞。你們要常常登上銅雀臺，望著我在西陵的墓田。』又說：『我的那些香料就分給夫人們。至於眾妾沒有什麼可幹的，讓她們學習做些彩飾的鞋子去賣。我歷次做官得到的綬帶，都放在櫃子裡。我其餘的衣服，可以放在另一只櫃子裡，放不下的，你們弟兄就一起分了吧。』後來竟然把他的衣服分了。死去的人可以沒有要求，活著的人也可以不違背死者的意願。死者有要求，而活著的人又違背了要求，不是二者都有傷害嗎？

「悲哀啊！人們最愛的是生命，但生命終將逝去，人們最厭惡的是死亡，但是死亡一定會到來。聰明智慧不能去除人們厭惡的死亡，威嚴勢力也不能使生命保全，所以通達的人不在此花費心思，聖明的人也很少議論。至於讓感情為外物所累，深深留戀閨房，也是賢達俊傑之人所應該廢棄的。」因此，內心憤懣，寫下這篇哀悼的文章。

接皇漢❶之末緒❷，值❸王塗❹之多違❺。佇❻重淵❼以育鱗❽，撫❾慶雲❿而遐飛⑪。運神道⑫以載德⑬，乘靈風⑭而扇威⑮。摧群雄而電擊⑯，舉勍敵⑰其如遺⑱。
指八極⑲以遠略⑳，必翦㉑焉而後綏㉒。釐㉓三才㉔之闕典㉕，啟㉖天地之禁闈㉗。舉修綱㉘之絕紀㉙，紐㉚大音㉛之解徽㉜。掃雲物㉝以貞觀㉞，要㉟萬塗㊱而來歸。丕㊲大德以宏覆㊳，援㊴日月而齊暉。濟元功於九有㊵，固舉世㊶之所推。

【章　旨】此章略述魏武帝曹操於漢末動亂之際，重整天下的宏功偉業。

【注　釋】①皇漢　漢朝。②末緒　前人遺留的功業。③值　逢。④王塗　國家的政治。⑤違　背謬；不正。⑥佇　待。⑦重淵　深淵。重，深。⑧育鱗　養育龍鱗。喻等待時機。⑨撫　拂；拍擊。⑩慶雲　祥雲。⑪遐飛　高飛；遠飛。⑫神道　天道。⑬載德　行德。載，行。⑭靈風　神異的風。⑮扇威　扇動威風。⑯電擊　言其威如電擊。⑰勍敵　強敵。勍，強；有力。⑱如遺　如拾物於地那樣容易。⑲八極　指天下。⑳略　取。㉑翦　翦除。㉒綏　安寧。㉓釐　整治。㉔三才　指天地人。㉕闕典　缺失的典章制度。闕，通「缺」。典，文物制度。㉖啟　開。㉗禁闈　指宮禁之門。闈，宮中小門。㉘修綱　大綱；綱紀。此指經治國家的大綱。㉙絕紀　已斷了的綱紀。㉚紐　聯結。㉛大音　高尚的音樂。此指禮樂。㉜解徽　錯亂了的音調。㉝雲物　喻指群兇。㉞貞觀　清平。㉟要　使。㊱萬塗　指各種軍閥豪強勢力。㊲丕　擴大。㊳宏覆　廣施；普照。宏，廣大。覆，庇蔭。㊴援　攀附。㊵九有　九州；全國。㊶舉世　一世。

【語　譯】魏武帝承接了漢朝留下的功業，恰逢當時國家命運多舛。他像龍一樣久藏深淵，等待龍鱗長成，再拍擊祥雲騰空飛翔。他遵從天道行德，乘著神異的風，顯示威力。如電一般摧毀了各地諸侯，輕鬆地擊敗了強大的敵人。他目標遠大，遠攻近取，下定決心翦除各方勢力，使天下安寧。他整治了天地間缺失的文物制度，開啟了天地間早被幽閉的大門。整治即將斷絕的國家朝綱，使錯亂的禮樂又得到聯結。他掃清群兇，使社會清平，使各地的軍閥豪強都來歸順。廣施德行，庇蔭天下，攀附日月，與日月齊光。在天下立下大的功勞，本來就得到世人的推重。

彼人事之大造❶，夫何往而不臻❷。將覆簣❸於浚谷❹，擠❺為山乎九天。苟理窮而性盡❻，豈長算之所研❼？悟臨川之有悲❽，固梁木其必顛❾。當建安之三八❿，實大命⓫之所艱⓬。雖光昭於曩載⓭，將稅駕⓮於此年。

【章　旨】此章言像曹操這樣的英雄也還是不免一死。

【注　釋】❶大造　大的成功。造，成。❷臻　至。❸覆簣　盛土以堆成山。簣，盛土的竹筐。❹浚谷　深谷。❺擠　通「躋」。升。❻理窮而性盡　言萬事萬物都有一定運命，生死亦有天命。❼研　思慮。❽臨川之有悲　子在川上曰：「逝者如斯夫。」❾梁木其必顛　喻人將死。孔子去世前七日吟誦的一首歌，預示自己即將離世。歌曰：「太山壞乎！梁柱摧乎！哲人萎乎！」❿當建安之三八　指建安二十四年。三八，二十四年。此年曹操患病。⓫大命　天命。⓬艱　患。⓭曩載　過去的歲月；昔年。⓮稅駕　猶解駕。停車。指死。

【語　譯】人們的力量可以建成大的功業，又有什麼做不到的呢。用盛土的竹筐往深谷裡倒土，能堆成一座高入九天的山。假如萬事萬物都有一定的運命，那麼，世間的事怎麼是人的長遠計畫所能安排的呢？感悟到面臨流水時的悲愴，人將如梁木摧折一樣死去啊。時值建安二十四年，實在是大命所患的一年。雖然光芒照耀於往年，但生命將要在這一年停止了。

惟降神❶之綿邈❷，眇❸千載而遠期❹。信❺斯武❻之未喪，膺❼靈符❽而在茲。

雖龍飛於文昌❾，非王心之所怡❿。憤⓫西夏⓬以鞠旅⓭，泝⓮秦川而舉旗⓯。踰⓰

鎬京⓱而不豫⓲，臨渭濱⓳而有疑⓴。冀翌日㉑之云瘳㉒，彌四旬㉓而成災㉔。詠歸塗以反旆㉕，登崤澠㉖而揭來㉗。次㉘洛汭㉙而大漸㉚，指六軍㉛曰念哉㉜。

【章旨】此章寫魏武帝在征戰途中得病去世的經過。

【注釋】❶降神　降生神聖的人。❷綿邈　時代久遠。❸眇　久遠；高遠。❹遠期　聖人千載一出，故曰遠期。❺信　誠然；確實。❻斯武　神武之道。❼膺　當。❽靈符　神異之兆。古代迷信，有聖王出，先有靈符。❾龍飛於文昌　曹操在文昌殿接受王位。龍飛，喻曹操接受王位。文昌，殿名。❿非王心之所怡　言受命不是武帝內心所想，而是出自天命。怡，悅。⓫憤　恨。⓬西夏　指劉備。⓭鞠旅　練兵養眾。鞠，養。⓮泝　越過。⓯舉旗　舉起旗幟；作戰。⓰踰　越過。⓱鎬京　代指長安。⓲不豫　帝王有病的代稱。⓳渭濱　指長安。⓴有疑　指病重。㉑翌日　第二天。㉒瘳　病癒；痊癒。㉓彌四旬　滿四十天。彌，滿。㉔成災　病重。㉕反旆　返軍。㉖崤澠　兩個山名。㉗揭來　猶言來、歸來。㉘次　到。㉙洛汭　指洛陽。㉚大漸　病漸危重。㉛六軍　軍隊。㉜念哉　戒令。指曹操臨死戒誓士卒毋有二心。

【語譯】神聖之人的降臨需要一個很長的時間，往往是千載這樣長的時間才一遇。神武之道確實沒有喪失，魏武帝曹操擁有神異的徵兆而應時出現。雖然在文昌殿接受了王位，但並不是武帝內心喜悅的。憤恨劉備練兵養眾，準備越過秦川作戰。經過長安時，武帝生病了，回到長安後，病情加重。希望第二天身體就會好起來，但是整整四十天，病情更加嚴重。於是帶著部隊回歸洛陽，登上崤、澠兩座山而歸來。到了洛陽後，病漸危重，臨死前戒令士卒毋有二心。

伊君王之赫奕❶，寔終古❷之所難。威先天❸而蓋世，力盪❹海而拔山。厄❺奚❻險而弗濟，敵何強而不殘❼。每因禍以禔❽福，亦踐危而必安。迄❾在茲而蒙昧❿，慮噤閉⓫而無端⓬。委⓭軀命以待難⓮，痛沒世而永言⓯。撫四子以深念，循膚體而頹歎⓰。迨⓱營魄⓲之未離，假餘息乎音翰⓳。執姬女以嚬瘁⓴，指季豹而漼焉㉑。氣衝襟以嗚咽㉒，涕垂睫而汍瀾㉓。

【章　旨】此章敘述魏武帝在世時的偉大功業和臨死前的淒慘場景。

【注　釋】❶赫奕　形容功勞大。❷終古　自古以來。❸威先天　威勢為天下所先。❹盪　平息。❺厄　困厄；險阻。❻奚　何。❼殘　殺；攻破。❽禔　安。❾迄　至；到。❿蒙昧　指病重而不省人事。⓫噤閉　指開口說話困難。⓬無端　指沒有遺令之事。⓭委　委棄。⓮待難　等待死亡。⓯永言　長言；叮嚀不已。⓰頹歎　悲思斷絕。⓱迨　及；趁。⓲營魄　魂魄。⓳音翰　聲音與翰墨。此指遺令。⓴嚬瘁　指人皺眉，憂愁的樣子。㉑漼焉　流淚貌。㉒嗚咽　因悲傷哽咽不能說話。㉓汍瀾　淚流滿面貌。

【語　譯】魏武帝的功業是多麼的顯赫啊，實在是自古以來都很難見到的。他的威勢為天下所先，充滿整個天下，他的力量可以平息洶湧的大海，拔起高山。遇到什麼樣的險難他都能夠平定，無論什麼樣強大的敵人他都能摧敗。每每能化險為夷，轉危為安。直到現在因病重而不省人事，擔心開口說話困難，而不能留下遺言。委棄這個身軀性命，等待死神的降臨，遺憾自己馬上就死去而叮嚀不已。撫摩四個兒子，表現出深深的留念，看看自己的身體而悲痛欲絕。趁著魂魄還沒有離去，用最後的力氣發表遺令。拉著姬女的手，皺眉歎息不已，手指著幼子曹豹而淚流滿面。他的氣息吹動著衣襟，哽咽不能說話。眼淚奪眶而出，淚流滿面。

違❶率土❷以靜寐❸，戢❹彌天❺乎一棺。咨❻宏度❼之峻邈❽，壯大業之允❾昌。思居終❿而恤始⓫，命臨沒而肇⓬揚。援⓭貞咎⓮以惎悔⓯，雖在我⓰而不臧⓱。惜⓲

內顧⑲之纏綿，恨末命⑳之微詳㉑。紆㉒廣念㉓於履組，塵㉔清慮㉕於餘香。結遺情於婉孌，何命促而意長！陳法服㉖於帷座㉗，陪窈窕㉘於玉房㉙。宣㉚備物㉛於虛器㉜，發哀音於舊倡㉝。矯㉞戚容㉟以赴節㊱，掩零淚而薦觴㊲。物無微而不存，體無惠而不亡㊳。庶㊴聖靈之響像㊵，想幽神㊶之復光。苟形聲㊷之翳沒㊸，雖音景其必藏。徽㊹清絃而獨奏，進脯糒而誰嘗？悼繐帳之冥漠㊺，怨西陵之茫茫㊻。登雀臺而群悲，眝㊼美目其何望。既睎古㊽以遺累，信簡禮而薄葬。彼裘紱㊾於何有，貽塵謗㊿於後王。嗟大戀(51)之所存，故雖哲(52)而不忘。覽遺籍以慷慨，獻茲文而悽傷。

【章旨】此章微諷魏武帝遺令太瑣細，感歎聖哲之人也難免俗世之累。

【注釋】❶違　違棄。❷率土　此指天下。❸靜寐　睡眠。此指死去。❹戢　收斂。❺彌天　滿天。此指滿天下的功德。❻咨　歎。❼宏度　大度。❽峻邈　高遠。❾允　信。❿居終　臨終之際。⓫恤始　開始憂慮死後的事情。⓬肇　開始。⓭援引。⓮貞咎　正確和過失。貞，正。咎，過失。⓯惎悔　教之悔悟。惎，啟發；教導。⓰在我　在己；在己之身。⓱臧　善。⓲惜　惋惜。⓳內顧　指顧念家務。⓴末命　遺命。㉑微詳　細詳。微，細。㉒紆　縈繞。㉓廣念　周到的考慮。㉔塵　煩勞。㉕清慮　清明的思慮。㉖法服　指平生的衣服。㉗帷座　帷帳之中。㉘窈窕　指美女。㉙玉房　指銅雀臺。㉚宣　布置。㉛備物　指曹操遺留下來的物品。㉜虛器　虛設的器物。㉝舊倡　舊時的歌妓。㉞矯　舉；表現。㉟戚容　憂愁的面容。㊱赴節　指合著節拍歌舞。㊲薦觴　向靈帷進酒。㊳物無微而不存二句　言物體雖有小但是可以長存的，人體雖有智慧卻沒有不死亡的。㊴庶　希望。㊵響像　聲音和形象。㊶幽神　指死了的曹操。㊷形聲　指人的肉體。㊸翳沒　指死亡。㊹徽　彈奏。

㊺冥漠　渺茫。㊻茫茫　指草木茫茫。㊼眝　凝視。㊽睎古　模仿古人。㊾裘紱　衣服和做官的綬帶。㊿塵謗　世俗的謗議。51大戀　大愛；對生的愛戀。52哲　聖哲。

【語　譯】魏武帝離開人們靜靜地睡去了，把滿天的功德都帶進了一個小小的棺材中。嗟歎他高遠宏大的志向，讚歎他的大業確實昌盛。臨終的時候開始憂慮死後的事情，生命行將結束時，思緒開始飛揚。他指出自己的正確的地方和犯下的過失，希望以此教導後世，即使一己之身也不是盡善盡美的。可惜的是他對家庭太過於纏綿，遺憾的是他的遺囑瑣細詳盡。他的許多思念中竟然還夾雜著彩飾鞋子的考慮，使自己的思慮煩勞，竟然還想到餘留的香粉。留下纏綿的愛戀之情，生命多麼短促而情意竟如此綿長！要求把平生的衣服放置靈帷之中，讓女官歌妓都在銅雀臺相陪。把遺留下來的東西都放置在虛有的器物上，讓歌妓唱出淒哀的舊曲。帶著憂愁的面容隨著節拍歌舞，邊擦拭眼淚邊向靈帷進酒。物體雖然小卻可以有長存的，而人雖然有智慧卻沒有不死亡的。想著死去的魏武帝的聲音和形象，希望他恢復身影。如果一個人的肉體消逝了，他的聲音形象自然就不存在了。獨自彈奏淒清的樂聲，準備的乾肉和乾飯，有誰來品嘗？悲歎靈帷，虛無渺茫，埋怨陵墓已是草木茫茫。登上銅雀臺，大家都很悲傷，久久凝視著遠方，到底又看到了什麼。已經效法古人，免去牽累，確實實行了簡單的葬禮，進行薄葬。那些衣服和做官時的綬帶又有什麼呢，留給後代許多塵俗的議論。感歎對生命的愛戀無所不在，所以雖然是聖哲也難免忘懷。我看到魏武帝遺令，內心悲歎，獻上這篇弔文，表達我的感傷。

【研　析】這篇弔文，是陸機為著作郎時看到魏武帝遺令而生發的感歎。這一感歎集中在功蓋一世的一代霸主的形象與其遺令之間世俗情累之間的巨大反差，這一反差所帶來的心靈震顫是鋪寫此文的觸機。

文章由序文與正文兩個部分組成。序文假客問答，借客之口引出為什麼對魏帝之死傷懷的疑問。從陸機的回答中可以看出，他的悲歎已不是一般的生死之歎，而是悲悼如此功蓋一世的霸主，生命臨終之時卻有著解不開的情累。序文著重分析了魏武帝遺令，主要強調其情累外物的種種表現，如果說慮及姬女季豹的成長還是人之常情，那麼對衣物綬帶的不捨、對死後歌舞拜祭的看重以及慮及姬妾織履以賣、餘香眾分等極其瑣細之事，也見出一代霸主的功業給他帶來功名富貴的同時，卻又給魏武帝帶來揮之不去的生命情累。陸機在序文中用「高明之質而不免卑濁之累」說明這種反差，從而從生死的角度拔去了英雄頭上的光環，這種「卑濁」的情累卻真實地再現了魏武帝內心一個真實的側面，從某種角度而言，這篇文章借真實的「遺令」，從而顛覆了人們心目中的英雄形象。歷來對曹操的評價都是褒貶不一，而過去的褒貶主要集中在政治倫理之上，相反，此篇非常突出曹操安定天下的蓋世之功，這種推崇也不是基於政治含義，而主要是為了襯托他的生命「情累」，在形成的如此強大的反差之中，從生命的角度對曹操展開了一個新的認識，揭示了曹操豐富而真實的內心世界。這種揭示，對曹操而言是人生情累的集中展示，對後人來說無疑帶來更深層次的生命思考，它對我們認識生命、認識人性無疑是一個非常典型而又真實生動的例子。蘇軾的〈前赤壁賦〉中感歎生命短暫，也提到一代梟雄的曹操「如今安在」的悲歎，無疑也是陸機這種從生命意識思考英雄現象的一個延續。

從表現上來說，序文假客問答的形式，是賦體的一種表現方法。這種提出問題的一種方式，使得文章行文活潑。序文用散體寫成，適於敘事描寫，所以，序文對曹操臨終遺命的描寫較為細緻。與序文不同的是，正文部分主要由無「兮」字的句腰虛字的六字句寫成，大都對偶，抒情的筆墨要多於敘事，與序文相得益彰、各有側重。序文著重的情節在正文中則相對較略，如遺命的細節正文雖有，但若無序文的生動交代，恐失之於過簡，而這一細節則是全文悲歎的重要原因，不可省略。又正文中詳述的魏武帝的蓋世之功與魏武帝死後眾人的悲悼情況，則又是序文所略的。此外，文章語言頗為生動，比喻新穎深刻，如上文提到的以「高明之質而不免卑濁之累」，說明集於魏武帝一身的巨大反差，以「紆廣念於履組，塵清慮於餘香」等典型事例，說明魏武帝的「情累」，都非常具體生動。

弔蔡邕文

【題解】此文憑弔蔡邕智而未愚、信道未堅，不知保全自己於亂世。

彼洪川之方割❶，豈一簣❷之所堙❸。故尼父❹之惠訓❺，智必愚而後賢。諒知道之已妙，曷信道之未堅。忽甯子❻之保己，效萇叔❼之違天❽。冀澄河❾之遠日，忘朝露之短年。

【注釋】❶方割　普遍為害。語出《書・堯典》：「湯湯洪水方割，蕩蕩懷山襄陵，浩浩滔天。」❷一簣　一竹籃子土。簣，竹籃子。❸堙　堙埋；填平。❹尼父　孔子，名丘，字仲尼。父，同「甫」。古代對男子的美稱。❺惠訓　猶惠教。賜教。❻甯子　即甯武子。春秋衛大夫甯俞，謚武子。《論語・公冶長》：子曰：「甯武子，邦有道，則知；邦無道，則愚。其知可及也；其愚不可及也。」後以甯武子為邦有道則仕、無道則佯愚全身的政治家的典型代表。❼萇叔　萇弘，字叔。春秋周景王、周敬王的大臣劉文公所屬大夫。劉氏與晉范氏世為婚姻，在晉卿內訌中，由於幫助了范氏，晉卿趙鞅為此聲討，萇弘被殺死。傳說死後三年，其血化為碧玉。後成為屈死者的形象代表。❽違天　違背天意。指萇弘不知保身之道。❾澄河　水色清澈之河。即「河清」，比喻天下太平。

【語譯】大江河流普遍成災，不是區區一籃子泥土就能填阻的。所以孔子就有賜教，智慧的人一定要先學會愚鈍才算是真正的賢人。蔡邕確實已經深刻地理解了這種保身之道，為什麼不堅定地信奉實行這種保身之道。忽視了甯武子的保己全身之道，卻去效仿萇叔違背天命的做法。他希望天下太平卻遙遙無期，卻忘了人生如早晨的露珠是無比的短暫。

【研析】蔡邕，字伯喈，是東漢著名文學家、書法家。東漢靈帝時召任郎中，校書東觀，遷議郎。後因彈劾宦官，受到誣陷，流放朔方。被赦後，不敢歸鄉，亡命江湖十餘年。漢獻帝時，董卓專權，蔡邕被迫入京為侍御史，拜左中郎將。遷都長安後，封高陽鄉侯。董卓遭誅後，他亦被捕，死於獄中。

陸機此文憑弔蔡邕，顯然是就蔡邕的政治命運而言的。生於亂世的蔡邕，晚年為董卓效力，最後因董卓被誅，自身也殞命亂世，這與歷史上的萇弘的命運是多麼的相似。作為學識淵博的蔡中郎，他不可能不知道佯愚亂世的保己之法，但是他還是因侍非其主而喪生，這固然是一己的識見局囿，但是從陸機的所歎中，我們還感到，蔡邕的不知保己之昧，卻暗含著「冀澄河」即希望天下太平的期盼，故而見出時代動亂是殺害蔡邕的又一原因。保己性命與渴望功名，這在亂世就是一個無法兩全的悖論，所謂智者只不過是以「退」的方式保全性命於亂世，所謂愚者只不過是不忍離開亂世而丟了性命。上升到理論的高度，則是孔夫子早已留下的惠訓：「邦有道，則知；邦無道，則愚。」甯武子知道這條法則且身體力行了，成為智者的象徵；而蔡邕則成為亂世愚者的代表，讓後世悲歎。但是陸機在憑弔的同時，又何嘗不包含「知」與「行」的無奈以及個體在亂世中生存的艱難的感歎？他自己被殺的結局，無疑又是晉代的一個蔡邕的再現。也許憑弔蔡邕之時也就隱然包含著對苟活亂世的某種人生體驗了吧？

此弔文較短，但是在較短的篇幅中，始終運用對比的思維與語言，如「方割」之患與「一簣」之勞，「智」與「愚」，「知道」與「信道」，「甯子之保己」與「萇叔之違天」，「遠日」與「短年」等，這種對比的語言突現了陸機將蔡邕的悲劇置入一個兩難的悖論中加以思考的維度，從而揭示了個體生存於亂世的艱難，其艱難並不是或智或愚的人生抉擇來得那麼簡單！

吳大帝誄

【題解】此篇盛讚吳大皇帝孫權的資質俊明、聖質仁明以及逝後天下的哀慕。

我皇明明❶，固天寔生。體和二合❷，以察三精❸。濯暉育慶❹，懷祥載榮。

率性❺而和，因心則靈。厥靈伊何，克聖克仁。茂❻對四象❼，克配乾坤❽。齊明日月，考詳鬼神❾。誕自幼沖❿，叡哲宿⓫照。甄化⓬無形，探景絕曜。巍巍聖姿，文武既俊。有覺⓭德徽⓮，兆民⓯欣順。將熙⓰景命⓱，經營九圍⓲。登跡岱宗⓳，班瑞⓴舊圻㉑。上玄㉒匪惠，早零聖暉。神廬㉓既考，史臣獻貞㉔。龍輴㉕啟殯，霄㉖載紫庭㉗。辰旒㉘飛藻，凶旗舉銘㉙。崇華熠爍，翠蓋㉚繁纓。千乘結駟，萬騎重營。簫鼓震響，和鑾流聲。動軫㉛閶闔㉜，永背承明㉝。顯步萬官㉞，幽驅百靈。隨化太素㉟，即宮杳冥。億兆㊱同慕，泣血如零。

【注釋】❶明明　明察貌。多用於歌頌帝王、神靈。❷二合　指陰陽。❸三精　指日、月、星。❹濯暉育慶　指施耀光輝福澤。濯，此指光大。育，產生。慶，福澤。❺率性　此指依循百姓本性而行。❻茂　卓越；優秀。❼四象　此指四季。《易》：「太極生兩儀，兩儀生四象，四象生八卦。」❽乾坤　《易》八卦中的乾坤二卦。《易》認為乾坤屬於陰陽的範疇，是宇宙的原始物質，它們的相互對立，相互交感，相互制約，推動事物的發生和變化。❾考詳鬼神　言多才多藝，故能事鬼神。考，通「巧」。❿幼沖　年齡幼小。⓫宿　久。⓬甄化　教化。甄，造就；化育。⓭覺　賢智者之稱。⓮徽　美好。⓯兆民　百姓。⓰熙　光大。⓱景命　意即上天授予王位之命。古時帝王自稱受命於天。⓲九圍　九州；天下。⓳登跡岱宗　古代天子封禪泰山，以告神明。此借指吳大帝封禪之事。⓴班瑞　班賜瑞玉，表示與天下正始也。㉑圻　皇帝都城周圍千里之地。㉒上玄　天。㉓廬　此指墓地。㉔貞　卜問；占卜。㉕龍輴　帝王的柩車。輴，古代載柩車。㉖霄　雲氣。㉗紫庭　宮廷。㉘辰旒　古代旌旗名。㉙銘　又稱「旌銘」。指靈柩前的旗幡，用絳帛粉書。㉚翠蓋　翠羽裝飾的華蓋。㉛軫　車。㉜閶闔　宮之正門。㉝承明　漢代殿名，在未央宮中。㉞萬官　數以萬計的官員。極言官員之多。㉟太素　古代指構成宇宙的物質。㊱億兆　指人民。極言其多。

【語　譯】我們聖明的君主，明察秋毫，這本是上天賦予的。體含陰陽二氣，能夠知曉日、月、星的運行規律。灑下光輝，帶來福澤，給天下帶來吉祥和繁榮。大皇帝依循百姓本性而行事，天下和合，憑著一顆虔誠的心，做起什麼事來都很神靈。他的神靈到底如何，能表現出聖明也能表現出仁慈。他氣度卓遠，備四時之氣，能與天地相參。仁德光明，可與日月相比，多才多藝，故能事鬼神。這些善美從他幼小的時候就表現出來，睿智神明長久地照耀。他的教化無聲無形，就像尋找時光卻毫無蹤影。他偉大聖明，文治武功都出類拔萃。先覺先智，品德美善，百姓誠心歸服。將要光大天命，經營天下。登山封禪，班賜瑞玉，表示新的開始。上天不施恩惠，早早地落下了聖明的光輝。神墓既已選定，史官獻上占卜的結果。帝王的柩車起程了，雲氣充滿了整個宮廷。柩車的旗幟，精緻華美，旗子下面有書寫著死者名諱的銘旌。翠羽裝飾的華蓋繁華美麗，閃爍著奪目的光彩。成千上萬的馬車聚集在那裡。有簫鼓的樂聲，有和鑾的聲音。車子經過宮廷大門，與承明宮永遠告別。百官在陽間送葬，眾多鬼神在陰間恭迎。大皇帝和自然同歸一體，永久地歸入幽冥的墳墓中。百姓思慕，眼淚零落，淚盡泣血。

【研　析】「誄」這種文體，是悼念死者的文章。陸機生於孫吳景帝永安四年，即西元二六一年。而吳大帝孫權卒於西元二五二年。那麼，這篇誄文非大帝死的當年所作，而是陸機後來的追悼。寫於何時，已難確定。文中的追悼從兩個方面表現。一是對吳大帝生前的聖質仁明的讚頌，如此仁德之人卻「上玄匪惠，早零聖暉」，這不得不令人哀悼。二是對死後出殯時盛大場面的描寫，如「顯步萬官，幽驅百靈」、「億兆同慕，泣血如零」等，足見普天同悲、萬民共哀，寫出了百姓的愛戴與思慕。陸機一直對孫權評價頗高，在〈辨亡論〉中已可見一斑。劉勰《文心雕龍．誄碑》言：「誄者，累也。累其德行，旌之不朽也。」這一篇也可以說是通過「誄文」的文體，表達了對吳國大皇帝孫權的熱情歌頌。作為吳國鼎盛繁榮時的一代君主，陸機對孫權的讚美、思慕也就可以理解為陸機對吳國昔日繁盛的追念、對已逝故國的思念。

愍懷太子誄

【題解】愍懷太子，即晉惠帝長子司馬遹，字熙祖。其母，謝才人。因非賈后所生，遭致賈后忌恨。晉惠帝永康元年（西元三〇〇年）正月，賈后使人誣太子為逆，幽拘許昌宮。三月殺之。四月趙王倫矯詔廢賈后為庶人，並殺之。惠帝冊復太子，謚曰愍懷。此篇是陸機在太子之冤得以昭雪之後寫下的哀悼之文。

明明❶皇子，成命❷既駿❸。保乂❹皇家，載生淑胤。茂德克廣，仁姿朗儁❺。當克無疆，光紹❻有晉。如何不弔❼，暴離❽咎覯❾。曾❿是遘愍⓫，匪降自天。肇傾運祚⓬，遂喪華年。嗚呼哀哉！沈雲⓭既祛⓮，日月⓯增暉。靈寵⓰可贈，冤魂難追。舊物⓱東反，靈柩西歸。傷我惠后⓲，寂焉翳滅⓳。銜哀駿奔⓴，凶服㉑就列。追慕徽塵㉒，興言㉓斷絕。敢誄㉔遺風，庶存芳烈㉕。其辭曰：

【章旨】此章為誄文之序言，交代太子的仁惠資質、華年遇害的經過，以及寫這篇誄文的原因。

【注釋】❶明明　聖明貌。❷成命　既定的天命。❸駿　大。❹保乂　治理；安定。❺朗儁　即朗俊。高雅俊秀。❻光紹　繼承光大。❼弔　悲傷；憐憫。❽暴離　突然遭受。離，罹；遭受以。❾咎覯　災難；不幸。❿曾　則。表示承接。⓫遘愍　遭遇憂傷、禍亂。⓬運祚　國運福祚。⓭沈雲　喻指殺害愍懷太子的賈后等人。⓮祛　祛除。⓯日月　喻指皇權。⓰靈寵　指對愍懷太子的追贈的恩寵。賈后被誅後，惠帝下詔冊復太子，「追復皇太子喪禮，反葬京畿，祠以太牢」。⓱舊物　指太子留下的物品。⓲惠后　此指太子。⓳翳滅　消逝。⓴駿奔　急速奔走。㉑凶服　喪服。㉒徽塵　美好的事蹟。㉓興言　感歎。

㉔誄　累述死者功德以示哀悼。㉕芳烈　指美好的事蹟。

【語譯】聰明睿智的皇子，本已承接了上天的任命，成為太子。上天為了安定皇室，降生了這樣美善的後代。他品德出眾，姿容高雅俊秀。他本應該萬壽無疆，光大晉朝。突然遭遇不幸，怎能不讓人悲傷。他遭遇的不幸，並不是上天的意願。他代表的國運福祚開始傾覆，正當年輕時，卻被害喪生。嗚呼哀哉！陰雲拔去了，日月重現光輝。對您的恩寵可以追贈，但是您冤死的靈魂卻無法追回。留下的物品向東運回了宮中，您的靈柩卻向西歸去。感傷我們仁惠的太子，就這樣靜靜地消失了。大家穿著孝服，滿含悲痛為您奔走送葬。彷彿追念哀悼美好的事蹟，感歎欲絕。呈上這篇誄文哀悼您遺留下來的風範，希望您美好的事蹟得以保存。誄文是這樣的：

巍巍❶皇基，奕奕❷紫微❸。有命❹既集❺，天祿❻永綏❼。篤生❽太子，纂德承茂❾。平紹❿大烈⓫，時惟洪胄⓬。奇穎發翹⓭，清藻⓮在秀⓯。誕自幼蒙，逮⓰事武皇⓱。展⓲矣太子，播此瓊芳⓳。允矣聖祖，無言不臧。婉孌乘輿，名裕德昌⓴。龍集㉑庚戌㉒，日月改度㉓。赫赫明明㉔，我皇㉕登祚㉖。厥登伊何，皇統是荷㉗。華紱㉘重采，翠蓋㉙垂葩。鑾旗阿那㉚，玉衡㉛吐和。聿來㉜在宮㉝，體亮而誠㉞。肅雍㉟皇極㊱，思媚紫庭㊲。亦既涉學㊳，遵師盛道。何年之妙，而察之早。讜言㊴必復，乖義㊵則考。惟天有命，太子膺㊶之。惟皇有慶㊷，太子承之。當究㊸遐年㊹，登茲胡耇㊺。緝熙㊻有晉，克構帝宇㊼。

如何晨牝(48)，穢我朝聽(49)。仰索皇家，惟臣明聖(50)。惴惴(51)太子，終溫且敬。銜辭即罪，掩淚祇命(52)。顯加放流，潛肆鴆毒(53)。痛矣太子，乃離(54)斯酷！謂天蓋(55)高，訴哀靡告。鞠躬(56)引分(57)，顧景摧剝(58)。嗚呼哀哉！凡民之喪，有戚有姻。太子之歿(59)，傍無昵親(60)。跼蹐(61)嚴宮，絕命禁闈。幽柩偏寄(62)，孤魂曷歸？嗚呼太子，生冤歿悲。匹夫有怨，尚或殞霜(63)。矧(64)乃太子，萬邦攸(65)望。普天扼腕(66)，率土懷傷。精感六沴(67)，咎徵(68)紫房(69)。爰茲元輔(70)，啟我令圖(71)。王赫(72)斯怒，天誅靡逋(73)。攙搶(74)屹掃，元凶(75)服辜。仁詔引咎，哀策(76)東徂。光復寵祚，紹建藐孤(77)。於時暉服(78)，粲焉畢陳。庭旅(79)舊物，堂有故臣。孰云太子，不見其人。嗚呼哀哉！既濟洛川，靈旆左迴。三軍悽裂，都邑如隤(80)。慨矣寤歎，念我愍懷。

【章　旨】此章為誄文的正文，主要追述了太子的仁慧早聰以及被害的經過，表達了無限的痛惜心情。

【注　釋】❶巍巍　高大穩固。❷奕奕　雄偉輝煌。❸紫微　帝王宮殿。❹有命　古代帝王自以為天命所歸，故稱有命。❺集　止。❻天祿　天賜的福祿。❼綏　安；安撫。❽篤生　謂生而不平凡。猶得天獨厚。❾纂德承茂　言太子秉受的品德才華出眾。❿平紹　平安的繼承。⓫大烈　大的功業。⓬洪胄　王侯貴族的世系。⓭翹　茂盛。⓮清藻　清麗的文辭。⓯秀　植物開花。⓰逮　及。⓱武皇　指晉武帝。⓲展　展露；展現。⓳瓊芳　喻指德行與才華。⓴允矣聖祖四句　指晉武帝對太子的稱讚。允，信。聖祖，指晉武帝。臧，善；美好。婉孌，親愛貌。乘輿，皇帝乘坐的車子。此代指皇帝。《晉書》載：太子幼而聰慧，武帝愛之，恆在左右。嘗與諸皇子共戲殿上，惠帝來朝，執諸皇子手，次至太子，帝曰：「是汝兒也。」惠帝乃止。宮中嘗夜失火，武帝登樓望之。太子時年五歲，牽帝裾入暗中。帝問其故，太子曰：「暮夜倉卒，宜備非常，不宜令照見人君也。」由是奇之。嘗從帝觀豕牢，言於帝曰：「豕甚肥，何不殺以享士，而使久費五穀？」帝嘉其意，即使烹之。因撫其背，謂廷尉傅祗曰：「此兒當興我家。」嘗對群臣稱太子似宣帝，於是令譽流於天下。㉑龍集　猶言歲次。龍，星名。集，次。用作紀年。㉒庚戌　即太熙元年（西元二九〇年），晉惠帝即位，司馬遹立為太子。㉓日月改度　日月改變運轉。比喻新皇帝即位。㉔赫赫明明　顯赫光明貌。㉕我皇　指皇太子司馬遹。㉖登祚　即太子位。㉗荷　承；繼承。㉘華紱　華美的繫印絲繩。此代指太子的衣飾。㉙翠蓋　翠羽裝飾的車蓋。此代指太子的車輛。㉚阿那　即「婀娜」，美麗多姿。㉛玉衡　玉飾的車衡。㉜聿來　來；到。聿，發語詞。㉝宮　指東宮、太子宮。㉞體亮而誠　稟性忠誠。㉟肅雍　莊嚴雍容，整齊和諧。㊱皇極　帝王統治的準則。㊲思媚紫庭　言盡心盡力搏得天子的賞識。㊳涉學　開始學習。㊴讜言　正直的話。㊵乖義　背離、不一致的地方。㊶膺　受；當。㊷慶　福。㊸究　盡。㊹遐年　未來的歲月。㊺胡耇　高壽；年老。㊻緝熙　光明。㊼克構帝宇　指完成帝業。㊽晨牝　謂雌雞司晨。比喻干預朝政的后妃。此指賈后。㊾朝聽　朝廷的視聽。指朝政。㊿仰索皇家二句　言賈后逼迫太子，寵愛賈謐。51惴惴　恐懼貌。52祗命　敬命；聽命。53顯加放流二句　指賈后遷太子於許昌，並賜太子毒酒。54離　通「罹」。遭受。55蓋　通「盇」。何；多麼。56鞠躬　謹慎恭敬貌。57引分　引咎；自責。58顧景摧剝　指孤苦無助，內心悲痛。摧剝，摧殘。59歿　沒；死。60昵親　近親。61跼蹐　受拘束；拘執。62幽柩偏寄　指太子死後以廣陵王禮葬於許昌。63殞霜　指出殯時有一種肅穆的氣氛。64矧　況；何況。65攸　所。66扼腕　手握其腕，表示悲痛惋惜。67六沴　指六氣不和。氣不和而相傷為沴。68咎徵　古時稱災禍的徵兆為咎徵。69紫房　宮廷。70元輔　宰相。以其輔佐皇帝而居大臣首位，故稱元輔。71令圖　好的計畫。指誅殺賈后等。72赫　赫然；怒貌。73逋　逃亡。74欃搶　彗星名。75元凶　主犯、罪魁禍首。此指賈后、賈謐。76哀策　指哀悼死去太子的策書。77藐孤　弱小的孤兒。藐，弱小。孤，無父的人。78暉服　美麗有光彩的衣服。79旅　陳。80隤　頹；崩塌。

【語　譯】皇室的基業堅固偉大，帝王的宮殿雄偉輝煌。上天的任命已經在這裡了，天賜的福祿永遠安安穩穩。太子生而不凡，得天獨厚，德才出眾。平安地繼承大業，生長於帝王之家。他自小便有奇才，就像植物抽穗，露出頭角，他談吐奇特，就像植物開花，悅耳動聽。自從出生到他的幼兒時代，趕上武帝的好時代。太子充分顯示了他的仁德與才華。武帝確實是公允，對太子的評價非常正確。太子曾經在武帝身邊，武帝對他的喜愛以及讚賞，使得太子具有很好的聲譽。太歲次於庚戌這一年，新皇帝即位。真是顯赫光明啊，我們的皇太子即位。他登位將要做些什麼，他將作為太子承繼皇統。他的衣飾是多麼絢麗，他的車輛飾有許多鮮花。畫著鸞鳥的旗幟迎風飄蕩，玉飾的車衡發出悅耳的聲音。來到東宮，稟性忠誠。整齊朝綱，效力君王。開始廣泛的學習，尊敬師傅，推崇師道。這樣年少就表現出很強的洞察力。正直的言論一定有所答覆，錯誤的說法一定考察原因。太子承受了上天的命令，接受了上天的賜福。應當盡其年歲，活到年老，光大晉朝，完成帝業。

為何賈后把持朝政，擾亂朝廷。逼迫太子，唯說賈謐聖明。太子惴惴不安，整日謙和恭敬。帶著被人誣陷的罪證認罪，擦拭眼淚，聽天由命。表現上把太子放逐到金庸城，暗地裡卻大膽地送來了毒酒。讓人悲痛啊，太子竟然遭受了這種殘酷的下場！天是多麼的高，想向它訴說，但是沒有辦法讓它聽到。太子的謹慎恭敬、引咎自責，孤苦無助，內心悲痛。嗚呼哀哉！一般百姓死了，還有親戚朋友在身邊。太子死時，身邊一個親人也沒有。被拘束在看管嚴密的屋裡，死在嚴密監禁的房中。靈柩未能入皇陵，停寄他方，孤獨無依的魂靈要歸向哪裡？悲歎我們的太子啊，活著的時候受到冤枉，死後是如此的悲涼。一般百姓之間或有怨氣，但是逢到人死出殯還會表現出哀悼之情。何況是太子，他是天下人所仰望的人啊。天下的人們為他扼腕歎息，所有的人都滿懷悲傷。他的精魂感動天地，天地六氣不和，災禍的徵兆也在宮中表現出來。大臣們有了很好的打算。君主赫然大怒，天命所誅，沒有人能夠逃脫。天上的彗星橫掃人間，罪魁禍首受到了應有的懲罰。仁慈的君主下詔，引咎自責，頒下策書，去迎接太子的靈柩。恢復了太子曾經的榮寵，弱小的孤兒繼承了他的一切。這個時候，華服都陳設在那裡，庭院裡擺放他遺留下來的東西，廳堂裡也有他以前的臣子。可是太子何在，再也看不到他的人了。嗚呼哀哉！渡過了洛川以後，靈車向左回轉行走。兵士淒傷哀痛，都城如同崩潰一般。感慨歎息，追念我們的愍懷太子。

【研析】陸機曾為太子東宮的僚屬，作為太子的故臣，在太子之冤得以昭雪之後，寫下這篇誄文，表達了自己對太子的哀悼之情。全文內容主要有兩個方面，一是頌太子生前之德，主要突出太子的仁德早聰；二是敘太子冤死的經過，從而表達自己的哀悼之情。愍懷太子之死，固然是西晉王朝陰暗殘酷政治鬥爭的犧牲品，但就《晉書・愍懷太子傳》來看，雖然太子不乏陸機誄文中所稱讚的美德，但是立為太子後，惡行似乎多於善舉，正是他不顧大臣師保的規諫，一意孤行，而又未能意識到賈后、賈謐對他的忌恨的嚴重性，才導致自己的不幸冤死。誄文這種文體主要是通過述死者之德行表達哀悼，這也符合中國傳統為死者諱的心理，所以陸機此文完全未涉及太子「穢行」，也是文體的限制。

誄文由序文與正文兩個部分組成。就語言表現上來說，序文正文，語意多有重複。或頌或述，雖有哀婉動人之處，但有些地方卻辭過其情。

吳貞獻處士陸君誄

【題　解】貞獻處士指陸機兄陸玄。陸玄與陸機年歲相當而早逝，陸機為文誄之。當為吳亡前作。

我聞有命，天祿❶有秩❷。如斯吉人❸，而有斯疾❹。兄弟之恩❺，離形合氣。矧❻我與君，年相亞逮❼。綢繆❽之遊，自矇❾及朗❿。孩不貳音，抱或同襁⓫。撫髫⓬並育，攜手相長。行焉比跡⓭，誦必共響。庶⓮君偕老⓯，靈根克固⓰。附翼雲霄，雙飛天路⓱。人皆年長，君獨短祚⓲。穀⓳則同朝，遊矣先暮。

【注　釋】❶天祿　天賜的福祿。❷秩　次序。❸吉人　善人；賢人。❹疾　疾病。❺恩　情愛。❻矧　況。❼亞逮　差不多。❽綢繆　情意殷勤。❾矇　愚昧無知。指幼小時。❿朗　明亮；高明。此指長大成人。⓫孩不貳音二句　言父母對二個兄弟同樣疼愛。襁，襁褓。⓬髫　髮；頭髮。⓭比跡　齊步；並駕。⓮庶　表示希望。⓯偕老　共同生活到老。⓰靈根克固　指不死。靈根，指身。⓱附翼雲霄二句　喻在人生的道路上大展宏圖。⓲短祚　短命。祚，福氣。⓳穀　生；活著。

【語　譯】我聽說人各有命，天賜的福祿也有次序。但是像您這樣的善人，卻會遭到如此疾病。兄弟之間的恩情，即使不在一起也是心意相通。更何況我與您，年齡相近。從愚昧無知的幼時到成年，一直是彼此情意殷勤，相攜遊玩。小時父母對我們同樣疼愛，不會用不同的語氣說話。得到家人的撫愛，我們一起攜手長大。出去的時候我們在一起，讀書時也一定在一起。希望能共同生活到老，身體強健，不會衰老。長大後會像鳥兒拍翅，比翼雙飛直沖雲霄。別人都有很長的壽命，只有您是這麼短的福祿。出生時在同一天，但是人生開始了，您卻先我而去。

【研　析】因陸機兄陸玄早逝，尚無功業可述，所以，此篇誄文完全從兄弟手足之情著手，著重表現兄弟之間的親密無間、朝夕相伴以及比翼雙飛、建功立業的期盼，而所有這些美好的時光與希望，均隨著兄長的早逝而消失，讀來哀婉動人。且此篇語言通俗易讀，也許是情之也深，其言之也易。

吳大司馬陸公誄

【題　解】吳大司馬陸公，指陸機父陸抗，官至大司馬。這是陸機為其父所作的誄文，通過對父親德行的頌揚，表達了對父親的悼念之情。

我公❶承軌❷，高風❸肅邁❹。明德❺繼體❻，徽音❼奕世❽。昭德❾伊何，克俊克仁。德周能事❿，體合機神⓫。禮交徒候⓬，敬睦白屋⓭。踧踖⓮曲躬⓯，吐食揮沐⑯。爰及鰥寡⑰，賑⑱此惸獨⑲。孚⑳厥惠和㉑，脫驂分祿㉒。乃命我公，誕作元輔㉓。位表百辟㉔，名茂群后㉕。因是荊人㉖，造我寧宇㉗。備物典策㉘，主冠及斧㉙。龍旂㉚飛藻，靈鼓㉛樹羽。質文㉜殊塗，百異行徹㉝。人玩㉞其華，鮮識其實。於穆㉟我公，因心則哲。經綸㊱至道，終始自結。德與行滿，美與言溢㊲。

【注　釋】❶公　對父親的稱謂。❷承軌　此指傳承父輩的法則。❸高風　高尚的道德風尚。❹肅邁　嚴正。❺明德　完美的德性。❻繼體　承繼。❼徽音　即德音。善言。❽奕世　累世；一代接一代。❾昭德　明德。❿能事　能做到的事。後指特別擅長的事。⓫機神　機微玄妙。⓬徒候　徒卒候吏。泛指地位低下的吏卒。⓭白屋　古代平民住屋不施彩，故稱白屋。這裡指平民。⓮踧踖　恭敬而不安的樣子。⓯曲躬　折腰。形容恭順。⓰吐食揮沐　比喻禮賢下士。據說周公禮賢下士，即使在吃飯時或者洗頭時有賢士到來，也急忙吐出食物、停止洗髮，忙於接待賢士。⓱鰥寡　老年無偶的男女。⓲賑　救濟。⓳惸獨　孤苦伶仃的人。⓴孚　使相信；使信服。㉑惠和　仁愛和順。㉒脫驂分祿　指分財以救助他人之急。脫驂，語出《禮記・檀弓上》：「孔子之衛，遇舊館人之喪，入而哭之哀，出，使子貢脫驂而賻之。」謂解下驂馬，以助治喪之用。後用來作為以財助人之典故。㉓元輔　宰相。㉔百辟　指諸侯。後世泛指公卿大官。㉕群后　群臣。㉖荊人　南人。此指吳國百姓。㉗寧宇　安定的區域。㉘備物典策　制定完備的文物制度。㉙主冠及斧　言主要集中在官吏的服制和法制的建立之上。冠，冠服。古代服制，官吏的冠服因官爵的不同而有別。斧，兵器。古代作為執法權力的象徵。㉚龍旂　畫交龍圖紋之旗。古王侯作儀衛用。㉛靈鼓　六面鼓。㉜質文　質樸與華美。㉝徹　通；貫通。㉞玩　賞玩；欣賞。㉟於穆　清穆；和穆。於，發語詞。㊱經綸　整理絲縷，理出絲緒叫經，編絲成繩叫綸，統稱經綸。引申為籌劃治理國家大事。㊲溢　流布；流傳。

【語　譯】我的父親繼承了先人的為人準則，道德高尚嚴正。他所承繼的完美的德性會代代相傳。他光明的品德如何，他的德行俊潔仁慈。道德完備，行事得體，總是暗合機微玄妙。他能按照禮節與地位低下的吏卒交往，也能友好和善地與平民百姓相處。恭敬和順，禮賢下士。他能關愛孤獨的老者，救濟孤苦無助的人們。

人們相信他的仁愛和順，他會用自己的財物幫助別人。於是皇帝下命讓我的父親，作為一國宰輔。位置在公卿大官之上，名聲也在諸王之上。憑藉著南方的百姓，營造了個安定的環境。制定完備的文物制度，主要集中在官吏的服制和法制的建立之上。畫著龍的旗子精緻華美，六面鼓裝飾著翠羽。質樸與華美是不同途的，各種各樣的差異，而本質上是相通的。人們只玩賞外表的華麗，很少能看到華麗背後的本質。我的父親莊嚴穩重，憑心辦事，聰明睿智。自始至終用心籌劃治理國家大事。他的功德圓滿，美善的品德和言論流傳天下。

【研析】這篇誄文恐非全文，因按誄文的體例，雖要述人功德以表示哀悼，但也不可完全不涉及哀悼之情。此篇出自《藝文類聚》卷四七，很可能是節錄誄文的第一部分，即述德行的一部分，而後面的哀悼部分未錄。就所錄部分來看，陸機用滿懷敬慕的筆調寫了他的父親，主要抓住其父的德行而言，對其父的高風亮節進行了歌頌。語言質樸，但飽含感情。

晉劉處士參妻王氏夫人誄

【題解】此篇是為劉處士劉參的妻子，即王氏夫人所寫的一篇誄文。

猗猗❶嘉穎，朝陽方翹❷。烈風嚴霜，殞此秀條。璇璣❸倏忽❹，四序❺競征。

清商❻激宇❼，蟋蟀吟欞❽。

【注釋】❶猗猗　美盛貌。❷翹　植物抽穗。❸璇璣　北極星。❹倏忽　形容運轉急速。❺四序　四季。❻清商　秋風。❼宇　宇宙；天地。❽欞　屋簷。

【語譯】美好的植物是多麼的繁盛啊，在早晨的陽光中正在抽穗吐芽。狂暴的風，嚴酷的霜，使這美麗的枝葉凋零了。北極星急速運轉，四個季節爭著運行。秋風在天地間激盪，蟋蟀在屋簷下吟唱了。

【研析】這篇誄文哀悼的對象是早逝的少婦，恐非全篇。就現在的八句來看，善用比喻象徵的手法抒情。如以嘉穎秀條比喻少婦年輕的生命，以烈風嚴霜凋零草木比喻生命的中斷。秋風的肅殺與蟋蟀的哀鳴，不僅是勾勒淒涼的環境，也展示了活著的人的哀悼淒苦之情。總之，八句將淒苦之情寓於景物之中，頗為感人。

吳大司馬陸公少女哀辭

【題解】這是陸機為其姊妹作的文章，對她的去世深表哀痛。

冉冉晞陽❶，不遂❷其茂。暉暉❸芳華，彫❹芳落秀。遵堂涉室❺，髣髴❻興想。人皆有聲，爾獨無響。

【注釋】❶晞陽　朝陽。❷遂　成；保持。❸暉暉　豔麗貌。❹彫　凋落。❺遵堂涉室　指經過堂室。❻髣髴　若有若無。

【語譯】慢慢升起的朝陽，也不能使她茂盛了。豔麗的芳容，也如芳草凋零敗落。經過堂室，她的身影若有若無，產生懷想。人們都還有聲音，唯獨你卻永遠沒有聲響了。

【研析】篇中言「少女」，文中又言及「不遂其茂」，恐此少女為陸機的妹妹。全文也就八句，但是處處以對比行文，如芳華本應茂盛生長，可偏偏「不遂其茂」，這就讓人為不應該消逝的青春而傷懷。又如，生命一旦消逝就不可復回，但生命的痕跡則在親人記憶中長存，「遵堂涉室，髣髴興想」就寫出了這種情感的反差。而「人皆有聲，爾獨無響」的「有聲」與「無響」，則更見出對死者的追念。這不經意之間的種種對比，很好地表達了對美好生命逝去的痛惜，哀婉感人。

卷一二

大田議

【題　解】陸機的「大田議」，有大力提倡農耕之意。文中表達了對農、商的看法。

臣聞隆名❶之主，不改法而下治❷；陵夷❸之世，不易術❹而民怠❺。夫商人逸❻而利厚，農人勞而報薄。導農以利，則耕夫勤；節❼商以法，則游子❽歸。

【注　釋】❶隆名　盛名。❷治　政治清明安定。❸陵夷　衰落。❹術　方法。❺怠　鬆懈；懶惰。❻逸　安逸。❼節　節制。❽游子　漂泊在外的人。此指在外行商的人。

【語　譯】臣聽說，具有盛名的君主，並沒有改變法度，而天下政治清明安定；衰落的時代，沒有變換方法而人民鬆懈懶惰。經商的人安逸舒適而利潤豐厚，種田的人辛苦勞累而收穫卻很少。應該用利益去引導鼓勵種田的人，那樣，他們才會勤勞；要用法令去節制經商活動，那樣，外出行商的人就會歸鄉。

【研　析】作為一個政治家，陸機敏銳地感覺到農業對國家政治的重要作用。因此，在這篇文章中，他強調農業，強調要調動農民的生產積極性，大力提倡農耕。誠然，以我們今天的觀點來看，他對商業的賤視實在太過偏激和落後，但在士農工商四等的時代，他這種看法無疑是主流而正統的，對維護一個以農業為基礎的封建制國家也大有裨益。

辨亡論上

【題解】〈辨亡論〉分上下兩篇。主要是對吳國的滅亡進行思考，再次論證了「天時不如地利，地利不如人和」的道理，認為是最高統治者的治國失策導致了吳國的滅亡。

昔漢氏失御❶，姦臣❷竊命，禍基京畿❸，毒徧宇內，皇綱❹弛紊❺，王室遂卑。於是群雄蜂駭❻，義兵❼四合❽。吳武烈皇帝慷慨下國❾，電發荊南，權略❿紛紜⓫，忠勇伯⓬世，威稜⓭則夷羿⓮震盪，兵交則醜虜⓯授馘⓰，遂掃清宗祊⓱，蒸禋⓲皇祖⓳。于時雲興之將帶州，飆起之師跨邑⓴，哮闞㉑之群風驅，熊羆㉒之眾霧集。雖兵以義合，同盟戮力㉓，然皆包藏禍心，阻㉔兵怙㉕亂，或師無謀律㉖，喪威稔寇㉗。忠規武節㉘，未有如此其著㉙者也。

【章旨】此章著重寫了孫堅在風起雲湧的亂世中表現出的忠武之道。

【注釋】❶失御 失去控制；失去大權。❷姦臣 指董卓。❸京畿 此指京城。❹皇綱 封建帝王統治天下的紀綱。❺弛紊 廢弛紊亂。❻蜂駭 比喻群雄如蜂湧起。駭，起。❼義兵 正義的軍隊。❽四合 四言聚集。❾吳武烈皇帝慷慨下國二

句 指孫堅在長沙心懷壯志，其部隊威力迅猛如電。武烈皇帝，指孫堅，孫權父，孫權即位後追贈為武烈皇帝。時任長沙太守。電發，形容其威如電。荊南，指長沙。《三國志・吳書》載：漢以孫堅為長沙太守。董卓專權，諸州郡並興義兵，欲以討卓，堅亦舉兵荊州。刺史王睿，素遇堅無禮，堅過，殺之。北至南陽，眾數萬人。⑩權略 權變的謀略。⑪紛紜 指權謀多。⑫伯 同「霸」。⑬威稜 神威。稜，神靈之威。⑭夷羿 古之善射者。⑮醜虜 對敵方的蔑稱。⑯授馘 此指主動投降。馘，戰爭中割左耳以計戰功。⑰宗祊 宗廟。⑱蒸禋 祭祀。⑲皇祖 漢祖。⑳雲興之將帶州二句 言各地皆有部隊興起，雲興、飆起形容部隊兵之多。帶州、跨邑，各地皆是。㉑哮闞 猛獸發怒。闞，咆哮吼叫聲。㉒熊羆 熊和羆皆為猛獸。這裡用來比喻勇猛的將士。㉓戮力 合力。㉔阻 阻守。㉕怙 恃。㉖謀律 計謀紀律。㉗稔寇 惡貫滿盈的敵人。㉘忠規武節 指忠武之道。㉙著 盛。

【語譯】過去漢王室失去控制天下的能力，姦臣董卓竊取朝政，禍患從京城興起，災難蔓延到整個天下，朝綱鬆弛紊亂，漢王室衰微下去。於是各地的英雄豪傑如群蜂湧起，正義的軍隊四方會合。吳國的武烈皇帝壯志慷慨，從荊州迅猛起兵，權變的謀略多種多樣，忠直勇武出眾超世，威勢足以使夷羿震盪不安，剛一作戰敵人會主動投降，終於掃清宗廟，祭祀漢祖。此時，各地將士風起雲湧，遍布各地。猛獸一樣威猛的將士如霧聚集，如風一般奔走天下。軍隊雖然以正義的名義而聚集，結成聯盟，合力作戰，然而各股力量各自藏有不可告人的目的，趁亂阻守兵力，有的軍隊因為沒有謀略紀律，在惡貫滿盈的敵人面前喪失了威信。忠武之道，沒有誰能像武烈皇帝這樣顯著的。

武烈既沒，長沙桓王❶逸才❷命世，弱冠❸秀發❹，招攬遺老，與之述業❺。神兵東驅，奮寡犯眾❻。攻無堅城之將，戰無交鋒之虜。誅叛柔服❼，而江外底定❽；飭❾法修師❿，則威德翕赫⓫。賓禮⓬名賢，而張昭為之雄；交御⓭豪俊，而周瑜為之傑。彼二君子，皆弘敏而多奇，雅達而聰哲，故同方者⑭以類附，等契者⑮以氣集，而江東蓋多士矣。將北伐諸華⑯，誅鉏干紀⑰，旋皇輿⑱於夷庚⑲，反帝座乎紫闥⑳。挾天子以令諸侯，清天步㉑而歸舊物㉒。戎車既次㉓，群凶側目㉔，大業未就，中世而殞㉕。

【章 旨】此章言孫堅去世後，孫策繼承遺命，重用賢臣，使吳國國力大增，但孫策也是中途去世。

【注 釋】❶長沙桓王 指孫策。孫策謚號為長沙王。❷逸才 英逸之才。❸弱冠 指少年二十歲。❹秀發 脫穎而出。❺述業 繼承父業。❻奮寡犯眾 以少擊多。❼誅叛柔服 謂德威兼施。誅叛，指刑殺。柔服，以德服人。❽底定 得以安定。底，致；達。❾飭 整治。❿修師 治軍；整治部隊。⓫翕赫 隆盛。⓬賓禮 以禮待賓。⓭交御 雜用。⓮同方者 意氣相同的人。⓯等契者 合契者；志趣相同者。⓰諸華 指北方諸侯。⓱干紀 違反法紀。干，亂。⓲皇輿 國君所乘之車。有時可借喻為國君、朝廷。⓳夷庚 平道。夷，平。庚，道。⓴紫闥 指帝王宮廷。㉑天步 指帝室。㉒舊物 先代的典章制度。㉓次 排列；準備待發。㉔側目 因懼怕而不敢正視。㉕殞 指逝世。

【語 譯】孫堅去世以後，長沙桓王孫策具有英逸之才，順應天命，繼承大業，年方二十，脫穎而出，招攬老臣，與他們一起商討繼承大業。他所統領的神勇大軍向東進軍，用少數的人馬去攻打比他們人數多的敵人。他們要攻打的城池沒有人能守得住，一旦作戰也沒有敵人能與他們對抗。誅殺叛黨，以德懷人，江東就安定下來了；整治法紀，治理軍隊，威德隆盛。以賓客之禮對待那些名人賢士，名賢中張昭最為出色；雜用豪俊，其中周瑜是最傑出的。他們兩位君子，弘達聰敏，雅致達觀而且聰睿明智，所以，意氣相同的人，同氣相求，同類而聚，於是江東出現濟濟多士的局面。將要討伐北方諸侯，誅殺違反綱紀的人，使國君的車輿停在平坦的大道上，使帝王的寶座重新回到宮廷。輔佐天子，命令諸侯，清除帝宮，恢復先代的典章制度。戰車已經準備就緒，各種反對勢力也都懼怕不敢正視，可惜的是，統一天下的大業還未完成，長沙王孫策便去世了。

用集我大皇帝❶，以奇蹤❷襲於逸軌❸，睿心因於令圖❹。從政咨於故實❺，播憲❻稽❼乎遺風❽。而加之以篤固❾，申之以節儉。疇咨❿俊茂⓫，好謀善斷。束帛⓬旅於丘園⓭，旌命⓮交於塗巷。故豪彥尋聲而響臻⓯，志士希光⓰而景騖⓱。異人⓲輻輳⓳，猛士如林。於是張昭為師傅⓴；周瑜、陸公㉑、魯肅、呂蒙之疇㉒，入為腹心㉓，出作股肱㉔；甘寧、凌統、程普、賀齊、朱桓、朱然之徒，奮其威；韓當、潘璋、黃蓋、蔣欽、周泰之屬宣其力。風雅則諸葛瑾、張承、步騭，以名聲㉕光國；政事則顧雍、潘濬、呂範、呂岱，以器任㉖幹職㉗；奇偉㉘則虞翻、陸績、張溫、張惇，以諷議㉙舉正㉚；奉使則趙咨、沈珩，以敏達㉛延譽㉜；術數㉝則吳範、趙達，以機祥㉞協德㉟。董襲、陳武，殺身以衛主；駱統、劉基，強諫以補過。謀無遺諝㊱，舉不失策。故遂割據山川，跨制荊吳而與天下爭衡㊲矣。

【章　旨】此章言孫策去世後，孫權承接大任，得到許多賢臣名將的輔佐，能夠跨制荊吳，與群雄爭衡天下。

【注　釋】❶大皇帝　指孫權。❷奇蹤　奇特的功績。❸逸軌　超逸之軌跡。指先輩的功業。❹令圖　好的計謀。❺故實　足以效法的舊事。❻播憲　實行政令。播，布。❼稽　考；考求。❽遺風　父輩遺留下來的風尚。❾篤固　言其志篤厚而堅定。⑩疇咨　訪問；訪求。⑪俊茂　才能出眾之人；賢才。⑫束帛　捆為一束的五匹絹。古代用來聘問、饋贈的禮物。⑬丘園　指隱士隱居的地方。⑭旌命　表揚徵召的旌旗命令。⑮臻　至。⑯希光　企仰光輝。⑰景騖　像影子一樣追隨。⑱異人　不尋常的人。⑲輻輳　車輻集中於軸心。喻人或物聚集在一起。⑳師傅　太師太傅的合稱。㉑陸公　陸機父陸抗。因是其父，故不稱名。㉒疇　輩。㉓腹心　喻親信。㉔股肱　大腿和胳膊。常喻輔佐君主的大臣。㉕名聲　名譽；聲望。㉖器任　勝任的才能。㉗幹職　任職。幹，舉。㉘奇偉　奇特；雄偉。㉙諷議　用委婉的語言對君主進行勸說。㉚舉正　修正。㉛敏達　聰敏通達。㉜延譽　播揚吳國聲譽。㉝術數　方術；法術。㉞機祥　機密災祥。㉟協德　合德。㊱諝　智慧。㊲爭衡　較量輕重；比試高低。

【語譯】功業落在了大皇帝孫權肩上，他承繼了先代的業績創造了奇特的功業，好的計畫出於睿智神明之心。處理政治上的事諮詢可以效仿的舊事，傳布政令根據遺留的風尚。再加上他的篤厚堅定的信念，以及節儉的品德。尋訪賢才，善於謀略而性格又果斷堅決。帶著聘禮到隱士隱居的地方求賢，徵召賢士的旌旗交錯出現在道路上。所以，豪傑之人聽到聲音就如回聲一樣馬上就到，有識之士就像仰慕光亮而如身影一樣急速到來。許多不尋常的人聚集到了一起，勇猛的將士也有很多。於是以師傅之禮侍奉張昭；周瑜、陸公、魯肅、呂蒙這些人，入了朝廷成為心腹，成為輔佐君主的股肱之臣；甘寧、淩統、程普、賀齊、朱桓、朱然這些人，發揮他們的威名；韓當、潘璋、黃蓋、蔣欽、周泰這一類人，也為君主盡心效力。諸葛謹、張承、步騭是風雅之士，用他們的名譽聲望來光大吳國；顧雍、潘濬、呂範、呂岱等，以他們的才幹勝任他們的職位；虞翻、陸績、張溫、張惇等奇特雄偉，他們用委婉的語言勸說君主，修正國君的行為；奉命出使的趙咨、沈珩，聰敏練達，為吳國播揚聲譽；善用術數的吳範、趙達，因精於機密災祥而表現他們的才德。董襲、陳武他們二人，以自己的生命保衛了君主；駱統、劉基強行進諫主上，補正君王的過失。他們的謀略沒有留下任何遺憾，任何舉動也沒有失策過。所以吳國能夠割據一方，跨越控制荊吳一帶的土地，並且能夠與天下英雄一較高低。

魏氏❶嘗藉❷戰勝之威，率百萬之師，浮❸鄧塞❹之舟，下漢陰❺之眾，羽楫❻萬計，龍躍❼順流，銳騎千旅，虎步❽原隰❾，謀臣❿盈室，武將連衡⓫，喟然有吞江滸⓬之志，一宇宙⓭之氣。而周瑜驅我偏師，黜之赤壁⓮，喪旗亂轍⓯，僅而獲免，收跡⓰遠遁⓱。漢王亦憑帝王之號⓲，帥巴、漢之民，乘危騁變，結壘⓳千里，志報關羽之敗，圖收湘西之地⓴。而陸公㉑亦挫之西陵㉒，覆師敗績㉓，困而後濟㉔，絕命永安㉕。續以濡須之寇，臨川摧銳㉖；蓬籠之戰，孑輪不反㉗。由是二邦㉘之將，喪氣挫鋒，勢衄㉙財匱㉚，而吳莞然㉛坐乘其弊。故魏人請好㉜，漢氏㉝乞盟㉞，遂躋㉟天號㊱，鼎峙㊲而立。西屠㊳庸益之郊㊴，北裂㊵淮漢之涘㊶，東包百越㊷之地，南括㊸群蠻之表㊹。於是講八代㊺之禮，蒐㊻三王㊼之樂。告類㊽上帝㊾，拱揖群后㊿，虎臣毅卒(51)，循江而守，長棘勁鎩，望飆而奮(52)。庶尹(53)盡規(54)於上，四民(55)展業(56)于下，化協殊裔，風衍遐圻(57)。乃俾一介行人(58)，撫巡外域(59)。巨象(60)逸駿(61)，擾(62)於外閑(63)，明珠瑋(64)寶，耀於內府(65)，珍瑰重跡而至，奇玩應響而赴(66)。輶軒(67)騁於南荒，衝輣(68)息於朔野。齊民(69)免干戈(70)之患，戎馬無晨服之虞(71)。而帝業固矣。

【章　旨】此章主要述赤壁、西陵等幾場重要的戰役，吳國取得了三國鼎立的霸主地位。魏蜀憂懼，國內太平。吳國昌隆鼎盛，基業穩固。

【注　釋】❶魏氏　指曹操。❷藉　借；憑藉。❸浮　這裡指順流而下。❹鄧塞　地名。在鄧城東北。❺漢陰　漢水之南。❻羽楫　指行進飛速之船。❼龍躍　如龍之騰躍。形容船飛速有力。❽虎步　如虎行進。形容部隊威猛。❾原隰　廣平與低濕之地。❿謨臣　即謀臣。⓫連衡　比喻多。⓬江滸　此指江東。滸，水涯。⓭一宇宙　統一天下。⓮周瑜驅我偏師二句　言周瑜帶領部分部隊，在赤壁打敗了曹操。偏師，指主力軍以外的部分部隊。黜，驅逐。赤壁，地名，漢獻帝建安十三年（西元二〇八年）周瑜與劉備聯合大敗曹操的地方。在今湖北武昌西磯山。⓯轍　車轍。⓰收跡　收其殘敗之兵。⓱遁　逃。⓲漢王亦憑帝王之號　漢王，指劉備。劉備是漢景帝之後，所以說他憑藉著帝王的名號。⓳結壘　安營口紮寨。壘，軍營。⓴志報關羽之敗二句　關羽守荊州，孫權襲殺關羽，取荊州。劉備忿恨孫權襲殺關羽，於是伐吳。湘西，指荊州。㉑陸公　指陸機祖父陸遜。㉒挫之西陵　西陵之戰，陸遜打敗劉備。西陵，在馬鞍山之東。㉓敗績　大敗。㉔困而後濟　指劉備被圍困後逃脫。㉕絕命永安　指劉備在永安宮喪命。絕命，死。㉖續以濡須之冦二句　指魏吳之間的濡須之戰，曹軍大敗。曹操從濡須出兵，坐油船，夜渡洲上。孫權以水軍圍取，得三千餘人，其沒溺者數千人。冦，敵。摧銳，折其精銳。㉗蓬籠之戰二句　指魏吳之間的蓬籠之戰，魏軍又大敗。魏張遼攻打陳蘭，又遣臧霸至皖討吳。吳將韓當遣兵迎戰於蓬籠，大敗魏軍。子輪不反，謂臧霸大敗，幾乎全軍覆沒。子，只。㉘二邦　指魏、蜀兩國。㉙衄　縮；收斂。㉚匱　乏。㉛莞然　笑貌。㉜請好　請合。㉝漢氏　指蜀。㉞乞盟　請服；請求結盟，不相攻打。㉟躋　登。㊱天號　指應天命而稱王。㊲鼎峙　喻三國並立。峙，立。㊳屠　割裂；分裂。㊴庸益之郊　指蜀地。㊵裂　分。㊶淮漢之涘　指淮水與漢水兩條河流。涘，岸；涯。㊷百越　地名。㊸括　約束；控制。㊹群蠻之表　南方所有少數民族聚居之地。表，外。㊺八代　三皇五帝。㊻蒐　閱。㊼三王　指夏、殷、周三代。㊽告類　類祭，遇到特殊事件，如皇帝登位或立太子等而舉行的祭天，非常之祭。㊾上帝　上天。㊿拱揖　指向諸侯拱手，表示天下太平無事。拱揖，拱手作揖以示敬意。后，王。(51)虎臣毅卒　指將帥勇猛。毅，勇。(52)長棘勁鎩二句　言兵器望風而振動，喻將帥勇於作戰。長棘勁鎩，指兵器銳利。棘，即戟。鎩，長矛。飆，風。奮，振；振動。(53)庶尹　百官。(54)盡規　竭力謀劃。(55)四民　士農工商。(56)展業　擴充發展產業。(57)化協殊裔二句　言吳國教化波及遠方。化，教化。協，合；和諧。殊，不同。裔，指邊遠少數民族。風，風化；教化。衍，行。遐圻，邊遠之地。遐，遠。圻，界。

(58)一介行人　獨使者。行人，使者。(59)外域　外方；國外。(60)巨象　大象。(61)逸駿　良馬。(62)擾　馴養。(63)閑　指馬廄。(64)瑋　美。(65)府　庫。(66)珍瑰重跡而至二句　指各種珍寶從各地紛紛送至。重跡，形容送寶物的車輛之多。應響而赴，形容各地應君主命送來的寶物之快。赴，至。(67)輶軒　輕車；使者所乘之車。(68)衝輣　兵車名。(69)齊民　百姓。(70)干戈　戰爭。(71)戎馬無晨服之虞　指沒有了早晨裝備戰馬應戰的擔心。虞，擔心。

【語　譯】魏國曹操憑藉打了勝仗的威勢，率領百萬大軍，乘著船從鄧塞順流而下，到了漢水以南，他帶領的船隻數以萬計，像龍騰躍，飛速前進，無數精銳的軍隊，如猛虎闊步，在原野行進，謀臣滿堂，武將很多，他雄心勃勃，喟然長歎，有吞併江東、統一天下的志氣。而周瑜率領吳國的部分軍隊，在赤壁把曹操驅逐，曹操的軍隊旗幟倒了，車轍亂了，自己僥倖逃脫。漢王劉備也曾憑藉他漢王室的旗號，率領巴、漢民眾，乘著危亂變化之際，帶著浩浩蕩蕩的大軍攻打吳國，一心想報關羽被殺之仇，圖謀收回荊州失地。而祖父陸遜在西陵打敗了他，劉備軍隊大敗，被圍困後才逃脫，在永安宮裡喪命。接著曹魏又從濡須出兵東吳，但是臨近河川，曹魏精銳部隊被摧敗；魏吳蓬籠之戰，魏軍幾乎全軍覆沒。這樣，魏蜀兩國的將帥，都喪了銳氣。他們的鋒芒都受到了挫折，勢力財力大大削弱，而吳國非常輕鬆地坐享其利。於是魏國來請求與吳國通好，蜀國也希望與吳國結盟，吳王順應天命稱王，三足鼎立之勢形成。這時吳國西部分佔了蜀地庸益之地，北面以淮漢兩水為界，東面佔領百越之地，南面控制了所有南蠻之地。於是，朝廷裡開始講究三皇五帝的禮節，搜尋夏、殷、周三代的禮樂。祭祀上天，向諸侯拱手表示天下太平無事，勇猛的將帥士兵，沿著長江鎮守著吳國，銳利的兵器會隨風振動。在上的百官都盡力謀劃，在下的百姓都能擴展自己的產業，教化傳播到邊遠之地，於是派遣一位使節去外方巡視，大象良馬在馬廄裡馴養，珠玉寶物藏於府庫，珍寶皆紛紛送來，珍玩應聲而至。使者的車子駛向南荒地帶，戰車在北方野外休息。百姓不再遭受戰爭的苦難，人們也沒有早晨為戰馬整裝作戰的擔心了。吳國的帝業非常堅固。

大皇既沒，幼主❶蒞朝❷。姦回肆虐❸，景皇❹聿興❺，虔❻修遺憲❼，政無大闕❽，守文❾之良主也。降及歸命❿之初，典刑⓫未滅，故老⓬猶存。大司馬陸公⓭以文武熙朝⓮，左丞相陸凱以謇諤⓯盡規，而施績、范慎以威重⓰顯，丁奉、離斐以武毅⓱稱，孟宗、丁固之徒為公卿，樓玄、賀邵之屬掌機事⓲，元首⓳雖病，股肱⓴猶存。爰及末葉㉑，群公既喪，然後黔首㉒有瓦解㉓之患，皇家有土崩之釁㉔。曆命應化而微㉕，王師躡運而發㉖，卒散于陣，民犇㉗于邑。城池無藩籬之固，山川無溝阜㉘之勢。非有工輸雲梯㉙之械，智伯灌激之害㉚，楚子築室之圍㉛，燕人濟西之隊㉜，軍未浹辰㉝，而社稷夷矣。雖忠臣孤憤㉞，烈士死節㉟，將奚救哉？

【章旨】此章敘述孫權死後，奸臣當道，吳國國力急衰並最終為晉所滅的情況。

【注釋】❶幼主　指孫權少子孫亮。❷蒞朝　臨朝。❸姦回肆虐　言孫權死後，幼主臨朝，奸臣廢幼主為會稽王，立孫休為景帝。回，邪。肆，縱。❹景皇　景帝孫休，孫權第六子。❺聿興　指繼位。聿，語助詞。❻虔　敬。❼憲　法。❽闕　缺失；過錯。❾守文　本指遵守周文王的法度。後泛指遵循先王法度。❿歸命　指孫皓。孫皓降晉，晉賜號歸命侯。⓫典刑　常刑。⓬故老　舊老。⓭大司馬陸公　即陸抗。⓮熙朝　使王朝興盛。熙，興。⓯謇諤　正直。⓰威重　威嚴。⓱武毅　勇武剛毅。⓲機事　機密要事。⓳元首　指國君。⓴股肱　指以上諸臣。㉑末葉　末世；王朝末期。㉒黔首　黎民百姓。㉓瓦解　與下文「土崩」，均喻國家覆亡。㉔釁　憂。㉕曆命應化而微　言吳國的國運應教化的衰微而衰微。曆命，曆數天命。㉖王師躡運而發　言晉師應天命而發兵攻吳。王師，指晉師。躡，踐；應。㉗犇　同「奔」。逃散。㉘溝阜　小的水渠與山阜。㉙工輸雲梯　即公輸班發明的攻城器械。㉚智伯灌激之害　晉智伯攻晉陽歲餘，引汾水灌城。城中懸釜而炊，易子而食。灌激，沖蕩。㉛楚子築室之圍　楚王率兵圍宋，將去之，申叔時曰：「築室反耕者，宋必聽命。」王從之。宋人乃懼，遂及楚平。築室，即「築室反耕」。構築房舍，分兵歸田，作長久屯兵的考慮。㉜燕人濟西之隊　燕昭王以樂毅為上將軍，伐齊，破之濟西。㉝浹辰　十二日。㉞孤憤　因國亡而產生的悲慨之情。㉟死節　為節義而死。

【語　譯】大皇帝孫權去世後，幼主孫亮即位。奸臣放縱，無所不為，幼主被廢，景帝繼位。誠敬地整理先王遺留的法度，政治上沒有大的缺失，可以說是一位能夠遵循先王法度的良主了。孫皓即位之初，常刑還存在，前朝的老臣也還有活著的。大司馬陸抗用他的文治武功使王朝興盛，左丞相陸凱忠良正直，竭力謀劃，施績、范慎憑其威嚴名揚天下，丁奉、離斐勇武剛毅，天下稱道，孟宗、丁固等為國家公卿大臣，樓玄、賀邵掌管國家機密大事，君主雖然有病，可還有這些大臣們。等到了王朝末期，這些老臣都去世了，從百姓到皇室，上上下下都有了擔心國家滅亡的憂患。吳國的曆數天命因政教的衰微而衰微，晉朝的軍隊應天命發兵吳國，軍士們在陣前逃散，百姓在城池裡到處逃命。城池好像連藩籬那樣的牢固都不具備，山川好像連小溝小渠的險阻也沒有。晉軍並沒有公輸班所造的雲梯作為攻城的器械，沒有做出像智伯攻打晉陽用水灌城那樣的危害，也沒有像楚王那樣運用築室反耕的計謀圍攻宋國，更沒有樂毅伐齊國濟西那樣的部隊，可戰爭還不到十二天，國家就滅亡了。雖然有臣子為國捐軀的忠憤，志士為節義而死的節操，又怎麼能挽救吳國的命運呢？

夫曹劉之將，非一世所選❶；向時❷之師，無曩日❸之眾。戰守之道，抑有前符❹；險阻之利，俄然❺未改。而成敗貿❻理，古今詭❼趣，何哉？彼此❽之化❾殊，授任之才異也。

【章　旨】通過今昔對比，分析吳國滅亡的原因。

【注　釋】❶曹劉之將二句　言晉世之將不如曹操和劉備之時。曹劉，曹操和劉備。一世，指晉世。❷向時　指晉滅吳之時。❸曩日　指昔日曹劉之時。❹符　法。❺俄然　突然；瞬間。❻貿　易。❼詭　變。❽彼此　指孫權與孫皓之時。❾化　教化。

【語　譯】當年曹操劉備的將帥，並不是晉代一時就能夠選出來的；晉朝滅吳的軍隊也沒有昔日曹劉的兵馬多。關於作戰的道理，或有前人留下來的方法；地勢的險阻之利，突然之間也不會改變。但是成敗卻不同了，今昔大不一樣，為什麼呢？是因為興盛時的吳國與衰敗時的吳國，教化不同，用人不同所造成的。

辨亡論下

昔三方❶之王也，魏人據中夏❷，漢氏有岷、益❸，吳制荊、揚❹而奄❺交、廣❻。曹氏雖功濟諸華❼，虐❽亦深矣，其民怨矣。劉公因險以飾智，功已薄矣，其俗陋❾矣。夫吳，桓王基之以武，太祖成之以德，聰明叡達，懿度❿弘遠矣。其求賢如不及，恤民如稚子，接士盡盛德之容⓫，親仁罄⓬丹府⓭之愛。拔呂蒙於戎行⓮，識潘濬於係虜⓯。推誠信士，不恤人之我欺；量能授器，不患權之我偪。執鞭鞠躬，以重陸公之威⓰；悉委武衛，以濟周瑜之師⓱。卑⓲宮菲⓳食，以豐功臣之賞；披懷⓴虛己，以納謨士㉑之算。故魯肅一面而自託㉒，士燮蒙險而致命㉓。高張公之德，而省游田之娛㉔；賢諸葛之言，而割情欲之歡㉕；感陸公之規，而除刑法之煩㉖；奇劉基之議，而作三爵之誓㉗。屏氣跼蹐，以伺子明之疾㉘；分滋損甘，以育凌統之孤㉙；登壇慷慨，歸魯子之功㉚；削投惡言，信子瑜之節㉛。是以忠臣競盡其謨㉜，志士咸得肆力㉝，洪規遠略，固不厭㉞夫區區㉟者也。故百官苟合㊱，庶務㊲未遑㊳。初都建業㊴，群臣請備禮秩㊵，天子辭而不許，曰：「天下其謂朕何？」宮室輿服蓋慊如㊶也。爰及中葉㊷，天人之分既定㊸，百度㊹之闕粗㊺修，雖醲化㊻懿綱㊼，未齒㊽乎上代，抑其體國經民之具，亦足以為政矣。地方幾㊾萬里，帶甲將百萬，其野沃，其兵練㊿，其器利，其財豐。東負(51)滄海，西阻險塞，長江制其區宇，峻山帶其封域，國家之利，未巨有弘於茲者矣。借使中才(52)守之以道，善人御(53)之有術，敦率(54)遺典(55)，勤民謹政(56)，循定策，守常險，則可以長世永年，未有危亡之患也。

【章　旨】分析三國鼎立時吳國所以強盛的緣由。

【注　釋】❶三方　魏、蜀、吳三方。❷中夏　中原地區。❸岷益　泛指蜀地。岷，指岷山郡。益，指益州。❹荊揚　荊州和揚州。泛指長江中下游地區。❺奄　覆；佔有。❻交廣　交趾和廣州。泛指南方。❼諸華　諸侯。❽虐　暴虐。❾俗陋　風俗鄙陋。❿懿度　度量大。懿，厚；美。⓫盛德之容　指待人接物很有禮節。⓬罄　盡。⓭丹府　赤誠之心。⓮拔呂蒙於戎行　呂蒙年十五六，隨鄧當擊賊，孫策見而奇之，引置左右。張昭薦蒙，拜別部司馬。戎行，行伍之間。⓯識潘濬於係虜　潘濬，字承明，武陵人。孫權克荊州，將吏悉皆歸附，而濬獨稱疾不見。權遣人以床就家輿致之。濬伏面著席不起，涕泣交橫，哀哽不能自勝。權慰勞與語，呼其字曰：「承明，昔觀丁父，鄀俘也，武王以為軍師。彭仲爽，申俘也，文王以為令尹。此二人，卿荊國之先賢也。初雖見囚，後皆擢用，為楚名臣。卿獨不然，未肯降，意將以孤異古人之量邪？」使親近以巾拭面，濬起，下地拜謝，即以為治中，荊州諸軍事一以咨之。係虜，俘虜。⑯執鞭鞠躬二句　言吳主敬重陸遜，陸遜威信得到提高。陸機為陸遜銘曰：「魏大司馬曹公侵我北鄙，乃假公黃鉞，統御六師及中軍禁衛，而攝行王事。主上執鞭，百司屈膝。」

⑰悉委武衛二句　言吳主傾其兵力，以助周瑜。《江表傳》載：曹公入荊州，周瑜夜請見權曰：「諸人徒見曹書言水步八十萬，而各恐懾，不復斷其事實。今以實較之，不過十五六萬，軍已久疲。得精兵五萬，自足制之。」權曰：「五萬兵難卒合，已選三萬人，船載糧具俱辦。卿與子敬便在前發，孤當增發人眾，多載資糧，為軍後援也。」⑱卑　簡陋。⑲菲　薄。⑳披懷　敞懷；開懷。㉑謨士　謀士。㉒魯肅一面而自託　魯肅，字子敬。周瑜薦肅才宜佐時，以成功業，不可令去也。權即召肅與語，甚說之。眾賓罷退，獨引肅還，合榻對飲。㉓士燮蒙險而致命　言士燮常蒙險阻時而死命效力。士燮，字威彥。漢時，士燮為綏南中郎將，董督七郡，領交趾太守。孫權遣步騭為交州刺史，燮率兄弟奉承節度。權加燮為左將軍，燮遣子欽入質。

㉔高張公之德二句　言看重張昭的勸諫而減少遊畋之樂。張昭為軍師，權每田獵，常乘馬射虎，虎嘗持前攀附馬鞍。昭變色而前曰：「將軍何由當爾？夫為人君者，謂能駕御英雄，驅使群賢，豈謂馳逐于原野，校勇于猛獸者乎？如有一日之患，奈天下笑何？」權謝昭曰：「年少慮事不遠，慚君。」然猶未能已。㉕賢諸葛之言二句　言認為諸葛謹所言有道理，而減少了男歡女愛之情。諸葛謹所言之事，不詳。㉖感陸公之規二句　言有感陸遜的規勸，而減少煩瑣的刑法。《三國志・吳書》載：陸遜陳便宜，權以施德緩刑，寬賦息調。權報曰：「君以為太重，孤亦何利焉，但不得已而為之爾。」於是令有司盡寫科條，使郎中褚逢齎以就遜，意所不安，令損益之。㉗奇劉基之議二句　認為劉基的勸說很有道理，而作出醉後不殺人的戒令。三爵，指酒酬之後。〈吳書〉載：孫權既為吳主，歡宴之末，自起行酒。虞翻伏地陽醉，不持。權去，翻起坐。權於是大怒，手劍欲擊之。侍坐者莫不惶遽。惟大司馬劉基起抱權，諫曰：「大王三爵後殺善士，雖翻有罪，天下孰知之？」翻由是得免。權因敕左右，自今酒後言殺，皆不得殺。㉘屏氣跼蹐二句　言孫權非常關心呂蒙的病情。跼蹐，謹慎小心貌。子明，呂蒙字。〈吳書〉載：呂子明疾發，權時在公安，迎置內殿，所以治護者萬方，募封內有能愈蒙者，賜千金。欲數見其顏色，又恐其勞動，常穿鑿壁瞻之，見其小能下食則喜，顧左右言笑，不然則咄唶，夜不能寐。病小瘳，為下赦令，群臣畢賀。後更增篤，自視臨視。㉙分滋損甘二句　言孫權將好的東西分給淩統的兒子，撫育他們。〈吳書〉載：淩統卒，權為之數日減膳，言及流涕。乃列封統二子，年各數歲，權內養於宮，愛待與諸子同，賓客進見，呼示之曰：「此吾虎子也。」㉚登壇慷慨二句　言

孫權稱帝時不忘魯肅功勞。〈吳書〉載：權既稱尊號，臨壇顧謂公卿曰：「昔魯子敬，嘗道此，可謂明于事勢矣。」㉛削投惡言二句　言拋棄中傷之話，相信諸葛謹。子瑜，諸葛謹字。削投，拋棄。〈吳書〉載：時或言諸葛瑾別遣親人與備相聞。權曰：「孤與子瑜有此生不易之誓，子瑜之不負孤，猶孤不負子瑜也。」㉜謨　謀劃。㉝肆力　陳力；效力。㉞厭　滿足。㉟區區小貌。此指江東小國。㊱苟合　指希望與皇上心意相合。苟，表示希望。㊲庶務　國家的各種政務。㊳未遑　來不及；沒有空閒。㊴建業　今南京。㊵禮秩　禮儀秩序。此指天子即位之禮。㊶慊如　猶慊然。不足貌。㊷中葉　指孫權中年之時。㊸天人之分既定　言天道與人道既定。指三國鼎立局面形成。㊹百度　百事；各種制度。㊺粗　略。㊻醲化　淳厚的教化。㊼懿綱　美好的朝綱。㊽齒　列。㊾幾　近。㊿練　精練。51負　恃。52中才　中等才能。53御　治；治理。54敦率　謹守；遵循。55典　法。56謹政　敬慎為政。

【語　譯】當年三國鼎立時，魏國佔據了中原，劉備佔據岷、益等西部，吳國則是控制荊州、揚州地域及交趾、廣州一帶。曹操雖比各個諸侯的功勞大，但他的暴虐太甚，他的百姓已產生了怨恨情緒。劉備憑藉著地勢的險阻矯飾著他的不善計謀，功勞不大，那裡的民俗也很鄙陋。只有吳國，桓王孫策用武力開創了基業，太祖孫權用仁德創建了大業，聰明睿智，美德弘揚深遠。他們尋求賢人只擔心來不及，愛民如子，禮賢下士，盡自己一片赤誠仁義之心。孫策從軍旅中選拔出呂蒙，從俘虜中發現了潘濬。誠信對人，相信臣屬，不擔心別人欺騙自己；量才用人，不憂慮別人以權勢相逼。為了使陸公陸遜更為威嚴，皇上為他執鞭鞠躬；將保衛自己的兵力全部派去，幫助周瑜作戰。居處簡陋，飲食簡單，為的是給功臣更加豐厚的封賞；開誠布公，虛心待人，以便接納謀士的策略。所以，魯肅只見了孫權一面，就決定為他效力，士燮能在險難的情況下為他效命。孫權聽從張昭的勸告，減少田獵之樂；聽從諸葛瑾的勸說，絕情欲之歡；有感陸遜的諫言，孫權減輕了刑罰；認為劉基的勸阻非常對，作出醉後不能殺人的戒令。呂蒙病了，孫權小心翼翼地照顧他；凌統死後，孫權將好的東西都分給他的兒子並撫育他們；當孫權登上高壇稱王，他激情慷慨地歸功於魯肅；他能拋棄對諸葛瑾的讒言，堅決相信諸葛瑾的忠誠。所以忠臣都爭著進獻謀略，有志之士也都能各盡其力，吳國遠大的謀略和規劃，絕不是小小的江東。百官都希望能與皇上心意相合，各種各樣的事務還未來得及展開。剛剛定都建業時，群臣請求規定天子的禮儀秩序，天子拒絕沒有答應，他說：「那樣天下人會說我什麼呢？」居住的宮室，乘坐的馬車，穿戴的衣服遠不符合他的身分。到了天子的中年，三國鼎立的局面已定，各種制度缺失的地方也粗略地修備完善了，雖然隆盛的教化、美好的綱紀還不如上古時代，但治理國家、統治人民的規模，也足以具備清明政治的景象了。那時吳國的領域近萬里，兵士近百萬，土地開闊肥沃，兵士精練勇敢，兵器鋒利，財物豐富。往東依恃滄海為界，往西有天然的險阻作為屏障，長江保護著吳國的地域，高山守護著吳國的領域，這麼多便利的條件，再也沒有哪個國家比吳國更好的了。假使中等才智的人能守之以道，善人治理國家，謹守舊法，為百姓做事，謹慎從政，遵循已定的政策，堅守住天然之險，那就可以永遠使國家長存，不會有滅亡的禍患了。

或曰：「吳蜀脣齒之國，蜀滅則吳亡，理則然❶矣。」夫蜀，蓋藩援之與國❷，而非吳人之存亡也。何則？其郊境之接，重山積險，陸無長轂❸之徑；川阨流迅，水有驚波之艱。雖有銳師百萬，啟行❹不過千夫；舳艫千里❺，前驅不過百艦。故劉氏之伐，陸公喻之長蛇❻，其勢然也。昔蜀之初亡，朝臣異謀，或欲積石以險其流，或欲機械❼以御其變。天子揔❽群誼❾而諮❿之大司馬陸公⓫，公以四瀆⓬天地之所以節宣⓭其氣，固無可遏之理，而機械則彼我之所共，彼若棄⓮長技以就所屈，即荊、揚而爭舟楫之用，是天贊⓯我也。將謹守峽口以待禽耳。逮⓰步闡之亂⓱，憑寶城⓲以延強寇⓳，重資幣⓴以誘群蠻㉑。于時大邦㉒之眾，雲翔㉓電發，懸旍㉔江介㉕，築壘㉖遵渚，襟帶㉗要害，以止吳人之西，而巴漢舟師，沿江東下。陸公以偏師㉘三萬，北據東坑㉙，深溝高壘，按甲養威。反虜㉚踠跡㉛待戮，而不敢北窺㉜生路，強寇敗績宵遁㉝，喪師太半。分命銳師㉞五千，西禦水軍，東西同捷，獻俘萬計。信哉賢人之謀，豈欺我哉！自是烽燧㉟罕警，封域寡虞㊱。陸公沒㊲而潛謀兆㊳，吳釁深㊴而六師駭㊵。夫太康之役㊶，眾未盛乎曩日㊷之師，廣州之亂㊸，禍有愈乎向時㊹之難。而邦家㊺顛覆，宗廟為墟。嗚呼！人之云亡，邦國殄瘁㊻，不其然歟？《易》曰：「湯武革命㊼，順乎天。」《玄》㊽曰：「亂不極㊾則治不形。」言帝王之因天時也。古人有言曰：「天時不如地利。」《易》曰：「王侯設險，以守其國。」言為國之恃㊿險也。又曰：「地利不如人和(51)。」「在德不在險。」言守險之由人也。吳之興也，參而由焉(52)，孫卿所謂合其參者也(53)。及其亡也，恃險而已，又孫卿所謂捨(54)其參者也。

【章　旨】此章主要追述陸抗生前死後吳國的巨大變化。陸抗生前憑著東吳的地利大敗敵軍，陸抗死後，太康之役，晉國滅吳。陸機於是認為「天時不如地利，地利不如人和」。強調人和的重要性。

【注　釋】❶然　這樣。❷與國　友好的國家。❸長轂　兵車。❹啟行　啟程；出發。❺舳艫千里　言其船多，前後相銜，千里不絕。舳艫，此指戰船。❻陸公喻之長蛇　陸遜喻蜀兵如長蛇，首尾不能相救。陸公，指祖父陸遜。❼機械　兵器的總稱。❽揔 總；集。❾群誼 大家的議論。❿諮 諮詢。⓫大司馬陸公 此指父陸抗。⓬四瀆 指江淮河濟。⓭節宣 言節制宣散。⓮棄 捨棄。⓯贊 幫助。⓰逮 及。⓱步闡之亂 指西陵督步闡叛吳降晉。⓲寶城 堅城。⓳延強寇 指延請晉兵。強寇，指晉兵。⓴資幣 財物貨幣。㉑誘群蠻 指引誘群蠻共同叛吳降晉。㉒大邦 指晉朝。㉓雲翔 言眾聚。㉔旍 同「旌」。旗幟。㉕江介 江岸。㉖築壘 建築營壘。㉗襟帶 此言兵力環繞，如襟如帶。㉘偏師 指全軍的一部分，以別於主力。㉙東坑 在西陵步闡城東北，長十餘里。㉚反虜 指步闡。㉛踠跡 俯伏。㉜北竄 指投晉。㉝遁 逃跑。㉞銳師 精銳的部隊。㉟烽燧 即烽火。古代邊防報警的兩種信號。白天放煙叫「烽」，夜間舉火叫「燧」。㊱虞 憂慮；戒備。㊲沒 去世。㊳潛謀兆 指晉伐吳之暗謀開始出現徵兆。㊴釁深 仇怨深重。釁，爭端；仇怨。㊵六師駭 軍心驚駭。六師，六軍；部隊。㊶太康之役 指晉滅吳之役。太康，晉武帝年號。㊷曩日 昔日；曹劉之時。㊸廣州之亂 〈吳書〉曰：孫皓天紀三年，郭馬反，攻殺廣州刺史。㊹向時 曹劉之時。㊺邦家 指吳國。㊻殄瘁 凋謝。此指覆亡。㊼湯武革命 謂商湯王、周武王的改朝換代。㊽玄 指《太玄經》。㊾極 至；達到最高限度。㊿恃 倚恃。(51)人和 人事和諧；民心和樂。(52)參而由焉 指天時、地利與人和三者並用。由，用。(53)孫卿所謂合其參者也 孫卿子曰：天有其時，地有其財，人有其治，夫是之謂能參。合所以參而顛其所參，則惑矣。孫卿，即荀子。(54)捨 棄。

【語譯】有人說：「吳國和蜀國是唇齒相依之國，蜀國滅亡了，吳國就跟著滅亡，按道理就是這樣的。」其實蜀國，只是吳國賴以遮蔽、支援的友好國家罷了，並不是關係到吳國存亡的關鍵。為什麼呢？蜀國境內，到處是崇山峻嶺，道路險難，陸地上沒有能通過戰車的道路；河流湍急險阻，時有驚濤駭浪。即使有百萬精銳的部隊，啟程出發時只不過千人；即使有綿延千里的船隻，前頭行駛的不過百船而已。所以蜀國劉備的攻伐，陸公陸遜曾經比喻成一條長蛇，首尾不能兼顧，情理本來如此。蜀國剛剛滅亡的時候，朝廷裡的大臣有不同的想法，有的想堆積石塊使河流更加險要，有的想用兵器抵禦變故。天子集合這些建議向大司馬陸抗諮詢，陸抗認為江淮河流是天地用來宣洩地氣的，本來就沒有遏制的道理，而兵器是敵我雙方都有的，如果對方捨棄他們所擅長的而選擇他們所欠缺的，到荊、揚一帶爭著使用舟船進攻，這就是上天在幫助我們了。我們就牢牢守住峽口，等著擒拿他們。步闡叛亂之時，依恃城池延請晉兵，用很多財物誘惑群蠻共同叛吳降晉。

那時晉國兵士很多，像雲一樣聚集，像雷電一般有威力，江岸懸掛旗幟，沿著洲渚建築營壘，兵力環繞在要害地帶，用來阻止吳人的軍隊向西進擊，以及巴漢的戰船順江東下。陸抗率領三萬偏師，北面據守東坑，挖深溝，建高壘，按兵不動，蓄積威勢。步闡叛兵俯伏待死，不敢向北降晉求得活路，晉兵也大敗趁夜逃跑，兵力損傷大半。陸抗同時又命令五千精銳的士兵，向西抵禦水軍，東面和西面同時大獲全勝，獻上俘虜以萬計。確實是賢明之人的計謀啊，難道是欺騙我們嗎！從此以後報警的烽火很少被點起，吳國境內也很少有憂愁煩心的事了。陸抗死後，晉朝潛藏的陰謀就有徵兆了，吳國內部仇怨日深，連軍隊都感到震驚。太康年間的那場戰役，敵人的軍隊並不比曹劉時的多，廣州的叛亂，禍患卻大於曹劉時帶來的災難。國家就這樣滅亡了，供奉祖先的宗廟也成為一片廢墟。嗚呼！人有死亡，國家也有覆亡的時候，不是這樣的嗎？《易》說：「商湯王和周武王的革命，都是順應天意的。」《太玄經》說：「政治的昏亂沒有達到頂點，國家安定的局面就不會出現。」這都是說帝王們依乎天意行事。古人也說：「天時不如地利。」《易》言：「王侯設置險阻，以便守衛國家。」這是說憑藉地利保衛國家。又說：「地利不如人和。」「關鍵在於仁德而不是地勢的險要。」道是說據守險要之地也需要人啊。吳國的興盛，是由於天時、地利與人和三者並用而形成的，這就是荀子所說的集合三者的意思。而吳國的滅亡，就因為只知道依恃險要的地勢，這又是荀子所說的捨棄天時、地利與人和三者共用的道理了。

夫四州❶之萌❷非無眾也，大江之南非乏俊❸也，山川之險易守也，勁利之器易用也，先政之策易循❹也，功不與而禍遘❺者，何哉？所以用之者❻失也。是故先王達❼經國之長規，審存亡之至數❽，謙己以安百姓，敦惠❾以致人和，寬沖以誘俊乂之謀，慈和以結士民之愛。是以其安也，則黎元❿與之同慶；及其危也，則兆庶⑪與之共患。安與眾同慶，則其危不可得也；危與下共患，則其難不足恤⑫也。夫然，故能保其社稷而固其土宇，〈麥秀〉⑬無悲殷之思，〈黍離〉⑭無愍周之感矣。

【章　旨】此章總括以上分析，指出君王執政之失，是導致吳亡的重要原因。

【注　釋】❶四州　指荊、揚、交、廣四州。此代指吳地。❷萌　通「氓」。百姓；黎民。❸俊　有才智的人。❹循　遵循。❺遘　遭遇。❻用之者　指君主。❼達　通達；通曉。❽至數　至理。❾敦惠　敦厚仁慈。❿黎元　黎民百姓。⓫兆庶　萬民。⓬恤　憂慮；顧惜。⓭麥秀　麥子秀發而未結果實。箕子朝周，過殷故墟，感宮室毀壞，生禾黍，箕子傷之，乃作〈麥秀〉之詩以歌詠之。其詩曰：「麥秀漸漸兮，禾黍油油。彼狡僮兮，不與我好兮。」後常以箕子的〈麥秀〉之詩為感歎國家破亡之痛的典故。⓮黍離　本為《詩・王風》中的篇名。〈毛詩序〉曰：「〈黍離〉，閔宗周也。周大夫行役，至于宗周，過故宗廟宮室，盡為禾黍，閔宗周之顛覆，徬徨不忍去而作是詩也。」後用作感歎亡國的典故。

【語　譯】吳國境內的百姓並不是不多，大江之南也不缺少有才智的人，山川天險很容易據守，鋒利強勁的兵器也很好使用，先代的政策容易遵循，功業沒有建立卻遭受禍患，這是為什麼呢？這是使用這些資源的人的過失啊。先王通達明曉治理國家的長遠規劃，明察國家存亡的深刻道理，自己謙虛謹慎，使百姓安樂，敦厚仁慈，使得民心和樂，生性寬容平和，招致才識之人樂於進獻謀略，慈和寬厚使臣民愛戴。所以天下安定時，百姓與君王一起慶祝；天下危難時，百姓都與君王共患難。天下安定，與民同慶，那麼危難就不會來了；能與百姓共患難，那麼患難也就不值得憂慮了。如此這樣，所以就能保住國家社稷，疆土得以固守，再也沒有〈麥秀〉這樣悲傷殷亡的哀思，也沒有〈黍離〉這樣傷懷周亡的感歎了。

【研　析】陸機二十歲的時候，自己的父母之邦覆亡。作為東吳大族、世代功臣之後，陸機對吳國的衰亡，同時還包含著深深的家族之恨。吳亡後，他在家鄉隱居十餘年，後離開家鄉出仕洛陽，最後喪命八王之亂中。

〈辨亡論〉上下篇，具體創作時間不知，但不管是創於入洛前抑或是入洛後，都可見出陸機對這一包含家國之痛的歷史分析，還是相當理智的。

〈辨亡論〉上篇，主要是以敘述的筆法從吳國的發展歷史角度寫起，以歷代皇帝作為敘述的線索。陸機從孫堅寫起，歷數孫策、孫權、孫亮、孫休、孫皓，尤其對在孫權手中形成的三國鼎立時的吳國讚頌不已，因為這時的吳國最為興盛與輝煌。他認為吳國興盛主要是因君王的仁德與教化，善用人才。如文中記敘了孫策、孫權當政時對賢人異士的噓寒問暖，呵護備至。其中提到，呂蒙生病時，孫權親自探望，謹慎小心，備加關愛，確見孫權對臣下是非常關心的。因此，那些志士仁人也就誠心誠意地為吳國出謀劃策，使吳國日益強大，穩穩佔據了三國鼎立中的一角。而當一班老臣漸漸故去，毫無憂患經歷的新君當然沒有孫策、孫權的謀略，也不會體察人心，善待臣子，於是吳國漸漸衰弱，終為晉所滅。太康一役，吳國滅亡，使周瑜在赤壁之戰中談笑間擊退曹操百萬大軍永遠成為吳國歷史上的神話。因而，上篇通過各代君王當政時的敘述，展示了吳國興衰的歷程，得出「彼此之化殊，授任之才異也」，敘述的線索是君主，成敗的思考也是認為關鍵在於君王的教化和用人。

〈辨亡論〉下篇，主要分析了三國鼎立形成之後，吳之所以亡的原因，與上篇相比，更著重於論述。下篇著重分析了孫權執政時的吳國之盛，指出孫權求賢若恐不及以及虛懷若谷的品德，正是孫權在天時、地利的基礎上為吳國營了「人和」的氛圍，才使得吳國強盛，雄霸一方。在論述孫權的同時，下篇陸機著重強調了其父陸抗平步闡之亂戰績，是他在蜀亡之後，君臣驚恐之時，分析了人和的重要性，從而能取得勝利，穩定了吳國的江山。但是陸抗一死，吳國的危險隨至，由此可見，陸抗在孫權卒後，他所起到的作用是巨大的，吳末帝孫皓對他的多次上疏諫言充耳不聞，也就說明了君王之非。所以，文中反覆強調設使吳國在孫權之後有中主之才的君王守國，吳國也不會滅亡，其對君王的批評可謂尖銳。因而，孫權與陸抗君臣兩個人物，成為吳國盛極而衰的象徵。在敘述這兩個君臣人物後，文中引經據典，層層推進說明「天時不如地利，地利不如人和」的至理名言，反覆說明「人和」的重要性，這其中包含著對吳主不能用賢愛民的深深悲歎。

上下兩篇可單獨成篇，也可合而一篇。上篇著重敘述，下篇著重論說。上下篇觀點相近，而表述稍有差異，都是強調君主教化任人以及營造人和環境的重要性。天時與地利都不可強求，唯有人和是可以主觀創造的。而陸機又非常明確地指出了人和與君王的直接關係。賈誼〈過秦論〉分析秦亡教訓時早已指出「仁義不施，而攻守之勢易也」，陸機的「人和」觀點也乏新穎，但因是來自於家國覆亡的切膚之痛，故而尚能因其真實而讓人深歎。

在語言上，上下兩篇極善用排比句式，如寫孫權盛時的招用人才與虛懷若谷，一連串的排比，很能展現當時吳國人才濟濟的景象，既讓人感到了孫權納才之誠，從善如流，又無煩贅之感。

五等諸侯論

【題　解】五等，公侯伯子男五個等級。古代帝王按照五個等級制度分賜親戚或功臣，使之在分封之地建立邦國。相傳五等分封制始於黃帝，歷代有變。陸機此篇述歷代五等與郡縣之得失，認為五等制利大於郡縣制，主要從制度上探求治國之道。

夫體國經野❶，先王所慎；創制垂基，思隆後葉❷。然而經略❸不同，長世❹異術。五等之制，始於黃唐❺。郡縣❻之治，創自秦漢。得失成敗，備在〈典〉、〈謨〉❼，是以其祥，可得而言。

【章　旨】此章簡言五等制與郡縣制的淵源，為下面立說張本。

【注　釋】❶體國經野　營建國中的宮城門途，如身之有四體；管理郊野的丘甸溝洫，如機之有經緯。泛指治理國家。❷後葉　後代。❸經略　籌劃；治理。❹長世　綿續久存。❺黃唐　黃帝和唐堯。❻郡縣　郡和縣的並稱。郡縣之名，初見於周。秦始皇統一中國，分國內為三十六郡，為郡縣政治之始，漢初封建制與郡縣制並行，其後郡縣遂成為常制。❼典謨　指《書》中的〈堯典〉、〈舜典〉和〈大禹謨〉、〈皋陶謨〉等篇的並稱。

【語　譯】治理國家制度的確立，先王是很慎重的；他們創造典章制度給後世留下基業，希望後世子孫因此而興盛強大。但是籌劃和治理不同，國祚綿延的制度也有區別。公侯伯子男的分封制，始於黃帝和唐堯時代。設立郡縣以治天下的制度，始於秦漢。關於這些制度的得失成敗，都完備地保存在《書》中，因為記載詳細，我們今天可以據此而論。

夫先王知帝業至重，天下至曠❶。曠不可以偏制❷，重不可以獨任；任重必於借力，制曠終乎因人。故設官分職，所以輕❸其任也；並建五長❹，所以弘其制也。於是乎立其封疆之典，財❺其親疏之宜❻，使萬國相維❼，以成盤石❽之固；宗庶❾雜居，以定維城❿之業。又有以見綏⓫世之長御⓬，識人情⓭之大方⓮；知其為人不如厚己，利⓯物不如圖身，安上在於悅下，為己在乎利人。故《易》曰：「悅⓰以使民，民忘其勞。」孫卿曰：「不利而利之，不如利而後利之之利也。」是以分天下以厚樂，而己得與之同憂；饗⓱天下以豐利⓲，而我得與之共害。利博則恩篤，樂遠則憂深。故諸侯享食土⓳之實，萬國受世及⓴之祚㉑矣。夫然，則南面之君㉒，各務㉓其治；九服㉔之民，知有定主。上之子愛㉕于是乎生，下之體信㉖於是乎結㉗。世治足以敦㉘風，道衰足以禦暴。故強毅之國，不能擅一時之勢；雄俊之士，無所寄霸王之志。然後國安由萬邦之思治㉙，主尊㉚賴群后㉛之圖身。譬猶眾目㉜營方㉝，則天網㉞自昶㉟；四體㊱辭難㊲，而心膂㊳獲乂㊴。三代㊵所以直道㊶，四王㊷所以垂業也。

【章旨】此章述五等制的產生，是因帝王分治天下的結果，同時也是基於人情圖利的考慮。

【注釋】❶曠　遠。❷偏制　獨自控制。❸輕　減輕。❹五長　即五等。❺財　通「裁」。制。❻親踈之宜　指親疏之別。宜，合適。❼維　連繫；連屬。❽盤石　大石。❾宗庶　同姓者和異姓者；宗子和庶子。❿維城　連城以衛國。⓫綏　安；安撫。⓬長御　長策；長遠策略。⓭人情　人心；世情。⓮大方　法制。⓯利　使有利益；使有利。⓰悅　使快樂。⓱饗　使享受；使受用。⓲豐利　多利。⓳享食土　享受封邑的租稅。⓴世及　世襲。㉑祚　福氣。㉒南面之君　指諸侯王。㉓務　致力於。㉔九服　王畿之外的九等地區。此指各諸侯國的國土。㉕子愛　愛民如子。言其愛之深。㉖體信　親近信賴。㉗結　連續；達成。㉘敦　督促；激勵。㉙治　國家安定，政治清明。㉚主尊　君主位尊。㉛群后　指各諸侯王。㉜眾目　喻各諸侯。目，綱目。㉝營方　四面張開；分布四方。比喻諸侯經營四方。㉞天網　喻王室。㉟昶　通。㊱四體　四肢。喻諸侯。㊲辭難　去難。辭，去。㊳心膂　比喻王室。㊴乂　安。㊵三代　指夏、商、周三代。㊶直道　正道。㊷四王　蓋指大禹、商湯王、周文王、周武王。

【語譯】先王知道帝王的責任至關重大，天下又是非常遼闊。地域太過寬廣了，就不能獨自治理，責任太過重大了，就不能一人承擔；重大的責任必須要借助外力，治理廣大的天下也要任用人才。所以就設立了官銜，分配了職務，用來減輕帝王的重任；並且建立五個等級，用來擴大和完善制度。就這樣建立了分封疆土的制度，根據親疏遠近的不同分別任用人才治理各個區域，使各個諸侯國相互連屬，從而使整個國家像盤石一樣牢固，宗子和庶子雜處，鞏固連結而成大國的基業。君主又看到了安定天下的長遠辦法，體察處理世務合乎人情的道理；知道人情都是認為為別人謀利不如厚待自己，使別人得到好處不如為自己打算，知道了君王要安心只有使人民安樂，為自己的同時也要使別人得利。所以《易》說：「使人民感到快樂並使用民力，那麼百姓就忘記了自己的勞苦。」荀子說：「不使人民得到好處而使用他們，不如先讓人民得到利益然後使用他們所得到的好處大。」所以君主分封天下使快樂擴大，這樣就能與天下人一起承擔憂患；使天下的人民享受豐厚的利益，君主就能與人民共患難了。給的好處越多，人們對他感激就越是篤厚，仁義之樂播於遠方，則百姓也能與君王一起擔當很深的憂患。所以各個諸侯都能享用封地租稅的實惠，享受著世襲的福氣了。這樣，南面稱王的各諸侯就會致力於自己的政務；封國內的百姓也知道自己各有其主。君王愛民如子的感情就會產生，百姓親近信任之心相應而生。社會安定足以勉勵風氣，即使國家不安定也足以用來抵禦動亂。所以強大蠻橫的諸侯國，不能憑藉一時的勢力興風作浪；豪傑才智之人也找不到使諸侯稱霸一方的地方，去施展他們的圖謀。整個國家的安定，是因各個諸侯國都想使封國政治清明，君王的地位很高，全仰仗各諸侯為自己打算。這就好像網上的每個扣眼都張開了，那整個網自然通暢；也好像四肢都健康，心臟肩臂等自然也安康。這就是夏、商、周三代正道所在，四王留下不朽功業的原因。

夫盛衰隆敝❶，理所固有；教❷之廢興，繫❸乎其人。願法❹期於必涼❺，明道❻有時而闇❼。故世及❽之制，敝❾於強禦❿；厚下⓫之典，漏⓬於末折⓭。侵弱之釁⓮，遘⓯自三季⓰；陵夷⓱之禍，終于七雄⓲。昔者成湯⓳親照夏后之鑒⓴，公旦㉑目涉商人之戒㉒，文質㉓相濟，損益有物。故五等之禮，不革于時，封畛㉔之制，有隆焉㉕爾者，豈玩㉖二王㉗之禍，而闇㉘經世㉙之算乎？固知百世非可懸御㉚，善制不能無敝㉛，而侵弱之辱，愈於殄㉜祀，土崩之困，痛於陵夷也。是以經始㉝權其多福，慮終取其少禍。非謂侯伯無可亂之符，郡縣非致治之具也。故國憂賴其釋位㉞，主弱憑其翼戴㉟。及承微積敝，王室遂卑，猶保名位，祚垂後嗣，皇統幽㊱而不輟㊲，神器㊳否㊴而必存者，豈非置勢使之然歟？

【章　旨】此章言五等制雖然有弊端，但是利大於弊。

【注　釋】❶隆敝　盛衰。敝，衰敗。❷教　政教；教化。❸繫　繫屬；依附。❹顧法　指執法恭謹。❺涼　輕微；薄。❻明道　指盛世。❼闇　昏暗；衰微。❽世及　世襲。❾敝　通「弊」。弊病；害處。❿強禦　強而有力；強大。⓫厚下　指君主厚待諸侯。⓬漏　疏漏；弊端。⓭末折　指末大而折其本。喻諸侯強大而威脅君王。⓮釁　仇怨。⓯遘　起。⓰三季　指桀、紂、幽王之末世。⓱陵夷　指國家由盛而亡。⓲七雄　指戰國七雄。即齊、楚、燕、韓、趙、魏、秦七個諸侯國。⓳成湯　商的開國之君。⓴夏后之鑒　夏桀亡國的教訓。㉑公旦　指周公旦。輔佐成王。㉒目涉商人之戒　親眼看到商人滅亡的教訓。㉓文質　文采與質樸。㉔封畛　界疆。㉕隆焉　周代分封比夏商二代更盛。㉖玩　欣賞。㉗二王　指夏桀、殷紂。㉘闇　不明。㉙經世　治理世事。㉚懸御　指憑空駕馭。㉛敝　通「弊」。弊端。㉜殄　斷絕；滅絕。㉝經始　開始營建。㉞釋位　去位。㉟翼戴　輔佐擁戴。㊱幽　弱。㊲輟　停止。㊳神器　指帝位。㊴否　厄；困厄。

【語　譯】國家的興盛衰落，本來就是相依相存的；教化的荒廢興隆，是由人所決定的。執法恭謹，人們就期望法制輕微一些，興盛的時代也會有衰微的時候。所以，世襲制度的弊端，在於他們的勢力太過強大；君主厚待諸侯的政策，反而產生末大折本的禍端。侵略弱小的諸侯國，夏商周三個末代君主的時候就產生；滅國之禍，終於在戰國七雄時候出現。當年商代的成湯借鑒了夏代覆亡的教訓，周公旦也目睹了商朝滅亡的教訓，文質相成，損益結合。所以五等制，沒有因時代的變換改變，而且分封制度又有了興隆之勢，難道是欣賞夏桀、商紂二王的禍亂，而不擅長治國之道嗎？要知道百世基業不能憑空駕御，再完善的制度也不可能沒有缺陷，弱小國家受到欺凌之辱，甚於祭祀的滅絕，國家一下子土崩瓦解比慢慢滅亡要更加痛苦。所以開始營建國家時都想多得福氣，而考慮到最後卻傾向於少招禍患。這並不是說分封諸侯沒有致亂的徵兆，也不是說郡縣制不是統治的工具。國家危難時，還要依賴諸侯去位保國，王室衰弱時，要依靠他們的輔佐擁戴。等小的弊端慢慢積累起來，王室的地位就更加卑下了，但還是保持著王位，將國運傳給後世子孫，王室雖是微弱，但並沒有滅亡，帝位不如以前尊貴，但依然存在，難道這不是設置的五等形勢所形成的嗎？

降及亡秦，棄道❶任術❷，懲❸周之失，自矜❹其得。尋斧始於所庇❺，制國昧於弱下❻，國慶獨饗其利，主憂莫與共害。雖速亡趣亂，不必一道；顛沛之釁❼，實由孤立。是蓋思五等之小怨❽，忘萬國之大德，知陵夷之可患，闇土崩之為痛也。周之不競❾，有自來矣。國乏令主❿，十有餘世，然片言⓫勤王⓬，諸侯必應，一朝振矜⓭，遠國先叛。故強晉收其請隧之圖⓮，暴楚頓其觀鼎之志⓯，豈劉項之能闚關⓰，勝廣之敢號澤⓱哉？借使秦人因循周制⓲，雖則無道，有與共弊，覆滅之禍，豈在曩日⓳！

【章旨】此章言秦國因廢五等制而土崩速亡。

【注釋】❶道 指夏商周三代之道。❷術 指強國之術。❸懲 戒；懲戒。❹自矜 得意；自傲。❺尋斧始於所庇 言用斧頭砍去枝葉。此把五等諸侯喻為王室的枝葉，用斧砍掉那些枝葉，王室就沒有了蔭庇。尋，用。❻制國昧於弱下　言秦國治理國家的弊端是使諸侯弱小。❼釁　憂慮。❽小怨　小失；微小的不足之處。❾競　強；強勁。❿令主　賢明的君主。⓫片言　一言。⓬勤王　為王事盡力。後世對出兵救援王朝叫勤王。⓭振矜　自傲；自大。⓮強晉收其請隧之圖　言強大的晉侯收回要求天子葬禮的企圖。收，收回。請隧，請求隧葬。隧葬，天子的葬禮。《左傳》載：晉侯朝王，王享醴，命之宥，請隧，弗許。⓯暴楚頓其觀鼎之志　言強暴的楚王也收起覬覦王位之心。頓，廢；取消。觀鼎，指覬覦王位之心。九鼎，是政治權力的象徵。《左傳》載：楚子伐陸渾之戎，遂至於洛，定王使王孫滿勞楚子，問鼎大小輕重焉。⓰劉項之能闚關　指劉邦、項羽窺視函谷關，故入長安稱帝。劉項，劉邦和項羽的合稱。⓱勝廣之敢號澤　言陳勝吳廣在野澤中發號施令。勝廣，陳勝和吳廣。⓲因循周制　指遵循周代的五等制。⓳曩日　昔日。指速亡之禍。

【語譯】等到了現在已滅亡了的秦國時，國君丟棄稱王之道而只採用強國之術，戒懼周朝滅亡的過失，就很得意於自己設置郡縣的創制。秦國開始砍伐拱衛王室的枝葉，控制國家的弊端就是削弱諸侯力量，國家安寧時，王室獨享其利，君主憂慮時，沒有人與他分擔。雖然秦國迅速滅亡不是一個原因造成的；但國家的動亂的禍端確實是因君主孤立了自己。他們只是看到了五等制小的缺陷，卻忘記分封諸侯大的功勞，只知憂慮國家由盛而衰，而不懂國家頃刻之間土崩瓦解的痛苦。周朝的衰弱，由來已久了。國家缺少好的君王，已有十餘世了，然而，只要一言為王室效力，諸侯國一定會響應。一旦王室傲然自大，也是遙遠的諸侯國先叛亂。所以強大的晉侯收回要求天子葬禮的企圖，強暴的楚王也收起覬覦王位之心，劉備項羽怎麼能窺視函谷關，陳勝吳廣怎麼能在野澤發號施令呢？如果秦人能遵循周代的典章制度，即使不行王道，但也有和君王共同抵禦敵人的力量，國家覆亡的災難，怎麼會在頃刻之間發生呢？

漢矯❶秦枉❷，大啟❸侯王。境土踰溢❹，不遵舊典，故賈生憂其危，鼂錯痛其亂❺。是以諸侯阻❻其國家之富，憑其士民之力，勢足者反疾❼，土狹者逆遲❽。

六臣犯其弱綱，七子衝其漏網❾。皇祖夷於黥徒❿，西京病於東帝⓫。是蓋過正之災，而非建侯⓬之累也。然呂氏之難，朝士外顧；宋昌策漢，必稱諸侯⓭。逮至中葉⓮，忌其失節，割削宗子，有名無實，天下曠然，復襲亡秦之軌矣。是以五侯⓯作威，不忌萬邦；新都⓰襲漢，易於拾遺也。光武中興，纂隆皇統，而猶遵覆車之遺轍，養喪家之宿疾⓱。僅及數世，姦軌⓲充斥，卒有強臣⓳專朝，則天下風靡，一夫⓴縱橫，則城池自夷，豈不危哉！

【章旨】此章言漢代對五等制舊典的破壞乃至廢棄給漢代帶來的覆亡之災。

【注釋】❶矯　矯正。❷枉　過失。❸啟　立；分封。❹踰溢　指諸侯國的土地過多，其封過大。❺賈生憂其危二句　言賈誼憂患諸侯給國家帶來的危險，晁錯痛心諸侯給國家帶來的危亂。❻阻　恃。❼勢足者反疾　強大的諸侯先反。❽土狹者逆遲　言弱小的諸侯叛逆後反。❾六臣犯其弱綱二句　言漢初諸侯王紛紛謀反。六臣指燕王臧荼、韓王信、淮陰侯韓信、梁王彭越、淮南王黥布、燕王盧綰等。弱綱、漏網比喻漢初尚不健全的綱紀法令。七子，批吳王濞、膠西王卬、膠東王雄渠、淄川王賢、濟南王辟光、楚王代、趙王遂的七國叛亂。❿皇祖夷於黥徒　言高祖因征討黥布而死。皇祖，即高祖。夷，傷；傷害。黥徒，指黥布。《史記》載：淮南王黥布反，高祖自往擊之，布走。高祖時為流矢所中，行道病。⓫西京病於東帝　言景帝深以吳王濞為憂。西京，代指漢景帝。病，憂慮；憂心。東帝，指吳王濞。《漢書》載：吳王濞反，削吳會稽、豫章郡，書至，起兵反。以袁盎為太常，使吳，吳王聞盎來，知其欲說，笑而應曰：我已為東帝，尚誰拜？不肯見盎。⓬建侯　分封諸侯。⓭呂氏之難四句　言呂氏將起禍難，朝臣皆外顧立代王，宋昌為漢謀劃，言語之間必稱諸侯。《漢書》載：呂產、呂祿自知背高皇帝約，因作亂。朱虛侯使人告兄齊王，令發兵西，太尉勃、丞相平為內應，已誅諸呂，齊王遂發兵。又載：呂后崩，大臣迎立代王。郎中令張武曰：以迎大王為名，實不可往。宋昌曰：群臣議非也。內有朱虛、東牟之親，外畏吳、楚、淮南、琅邪、齊、代之強，故迎大王，大王勿疑也。⑭中葉　中期。⑮五侯　指漢成帝時封其舅王譚、王產、王根、王逢、王商為列侯，五人同日封，世稱五侯。⑯新都　指王莽。王莽曾被封為新都侯。⑰光武中興四句　言光武帝劉秀建立東漢，仍不封諸侯，依然遵循前漢之失。⑱姦軌　奸臣。⑲強臣　指梁翼之輩。⑳一夫　指董卓。

【語　譯】漢代矯正了秦朝的過失，分封了很多諸侯王。諸侯王的轄地過大，沒有遵循舊有的規定，所以賈誼開始擔憂分封制的危險，晁錯痛心諸侯給國家帶來的危亂。諸侯國依仗國家的富強，依靠官吏人民的力量，強大的諸侯開始先反，勢力小的反得遲一些。淮陰王韓信等六個強臣冒犯還不穩固的朝廷，吳王濞等七王也開始謀反。高祖在平定黥布之亂時為流矢所傷，漢景帝也擔憂自稱東帝的吳王濞。這些禍患都是因為漢把秦朝的過失矯正的太過分了，而不是分封諸侯本身的禍患。但是，呂氏外戚圖謀王權，朝廷大臣都向外尋找，迎立代王；宋昌為漢謀劃，言語之間必稱諸侯。等到了漢中期，因為害怕諸侯太過強大，朝廷失去控制，開始削弱諸侯的力量，使諸侯國名存實亡，這樣，天下空曠遼闊，就又走上了秦的老路。所以五侯作威天下時，沒有了對諸侯國的顧忌；新都侯王莽取代漢也是輕而易舉。光武帝中興漢朝時，繼承興隆漢室，但依舊沿著敗車的車轍前行，留養使國家滅亡的舊病。僅僅過了幾世，奸臣充斥朝廷。最終強臣操縱朝廷，整個天下都望風歸順，董卓一人橫行霸道，城池幾乎自動滅亡，這些難道不是很危險的嗎！

在周之衰，難興王室，放命者七臣，干位者三子❶。嗣王委其九鼎❷，凶族據其天邑❸，鉦鼙❹震於閫宇❺，鋒鏑❻流乎絳闕❼。然禍止畿甸❽，害不覃及❾，天下晏然❿，以治待亂。是以宣王興於共和⓫，襄惠振於晉鄭⓬。豈若二漢階闥暫擾⓭，而四海已沸；孽臣朝入⓮，而九服夕亂⓯哉！遠惟王莽篡逆之事，近覽董卓擅權之際，億兆⑯悼心⑰，愚智⑱同痛。然周以之存，漢以之亡，夫何故哉？豈世乏曩時之臣，士無匡合⑲之志歟？蓋遠績屈於時異⑳，雄心挫於卑勢爾㉑。故烈士㉒扼腕㉓，終委寇讎㉔之手；中人㉕變節㉖，以助虐國之桀。雖復時有鳩合同志，以謀王室㉗，然上非奧主㉘，下皆市人㉙，師旅無先定之班㉚，君臣無相保之志㉛。是以義兵雲合，無救劫弒之禍㉜；民望㉝未改，而已見大漢之滅矣。

【章旨】此章比較周漢，用事實說明周衰弱時，有諸侯幫助振起；而漢亂時只有強臣橫行，所以走向滅亡。

【注釋】❶放命者七臣三子　言危亂周王室的人有七臣三子。放命，違棄王命為亂。七臣，指蔿國、邊伯、石速、詹父、子禽、祝跪、蘇子七人。干，亂。三子，指子頹、叔帶、子朝三人。❷嗣王委其九鼎　指惠王等因三子之亂而出逃。嗣王，指惠王、襄王、悼王。委，丟棄。九鼎，這裡指天下。❸凶族據其天邑　指三子佔據京城，僭即王位。凶族，指上文的三子。天邑，都城。❹鉦鼙　古代軍中所用樂器名。鳴鉦以為鼓節。❺闉宇　王宮周圍。❻鋒鏑　泛指兵器。鋒，兵刃。鏑，箭鏃。❼絳闕　宮殿的門闕。❽畿甸　京城周圍。❾覃及　延及；延深。❿晏然　安然；平安。⓫宣王興於共和　召公、周公二相行政，周宣王繼位於共和之後。《史記》載：周人相與畔襲厲王，王出奔於彘。召公、周公二相行政，號曰共和。共和十四年，厲王死於彘，二相乃共立宣王。⓬襄惠振於晉鄭　指周惠王、周襄王在鄭晉諸侯的保護下得以振起。振，起；振起。《史記》載：惠王即位，衛師、燕師伐周，立子頹。鄭伯見虢叔曰：「蓋納王乎？」虢公曰：「寡人之願也。」周伐王城，鄭伯將王自圉門入，虢叔自北門入，殺王子頹及五大夫。又載：天王出居於鄭，避母弟之難也。晉侯辭秦師而下次於陽樊，右師圍溫，左師逆王。王入於王城。取太叔於溫，殺之。⓭階闥暫擾　指宮城內暫時之亂。指王莽。階闥，宮城之內。擾，亂。⓮孽臣朝入　指董卓入京。孽臣，指董卓。《後漢書》載：何進私呼卓入朝以協太后。卓至，遂廢少帝為弘農王。⓯九服夕亂　指天下瞬間大亂。九服，天下。⓰億兆　指天下百姓。⓱悼心　傷心。⓲愚智　愚笨之人和聰明之人。此指天下所有的人。⓳匡

合 匡正；持持。春秋五霸之一的齊桓公九合諸侯，一匡天下。此「匡合」即此意。⑳遠績屈於時異 言匡扶天下的遠大事業因漢代未封諸侯而受到挫敗。績，事業；功績。屈，挫折；挫敗。時異，指漢與周不同的制度。㉑雄心挫於卑勢爾 有雄心幫助王室的人但由於自己沒有封侯，地位卑賤，志向受到挫折。㉒烈士 有氣節的人。㉓扼腕 手握其腕，表示悲歎。㉔寇讎 仇敵。㉕中人 君主身邊有權勢的朝臣。㉖變節 變易節操。㉗雖復時有鳩合同志二句 指王莽與董卓之時，雖有志同道合之人聚集，為王室謀劃。鳩合，聚集；糾合。《漢書》載：王莽居攝，翟義心惡之，遂與劉宇、劉璜結謀舉義兵。《後漢書》載：董卓以尚書韓馥為翼州刺史，侍中劉岱為兗州刺史。馥等到官，各舉義兵討卓。㉘奧主 明智的君主。奧，深。㉙市人 城市居民。㉚師旅無先定之班 言各方義兵分散無主，沒有誰能率先出兵平定天下。班，次。㉛君臣無相保之志 指君臣之間不能互保。《後漢書》載：董卓聞韓馥等兵起，乃鴆殺弘農王。㉜劫弒之禍 指董卓鴆殺弘農王之事。㉝民望 民之所望；百姓對大漢平定的希望。

【語譯】周朝衰落的時候，王室很多災難開始，違棄王命作亂的有七臣，而子頹、叔帶、子朝三人都在爭奪王位。惠王等嗣王捨棄了天下，而三子凶徒佔據了京都，戰鼓聲響徹了宮廷，箭在宮殿門闕周圍飛響。但這禍亂僅限於京城一帶，並沒有殃及天下，所以天下還是安寧的，大亂之後是安定的到來。正因為如此，召公、周公二相行政，周宣王繼位於共和之後，周惠王、周襄王在鄭晉諸侯的保護下得以振起。哪裡像兩漢那樣，王莽一時在宮廷作亂，就搞得四海皆亂；而董卓一旦入京，整個天下瞬間就大亂了！遠的想想王莽篡位謀逆之事，近的看看董卓專擅朝政之時，天下傷心，無論愚智，人們都很悲痛。然而周代因此而存在，漢卻因此而滅亡，為什麼呢？難道漢世缺乏周代那樣的臣子，有識之士都沒有匡扶王室的志向嗎？只是匡扶天下的遠大抱負因漢代未封諸侯而受到挫敗，有雄心幫助王室的人因自己沒有封侯，地位卑賤，志向受到挫折。所以，有志氣的人只能扼腕歎息，最後淪落到仇敵手中；君主身邊有權勢的朝臣，變易節操，為虐助桀。雖然也時有一些志同道合之人聚集起來，圖謀王室中興，但在上沒有聖明的君主，在下都是普通的百姓，各地義兵散合無主，沒有誰能率先出兵平定天下，君臣之間沒有相互保護。所以義兵雖然眾多，像雲一樣集合起來了，卻不能避免亂臣弒君災難的發生；百姓的希望並沒有改變，但是已經看到大漢滅亡了。

或以「諸侯世位，不必常全，昏主暴君，有時比跡❶，故五等所以多亂。今之牧守❷，皆以官方庸❸能，雖或失之，其得固多，故郡縣易以為治」。夫德之休明❹，黜陟❺日用❻，長率連屬❼，咸述其職❽，而淫昏之君❾，無所容過❿，何則⓫其不治⓬哉？故先代有以之興矣。苟或衰陵⓭，百度⓮自悖⓯，鬻⓰官之吏，以貨準才⓱，則貪殘之萌⓲，皆如群后⓳也。安在其不亂哉！故後王有以之廢矣。且要而言之，五等之君，為己思治；郡縣之長，為利圖物。何以徵⓴之？蓋企及進取㉑，仕子㉒之常志；修己安民，良士㉓之所希及㉔。夫進取之情銳㉕，而安民之譽遲㉖。是故侵百姓以利己者，在位所不憚㉗；損實事以養名者，官長所夙夜㉘也。君無卒歲之圖㉙，臣挾一時之志㉚。五等則不然，知國為己土，眾皆我民，民安，己受其利；國傷，家嬰㉛其病㉜。故前人欲以垂後，後嗣思其堂構㉝，為上無苟且㉞之心，群下知膠固㉟之義。使其並賢居治，則功有厚薄㊱；兩愚處亂，則過有深淺㊲。然則探八代㊳之制，幾可以一理㊴貫㊵；秦漢之典，殆可以一言㊶蔽㊷矣。

【章旨】此章以「或曰」自問自答，解釋五等制也要亡國的原因是積蔽所致，進而總括上文，指出無論利弊，五等制都勝於分封制。

【注釋】❶比跡　此謂一個連接一個地出現。❷牧守　州郡的長官。州官稱牧，郡官稱守。❸庸　用。❹休明　美善聖明。

❺黜陟　進退人才。降官曰黜，升官曰陟。❻日用　日常；平時。❼長率連屬　言連結一起的各諸侯。長率，指古代諸侯之長。連屬，本為諸侯結合的基本單位。此指連結、聯合。《禮記》載：「千里之外，設方伯，五國以為屬，屬有長。十國以為連，連有帥。」❽咸述其職　言各諸侯向天子述職。古者諸侯之於天子，五年一朝，謂之述職。❾淫昏之君　此指荒淫昏庸的諸侯王。❿無所容過　指無地藏錯。有錯必加以糾正。⓫何則　為什麼。⓬不治　不能治理。⓭衰陵　指天子衰微陵遲。⓮百度　各種制度。⓯悖　亂；悖亂。⓰鬻　賣。⓱以貨準才　言以財物的多少來衡量一個人的才能。⓲萌　通「氓」。此指百姓。⓳群后　指諸侯王。⓴徵　驗證；說明。㉑企及進取　指羨慕功名利祿，奔競追求。企，羨。及，得到。㉒仕子　指以做官為目的的人。㉓良士　指以安民為目的的人。㉔希及　希望達到。㉕銳　疾；急。㉖譽遲　聲譽來得慢。㉗憚　怕。㉘夙夜　早晚；朝夕。㉙君無卒歲之圖　此指郡縣之長沒有長遠打算。卒歲，終年。㉚臣挾一時之志　指郡縣之臣志向不高遠。挾，持。㉛嬰　繞；遭受。㉜病　痛。㉝堂構　立堂基，造屋宇。比喻祖先的遺業。㉞苟且　得過且過，馬虎草率。㉟膠固　團結鞏固。㊱並賢居治二句　言五等與郡縣各自的長處在太平之世，二者取得的功業有厚薄之別，指五等大而郡縣小。㊲兩愚處亂二句　言五等與郡縣的弊端處在亂世，二者的過失也有深淺之別，指五等淺而郡縣深。㊳八代　指五帝、三王。㊴一理　同一道理、法則。此指實行五等制。㊵貫　貫通；貫穿。㊶一言　一句話。此指實行分封制。㊷蔽　概括；涵蓋。

【語　譯】有人說：「諸侯爵位世代相傳，國家不一定常有安全之勢，昏庸殘暴的諸侯王，一個連接一個地出現，所以五等制經常給天下帶來混亂。現在郡縣的長官，都認為是官方任用自己的才能，雖然有時可能任用有失誤，但任用得當的還是很多，所以郡縣是很容易治理的。」君王品德美善聖明，平時就會注意進退官員。相連在一起的各諸侯，也會按照規定都來向天子述職，這樣昏庸荒淫的諸侯王，沒有地方可以容納下他們的過失，為什麼說天下沒有得到治理呢？所以前代有因為建立五等制而興盛的。如果君王衰微，各種制度混亂，賣官鬻爵的官吏，用得到的金錢多少來衡量人才，這樣貪婪殘暴之人，都和諸侯王一樣，那麼整個國家怎能不混亂呢！所以後代君主也有因五等制而衰微的。簡要地說，五等制中的諸侯，為了自身而考慮到如何使政治安定；而郡縣的長官，是為了利益而統治。為什麼這麼說呢？企羨功名利祿並用心追求，這是以做官為目的的官吏的常情；使自己品德高尚，安撫人民，這是好的官吏所希望做到的。但奔競追求的心情很急迫，安撫人民的聲譽卻來得太慢。所以，以損害百姓的利益來為自己謀劃，是在位官吏不害怕去做的；很少做實事，只圖虛名，是那些官長日夜所做的事。郡縣長官沒有長遠的打算，郡縣的臣子也只是圖眼前之利。五等制則不是這樣，諸侯知道國家是自己的，眾人都是自己的臣民，人民安定了，自己會從中得到好處；國家動亂，自己會深受其害。所以前代的諸侯努力為後世留下功業，繼承者也想著光大祖上的功業，在上的不會有得過且過之心，在下的百姓也知道團結鞏固的道理。五等與郡縣各自的長處在太平之世，五等的功勞大而郡縣的功勞小；二者的弊端處在亂世，五等造成的危害淺而郡縣帶來的禍患深。然而探究五帝三王的制度，可以用五等制這一核心貫穿起來；秦漢兩朝的典章制度，大抵也可以用郡縣制來概括。

【研析】陸機〈五等諸侯論〉，所闡述的是五等制即分封制的好處，主要以周代與秦漢的不同政體作為立論的依據，說明周代實行分封制，所以立國時間很長，而秦代由於實行了郡縣制速亡，漢初由於未遵舊典，分封諸侯也導致了國家動亂，而此後的改為秦制則使漢代重蹈秦轍。在陸機看來，分封制的好處有二：一是君王分封，設官分任，分封諸侯可以使「萬國相維，以成盤石之固」，王室得以藩衛而無憂；二是諸侯能「為己思治」，愛民如子，諸侯國得治，王室也相應安定。王室與諸侯互利，當然國家可以長治久安，即使偶有動亂，諸侯也會奮而勤王，捍衛王室的。與此相應，在陸機看來，郡縣之弊有二：因郡縣之長無實權，因而「為利圖物」，臣民奔競，天下不治。二是因君王未能分任，而天下不能盡心效力，故一旦有難，即有土崩瓦解之勢。可以看出，陸機分析二者的利弊是建立在雙方的互親互利基礎之上的，即陸機引用的荀子的話來說就是「不利而利之，不如利而後利之之利也」，這種看法很顯明地是基於儒家的宗法倫理思想。相應地，郡縣制則是有背於此，刻薄寡恩，因而不是長治久安的大法。時代發展到陸機所處的西晉時代，若從政體角度而言，沒有哪一種體制能保證一個朝代千秋萬代的，因而陸機也指出了分封與郡縣各有利弊，但是他認為「使其並賢居治，則功有厚薄；兩愚處亂，則過有深淺。然則探八代之制，幾可以一理貫；秦漢之典，殆可以一言蔽矣」，五等利大於郡縣而弊小於郡縣。歷史的發展無情地證明了陸機依於儒家思想而對分封制推崇的錯誤，陸機這篇文章還完全停留在概念世界中演繹兩個制度的優劣，也很難說清朝代更替與具體制度的關聯。

但是我們若聯繫陸機作這篇文章的背景，則可見出陸機針砭時弊的動機。《晉書·陸機傳》載：「〈齊王〉冏既矜功自伐，受爵不讓，機惡之，作〈豪士賦〉以刺焉。其序曰……冏不之悟，而竟以敗。機又以聖王經國，義在封建，因採其遠指，著〈五等論〉曰……時成都王穎推功不居，勞謙下士。機既感全濟之恩，又見朝廷屢有變難，謂穎必能康隆晉室，遂委身焉。穎以機參大將軍軍事，表為平原內史。」從中可見，陸機晚年正處於八王之亂中，而「八王」是晉室分封諸侯的結果，現實證明八王並未真正起到拱衛王室、安寧天下的作用，故陸機曾作〈豪士賦〉譏諷「矜功自伐，受爵不讓」的僭越行為，那麼，此後所作的〈五等論〉，詳述周秦漢歷史，無非以史論今，說明古代封建的真正用意是盡心盡職，拱衛王室，未有反其道而行之的，以此告誡八王明己諸侯之禮，行諸侯應行之事。若此，陸機的這種在概念世界對五等制的演繹，深含針砭時弊的良苦用心。這種著眼於現實，從體制的角度立論的文章，在魏晉時代還有一個曹冏，他是曹魏的宗親，曾寫下〈六代論〉，主要是勸誡魏主要分封宗親，以藩王室，有很強的針對性。陸機的〈五等論〉的立論觀點與論證方法與曹冏沒有多少差別，所異的是，曹冏著論主要是諫君，而陸機此論主要是諷臣，但都有著很深的現實背景。至於對郡縣制能作出符合歷史發展的評價，只有至中唐，柳宗元〈封建論〉問世，才有較為客觀的論說。雖然陸機立論觀不足為據，但是他的用心則是值得肯定的。

此文在遣文造字方面還是力求對偶，講究辭藻，體現了陸機的一貫風格。但是由於涉及史實，一些過於對偶工整的語言很難表達豐富而複雜的歷史事實，因而有些地方令人費解。這一點，只要與曹冏的〈六代論〉對讀，便很明顯。

卷一三（文補遺）

策問秀才紀瞻等六首

【題解】本篇出自《晉書》卷六八〈紀瞻傳〉。策問，指以經義或政事等設問，要求解答以試士。《晉書》卷六八〈紀瞻傳〉載：「紀瞻，字思遠，丹陽秣陵人。……瞻少以方進知名。吳平，徙家歷陽。郡察孝廉，不行。後舉秀才，尚書郎陸機策之。」據此，策文作於晉惠帝元康七年（西元二九七年），時陸機任尚書殿中郎。

昔三代❶明王，啟建❷洪業❸，文質❹殊制❺，而今名❻一致。然夏人尚忠❼，忠之弊也朴❽，救朴莫若敬❾。殷人革❿而修⓫焉，敬之弊也鬼⓬，救鬼莫若文⓭。周人矯⓮而變焉，文之弊也薄⓯，救薄則又反之於忠。然則王道之反覆其無一定邪，亦所祖⓰之不同而功業各異也？自無聖王，人散⓱久矣。三代之損益，百姓之變遷，其故可得而聞邪？今將反古以救其弊，明風⓲以蕩其穢，三代之制將何所從？太古⓳之化有何異道？

【章　旨】此章問三代不同制，究竟何因？我們今天治理從中可以得到哪些借鑒？

【注　釋】❶三代　夏商周三代。❷啟建　開創基業。❸洪業　大業。❹文質　文教禮樂制度。❺制　體制。❻令名　美名。❼忠　忠厚。❽朴　猶「野」。不合禮儀；不受約束。❾敬　信奉。❿革　變革。⓫修　修持；信奉。⓬鬼　信奉鬼神；迷信。⓭文　禮樂制度。⓮矯　矯正。⓯薄　不厚道。⓰祖　崇尚。⓱散　散誕；放蕩而沒有約束。⓲明風　光大風教。⓳太古　上古；遠古。

【語　譯】過去三代聖明的君王，建立了大業，文教禮樂的體制各不相同，但是留下的美名則是相同的。而夏人崇尚忠厚，忠厚的弊端是不合禮儀，糾正這種現象不如使百姓信奉。商人變革了並加以修持，但是信奉的弊端則是太迷信，糾正這種現象不如推崇禮樂制度。周人矯正改變了它，但是禮樂制度的弊端則產生了不厚道，糾正這種現象則又回到了忠厚的老路上去。既然如此，那麼，王道變化反覆，是沒有一定的規律呢，還是因崇尚有所不同，成就的功業有所差異呢？自古若無聖王，百姓就會放蕩而沒有約束。三代政治制度的變革，治理百姓的辦法的改變，這其中的道理緣由可以說來聽聽嗎？現在將要回到古代去尋找糾正弊端的方法，光大風教來滌除現實中的汙穢，三代的體制，我們可以尊奉些什麼？古代的教化有什麼不同的道理？

在昔哲王象事❶備物❷，明堂❸所以崇上帝❹，清廟❺所以寧❻祖考❼，辟雍❽所以班❾禮教❿，太學⓫所以講藝文⓬，此蓋有國之盛典⓭，為邦之大司⓮。亡秦廢學，制度荒闕⓯。諸儒之論，損益異物。漢氏遺作，居⓰為異事，而蔡邕〈月令〉⓱謂之一物，將何所從？

【章　旨】此章問明堂、清廟、辟雍、太學等的異同，並問將要如何取捨。

【注　釋】❶象事　想像事情。❷備物　備辦各種器物。❸明堂　古代帝王宣明執教的地方，凡朝會、祭祀、慶賞、選士、養老、教學等大典，都在此舉行。❹上帝　天帝。❺清廟　太廟；古代帝王的宗廟。❻寧　省視；祭祀。❼祖考　先祖。❽辟雍　為西周天子所設大學。❾班　頒布。❿禮教　禮儀教化。⓫太學　國學。我國古代設於京城的最高學府。⓬藝文　六藝群書的概稱。⓭盛典　大典。⓮大司　大法。⓯荒闕　缺失。⓰居　明顯；顯然。⓱蔡邕月令　月令，《禮記》中的篇名。禮家抄合《呂氏春秋》十二月紀之首章而成。所紀為農曆十二個月的時令、行政及相關事物。東漢蔡邕為之作注。

【語　譯】過去聖明的君王想像事情備辦各種器物，明堂是用來尊崇上帝的地方，清廟是用來祭祀先祖的，辟雍是用來頒布禮教的，太學是用來講授六藝群書的，這些大都是國家的大典大法。亡秦廢棄學問，文物制度缺失。許多儒才討論，損益增減各不相同。漢代遺留下來的著作，很明顯有著極大的差異，而蔡邕所注的〈月令〉卻說是同一種東西，我們將要怎麼辦？

庶明❶亮采❷，故時雍❸穆唐❹；有命既集❺，而多士❻隆周❼。故《書》稱明良之歌❽，《易》貴金蘭之美❾。此長世❿所以廢興⓫，有邦⓬所以崇替。夫成功之君勤於求才，立名之士急於招世⓭，理無世不對，而事千載恆背。古之興王何道而如彼，後之衰世何闕而如此？

【章　旨】此章主要問用賢與國的道理歷代皆知，但事實上卻相反。並問興王何道而得士，後世昏主何因而失士？

【注　釋】❶庶明　群賢。❷亮采　輔佐政事。❸時雍　世道太平。❹穆唐　淳和的唐堯之世。❺集　止；到來。❻多士　百官。❼隆周　使周興隆。❽書稱明良之歌　指《書》有歌頌賢明的君主和忠良的臣子的詩歌。《書・益稷》：「元首明哉，殷肱良哉，庶事康哉！」❾易貴金蘭之美　言《易》稱讚契合的友情。金蘭，指契合的友情、深交。《易・繫辭上》：「二人同心，其利斷金；同心之言，其臭如蘭。」❿長世　使國家長存。⓫廢興　偏義複詞，主要指「興」。下文「崇替」同，偏於「崇」。⓬有邦　擁有國家。⓭招世　推薦忠良，招致人物的朝代。

【語　譯】群賢輔佐政事，所以淳和的唐堯時代，世道太平；天命集於周代，百官使周興盛。所以《書》中有稱頌賢明君主和忠良臣子的歌謠，《易》中有稱讚契合友情的語句。這是國家長存興盛的道理。成功的君王求賢若渴，追求功名之士也急於遇上一個舉賢納士的時代，這個道理沒有哪一個朝代不知道的，但是事實上，千年來總是相反。古代興盛的國君，他們秉持了什麼治國之道而能招納賢士，後代衰弱之世的君主，他們又缺失了什麼而使人才流失？

昔唐虞❶垂五刑❷之教，周公明四罪之制❸，故世歎清問❹而時歌緝熙❺。姦宄❻既殷❼，法物❽滋有❾。叔世❿崇三辟⓫之文⓬，暴秦加族誅⓭之律，淫刑⓮淪胥⓯，虐濫⓰已甚。漢魏遵承，因而弗革。亦由險泰不同，而救世異術，不得已而用之故也。寬克⓱之中，將何立而可？族誅之法，足為永制與不⓲？

【章　旨】此章問前代法律有寬有嚴，當今如何取捨。

【注　釋】❶唐虞　唐堯虞舜。❷垂五刑　留下五刑大法。五刑，據《漢書・刑法志》：漢初「尚有夷三族之令。令曰：『當三族者先黥劓，斬左右趾，笞殺之，梟其首，菹其肉於市，其誹謗詈詛者又先斷其舌。』」❸周公明四罪之制　言周公明確了誅殺奸臣的大法。四罪，舜時共工、驩兜、三苗、鯀四凶之罪。《書・舜典》：「流共工于幽州，放驩兜于崇山，竄三苗于三危，殛鯀于羽山，四罪而天下咸服。」❹清問　清審詳問。❺緝熙　光明。引申為光輝。❻姦宄　犯法作亂的人。❼殷　眾多。❽法物　此指依法使用的器具。❾滋有　增多。❿叔世　猶言末世。⓫三辟　夏、商、周三代的刑法。⓬文　法令；條文。⓭族誅　族滅。⓮淫刑　各種各樣的刑法。⓯淪胥　相率牽連。⓰虐濫　暴虐氾濫。⓱寬克　寬大和忌刻。⓲不　通「否」。

【語　譯】過去唐堯虞舜留下五刑大法的教令，周公明確了誅殺奸臣大法的制度，所以，世人讚歎清審詳問而歌頌時代光明。犯法作亂的人越來越多，依法使用的器具也開始產生。末世推崇夏商周三代刑法條令，強暴的秦國增加了族滅的法律，刑法濫施，相互牽連，已經非常暴虐。漢魏遵循，沒有變革。也是由於險泰情境不同，治世有不同的方法，不得已而沿襲罷了。立法寬嚴之間，將要如何立法才行呢？滅族之法，是否能夠成為永久的制度呢？

夫五行❶迭代❷，陰陽相須❸，二儀❹所以陶育❺，四時❻所以化生❼。《易》稱「在天成象，在地成形」。形象之作，相須之道也。若陰陽不調，則大數❽不得不否❾，一氣偏廢，則萬物不得獨成。此應同❿之至驗，不偏之明證也。今有溫泉而無寒火，其故何也？思聞辯之，以釋不同之理。

【章　旨】此章言自然之道相互依存，並問自然界之間不相互應和的道理。

【注　釋】❶五行　金木水火土。❷迭代　更迭替代。五行相剋相生，故云。❸陰陽相須　陰陽二氣互相依存，相互配合。❹二儀　指天地。❺陶育　教化培育。❻四時　四季。❼化生　化育生長。❽大數　自然法則。❾否　卦名。六十四卦之一。坤下乾上，表示天地不交，上下隔閡，閉塞不通之象。❿應同　應合；應和配合。

【語　譯】五行相剋相生，更迭替代，陰陽二氣互相依存，這是天地形成、四季生成的原因。《易》稱「在天化而為象，在地化而為形」。形象的產生，就是相互配合的道理的體現。假使陰陽二氣不調和，那麼自然法則就不得不表現出閉塞不通之象，陰陽二氣中一氣偏廢，那麼天地萬物不能憑藉一氣生成。這是應和配合的最好驗證，不偏廢一方的明證了。現在有溫泉而沒有寒冷的火，這是什麼緣故？很想聽聽你的辯說，解釋一下不應和配合的道理。

夫窮神知化❶，才之盡稱❷；備物致用❸，功之極目❹。以之為政，則黃羲❺之規可踵❻；以之革亂❼，則玄古❽之風可紹❾。然而唐虞❿密⓫皇人⓬之闊網⓭，夏殷⓮繁⓯帝者之約法⓰，機心⓱起而日進⓲，淳德⓳往而莫返。豈太樸⓴一離，理不可振，將㉑聖人之道稍有降殺㉒邪？

【章旨】此章問淳樸古風為何一去不返的原因。

【注釋】❶窮神知化　謂窮究事物的神妙，瞭解事物的變化。❷才之盡稱　才能的極致；最大的才能。❸備物致用　準備器物，盡其所用。❹功之極目　功用的極致；最大的功用。❺黃羲　黃帝與伏羲的合稱。❻踵　腳後跟。此用作動詞。接上；承接。❼革亂　革除混亂。❽玄古　上古。❾紹　繼承。❿唐虞　指唐堯虞舜。⓫密　加密；收緊。⓬皇人　帝王的親族。⓭闊網　疏網。喻寬鬆的律法。⓮夏殷　夏朝和殷朝。⓯繁　多。⓰約法　簡省法令。⓱機心　機巧之心。⓲日進　一天天增長。⓳淳德　淳美品德。⓴太樸　原始質樸的大道。㉑將　還是。㉒降殺　遞減。

【語譯】能夠窮究事物的神妙、瞭解事物的變化，那是最大才能的體現；準備器物，盡其所用，那是最大功用的展現。用這種方法治理政治，那麼黃帝和伏羲之世可以承接；用這種方法革除混亂，那麼上古的風教可以繼承。然而唐堯虞舜收緊對帝王親族寬鬆的法網，夏、商兩代增多以前帝王減省的法令，機巧之心興起並且一天一天增多，淳厚的品德一去不返。難道是質樸的大道一旦離去，沒有再振興的道理，還是聖人之道稍有遞減呢？

【研　析】作為選拔官吏的策試試題，陸機六問有五問涉及到政治制度、為政方略以及刑法與風俗。如言政治制度，問及夏商周三代不同體制究竟是什麼原因，其問的目的是為了論證今天的國家體制何去何從，這應該屬於大的治國方向。就具體的政治制度而言，則涉及到明堂、清廟、辟雍與太學等為何產生異說，此問涉及當今如何實施這些制度。如果說這兩問還是較抽象的問題，那麼，對用人、刑法與風俗的策問，則見出是針對現實甚至是時弊的提問了。如關於舉賢治國的道理，歷朝歷代都提倡，道理人人都懂，但不是每朝每代的統治者都能遵奉的，道理與事實的背反，這是為什麼？如果我們知道晉代的門閥制度，其所帶來的明顯弊端就是賢人屈居下僚的不公，那麼，陸機此問針對時弊就非常明顯。還有民俗、刑法的提問，都有著很強的針對性。當然，魏晉玄學盛行，六問中也有一問涉及玄言哲理，如問五行二氣和合而生萬物，這個道理人人皆知，但是為什麼有「不同」之理，如有「溫泉」而沒有「寒火」，這種策問就涉乎玄虛了，反映了策問對人的思辨能力的強調。總之，陸機六問是在現實與歷史對比中、經義與政事之間、事理與事實的對照中以及玄言與思辨中的提問，反映了陸機上到國家體制下到具體的措施都有所思考，見出陸機從政的務實態度。

與趙王倫牋薦戴淵

【題　解】本文出自《晉書》卷六九〈戴若思傳〉，《世說新語・自新》注引虞預《晉書》、《太平御覽》卷六三二、《北堂書鈔》卷三三。這是一封推薦信。陸機向趙王倫推薦戴淵，希望趙王倫給戴淵一個施展才華的機會。

蓋聞繁弱❶登御❷，然後高墉之功顯❸；孤竹❹在肆❺，然後降神之曲❻成。是以高世❼之主必假遠邇之器❽，蘊匱之才❾思托太音之和❿。伏⓫見處士⓬廣陵戴若思，年三十，清沖⓭履道⓮，德量⓯允塞⓰；思理⓱足以研幽⓲，才鑒⓳足以辯物⓴；安窮樂志㉑，無風塵㉒之慕，砥節㉓立行㉔，有井渫㉕之潔；誠東南之遺寶㉖，聖朝之奇璞㉗也。若得托跡㉘康衢㉙，則能結軌㉚驥騄㉛；曜質㉜廊廟㉝，必能垂光㉞璵璠㉟矣。夫枯岸之民，果於輸珠㊱；潤山之客，列於貢玉㊲，蓋明暗呈形㊳，則庸識㊴所甄㊵也。惟明公㊶垂神㊷採察㊸，不使忠允㊹之言以人而廢。

【注釋】❶繁弱　古代良弓名。❷登御　進用。御，用。❸高墉之功顯　指取得攻城殺敵的戰功。高墉，高高的城牆。❹孤竹　古代的一種管樂器，因用孤竹製成，故名。❺在肆　指孤竹樂器用於祭祀活動中。肆，祭祀名。祭祀宗廟、祖先。❻降神之曲　指祭祀時迎神之曲。降神，迎神。❼高世　高超卓絕。❽遠邇之器　遠處和近處的器物。比喻各種人才。❾蘊匱之才　指尚未發現的人才。蘊匱，藏在櫃中。比喻才華尚未顯露。❿思托太音之和　言想成為聲樂當中的一個組成部分。比喻為盛世出力。太音，幽微的聲音。和，古樂器，小笙。《儀禮・鄉射禮》：「三笙一和而成聲。」⓫伏　下對上陳述自己想法時用的敬詞。⓬處士　古時稱有才德而未出仕的人。⓭清沖　清高淡泊。⓮履道　踐行道義。⓯德量　道德涵養和氣量。⓰允塞　充滿；充實。⓱思理　思辨能力。⓲研幽　研究深奧的道理。⓳才鑒　才能識鑒。⓴辯物　辨明事物本相。辯，通「辨」。㉑安窮樂志　猶安貧樂道。㉒風塵　此指世俗。㉓砥節　砥礪節操。㉔立行　樹立品行。㉕井渫　言井水被治理乾淨。比喻潔身自持。㉖東南之遺寶　東南遺留下來的寶貴人才。戴若思為廣陵人，故云。㉗奇璞　未經雕琢的奇異的玉。㉘托跡　猶寄身。㉙康衢　四通八達的道路。㉚結軌　車軌交結。此指並駕齊驅。㉛驥騄　指良馬。㉜曜質　展現才華。㉝廊廟　指朝廷。㉞垂光　留下光彩。㉟璵璠　美玉。㊱枯岸之民二句　言枯水岸邊的百姓，非常果斷地想把珍珠賣掉。比喻處於絕境的人想得到別人的任用。㊲潤山之客二句　言豐潤山陵中的百姓，到市集中出售美玉。亦喻希望得到任用。列，市集。貢，進；賣。以上二句語本《荀子・勸學》：「玉在山而草木潤，淵生珠而崖不枯。」㊳明暗呈形　此指事理非常明顯猶如明和暗一樣分明。㊴庸識　一般見識的人；平常人。㊵甄　鑒別；區分。㊶明公　指趙王倫。㊷垂神　垂顧費神。㊸採察　採納考察。㊹忠允　忠誠公允。

【語　譯】聽說繁弱這樣的良弓一旦運用，攻城殺敵的戰功才能取得；孤竹這樣的樂器在祭祀時運用，迎神的音樂才能表現出來。所以，高明的君主治國，一定要憑藉各種各樣的人才，待價而沽的有識之士，也想為太平盛世貢獻一份微薄力量。我私下裡以為處士廣陵人戴若思，三十歲，清高淡泊，踐行道義，有很高的道德涵養；他的思辨能力足以研究深奧的道理，才能識鑒足以辨明事物真相；安貧樂道，不羨慕世俗之樂，砥礪節操，樹立品德，潔身自持；他確實是東南之地遺漏的賢才，聖明朝廷的奇特人才。假若能夠寄身大道，一定能與良馬並駕齊驅；假若能被朝廷任用，一定能像美玉一樣留下光彩。枯水岸邊的百姓，非常果斷地想把珍珠賣掉；豐潤山陵中的百姓，到市集中出售美玉，這就是因為事理非常明顯，猶如明和暗一樣分明的時候，那麼一般見識的人也知道怎麼去做。希望明公您能垂顧費神，採納考察，不要讓我忠誠公正的推薦因人而廢。

【研　析】在陸機寫這封推薦信給趙王倫之前，陸機與戴若思的一次偶然相遇，陸機的一番言行，可以說是改變了戴若思的整個人生軌跡。《晉書・戴若思傳》載：「若思有風儀，性閑爽，少好遊俠，不拘操行。遇陸機赴洛，船裝甚盛，遂與其徒掠之。若思登岸，據胡床，指麾同旅，皆得其宜。機察見之，知非常人，在舫屋上遙謂之曰：『卿才器如此，乃復作劫邪！』若思感悟，因流涕，投劍就之。機與言，深加賞異，遂與定交焉。」若非遇上陸機的真言感悟與知遇，戴若思或許會淪落為一名大盜，也未可知。

此封推薦信，重在向趙王倫介紹戴若思的才能與品德，希望趙王倫能給他一個施展才華的機會。值得一提的是，戴若思是東南人，與陸機一樣，均為亡國之餘。南人到北方為官，受到北人的排斥，因而，時為著作郎的陸機，作為南方士人的代表，他如何情辭懇切而又能表現南人出仕時的境遇與心境，就顯得非常重要。信一開始以「繁弱」與「孤竹」為喻，意在說明再好的人才一定要用了才能見出分曉，言辭當中表現出機會難遇的體會以及渴望趙王倫能給予任用的期盼。又如以「枯岸之民，果於輸珠；潤山之客，列於貢玉」作喻，非常形象地說明了賢才渴望任用的心情。總之，無論是希望還是期待，表現得體，語氣貫暢，篇短而感人。從語言上看，全文文辭華美，辭句對偶，語言精工，多用典故，最能體現陸機語言駢化的特徵。

薦賀循郭訥表

【題解】本篇出自《晉書》卷六八〈賀循傳〉，《三國志・吳書・賀劭傳》注引虞預《晉書》，《太平御覽》卷六三二及《北堂書鈔》卷三三。「表」，文章的一種，臣下給皇帝的奏章，用以陳情。賀循、郭訥均為南方人，因而，此表通過推薦二人，希望朝廷在用人制度上，對南人應有所重視。

伏見武康❶令賀循德量❷邃茂❸，才鑒❹清遠❺，服膺❻道素❼，風操凝峻❽，歷試二城❾，刑政❿肅穆⓫。前蒸陽令郭訥風度⓬簡曠⓭，器識⓮朗拔⓯，通濟⓰敏悟⓱，才足幹事⓲。循守下縣，編名凡悴⓳；訥歸家巷，棲遲⓴有年。皆出自新邦㉑，朝無知己，居在遐外㉒，志不自營㉓。年時倏忽㉔，而邈無階緒㉕，實州黨㉖愚智所為恨恨㉗。臣等伏思，臺郎㉘所以使州州有人，非徒以均分顯路㉙，惠及㉚外州㉛而已。誠以庶士㉜殊風，四方異俗，壅隔之害㉝，遠國益甚。至于荊、揚二州，戶各數十萬，今揚州無郎，而荊州江南乃無一人為京城職者，誠非聖朝待四方之本心。至於才望資品㉞，循可尚書郎㉟，訥可太子洗馬㊱、舍人㊲。此乃眾望所積㊳，非但企及㊴清塗㊵，苟充㊶方選㊷也。謹條㊸資品，乞蒙㊹簡察㊺。臣等並以凡才，累授飾進㊻，被服㊼恩澤，忝豫朝末㊽，知良士後時㊾，而守局㊿無言，懼有蔽賢之咎，是以不勝愚管(51)，謹冒死表聞。

【注　釋】❶武康　地名。武康，舊縣名。在浙江省北部，現屬德清縣。❷德量　道德氣量。❸邃茂　深茂；修養深品行高。❹才鑒　才能識鑒。❺清遠　洞察高遠。❻服膺　信服。❼道素　純樸的德行。❽凝峻　剛正不阿。❾歷試二城　指賀循曾做過陽羨令和武康令。❿刑政　刑法政策。⓫肅穆　嚴肅嚴謹。⓬風度　作風氣度。⓭簡曠　簡約開朗。⓮器識　才能見識。⓯朗拔　出眾。⓰通濟　通達濟世。⓱敏悟　聰明機智。⓲幹事　任事。⓳編名凡悴　指戶籍與平民同列。編名，編入戶口的平民。凡悴，平凡勞苦。⓴棲遲　停留等待。指多年未出仕。㉑新邦　指吳國。二人比為吳人，晉滅吳，故相對於北方中原而言稱「新邦」。㉒遐外　邊遠之地。遐，遠。㉓自營　自我謀求。㉔倏忽　迅速。㉕邈無階緒　遠無仕進之路。邈，遠。階緒，仕進之路。㉖州黨　猶言鄉里。㉗悢悢　悢悢不已之意。㉘臺郎　尚書郎。㉙顯路　顯要的官職。路，比喻仕途、權位。㉚惠及　恩惠波及。㉛外州　京都以外各州的統稱。㉜庶士　眾士；各地。㉝壅隔之害　山川阻隔的妨礙、不便。害，妨礙；不便。㉞才望資品　才能名望、資格和品級。㉟尚書郎　官名。東漢之制，取孝廉中之有才能者入尚書臺，在皇帝左右處理政務，初入臺稱守尚書郎中，滿一年稱尚書郎，三年稱侍郎。魏晉以後尚書各曹有侍郎、郎中等官，綜理職務，通稱為尚書郎。㊱太子洗馬　官名。漢置，太子屬官。㊲舍人　官名。本宮內人之意。秦漢有太子舍人，為太子屬官；魏晉以後有中書通事舍人，掌傳宣詔命。㊳眾望所積　猶眾望所歸。㊴企及　踮起腳來才搆得著。比喻勉強從事。㊵清塗　清要之途。即上文的「顯路」。顯要職位。㊶苟充　隨便充數。㊷方選　方正的選拔。方，德行方正，是取士的主要標準。㊸謹條　慎重地條奏。條，條陳；條奏。㊹乞蒙　請求賜予。㊺簡察　檢閱考察。㊻累授飾進　指多次受到提拔進用。飾，表彰；獎飾。㊼被服　蒙受。㊽忝豫朝末　愧對能夠參與朝臣之列。忝，謙詞。有愧。豫，通「與」。參與。朝末，指朝臣的最後。㊾後時　猶失時。懷才而未仕進。㊿守局　持守固定的局面。(51)愚管　謙詞。淺見；淺陋的見解。

【語　譯】臣見武康令賀循道德氣量卓著深茂，才能識鑒洞察高遠，推崇純樸的道德，作風操守剛正不阿，歷任二個縣城的縣令，刑法政治清明嚴肅。前任蒸陽令郭訥作風氣度簡約開朗，才能見識出眾，通達濟世，聰明機智，才能足以任事。賀循職守下縣，名聲與一般的平民百姓差不多；郭訥辭歸鄉里，多年未仕。他們二人都出自新邦吳國，朝廷中沒有知己之人，又居處邊遠之地，也不願意自我謀求。歲月流逝，仕進之路渺茫，實在使鄉里中無論賢愚之人都恨恨不已。臣等認為，臺郎之職應該讓每一州都有人選擔任，不僅僅是平均分配顯要職位，恩惠波及京都以外各州而已。實在是因全國各地都有不同的風俗習慣，山川阻隔帶來的不便，越邊遠的地方越厲害。至於荊州與揚州，戶口每州都有數十萬，而現在揚州無人擔任臺郎，荊州、江南竟然沒有一個人在京城擔任官職的，這實在不是聖明的朝代對待四方的本來用心。至於兩人的才能名望、資格品級，賀循可以為尚書郎，郭訥可以任太子洗馬、舍人之職。這乃是眾望所歸，不是勉強步入清要之途，隨便充當方正的人選。慎重地條奏他們二人的資格品級，請求賜予檢閱考察。臣等只是平凡的人，多次受到皇上的提拔任用，蒙受恩澤，非常慚愧地參與朝廷士大夫的行列；知道有賢才失時未仕，如果保持原有的局面，沈默不語，擔心會有遮蔽賢才的罪過，所以，禁不住表達自己的淺見，謹冒死上表，讓您知道。

【研　析】《晉書．賀循傳》載陸機舉薦賀循前，他兩次為縣令，頗有才幹操守。但由於朝中無人，久不進升。在這種情況下，時為著作郎的陸機上表陳述選拔提升官吏的不公，這是非常難能可貴的。賀循，後來對晉元帝多有惠助，為當世儒宗。由此可見，陸機所薦之人，並非虛言。

此表首言賀循、郭訥的現實情況。二人具有才能德望，頗有政績，而賀循多年不得進升，郭訥辭官歸隱，多年不仕。接著分析這種情況產生的原因，就二人而言，一是「朝中無人」，沒有外援；二是「志不自營」，二人主觀上也不願意自我謀求。而此表的意義在於，將二人多年不得進升的現狀，擴展到政治與地域的關係加以考慮。尤其突出江南人士如揚州、荊州等地朝中無一郎官，而這二地均屬吳舊地，很明顯包含對朝廷對待「新邦」舊國不公的不平。因而，此表通過舉薦江南二位賢俊，表達了陸機的政治見解，以及為江南士人在西晉中央權力中心取得同等仕進機會所作的努力。

附錄一　佚文輯錄

賦

祖德賦

走雄孫於長浪，收希世之洪捷。因山谷而為量，西夏坦其無塵，帝命赫而大壯。（《北堂書鈔》卷一一九）

遂志賦

扶興王以成命，延衰期乎天祿。（《文選》卷二一謝瞻〈張子房詩〉注引）

行思賦

乘丁水之捷岸，排泗川之積沙。行魏陽之枉渚。（《水經注》卷二五〈泗水〉注引）

思歸賦

絕音塵於江介，託影響乎洛湄。（《文選》卷一三謝莊〈月賦〉注引）

列仙賦

即絳闕于朝霞。（《太平御覽》卷八）

騰煙霧之霏霏。（《文選》卷五五劉孝標〈廣絕交論〉注引）

大墓賦

播芳塵之馥馥。（《文選》注卷三〇謝朓〈和王著作八公山〉注引）

觀細木而悶遲，睹洪櫝而念槥。（《三國志》卷二注引。《太平御覽》卷五五二）

逸民賦

相荒土而卜居兮，度山阿而考室。（《太平御覽》卷五六）

浮雲賦

集輕浮之衆采，廁五色之藻氣。貫元虛於太素，薄紫微而竦戾。（《太平御覽》卷一。《北堂書鈔》卷一五一）

雲賦

覽太極之初化，判玄黃於乾坤。考天壤之靈變，莫稽美乎慶雲。（《太平御覽》卷一）

望九畿以遠肆，明皇極而永舒。蔽陽光於暘谷，闇天文於帝居。霽濛荒於無極，等渾昧於太初。（《太平御覽》卷八）

藻帝高舒，長帷虹繞。（《文選》卷三〇謝惠連〈七月七日夜詠牛女詩〉注引）

翼靈鳳於蒼梧，起滯龍於潢汙。（《初學記》卷一）

日赫弈而照躍，雲火滅而灰散。

繞蓬萊以結曜，薄崑崙而增輝。高騰永逸，駱驛參差。內揚綠祲，外襲紫霞。（《北堂書鈔》卷一五〇）

靈龜賦

若車渠繞理，馬瑙縟文，龜甲錯，黿龍鱗。（《太平御覽》卷八〇八）

果賦

中山之縹李。（《太平御覽》卷九六八）

弔魏文帝柳賦

行旅仰而迴眷。（《文選》卷二五謝靈運〈還舊園作見顏范二中書詩〉注引）

鼓吹賦

宮備眾聲，體僚君器，飾聲成文，彫音作蔚，響以形分，曲以和綴。放嘉樂

於會通，宣萬變於觸類。適清響以定奏，期要妙于豐金。邈拊搏之所管，務戛歷之為最。（《初學記》卷一六）

漏刻賦

寤蟾蜍之棲月，識金水之相緣。（《文選》卷五六陸倕〈新刻漏銘〉注引）

羽扇賦

引凝涼而響臻，拂隆暑而口到。

驅囂塵之鬱述，流清氣之悄悄。符璡空以煩輪，道洞房而窈窕。（《北堂書鈔》卷一三四）

鱉賦

總美惡而兼融，播萬族乎一區。（《文選》卷三〇陶淵明〈詠貧士詩〉注引）

桑賦

亹稚節以夙茂，蒙勁風而後凋。（《文選》卷二二鮑照〈行藥至城東橋詩〉注引）

織女賦

足躡刺繡之履。（《北堂書鈔》卷一三六）

七導

長角三倡，武士綦布，捺紫間之神機，審心中而後射。（《太平御覽》卷三四八）

詩

贈潘岳詩

僉曰吾生，明德惟允。（《文選》卷二五謝瞻〈答靈運〉注引）

祖道清正詩

□□□題，允藩克正。惟是喉舌，光翼明聖。（《北堂書鈔》卷六〇）

芙蓉詩

夏搖比翼扇。（《北堂書鈔》卷一三四）

樂府

蘭室接羅幕。（《北堂書鈔》卷一三二）

輕舉乘紫霞。（《北堂書鈔》卷一五一）

失題十一則

太素卜令宅，希微啟奧基。玄沖纂懿文，虛無承先師。（《太平御覽》卷一）

澄神玄漠流，棲心太素域。弭節欣高視，俟我大夢覺。（《太平御覽》卷一）

老蠶晚績縮，老女晚嫁辱。曾不如老鼠，飜飛成蝙蝠。（《太平御覽》卷八二五）

恢恢天網，飛沈是收。受茲下臣，騰光清霄。（吳棫《韻補》卷二）

軌迹未及安，長轡忽已整。道遐覺日短，憂深使心褊。（吳棫《韻補》卷三）

物情競紛紜，至理自宜貫。達觀儻不隔，居然見真贗。（吳棫《韻補》卷四）

惆悵懷平素，豈樂于茲同。豈宴棲末景，游豫躡餘蹤。（《文選》五七顏延年〈陶徵士誄〉注引）

感念同懷子。（《文選》卷二二謝靈運〈登石門最高頂詩〉注引）

佳穀垂金穎。（《古今合璧事類備要・別集》卷五七）

石龜尚懷海，我寧忘故鄉。（《述異記》）

甕餘殘酒，膝有橫琴。（《草堂詩箋》卷三七〈過津詩〉注引）

文

夏育贊

夏育之猛，千載所希。申博角勇，臨額奮椎。（《文選》卷一七王褒〈洞簫賦〉注引）

謝成都王箋

慶雲惠露，止於落葉。（《文選》卷五九沈約〈齊故安陸昭王碑文〉注引）

薦張暢表

伏見司徒下諫議大夫張暢，除當為豫章內史丞。暢才思清敏，志節貞厲，秉心立操，早有名譽。其年時舊比，多歷郡守，唯暢陵遲白首，未齒而佐下藩，遂蹈碎濁。於暢名實，居之為劇，前後未始有此。愚以為宜解舉，試以近縣。（《太平御覽》卷二五三。《北堂書鈔》卷七七）

詣吳王表

臣本吳人，靖居海隅。朝廷欲抽引遠人，綏慰遐外。故太傅所辟，殿下東到淮南，發詔以臣為郎中令。（《太平御覽》卷二四八）

相國參軍，率取臺郎，臣獨以高賢見取，非私之謂。（《北堂書鈔》卷六九）

二一五）

謝吳王表

殿中以臣為郎中，命轉中兵郎；復以頗涉文學，見轉為殿郎。（《太平御覽》卷二一五）

與吳王表

臣以職在中書，詔命所出，而臣本以筆札見知。（《北堂書鈔》卷五七）

禪文本草，今見在中書，一字一迹，自可分別。（《文選》卷三七陸機〈謝平原內史表〉注引）

謝齊王表

臣以職在中書，制命所出，而臣本以筆札見知。慮逼迫不獲已，乃詐發內妹喪，出就第，雲與哭泣受弔。片言隻字，文不關其間。（《初學記》卷一一。《太平御覽》卷二二〇）

吳丞相陸遜銘

魏大司馬曹休侵我北鄙，乃假公黃鉞，統御六師及中軍禁衛，而攝行王事，主上執鞭，百司屈膝。（《三國志・吳書・陸遜傳》注引）

吳太常顧譚誄

遷吏部尚書，才長於銓衡，而綜核人物。（《文選》卷三八任昉〈為范尚書讓吏部封侯第一表〉注引）

毗陵侯君誄

同志奔走，戚友相尋。臨穴嗚乎，洒淚山林。（《北堂書鈔》卷一五八）

姊誄

俔天之和。（《顏氏家訓・文章》引）

集志議

考正三辰，審其所司。（《文選》卷五六陸倕〈新刻漏銘〉注引）

顧譚傳

宣太子正位東宮，天子方隆訓導之義，妙簡俊彥，講學左右。時四方之傑畢集。太傅諸葛恪等雄奇蓋眾，而譚以清識絕倫，獨見推重。自太尉范慎、謝景、羊徽之徒，皆以秀稱其名，而悉在譚下。（《三國志·吳書·顧譚傳》注引）

與弟雲書

聽頌觀東，作百丈許廊屋。（《太平御覽》卷一八五）

門有三層，高百尺，魏明帝造。（《水經注》卷一六〈穀水〉）

仁壽殿前有大方銅鏡，高五尺餘，廣三尺二寸；立著庭中，向之便寫人形體了了，亦怪事也。（《北堂書鈔》卷一三六。《初學記》卷二五。《太平御覽》卷七一七）

此間有傖父，欲作〈三都賦〉，須有成，當以覆酒甕耳。（《晉書》卷九二〈左思傳〉）

監徒武庫建始殿諸房中，見有兩足猴，真怪物也。（《太平御覽》卷九一〇）

天淵池養山雞，甚可嬉。（《太平御覽》卷九一八）

天淵池南角有果，各作一林，無處不有，縱橫成行，一果之間，輒作一堂。（《太平御覽》卷九六四）

張騫為漢使外國十八年，得塗林安石榴也。（《太平御覽》卷九七〇）

思苦生疾。（《文選》卷一七陸機〈文賦〉注引）

與長沙顧母書

痛心拔腦，有如孔懷。（《顏氏家訓‧文章》引）

與長沙夫人書

士璜亡，恨一孺少，便以機新孺衣與之。（《太平御覽》卷六九五）

《晉書》限斷議

三祖實終為臣，故書為臣之事，不可如傳，此實錄之謂也。而名同帝王，故自帝王之籍，不可以不稱紀，則追王之義。（《初學記》卷二一）

平復帖

彥先羸瘵恐難平復往屬初病慮不止此此已為慶承使口男幸為復失前憂耳□子楊往初來主吾不能盡臨西復來威儀詳跱舉動成觀自軀體之美也恩識□量之邁前執所恆有宜□稱之夏□榮寇亂之際聞問不悉（《陸機平復帖》，人民美術出版社）

附錄二

晉平西將軍孝侯周處碑

君諱處，字子隱，義興陽羨人也。氏胄曩興，煥乎墳典，華宗往茂，鬱其簡書。啟三十之洪基，源流定鼎；運八百之遠祚，枝葉封桐。軒蓋列於漢庭，蟬冕播於陽羨。〈二南〉之價，傳不朽而紛敷；〈大護〉之音，聲無徵而必顯。山高海闊，其在斯焉。

祖賓少折節，早亡。吳初，召詣議參軍，舉郡上計，轉為州辟從事別駕，步兵校尉，光祿大夫，廣平太守。父魴，少好學，舉孝廉，吳寧國長，奮威長史，懷安、錢塘縣侯，丹陽西部屬國都尉，立節校尉，拜裨將軍、三郡都督、太中大夫，臨川、豫章、鄱陽太守，晉故散騎常侍，新平、廣漢二郡太守，封關內侯。簪紱揚名，臺閣標著，風化之美，奏課為能。亭亭孤美，灼灼橫劭，徇高位於生前，思垂名於身後。遂以罕言不違，應期出輔。洋洋之風，俯冠來葉；巍巍之盛，仰繼前賢。

君乃早孤，不弘禮制，年未弱冠，膂力絕於天下，妙氣挺於人間，騎獵無疇，時英式慕，縱情寡偶，俗弊不悛，鄉曲誣其害名，改節播其聲譽。遂來吳事余厥弟，讙然受誨，向道朝聞，方勵志而淫詩書，便好學而尋子史，文章綺合，藻思羅開。吳朝州縣交辟太子洗馬、東觀左丞、中書右丞、五官郎中、左右國史。靖恭夙夜，恪居官次，遷大尚書僕射、東觀令、太常卿、無難督。匡熙庶績，朝廷謐寧，使持節大都督塗中京下諸軍事，封章浦廷侯。國猶多士，君實得賢。汪洋廷闕之傍，昂藏寮寀之上，射獸功猶見顯，刺蛟名乃遠揚。忠烈道自克修，義節情還永布，琳琅梓杞，珪璧棟梁。君著《默語》三十篇及《風土記》，并撰《吳書》。

於是吳平入晉，王渾登建業宮釃酒，既酣，乃謂君曰：「諸人亡國之餘，得無戚乎？」君對曰：「漢末分崩，三方鼎立，魏滅於前，吳亡於後，亡國之戚，豈惟一人！」渾乃大慚。仕晉稍遷，總統初入，拜諮議郎，除討虜護軍、新平太守，撫和戎狄，叛羌歸附，雍土美之。轉為廣漢太守。郡多滯訟，有經三十年不決者，處以評其枉直，一朝決遣。以母年老罷歸。

尋除楚內史，未之官，徵散騎常侍，處曰：「古人辭大不辭小。」乃先之楚。而郡既經喪亂，新舊雜居，風俗未一，處敦以教義，又檢尸無主及白骨在野，收而葬之，然以就徵，遠近稱嘆。及居近侍，多所規諷。遷御史中丞，正繩直筆，凡所糾劾，不避寵戚。梁王彤違法，處深文案之。及吳人齊萬年反，朝臣惡其強直，皆曰：「處，吳之名將子也。」忠烈果毅，庶僚振肅，英情天逸，遠性霞騫。陝北留棠，遂有二天之詠；荊南度虎，猶標十部之書。

尋轉散騎常侍，輕車將軍。迴輪出於新年，士女揮淚；褰帷望於廣漢，雞犬靡喧。振茲威略，宣其惠和，晉京遙仰，部從迎欽。是時互賊作逆，有眾七萬，屯於梁山。朝廷推賢，以君才兼文武，詔受建威將軍，以五千兵奉辭西討。忠概盡節，不顧身命，乃賦詩曰：「去去世事已，策馬觀西戎。藜藿甘粱黍，期之克令終。」言畢而戰，自旦及暮，斬首萬級。絃絕矢盡，播、系不救。左右勸退，處按劍怒曰：「此是吾效節授命之日，何以退為！大臣以身徇國，不亦可乎！」韓信背水之軍，未遑得喻；工輸縈帶之勢，早擬連蹤。莫不梯山架壑，襁負來歸。戎士扞其封壃，農人展其耕織。秋風才起，追戰虜於雷霆；春水方生，揮鍤同於雲雨。立功立事，名將名臣者乎！

元康九年，回灰增加，奄捐館舍，春秋六十有二。天子以大臣之葬，師傅之禮，親臨殯壤。建武元年冬十一月甲子，追贈平西將軍，封清流亭侯，謚曰孝，禮也。賜錢百萬，葬地一頃，京城地五十畝為第，又賜王家田五頃。詔曰：「處母年老，加以逆旅遠人，朕每憫念，給其醫藥酒米，賜以終年。」以太興二年歲在己卯正月十日，葬於義興舊原。南瞻荊岳，崇峻極之巍峩；北睇蚊川，濬清流之澄澈。

娶同郡盛氏，有四子：靖、玘、札、碩，並皆志性純孝，過禮喪親，墳前之樹，染淚先枯，庭際之禽，聞悲乃下。遂作銘曰：

周南著美，岐山表靈。葉繁漢室，枝茂晉庭。皎皎夫子，奇特播名。幼有異行，世存風烈。早馳問望，晚懷耿節。頗尚豪雄，昇名禁闕。捨爵策勳，允歸明哲。輝赫大晉，封豕多故。式揚廟略，克清天步。海濱既折，江淮並泝。漢水作藩，條章斯布。俗歌揆日，人謠何暮。忠貞作相，追蹤絳侯。將亭嘉茂，遽掩芳猷。潛光陽甸，反旆吳丘。舊闕雖入，鄉路冥浮。鐫茲幽石，萬代千秋。

附錄三

《晉書》卷五四〈陸機傳〉

陸機，字士衡，吳郡人也。祖遜，吳丞相。父抗，吳大司馬。機身長七尺，其聲如鐘。少有異才，文章冠世，伏膺儒術，非禮不動。抗卒，領父兵為牙門將。年二十而吳滅，退居舊里，閉門勤學，積有十年。以孫氏在吳，而祖父世為將相，有大勳於江表，深慨孫皓舉而棄之，乃論權所以得，皓所以亡，又欲述其祖父功業，遂作〈辨亡論〉二篇。其上篇曰：（略）其下篇曰（略）：

至太康末，與弟雲俱入洛，造太常張華。華素重其名，如舊相識，曰：「伐吳之役，利獲二俊。」又嘗詣侍中王濟，濟指羊酪謂機曰：「卿吳中何以敵此？」答云：「千里蓴羹，未下鹽豉。」時人稱為名對。張華薦之諸公。後太傅楊駿辟為祭酒。會駿誅，累遷太子洗馬、著作郎。范陽盧志於眾中問機曰：「陸遜、陸抗於君近遠？」機曰：「如君於盧毓、盧廷。」志默然。既起，雲謂機曰：「殊邦遐遠，容不相悉，何至於此！」機曰：「我父祖名播四海，寧不知邪！」議者以此定二陸之優劣。

吳王晏出鎮淮南，以機為郎中令，遷尚書中兵郎，轉殿中郎。趙王倫輔政，引為相國參軍。豫誅賈謐功，賜爵關中侯。倫將篡位，以為中書郎。倫之誅也，齊王冏以機職在中書，九錫文及禪詔疑機與焉，遂收機等九人付廷尉。賴成都王穎、吳王晏並救理之，得減死徙邊，遇赦而止。

初機有駿犬，名曰黃耳，甚愛之。既而羈寓京師，久無家問，笑語犬曰：「我家絕無書信，汝能齎書取消息不？」犬搖尾作聲。機乃為書以竹筒盛之而繫其頸，犬尋路南走，遂至其家，得報還洛。其後因以為常。時中國多難，顧榮、戴若思等咸勸機還吳，機負其才望，而志匡世難，故不從。

冏既矜功自伐，受爵不讓，機惡之，作〈豪士賦〉以刺焉。其序曰（略）：

冏不之悟，而竟以敗。

機又以聖王經國，義在封建，因採其遠指，著〈五等論〉曰（略）：

時成都王穎推功不居，勞謙下士。機既感全濟之恩，又見朝廷屢有變難，謂穎必能康隆晉室，遂委身焉。穎以機參大將軍軍事，表為平原內史。太安初，穎與河間王顒起兵討長沙王乂，假機後將軍、河北大都督，督北中郎將王粹、冠軍牽秀等諸軍二十餘萬人。機以三世為將，道家所忌，又羈旅入宦，頓居群士之右，而王粹、牽秀等皆有怨心，固辭都督。穎不許。機鄉人孫惠亦勸機讓都督於粹，機曰：「將謂吾為首鼠避賊，適所以速禍也。」遂行。穎謂機曰：「若功成事定，當爵為郡公，位以台司，將軍勉之矣！」機曰：「昔齊桓任夷吾以建九合之功，燕惠疑樂毅以失垂成之業，今日之事，在公不在機也。」穎左長史盧志心害機寵，言於穎曰：「陸機自比管、樂，擬君暗主，自古命將遣師，未有臣陵其君而可以濟事者也。」穎默然。機始臨戎，而牙旗折，意甚惡之。列軍自朝歌至於河橋，鼓聲聞數百里，漢、魏以來，出師之盛，未嘗有也。長沙王乂奉天子與機戰於鹿苑，機軍大敗，赴七里澗而死者如積焉，水為之不流，將軍賈棱皆死之。

初，宦人孟玖弟超并為穎所嬖寵。超領萬人為小都督，未戰，縱兵大掠。機錄其主者。超將鐵騎百餘人，直入機麾下奪之，顧謂機曰：「貉奴能作督不！」機司馬孫拯勸機殺之，機不能用。超宣言於眾曰：「陸機將反。」又還書與玖言機持兩端，軍不速決。及戰，超不受機節度，輕兵獨進而沒。玖疑機殺之，遂譖機於穎，言其有異志。將軍王闡、郝昌、公師籓等皆玖所用，與牽秀等共證之。穎大怒，使秀密收機。其夕，機夢黑幰繞車，手決不開，天明而秀兵至。機釋戎服，著白帢，與秀相見，神色自若，謂秀曰：「自吳朝傾覆，吾兄弟宗族蒙國重恩，入侍帷幄，出剖符竹。成都命吾以重任，辭不獲已。今日受誅，豈非命也！」因與穎箋，詞甚悽惻。既而歎曰：「華亭鶴唳，豈可復聞乎！」遂遇害於軍中，時年四十三。二子蔚、夏亦同被害。機既死非其罪，士卒痛之，莫不流涕。是日昏霧晝合，大風折木，平地尺雪，議者以為陸氏之冤。

機天才秀逸，辭藻宏麗，張華嘗謂之曰：「人之為文，常恨才少，而子更患其多。」弟雲嘗與書曰：「君苗見兄文，輒欲燒其筆硯。」後葛洪著書，稱「機文猶玄圃之積玉，無非夜光焉，五河之吐流，泉源如一焉。其弘麗妍贍，英銳漂逸，亦一代之絕乎！」其為人所推服如此。然好游權門，與賈謐親善，以進趣獲譏。所著文章凡三百餘篇，並行於世。

古籍今注新譯叢書

書種最齊全
注譯最精當

【哲學類】

新譯四書讀本　謝冰瑩等編譯
新譯學庸讀本　王澤應注譯
新譯孝經讀本　賴炎元、黃俊郎注譯
新譯易經讀本　郭建勳注譯　黃俊郎校閱
新譯禮記讀本　姜義華注譯　黃俊郎校閱
新譯儀禮讀本　顧寶田等注譯　黃俊郎校閱
新譯孔子家語　羊春秋注譯　周鳳五校閱
新譯老子讀本　余培林注譯
新譯老子解義　吳　怡著
新譯莊子讀本　黃錦鋐注譯
新譯莊子讀本　張松輝注譯
新譯莊子本義　水渭松注譯
新譯莊子內篇解義　吳　怡著
新譯列子讀本　莊萬壽注譯
新譯管子讀本　湯孝純注譯　李振興校閱
新譯墨子讀本　李生龍注譯　李振興校閱
新譯公孫龍子　丁成泉注譯　黃志民校閱
新譯晏子春秋　陶梅生注譯　葉國良校閱
新譯鄧析子　徐忠良注譯　劉福增校閱
新譯荀子讀本　王忠林注譯

新譯尹文子　徐忠良注譯　黃俊郎校閱
新譯尸子讀本　水渭松注譯　陳滿銘校閱
新譯韓非子　賴炎元、傅武光注譯
新譯呂氏春秋　朱永嘉等注譯　黃志民校閱
新譯淮南子　熊禮匯注譯　侯迺慧校閱
新譯春秋繁露　朱永嘉、王知常注譯
新譯新書讀本　饒東原注譯　黃沛榮校閱
新譯新語讀本　王　毅注譯　黃俊郎校閱
新譯潛夫論　彭丙成注譯　陳滿銘校閱
新譯論衡讀本　蔡鎮楚注譯　周鳳五校閱
新譯申鑒讀本　林家驪等注譯　周鳳五校閱
新譯人物志　吳家駒注譯　黃志民校閱
新譯近思錄　張京華注譯
新譯傳習錄　李生龍注譯
新譯明夷待訪錄　李廣柏注譯　李振興校閱

【文學類】

新譯詩經讀本　滕志賢注譯　葉國良校閱
新譯楚辭讀本　傅錫壬注譯
新譯文心雕龍　羅立乾注譯　李振興校閱
新譯世說新語　劉正浩等注譯
新譯昭明文選　周啟成等注譯　劉正浩等校閱
新譯古文觀止　謝冰瑩等注譯
新譯古文辭類纂　黃　鈞等注譯
新譯古詩源　馮保善注譯
新譯千家詩　邱燮友、劉正浩注譯
新譯詩品讀本　成　林等注譯　黃志民等校閱
新譯花間集　朱恒夫注譯　耿湘沅校閱
新譯搜神記　黃　鈞注譯　陳滿銘校閱
新譯唐詩三百首　邱燮友注譯
新譯宋詞三百首　汪　中注譯
新譯元曲三百首　賴橋本、林玫儀注譯
新譯唐人絕句選　卞孝萱等注譯　齊益壽校閱
新譯唐才子傳　戴揚本注譯
新譯唐傳奇選　東　忱等注譯　侯迺慧校閱
新譯明傳奇小說選　陳美林、皋于厚注譯
新譯明散文選　周明初注譯　黃志民校閱
新譯人間詞話　馬自毅注譯　高桂惠校閱

新譯幽夢影　馮保善注譯　黃志民校閱
新譯菜根譚　吳家駒注譯　黃志民校閱
新譯郁離子　吳家駒注譯
新譯賈長沙集　林家驪注譯　陳滿銘校閱
新譯揚子雲集　葉幼明注譯　周鳳五校閱
新譯陸機詩文集　王德華注譯
新譯曹子建集　曹海東注譯　蕭麗華校閱
新譯阮籍詩文集　林家驪注譯　簡宗梧等校閱
新譯嵇中散集　崔富章注譯　莊耀郎校閱
新譯陶淵明集　溫洪隆注譯　齊益壽校閱
新譯駱賓王文集　黃清泉注譯　陳全得校閱
新譯昌黎先生文集　周啟成等注譯　陳滿銘等校閱
新譯柳宗元文選　卞孝萱等注譯
新譯杜牧詩文集　張松輝注譯　陳全得校閱
新譯范文正公選集　王興華等注譯　葉國良校閱
新譯蘇洵文選　羅立剛注譯
新譯王安石文集　沈松勤注譯　王基倫校閱
新譯李清照集　姜漢椿等注譯
新譯薑齋文集　平慧善注譯　周鳳五校閱
新譯顧亭林文集　劉九洲注譯　黃俊郎校閱
新譯閱微草堂筆記　嚴文儒注譯

【歷史類】

新譯尚書讀本　吳　璵注譯
新譯尚書讀本　郭建勳注譯
新譯左傳讀本　郁賢皓等注譯　傅武光校閱
新譯史記讀本　韓兆琦注譯
新譯公羊傳　雪　克注譯　周鳳五校閱
新譯穀梁傳　顧寶田注譯　葉國良校閱
新譯春秋穀梁傳　周　何注譯
新譯戰國策　溫洪隆注譯　陳滿銘校閱
新譯國語讀本　易中天注譯　侯迺慧校閱
新譯說苑讀本　左松超注譯
新譯說苑讀本　羅少卿注譯　周鳳五校閱
新譯新序讀本　葉幼明注譯　黃沛榮校閱
新譯吳越春秋　黃仁生注譯　李振興校閱
新譯西京雜記　曹海東注譯　李振興校閱
新譯列女傳　黃清泉注譯　陳滿銘校閱

新譯越絕書　劉建國注譯　黃俊郎校閱
新譯燕丹子　曹海東注譯　李振興校閱
新譯東萊博議　李振興、簡宗梧注譯
新譯唐六典　朱永嘉、蕭木注譯
新譯唐摭言　姜漢椿注譯

【宗教類】

新譯金剛經　徐興無注譯　侯迺慧校閱
新譯高僧傳　朱恒夫等注譯　潘栢世校閱
新譯碧巖集　吳　平注譯
新譯百喻經　顧寶田注譯
新譯楞嚴經　賴永海等注譯
新譯梵網經　王建光注譯
新譯六祖壇經　李中華注譯　丁　敏校閱
新譯禪林寶訓　李中華注譯　潘栢世校閱
新譯維摩詰經　陳引馳、林曉光注譯
新譯經律異相　顏洽茂注譯
新譯妙法蓮華經　張松輝注譯　丁　敏校閱
新譯景德傳燈錄　顧宏義注譯
新譯大乘起信論　韓廷傑注譯　潘栢世校閱
新譯釋禪波羅蜜　蘇樹華注譯
新譯八識規矩頌　倪梁康注譯
新譯永嘉大師證道歌　蔣九愚注譯
新譯華嚴經入法界品　楊維中注譯
新譯地藏菩薩本願經　李承貴注譯
新譯悟真篇　劉國樑、連遙注譯
新譯无能子　張松輝注譯
新譯坐忘論　張松輝注譯
新譯列仙傳　張金嶺注譯　陳滿銘校閱
新譯抱朴子　李中華注譯　黃志民校閱
新譯神仙傳　周啟成注譯
新譯性命圭旨　傅鳳英注譯
新譯老子想爾注　顧寶田等注譯　傅武光校閱
新譯周易參同契　劉國樑注譯　黃沛榮校閱
新譯道門觀心經　王　卡注譯　黃志民校閱
新譯養性延命錄　曾召南注譯　劉正浩校閱
新譯樂育堂語錄　戈國龍注譯
新譯冲虛至德真經　張松輝注譯　周鳳五校閱

新譯長春真人西遊記　劉連朋等注譯

【軍事類】

新譯司馬法　王雲路注譯
新譯尉繚子　張金泉注譯
新譯三略讀本　傅　傑注譯
新譯六韜讀本　鄔錫非注譯
新譯吳子讀本　王雲路注譯
新譯孫子讀本　吳仁傑注譯
新譯李衛公問對　鄔錫非注譯

【教育類】

新譯顏氏家訓　李振興等注譯
新譯曾文正公家書　湯孝純注譯　李振興校閱
新譯三字經　黃沛榮注譯
新譯百家姓　馬自毅、顧宏義注譯
新譯幼學瓊林　馬自毅注譯　陳滿銘校閱
新譯增廣賢文・千字文　馬自毅注譯　李清筠校閱
新譯格言聯璧　馬自毅注譯

【政事類】

新譯商君書　貝遠辰注譯　陳滿銘校閱
新譯鹽鐵論　盧烈紅注譯　黃志民校閱
新譯貞觀政要　許道勳注譯　陳滿銘校閱

【地志類】

新譯山海經　楊錫彭注譯
新譯佛國記　楊維中注譯
新譯大唐西域記　陳　飛等注譯　黃俊郎校閱
新譯洛陽伽藍記　劉九洲注譯　侯迺慧校閱
新譯徐霞客遊記　黃　珅注譯　黃志民校閱
新譯東京夢華錄　嚴文儒注譯　侯迺慧校閱

開卷解惑——汲取大師智慧，優游國學瀚海

國學常識

邱燮友　張文彬　張學波　馬森　田博元　李建崑　編著

搜羅研讀國學者不可或缺的基礎常識，
以新觀念、新方法加以介紹。
書末並附有「國學基本書目」及「國學常識題庫」，
助您深化學習，融會貫通。

國學常識精要

邱燮友　張學波　田博元　李建崑　編著

擷取《國學常識》之精華而成，易於記誦，
便於攜帶。

國學導讀（一）～（五）

邱燮友　田博元　周何　編著

將國學分為五大門類，分別由當前國內外著名學者，
匯集其數十年教學研究心得編著而成。
是愛好中國思想、文學者治學的寶典，
自修的津梁。